북한문학의 지형도 2

－선군 시대의 문학

청동거울 문화점검 **51**

북한문학의 지형도 2
— 선군 시대의 문학

2009년 11월 21일 1판 1쇄 인쇄 / 2009년 11월 27일 1판 1쇄 발행

지은이 이화여자대학교 통일학연구원 편 / 펴낸이 임은주 / 펴낸곳 도서출판 청동거울
출판등록 1998년 5월 14일 제13-532호
주소 (137-070) 서울 서초구 서초동 1359-4 동영빌딩
전화 02)584-9886(편집부) 02)523-8343(영업부)
팩스 02)584-9882 / 전자우편 cheong1998@hanmail.net
홈페이지 www.cheongstory.com

편집주간 조태봉 / 편집 김상훈 / 마케팅 배진호 / 관리 김은란

ISBN 978-89-5749-124-9

이 도서의 국립중앙도서관 출판시도서목록(CIP)은 e-CIP 홈페이지(http://www.nl.go.kr/cip.php)
에서 이용하실 수 있습니다. (CIP제어번호:2009003579)

● 이화통일학연구총서

북한문학의 지형도 2

선군 시대의 문학 ● 이화여자대학교 통일학연구원 편

청동거울

　이화여자대학교 통일학연구원에서 연구총서로 기획한『북한문학의 지형도 2』를 발간하게 되었습니다. 2008년 7월 북한문학에 대한 토대를 분석하고 본격적인 작가론을 담은 연구서『북한문학의 지형도 1』이 나온 지 1년여의 연구와 검토 끝에 맺게 되는 두 번째 결실입니다.

　첫 번째 책이 나온 2008년과 두 번째 책이 나온 2009년의 상황은 물리적 차원을 너머 인식적 차원에서 많은 것을 바꾸어 놓았습니다. 교류의 물꼬를 트면서 통일의 발판을 닦을 것 같았던 남북관계는 경색 국면으로 접어들었고, 남북교류의 기억은 먼 과거에 머물게 하고 있습니다.

　남북관계가 소원해지면서 북한 연구를 그만두었다는 의미의 '탈북했다'는 표현도 어렵지 않게 듣곤 합니다. 남북관계가 멀어졌으니 연구에 대한 필요성과 가치가 적어졌기 때문일 것이다. 아니면 남북관계가 크게 변하지 않은 상황에서 새로운 연구 성과를 낸다는 것이 쉽지 않은 것도 한 원인인 것 같습니다. 이런 점에서『북한문학의 지형도2』는 의미 있는 작업이라고 할 수 있습니다.

　『북한문학의 지형도 2』는『북한문학의 지형도 1』의 연속된 연구물입니다만 의미는 결코『북한문학의 지형도 1』보다 가볍지 않습니다.『북한문학의 지형도 1』에서 언급한 작가들은 근대작가들로서 남한에서 일정 정도 창작활동을 하였기에 작가에 대한 기존의 연구 성과와 정보가 있었습니다. 하지만 『북한문학의 지형도 2』에서 분석한 작가들은 남북에 걸쳐 작가활동을 했던 선배 작가들과 달리 북한 체제 속에서 본격적인 창작활동을 벌인 작가들입니다. 작가 대부분이 북한 체제 내에서 활동하고 인정받은 작가들이기에 작가에 대한 정보를 모으고, 자료를 수집하는 것으로도 의미가 있다고 할 것입니다.

2000년 이후의 북한문학을 진단하는 작업은 2007년부터 기획된 『조선문학』 10년 읽기의 성과로 알고 있습니다. 북한문학을 연구하고, 남북 문화의 소통을 고민하는 얼마 남지 않은 학자들이 모여서, 함께 『조선문학』 10년치를 나누어 읽고 대표작과 작품을 토론하면서 2년에 걸쳐 통독하는 과정을 거치면서 얻어진 성과의 일부를 담았습니다. 어느 한 분야에서 꾸준히 한다는 것은 결코 쉬운 일이 아니라는 것도 잘 알고 있습니다. 특히 화려하거나 빛이 나지 않는 분야에서 꾸준히 제 몫을 하시는 분들이 있기에 학문적 기반이 튼튼해 질 것입니다.

이 책이 나오기까지 매월 모여서 서로의 학문적 성과를 격려해 주고, 질타하면서 서로에게 기둥이 되고, 언덕이 되어 주었음을 잘 알고 있

습니다. 작가에 대한 정보가 충분치 않은 상황에서 개별 작가에 대한 자료를 모으고, 고민과 의견을 교환하면서 퍼즐을 맞추어 가듯이 연구 성과를 모아나갔습니다.

　연구자들이 개별적으로 해오던 북한문학 연구의 역량을 결집하는 모임을 출범시킨 것이 2004년 8월이었습니다. 만 5년을 채우는 동안 내외적인 어려움 속에서도 꾸준히 자신의 연구역량을 키우면서 성과를 낸다는 것은 연구자 개인으로서 의미가 있지만 학계로서도 높이 평가받아야 할 부분이라고 생각합니다.

　이화여자대학교 통일학연구원에서 작은 힘이나마 보태고 '연구총서'로 발간하게 된 것을 기쁘게 생각합니다. 회의실에서 밤늦도록 의견을 나누면서 수고해 주신 연구자분들께 감사드리며, 더 큰 성과와 발전이 있기를 기원합니다.

　감사합니다.

2009. 10.
이화여자대학교 통일학연구원장 최대석

| 차례 |

제2부 작가론과 작품론

'선군 시대' 북한 문학예술을 이해하기 위하여

김일성 주석 사망(1994) 이후 북한사회는 전례없는 위기에 봉착한다. 북한사회는 이 같은 위기의 국면에서 1930년대 후반 각고만난의 기억이었던 '고난의 행군'을 불러낸다. 재만조선인 사회주의자들로 이루어진 항일무장투쟁 주력부대가 혹독한 겨울 추위 속에 굶주림을 견디어가며 제국 일본의 집요한 추격을 뿌리친 역사의 경험은 이제 90년대 중반 절대적 권위를 누린 지도자의 죽음과 거듭된 자연재해로 인해 생겨난 정치적 사회경제적 위기를 타개하는 정치적 상징으로 전유되었던 것이다.

국제사회의 우려와는 달리 김주석의 뒤를 이어 등장한 김정일 위원장 체제는 자연재해와 경제난 속에 붕괴된 사회 인프라의 재구축을 통해서 체제의 위기를 극복했다. 김주석의 헤게모니를 계승한 '유훈통치'라는 독특한 정치의례와 '군대'를 전면에 배치하는 '선군정치'는 위기를 돌파하는 중요한 자원이었다. "총대가 없으면 적과의 싸움에서 승리할 수 없고 나라와 민족, 인간의 존엄과 영예를 지켜낼 수 없다"라는 김 위원장의 말처럼, 총체적 난국을 넘어서기 위한 북한사회의 노력은 정치·경제·사회·문화 전반에 걸쳐 새로운 문학 담론의 등장을 예고한다. '총대'의 중시, 군대의 전면 포진과 같은 정치적 행보는, '자주성을 확보하려는' 성향이 강화되면서 '조선민족제일주의'를 표방하는 모습으로 나타났다. 또한 '김일성 주석의 업적을 계승 발전시키며' '조성된 난국을 성과적으로 해결하기 위한 요구'는 기존의 폐쇄적인 자급자족 계획경제가 아니라 대내외적인 사회발전 전략을 수립하는 길로 이어졌다.

문학에서는 무엇보다도 '선군혁명문학예술'이라는 용어의 등장을 꼽을 수 있다. '붓대(문학)'가 '혁명과 반혁명', '정의와 부정의' 사이의 총성 없는 사상적 대결에서 승리를 거두는 '위력 있는 무기'라는 전제나 '수령 결사옹위'라는 충성 맹약이야말로 90년대 중반 이후 전개된 '선군(정치)시대'의 문학예술이 가진 새로운 면모라고 할 수 있다. 이런 관점을 이해하고 나면 지금의 북한 문학예술에서 군사용어들이 자주 목격되는 것도 군대를 전면에 내세운 사회현실과 전혀 무관하지 않다는 것을 이해할 수 있게 된다. 시와 소설에서 군인들의 면모가 빈번하게 등장하고, '군민일치'가 이야기의 모티프를 형성하며 반복적으로 그려지는 것이 바로 그것이다.

선군 시대의 문학이 가진 특징을 거칠게 거론해 보면, 먼저 한웅빈의 「채 쏘지 못한 총탄」을 비롯한 북한소설 몇 편을 주목해 보아야 한다. 이 작품은 6·25전쟁 시절 참가한 노병이 총을 안고 죽어간 전사자를 회상하는 형식을 취하면서도 모든 현실을 '군인의 총대정신'으로 승화시킬 것을 요구하는 사회적 동원의 규약을 담아낸 경우이다. 또한, 변창률의 농촌 소재 소설은 농촌 공동체의 갈등을 봉합하고 전위적 존재들이 이끄는 '선군 시대'의 화합과 풍요의 전말을 제시한다. 북한소설에서는 신구세대의 갈등과 조화 문제가 눈에 띄게 잦아진다. 많은 소설 작품들이 항일무장투쟁의 기억과, 김일성 주석과 가계에 대한 신성화를 반복하고 있으나 가깝게는 6·25전쟁의 시기와 천리마시대가 자주 거론되는 것도 특징에 해당한다. 그런 경우, '고난의 행군 시기'의 난국을 헤쳐나오며 배어 있는 피로증상이 구세대의 회고 취향으로 발화되고 있다. 또한 사회의 정체된 국면들을 극복하려는 정치적 요구는 관료주의나 정실주의 폐단을 비판하고 제대군인이나 중년의 당원들을 쇄신의 주역, 시대의 대표자로 등장시킨다. 당과 군인이 인민들과 새롭게 결속을 다지는 면모는 경제적 풍요를 만들어내는 원천이 된다는 소위 '실리사회주의'의 테제와 연계되어 있다.

선군정치에 따른 문학예술의 이같은 변화가 체제내적 요구에 따른 것이라면 소설 분야에서는 기법상의 변화나 대외적인 담론들에 담긴 비적대성도 감지된다. 이는 2000년 이후 전개된 남북간 해빙 무드의 영향이 반영된 것으로 보아도 그리 틀리지 않는다. 가령, 김사량을 모델로 삼아 남한과의 민족 공조를 요구하는 조정협의 「벗을 찾아」(2001)나, 미국의 패권주의를 반성하도록 요구하는 김철민의 「화답할 때가 되었다」는 조미(朝美) 간의 오랜 적대적 긴장을 담아낸 경우로서, 북한 중심주의적 맥락에서는 크게 벗어나지 않지만, 북한의 대외적인 담론 방식이 남한의 냉전 반공주의자와 미국의 사과를 통한 화해를 전제로 삼는 태도의 변화를 보여준다. 체제의 위기를 타개한 이후 북한사회가 남한과 미국, 국제사회를 향해 던지는 '민족자주' '민족공생' 담론은 해빙 무드에 따른 유화적 태도의 일단인 셈이다.

제1부 '선군 시대의 문학'에 수록된 7편의 글은 연구회가 지난 10년 (1998~2007) 동안의 『조선문학』을 함께 읽고 그 내용을 공유하며 토론해 온 가운데 얻어진 소중한 성과들이다. 이 글은 모두 '선군 시대의 문학'을 대상으로 삼고 있다는 점에서, 책의 부제를 '선군 시대의 문

학'이라고 붙이는 데 망설일 까닭이 없었다.

김성수의 「선군과 문학」은 1998년부터 2007년까지 『조선문학』의 문학적 흐름을 개관한 글이다. 이 글은 선군 시대의 문학적 지향을 조리 있게 정리하며 1부 전체의 방향을 조감하며 '위기의식의 만성화가 초래한 여러 문제점 중 치명적인 것이 바로 학술적 용어 개념의 단선화, 토론과 논쟁의 부재, 도식주의의 만연'을 비판적으로 보는 입장을 취하고 있다. 이 글은 문학이론, 시, 소설을 고르게 살피면서 비평의 추이, 시의 흐름, 소설의 추세를 가늠하는 나침반의 역할을 한다.

또한, 오창은의 「'고난의 행군' 시기 북한 문학평론」은 『조선문학』 1996년 1월호부터 2000년 6월호까지를 대상으로 삼아 '고난의 행군' 시기의 북한 문학평론이 취한 현실대응 양상을 중심으로 비평 동향을 짚어본 글이다. 한반도의 해빙 무드 속에 북한 비평은 흥미로울 수밖에 없는데, 66편의 평론을 대상으로 삼아 그는 '수령형상 창조' '붉은 기 사상' '강성대국건설'이라는 키워드를 중심으로 논의를 전개하고 있다.

고인환의 「6·15 공동선언 이후의 북한문학에 말 걸기」는 '6·15 남북공동선언'(2000) 이후 북한소설에 나타난 변화상에 주목하여 당위와 개성, 이념과 욕망, 내용과 형식, 사상과 표현 등에 대한 변모를 '욕망·대화·첫사랑·맨 얼굴'이라는 언어적 코드로 검토해본 흥미로운 작업으로 남북사회와 문화적 문학적 소통의 가능성을 타진한 경우이다.

이상숙의 「2000년대 북한 시」는 『조선문학』에 수록된 통일 주제 시를 중심으로 남북의 긴장국면 완화가 시문학에 미친 구체적인 현상에 주목한 작업이다. 2000년 이후 『조선문학』에서 북한 시의 주제적 특질이 '선군(先軍)문학', '총대문학' 등으로 명명된 군인, 군대 소재의 시, 수령형상과 김일성 가계(혁명가정)와 직접 관련된 시들, 민족적 정서를 취급하는 경향이 증대된 현상과 뚜렷하게 변별되는 통일 주제 시들의 등장에 주목한 경우이다. 이는 물론 6.15 공동 선언이 북한문학에 직접 반영된 것이지만, 이전과 달리 수적으로 증가했다는 점에서 선군 시대의 특징적인 시적 경향의 하나임에 분명하다.

임옥규의 「'고난의 행군' 이후 북한문학에 나타난 여성 읽기」는 『조선문학』(1997~2008)에 수록된 소설에 등장하는 여성상에 주목한 경우이다. 이 글에서는 문학 속의 북한 여성상을 통해서 민족이나 국가의 젠더 정체성을 전유하여 혁명적인 주체로 재구성하고 민족의 표상으로 상징화하며 모성성을 전략화하는 모습을 검토하고 있다. 하지만, 필자는 2000년 이후 소설 속의 여성상은 선군 시대의 한 주역으로서 여성의 사랑과 헌신이 반복되지만, 여성들의 사랑이 동지애와 조국애로 귀속되는 경향에서 벗어나 사회적 지위 향상과 개인적 행복을 고심하는 미세한 변화에 주목하여 전체주의가 아닌 개인주의적 면모를 읽어내고 있다.

오태호의 「선군의 모토와 문학적 긴장」은 2003년 『조선문학』을 대상으로 시가와 소설, 비평 분야를 모두 거론하는 방식을 취한 글이다. 이 글에서는 서정시가 이념적 색채를 벗어나는 점, 세대 갈등이 소설의 주요 테마로 자리잡으면서 사회주의 지향의 현실과 개인의 욕망이 균열을 일으키는 지점을 면밀하게 살피고 있다. 비평 부문에서 지도비평과 작품 사이에 작동하는 경직성과 유연성이 서로 교차하는 특징에 주목한다. 필자는, 수령이 부재하는 공간에서 선군혁명사상을 표방하며 김정일 체제에 충성을 맹약하는 '선군혁명문학'의 기치를 높이 세운 구호의 차원과 문학의 심미적 기능에 연원을 둔 욕망의 지점이 갈등하고 균열을 일으키는 텍스트의 결을 섬세하게 읽어내고 있다.

유임하의 「실리사회주의와 경제적 합리성」은 변창률의 농촌소설과 「영근 이삭」을 통해서 북한사회의 경제관념이 어떻게 변화하고 있는지를 살피고 있는 글이다. 선군정치와 경제합리화 조치가 초래한 북한사

회의 변화는 실용적 사고와 경제관념이 중시되면서 사회적 통념으로
자리잡은 관료주의나 정실주의의 폐단을 강도높게 비판하고 이를 쇄
신하기 위한 주역으로 분조장을 내세운다. 중년의 당원과 제대군인 출
신의 분조장들은 당 – 군 – 민이 결속하는 새로운 사회 일화를 만들어
내며 공동체의 낙원을 건설하는 주역으로 등장한다. 필자는 이 글에서
실리사회주의가 촉발한 북한의 사회변화가 사상이나 이념에 근간을 둔
선언적 규범보다도 생활 속에 살아숨쉬는 실용성과 경제적 합리성을
가진 주체의 탄생을 예고한다는 점에서 주목해볼 가치가 있다고 본다.

　제2부 '작가론과 작품론'에는 그간 연구회 회원들이 자유롭게 북한
의 문학예술에 관해서 발표한 8편의 소중한 성과를 한데 모았다.
　먼저, 남원진의 「중심을 향한 열망과 파국의 드라마」는 1930년대 백
철의 휴머니즘을 비판하며 등장한 신세대 평론가인 윤세평의 비평을
처음으로 논의한 글이다. 해방기 때 자주독립국가 건설을 주장하며
1946년 월북한 윤세평(윤규섭)의 비평은 민족문화론의 중심에 놓여 있
다. 월북 후 그는 북조선인민위원회 선전국과 민주조선사에서 활약했
고, 김일성종합대학의 강좌장, 조선작가동맹출판사 주필, 작가동맹 평
론분과위원장에 오를 만큼 활발하게 활동했으나 1962년 이후의 행적
은 자취를 감춘다. 그의 숙청은 항일혁명문학 전통과 갈등한 카프문학
출신 작가들의 몰락과 궤를 같이 하는 것으로 짐작된다. 민족문화론에
관한 활발한 논의가 북한에서 봉쇄되는 것은 한 비평가의 몰락만이 아
니라 북한문학의 유연성이 유일체제에 의해 훼손되는 지점이기도 하
다. 이처럼 이 글은 윤세평의 월북 이후의 비평을 새롭게 조명하며 '북
조선중심주의'와 '진보적 민주주의 민족문학론'의 전말을 짚어나가고
있다.
　전영선의 「수령형상과 풍자의 작가」는 수령형상 문학예술의 대부로

일컬어지는 백인준의 영화문학을 처음 논의한 경우이다. 21편의 영화문학, 4편의 가극, 5편의 희곡, 4권의 시집을 남겼던 그는, 문학인으로서는 최고의 찬사를 받을 만큼 영화창작단인 백두산창작단 단장, 조선예술총동맹위원장, 최고인민회의 부의장 등의 주요 요직을 거치며 '대문호'라는 칭호를 얻을 정도였으나 남한에서는 별로 거론된 바가 없었다. 그는 영화문학 「누리에 붙는 불」, 「민족의 태양」, 「친위전사」, 「성장의 길에서」, 「최학신의 일가」, 혁명가극 「꽃파는 처녀」, 「밀림아 이야기하라」 등을 창작하여 혁명문학예술의 모범을 보여준 작가이다. 필자는 1960년대 중반의 문화정책과 혁명문학예술을 정립하는 과정에서 핵심적인 역할을 한 백인준의 창작 활동을 시와 영화문학을 중심으로 논의하는 한편, 김일성 유일체제의 정립과정에서 항일혁명전통이 호명(呼名)된 경과, 정치와 예술의 구체적 연관성, 정책 수단과 도구로서 예술의 위상 등을 함께 다루고 있다.

주지하듯이 북한의 문학예술 장르 안에는 영화도 포함되고 있어서 종합예술의 면모만이 아니라 체제문학의 범주에서 다루어진다. 이명자의 「현실과 혁명적 양심 사이에서」는 북한에서 재능있는 영화문학 작가로 꼽히는 리춘구의 영화문학 세계를 살핀 글이다. 리춘구는 50년대와 60년대 월북 작가들의 정치적 숙청과 함께 그 공백을 메우는 북한 출신의 신세대 영화작가의 한 사람이다. 60년대 후반에 등장한 그는 많은 수상경력과 함께 만만찮은 영화작가의 역량을 보여주고 있다. 「열관리공」(1974)을 필두로 「이 세상 끝까지」(1980)가 큰 반향을 일으키면서, 그는 80년대를 대표하는 영화작가로 부상한다. 남한에는 「열네 번째의 겨울」, 「봄날의 눈석이」(1985), 「도라지꽃」(1987), 「심장에 남는 사람」(1989)과 같은 작품이 알려져 있다. 이 글은 북한영화의 기법에 관해서도 공력을 기울이고 있어서 북한영화에 대한 남한 연구자의 관심 수준을 반영한 경우이다.

오창은의 「1950년대 북한소설의 서사적 이면」은 황건의 『개마고원』(1956)을 텍스트로 삼아 북한문학의 공적 담론에서 일관되게 높이 평가하는 이면을 탐색한 경우이다. 논자는 작품에 대한 북한문학사의 초기 평가가 '경석'을 중심으로 한 민중 계급의 형상화를 중시했으나 수령형상이 강조되는 시기에 이르면 '남재한의 지도력'을 강조한다는 점에 착안하여 '역사적 사건에서 인물의 성격화, 그리고 지도력'으로 평가의 강조점이 변화했다고 본다. 이는 달리 보아 '사회주의 리얼리즘 → 주체사실주의 → 주체문학론 및 수령형상문학'으로 전개되어온 북한문학 이론의 변화상을 함축적으로 보여주는 특별한 사례인지도 모른다. 남한에서도 비교적 다양하게 논의된 『개마고원』에 대한 이해를 한 단계 끌어올린 이 작업은 1950년대 사회주의 리얼리즘의 정전을 해독하는 섬세한 독법의 한 사례이다.

　오태호의 「천리마 기수의 전형과 동요하는 내면」는 윤시철의 『거센 흐름』(1965)을 대상으로 삼아 1967년 5월 당 중앙위원회 제4기 15차 전원회의 이후 김일성 중심의 유일주체사상 시기로 넘어서기 이전과 이후 북한문학의 변화를 추출하고자 한 작업이다. 이 작업에서 필자는 수령형상문학과 항일혁명문학이 북한문학의 앞자리에 놓여지기 직전의 내면 풍경이 입체적 성격을 내장한 주인공을 통해서 미미하게나마 편차를 드러내고 있다는 점에 주목한다. 『거센 흐름』을 비롯한 작품에서 드러나는 윤시철의 작가적 개성을 필자는 사실성과 현장성을 바탕으로 인물과 사건, 구성의 형상화에서 발견되는 서사의 진정성에서 찾고 있다. 또한 이 글에서는 유일사상 중심의 도식주의가 만연하기 전에는 사실주의적 묘사를 통해 드러나는 인물의 내면은 도식적인 결말에도 불구하고 매우 입체적이라는 점에서 인물의 생동감이 살아 있는 북한문학의 표정을 보여준 사례로 파악하고 있다.

　임옥규의 「최명익 역사소설과 북한의 국가건설 구상」은 대표작 『서산대사』와 『임오년의 서울』, 「섬월이」를 중심으로 월북 이후 발표된 최명익의 역사소설을 거론한 경우이다. 월북 이전의 문학에 대한 최명익 연구에 비해 북한에서 창작된 최명익 소설에 대한 포괄적인 논의로는 드문 경우이다. 이 글에서 필자는 최명익의 역사소설에서 북한의 국가주의 기획을 단적으로 보여주는 민족특성론과 사회주의 근대화 문제를 중심으로 논의하고 있다. 특히 필자는 60년대 숙청으로 문단에서 사라진 최명익의 작품을 더듬어가며 그의 문학적 생애를 살피는 과정에서 해방 이전에 모더니스트로서 근대적 미의식을 주된 방향으로 설정했으나 해방 이후 북한 사회주의 체제 하에서는 인민민주주의 체제에서 사회주의 체제로 이행하는 시기에 민족 특성론과 관련해서 천리마 시대의 현실을 역사소설로 담아내고자 했다는 점에 주목하고 있다.

고인환의 「주체소설 뒤집어 읽기」는 고병삼의 『철쇄를 마스라』(1975)를 대상으로 '주체형 혁명가'의 전형을 그려낸 것을 입체적으로 읽어낸 작업이다. 『철쇄를 마스라』는 김일성의 영도 하에 조선혁명군 부대가 북만 원정을 거쳐 백두산 일대로 진군하던 1930년대 후반을 배경으로, 김일성의 지도를 따르는 혁명 전사 박태림의 삶을 중심에 놓고, 그의 꾸준한 교양에 의해 혁명의 대오에 속속 가담하는 각계각층의 인물들이 조국광복회 강안마을 지회를 조직하는 과정을 담아낸 작품이다. 이 글에서 필자는 고병삼의 소설세계가 선험적으로 제시된 '수령의 영도'를 선택하기보다는 '각계각층을 대표하는 인물들의 시련에 찬 생활'에 대한 진실한 묘사를 통해서 역설적으로 주체문학의 미세한 균열을 드러내는 징후를 포착하고 있다. 필자는 인물의 내면과 일상의 세부묘사가 '이념의 광휘'와 긴장 관계를 형성하고 있다는 점에서 그 긴장이야말로 주체소설이 지닌 욕망과 이념 사이의 문화적 지점이라고 본다.

마지막으로, 김민선의 「전후 북한의 열정과 '제대군인'」은 리상현의 중편 「열풍」(1957)을 대상으로 삼아 전후 북한소설에서 반복적으로 등장하는 제대군인이라는 인물상이 시대와 이념을 대변하는 담지자로 기능하는 점에 주목한 작업이다. 필자는 50년대 북한의 전후소설을 조감하면서 많은 편차를 보인 제대군인의 표상을 정리하는 과정에서 전후 북한사회에서 제대군인은 경제복구라는 시급한 사회현안을 주도하는 쇄신의 주역으로 등장한다는 점에 주목하고 있다. 또한 필자는 이들에게서 사회적 이상과 현실의 낙차, 기대와 균열이 복합적으로 드러나는 지점을 드러내고 있는 점에 착안하여, 전쟁에 참가했던 제대군인이 이념적 각성을 이룬 사회혁명가로 인식되는 지점이 인민들을 각성되지 아니한 대상으로 구획한다는 점에 주목한다. 그리하여 이 글은 제대군인이 이념의 담지자로서 전후경제 복구의 과업을 실현하는 주역으로 내세워 사상적으로 성장하며 그들의 열정과 사랑을 다루는 성장의 서사로 읽어내고 있다.

이번 연구 성과는 남북문학예술연구회(이하 '연구회'로 약칭함)가 이화여대 출판부에서 간행했던 『북한문학의 지형도』의 후속 작업이다. 첫번째 성과에서 우리 연구회는 북한 문학사에서 비중 있는 작가들의 생애와 서지를 정리하고 그들의 대표작을 집중 분석하는 방식을 취했다. 첫번째 성과에서 우리 연구회는 문예정책이나 시대적 흐름 속에서도 변치 않고 빛을 발하는 작가의 정신과 문학적 개성을 추출하는 한편, 대표작을 선정하여 세밀하게 읽고 그것을 독자들에게 알리고자 했다. 그런 까닭에, 첫 성과에 대한 명명은 책의 제목처럼 '대표작가와 대표작품으로 살펴본 북한문학의 지형도'라는 표현이 가능했다. 이번 성과 또한 그러한 기술의 원칙을 견지하면서도 어떻게 연구 성과를 이끌어낼 것인가를 함께 고민했다. 우리는 함께 읽어온 『조선문학』을 대상으로 한 연구회 성원의 논의를 한데 모아보자는 취지를 가시화하고자 했고, 그런 고민이 '선군 시대의 문학'이라는 부제를 가능하게 했다.

　무엇보다도 이 책이 나오기까지 이화여대 통일연구원의 최대석 원장님의 후의와 청동거울의 도움이 컸다. 이 자리를 빌려 다시 한 번 감사드린다. 또한 마음을 한데 모아 더 나은 원고를 만들기 위해 밤늦도록 함께 토론했던, 회원들의 아름다운 학문적 인연을 마음속 깊이 소중하게 간직하고자 한다.

2009년 9월
가을을 재촉하는 비내리는 저녁에 회원을 대표하여
유임하 삼가 쓰다.

선군 시대의 문학

제1부

선군과 문학
　　—『조선문학』(1998~2007) 10년의 쟁점

김성수

1. 북한 문인의 글쓰기 자의식

이 글에서는 '고난의 행군'으로 일컬어지는 체제 붕괴의 위기를 극복한 2000년 전후 북한문학에 나타난 북한 문인들의 작가의식과 글쓰기의 양상을 분석하려고 한다. 특히 1998년부터 2007년까지 지난 10여 년간의 문예정책, 사상적 이론적 동향 파악과 함께 주제론적 접근이 가진 빈틈을 보완하기 위하여 북한 문인들의 글쓰기에 대한 자의식을 포착해 보려는 것이다.[1]

왜 글쓰기에 대한 자의식인가? 작가들과의 만남을 통해 오랫동안 문

---

[1] 북한문학을 1차 자료 중심으로 공부하는 소장학도들의 모임인 '남북문학예술연구회'(대표 김성수)에서는 '고난의 행군' 시기를 전후한 북한문학의 동향을 미시적으로 분석하기 위하여 조선작가동맹 기관지인 월간『조선문학』1997년부터 2007년치까지 11년치 텍스트를 2년간 읽고 분석한 바 있다. 이 논문도 그 공동연구의 일환이다. 근대문학회 학술대회 '고난의 행군 이후 북한문학' 발표문(2006.11.30)과 남북문학예술연구회 '조선문학 1997~2007 읽기' 세미나 발제문(2007.1.25)을 발전시켜『민족문학사연구』37호(민족문학사학회, 2008.8.31)에 투고한 논문 「선군사상의 미학화 비판」의 개제 축약본이다.

헌으로만 공부했던 북한문학의 또 다른 실상을 엿보았기 때문이다. 2005년 7월의 민족작가대회 때 평양에서 만나 잠시나마 내면의 대화를 몇 번 나눴던 몇몇 북한 문인들에게서[2] "나는 왜 글을 쓰는가?"에 대한 깊은 자의식과 문학적 통찰을 별반 느끼지 못했던 것이 이 글의 집필동기가 되었다.

북한문단에서 작가 또는 글쓰기 주체의 글쓰기에 대한 자의식이란 어떤 것일까? 단지 월급 받고 창작실에 출근해서 한 해 동안 일정한 작품 창작을 생산해내는 문학이란 직업을 생업으로 하는 문인, 작가란 사람들의 존재증명에 불과하지는 않을 것이다.[3] 그런데 당 정책이 정해지면 그에 맞게 창작을 숙제하듯 해치우는 게 실상 아닐까 하는 의구심을 확인하게 된 것이다.

북한 작가들의 글쓰기방식은 대체로 당(黨)문학론에서 한 치도 벗어나지 않았다. 이는 글쓰기 주체의 글쓰기 외적 강박이 엄존한다는 말이다. 북한에선 당 정책이 정해지면 그에 맞게 연초 창작계획이 세워지고 1년간 1달간 1주간 창작 생산공정이 진행된 후 연말에 가서 창작성과를 '총화'하는 사회주의적 창작 메커니즘이 반복되고 있는 것이다. 당 정책의 핵심인 수령론과 선군(先軍)사상은 지난 10년간의 글쓰기 담론에서 신성불가침의 절대적 지위를 누리고 있다. 이것이 문제가 아닐까 한다.

여기서는 바로 이 시기 북한체제가 스스로를 일컫는 '고난의 행군'이 끝난 후인 2000년대 문학에 나타난 글쓰기와 작가의 자의식을 분석하고자 한다. 그 주된 내용인 선군정치, 선군사상의 미학화가 어떻게

---

2 2005년 7월에 평양에서 열린 민족작가대회의 문학사적 의미 등에 대한 학문적 평가는 김성수, 「북한 현대문학 연구의 쟁점과 통일문학의 도정―민족작가대회의 성과를 중심으로」, 『어문학』 91집, 한국어문학회, 2006.3, 85~93면을 참조할 수 있다.
3 북한에서 문학가들의 등단과 사회적 존재방식에 대한 체계적인 논의는 전영선, 『북한의 문학예술 운영체계와 문예이론』, 역락, 2002, 17~46면을 참조할 수 있다.

이루어졌으며 창작과 비평 등 글쓰기에 실질적인 동인으로 작용하는 지 살펴볼 것이다. 북한문학의 특징을 두고, 발터 벤야민이 「기술복제 시대의 예술」[4]에서 파시즘 분석의 패러다임으로 제시한 용어인 '정치의 심미화'란 개념으로 접근한 것은 일찍이 신형기에 의해서 이루어졌다.[5] 하지만 그는 자본주의하의 파시즘 혐의를 둔 남한문학이나 사회주의(또는 주체사상에 입각한 사회주의)하의 '선군주의'[6]로 규정한 북한문학 사이의 차이를 구별하지 않은 채, 둘 다 무차별적으로 '정치의 심미화'라는 특징을 지닌 파시즘적 가능성에 혐의를 두는 것은 문제가 있다. 원래 발터 벤야민의 논의체계라면 자본주의 국가에선 정치의 심미화가 문제이고, 공산주의 국가에선 '예술의 정치화'가 문제라고 되어 있다.[7] '예술의 정치화'를 언급한 것은 벤야민의 「역사철학에 관한 테제들」에 나온 대로 일종의 정치미학이라고 할 수 있다. 이 때 정치는 넓은 의미에서의 정치이다. 프로파간다로서의 예술, 사회주의리얼리즘, 중국 문화혁명기 모택동어록, 일제 강점기 '사쿠라'로 미화된 가미가제특공대 등이 예술의 정치화에 해당될 것이다. 물론 정치의 미학화와 예술의 정치화는 긴밀하게 연결되지만 무분별하게 사용할 수는 없

---

4 발터 벤야민, 반성완 편역, 『발터 벤야민의 문예이론』, 민음사, 2003 참조.
5 신형기, 「남북한문학의 '정치의 심미화'」, 『민족이야기를 넘어서』, 삼인, 2003, 180~194면. 신형기는 이후 북한문학을 다룬 많은 글에서 이 개념을 통해 북한문학을 작위적인 건국이야기, '이야기된 역사'로 규정하고 있다. 신형기, 『민족이야기를 넘어서』, 삼인, 2003 ; 신형기, 『이야기된 역사』, 삼인, 2005 참조.
6 과문한 탓인지 모르겠지만 '선군정치, 선군사상'은 실재하지만, '선군주의'는 북한에서 사용하지 않는 신형기만의 용어 개념으로 알고 있다. 신형기는 정기종의 『력사의 대하』(1997)를 예로 들어 "선군주의(군대를 사랑하고 앞에 놓아야 한다는 주의)나 총폭탄정신(모두가 폭탄이 되어 수령과 당을 보위해야 한다는 정신)과 같은 통치와 동원의 구호를 이야기로 구체화"했다고 언급하는데, 이는 정밀한 실증적 보완을 요구한다. 신형기, 「북한 핵과 '조미대결'의 역사」, 『이야기된 역사』, 삼인, 2005, 108~114면 참조.
7 '정치의 심미화'란 발터 벤야민이 「기술복제시대의 예술」에서 파시즘 분석의 패러다임으로 제시한 용어이다. 벤야민의 「기술복제 시대의 예술작품」 마지막 구절은 "파시즘이 추진하는 정치의 심미화는 이러한 사정에 처해 있다. 공산주의는 예술의 정치화로써 파시즘에 응답하고 있다"이다. 벤야민은 예술을 순수한 것에서 벗어나 파시스트들의 프로파간다에 맞서는 교양의 도구로 다루고 있다. 발터 벤야민, 앞의 책 참조.

는 개념으로 생각된다. 따라서 이 글에서 사용하는 '선군사상의 미학화'란 벤야민의 개념을 차용한 것이라기보다는 넓은 의미의 정치미학을 뜻하는 것으로 전제한다.

2. 위기의식의 만성화와 선군(先軍)문학이란 대안

북한문학을 역사적으로 개괄할 때 마르크스-레닌주의에 기초한 사회주의리얼리즘 미학을 주요 준거로 활용했던 1950~60년대 평론에선 비평가가 '담이 크지 않더라도' 평론가들의 토론과 논쟁, 백가쟁명이 가능했다. 하지만 주체사상의 유일사상 체계화가 확립된 1967년 이후 이론적 자기정립을 보인 주체문예이론의 전개 이후엔 글쓰기에 대한 자의식을 찾기는 쉽지 않았다.

글쓰기 방식에 관한 한 1967년 주체사상의 유일사상 체계화 이후 20여 년간 주체문예이론의 형성과정에서 주체사상에 입각한 종자론, 속도전, 수령형상 등은 배타적 절대화가 반복되었다. 다만 1986년부터 이념적으로나 작품 성과 측면에서 경직성을 완화한 결과 종래의 주체문예이론보다는 상대적으로 포용력 있는 『주체문학론』(1992)의 완성을 보게 된다. 주체사상에 입각한 문예정책과 이론을 절대적으로 유일한 준거로 하되, 부분적이나마 항일혁명문학예술의 전통으로 포섭되지 않는 고전문학, 부르조아문학까지 포용하고 오랫동안 돌보지 않았던 문예형식에 대한 자의식과 고민을 담아낸 것이다. 하지만 7~8년간의 상대적 완화기도 잠깐이었다. 1994년 김일성의 사망과 체제 붕괴의 위기 속에서 '유훈통치' 및 '고난의 행군'을 걸어온 시기에 이르자 다시 이념적으로 경직되고[8] 집단적 글쓰기의 메커니즘은 '선군(先軍)혁명문학'이란 슬로건 아래 더욱 강화되었다.

1994년의 김일성 사망 이후 김정일이 통치한 지난 10여 년간 북한사회의 흐름을 내재적 입장에서 체제내적 용어로 정리하면, 초기의 '유훈통치기'와 '고난의 행군, 강행군' 시기를 거치는 동안 '선군(先軍)시대'로 자기정립을 하게 되었다고 할 수 있다. 90년대 중반 이후 체제붕괴의 위기를 넘기면서 인민들의 생활은 대폭 희생되었지만 김일성주의에 입각한 김정일 체제는 견고해졌으며 그 과정에서 군(軍)의 위상이 절대화되었다. 문학예술의 경우 문학이 일상생활과는 별 무관한 주변부 문화이고 일종의 유희로까지 전락한 남한사회에 비해 자체의 위상은 꽤 높다고 하겠지만, 대신 당과 최고지도부가 원하는 작품만 기계적으로 생산해내는 안이함이 만연한 것처럼 생각된다. 정치적으로 위기의식에 근거한 벼랑끝 전략이 고착화되면서 '일촉즉발'이라는 위기의식조차 만성화되어 버린 것이다.

위기의식의 만성화가 초래한 여러 문제점 중 치명적인 것이 바로 학술적 용어 개념의 단선화, 토론과 논쟁의 부재, 도식주의의 만연이다. 이러한 점은 비평 분야가 특히 심하다. '선군사상' 같은 공식적인 당 정책과 문예노선에 맞춤형 창작과 실제 생활현실의 진실한 묘사 사이의 틈새(균열)에 대한 사실적 언급이나 고민은 별반 드러나지 않는다. 창작뿐만 아니라 비평에서조차 글쓰기에 대한 현실주의적 자의식이 결여되었다는 데서 문제의 심각성은 더욱 커지지 않을까 한다. 민족문학의 대의나 리얼리즘의 미학적 잣대에 비추어봐서도 본령에서 벗어난 것처럼 생각되는 이러한 위기의 원인은 무엇인가? '선군(先軍)혁명문학'이란 슬로건 아래 더욱 강화된 강박적 글쓰기의 현실적 동인은 결국 '고난의 행군'으로 일컬어지는 체제 붕괴의 위기와 '선군사상'으로

---

8 1990년 이후 최근 북한 문예정책을 돌이켜 볼 때 '우리 식대로 살아나가자!'라는 90년대 초의 정치적 구호로 집약되는 자력갱생 노선의 강화가 기본적인 전제라고 생각된다. 「신년사」 (1990.1.1), 『조선중앙연감 1991년』, 조선중앙통신사, 1991, 1~6면 참조.

일컬어지는 체제 극복 정책노선을 예술 창작의 미학으로 전화시킨 문예정책이며, 이를 외면, 반대할 수 없는 문인의 사회적 존재에 근본 원인이 있다고 할 터이다.

선군혁명문학은 주체사실주의문학의 '새로운 형태'이다. 2003년 3월에는 주체사실주의문학 발전의 '높은 단계'로 격상되면서 그 이론적 위상은 더욱 공고해졌다.[9] 도대체 이들 선군혁명문학의 실질적인 특성은 무엇인가? 이에 대하여 이 문예이론의 정리자라 할 김정웅은 반제혁명사상의 반영, 조국애의 구현, 혁명적 군인정신 같은 시대정신의 구현, 비상한 견인력과 감화력 등 네 가지를 그 특성으로 들고 있다.[10] 그에 근거하여 작품 주인공에 대해서도 이전 시대 사회주의문학이 노동계급, 프롤레타리아의 문학인 데 반해 현재 북한의 '선군(先軍)시대'에는 혁명의 주력군이 노동계급이 아니라 인민군대이기 때문에 인민군이 기본주인공이 된다는 논리를 펴고 있다. 군대가 아닌 등장인물까지 포괄하기 위한 미학적 장치로 '군민일치의 전통적 미풍'을 감명 깊게 그려내면 된다고도 한다.[11] 문학사적 흐름에서도 1950년대 시대정신을 노동계급인 천리마기수들이 형상화했다면 2000년대 시대정신은 군인들이 창조해야 한다는 것이다. '고난의 행군'이라 하여 식량난과 체제붕괴 위기를 전쟁으로 비유하고 있는 북한 현실에서 전쟁 수행과 승리의 담지자는 오직 군인뿐이라는 논리를 펴고 있다. 하지만 이러한 미학적 이념형이 실제 작품 창작에서 어떻게 구체화되는지 꼼꼼히 분석할 필요가 있다.

9 방형찬, 「선군혁명문학은 주체사실주의문학 발전의 높은 단계이다」, 『조선문학』, 2003년 3월호 참조.
10 「선군혁명문학의 특성과 그 창작에서 나서는 요구」, 사회과학원 주체문학연구소 편, 『총대와 문학』, 사회과학출판사, 2004, 24~30면 참조.
11 위의 글, 33~36면 참조.

3. 선군문학의 글쓰기 전략 비판

1990년대 중후반의 '고난의 행군'을 극복하기 위한 방도로 인민군대를 중시하는 선군사상, 선군정치가 제시되고 이에 따라 문예정책과 노선도 2000년 전후에 '선군혁명문학'으로 귀결되었다. 이러한 당 정책의 노선 정립에 따라 선군사상에 입각한 선군 시대를 대표하는 많은 문학작품이 창작되었다. 1997년부터 2007년까지의 『조선문학』, 『청년문학』, 『문학신문』 게재 시, 소설 작품들을 개괄해 볼 때 이전과 달리 문학작품의 주인공이나 서술자로 군인이 직접 등장하거나 플롯 전개 중 갈등의 해결방안으로 군대식 돌격대식 사업방식을 강조하고 자기 희생적인 혁명적 군인정신을 고취하는 등 군 중시의 주제사상이 눈에 띠게 강화되었음을 알 수 있다.

90년대 후반에 나온 선군문학의 초기 단계에선 인민군이 직간접적으로 등장하여 군인정신으로 서사적 갈등을 해결하는 내용이 주를 이룬다. 가령, 문상봉의 「총대에 비낀 인간상」에서 총을 떠나서 못 사는 캐릭터가 창조된다. 목총을 베고 자는 항일혁명투사인 최현의 모습을 통해서, 총은 혁명투사이며 그의 생활이며 생명이라는 것을 형상화한다. 리영환의 「노들섬」은 군 복무를 같이 한 옛 전우인 주병섭과 최진학의 모습을 통해 군대와 인민의 관계와 인민군대의 역할을 제시한 작품이다. 이 소설은 항일무장투쟁시절에 보여준 군민일치(軍民一致)의 전통을 계승한 군의 대민지원사업을 형상화하고 있다. 박원성의 「운계령 할머니」는 다박솔 초소 병사들이 70세 노파 오성녀의 생일을 축하하면서 군민일치에 따른 군의 대민지원사업을 형상화하고 있으며, 리기창의 「병사의 숨결」 또한 한 통신병의 영웅적 행동을 찬양하는 '총대정신'을 형상화한 작품이다.[12]

이처럼 선군문학이 처음 나왔을 때는 군대문화가 소재 차원으로 수용되었다. 그러다가 군 중시사상이 이데올로기적 차원으로 본격 개입하게 된다. 선군혁명문학이 '총대철학'과 '총대미학'을 유기적으로 결합시킨 선군정치사상의 문학적 반영이 된 것이다. 최언경의 해설에 따르면, 선군혁명문학예술은 또한 인민군대의 혁명적 문학예술을 본보기로 하고 있다. 여기에는 군사가 국사의 첫째이고 군대가 혁명의 핵심부대, 주력군이며 군대를 강화하는 것이 기본이라는 선군정치의 본질적 특성이 투철하게 구현되어 있다. 인민군대를 무적필승의 혁명무력으로 강화하여 조국의 안전과 혁명의 전취물을 사수하며 인민군대를 핵심으로, 주력으로 하여 혁명의 주체를 튼튼히 꾸리고 사회주의 건설의 모든 사업을 혁명적으로, 전투적으로 벌려나가는 것이 선군문학이라는 것이다.[13] 이러한 문예정책의 노선에 따라 선군 시대를 대표하는 많은 작품이 창작되었다.[14]

여기서 선군문학이란 군대가 곧 당이고 국가이며 인민이라는 독특한 총대철학에서 나왔으며, 모든 것은 총대에서 비롯된다는 총대사상이 미학으로까지 끌어올려지는 것이 문제적이다. 마치 수령에 대한 충성이라는 도덕윤리적 차원의 명제가 미학으로 전화된 것이 사람중심의 철학과 인민대중의 자발성에 기초했다는 주체사실주의미학의 이면적 진실이듯이, 선군문학의 이면 또한 군 중시의 철학과 사업방식이 미학으로까지 끌어올려진다는 점이다.

---

12 문상봉,「총대에 비낀 인간상」,『조선문학』, 1997.10 ; 리영환,「노들섬」,『조선문학』, 1997.11 ; 박원성,「운계령 할머니」,『조선문학』, 1998.2 ; 리기창 ,「병사의 숨결」,『조선문학』, 1998.2.
13 최언경,「존엄 높은 조국과 더불어 영광 떨쳐온 주체문학의 55년」,『조선문학』, 2003.9, 9면.
14 수령 형상을 다룬 대표작은 서사시「영원한 우리 수령 김일성 동지」와「조국이여 청년들을 자랑하라」, 김일성 생애를 형상화한 '불멸의 력사' 시리즈의 장편소설『영생』과『붉은 산줄기』, 김정일 생애를 총서로 형상화하는 '불멸의 향도' 시리즈 중 장편소설『력사의 대하』,『평양의 봉화』,『총대』등이다. 사회주의 현실을 다룬 일반 소설 가운데『백금산』과『열망』, 연극은「소원」과「어머님의 당부」등이 대표작으로 꼽히고 있다. 최길상,「새 세기와 선군혁명문학」,『조선문학』, 2001.1, 5~6면 ; 김순림,「우리 당의 위대한 선군 령도를 따라 힘있게 전진하는 주체문학」,『조선문학』, 2000.10, 5~7면 참조.

가령, 문예학자 박춘택은 「우리 당의 붓대철학과 작가의 시대적 사명」이라는 제목의 논설을 통해 "붓대는 혁명과 반혁명, 정의와 부정의와의 총포성이 울리지 않는 사상적 대결에서 승리를 거두게 하는 위력(威力)한 무기"라고 전제하고, "흔들림 없이 수령결사옹위을 지니고 충성의 한 길을 꿋꿋이 걸어가는 것이 선군작가의 참 모습"이라면서, 작가들에게 정치적 식견과 안목을 높이며 현장 체험을 많이 할 것을 촉구했다.[15] 작가가 붓을 잡는 것은 군인이 총을 잡는 것과 같으며 글쓰기를 하는 것은 전투를 하는 것과 같다는 발상이야말로 선군혁명문학의 글쓰기전략을 한마디로 웅변해 주는 말이 아닐 수 없다. 이렇듯 붓대철학은 바로 총대철학이라면서 작가에게 군 체험을 시키거나 아예 박윤처럼 인민군 출신이 작가로 우대받는 경우까지 늘고 있는 것이다.

선군혁명문학의 역사적 추이를 살펴볼 때 처음에는 창작에서 군대식 특징이 소재적 차원으로 수용되었지만 차차 사상적 이데올로기적 차원으로 받아들여지다가 비평에선 미학 차원까지 지향하는 것으로 판단된다.[16] 선군문학이 이데올로기 차원을 넘어서서 문예형식 및 미학 차원으로 이론적 일반화를 기획할 때 생기는 문제점은 무엇일까? 창작과 비평의 전 과정에 인민군대의 아이콘을 절대화시켜 제시하는 이러한 방식의 선군문학의 글쓰기전략은 과연 효과적인지 의문이다. 선군혁명문학이 미학, 문체 차원의 수용이 되면 가령, 조선인민군문예창작사 부장인 소설가 박윤처럼 '총대와 붓대를 억세게 틀어쥐고 혁명적 군인정신에 입각한 〈총대문학의 기수〉를 자처'하게 되는 것이다.

여기서 선군문학의 글쓰기전략이 지닌 문제점이 가장 전형적으로 노정되는 한 예를 들어 분석하기로 한다. 한웅빈의 「채 쏘지 못한 총탄—

---

15 박춘택, 「우리 당의 붓대철학과 작가의 시대적 사명」, 『조선문학』, 2005.10, 5~7면 참조.
16 김성수, 「김정일 시대 문학에 대한 비판적 고찰—선군 시대 선군혁명문학의 동향과 평가」, 『민족문학사연구』 27호, 민족문학사학회, 2005.4, 228면.

한 전쟁로병의 이야기 중에서」(2005)[17]에 대한 소장 비평가 한미영의 평론에서 최근 선군문학론의 글쓰기 전략이 어디를 향하는지 짐작할 수 있는 의미심장한 대목을 찾을 수 있다.[18] 한웅빈 소설은 서술자 '나'가 6·25전쟁 당시 낙동강 전투에서 전사한 순재 상등병의 경기관총 투혼 등을 추억하는 내용이다. 그런데 한미영의 평문을 보면 3편의 '련속단편소설의 종자'를 포착하거나 소설형식적 특징을 분석할 때 전투용어를 일관되게 적극적으로 활용하고 있음을 알 수 있다.

가령, 1950년 가을의 낙동강 전투에서 죽을 때까지 경기관총을 부여 잡고 총을 쏘다 전사한 순재 상등병의 추억담을 그린 「채 쏘지 못한 총탄—한 전쟁로병의 이야기 중에서」의 첫 번째 에피소드는 "병사의 총탄은 원쑤가 남아 있는 한 숨져서도 계속 쏘아야 할 멸적의 총탄"이 종자이고, 1951년 재진격 때 작은 순재가 국군 포로들을 죽이지 못하고 허공에 총을 쏘는 두 번째 에피소드는 "병사의 총탄은 대를 두고 원쑤를 징벌해야 할 복수의 총탄, 증오의 총탄"이 종자이며, 1953년 7월 중부전선의 어느 무명고지 탈환 전투 때 위험을 무릅쓰고 적 후방을 기습한 전투 무용담을 그린 세 번째 에피소드는 "병사의 총탄은 한 몸이 그대로 총대가 되어서라도 기어이 쏘아야 할 총탄"이 종자라는 설명을 한다. 그런데 왜 이것이 주제사상의 핵심인 종자인지 별다른 논증은 하지 않은 채 전투용어만 남발하고 있어 문제이다.

주목할 것은 다음 인용문들에 담겨 있는 한미영 비평가의 글쓰기 전략이다 : "총탄처럼 박히는 종자", "병사는 언제나 자기의 총대 속에 '채 쏘지 못한 총탄'을 재우고 있어야 한다", "작품의 종자는 하나의 총

17 한웅빈, 「채 쏘지 못한 총탄—한 전쟁로병의 이야기 중에서」, 『조선문학』, 2005, 1~3호 연재. 노귀남, 「북한문학 속의 변화 읽기」, 『통일과 문화』 창간호, 통일문화학회, 2001, 74~77면 ; 이봉일, 「2000년대 북한문학의 전개양상」, 김종회 편, 『북한문학의 이해 3』, 청동거울, 2004, 61~62면 ; 김성수, 「북한의 '선군혁명문학'과 통일문학의 이상」, 『통일과 문화』 창간호, 통일문화학회, 2000, 114~116면 참조.
18 한미영, 「총탄처럼 박히는 련속단편소설의 형상세계」, 『조선문학』, 2006.4, 51~53면 참조.

탄을 련상시킨다", "시대와 력사를 관통하고 있다. 실로 총탄 같은 종자를 발사한 것으로 하여 이 단편은 명백히 우수한 단편으로 된다. 한마디로 이 단편의 구성은 '련발사격식 구성'이다. 련발사격으로 하나의 목표를 명중시킨데 이 단편의 형상적 높이가 있다. 이 련발사격식 구성은 주인공 나에게 생긴 의혹이 마침내 풀리게 되는 극적 과정 속에 들어 있다", "온 몸이 총대가 되어 마지막 한 치를 톺고 있는 그 순간에조차 총알 같은 해학이 발사된다" 등등.

선군혁명문학론의 미학적 이론화가 '해학과 반전'이라는 전통적인 소설문법조차 "총탄 같은 종자의 발견, 련발사격식 구성의 돌파, 충실한 감정조직" 등으로 이론적 정식화가 될 것이라는 예감이 들 정도이다. 작품 평가의 결론조차 "이 모든 것이 한데 어우러지고 단단히 뭉쳐 련속단편소설의 긴 행로를 수월하게 넘어왔다. 이는 마치 명사수가 성능 좋은 무기를 메고 있는 것과 흡사하다."고 총평한다.

사실 한웅빈 작품 「채 쏘지 못한 총탄—한 전쟁로병의 이야기 중에서」는 한 편의 잘 짜여진 소설로 놓고 봐도 미학적 성과가 풍성하다. 수령이나 장군의 직접적 등장 없이도 영화 장면을 묘사하듯이 세 가지 에피소드를 나란히 회상하고 현재와 관련 맺는 액자식 구성은 신선하다. 소설 문체 또한 "날씨는 극도로 랭각된 정세처럼 차고 맵짜웠습니다" 날씨와 정세를 비유한 글쓰기 방식도 특이하다. 더욱이 〈까투리타령〉 같은 민요, 〈휘파람〉 같은 가요가사, 카프 작가 조명희 소설 「낙동강」(1927)의 가요 가사까지 적절하게 삽입되어 있다. 그런데 이러한 풍부한 형상화, 글쓰기 방식의 다양화를 외면하고 "총탄처럼 박히는 종자" '련발사격식 구성'이니 하는 군대식 문예용어를 작위적으로 제시하고 있으니 '선군문학론'의 본질이 의문시되지 않을 수 없다.

이 글에서 1990년대 초와 중반, 후반을 구분하고 '주체문학론'에 깔

린 상대적 개방성의 발견, 일시적 위기 타개책 슬로건이었다가 미학사
상 차원까지 고양된 선군혁명문학론의 의미 파악까지 논의를 진전시
킨 것은 그것을 가능하게 한 새로운 문예정책과 글쓰기 방식의 변모가
포착되었기 때문이다. '유훈통치' '고난의 행군' '선군'이니 하는 것은
문학적 슬로건이 현실적 정치적 힘을 얻은 경우이다. 글쓰기 전략으로
말하면 '고난의 행군과 강행군' 담론도 1960년대 중반의 '항일혁명문
학예술의 발굴'과 마찬가지로 위기에 처한 현재적 필요에 의해 발견되
거나 만들어진 과거이며 신화의 산물이라고 아니할 수 없다. 현재의
시련과 고난을 극복하기 위하여 신화적 과거를 호명하고 그에 준거해
서 미래를 지향하겠다는 글쓰기 전략의 산물이라는 말이다.

하지만 선군문학의 글쓰기 전략의 숨은 본질은 기본적으로 은폐와
강박이라 아니할 수 없다. 2000년을 전후한 시기, 북한체제의 내면적
시련을 감추는 은폐적 기능을 담당한 문학예술 분야의 집단적 글쓰기
기획은 검열과 공식매체를 통해 거의 동일한 내용과 형식으로 순환,
모방, 재생산되기 때문이다. 문학의 창작과 비평, 유통을 지배하고 있
던 이 은폐적 글쓰기 현상은 사적 개인의 철저한 배제, 군대 내지는 돌
격대를 새로운 모범으로 내세우는 집단적 자아의 강화 등, 『주체문학
론』의 상대적 개방성을 퇴행시킨 혐의가 없지 않다. 새로운 글쓰기 방
식으로 등장한 선군사상의 감정 토로가 그와 다른 방식으로 정책 및
이론을 지배했던 주체문학론의 당문학 기능과 동일한 방식으로 문예
창작 메커니즘을 장악하고 있음을 간과해서는 안 될 것이다. 이러한
맥락에서 선군문학은 독특한 위치에 놓이게 된다. 군대 및 군사용어만
개입되면 만사형통이라는 특권화된 제스처가 글쓰기의 위기를 역설적
으로 보여주고 있기 때문이다.

다시 묻는다, 선군문학은 혁명적 군인정신이나 총대미학 같은 몇 가
지 담론전략을 가지고 과연 사회주의리얼리즘, 또는 주체사실주의 창

작방법의 연장선상에서 새로운 미학으로 성립할 가능성이 있는지. 가령 "붓대는 총대와 같아야 한다" 정도의 슬로건 수준인 '총대미학'이 과연 리얼리즘이나 '종자론' '속도전'의 반열에 놓인 예술방법 상의 대체 용어개념인가 하면, 지금으로선 그렇지 않다고 판단된다.

4. 대안으로서의 리얼리즘 글쓰기

그렇다면 최근 10년 동안 이루어진 북한문학은 수령론과 선군사상에 강박된 수령문학, 선군문학 같은 공식적인 경향만 있는 것인가 하면 그렇지는 않다. 소수지만 2000년대를 살아가는 북한주민의 생활감정을 형상화한 '사회주의 현실 주제(소재)' 경향도 적지 않다. 이러한 문제의식에서 볼 때 소설 양식의 다양한 변모에서도 의미를 읽을 수 있다. 가령 전통적인 시간순 순차구성, 전지적 시점 일변도에서 벗어나 최근 소설들에서 흔히 볼 수 있는 회상식 액자형 구조 다양한 입체적 구성과 과학환상소설 등 장르적 다양화 모색에 주목할 수 있다는 말이다. 2005년 민족작가대회에서 만나 대화를 나눈 바 있는 조정협, 김철민 같은 소장 작가의 작품[19]을 만나면 더욱 관심 갖는 것이 인지상정일 게다.

철도노동자에서 작가동맹 맹원이 된 3급 소설가 조정협 작품부터 예로 들어보자. 그의 최근작 「벗을 찾아」는 6·25전쟁 당시 사망한 종군작가인 김수민의 당시 행적을 두고, 50여 년 만에 북한을 방문한 남조선 및 해외동포 출신 박호림, 유진해의 회상기를 교차 소개하는 수법을 쓰고 있다. 작가 기자인 작중화자의 눈에 비친 그들은 평생 반공 반

---

19 조정협, 「벗을 찾아」, 『조선문학』, 2007.1 ; 김철민, 「회답할 때가 되었다」, 『조선문학』, 2007.7.

북주의자였던 과거의 잘못을 뒤늦게 반성하는 노인네의 모습으로 비춰진다. 짧은 단편이지만 해방 직후와 전쟁 당시, 그 후의 왜곡상, 다시 2000년대 북한 방문단 일원으로서의 현재 심경 묘사까지 60여 년 동안의 회상을 통해 김수민이란 영웅적 인물의 진실과 허위가 날카롭게 묘파되어 있다. 3중액자기법을 통해 무엇이 당시 진실이고 어떻게 그들의 행적이 남쪽에서 왜곡되었는지, 〈라쇼몽〉처럼 다양하지는 않지만 다양한 시선의 회상장면으로 교차시키고 있다.[20]

작가대회 만찬장에서 수줍어하기만 했던 조정협에 비해서, 스스로 재키찬(성룡) 닮았다며 좌중을 웃음바다로 만들었던 까불이 작가 김철민의 소설은 어떤가 보자. 그의 최근작 「회답할 때가 되었다」(2007)는 일종의 반미문학, 수령형상소설이라 하겠지만 소설기법은 참신하다. 즉 스위스대사관 참사 안류경에게 온 필라델피아 거주 미국인인 제임스 케빈의 편지 4통을 소개하는 형식이다. 내용은 북한이 핵확산방지조약(NPT)을 탈퇴했던 1993년 3월 편지에서는 6·25전쟁 당시인 1952년 11월을 회상하고, 2002년 1월 시점에서는 1952년 12월, 2005년 2월 시점에서는 1953년 7월, 마지막으로 2006년 10월 편지를 통해 현재 시국를 짚고 있다. 2006년 현재 미국의 '북핵 압박'의 역사적 유래를 6·25전쟁 당시 전시상황과 병행적으로 묘사하고 북핵 위기의 본질이 미국의 패권주의에 있음을 양심적 미국인이 6·25전쟁 당시의 잘못을 고백하는 것과 맞물려 자인하게 함으로써 우회적 비판을 시도하고 있다. 작품의 주제는 여전히 판에 박힌 반미의식과 북한식 자기중심주의에 갇혀 있지만 소설 형상화기법에선 고민의 흔적이 역력했다. 이것은 글쓰기에 대한 자의식의 산물이라 아니할 수 없다.[21]

---

20 이런 성과 때문인지 연말 소설평에서 2007년의 특기할 신인소설로 량정수의 「해당화는 바다가에 핀다」와 함께 이 작품이 높이 평가되고 있다. 편집부, 「올해의 소설들을 돌이켜보며」, 『조선문학』, 2007.12, 78면 참조.

다만 2000년대 북한소설 전반에서 또 하나의 도식으로 고착화되어 가고 있는 '액자형 회상기의 남발'은 문제시될 필요가 있다. 액자형 회상기 양식은 현지 파견 작가의 체험적 취재 형식이라는 물적 토대와 리얼리즘 미학적 근거에서 나온 것으로 나름의 가치가 있다고 인정할 수 있다. 또한 회상기형 액자소설 내화/외화의 상호 결합과 충돌이란 미학적 장치를 통해, 과거(30년대, 해방직후, 50년대 등)와 현재의 화해나 연대, 노장청 연합, 지식인인 작가와 군인·노동계급 취재원의 계급적 연대 등등의 메시지를 효과적으로 전달할 수 있다. 하지만 이런 몇몇 미덕에도 불구하고, '지금 여기에서의 자아 세계의 대결이라는 본격 리얼리즘'으로부터의 회피로 해석될 수도 있음을 명심해야 한다. 나아가 미학적 책임 방기의 우회로까지 문제 삼을 수도 있을 정도로 액자형 회상기가 천편일률적으로 남발되고 있지 않나 싶다.

그렇다면 '지금 여기에서의 자아 세계의 대결이라는 본격 리얼리즘'으로 거론할 만한 소설로는 무엇이 있을까? 우리가 발견한 작품으로 변창률의 단편 「영근 이삭」, 「밑천」, 「듣고 싶은 목소리」 등이 있다.[22] 「밑천」은 '선군 시대 숨은 영웅'인 문인숙 당비서의 이야기를 통해, 체제 위기를 극복할 대안은 오직 '자기의 본분을 자각한 대중'이라는 밑천을 만드는 것이란 메시지를 전달함으로써 선군문학의 일종의 '생활적 전형'[23]을 제시한 것으로 보인다. 하지만 이런 분석은 표면에만 머

---

21 2005년 7월 민족작가대회 폐막식 만찬장 대화에서 김철민 작품이 너무 판에 박은 것같이 당 정책을 반복 설명하고 있으니, 홍석중처럼 자기만의 문체를 개발할 노력이 필요하다고 지적한 것이 효과를 본 것인지도 모른다. 남한학자, 비평가의 이런 요구가 북한 작가의 글쓰기에도 분명 영향을 미친다는 증언은 이미 남북교류에 경험이 풍부한 김재용, 정도상이 사석에서 몇 차례 언급한 바 있다. 이런 성과 때문인지 연말 소설평에서 시대와 생활의 본질을 진실하고 참신하게 그린 2007년 대표작으로 김혜영의 「왜가리떼 날아들 때」와 함께 이 작품이 높이 평가되고 있다. 편집부, 「올해의 소설들을 돌이켜보며」, 『조선문학』, 2007.12, 78면 참조.
22 변창률, 「영근 이삭」, 『조선문학』, 2004.1. ; 「밑천」, 『조선문학』, 2005.11, 61~70면 ; 「듣고 싶은 목소리」, 『조선문학』, 2006.7, 50~60면. 북한 문단에서 이렇다 하게 주목받거나 대표 장편도 없이 작가동맹 함남도 맹원에 불과한 변창률을 처음 높이 평가한 이는 김재용이다. 그에 의해서 6·15민족문학인협회 기관지인 『통일문학』 창간호에 「영근 이삭」이 실렸다.

문 데 불과하다. 이면적으로는 구평농장 7작업반의 농장원들의 세세한 문제 해결과 심리적 갈등을 통해 생산도구가 확보되지 못한 북한 농촌 현실에서 노동력이라도 효율적으로 동원해서 식량위기를 극복하려는 처절한 몸부림이 실감나게 형상화된 사실 그 자체에 문학적 성과가 있다. 농로가 울퉁불퉁해서 어쩔 수 없이 흘리는 비료가 아까워 도로를 보수하는 리당비서나, "농사의 주인이라는 본분을 자각하고 모든 일을 제 힘으로 해내기 위해 떨쳐나선 농장원 대중이야말로 마를 줄 모르는 밑천 중의 가장 큰 밑천"이라고 말하는 문인숙이야말로 구태여 작위적으로 혁명적 군인정신을 거론하지 않더라도 선군 시대의 '생활적 전형'임을 깨닫게 될 터이다.

2006년도 수준작인 「듣고 싶은 목소리」도 마찬가지로 생활에 뿌리 박은 새로운 전형을 잘 보여준다. 이 작품은 어느 농촌의 신실한 3분조장 석천일 시선으로 작업 총화 지각 소동, 김매기 때 부실한 밭이랑 책임 문제 등에서 보여주는 세세한 갈등을 섬세하게 묘사하고 있다. 오춘순, 신창옥, 백희옥 등 농촌여성들의 사소한 오해와 불신을 세심하게 드러내고 그들의 심리까지 묘사하되 당 정책과 선군의 상투적인 반복 구호로 문제를 안이하게 해결하지 않고 고민을 있는 그대로 드러내는 데 서사의 매력이 있다. 작품 결구에서 석천일이 그동안 편견에 사로잡혀 오춘순 등을 오해했던 걸 후회하면서, "그 어떤 인정이나 특혜가 아니라 집단을 위해 바친 노력에 의해서만 매 사람의 금새가 평가되는 그 때문이 아니겠나. 진실만이 통하는 이런 집단이야말로 한생을 의지하고 참답게 살 수 있는 곳이라고 믿었기에"라고 반성하는 대목에

---

23 선군문학에서 '생활적 전형'이란 개념은 수령과 군인이 직접 등장하여 서사 갈등을 해결하는 소재적 차원의 '선군문학의 전형'과 구별하기 위해서 평의상 사용한 개념이다. '생활적 전형'은 '혁명적 군인정신'으로 무장한 슈퍼맨 캐릭터인 '선군문학의 전형'과는 달리 1980~90년대 문학의 '숨은 영웅' 개념에 가깝다. '생활적 전형'은 한웅빈, 박윤 소설에 등장하는 군인 주인공 같은 '선군문학의 전형'과 거리를 두지만 그렇다고 백남룡의 『벗』 같은 80년대 문학에 등장하는 '숨은 영웅'과도 구별되는 2000년대의 새로운 인간형이라 생각된다.

서 진정성이 더욱 드러난다.

이렇듯 선군 시대의 진정한 문학이란 혁명적 군인정신을 소재, 이데올로기, 미학 차원에서 작위적으로 갖추려는 강박적 은폐시스템이 아니라, 천변만화하는 다양한 인간들의 삶을 진실하게 그리려는 소박한 인간 묘사 자체, 즉 리얼리즘으로의 복귀가 중요하지 않나 싶다. 이러한 판단은 다음과 같은 농촌 풍경 묘사에서 더욱 근거를 확보하게 된다.

그런데 우리 분조는……. 사소한 문제를 놓고도 사사건건 시비를 가르느라 때없이 얼굴을 붉히고 별치 않은 일에도 승벽심이 살아올라 열을 올리군 하는 통에 조용한 날이 별반 없었다. 무슨 일이든 와와 웃고 떠들며 불이 번쩍나게 해치우는 것도 3분조요, 모임이나 작업 총화 때 언쟁소리가 제일 높은 것도 3분조였다. 출력이 높은 고성기처럼 항시 소리가 크게 울리는 3분조였다. [⋯중략⋯]

아리아리랑 스리스리 스리랑
분조농사는 나의 농사
백가지 농사일 알뜰한 솜씨로
우리 분조 우리 살림 꽃을 피워가세

노래도 부를래 춤도 출래 김도 맬래 굽혔다 폈다 하며 부산을 피우는 통에 신창옥의 얼굴이 온통 땀투성이가 되었다.[24]

수령과 선군의 구호만 거창할 뿐 살아 숨쉬는 인간 그 자체를 만나기 힘들었던 선군 시대 문학 중에서 생활 현장을 생활 자체의 형식으로

---

[24] 변창률, 「듣고 싶은 목소리」, 『조선문학』, 2006.7, 51면 ; 56면.

형상화하는 것이 리얼리즘의 미덕 아니던가. 2000년대 소설에서 이렇게 활달한 생활 현장을 현장 인민의 목소리로 핍진하게 형상화된 단편을 찾기란 쉽지 않다.[25] 마치 식민지시대 리얼리스트인 이기영의 저 유명한 장편『고향』의 한 대목—쇠득이 모친과 백룡이 모친의 싸움을 그린 '이리의 마음' 장—을 연상시킬 정도로 섬세한 심리 묘사와 구체적인 농촌 풍경의 생동적인 형상화로 최근 북한소설 중 드문 예라고 평가될 정도이다. 따라서「밑천」과 함께 이 작품은 2006년 북한 농촌 현실을 가장 잘 보여주는 세태소설이라고 평가할 수 있다(다만 주된 갈등선이 약한 소품형식의 농촌세태소설인 점이 아쉽다).

소설뿐만 아니라 최근 시에서도 수령, 선군 같은 당 정책의 공식입장과는 거리를 둔 체험적 사실 표현과 생활 속의 고뇌를 서정적으로 승화하려는 노력이 엿보이고 있다. 가령 '사회주의 현실 주제'를 잘 보여준 2005년도 성과작인 리진철 시 두 편을 보자.

귀한 자식 잠자리 지키듯 밤을 새는 밭머리/땀에 절고 비에 젖은 농민의 잔등에서/땅이 자랍니다 〔…중략…〕 아, 땅은 만물을 먹여살린다지만/농민 나는 그 땅의 어머니입니다

몹시도 힘겨웠던/고난의 그 나날을 추억할 때면// 〔…중략…〕 멎어선/뜨락또르 곁을 지날 때면/이제는 멜끈을 조이던 지게/이제는 기름 같은 농민의 땀 푹 배여/달빛에도 번들거리는 나의 지게 〔…중략…〕 땅에 쏟아붓

---

25 다음과 같은 소설 서두도 현실감 넘치는 농촌 풍경 묘사이다. "줌이 벌게 아지를 친 벼포기들이 그쯘한 논배미들과 풀 한 대 없는 강냉이밭과 콩밭, 그리고 앞그루감자와 밀보리밭 어데든지 가보리라. 농사란 하루 이틀에 마음먹은 대로 채색해 놓을 수 있는 그림 그리기가 아니다. 두엄을 장만하고 씨앗을 묻을 때부터 오랜 나날 땀과 노력을 바쳐야만 이처럼 아름다운 화폭을 얻을 수 있는 것이다" 위의 글, 50면.

는 농민의 애정을 무겁게 져나른 나의 지게요[26]

리진철의 「땅과 농민」, 「농민의 지게」를 보면 식량난 등으로 체제 붕괴의 위기에 놓인 북한 농민의 실상이 서정적으로 응축되어 있음을 잘 알 수 있다. 농토를 자식으로 알고 '땀'으로 상징되는 육체노동만으로 키운 부모 같은 심정을 구구절절 노래한 결과, 흔히 말하듯 '대지가 농민의 어머니'란 상식을 뒤집어 '농민이야말로 땅의 어머니'란 새로운 체험적 진리를 깨닫는다는 게 「땅과 농민」의 내용이다. 「농민의 지게」에선 고난의 행군 시기 주민생활의 고달픔이 더욱 노골적으로 표현되며 농민의 대처도 더욱 절박하게 묘사된다. 산업용 에너지가 없어 멈춰선 지 오래인 트랙터 같은 생산도구 대신 오로지 농민의 노동력만으로 버티던 시절을 담담하게 회상하고 있다. 농민의 땀이 산업용 에너지와 연료를 대체되었으며 그것도 달빛 어린 한밤중까지 일해야만 했던 시절에 대한 고뇌 어린 회상이 실감나게 표현되어 있다. 당과 지식인이 아무리 '고난의 행군과 강행군'이라 하여 저 항일혁명투쟁 때의 화려한 수사와 담론전략을 펴서 주민을 '자발적으로 동원'[27]해서 체제 위기를 극복하려 했지만, 실상은 오로지 노동자 농민 같은 기층민중의 희생과 헌신, 그리고 절박한 생존본능이야말로 극복책이었던 셈이다.

이런 성과 때문인지 원로 문예학자 리동수는 이 작품을 두고 최태국의 「다시 찾은 이름」(『조선문학』 2005.2) 등과 함께 "구체적이며 세부적인 체험세계로부터 보편적인 감정체험으로 승화시킨 시적 일반화의 예술적 솜씨 〔…중략…〕 일상생활 속에서 새로운 의미를 찾아내여 사람들의 심금을 울린 인상 깊은 작품 〔…중략…〕 함축과 비약, 극적인 대조

---

26 리진철, 「땅과 농민」과 「농민의 지게」의 일부, 『조선문학』, 2005.3, 7면.
27 '자발적 동원'이란 개념은 임지현, 「대중독재의 지형도 그리기」, 임지현·김용우 엮음, 『대중독재』, 책세상, 2004를 참조할 수 있다.

와 립체적인 서정구조 속에 주인공의 한생을 보여주고 있다"고 칭찬했던 것이다.[28] 이러한 리동수의 평가를 보면 수령이나 선군 같은 정책구호보다는 삶의 현장을 진실하게 묘사하되 서정성을 살린다는 소박한 리얼리즘의 미학기준이 평가잣대로 작동되고 있음을 알 수 있다.[29]

5. 선군사상의 미학화 비판

글쓰기방식의 변모를 탐구한다는 것은 1994~1999년의 북한문학과 2000년 이후 북한문학의 내면적 변모 읽기의 일환이라 할 수 있다. 그렇다면 문예정책이나 주제의 변모와는 위상이 다른 쟁점이 될 것이다. 1994년 이후의 '유훈통치기' 문학을 거쳐 6년간의 '고난의 행군'기 문학, 그리고 2000년 이후 현실적 힘이 된 '선군혁명문학'의 형성과 전개까지 글쓰기방식은 군대식 상상력의 확장과 상대적으로 유연했던 '주체문학론'의 퇴행으로 귀결된다고 할 수 있다.

2000년대의 북한문학에 나타난 글쓰기 방식은 겉으로는 2000년 6·15공동선언을 계기로 한 남한과의 화해를 표방하고 있다. 하지만 남북(북남)대화와 문학교류를 통한 글쓰기의 자의식을 별반 드러내지 않고 있어 화해가 표면적 구호에 불과하지 않나 하는 의문을 갖게 한다. 왜냐하면 문단 내부적으로는 수령론이 강고하게 자리 잡은 바탕 위에

---

28 리동수, 「시적 발견은 스스로 얻어지지 않는다—지난해 발표된 몇 편의 시를 놓고」, 『조선문학』, 2006.3, 35면 참조.
29 문예학자인 리동수의 리얼리즘적 잣대와 대비되어, 수령형상과 당 정책 구현을 유일한 평가 잣대로 한 결과 박세옥, 「다박솔의 눈송이」(2005.1), 박경심, 「우리 수령님 이야기」, 강옥녀, 「어쩌면 좋아」, 오정로, 「불타는 해야」 등을 긍정적으로 평가한 비평가 최길상(2005.12)과 대비된다는 사실에 주목할 필요가 있다. 상투적인 어조로 도식적인 시적 형상을 반복했다고 김휘조의 「노래하노라 오직 한마디」(2005.1)를 비판한 것만 리동수와 최길상 의견이 일치할 뿐이다. 최길상, 「장엄하고 격동적인 시대와 함께 전진해온 한해—잡지 "조선문학"(2005년)에 발표된 작품들을 돌이켜보며」, 『조선문학』, 2005.12, 59~60면 참조.

'선군혁명문학'이라는 새로운 슬로건이 창작방법론을 거쳐 일종의 문예이론 내지는 문예사상으로 전화되고 있기 때문이다. 2007년 현재 선군혁명문학은 내포적으로는 초기의 소재 차원 군(軍)중시 사상에서 미학 차원으로의 '총대미학'으로의 전화가 진행 중이라고 하겠다. 외연적으로는 일부 군대문화 소재 문학작품에서 모든 문학예술 장르로 확대됨으로써, 슬로건 차원의 '선군혁명문학'에서 주체문예론에 버금가는 '선군문학예술론'으로 외연적 확산이 이루어진 형국이다.

하지만 선군문학의 본질과 범위를 용어 개념의 편협함에 기대어 좁게 해석함으로써 '선군사상의 미학화'로만 한정하는 것은 적지 않은 무리가 있음을 논증하려고 하였다. 그 결과 혁명적 군인정신을 소재적 이념적으로 형상화한 한웅빈 소설, 한미영 비평의 강박적 글쓰기전략을 비판하고 변창률 소설과 리진철 시, 리동수 비평 등을 예로 들어 리얼리즘으로의 복귀가 중요함을 논증해 보았다. 결국 '선군 시대'의 진정한 문학이란 군인정신을 소재, 이데올로기, 미학 차원에서 작위적으로 업그레이드시키려는 시스템이 아니라, 체제 위기의 시련 속에서 어떻게든 살아보려는 다양한 인간들의 삶을 진실하게 그리려는 소박한 리얼리즘으로의 복귀를 통해서 얻을 수 있는 것이 아닌가싶다. 굳이 '선군'을 들먹이며 군대식 용어를 과격하게 남발하는 글쓰기를 작위적으로 동원할 필요가 없는 것이다. 북한문학은 이제 만성화된 위기의식을 딛고 선군사상의 강박에서 벗어나 다시 저 5, 60년대의 리얼리즘/사실주의로 돌아가야 하리라.[30]

---

30 북한문학 전체를 작위적인 국가이야기로 규정하는 신형기도 '다시 사실주의를 위하여' 공식적 규정과 실제 경험 사이의 틈새들을 표현해야 한다고 주장한다. 신형기, 「서사시와 멜로드라마 : 역사 재편의 두 형식—북한문학의 형식적 속성」, 『이야기된 역사』, 삼인, 2005, 242~244면 참조.

참고문헌

『문예상식』, 문학예술종합출판사, 1994.

『문학대사전』 1~5권, 사회과학출판사, 1999.

『문학예술사전』 상·중·하권, 과학백과사전출판사, 1991~1993.

『조선대백과사전』 1~29권, 백과사전출판사, 1995~2002.

『조선문학사』(문학대학용), 김일성종합대학출판사, 2006.

『조선문학예술연감』(1999~2002), 문학예술종합출판사, 2000~2004.

『조선중앙연감』(1986~2004), 조선중앙통신사, 1987~2005.

강문철, 「주체적 문예관은 주체적인 전형성 리론의 사상적 기초」, 『조선어문』, 1994, 1호.

과학백과사전출판사, 『조선전사』 24, 과학백과사전출판사, 1981.

김성수, 『통일의 문학 비평의 논리』, 책세상, 2001.

김성수, 「북한의 '선군혁명문학'과 통일문학의 이상」, 『통일과 문화』 창간호, 통일문화학회, 2001.

김성수, 「김정일 시대 문학에 대한 비판적 고찰—선군 시대 선군혁명문학의 동향과 평가」, 『민족문학사연구』 27호, 민족문학사학회, 2005.4.

김인옥, 『김정일장군 선군정치리론』, 평양출판사, 2003.

김재용, 『북한문학의 역사적 이해』, 문학과지성사, 1994.

김재용, 『민족문학의 역사와 이론 2』, 한길사, 1996.

김재용, 『분단구조와 북한문학』, 소명출판, 2000.

김정웅·천재규, 『조선문학사』 15권(주체사상화위업시기), 사회과학출판사, 1998.

김정일, 『주체문학론』, 조선노동당출판사, 1992.

김철우, 『김정일장군의 선군정치 : 군사선행, 군을 주력군으로 하는 정치』, 평양출판사, 2000.

류 만·김정웅,『주체의 창작리론 연구』, 사회과학출판사, 1983.

류 만,『사회주의적 문학예술에서 생활묘사』, 과학백과사전출판사, 1979.

리신현,『불멸의 향도—강계정신』, 문학예술출판사, 2003.

박 윤,『총대』, 문학예술출판사, 2003.

박봉선,『김정일 위원장의 선군정치 연구』, 광명사, 2007.

박형중,『북한적 현상의 연구』, 연구사, 1994.

사회과학원 문학연구소,『주체사상에 기초한 문예리론』, 사회과학출판사, 1975.

사회과학원 주체문학연구소,『총대와 문학』, 사회과학출판사, 2004.

송상원,『총검을 들고』, 문학예술출판사, 2002.

신형기,「남북한문학의 '정치의 심미화'」,『민족이야기를 넘어서』, 삼인, 2003.

신형기,『북한소설의 이해』, 실천문학사, 1996.

신형기,『이야기된 역사』, 삼인, 2005.

신형기·오성호,『북한문학사』, 평민사, 2000.

안희열,『문학예술의 종류와 형태』(주체적 문예리론 연구 22), 문학예술종합출판사, 1996.

오성길,『선군정치—주체사상의 생명선』, 평양출판사, 2003.

오태호,「2003년〈조선문학〉연구」,『국제어문』제40집, 국제어문학회, 2007.8.

우문숙,「북한의 '선군혁명문학'을 통해서 본 선군정치의 체제유지기능에 관한 연구」, 경남대학교 석사학위 논문, 2003.

윤종성·현종호·리기주,『주체의 문예관』(주체문학전서 1), 문학예술종합출판사, 2000.

은종섭,『조선 근대 및 해방전 현대소설사연구 1, 2』, 김일성종합대학출판사, 1986.

장 영,『작품의 인간문제』(주체적 문예리론 연구 1), 문예출판사, 1989.

정성무, 『시대와 문학예술형태』, 사회과학출판사, 1987.

한중모, 『주체사상에 기초한 사회주의적 사실주의 리론의 몇가지 문제』, 과학백과사전출판사, 1980

한중모·정성무, 『주체의 문예리론 연구』, 사회과학출판사, 1983.

李孝德, 박성관 역, 『표상공간의 근대』, 소명출판, 2002.

Anderson, Benedict, 윤형숙 옮김, 『민족주의의 기원과 전파』, 나남, 1991.

Benjamin, W., 반성완 편역, 『발터 벤야민의 문예이론』, 민음사, 2003.

Bourdieu, Pierre, 최종철 역, 『구별짓기 : 문화와 취향의 사회학』, 새물결, 1995.

Bourdieu, Pierre, 하태환 역, 『예술의 규칙』, 동문선, 2000.

Clifford, James, 이기우 역, 『문화를 쓴다 : 민족지의 시학과 정치학』, 한국문화사, 2000.

Said, E., 김성호·정정호 역, 『문화와 제국주의』, 도서출판 창, 1995.

'고난의 행군' 시기 북한 문학평론

―수령형상 창조·붉은기 사상·강성대국 건설

오창은

1. 공식 담론으로서의 북한 문학평론

김정일의 「문학예술부문에서 당의 유일사상체계를 튼튼히 세울데 대하여」는 1967년 5월 30일에 발표된 문헌이다. 북한문학은 이 문건을 '주체문학론'의 이론적 출발점으로 보고 있다. 김정웅은 1997년 5월호 『조선문학』 논설에서 이 문헌 발표 30주년을 기념하면서 그 의의를 적극 강조했다.[1] 그는 이 문헌이 "지난 시기 우리 문학예술을 주체의 궤도를 따라 승리적으로 전진시키는데서 강령적 지침"이 되었다면서, "오늘도 작가, 예술인들을 주체혁명위업의 완성에 이바지하는 문학예술작품창작에로 적극 고무추동하는 혁명적 기치"라고 주장했다. 북한 문화예술 분야에서 김정일의 역할은 강력했다. 그는 1980년대 후반부터 1990년대 초반까지 『영화예술론』(1973), 『음악예술론』(1991),

---

[1] 김정웅, 「당의 유일사상교양에 이바지하는 문학예술 창조의 강령적 지침」, 『조선문학』, 1997.5, 15~19면.

『무용예술론』(1992), 『건축예술론』(1992), 그리고 『주체문학론』(1992)을 통해 북한 문화예술 전분야에서 영향력을 행사했다. 김정웅의 글에 따르면, 김정일은 당의 문화예술분야에서 1967년경부터 활동해 1992년경에 문예정책을 이론적 수준에서도 총괄하게 되었다고 한다.

필자는 1967년의 이 문건이 김정일의 사상이론투쟁의 출발점이었다는 사실보다 오히려 김정웅의 논설에 내비쳐진 시대인식이 더 흥미로웠다. 김정웅은 「당의 유일사상교양에 이바지하는 문학예술 창조의 강령적 지침」에서 1997년에 북한이 처해 있었던 상황을 간접적으로 증언한다. 그는 "혁명의 붉은기를 높이 들고 '고난의 행군'을 승리적으로 결속하기 위한 사회주의 총진군운동을 세차게 벌리고 있는 격동적인 시기"라고 1997년 5월을 규정했다.[2] 더불어 그는 '고난의 행군'은 "풀죽을 먹는 한이 있더라도 사회주의를 끝까지 고수하겠다"는 다소 과격한 표현을 사용했다. 더불어 김정웅은 "수령결사옹위정신이 맥박치고, 집단주의정신, 총폭탄정신, 자폭정신이 흘러넘치는 혁명적이고 전투적인 작품들"을 창작해야 한다고 역설했다. "풀죽" "총폭탄정신" "자폭정신" 등의 표현에서 1997년 5월 즈음에 북한이 처해 있던 절박한 상황을 감지할 수 있다.[3] 이들 어휘가 은유적 표현이라 하더라도, '고난의 행군'이 결코 수사적 담론이 아닌 북한의 실재적 고통이었음을 유추할 수 있다.

'고난의 행군'은 김일성이 조선인민 혁명군 주력부대를 이끌고 1938년 12월 상순부터 1939년 3월 말까지 100여 일 동안 남패자를 떠나 압록강 연안국경지대까지 행군한 것을 지칭한다. 당시, 김일성이 이끄는 항일 빨치산(조선 인민혁명군)은 일제 조선관동군의 1938년 '동기대토벌'에 맞서다 위기를 맞았다. 이때 김일성 부대는 1938년 11월 몽강현

---

2 위의 글, 15면.
3 위의 글, 19면.

남패자 회의의 결정에 따라 압록강 연안 국경의 북대정자까지 행군을 감행하게 된다. 모진 추위와 식량난 속에서 행해진 이 행군은 김일성 부대가 항일무장 투쟁 당시 겪었던 가장 큰 고난 중의 하나였다고 한다. 북한의 역사는 김일성 부대가 '고난의 행군'을 극복한 후, 1939년 5월 무산지구전투를 승리로 이끌었다고 기록하고 있다.[4]

북한은 1996년 신년사에서 '고난의 행군'을 공식적으로 다시 언급했다. 1996년 1월 1일자 《노동신문》에 게재된 신년 공동사설은 "당과 혁명 앞에 무거운 과업이 나서고 있는 오늘, 우리 당은 전체 당원들과 인민군 장병들, 인민들에게 백두밀림에서 창조된 고난의 행군정신으로 살며 싸워 나갈 것을 요구하고 있다"고 천명했다. 또한, 김정웅이 쓴 "풀죽을 먹는 한이 있더라도 사회주의를 고수하겠다"는 표현도 바로 공동사설에서 공식적으로 등장했다.[5] 당시 북한을 방문해 직접 평양시민 6명과 인터뷰를 한 정기열은 거의 모든 시민들이 '고난의 행군정신'[6]을 강조했다고 전했다. 남한에서는 '고난의 행군'과 관련해 아직까지 의견이 분분한 상황이다. 김갑식 · 오유석은 "〈고난의 행군〉 시기는 좁게는 김일성 사망 이후부터 김정일 체제 공식출범 이전인 1994~1997년을 말하나 넓게는 북한의 총체적 체제 위기 기간인 1980년대 후반부터 1990년대 후반까지를 의미한다"고 했다.[7] 북한의 '고난의 행군'은 1994년 7월 8일 김일성 사망과 1995년 여름의 큰물피해(홍수)에서 기인한 것이다. 하지만, '고난의 행군'이 북한에서 공식적으로 선언

---

4 문학예술사전 편집집단 편집, 『문학예술사전(상)』, 과학백과사전종합출판사, 1988, 188~189면.
5 「붉은 기 높이 들고 새해의 진군을 힘있게 다그쳐 나가자」, 《로동신문》 1월 1일자.
6 고난의 행군 정신은 "첫째 혁명의 수뇌부를 철저히 옹호 · 보위하자. 둘째 자력갱생정신으로 난관을 뚫고 나가자. 셋째 어떠한 어려움 속에서도 혁명적 낙관주의를 잃어버리지 말자. 넷째 온갖 어려움을 뚫고 나아갈 수 있는 불굴불굴의 투쟁정신을 잊어버리지 말자"이다(정기열, 「지금 우리는 고난의 행군 중」, 『말』 1996.7, 85면).
7 김갑식 · 오유석, 「'고난의 행군'과 북한사회에서 나타난 의식의 단층」, 『북한연구학회보』 제8권 제2호, 북한연구학회, 2004, 92면.

된 시기는 1996년 1월 1일이고, 김정일이 당총비서로 추대된 후 노동당 창당 55주년인 1997년 10월 10일에 '고난의 행군 종료 선언'이 이뤄졌다.

'고난의 행군'이라는 용어는 북한체제에서 등장한 것이기에 북한의 시기구분법을 인정할 필요가 있다. 실제로 『조선문학』의 경우 1997년 11월부터는 '강행군'이라는 표현은 등장하지만, '고난의 행군'이라는 수사적 표현이 거의 등장하지 않고 있다. 그러다 1998년 말부터 '고난의 행군정신'에 대한 강조가 아니라, '고난의 행군'을 회고하는 표현이 등장하기 시작했다.[8]

이 글은 『조선문학』 1996년 1월호부터 2000년 6월호까지를 대상으로 '고난의 행군' 극복을 위해 북한 문학평론이 취한 현실대응 양상을 살펴보고자 한다. '고난의 행군' 시기를 1996년 1월 1일부터 1997년 10월 10일로 규정했음에도 불구하고, 2000년 6월까지 논의 대상을 확대한 데는 다음과 같은 몇 가지 이유 때문이다. 우선, 2000년의 '6·15 공동선언'이 한반도에 미친 영향을 고려했다. '6·15 공동선언'은 '낮은 단계로의 통일방안에 대한 합의'를 통해 '남북의 교류와 협력'을 합의해 한반도 긴장완화에 기여했다. 그런 의미에서 '6·15 공동 선언'은 남과 북을 아우르는 사건으로서 의미가 있다. 다음으로 '고난의 행군' 이후 북한사회 및 북한 문학평론의 변화에 주목했다. '고난의 서사'는 체제의 결속을 강화하려는 의도로 재구성되는 경향이 있다. 북한 문학평론이 '고난의 행군'을 전유하는 방식은 북한 사회문화의 작동 메커니즘을 이해하는데 도움이 될 것으로 보인다. 마지막으로 20세기를 보내고 새로운 세기를 맞이하는 북한문학의 태도를 살펴보기 위해 2000

---

[8] 김의준은 1998년의 시를 논하면서 리명옥의 「시내가에서」라는 시를 인용한다. "그 병사들이 구월산의 절벽에 글발을 새겼대/《미래를 위하여! 고난의 마지막해 1997》이라고……" 북한문학에서 1998년 말 즈음부터 '고난의 행군'은 현재를 다그치는 회고의 대상으로 등장하기 시작한다 (김의준, 「군민일치사상을 참신하게 형상한 감동깊은 시초」, 『조선문학』, 1998.12, 50면).

년 6월까지를 연구의 대상으로 삼았다.

북한문학은 평론의 역할을 "로동계급의 혁명적 문학예술에 대한 선도적 역할은 당과 수령의 령도 밑에 수행된다"라고 규정한다. 당과 수령이 "문학예술 창조와 건설의 지도적 지침인 문예사상을 창시하고 혁명적 발전의 매 단계에서 문예 로선과 정책을 작성하여 문학예술발전 방향과 방도를 제시"하면, 평론은 이를 '선전하고 해석'하는 역할을 담당한다.[9] "당과 수령의 령도"에 따라야 하는 평론가의 역할은 '문학예술에 대한 자율적인 입장을 갖고 자신의 입론을 밝히는 것'과는 변별된다. 바로 이 지점에서 '고난의 행군' 시기 북한 문학평론은 문제적 텍스트가 된다. 『주체문학론』의 규정에 따르면 북한 문학평론은 '당과 수령의 지도적 지침에 따라야 하는 공식성'을 띨 수밖에 없다. 더구나 『조선문학』이 '조선작가동맹 중앙위원회'의 기관지라는 점을 고려할 때, '고난의 행군' 시기에 북한 사회문화계의 큰 흐름을 북한 문학평론을 통해서 확인할 수 있으리라고 본다. 강한 공식성을 표방하는 담론 체계일수록 더 많은 '배제'를 내포할 수밖에 없다. 이 글은 북한 문학평론의 이러한 공식성에 주목한다.

필자는 이 글에서 텍스트의 이면 읽기를 시도하려 한다. '고난의 행군'이라는 위기의 시대에 북한문학은 과연 어떤 방식으로 현실에 대응했을까? 비록, 북한 문학평론이 '당과 수령의 령도' 아래에 있다고 할지라도, 이면 읽기를 시도할 경우 텍스트의 맥락을 재해석해 낼 수 있으리라고 기대한다. 그것은 '징후적 독해'의 방법일 수도 있고, 필자의 해석적 개입일 수도 있다.[10] 이러한 '텍스트의 이면 읽기'를 통해 필자는 북한사회의 위기극복 메커니즘을 이해하고, 그 과정에서 북한문학

---

9 김정일, 『주체문학론』, 조선로동당출판사, 1992, 269면.
10 피에르 마슈레(Pirre Macherey)는 텍스트의 다양한 해석 가능성을 언급하면서 "텍스트 속에 이면과 표면"이 "공존"할 수 있음을 지적한 바 있다(피에르 마슈레, 이영달 옮김, 『문학생산이론을 위하여』, 백의, 1994, 36면).

의 기능을 재해석해내고자 한다. 더불어, 북한의 '고난의 행군'에 비추어 남한사회를 성찰할 수 있는 계기도 마련하고자 한다.

2. 1990년대 후반 북한 문학평론의 쟁점

1996년 1월호부터 2000년 6월호까지의『조선문학』에 발표된 평론, 논설(머리글), 단평, 정론은 총 148편이다.[11]

논설(정론·머리글)은 총 55편이 실렸는데, 그 내용은 주로 주체문학론과 김정일 문헌에 관한 해설, 수령형상 창조와 창작방법에 관한 것들이었다. 북한의 작품 평론은 작품 창작이론부터 작품해설, 작품비평까지 포괄한다. 이 시기에 실린 작품 평론은 총 66편이다. 거칠게 평론의 내용적 분류를 시도해 보자면 김일성·김정일·김정숙 등 수령형상 및 수령가계형상 문학에 관한 것들, 시·소설 등 작품의 내용에 대한 지도비평과 관련된 것들, 노동계급의 성격 형상화와 창작방법에 관한 것들, 그 외 박노해·윤동주·채만식 등 남한문학 및 문학사와 관련된 것들 등이다. 다음으로, 짤막한 글 형식의 단평은 12편이 실려 있는데 이 글들은 원고지 20~30매 분량으로 독후감 형식과 작품에 대한 소개 형식을 취하고 있다. 이러한 분류는 1990년대 후반 북한 문학평론을 범주화하기 위한 필자 나름의 형식적 분류일 뿐이다.

이제, 내용의 범주화를 통해 북한 평단의 모습을 쟁점과 문제의식 중심으로 살펴보고자 한다.

---

[11] 1990년부터 1997년 9월까지의 문학평론에 관해서는 이미 임영봉이 정리한 바 있다. 임영봉의 정리에 의하면 1990년 1월호에서 1997년 9월호까지의『조선문학』에 발표된 논설과 평론은 총 147편이다. 이 중에서 논설은 48편, 평론은 99편을 각각 차지하고 있다고 한다(임영봉,『한국현대문학 비평사론』, 역락, 2000, 302면).

1) 유훈통치와 '수령형상 창조'

1994년 7월 8일, 50여 년간 '어버이 수령'으로 추앙받던 김일성이 사망했다. 김정일은 권력을 즉각적으로 승계하지 않고 '유훈통치'를 선언했다. 유훈통치는 김일성 사망 이후 김정일이 공식직책을 승계하지 않고 김일성의 생전 교시를 받들어 북한을 운영하는 것을 의미한다. 즉, 김정일은 자신의 정통성을 사후의 김일성에게서 빌려오는 정치전략을 선택한 것이다.

유훈통치 기간은 1994년부터 1997년 10월까지였다. 이 기간에는 북한의 정통성이 여전히 '죽은 김일성'에게 있었다. 이종석의 분석에 의하면, 김정일의 유훈통치 선언은 단순히 '김일성에 대한 존경과 예의 차원'이 아니라 경제난과 긴밀히 연관되어 있다고 한다. 1995년의 수재(水災)를 포함한 북한의 최악의 경제상황이 극복된 후에 권력을 승계하고자 했던 김정일의 의도적 선택이었다는 것이다. 이종석은 김정일이 공식적인 권력승계를 유보하고, '유훈통치'를 함으로써 권력승계의 시기를 가늠했다고 본다.[12]

북한사회는 "위대한 수령 김일성 동지의 유훈교시를 철저히 관철하자"라는 구호를 전면화하면서, 김일성의 혁명적 업적을 기리는 작업을 이전보다 강화했다.[13] '고난의 행군' 시기의 북한 문학평론에서도 김일성의 형상 창조를 중요한 과제로 제기했다. 특히, '고난의 행군' 시기에 유독 『불멸의 력사』 총서에 관한 글들이 많이 눈에 띤다. 이러한 경

---

12 "북한은 1987년부터 1993년 사이에 제3차 7개년 계획을 추진했으나 결과는 목표달성에 훨씬 못미치는 부진으로 나타났다. 그 결과 북한 지도부는 1994년부터 3년간을 조정기간으로 설정하였다. 북한은 이 조정기간 중에 최고지도자를 뽑는 대규모 행사를 치르는데 커다란 부담을 가졌을 것이다. 더욱이 95년 여름에 발생한 막대한 수재는 김정일의 추대를 지연시키는데 큰 영향을 미쳤을 것으로 보인다. 김정일로서는 조정기간을 마무리하고 경제적 난관의 타개가 어느 정도 가시화되는 시점에서 공식권력을 승계하고 싶었을 것이다."(이종석, 「한반도 안보환경 재진단 : 북한 '유훈통치체제'의 현황과 전망」, 『군사논단』 제6권, 한국군사학회, 1996, 145면).

향은 1990년대 말로 갈수록 강화되는 경향을 보이고 있어 이채롭다. 『불멸의 력사』에 대한 이와 같은 강조는 북한에서 혁명 역사 교육이 점차 강조되고 있음을 보여준다. 이는 전환기에 요구되는 주체적 인간형에 대한 강조로도 읽을 수 있다.[14]

은종섭은 주체사실주의문학과 사회주의적 사실주의 문학의 차이를 논하면서 수령형상창조에 관해 언급한다. 그는 "수령, 당, 대중의 통일로 이루어지는 사회정치적 생명체를 형상원천으로 하고 그 공고발전에 적극 이바지하기 위한데 주제사상적 지향을 두게 된다. 수령과 그 위업에 대한 무한한 충실성, 수령이 개척한 혁명위업을 견결히 옹호고수하고 끝까지 완성해 나가려는 철석같은 신념과 의지를 투철하게 구현하는 것은 주체문학의 본질적인 사상적 특징을 이룬다. 바로 여기에다 같은 로동계급의 혁명문학이면서도 주체사실주의문학이 선행한 사회주의적 사실주의문학과 근본적으로 구별되는 본질적 내용이 있다"고 했다.[15] 그는 사회주의적 사실주의를 주체사실주의 이전의 단계로

---

13 이항동은 1987년부터 1996년까지의 《로동신문》 사설을 분석한 논문에서 흥미로운 사실을 제시했다. 그에 따르면 1994년의 경우 〈김일성 우상화〉 관련 사설이 총 18편이 게재되었으며, 이 가운데 김일성 사망일인 94년 7월 8일 이전에 게재된 것은 1편에 불과"했다고 한다. 1996년의 경우에도 〈김일성 우상화〉 관련 사설이 총 15편이 게재된 반면, 〈김정일 우상화〉 관련 사설은 3편에 불과"했다. 이는 김일성 사후에 김정일에게 권력이 집중되는 것보다는 김일성의 업적을 기림으로써 통치의 정당성을 확보하는 방식이 취해졌음을 증명한다(이항동, 「노동신문 사설 분석에 의한 북한정책의 변화 : 1987~1996」, 『한국정치학회보』 제31권 제4호, 한국정치학회, 1997, 137면).

14 1990년대 후반의 문학평론들을 살펴보면 『불멸의 력사』에 관한 언급이 1990년대 말로 갈수록 강화되는 것을 알 수 있다. 1996년 1월 이후의 『조선문학』에는 총 8편의 『불멸의 력사』에 관한 문학평론이 실려 있다. 이는 북한 문학평론 중 대단히 큰 비중임을 알 수 있다. 명일식, 「수령에 대한 충실성을 핵으로 한 충신의 성격창조」, 『조선문학』, 1996.4 ; 최언경, 「수령영생기원의 숭엄한 서사시적 화폭」, 『조선문학』, 1998.1 ; 장형준, 「경애하는 장군님의 위대성 형상에서 거둔 혁신과 성과」, 『조선문학』, 1998.3 ; 김해월, 「력사의 새벽길을 개척한 위대한 선구자의 빛나는 형상」, 『조선문학』, 1998.3 ; 김해월, 「수령형상창조와 감정조직문제」, 『조선문학』, 1999.2 ; 김성우, 「전설은 계속된다―총서 '불멸의 력사' 중 장편소설 "대지의 전설"에 대하여」, 『조선문학』, 1994.4 ; 리환식, 「총서 '불멸의 력사'(해방후편) 중 장편소설 "조선의 봄"의 언어형상」, 『조선문학』, 1999.10 ; 김성복, 「다양한 시점에서 풍만하게 그려진 위인의 숭고한 인간세계」, 『조선문학』, 1999.11.

15 은종섭, 「주체사실주의 문학 창조의 불멸의 본보기」, 『조선문학』, 1992.2, 문학예술종합출판사, 21면.

설정하면서 주체문학의 우수성을 강조했다. 또 주체사실주의문학은 수령, 당, 대중의 통일체로, 그 핵심에는 '수령형상 창조'가 있다고 했다. 이러한 입론은 주체사실주의문학이 '수령형상문학'으로 수렴되고 있음을 보여준다.

수령형상의 창조 문제는 '고난의 행군' 시기 북한 문학평론의 핵심적 과제였다. '유훈통치'는 '김일성의 권위에 기반한 통치'이므로, 김일성의 수령형상 창조가 중요할 수밖에 없었다. 수령형상 창조의 결산은 김일성 사망 다섯 돌을 추모하는 '평론 묶음'이 기획된 『조선문학』 1999년 7월호에서 이뤄졌다. 조선 작가동맹 중앙위원회 평론분과 위원회의 이 특집에서는 『뜨거운 심장』(변희근 작, 1984), 『철의 신념』(김리돈 작, 1986), 『평양시간』(최학수 작, 1976), 『녀당원』(김보행 작, 1982)을 김일성 추천작으로 집중 분석하고 있다. 이 글들은 수령의 형상성과 연관을 맺으면서 김일성에 대한 충성과 효성을 바친 주인공들의 순결성과 의리를 강조했다. 또 김일성이 혁명적 소설들을 금보다 훨씬 값있어 하고 애정을 기울여 읽었음을 되새기려 한다. 이렇듯 1990년대 후반의 평론과 논설은 대부분이 수령형상 창조와 연관을 맺고 있다. 최언경이 논하고 있는 『뜨거운 심장』의 경우 논의의 정당성을 김일성의 논평으로부터 끌어오고 있다. 최언경은 『뜨거운 심장』이 김일성에 의해 "계급성도 있고 당일군들의 형상도 잘된 소설로서 당원들과 간부들이 많이 읽도록 해야 합니다"라고 평가했다는데 근거해 논의를 시작한다.[16] 북한 문학평론이 그 권위를 김일성의 교시를 통해 확보하고 있음을 보여준다.

수령형상문학과 관련한 구체적 작품으로 리희남의 「상봉」[17]을 꼽을

---

16 최언경, 「장편소설 "뜨거운 심장"에 깃든 어버이수령님의 높은 뜻을 되새기며」, 『조선문학』, 1999.7, 38면.
17 리희남, 「상봉」, 『조선문학』, 1996.7.

수 있다. 「상봉」은 김정일의 교시처럼 현지 지도라는 방식으로 "언제나 인민 속에서 활동하는 수령의 풍모"를 그리고 있으며, 더불어 "내면세계를 펼쳐보이는 데"[18] 노력한 작품이라고 한다. 그래서 작품의 배경은 김일성이 "여러해만에 무산땅"을 현지 방문한 것으로 설정하여, 현장 속에서 수령·당·인민의 삼위일체를 구현해내려 했다. 뿐만 아니라, 김일성의 내면세계에 대한 기술을 통해 항일무장투쟁시기의 투사였던 조윤호에 대한 추억과 대형자동차 운전노동자인 리종구에 대한 안타까운 회고를 보여준 점도 북한 문학평론은 높게 평가했다.

이렇듯, 「상봉」은 『주체문학론』에서 수령형상에서 강화되어야 할 부분으로 제기한 "내면세계 형상화"를 통한 "인간적 풍모"를 형상화해야 한다는 원칙에 충실했다. 하지만, 필자가 시도한 이면 읽기 방법을 통해 이 작품을 읽을 경우에는 상이한 분석에 도달하게 된다. 작가의 내면에 자리잡고 있는 '안타까움'의 정서가 「상봉」 곳곳에 드러나기 때문이다. 무산지역은 김일성이 "두만강을 넘나드시던 옛시절의 피어린 자취가 찍혀진 고장"이다. 게다가 작품에서 김일성이 회고하거나 만나는 사람은 모두 과거의 인물, 이미 세상을 떠난 인물들로 설정되어 있다. 이러한 분위기는 마치 이미 죽은 김일성이 회한을 풀고자 작가가 상상 속에서 현지를 방문하는 것처럼 읽힌다. 그래서 결론 또한 "력사는 이렇듯 인민적인 수령을 영원히 기억할 것이다"라는 문장으로 끝나고 있다. 김일성 사후의 수령형상문학은 어떤 식으로든 '현재성이 아닌 과거에 대한 추념'의 형식을 띨 수밖에 없다. 따라서 김일성 사후에 창작되는 수령형상문학은 '기억의 가공'으로 귀착되는 모순에 처하고 만다. 좀더 사실적이고자 하는 작가의 노력이 '안타까움이나 추모의 정념'에 기인한다면, 그것은 과거지향적 성격에 붙박인 퇴행적 경향을 보

---

18 김정일, 앞의 책, 133면 ; 135면.

일 수밖에 없다. 그것은 '망각에 저항'하는 것일 뿐, '새로운 창조'가 아니다. 따라서 북한문학에서 수령형상문학은 스스로의 한계에 자각하는 순간, 급격히 '김정일 수령후계자형상문학'으로 전환될 수밖에 없다.

이런 한계 상황 속에서도 1994년 김일성 사후에 북한 문학평론과 소설이 수령형상문학을 중시하는 이유는 무엇이었을까. 유춘희의 논의를 통해 그 단초를 마련할 수 있다. 유춘희는 "우리 문학예술에 있어서 수령의 형상을 창조하는 것은 지상의 과업이다. 수령형상창조를 첫째가는 과업으로 틀어쥐고 나가야 우리 문학예술은 온 사회를 주체사상의 요구대로 개조하는 성스러운 위업에 적극 이바지할 수 있다"고 주장한다. 그 구체적 방법으로는 김일성의 "고매한 공산주의적 풍모와 영광찬란한 혁명력사, 수령님께서 이룩하신 불멸의 혁명업적을 형상"하기 위해 "사색의 세계를 심오하게 그려내는 것이 중요"하다고 주장했다. 또 "인간학의 본성적 요구에 맞게 위대한 수령을 잘 형상하려면 형상을 격식화하거나 기정사실화하지 말아야"한다고 충고한다.[19]

유춘희의 논의에서 살필 수 있는 것은 1990년대 북한문학과 '수령형상문학'의 관계이다. 1990년대 후반의 문학평론에서 나타나는 '수령형상 창조'의 강조는 유훈통치가 끝난 이후 북한의 정치사상적 이데올로기 강화를 위한 한 방편이었다. 김정일은 『주체문학론』에서 이와 관련한 중요한 언급을 했다. 김정일은 "문학에서 후계자의 형상을 창조할 때에는 수령형상창조의 기본원칙을 그대로 구현하여야 한다"면서, 후계자는 수령과의 관계에서 후계자일 뿐 인민과의 관계에서는 "수령의 지위와 역할"을 한다고 강조한 바 있다.[20] 이는 결국 '유훈통치'기간을

---

19 유춘희, 「항일혁명투쟁의 승리를 안아오신 경애하는 수령님의 불멸의 업적을 더 빛나게 형상하기 위하여 나서는 몇가지 문제」, 『조선문학』, 1997.6, 4~7면.
20 김정일, 앞의 책, 139면.

거쳐 더 이상 후계자가 아닌 "수령의 지위와 역할"을 수행하는 상황에서는 김정일이 '유일한 수령의 후계자'로 거듭남을 의미한다.

결국, 수령형상문학과 관련된 문학비평의 논의는 김정일과 김일성을 한 몸으로 만드는 것으로 나아갈 수밖에 없음을 보여준다. 따라서, '고난의 행군' 시기 김정일이 우선적으로 고려했던 것은 '과정과 절차를 통한 통치구조의 재편'이었고, 이러한 방식이 문학비평을 통해서도 관철되고 있음을 확인할 수 있다.

2) 균열의 징후로써의 '붉은기 사상'

1996년과 1997년의 북한 문학평론은 서두에서 "혁명의 붉은기를 높이 들고 '고난의 행군'을 승리적으로 결속하기 위한 사회주의 총진군 운동"을 언급하는 경우가 많다.[21] 이에 대해 리창유는 "우리 당이 요구하는 붉은기 정신과 '고난의 행군' 정신에는 혁명의 령도자에 대한 숭배심과 수령결사용위정신, 우리식 사회주의를 끝까지 지키려는 높은 사상정신적 각오가 담겨져 있고 수령, 당, 대중의 일심단결의 신념과 자력갱생, 백절불굴의 혁명적 의지가 담겨져 있다"고 강조했다.[22]

1990년대 문학평론에서 주목을 요하는 담론이 '붉은기 사상'이다.[23] 김정일이 창시한 사상이라 일컬어지는 '붉은기 사상'의 의미는 "적들이 바라는 것은 우리의 사상이 희어지는 것이나, 우리는 붉다"라는 말에 요약적으로 제시되어 있다. 사회주의의 순결성을 상징하는 붉은기

---

21 이는 김정웅의 글(「당의 유일사상교양에 이바지하는 문학예술 창조의 강령적 지침」, 『조선문학』, 1997.5, 15면)을 비롯해 최길상·은종섭·최언경·리창유·유춘희 등 대부분의 글에서 언급되는 표현이다.

22 리창유, 「시대와 인민이 요구하는 명작창작의 길을 휘황히 밝혀주는 강령적 문헌」, 『조선문학』, 1997.4, 68면.

23 「붉은기는 조선혁명의 백전백승의 기치이다」, 《로동신문》, 1995.1.9 ; 「붉은기를 높이 들자」, 《로동신문》, 1995.8.28 ; 「우리의 붉은기는 애국의 기치이다」, 《로동신문》, 1996.12.2.

는 북한의 체제 위기 극복을 위한 김정일식 사상적 혁명철학이다. 이 말은 김일성 사후에 김정일이 1994년 11월 1일자 《로동신문》을 통해 "나의 사상이 붉다는 것을 선포"한 데서 처음 등장했다.

본격적인 담론체계로 의미화된 것은 1995년 8월 28일 '공산주의 청년동맹 결성일'을 기념해 《로동신문》이 「붉은기를 높이들자」라는 정론을 발표하면서였다. 배성인의 논문에 따르면, 이 정론은 붉은기를 "굴종을 모르는 인간의 높은 존엄과 불타는 정열이 진한 피로 물들여져 있는 붉은기는 공산주의자들의 가장 아름다운 리상과 희망의 표대이며 그 실현을 위하여 청춘도 생명도 서슴없이 바쳐싸우는 굳은 신념의 상징이다"라고 정의했다고 한다.[24] 주의할 부분은 '붉은기 사상'에서 '사상'이라는 표현을 쓰고 있다는 점이다. 여기서 연상할 수 있는 것이 '주체사상'이다. 김정일이 '붉은기 사상'의 발의자라면, 주체사상을 의식하여 철학적 의미까지를 고려해 '사상'이라는 용어를 사용했을 것이다.

북한 문학평론도 붉은기 정신에 관한 논의들을 구체화시키고 있다. 김성우는 붉은기 정신이 구현된 소설작품으로 「상봉」(리희남), 「기다리는 계절」(한웅빈), 「녀전사의 길」(조빈), 「한녀교원의 사랑」(석남진), 「바다사람들」(김은옥)을 주목했다. 그는 붉은기 정신에 대해 "'고난의 행군'시기 력사에 류례없는 준엄한 시련과 난관을 이겨나가며 래일을 위한 오늘에 사는 백절불굴의 투지와 혁명적 락관주의, 고귀한 자기 희생과 헌신의 정신"이라고 밝히면서 "오늘을 위한 오늘에 살지 말고 래일을 위한 오늘에 살자는 경애하는 장군님의 주체의 인생관을 구현한 작품이 수많이 창작"되었다고 주장했다.[25] 김의준도 송찬웅 시집 『내

---

24 배성인, 「김정일체제의 지배담론 : 붉은기 사상과 강성대국론 중심으로」, 『북한연구학회보』 제5권 제1호, 북한연구학회, 2001, 41면.
25 김성우, 「붉은기정신이 구현된 우리 소설문학」, 『조선문학』, 1997.10, 69~75면.

삶의 푸른 언덕』에 주목하면서 "투철한 혁명적 수령관과 서정의 진실한 구현, 다양한 시형태의 적극적인 활용이 이룩한 사상예술적 성과"라고 높이 평가했다. 무엇보다도 시집이 "사회주의 승리자의 대축전으로 빛내기 위한 투쟁을 벌려나가는 우리 인민들에게 필승의 신념과 완강한 투쟁정신, 혁명적 락관을 안겨주는 사상적 무기"가 되고 있다는 점에서 사회주의의 순결성을 지키고자 하는 붉은기 정신이 잘 구현돼 있다는 것이다.[26] '붉은기 사상'의 표면적 의미는 '우리식 사회주의'와 '조선민족제일주의'를 재확인하는 김정일식 수사라고 할 수 있다. 하지만, 그 이면에는 '고난의 행군'이라는 북한사회의 뼈아픈 상처가 도사리고 있다.

단호하고도 강한 확신의 이면에는 '회의와 불신'이 존재한다. 어떤 사회체제가 그 어느 때보다 내부적 결속을 강조하고 있다면, 그 사회는 외부로부터 도전을 받고 있을 뿐만 아니라 내부적 균열에 직면해 있음을 간접적으로 드러낸다. 유훈통치 중에 있던 김정일이 '붉은기 사상'으로 인민을 결속하고자 했던 이면에는 '동요하는 사회체제에 대한 지배계층의 불안감'이 자리하고 있었다. 1980년대 후반부터 가속화된 동구 사회주의권의 붕괴와 소련 연방의 해체 등 외부적 압박과 수해 등으로 인한 내부적 곤란이 체제 수호의 모토인 '붉은기 사상'을 강조하게 한 것이다. '붉은기 사상'은 주체사상의 혁명철학과 북한식 사회주의에 대한 신념의 표현이었다. 1995년 이후 '붉은 기 사상'은 체제 수호를 위해 주체사상의 철학적 기초를 강조하고 수령형상과 연관된 혁명전통을 확고히 하자는 의도에서 북한 문학계에서 강조되었다.[27]

체제의 내부에서 문학적으로 표현된 불안감은 한웅빈의 「기다리는 계절」[28]을 통해 징후적으로 읽어낼 수 있다. 한웅빈은 북한의 체흡으로

---

26 김의준, 「삶의 푸른 언덕에서 부르는 심장의 노래」, 『조선문학』, 1998.2, 65~68면.
27 이종석, 『현대북한의 이해』, 역사비평사, 2000, 551~552면.

일컬어지는 작가다. 그의 단편소설은 세부적 진실을 곳곳에 담고 있어 리얼리즘적이다.

「기다리는 계절」에는 1933년생인 박령감이라는 개성적인 인물이 등장한다. 박령감은 1993년에 환갑을 맞아 은퇴하는 대신 '물관리원'으로 다시 일을 하게 된다. 박령감은 물관리를 위해 논두렁에 아무도 들어오지 못하도록 할 정도로 철저한 면모를 보인다. 그는 "어버이수령님께서 꼭 오시리라"는 기대를 안고, "이 논두렁을 걸으실 때가 꼭 있으리라"는 믿음으로 철저하게 물관리·논두렁 관리를 해왔다. 하지만 어린 손자가 오히려 박령감보다 냉철하다. 손자는 "대원수님께선 이젠 못오시지 않나?"라고 말하면서, 논두렁 관리에 집착하는 박령감을 안스러워한다. 박령감에게 수령은 "언제 한번 인민들과의 약속을 어기신적"이 없는 존재였다. 그래서 수령이 "열백번에 풍년이 들면 꼭 다시 오시겠다고 약속"한 것을 굳게 믿는다. 하지만, 박령감이 죽은 수령이 다시 오리라고 진짜 믿는 것은 아니다. 수령이 부재한 북한의 현실에 대한 안타까움이 논두렁에 대한 집착과 풍년에 대한 열망으로 표현된 것일 뿐이다. 박령감도 스스로 "난 믿네, 눈물로는 수령님을 다시 오시게 못해두 풍년낟알로는 꼭 다시 오시게 하리라고……믿네"라는 말을 한다.

「기다리는 계절」은 1996년의 북한사회가 수령의 부활을 꿈꾼 것이 아니라, 다시 '풍년낟알'이라는 풍요가 깃들기를 꿈꾸었음을 보여준다. 소설 속 화자인 성우도 결말부분에서 박령감처럼 "풍년가을이 멀지 않았다고 알리는 쑥쑥새의 다정한 소리가 혹여나 들려오지 않나 하고"고 귀 기울이게 된다. 결국, 박령감과 성우가 기다리는 것은 외면상으로는 '수령님'인 듯하지만, 실제로는 '풍년가을'이었던 것이다. 이

---

28 한웅빈, 「기다리는 계절」, 『조선문학』, 1996.7.

버무려진 서사의 진실은 1996년에 북한사회가 처한 고난의 현실을 간접적으로 증언하고 있으며, '붉은기 사상'은 결국 '고난의 행군'의 다른 이름이었음을 증언한다.

선언적인 차원에서 고난의 행군은 1997년 10월 10일 '노동당 창당 55주년'을 기해 끝난 것으로 선포됐다. 북한 문학평론에서도 1997년 10월 이후부터는 '강성대국 건설'이 중요한 용어로 등장했다. '고난의 행군' 대신 '강행군'이라는 용어가 사용됨으로써 북한 내부의 극한적 어려움이 상대적인 어려움으로 대체되었음을 간접적으로 표현했다. 위에서 논한 한웅빈의 「기다리는 계절」은 수령영생기원[29]의 외피를 두른 채 '고난의 행군'을 형상화한 작품이라고 할 수 있다. 류만도 「조선의 세월」(최영화), 「영생의 비결」(계훈), 「불멸의 생애」(김영근) 등의 시를 분석하면서 "유훈관철에 떨쳐나선 우리 인민의 높은 사상정신세계를 '최후승리를 위한 강행군 앞으로!'의 구호를 높이 들고 붉은기정신으로 신심드높이 나아가는 인민들의 생활과 투쟁을 통하여 더욱 격조 높이 노래"해야 한다고 주장했다.[30] '강행군'이라는 구호가 사용되는 시기는 '고난의 행군'이 끝났다고 일컬어지는 1997년 10월 이후이다. 결국, 무엇을 위한 강행군인가가 제기될 수 있는데, 김정일은 바로 그 지점에서 '강성대국 건설'을 제기했다.

3) 강성대국 건설과 혁명적 낭만주의

1997년 10월 8일, 김정일이 조선로동당 총비서로 추대됨으로써 '김정일 체제'가 시작되었다. 새로운 지도자의 탄생은 대중들에게 '새로

---

29 여기서 영생기원은 신체적 영생을 의미하지 않는다. 김일성의 혁명적 전통과 주체사상이 북한 주민들에게 영원히 기억돼 북한 체제의 견고성을 강화할 수 있어야 한다는 의미에서 영생기원이라는 용어를 사용하고 있다.
30 류만, 「영생의 노래」, 『조선문학』, 1998.4, 22~26면.

운 비전'에 대한 기대심을 불러일으킨다. 김일성 유일사상체제의 강고한 토양 속에서 뿌리를 내린 '김정일 체제'는 그 비전을 '강성대국 건설'로 선언했다. 강성대국 건설이 공식적으로 제기된 것은 1998년 8월 22일자《로동신문》정론 「강성대국」을 통해서였다. 이 정론은 "주체의 강성대국 건설, 이것은 위대한 장군께서 선대 국가수반 앞에, 조국과 민족 앞에 다지신 애국충정맹약이며, 조선을 이끌어 21세기를 찬란히 빛내이시려는 담대한 설계도이다"라고 했다.[31] 정우곤은 '강성대국 건설'이 제기된 배경에 대해 "국정의 난맥상을 해소하고 체제의 안정적 운영 및 경제난을 해소하기 위한 정책"[32]이라고 봤다.

그렇다면, 문학의 영역에서는 '강성대국 건설'이 어떤 의미가 있었을까? '강성대국 건설'이 테제화된 직후 발표된 최언경의 평론은 '강성대국 건설에 관한 문학의 논의가 김정일의 혁명적 면모 형상화'와 관련이 있음을 보여준다. 최언경은 이를 다음과 같이 언급한다.

오늘 경애하는 장군님께서는 위대한 수령님의 거룩한 한생이 어려있는 우리 조국땅우에 주체의 강성대국을 일떠세울 확고부동한 결심을 지니시고 전당, 전군, 전민을 일대 부흥번영의 길로 이끌고 계신다.〔…중략…〕

강성대국, 여기에는 진정 우리 인민에게 이 위대한 조국을 안겨주기 위하여 80여성상을 하루와 같이 바쳐오신 어버이 수령님의 생전의 뜻을 이땅우에 활짝 꽃피우시려는 경애하는 장군님의 철의 신념과 의지가 가슴벅차게 차넘치는것인가.[33]

---

31 정우곤, 「주체사상의 변용 담론과 그 원인 : '우리 식' 사회주의, '붉은기 철학', '강성대국'을 중심으로」, 『북한연구학회보』 제5권 제1호, 북한연구학회, 2001. 21면 재인용 ; 「강성대국」, 《로동신문》, 1998.8.22.
32 위의 책, 21면.
33 최언경, 「강성대국건설에 헌신분투하는 주인공들의 형상에서 나서는 몇가지 문제」, 『조선문학』, 1998.9, 69면.

최언경의 언술은 김정일이 조선노동당 총비서로 취임한 이후의 변화된 정치국면을 반영한다. 정신적 유훈통치는 '주체사상'이라는 이름으로 계속된다 하더라도 실제적인 통치권은 김정일에게로 이양될 수밖에 없다. 이제, 수령형상의 과제도 '형상화의 전이(轉移)'를 통해 '김정일 수령후계자형상 창조'로 나아갈 수밖에 없다. 북한 문학평론은 '수령형상 창조'를 중시하면서도 점차 김정일의 수령후계자 형상화를 핵심 과제로 받아 안을 수밖에 없다. 1999년 2월 박춘택이 「21세기의 태양 김정일장군을 칭송한 세계 혁명적 송가문학」을 발표한 것도 이러한 맥락과 관련해 읽을 수 있다.[34]

김일성 사후에는 김정일을 전면에 부각시킨 문학평론을 자제하는 듯했다. 그러나 1998년과 1999년에 이르러 새로운 세대에 관한 작품 해설이 많아지고 김정일 형상화에 관한 논의도 수면 위로 부상했다. 장형준의 「령도자의 탄생을 진실하고 철학적으로 심오하게 노래한 감명 깊은 명작」은 바로 이러한 맥락에서 읽을 수 있다.[35] 장형준은 김철의 서정서사시 「해돋이」를 평하고 있는데 특이한 점은 이 작품이 이미 『조선문학』 1992년 3월호에 발표되었다는 사실이다. 근 7년여가 지난 지금에야 다시 이 시를 평하는 이유에 대해 장형준은 "김정일 동지의 탄생 50돐에 즈음하여 창작된 작품"으로써, "김정일 동지의 탄생과 그 민족사적 의의를 력사적으로 진실하고 철학적으로 심오하게 노래"했

---

34 사실 김일성 사망 이전에는 김정일에 대한 송가와 수령후계자 형상화가 거침없이 이뤄졌다. 그러나 유훈통치 기간에는 자제되는 측면이 있었던 것으로 보인다. 1999년 2월에 발표된 박춘택의 다음 논의는 사뭇 직접적인 측면이 있다. "21세기를 향도하실 위대한 태양으로 경애하는 장군님을 칭송하면서 그이에 대한 다함없는 존경과 흠모의 마음을 담아 주옥같은 시어를 골라 지은 송가문학은 그것이 체현하고 있는 고상한 내용과 숭고한 사상감정 그리고 그 창작과 보급의 전례없는 대중적 성격으로 하여 사회주의위업, 인류의 자주위업을 촉진하며 인류문학의 보물고를 풍부히 하는데서 커다란 의의가 있다"(박춘택, 「21세기의 태양 김정일장군을 칭송한 세계 혁명적송가문학」, 『조선문학』, 1999.2, 10면).
35 1999년 3월에 장형준은 「령도자의 탄생을 진실하고 철학적으로 심오하게 노래한 감명깊은 명작」(『조선문학』, 1999.3)이라는 글을 발표했다. 이 글 또한 김정일 송가와 연관을 맺고 있다.

기 때문이라고 밝혔다.[36] 장형준의 평론은 상징적 의미를 지닌다. 문학예술 분야에서 김정일의 수령후계자형상 창조가 핵심적인 쟁점으로 부상하고 있음을 보여주고 있기 때문이다. 따라서 '강성대국 건설'이 제기되었던 1998년 8월경부터 '새로운 영도자 창조'의 대상은 김정일'이 되고 있음을 알 수 있다.

'강성대국 건설'이 제기되던 즈음에 북한 문학평론에서 '혁명적 낭만주의'에 대한 강조가 두드러진다는 사실도 흥미롭다. 주체사실주의 문학에서 혁명적 낭만주의는 새로운 세대의 부상을 옹호하고, 그들의 활동을 정당화한다는 의미를 내포했다. 처음 혁명적 낭만주의는 '고난의 시대'에 '낭만적 희망'을 전파하려는 의도성에서 제기되었다. 1997년에 발표된 글에서 손일훈은 "어떤 시련과 난관이 겹쌓인다 해도 사회주의 위업에 대한 필승의 신념과 의지를 안고 역경을 순경으로, 화를 복으로 전환시키며 굴함없이 투쟁해나가는 우리 당의 무비의 담력과 랑만은 오늘 우리 시대와 인민의 혁명적 랑만으로 되고 있다"고 했다. 그는 단편소설 「불멸의 영상」과 「상봉」이 이러한 낭만성을 잘 구현하고 있으며, 이들 작품은 당의 의도와 숨결대로만 투쟁하면 반드시 승리와 영광이 있음을 보여주었다고 주장했다.[37] 김철민도 김정일을 형상화한 서정서사 「최고사령관과 근위병사들」에 관해 논하면서 '사랑의 철학과 랑만적인 생활'을 강조했다. 이 서정서사시의 낭만성은 김정일의 위대한 풍모를 격조 있게 했다는 것이 김철민의 주장이다.[38] '고난의 행군' 시기에 강조된 혁명적 낭만주의는 현실에 대한 긍정적 인식을 통해 '미래에 대한 기약'을 지속하려는 태도와 연결되어 있다.

'강성대국 건설'을 표방하던 시기의 '혁명적 낭만주의'가 갖고 있던

---

36 위의 책, 11면.
37 손일훈, 「수령형상단편소설에서 혁명적랑만성의 구현」, 『조선문학』, 1997.9, 44~47면.
38 김철민, 「사랑의 철학과 랑만적인 생활」, 『조선문학』, 1997.12, 10~12면.

태도는 명일식의 글에서 확인할 수 있다. 명일식은 단편소설 「5중대 방위 목표」[39]의 핵심인물인 김윤호를 적극 옹호하면서 혁명적 낭만주의를 제기했다. 구세대의 나무랄 데 없는 혁명일꾼인 김석하 부국장의 오류를 지적하고 시정할 수 있었던 김윤호의 적극성은 "당의 의도대로 혁명위업의 정당성과 자기 힘에 대한 확신을 가지고 사는 참인간"이라는 것이다.[40] 그는 김정일이 기획하고 있는 '강성대국 건설'의 핵심적 주체에 관해서도 언급했다. 명일식은 이 시대의 주체는 "가장 힘든 곳에 자기 한 몸을 서슴없이 내대는 것도 이를 악물고 참기 어려운 시련과 고난을 웃으며 이겨내는 것도 오늘은 어려워도 활기있고 명랑하고 락천적으로 아름다운 꿈을 안고서 희망에 넘쳐 사는 우리시대의 주인공들"이라고 보았다.

필자는 「5중대 방위 목표」를 검토하면서 명일식과는 상이한 결론에 도달했다. 김석하 부국장이라는 인물에 주목하는 순간, 이 소설은 북한 관료주의에 대해 비판하는 소설이 될 개연성이 있다. 김석하 부국장은 "전쟁시기 화선에서 소환되어 전력설계사업소에 배치"되었고, 이후 "피타는 탐구와 열정으로 수백건의 혁신적인 발명과 창의고안을 내놓아 나라의 전력생산에 적지 않게 이바지"한 인물이다. 그는 '해부학적 일꾼'으로 '지성의 메스'를 가해 일을 처리하는 뛰어난 일꾼으로 정평이 나 있다. 그런 그가 'ㅅ' 수력발전소의 발전능력을 30% 끌어올리는 문제에서 큰 오류를 범하고 만다. 엄동설한에 공사를 한다는 것은 불가능하다고 판단해, 봄으로 작업을 미룬 것이 화근이었다. 김석하 부국장의 판단은 합리적인 것이었다. 하지만, 북한이 처한 '고난의 행군' 시기에는 합리성 이상의 문제해결 능력이 필요했다. 이를 더 밀고

---

39 전인광, 「5중대 방위목표」, 『조선문학』, 1998.1.
40 명일식, 「혁명적랑만이 차넘치는 주인공들의 모습을 참신하게 보여준 생동한 형상」, 『조선문학』, 1999.3, 66면.

나가면 '고난의 행군'을 초래한 것은 구세대의 현실추수적 태도(합리성)라는데 이를 수도 있다. 그들의 관료주의적 태도가 전체인민을 고난 속에 빠뜨렸다는 것이 「5중대 방위목표」에 무의식적으로 드러난다.

그렇다면, '고난의 행군' 시기에 탁월한 문제해결 능력을 지닌 주체적 인간상으로 제기된 김윤호는 어떤 인물인가? 필자는 김윤호에게서 '혁명적 낭만주의'가 창조해낸 가상의 영웅형상을 발견했다. 김윤호는 전쟁시기에 혁명적 지도력을 발휘해 '5중대 방위목표'라는 별명을 얻었던 인물이다. 김석하 부국장뿐만 아니라 생존해 있는 5중대원 모두는 김윤호가 이미 사망한 것으로 알고 있었다. 그런데, 김윤호가 '고난의 행군'의 시기에 전력생산을 30% 끌어올리는 목표달성을 위해 갑자기 등장한 것이다. 전쟁영웅으로 행방이 묘연했던 김윤호가 갑자기 등장해 '현실적인 문제를 모두 해결한다'는 발상은 얼마나 환상적인가? 이러한 낭만성이 아이러니하게도 북한사회가 처해 있던 곤란을 증언한다. 「5중대 방위목표」에 비추어 볼 때, 북한의 관료주의 체제와 구시대 혁명 일꾼은 북한사회가 처해 있는 위기상황의 원인이었다. 그래서 이 소설은 항일무장투쟁시기나 전쟁시기의 영웅(혹은 영웅정신)들을 소환해 낭만적으로 '강성대국 건설'의 초석을 구축하려 했다.

이렇듯, 북한의 혁명적 낭만주의는 과거를 절대적 가치로 환기시키는 태도와 연결되어 있다. 따라서 '현실에 대한 왜곡'과 '과거의 이상적 인물'에 기대려는 경향을 보였다. 북한 문학평론에서 '김정일 수령 후계자형상 창조'와 '새로운 영웅의 탄생'에 대한 서사는 혁명적 낭만주의의 한 경향으로 자리잡고 있다. '강성대국 건설' 또한 북한사회가 세계를 파악하는 폐쇄적이면서도 주관주의적 태도를 보여준다. 현실에 대한 냉철한 성찰에 기반해 변증법적인 미래의 가능성을 탐색하기보다는, 구호차원에서 술어를 제공하고 인민들에게 '희망'을 강요하는 것은 결코 현실적이지 못하다. 비록 북한사회가 '혁명적 낭만주의'라는 언술을 취하고 있지만, 그 이면에는 부정적 현실을 은폐하려는 정치적 의도를 간직하고 있다. 이러한 역사적 퇴행을 동반한 주관주의적 세계관은 '주체사상'에 내재해 있는 '인간중심의 철학'과 깊은 관련이 있다.

3. 북한 문학평론의 사회적 맥락

1996년 신년부터 1997년 10월 10일까지의 '고난의 행군' 시기에 북한 문학평론은 '당과 수령의 공식 담론'을 문학적으로 구현하는데 노력했다. 북한 문학평론은 '고난의 행군'이라는 큰 사건의 소용돌이 속에서도 '정치와 함께 하는 문학'으로서의 역할을 충실히 수행했다. 이 시기 북한 문학평론은 유훈통치의 문학적 구현인 '수령형상 창조', 김정일식 사상체계의 한 실험인 '붉은기 사상', 그리고 혁명적 낭만주의와 연결되어 있는 '강성대국 건설' 담론을 충실히 해설해냈다.

북한 문학평론은 '수령형상 창조'를 통해 수령—당—인민의 일체성을 구현해내고, 유훈통치를 확고히 하려 했다. 하지만, 실제 텍스트에서는 '김일성에 대한 수령형상 창조'가 난관에 봉착하는 양상을 보였다. 이미 죽은 김일성에 대한 수령형상 창조는 '과거에 대한 기억'에 머무는 경향성을 띠게 됨으로써 퇴행적 양상을 드러냈다. 이러한 문제는 예견된 수순을 따라 '새로운 영도자로 김정일'이 들어서게 됨으로써 해결되었다. 또 주체사상과 주체문학론의 중요한 축이 '수령'에 있다고 했을 때, 향후에도 북한문학은 지속적으로 김정일을 중심에 둔 영도자 형상 창조에 집중할 것으로 보인다.

'붉은기 사상'은 주체사상의 순결성을 통해 북한식 사회주의를 고수하려는 사상체계였다. 유훈통치기간에 김정일에 의해 제기된 '붉은기

사상'은 '강성대국 건설'에 이르는 과정에서 부분적 역할을 수행한 것으로 보인다. 북한문학에서 '붉은기 사상'이 강조된 이면에는 '고난의 행군'의 그림자가 짙게 드리워져 있었다. '붉은기 사상'에 표현된 사상적 견결성은 오히려 북한사회가 '고난의 행군'을 힘겹게 감내하고 있었음을 보여준다. 북한의 소설과 비평에서는 오히려 '붉은기 사상'보다는 '고난의 행군'이 의도하지 않게 강조되는 양상을 나타냈다. 이는 북한사회가 '고난의 행군' 시기에 얼마나 힘들었는가를 역설적으로 드러낸다.

'강성대국 건설'은 김정일 체제가 확립된 이후 제기된 낭만주의적 성격을 갖고 있는 북한사회의 구호다. 1998년에 공식적으로 제기된 '강성대국 건설'은 '혁명적 낭만주의의 태도'가 녹아 있는 담론체계이다. 북한 문학평론의 경우도, '김정일 수령후계자형상 창조'와 '과거로부터 혁명적 영웅을 소환'하는 방식을 통해 '미래에 대한 낙관적 전망'을 창조하려 한다. 이러한 역사적 퇴행을 동반한 주관주의적 경향은 '주체사상'에 내재해 있는 철학적 태도에 기인한다. 현실적 정세와는 무관하게 '인간의 의지를 강조하는 낭만적 경향'은 '강성대국 건설' 담론과 함께 당분간은 북한사회를 지배할 것으로 보인다. '강성대국 건설'에 입각한 북한사회의 '세계인식'은 단지 북한사회만의 불행으로 끝나는 것이 아니다. '6·15시대'로 일컬어지는 현실에서 '낮은 단계부터의 통일'을 꿈꾸는 남한사회가 여전히 남북통합을 구상하는데 있어 고려해야 할 북한 체제의 인식틀이기도 하다.

이 글은 북한의 공식담론의 이면에 존재하는 사회적 맥락 읽기를 통해 '고난의 행군 시기의 북한 문학평론'을 분석했다. 특히, 김정일 체제가 이미 극복했다고 제기한 '고난의 행군'이 북한사회에 어떤 깊은 상처를 남겼나를 살펴보았다. '고난의 행군'이 남긴 상처에 대한 파악은 남한사회의 성찰에도 유용할 수 있다는 것이 필자의 문제의식이다.

이 시기에 북한사회는 정신적 좌절(김일성 주석의 사망)과 연이은 자연재해로 육체적 수난('고난의 행군')을 동시에 겪었다. 그 근간에는 미국의 경제봉쇄와 자연재해, 그리고 세계체제로부터의 고립이 자리하고 있었다. 북한이 '고난의 행군'을 겪던 시기에 남한사회에서의 김정일체제에 대한 신랄한 이데올로기 공세를 가했다. 한편에서는 '우리민족서로돕기 운동본부'에서 '북한동포돕기 운동'을 전개하는가 하면, 다른 한편에서는 연변에 출몰한다는 '꽃제비'에 관한 르뽀기사가 선정적으로 보도되기도 했다. 남한사회에서는 북한 민중에 대한 연민이 '인민을 굶겨 죽이는 정권'에 대한 분노로 이어지기도 했고, '흡수통일'에 대한 기대와 공포가 공존하기도 했다.

아이러니하게도 북한사회가 '고난의 행군'에서 벗어났다고 선언하자마자, 남한사회는 'IMF 구제금융'에 들어섰다. 1998년에 정리해고 된 가장들은 '나이든 꽃제비'가 되어 서울역·부산역 등 도심지역을 배회했고, 출구 없는 빈곤의 나락에 빠져든 일부 가족들은 '동반자살'이라는 극한적 선택을 하기도 했다. 북한의 '붉은기 사상'을 중심으로 한 결집 못지않은 '금 모으기 운동'이 남한사회에서 자발적으로 전개되기도 했다. 남한사회는 '경제에 대한 과도한 집착'이라는 정신적 내상을 안고 겨우 'IMF 구제금융'에서 벗어날 수 있었다.

북한의 '고난의 행군'과 남한의 'IMF 구제금융'은 무관한 듯 보이지만, 실제로는 두 체제가 안고 있는 내재적 모순의 표출이었다. 그런 의미에서 북한사회가 어떤 방식으로 '고난의 행군'에 대처했고, '혁명적 낭만주의'가 향후 북한사회 체제에 어떤 영향을 미칠 것인가를 살펴보는 것은 의미가 있다. 두 체제가 미래에 만날 때, 이러한 역사적 상처에 대한 이해는 '사회문화적 통합'에 공통감각으로 작용할 수 있기 때문이다.

참고문헌

《로동신문》

『조선문학』

김갑식·오유석, 「'고난의 행군'과 북한사회에서 나타난 의식의 단층」, 『북한
　　　연구학회보』 제8권 제2호, 북한연구학회, 2004.

김정일, 『주체문학론』, 조선로동당출판사, 1992.

문학예술사전 편집집단 편집, 『문학예술사전(상)』, 과학백과사전종합출판사,
　　　1988.

배성인, 「김정일체제의 지배담론 : 붉은기 사상과 강성대국론 중심으로」, 『북
　　　한연구학회보』 제5권 제1호, 북한연구학회, 2001.

이종석, 「한반도 안보환경 재진단 : 북한 '유훈통치체제'의 현황과 전망」, 『군
　　　사논단』 제6권, 한국군사학회, 1996.

이종석, 『현대북한의 이해』, 역사비평사, 2000.

이항동, 「노동신문 사설 분석에 의한 북한정책의 변화 : 1987~1996」, 『한국
　　　정치학회보』 제31권 제4호, 한국정치학회, 1997.

임영봉, 『한국현대문학 비평사론』, 역락, 2000.

정기열, 「지금 우리는 고난의 행군 중」, 『말』, 1996.7.

정우곤, 「주체사상의 변용 담론과 그 원인 : '우리 식' 사회주의, '붉은기 철
　　　학', '강성대국'을 중심으로」, 『북한연구학회보』 제5권 제1호, 북한연
　　　구학회, 2001.

피에르 마슈레, 이영달 옮김, 『문학생산이론을 위하여』, 백의, 1994.

6·15 공동선언 이후의 북한문학에 말 걸기

고인환

1. 북한문학에 말 걸기

북한문학은 독자적인 지위를 갖지 못하는데, 이는 북한문학을 이해하는 데 적지 않은 어려움을 야기한다. '북한'에 악센트를 두었을 때 문학은 북한사회의 이해수단으로 전락함으로써 미적 자율성을 지니기 어려우며, '문학'에 강조점을 주었을 때 민족문학, 통일문학의 하위범주로 논의를 진행할 수는 있으나, 이념의 과잉으로 인해 남한의 문학과 대화적 관계를 유지하기 어렵다.

따라서 북한문학을 이해하기 위해서는 체제와 문학을 동시에 고려하는 유연한 사고가 요구된다. 북한사회 전반에 대한 고려와 텍스트에 대한 이해가 적절한 균형감각을 유지함으로써, 상대방에 대한 인정의 방식으로 전개되는 이해나 혹은 상대에 대한 편견으로 인하여 객관적인 현실을 보지 못하는 우를 범하지 말아야 한다.

지금까지 북한문학에 대한 연구[1]는 그 자체의 중요성을 인정하더라도, 연구 현장에서는 많은 한계를 노정해 왔다. 특히, 북측의 문예정책에 기초하여 작품을 이해하는 방식이나, 혹은 북한문학의 미학적 가능성을 애써 차단하려는 태도는 여전히 심각한 문제로 제기된다. 이제 남북의 문학이 대등한 지평에서 서로 접촉하는, 그야말로 열린 문학 논의의 장을 마련해야 한다. 남북의 문학 연구자들은 공히 감정적 구호의 차원을 넘어, 잃어버린 반쪽을 찾는 심정으로 어떻게 서로와 대화할 수 있을 것인가에 대해 구체적으로 고민해야 할 때이다.[2] 이에 총론과 각론이, 통시적 흐름과 공시적 현상이 융합되는 지점을 탐색할 필요가 있다.

한편, 북쪽의 '고난의 행군'이 끝난 지 얼마 되지 않아, 그리고 남쪽의 IMF 구제금융의 위기가 극복되었다고 이야기될 때, 남북의 정상이 만나 '6·15 남북공동선언'을 발표하였다. 이 선언은 남북관계의 새로운 이정표를 제시하였는데, 무엇보다도 남의 연합제와 북의 낮은 단계의 연방제 사이의 공통점을 인정한 점은 시사하는 바가 크다. 서로를 배제하던 양측의 통일방안이 합의점을 모색하는 계기가 되었기 때문이다.[3] 특히, 북의 입장에서는 여러 제약에도 불구하고 남한의 존재를 인정하고 도움도 받아야 하는 현실을 수용한 것인데, 이는 뒤이어 발표된 2002년 7·1조치가 시사하는바, 경제위기를 극복하기 위해 시장

---

[1] 북한문학 연구가 시작된 것은 월북 작가들에 대한 해금조치가 내려진 1980년대 후반부터다. 1990년대에 이르면서 사회적·경제적 우위를 바탕으로 체제 경쟁적 차원에서 벗어나 북한을 객관적 차원에서 접근하려는 분위기가 형성되었다. 북한사회의 특수성을 인정하고 북한의 입장에서 접근하려는 논의가 시작된 것이다. 북한문학을 분단의 상황에서 벗어나 남한이나 북한 중심이 아닌 태도로 이해하려는 시도는 2000년 이후 북한문학 연구에서 발견할 수 있는 가장 큰 특징이다. 특히 김정일 시대 혹은 선군혁명문학에 대한 연구가 진행되면서 북한사회의 변화와 북한문학 연구의 시차가 해소되었다는 점은, 북한문학에 대한 종합적 평가를 가능하게 하는 바탕이 되고 있다. 자세한 북한문학 연구 현황에 대해서는 전영선, 「북한문학 연구의 현황과 쟁점—북한문학 연구의 비판적 고찰과 문제제기를 중심으로」, 『현대북한연구』(7권 3호), 경남대학교 북한대학원, 2005를 참고할 것.
[2] 김종회·고인환·이성천, 『작품으로 읽는 북한문학의 변화와 전망』, 역락, 2007, 머리말 참조.
[3] 서동만, 「6·15시대의 남북관계와 한반도 발전구상」, 『창작과비평』, 2006, 봄, 223면 참조.

적 개혁·개방에 착수하지 않을 수 없게 된 상황을 암시한다.

6·15 공동선언 이후 사회문화교류에서 나타난 중대한 변화로는 학술, 종교, 스포츠, 문화예술, 언론출판 등 다방면에 걸쳐 교류가 추진되었다는 점을 들 수 있다. 물론 여기에는 적지 않은 현실적 문제가 존재하는 것이 사실인데,[4] 이를 감안하더라도 문학에서의 교류는 주목할 만하다. 흘러넘치는 말들의 소란스러움을 넘어 내면의 소통 가능성을 열어젖히고 있기 때문이다. 특히, '6·15 공동선언실천을 위한 민족작가대회'(2005)는 소수 대표자들의 회담이 아니라, 일반 작가들 사이의 집단적 대화로 전개되었다는 점에서 경제·정치적 교류를 넘어서는 내면의 교류였다고 할 수 있다. 단일 모국어를 사용하는 것 자체가 분단과 모순되는 상황임을 염두에 둔다면, 동일 언어를 매개로 하는 남·북 문학인들의 만남은, 분단의 끝을 응시하며 통일문학을 향해 첫 걸음을 내디딘 역사적 사건이라 할 만하다. 이를 바탕으로 '6·15 민족문학인협회'를 구성하고, 『통일문학』을 발간한 점은 분단을 극복하고 통일문학을 이루기 위한 큰 진전이라 하지 않을 수 없다.

주지하듯, 북한의 문학에서 언어는 체제와 이데올로기를 선전하는 도구의 성격이 강하다. 하지만 최근 북한문학에서 개인의 내밀한 욕망을 포착하는 언어들이 출현하기 시작했다는 점은 주목할 만한데, 북한사회의 변화가능성을 시사하는 한 징후로 볼 수 있기 때문이다. 하여, 주체이념 너머를 희미하게 비추는 언어의 무의식을 고찰하는 작업은

---

4 6·15 공동선언 이후 북한은 남한과의 교류를 받아들이는 대신에 북측의 경제적 이익을 확보하기 위한 대가를 원하여 남측의 제의들 중에서 이익이 되는 것을 선별 수용하는 정책을 취하였다. 즉 교류는 활발해졌지만 북측은 나름대로 남북교류에 관한 자신들의 원칙을 지켰다는 것이다. 남측은 남북교류를 통해 민족동질성 회복 및 공동체 건설을 목표로 삼고 있지만, 북측은 정치적 목적이나 외화획득을 위한 경제 사업의 일환으로 이용하려는 의도가 강했다. 특히, 북측의 대남 사회문화 교류협력 주체는 대부분 당조직이나 관변단체이며, 대남 접촉제의 및 접촉 대상 역시 남측의 진보적 단체나 인사에 편중되어 있다. 이에 대해서는 이수석, 「6·15공동선언이 북한의 대남정책에 미친 영향」, 『남북교류협혁과 북한의 변화』, 북한연구학회 춘계학술회의 자료집, 2005, 77~86면 참조할 것.

북한문학의 새로운 가능성을 확인하고, 나아가 남·북 문학의 대화가
능성을 모색하는 한 계기가 될 수 있을 것이다.

이 글에서는 '6·15 남북공동선언'(2000) 이후 당위와 개성, 이념과
욕망, 내용과 형식, 사상과 표현 등의 긴장으로 표출되는 북한소설의
새로운 변모를 '욕망·대화·첫사랑·맨 얼굴'이라는 언어적 코드로 추
적해 봄으로써, 내면적(문학적) 소통의 가능성을 곱씹어 보고자 한다.

2. 욕망 – 홍석중의 『황진이』

6·15 공동선언 이후 북한문학은 기존의 이념적 지향을 완전히 벗어
난 것은 아니나, 여러 분야에서 의미 있는 변화의 조짐을 보이고 있다.
먼저, 북쪽의 작가가 남측의 독자를 상정하고 작품 활동을 하기 시작
했다는 점을 지나칠 수 없다. 홍석중의 『황진이』(문학예술출판사, 2002)
는 북측의 독자뿐만 아니라, 남측의 독자들에게도 큰 호응을 얻었다.
이 작품은 '보기 드문 노골적 성애묘사, 북한식 에로티시즘' 등의 상업
적 선전문구와 함께 남측에 소개되었다. 특히, 지은이가 『임꺽정』의 저
자 벽초 홍명희의 손자이자 국어학자 홍기문의 아들이라는 사실은 남
측 문단에 비상한 관심을 불러일으켰다. 그리고 남한의 권위 있는 문
학상인 '제19회 만해문학상(2004)'을 수상했다는 사실은 단순한 흥미
성을 넘어 남측에서 그 문학성을 인정했다는 점을 보여준다.

이 작품은 북한에서 요구받는 문학의 이념을 따르고 있으면서도, 남
측의 독자들을 끌어들이는 강한 흡인력을 지니고 있다. 민중을 억압하
는 상층계급의 허세와 모순을 비판하는 황진이의 당찬 모습은 남북 사
회 구성원들에게 카타르시스를 제공하기에 충분하다. 이와 더불어 출
생의 비밀을 둘러싼 황진이의 내면적 갈등, '성'을 둘러싼 개인들의 욕

망 그리고 허위와 가식으로 가득 찬 세속을 떠나 자유인으로 거듭나는 황진이의 모습 등은 이념과 체제의 벽을 넘어 보편성을 획득하고 있다. 특히, 개인의 욕망을 표출하는 언어들은 공식적 언어 일변도의 북한문학에 미세한 균열을 내고 있어 주목을 요한다. 몇몇 장면을 감상해보자.

참으로 이상하다. 이처럼 순결하고 깨끗하고 명료하고 즐겁고 아름다운 자연이 어째서 사람들의 마음속에 즐거움과 기쁨만이 아닌 달콤한 아픔을 불러일으키는 것일가. 아마도 그것은 이 깨끗하고 아름다운 자연의 품속에서 눈을 뜬 사랑의 갈망, 행복의 갈망이 심장을 마구 쥐어뜯기 때문이리라. 그래, 그 말이 옳다. 하늘은 오로지 사랑만을 위하여 이 아름다운 자연을 사람들한테 만들어준 것이니까……

(나와 혼약을 맺은 윤승지댁 도련님은 어떤 분일가? 호방하구 활달하구 소탈한 분일가? 아니면 상냥하구 부드럽구 온순한 분일가?)

진이의 넋은 어느새 요요히 하늘 우로 떠올라 아름다운 장밋빛 노을 속을 날고 있었다.

……여보세요, 억누를 수 없는 충동을 안고 불쑥 소리처 찾았으나 당신을 어떻게 불렀으면 좋을지 모르겠군요. 얼굴이 붉어져요. 당황해집니다. 그런데도 당신은 지꿎은 장난군처럼 그냥 웃기만 하시는군요. 다정한 웃음이 저를 더욱 수집게 만듭니다.

어쩐지 마음이 불안합니다. 혹시 아직은 혼약을 맺었을 뿐 서로 얼굴도 모르는 당신과 이렇게 마음속으로 만나 이야기를 나누는 것도 가규 있는 사대부집 규정 처자로서 온당치 못한 행실이 아닐가요.

하지만 그렇다고 해도, 설사 온당치 못하다고 해도 지금 내 마음을 끄당기는 달뜬 유혹을 어쩔 수가 없습니다. 저의 가슴속에 남몰래 묻어놓은 구구소회를 누구한테든 털어놓지 않고서는 견딜 수가 없군요. 바로 그 누구라는 분이야말로 저와 삼색가약을 맺은 당신이 되지 않으면 안 됩니다.

ー홍석중, 『황진이 1』, 대훈, 2004, 40~41면

　인용문에는 '달콤한 아픔'으로 표상되는 '사랑의 갈망', 나아가 '억
누를 수 없는 충동'이나 '마음을 끄당기는 달뜬 유혹'으로 변주되는,
'혼약'을 앞둔 황진이의 설렘과 두려움이 공존하는 마음의 결이 잘 드
러나 있다. 작가는 이러한 황진이의 마음을 솔직하고 내밀한 언어를
통해 펼쳐 보이고 있다. 물론 이러한 언어들은 황진이가 사회의 모순
과 부조리를 깨닫기 이전의 내면을 담고 있다. 하지만 자신의 과거를
부정하는, 나아가 '옛 진이'를 죽이는 장면에서도 욕망의 언어는 오롯
이 되살아나고 있다.

　놈이의 숨결이 가빠졌다. 후들후들 떨리는 그의 손이 진이의 몸을 더듬었
다. 진이는 깜짝 놀라며 그의 손을 부리치려고 했으나 이미 그럴 힘이 없었
다……
　진이는 달빛 속에 누워 있었다. 굳은살이 박힌 놈이의 거친 손이 그의 부
드러운 살결을 쓰다듬으며 점점 아래로 내려왔다. 진이의 온몸이 불덩이처
럼 달아올랐다. 입에서 신음소리가 저절로 새여나왔다. 문득 가슴이 무거워
졌다. 무섭게 흡뜬 놈이의 두 눈이 이글거리는 숯불덩이가 되여 자기를 내
려다보고 있었다.
　순간 진이는 아, 하는 비명소리를 지르며 눈을 감고 얼굴을 옆으로 돌려
버렸다. 눈물이 흘러내렸다.
　……멀리서 들려오는 봉은사의 종소리는 옛 진이의 죽은 넋을 바래우는
애절한 초혼의 메아리마냥 구슬프게 울리고 있었다.

ー『황진이 1』, 210면

인용문은 출생의 비밀을 알게 된 진이가 객주가에 몸담기를 결심하고, 놈이에게 순결을 던지는 대목이다. 자신을 지켜줄 기둥서방으로 놈이를 선택한 것이다. 여기에는 놈이에 대한 사랑이 매개되어 있지 않다. 상대를 배려하지 않는 일방적 섹스인 것이다. 이러한 상황에서도 작가는 진이의 몸의 욕망을 섬세하게 음각해 놓았다. '굳은살이 박힌 놈이의 거친 손'이 진이의 '부드러운 살결'을 쓰다듬자, 진이의 '온몸이 불덩이처럼 달아'오르고, 입에서는 '신음소리가 저절로 새여'나온다. 진이는 이러한 몸의 욕망을 '눈물'로 외면하고 있을 따름이다.

한편, 황진이가 서화담을 유혹하는 대목에도 몸의 욕망이 비껴 있다. 자신의 몸을 거들떠보지도 않는 화담에게 다가가 그의 물건을 더듬은 황진이는 화들짝 놀란다. '그것은 단연 뛰여나게 잘나기도 했거니와 숫구치는 근력의 장엄함으로 말하면 색계상의 백전노장인 진이조차 깜짝 놀랄 만큼 그렇게 뛰여나게 훌륭한 것'이었기 때문이었다. 서화담은 몸의 욕망을 부정하지 않는다. 다만, 몸의 욕망을 통제하기 위해 자신과 처절한 싸움을 벌이고 있을 뿐이다. 이렇듯, 이성과 정신의 영역을 비집고 분출되는 몸의 언어야말로 『황진이』의 진정한 주제의식의 하나라 할 만하다.

다시 강조하거니와, 이 작품에서는 욕망 그 자체가 부정되는 것이 아니라, 양반사대부들의 '위선과 거짓'으로 가득 찬 왜곡된 욕망이 거부되고 있는 것이다. 흥미로운 점은 기녀가 된 황진이가 양반들의 '세속적이고 부정적인 욕망'을 까발리는 대목에서, 북한소설에서 쉽사리 찾아볼 수 없는 선정적인 장면이 출현하고 있다는 사실이다. 선정성은 왜곡되고 뒤틀린 욕망을 응징하기 위한 의도로 설정되어 있는 셈이다. 다음의 대목은 이를 잘 보여준다.

이 방에 들어설 행운을 지닌 사내는 문턱을 넘어서자마자 향로에서 피여

오르는 사향 냄새에 취해 삼혼칠백이 허공중에 떠서 황홀한 환각의 나라고 요요히 날아오릅니다. 저는 초불 밑에서 천천히 옷을 벗기 시작합니다. 저고리와 속적삼을 벗습니다. 아직은 젖가슴이 보이지 않도록 다소곳이 돌아앉아 치마와 속곳까지 벗어버립니다. 그리고는 고개를 숙인 채 사내 쪽으로 돌아앉으며 가슴을 가리웠던 두 손을 내립니다. 두 손을 내리면서 고개를 들고 사내를 쳐다보며 생그레 웃습니다. 이 웃음이 바로 사내의 점잖은 체하는 위선과 성인군자의 허울을 벗겨버리는 마지막 칼질과 같은 것입니다. 이때부터 그 사내의 넋은 괴뢰패의 꼭두각시나 망석중이처럼 제가 줄을 당기는 대루 움직입니다.

저는 사내의 옷을 벗기고 자리에 눕습니다. 노루발풀을 달여서 만든 물약으로 사내의 벌거벗은 몸을 부드럽게 문지릅니다(이것은 쫓겨난 임금인 연산군이 정욕을 불러일으키기 위해 쓰던 비방인데 우리집 할멈이 홍청으로 있을 때 대궐에서 배웠다고 합니다). 물약에 젖은 저의 손이 가볍게 동그라미를 그리며 우에서 아래로 내려갑니다.

저는 귀신의 귀속말처럼 조용히 속삭입니다.

"눈을 감으세요.⋯⋯어서요. 눈을 감고 제가 드리는 기쁨을 마음껏 즐겨보세요."

사내는 화산을 가슴에 통째로 붙안은 듯 몸부림치며 신음소리를 내지릅니다.

저는 사내를 무아의 황홀경으로 이끌어갑니다. 문득 정점에서 멈춰 섭니다. 다시 더 높은 벼랑 끝으로 끌어올립니다. 아득한 하늘의 구름 우에서 저는 드디어 고삐를 놓아줍니다. 순간 사내의 입에서 터져 나오는 울부짖음은 악귀한테 넋을 빼앗기는 달콤한 고통의 통곡 소리와 같은 것입니다.

끝났습니다. 위선의 허울은 벗겨지고 넋을 빼앗긴 그림자가 이 방에서 나갑니다. 그러나 제아무리 애원을 하고 비두발괄을 해도 또다시 이 방 문턱을 넘어서지 못할 것입니다. 일단 넋을 빼앗긴 그림자는 악귀한테 소용없는 무용지물에 불과한 것이니까요.

-『황진이 1』, 226~227면

진이에게 농락되는 봉건 지배층의 성적 욕망이 구체적으로 포착되고 있는 대목이다. 『황진이』가 과거와 현재를 암유적으로 매개하는 역사소설이라는 점을 감안한다면, 위의 장면은 북한사회의 현재적 상황을 유추하는 각주로 기능할 수 있다. 즉, 동시대 북한의 고위 관료나 지배층의 위선과 왜곡된 욕망에 대한 문제제기로 해석될 여지가 있다는 것이다. 이렇게 본다면 『황진이』에 드러난 욕망의 언어는 공적 담론에 가려져 표면화되지 않았던 북한체제의 뒤틀린 욕망을 들추어내는 역할을 하기에 충분하다.

이렇듯, 『황진이』는 북한문학이 허용하는 욕망의 언어가 다다른 한 정점을 보여준다. 비록 뒤틀린 욕망 비판으로서의 몸의 언어이지만, 그 이면에는 건강한 몸의 욕망을 향유하려는 주체의 내밀한 의지가 깔려있다는 사실을 간과해서는 안 될 것이다.

3. 대화 - 남대현의 『통일련가』

남대현의 『통일련가』(문학예술출판사, 2005)는 남과 북이 지향해야 하는 소통의 언어에 대한 의미 있는 시사점을 제공하고 있다. 이 작품은 북쪽으로 송환된 남쪽 출신의 비전향장기수 고광인 씨의 삶을 취재한 실화소설이다. 2003년에 이미 출간되었으나, '6·15공동선언실천을 위한 민족작가대회'를 계기로 재판을 찍은 작품이다. 이 작품의 저자인 남대현과 취재 대상이 된 비전향장기수의 아내 정은옥 씨가 작가대회에 참여하여 화제가 된 바 있다. 남대현은 북한 청춘 남녀들의 사랑을 진솔하게 다루었다고 평가되는 『청춘송가』(1987)로 널리 알려진 작가다.

우선 민족작가대회 기념으로 내놓은 소설이라는 점에서 남측의 작가들에게 읽히기를 바라는 작품임을 알 수 있다. 지금까지 북한의 문학이 일방적인 체제 선전을 중심으로 전개되었다면, 이 작품은 남과 북의 삶의 양상이 비교적 균형감 있게 제시되고 있다는 점에서 주목에 값한다.

물론 이 작품에도 북측의 체제를 선전하고 있는 대목이 눈에 띈다. 하지만 체제 선전을 하고 있다는 사실에 함몰되어서는 북쪽의 문학을 온당하게 이해할 수 없다. 이제는 체제의 정당성을 '어떻게' 드러내는가에 주목해야 한다. 남과 북 모두는 서로의 체제를 일방적으로 포기할 수 없다. 체제를 포기했을 때, 흡수의 논리에 기반한 억압적 관계가 생성되기 때문이다. 이제, 서로의 차이를 객관화하고, 이 차이의 지점들을 공유함으로써 서로에게 가까이 다가갈 수 있는 대화의 방식을 모색해야 할 때이다. 그런 점에서 『통일련가』는 상대편의 입장을 객관적으로 제시하면서 자신의 정당성을 주장하고 있다는 점에서 시사하는 바가 크다.

『통일련가』는 액자소설의 형식을 띠고 있는데, 이는 남과 북이 대화할 수 있는 한 계기를 마련한다. 화자와 은옥경은 취재대상인 고광의 삶을 끊임없이 분석·해석·재구성함으로써 현재적으로 전용하고 있으며, 고광 또한 이들과 대화하면서 자신의 삶을 새롭게 인식하는 계기로 삼는다. 취재자와 취재대상, 과거와 현재, 남과 북의 삶이 상호침투하며 서로의 영역을 확장하고 있는 셈이다.

사랑의 담론은 이를 보여주는 대표적인 사례이다. 다음의 인용은 사적 사랑(남)과 공적 사랑(북)이 대화하는 장면이다.

《내가 아는데 의하면 사랑이란 상대방을 위해 그 어떤것도 책임을 질수 있는 능력이며 의지입니다. 그리고 더 중요한건 아무리 다정한 부부라 해도 주는것만큼 받게 되고 받는것만치 주게 되는게 사랑이예요. 내가 상대를 책임질수도 없는데다가 더우기는 아무것도 줄 것도 없는데 어떻게 받겠다고 하겠습니까? 천만에요! 절대로 안됩니다. 만약 그것을 받아들인다면……그렇다면…… 나야말로 사람이 아니지요. 인간이 아니란 말입니다.》

《선생님.》

나는 그 말에 대해서는 의견이 있었다. 그래서 이것만은 리해해주기 바라마지 않는다는 간절한 눈길로 선생을 주시했다.

《그건 우리의 사랑과는 다릅니다. 우리 시대의 사랑은 주고받는 량의 크기로만 이루어지는것이 아닙니다. 결코 그렇지 않습니다. 받는것이 아니라 바치는것이 사랑이고 향유가 아니라 창조가 행복의 바탕으로 된다는것을 아셔야 합니다. 오직 우리 나라에서만 있을수 있는 우리 식 사랑이지요.

〔…중략…〕

인간이 아니라구요? 천만에 말씀입니다. 그건 바로 남쪽에 있을 때 선생님이 새긴 인생체험입니다. 그러나 이젠 북에서 우리와 함께 사십니다. 혁명에 가장 충실한 인간, 그래서 가장 훌륭한 인간만이 받을수 있는 가장 진정한 사랑이란 말입니다.》

― 『통일련가』, 235~236면

남녀의 사랑과 북녘의 사랑은 그 존재방식이 다르다. 고광이 생각하는 사랑은 '상대방을 위해 그 어떤것도 책임을 질수 있는 능력이며 의지'이다. 즉, '주는것만큼 받게 되고 받는것만치 주게 되는' 사랑이다. 사적 개인을 전제한 사랑인 것이다. 하지만, 화자가 주장하는 사랑은 다르다. 그에 의하면 '받는것이 아니라 바치는것이 사랑'이기에, '혁명에 가장 충실한 인간, 그래서 가장 훌륭한 인간만이 받을수 있는' 숭고한 가치가 되는 것이다. 오직 북측에서만 있을 수 있는 '주체 식 사랑'인 것이다.

화자는 이러한 차이점을 인정하면서 고광을 설득한다. 그 설득의 논리에 주목할 필요가 있는데, 상대방의 주장을 전면적으로 부정하는 것이 아니라, 그것을 수용하면서 자신의 주장을 펼치는 방식이기 때문이다. 화자는 고광이 남쪽에 있을 때 새긴 '인생체험'에 바탕한 사랑관을 거부할 수 없다. 만약 그것이 전면적으로 거부되었을 때, 신념과 양심을 끝까지 지켜온 고광의 남측에서의 삶이 부정되는 것은 물론, 광이와 희애 그리고 희애와 인석의 사랑 등이 온전한 의미를 부여받을 수 없기 때문이다.

화자의 논리는 이제 '북에서 우리와 함께' 살게 되었으니, 우리의 방식에 따라야 한다는 태도로 표상된다. 고광과 같이 송환된 비전향장기수들은 북쪽의 체제를 선택했기에 그쪽의 삶을 전적으로 내면화할 수 있다. 따라서 '우리 식 사랑'을 따라야 한다는 화자의 논리는 정당성을 지닌다.

『통일련가』의 저자 남대현은 남녘의 모든 동포에게 '우리 식 사랑'을 따르라고 강요하지 않는다.

그와 동시에 나는 얼굴이 달아오르는 것을 어쩔수 없었다. 선생은 오랜 감옥살이로 하여 이방인처럼 돼버렸다고 하지만 난 어째서 이 사실이 이토록 놀랍고 기이한것인가? 선생을 세상과 갈라놓은건 감옥철창이라면 나는 무엇으로 하여 그런 생활을 리해조차 할수 없단 말인가!

남녘생활에 대한 무지, 그곳 인간들을 제대로 리해하지 못하면서 선생의 작품을 쓰겠다고 나선 것이 못내 부끄럽기만 했다. 문득 이방인이란 말이 새로운 의미로 가슴에 파고들었다. 그러고 보면 남북에 갈라져 사는 우리들이야말로 한피줄을 잇고 한지맥에서 살면서도 이젠 생활도 감정도 정서도 리해하기 어렵게 된 딴 세상의 이방인들이 아닌가!

―『통일련가』, 171면

　화자는 남녀의 생활에 무지했던 자신의 모습을 질타하고 있다. 이 남녀의 사랑에 대한 열린 자세를 보여주는 위의 대목은 인상적이다. 여기에는 희애와 인석의 사랑이 비록 북쪽에서 생각하는 '혁명적 결합'은 아니지만, '남녀생활'에서 제기되는 감정과 정서를 반영한 소중한 사랑이라는 인식이 깔려 있다. 이러한 화자의 태도는, 남과 북이 상호 침투하며 서로의 의식을 새롭게 생성해 가는 대화의 과정을 보여준다.

　『통일련가』에서는 현실에 대응하는 다양한 인물군상들의 모습이 생생하게 형상화되어 있다. 이러한 다양한 스펙트럼은 남·북의 체제와 이념을 가로지르며 삶의 총체성을 보여주는 데 기여하고 있다. 『통일련가』는 작가(체제/이념)가 일방적으로 의미를 부여하는 방식에 익숙해 있는 남측의 독자들에게, 다양한 선택을 하는 인간들의 면모를 밀도 있게 제시한다는 점에서 낯선 충격을 선사한다.

　이제 북한문학은 일방적인 체제·이념의 선전에서 벗어나 남측 현실을 수용해야 하는 시점에 이르렀다. 남측의 삶에 대한 개방을 통해 북측 문학의 잃어버린 반쪽을 되찾아야 한다. 심정적·감정적 구호의 차원을 넘어 '어떻게' 남과 대화할 수 있을 것인가에 대해 구체적으로 고민해야 할 때이다. 지금까지 살펴본 남대현의 『통일련가』는 상대편의 입장을 객관적으로 제시하면서 자신의 정당성을 주장하고 있다는 점에서, 이미 균형 잡힌 소통의 언어를 향해 한 걸음 내딛고 있다.

4. 첫사랑 - 김택룡의 「고향」과 홍영남의 「푸른 언덕」

6·15 공동선언 이후 북한문학 내부에 나타난 또 다른 변화는, 매년 50여 편씩 창작되던 남한의 대통령을 조롱하거나, 남측의 체제를 일방적으로 비하하는 작품들이 눈에 띄게 격감했다는 것, 베일에 가려져 있던 당간부나 령급 군인, 인텔리 계층의 생활상이 작품 속에 묘사되고 있다는 점, 소소한 일상을 그린 작품들이 눈에 띈다는 점 등이다.[5]

여기에서는 북한사회의 생활상을 그리고 있는 단편들을 중심으로 이념에 비낀 일상의 무늬를 고찰해 보고자 한다. 북한소설에 반영된 구체적 일상은 주체소설의 미세한 균열을 드러내는 하나의 징후로 이해할 수 있다. 물론 이를 주체소설 전반의 변화라고 단정하기는 어렵다. 그러나 개인의 욕망을 억압한 주체소설이 어느덧 스스로를 되돌아보는 자리에 서게 되었다는 사실은 부인할 수 없다. 욕망의 다양한 표출은 개인과 집단의 새로운 관계 정립이라는 절박한 과제를 던지고 있기 때문이다.

북한소설에 나타나는 사랑은 당의 정책 시행 과정에서 생기는 오해로 감정의 균열이 생기고, 이러한 균열이 외부적 요인에 의해 봉합됨으로써 다시 결합한다는 내용이 하나의 공식을 이룬다. 여전히 북한사회에서는 개인적 감정보다는 공적인 사업에 바탕한 혁명적 사랑이 우세한 비중을 차지하고 있다. 그런데 혁명적 사랑에 억압된 개인적 사랑, 나아가 개인적 사랑을 가로막는 현실적 장애물이 구체적으로 부각되고 있다는 점은 눈길을 끈다. 이러한 억압된 요소를 통해 우리는 북한사회에 만연된 고정관념과 관료주의의 문제를 우회적으로 파악할 수 있다.

---

5 김은정, 「'작은행복'에 대한 구애」, 〈컬쳐뉴스〉, 2007.7.24.

지금까지의 북한소설에서 사랑의 언어는 혁명적 이념을 강조하기 위한 양념의 수준에 머물러 있었다. 하지만, 김택룡의「고향」과 홍영남의「푸른 언덕」은 첫사랑의 감정을 중심에 두고 서사를 전개함으로써 이념에 비낀 미묘한 사랑의 감정을 효과적으로 형상화하고 있다는 점에서 양념의 수준을 넘어서고 있다.

'성심의 가슴속에는 걷잡을수 없는 세찬 소용돌이가 일었다'로 시작되는「고향」은 사랑에 빠진 화자의 내면 심리를 섬세한 감정의 무늬로 음각하고 있다. 성심은 중대의 한 병사의 입맛을 돋우기 위해, 눈보라가 기승을 부리는 한 겨울에 물고기를 잡으러 나온 '사관장' 충렬을 보고 강렬한 인상을 받는다. 성심은 충렬에 대한 사랑의 싹을 내밀하게 키운다. 그러던 어느 날 군에서 제대하면 자신의 고향으로 가겠다는 충렬의 편지를 받는다. 성심은 충렬의 편지를 받을 때면 늘 '막연한 불안'과 '야릇한 기쁨' 사이에서 '이름못할 감정'으로 주저하게 된다. 그녀는 아버지가 일구어온 고향의 양어장을 지켜야 할지, 아니면 사랑하는 연인 충렬을 따라 낯선 고장으로 가야할지 심각한 고민에 빠진다.

성심의 가슴속에는 걷잡을수 없는 세찬 소용돌이가 일었다. 그래서 밤이 이슥했으나 그는 잠들지 못하고있었다. 곁에 누운 어머니는 아무런 기척이 없는 것으로 보아 곤히 쉬고있는듯 싶었다.

스르시 눈을 감고 성심은 또다시 입속으로 셈세기를 되풀이했다. 하나—둘—셋—넷—다섯— 그러나 소용이 없었다. 정신은 더욱 맑아만 졌다. 그는 엷은 담요를 턱밑으로 끌어올리고 또 다른《수면법》을 궁리해보았다.

가물거리며 멀리로 흘러간 소녀시절… 살틀하고 옹심깊은 어머니가 소곤소곤 그에게 들려준 어렴풋한 옛말을 기억의 밑바닥에서 더듬었다. 아늑한 옛적, 나라를 지켜 전장으로 나간 아버지를 기다리는 한 어머니와 외동딸… 기다리고 기다리던 아버지는 영영 돌아오지 못하고 마을에서 함께 싸움터로 나갔던 친구가 아버지의 피묻은 갑옷과 장검만을 어머니앞에… 그날 외동딸은 남복을 입고 결연히 말에 올라 아버지의 뒤를 이어 전장으로 달려나가… 달려나가… 달려나가… 아니, 아니다, 아른거리는 파아란 동심의 련못에서 퍼낸 옛이야기도 졸음을 실어오지는 못했다.

이제는 깃털처럼 갑삭한 담요마저 두려운 철판같이 가슴을 지지누르는듯싶어 성심은 슬거머니 옆으로 밀어제치였다. 아마 자정도 훨씬 넘었을것이다. 하지만 마음은 여전히 뒤숭숭하고 묵직하다. 전등을 끈 어스름한 방안에 귀뿌리가 저리도록 괴괴이 서린 정적… 정적… 착—착— 규칙적으로 울리는 오직 하나의 음향만이 실내의 짙은 고요를 더 깊게 해주고 있을뿐이다.

착—착— 숯처럼 검은 공간에서 희미한 빛으로 번들거리는 커다란 거울우에 높이 걸린 전자벽시계가 나직이 토막토막 뱉어내는 단조로운 소리, 쉼없는 벽시계의 짧고 무심한 음향은 그 어떤 차겁고 딱딱한 물체가 련달아 부딪치는 웅글은 소리로 점점 크게 공명된다. 절그럭— 절그럭— 그래, 저건 분명 모가 난 새하얀 얼음쪼각들이 맞부딪치는 소리다. 절그럭— 절그럭— 두터운 얼음장을 꽝꽝 내리찍으며 번뜩이는 도끼날, 사방으로 튀여나는 얼음쪼각들, 얼음판우에 덧쌓이는 커다란 얼음덩이들… 추억의 상념은 어느덧 성심을 눈보라가 류달리도 사납게 기승을 부리던 두해전 겨울의 그날로 이끌어갔다.

—김택룡, 「고향」, 『조선문학』, 2003.11, 20면

성심은 이러한 내면적 갈등에 밤잠을 이루지 못한다. 그녀는 '심장의 문을 꽉 닫아매고 다시는 그(충렬)에 대해 생각지 말자고 모질게 마음을 벼리군 했건만 자꾸만 그의 모습이 눈앞에 얼른거리는것을 어찌할수 없'는 자신의 모습에 당혹감을 감추지 못한다. '도끼날에 퉁겨나는 얼음조각'의 이미지는 성심의 가슴을 활활 타오르게 한다. 결국 성심은 충렬에게로 떠난다. 이는 의미심장한 결말이다. 다만, 이념으로

대변되는 아버지(여기서는 아버지가 일구어 낸 고향의 양어장을 지켜야 한다는 신념으로 표상된다)에 의해 사랑의 감정이 억제되어 있었을 따름이다. 이에 아버지와 충렬을 동일시함으로써 갈등을 해소하는 결말은 이념의 중압을 비집고 고개를 드는 첫사랑의 감정이 승리하는 장면으로 읽어도 무방하리라.

홍영남의 「푸른 언덕」 또한 한 '산골청년'을 만나 '속앓이' 하는 처녀의 모습이 생생하게 그려져 있다.

> 그때부터 금옥의 눈앞에는 온통 그 산골청년의 모습뿐이였다. 그가 꼭 다시 온다는 약속을 한것은 아니였으나 어쩐지 그 초가을 새벽처럼 아무 기별도 없이 불쑥 나타날것만 같아 마음을 진정할수가 없었다. 얼마나 생각이 옴했던지 어느날 금옥은 물을 길러 나갔다가 빈 동이를 그대로 안고 들어온 적도 있었다. 텅빈 물독은 처녀의 이상스러운 행동이 놀랍다는듯 입을 항 벌린채 그를 올려다보고 있었다. 그제나 처녀는 소스라치게 놀랐다. 그는 빈 물독이 누군가를 기다려오는 자신의 텅 비여있는 마음처럼 생각되었고 다름아닌 그 산골청년이 자기의 허전한 마음속 공백을 가득 채워주기를 애타게 기다리고있다는 사실에 놀랐다.
>
> ― 홍영남, 「푸른 언덕」, 『조선문학』, 2003.11, 63면

우연하게 길에서 만난 '산골청년'의 강렬한 인상은 오빠의 소개로 두 번이나 찾아온 도시청년의 청혼을 거절하게 한다. 금옥은 산골청년이 다시 찾아오자 '마음 속에서 움터난 첫 사랑을 꽃피울수 있게 되었다는 순정의 환희'가 가슴속에서 높뛰는 것을 느낀다. 따라서 산골청년을 따라 두메 산골로 들어가 훌륭한 방목꾼이 되었다는 후일담은, 금옥의 '허전한 마음속 공백'을 채워주는 잉여의 에피소드일 뿐이다.

이상의 작품들은 첫사랑의 내밀한 감정을 포착한 언어들이 북한사회

의 이념적 지향을 서서히 잠식하고 있는 듯한 인상을 풍긴다. 지금까지의 소설이, 이념 지향의 서사적 그물망에 사랑의 물고기가 포획되어 있는 형국이었다면, 위의 두 작품에서는 첫사랑의 신비로운 실루엣을 이념적 서사의 궤적이 뒤쫓고 있는 형세가 그려져 있다. 이성(이념)의 자리를 넘어 넘실대는 욕망(첫사랑)의 물결이 서사를 장악하고 있기 때문이다.

북한소설에 드러난 첫사랑의 언어는 이데올로기적 장치가 일상적 삶의 욕망에 서서히 자리를 내주고 있는 모습을 연상시킨다. 주지하듯, 거대 서사와 거기에 비낀 일상적 삶의 역설적 공존을 감내해야 하는 것이 사회주의 이념을 고수하는 북한사회의 현실적 운명이다. 이념이 현실을 장악하고 있으나, 바로 그 이념이 디테일한 일상적 삶의 소멸을 초래하는 비극, 즉 이념은 스스로를 긍정하면 할수록 동시에 자신의 텃밭인 현실을 부정해야 하는 모순적 운명에 처하게 되는 것이다. 첫사랑의 미묘한 감정을 포착하고 있는 언어는 이 모순적 운명을 보여주는 한 척도이다.

5. 맨 얼굴 – 김홍익의 「산 화석」

세대 갈등의 문제는 북한 현실의 딜레마를 생생하게 보여주는 주제의 하나이다. 이상과 현실, 정신력(의지)과 과학기술(효율성), 폐쇄(주체성)와 개방, 고립된 환경과 급변하는 세계사적 흐름 사이에서 길항하는 구세대와 신세대의 대립적 문제의식은 오늘날 북한이 직면한 실질적이고도 절박한 과제를 함축하고 있기 때문이다.

「산 화석」의 신주석은 이러한 점에서 문제적 인물이다.

그날… 나는 그의《특별한 수완》이란 집단의 리익을 위해서라면 제것을 아낌없이 바칠줄 아는 자기헌신성과 집단의 일이라면 제몸도 서슴없이 내대는 투신력에 있다는 것을 알았다. 기업소 모든 사람들이 그를 좋은 사람으로 존경하며 따르는것은 바로 그때문일것이다.

─김흥익, 「산 화석」, 『조선문학』, 2003.3, 51면

사소한 리기심도 없이 기업소를 위해 자기를 더 바친우에 몇년전엔 안해까지 바친 그 좋은 일군이 공부를 하지 않고 현대기술을 외면하는 바람에 사람들의 말밥에 오르고 기업소의 생산발전에 지장이 되는걸 생각하면 어쨌으면 좋겠는지 모르겠단 말이요. 오히려 그가 혹독한 관료주의자이던가, 개인리기주의자였으면 이렇게까지 마음이 무겁지는 않을게거든! 아, 왜 그렇게 됐는가.

─「산 화석」, 59면

신주석은 세대 갈등의 복합성을 반영하는 인물이다. 지금까지의 북한 소설에서 부정적 인물은 주로 '혹독한 관료주의자'나 '개인리기주의자'로 설정되어 왔다. 그러나 「산 화석」의 신주석은 그렇지 않다. '집단의 리익을 위해서라면 제것을 아낌없이 바칠줄 아는 자기헌신성과 집단의 일이라면 제몸도 서슴없이 내대는 투신력'을 가진 모범 일군이다. 그러한 신주석이 어느덧 '현대기술을 외면하는 바람에 사람들의 말밥에 오르고 기업소의 생산발전에 지장'이 되는 인물로 전락한 것이다. 이러한 설정은 급변하는 시대적 흐름에 능동적으로 대처하려는 북한사회의 자의식 표출로 볼 수 있으나, 동시에 북한 체제의 심각한 균열의 징후로 읽을 수 있다. 이를테면, 「산 화석」에서는 신주석이 비판받는 구세대로 배척되고 있으나, 신주석과 유사한 삶의 태도를 보이는 인물들이 다른 작품들에서는 여전히 북한 체제를 지탱하는 주춧돌로

기능하면서 건재하고 있기 때문이다. 이는 북한사회의 분열된 자의식을 시사하는 흥미로운 대목이 아닐 수 없다. 「눈보라는 후덥다」(박일명, 『조선문학』, 2003.5)의 김석철 소대장이나 「해후」(류민호, 『조선문학』, 2003.3)의 전기수 등이 그 대표적 인물이다. 김석철 소대장은 '기계톱'을 이용해 생산 효율을 높이려는 처녀돌격대원 은옥의 시도를 묵살하고 '오직 우리의 힘으로 우리앞에 맡겨진 통나무계획을 수행'하자고 역설하면서 과업을 성취하는 긍정적 인물로 그려진다. 「해후」의 전기수 또한 이와 유사한 태도를 보인다. 그는 기술의 낙후성, 나라 사정의 어려움을 불굴의 의지로 극복하자는 태도를 보여주고 있으며, 이러한 신념을 통해 기술의 힘에 의존하려는 '반장'을 교화시킨다.

이러한 신주석, 김석철, 전기수 등의 태도는 첨단기술에 관심을 돌리는 신세대, '리강무'의 논리와는 사뭇 대조된다.

지금은 정보산업시대가 아닙니까?

선생님 앞에서 감히 이런 말하기가 주제 넘지만 기술 특히 첨단기술을 떠나서는 단 한발자국도 전진할수 없는 콤퓨터시대란 말입니다. 이건 곡괭이로 흙을 찍어내는 토공로동자도 인젠 온 페부로 느끼고 있습니다.

그런데 그것을 외면하고 앉아서 사람들의 생활문제를 푼다니 어떻게 말입니까? 자금, 설비, 자재의 부족으로 기업소는 세워 두고 부업지운영을 잘해서 당장 급한 세대들을 도와 주는 방법으로요? 아니면 지배인동지처럼 맨날 자기 집 재산을 들어 내다가 말입니까? 아니, 그렇게는 안됩니다. 좀 더 허리띠를 조이더라도 세계적발전추세에 맞게 기술을 대담하게 갱신하여 생산에서 근본적인 개선을 가져 오면 사람들의 생활문제는 절로 풀릴것입니다.

—「산 화석」, 53면

리강무와 신주석, 즉 신세대와 구세대의 대비는 「산 화석」에서 신간 기술서적과 낡은 책들, '봄비에 젖은 우에 해빛이 함뿍 쏟아 지는 봄들판'과 '가을비에 젖은 잎이 떨어 져 내리는 활엽수' 등 선명한 대조를 이룬다. 이러한 구세대의 몰락을 암시하는 결말은 북한 체제의 심각한 위기를 반영한다고 볼 수 있다. 북한 체제를 지탱해 온 주역들이며 여전히 강력한 영향력을 행사하는 인물들이기 때문이다. '포르말린용액 속의 말뚝망둥어'의 신세로 전락한 '거인' 신주석의 모습은 이러한 북한사회의 딜레마를 잘 보여준다.

> 난 며칠동안 신주석동무를 보면서 언젠가 어느 대학 생물실험실에서 본 포르말린용액속의 말뚝망둥어생각을 했소. 백만년이 흐르도록 진화되지 않았고 포르말린용액속에 집어 놓는 바람에 수십년동안 자기 모양을 그대로 보존하고 있는 그 이상하게 생긴 물고기를 말이요. 하지만 누구도 신주석이를 포르말린용액속에 집어 넣지 않았소. 그 자신이 스스로 자기주위를 포르말린용액화해 가지고 그 속에 들어 가 당신네가 연구하는 그런 화석이 되여 버리고 말았거든. 산 화석이! 〔…중략…〕
> 말을 끊고 그는 천천히 일어 섰다. 나도 따라 일어 섰다. 현미경아래, 화석우에 자꾸만 덧놓으며 애를 먹이던 신주석의 모습이 다시금 떠올랐다. 손수건으로 땀이 흥건히 내밴 얼굴을 씻으며 눈 줄데를 몰라 허둥거리는 그 《거인》의 모습이…
>
> —「산 화석」, 59면

'손수건으로 땀이 흥건히 내밴 얼굴을 씻으며 눈 줄데를 몰라 허둥거리는' 이 '거인'의 모습이야말로 '조선민주주의인민공화국'의 맨 얼굴이 아닐까. 개혁과 개방의 요구(신세대) 앞에서 이 '거인'(구세대)들이 어떠한 모습으로 거듭나게 될 것인가를 지켜보는 일이 북한문학, 나아가 북한사회의 미래를 가늠해 보는 척도가 되는 이유도 여기에 있다.

6. 문학의 언어로 소통하기

지금까지 북한문학을 지속적으로 탐색해 온 한 연구자는 북한문학을 바라보는 의미 있는 시각을 제시하고 있어 주목을 요한다. 그는 분단구조하에서 자기중심주의가 강하게 드러나는 때는 물질적·정신적으로 자신이 상대방에 대해 체제적 우월성을 갖고 있다고 생각하는 시기라고 전제 한 후, 국가 사회주의의 전반적 붕괴 이후인 1990년 이후의 남한사회가 그러하고, 해방 이후 1970년대 초반까지의 북한사회가 이에 해당한다고 주장한다.[6] 분단구조를 넘어서기 위해서는 이러한 자기중심적 통합주의를 극복할 필요가 있는데(자기중심적 통합주의는 상대방을 타자화함으로써 주체의 자기동일성에 빠지는 경우이다), 그것이 자신의 척도에 상대편을 강요하는 것인 만큼 상대방으로 하여금 수세적 방어에 나서게 함으로써 진정한 통합을 이루어내지 못하고 있기 때문이다.

1980년대 후반 국가 사회주의의 붕괴는 한반도에 미묘한 파장을 일으켰다. 남한의 문학에서는 자본주의의 전지구적 승리에 따른 개인의 욕망이 화려하게 개화했다. 하지만 이것도 잠시, 냉혹한 신자유주의의 논리는 IMF 구제금융으로 대변되는 심각한 경제난을 야기했다. 이에 남측의 문학에서는 경제적 빈곤으로 인한 양극화의 문제를 다룬 작품이 많이 발표되었다.

북한의 경우는 1980년대 이후, 자본주의 시장경제의 점차적 침투에 따른 개인의 세속적 욕망이 미세하게 반영되는 '사회주의 현실 주제'

---

6 김재용, 『분단구조와 북한문학』, 소명출판, 2000, 16면 참조.

의 작품들이 제출되었으며,[7] 이와 대비적으로 체제에 대한 위기감의 발현으로 '주체'를 강조한 '우리식 사회주의 건설'의 작품들이 재평가되고 활발하게 제작되었다. 우리의 관심은 전자에 있다. 문학이 존재와 세계의 팽팽한 긴장을 통해 독자에게 감동을 준다는 사실을 인정한다면, 북한문학이 우리에게 감동을 주기 어렵다. 존재의 내면과 욕망이 의식적으로 거세된 작품들이 북한문학의 주류를 형성해 왔기 때문이다. 따라서 1980년대 이후 북한의 문학에서 개인의 욕망을 긍정하는 유형의 작품들이 등장했다는 사실은 의미심장하다. 이는 주체문학의 미세한 균열을 드러내는 징후로도 볼 수 있다.

북한문학을 바라보는 우리의 시각은 이러한 특수성을 고려하여야 한다. 이에 북한문학에 접근하는 데 있어서 북한체제 자체를 거부하기보다는 주체문학 내부의 미세한 균열의 징후를 감지하는 작업이 유효하다고 생각한다. 1980년대 현실주제의 북한 소설은 일상생활의 '숨은 영웅'을 형상화한다든지, 애정 문제를 본격적으로 다루거나 북한사회의 관료주의적 속성을 비판하였다. 이는 주체문예이론의 경직성을 내부적으로 반성하는 징표로 해석되기도 한다.

그러나 1980년대 후반의 국제정세와 뒤따른 내부적인 시련은 북한문학에 새로운 영향을 끼쳤다. 특히, 김일성 사후 북한사회는 자연재해로 인해 한층 피폐해져 갔고, 미국은 경제봉쇄를 통해 북한을 더욱더 옥죄었다. 이른바 '고난의 행군'이 시작된 것이다. 이 시기 북한의

---

7 이는 북한 문예정책의 실질적인 담당자인 김정일의 발언에서 시작되었다. 1980년 1월 제3차 조선작가동맹대회에서 김정일은 '숨은 영웅'을 공산주의적 인간의 참된 전형으로 간주하면서, '숨은 영웅'의 문학적 형상화를 새로운 과제로 제기한다. 이후 사회주의 현실 속에서 평범한 일상생활을 영위하는 대중적 영웅으로서의 인민들의 모습이 형상화되기 시작한다. 주체 문예이론에 입각하여 제작된 작품들이 대중성 확보에 실패하자, 절대적 과거에서 벗어나 실제 현실에서 인민들이 느끼는 애환이나 생활을 다룬 작품들이 등장하게 된 것이다. 이러한 작품들은 기존의 이념적인 작품 성향에서 완전히 벗어난 내용을 담고 있는 것은 아니지만, 서민들의 실제 삶을 다룬다는 점에서 주체 문예이론에 입각한 기존의 작품들과는 미세한 차이를 보인다.

문학은 더욱 이념화될 수밖에 없었다. 이에 1990년대 이후 북한문학은 1980년대 문학의 유연성을 확장·심화시키지 못하고 과거의 주체문예 이론을 강화하는 방향으로 나아간다. 그러나 이미 사회주의적 현실 문제를 나름대로 깊이 있게 형상화한 체험을 간직한 북한의 작가들이 주체문예이론의 당위적 명제 앞에 굴복하여 순순히 과거의 작품 경향으로 회귀하지는 않는 듯하다.

'고난의 행군'이 끝나고 이어진 '6·15 남북공동선언'은 주체문학의 이데올로기 이면에 비낀 욕망의 언어들을 다시 되살아나게 하고 있다. 이러한 몸의 언어들은 체제와 이념이 다른 남쪽의 문학에 대화의 손짓을 보내고 있다. 어떻게 대화하고 조율할 것인가가 통일문학의 새로운 물꼬를 트는 관건이 되지 않을까 싶다.

개인의 욕망과 공동체의 요구가 교차하는 지점에서 우리가 꿈꾸는 문학이 탄생할 것이다. 그러나 남한의 문학과 북한의 문학은 모두 그렇지 못하다. 남한에서는 개인의 욕망이 중시되고, 북한에서는 집단의 이익이 강조된다. 남북한 문학의 의사소통 가능성은 서로의 '타자', 즉 남한문학에서는 공동체에 대한 새로운 관심이, 북한문학에서는 개인에 대한 새로운 인식이 지속적으로 추구되어 서로가 공명(共鳴)하는 지점에서 조심스럽게 타진될 수 있을 것이다. 이 소통의 언어를 기대하며 글을 맺는다.

참고문헌

김은정, 「'작은행복'에 대한 구애」, 〈컬쳐뉴스〉, 2007.7.24.

김재용, 『분단구조와 북한문학』, 소명출판, 2000.

김종회·고인환·이성천, 『작품으로 읽는 북한문학의 변화와 전망』, 역락, 2007.

김택룡, 「고향」, 『조선문학』, 2003.11.

김홍익, 「산 화석」, 『조선문학』, 2003.3.

남대현, 『통일련가』, 문학예술출판사, 2005.

류민호, 「해후」, 『조선문학』, 2003.3.

박일명, 「눈보라는 후덥다」, 『조선문학』, 2003.5.

서동만, 「6·15시대의 남북관계와 한반도 발전구상」, 『창작과비평』 2006년 봄.

이수석, 「6·15공동선언이 북한의 대남정책에 미친 영향」, 『남북교류협혁과 북한의 변화』, 북한연구학회 춘계학술회의 자료집, 2005.

전영선, 「북한문학 연구의 현황과 쟁점—북한문학 연구의 비판적 고찰과 문제제기를 중심으로」, 『현대북한연구』(7권 3호), 경남대학교 북한대학원, 2005.

홍석중, 『황진이 1, 2』, 대훈, 2004.

홍영남, 「푸른 언덕」, 『조선문학』, 2003.11.

2000년대 북한 시

— 『조선문학』에 나타난 통일 주제 시(통일시)를 중심으로

이상숙

1. 2000년 이후 북한 시의 구도

이 글은 2000년 6·15 남북공동선언 이후 통일을 주제로 한 북한시의 변화를 고찰하는 것을 목적으로 한다. 이 글에서는 논의의 편의를 위해 통일 주제 시를 '통일시'로 일컫는다. 남북 정상이 만나 이끌어낸 6·15 공동선언은 그 자체로 역사적 사건이지만, 남북 관계 및 통일 논의에서 현실적인 변화를 가져왔다는 점에서 더욱 큰 의미가 있다. 공동선언 후 9년이 흐른 지금, 각각 남북의 정세가 달라졌고 남북 관계 자체의 질량적 변화가 있는 것이 사실이지만 통일론의 각론 차원에서 여전히 6·15 공동선언은 매우 중요한 기점으로 설정할 수 있다.[1] 이에 이 글은 6·15 공동선언 이후의 북한 시에 나타난 통일에 대한 인식을 살펴보고자 한다. 북한 최고 권위의 문예지인 『조선문학』에 발표된 시편들을 대상으로 논의를 진행할 것이며 그 시들에 나타난 통일관, 통일시편의 소재적, 주제적 특징을 살펴볼 것이다.

통일을 주제로 한 시가 2000년 이후 북한 시의 구도에서 차지하는 위상을 가늠하기 위해 당대 북한 시의 주제적 경향을 소개할 필요가 있다. 2000년 이후 『조선문학』에 실린 북한 시의 주제적 특징은 대략 네 가지로 정리할 수 있다. 먼저 선군(先軍)문학, 총대문학 등으로 명명된 군인, 군대 소재의 시들이 많다는 점이다. 이 시들은 '우리식 사회주의', '우리민족 제일주의'와 결합되어 군대 국가인 북한의 문학적 경향으로 강조되고 있다.[2] '선군문학'에 대한 남한 연구자들의 논의가 진행 중이어서 아직 그 성격과 위상을 단정적으로 말하기 어려운 것이 사실이다.[3] '선군'은 문학에만 적용되는 것이 아니라 21세기 북한의 정치, 경제, 사회, 문화 전반을 지배하는 대표적인 국가 이념으로 부상하였다. '선군'이 '선군사상' 혹은 '선군주의'로서 20세기 북한을 지배한 주체사상의 대안으로 제시된 것인지, 주체사상의 시대적 변주인지에 대한 판단이 쉽지 않은 것이 사실이지만, 선군이 최근 북한식 사회주

---

1 김학성은 「통일연구 방법론 소고 : 동향, 쟁점 그리고 과제」(『통일정책연구』, 통일연구원, 2008. 12, 통권 17권 2호, 213면)에서 2000년 이후를 통일 연구의 체계화 시기로 구분하고 있다. 또, 남북관계의 급진전으로 북한 원전에 대한 학문적 접근성이 확보되어 학문 제 분야에서 북한 연구의 질이 높아진 것과 민간차원의 남북교류가 확대되어 실천가능한 사회경제적 통합에 대한 기능주의적 접근이 가능해진 점, 북한핵문제와 한미동맹의 변화로 인해 통일논의의 국제정치적 접근과 이론 기반의 연구가 확대되었다는 점이 이 시기의 특징이라고 하였는데 문학 분야에서도 통일 논의가 증가하고 구체적인 작품 분석 연구가 늘었으며 연구 성과의 질적·양적 성장이 있었다고 할 수 있다.
2 북한의 선군문학에서 자주 등장하는 '선군(先軍) 정신', '총대정신', '결사옹위(決死擁衛)정신', '이민위천(以民爲天) 정신' 등의 수사에 대한 의미와 구현 양상에 대한 학계의 논의 또한 진행 중이다.
3 오양렬, 「북한문화예술정책의 최근 동향과 향후 전망」, 『북한 공연예술의 현황과 전망』, 한국예술종합학교 전통예술원, 학술심포지움, 2001, 통권 3호.
박영정, 「'선군 시대'의 북한문학예술 연구」, 『통일연구』, 연세대학교 통일연구원, 2003, 1호.
박태상, 「북한문학상의 김정일 묘사 특징 연구」, 『북한연구학회보』, 2003, 2호, 통권 6권.
김현숙, 「최근 북한문학의 특성 : 항구성과 변화의 양상을 중심으로」, 『한중인문학연구』, 한중인문학회, 2004, 통권 13호.
김성수, 「김정일 시대 문학에 대한 비판적 고찰」, 『민족문학사 연구』, 민족문학사연구소, 2005, 통권 27호.
김성수, 「북한 현대문학 연구의 쟁점과 통일문학의 도정」, 『어문학』, 한국어문학회, 2006, 통권 91호.

의의 다른 이름이라는 점은 명백해 보인다.

두 번째는 '김일성 수령', '김정일 장군', '김정숙 어머니' 등 김일성 일가에 대한 찬양과 상징화를 주 내용으로 하는 경향의 시들을 들 수 있다. 김일성 일가의 우상화는 북한문학의 고정 불변의 주제로서 여전히 반복되고 있지만, 김일성을 대체하는 '자애로운 어버이상'으로서 김정일을 부각하기 위한 시도가 많다는 것은 특징적이다.

세 번째 경향으로는 민족적 정서, 민족적 취향을 높이 평가하면서 민속 명절을 다루거나 민족 서정을 강조하는 작품들이 늘어난 것을 들 수 있다. 북한문학에서 민족을 강조하고 민족적 특성을 강조하는 전통은 1950년대 후반 이후 지속되어온 것이지만 '김일성 민족', '태양의 민족'이라는 표현은 김일성 일가 우상화와 민족의 문제를 직접적으로 결합한 것으로 판단된다.

네 번째 경향으로는 6·15 공동선언 이후에 통일 주제 시들이 두드러지게 많다는 것을 들 수 있다. 6·15 공동선언이 남북한 정치와 사회에 끼친 영향을 고려한다면 당연한 것으로 보이지만, 남북 합의라는 화제(話題)성 사건이 시로써 드러나는 양상은 남과 북이 사뭇 다르다. 남과 북의 양상을 비교하고 의미를 분석하는 것이 이 글의 궁극적 의의가 될 것이지만 이 글에서는 북한의 시에 국한하여 고찰하고 그 의미를 분석할 것이다. 앞에서 언급한 2000년 이후 북한 시의 네 가지 특징 중 통일 주제 시가 가장 양적으로 대다수이거나 질적으로 두드러진 것은 아니지만, 이전의 북한 시의 주제적 구성에서 본다면 수적으로 늘어난 것이 사실이다. 이는 6·15 공동선언이라는 화제적인 행사에 대한 시들이 실린 2000년 이후 몇 년의 상황 변화와 공동선언을 계기로 남북 사회 전반에서 통일논의가 증가하였다는 점을 이유로 들 수 있다. 통일 주제 시편이 2000년 이후 북한 시의 대표적인 경향이라 할 수는 없지만 선군과 함께 지속적으로 제작되는 주제적, 소재적 흐름을 형성하고 있는 것은 분명하다.

2. 통일 주제시 연구 점검

　북한의 통일 주제 시를 연구한 남한의 연구는 '2000년 이전의 북한 시'에 집중되어 있다. 북한 시 연구자가 많지 않은 상황에서 통일 주제 시에 초점을 맞춘 연구 자체도 많지 않을 수 밖에 없고 그나마 연구대 상도 2000년 이전으로 한정되어 있다. 이에 이 글은 그동안 북한 시 연구에서 벗어나 있는 선군 시대의 통일 주제 시를 논의의 대상으로 설 정하였다. 통일 논의의 획기적 분수령이라 할 만한 6·15 이후의 통일 시를 고찰하는 것은 통일 논의의 현황을 볼 수 있는 기회가 될 뿐 아니 라 2000년 이전의 북한 시와 통일시 주제 연구와도 연결될 것으로 기 대된다.

　북한 시 논의에서 '통일 주제'를 다룬 것들을 소개하면 다음과 같다. 이지엽은 북한 시문학의 전개에 따른 통일 의식과 다수의 해당 작품들 을 소개하며 북한 시문학 전반에 걸쳐 통일 의식을 논의하였다.[4] 『북한 현대시사』를 통해 북한시 전반에 대한 고찰을 행한 바 있는 김경숙은 북한의 통일시가 '미제국주의에 대한 규탄, 남한 주민 및 이산가족들 에 대한 연민, 남한 정치권에 대한 분노'를 바탕으로 하고 있으며 시대 적 상황에 따라 전략적으로 변용되었다고 판단하였다. 또, 북한 통일 시의 궁극적 목적이 북한 '인민'에게는 체제의 우월성을 선전하고 남 한에 대해서는 북한 체제의 정당성을 선동하기 위한 것이라 하였다.[5] 이지순은 북한 시의 이데올로기를 분석한 논문에서, 북한 시가 지향하

---

4 이지엽, 「북한시에 나타난 통일지향과 분단 비극의 형상화」, 『시와 사람』, 2000, 겨울.
5 김경숙, 「북한의 '통일시' 개관」, 『다층』, 2005, 여름, 통권 26호.

는 바를 사회주의 건설 담론으로 드러나는 공산주의 사회와 민족주의 담론으로 드러나는 통일이라고 하였으며, 이 두 가지는 모두 유일체제와 개인숭배라는 정치적 목적에 부응하도록 재생산된다고 하였다.[6] 이 글은 북한 시를 전면적으로 연구한 것으로, 대표적인 정치시인 북한 시의 이데올로기 분석이라는 점에서 명징한 연구 목적을 보여주고 있다.

이 외에 통일 지향이라는 교육과정 성취 기준에 의거하여 초,중,고교 교육 현장에서의 문학을 어떻게 활용할 것인지를 고찰한 연구들이 있다.[7] 이 연구의 대부분은 교육 현장에 적합한 소재와 방식으로 선택해야 하기에 전면적인 북한 통일시를 다루고 있지 않다.

3. 북한문학계가 바라본 '통일시'의 요건

북한문학계는 통일시를 어떻게 평가하는지, 평가의 기준은 무엇인지를 살펴 본다. 이는 북한 시의 창작 과정이나 창작 지침 등을 통해 파악해야 하지만 자료 수집의 한계 때문에 『조선문학』의 평론이나 창작평, 창작 후기 등을 통해 추측할 수밖에 없다.

최희건은 평론 「조국통일의 열원과 시인의 시정신」에서 통일시인 장혜명의 작품세계에 대해 논하였다.[8] 장혜명이 김일성종합대학 시절에 쓴 시 「남녘의 학우들에게」가 '1989년 남한의 대학 곳곳에 나붙어 당

---

6 이지순, 「북한시문학의 이데올로기적 담론 연구」, 단국대학교 대학원 박사학위 논문, 2005.
7 오판진, 「이원수의 '메아리 소년'에 나타난 통일지향성」, 『문학교육학』, 2002, 통권 10호.
　유성호, 「문학교육과 통일 교육」, 『논문집』, 한국교원대학교 통일교육연구소, 2006, 통권 5호.
　이상숙, 「새로운 문화 환경과 시 교육의 목표 : 통일교육으로서의 동시 수업 모델을 중심으로」, *Comparative Korean Studies*, 국제비교한국학회, 2005.12, 통권 13권.
8 최희건, 「조국통일의 열원과 시인의 시정신(한 시인의 통일주제시편들을 아끼는 마음에서)」, 『조선문학』, 2001.3.

시의 남북대학생 통일논의를 고조'시켰으며 이후 장혜명은 '혁명적 량심'[9]과 숭고한 '륜리도덕적 의식'을 지키며 시인으로 성장하였다는 것이 주 내용이다. 어렸을 적 기억으로 남은 7·4 남북공동성명과 당시 임수경의 평양 방문과 조국통일대행진 등의 경험이 그를 통일시인으로 만든 계기였다는 설명과 함께 그의 시적 역정을 서술한다. 1989년의 대학생 통일 운동을 배경으로 한 시, 남한 대학생의 투옥 생활을 배경으로 한 시 「옥중 수기」, 비전향장기수 이인모의 송환과 가족 상봉을 형상화한 시, 박종철, 조성만, 한국원, 이한열, 강경대 등을 추모하는 시들에 드러난 '감정의 열도'와 '파렬성'이 강하여 그의 시적 '형상능력'이 뛰어남을 알 수 있다고 높게 평가한다. 그리고 이러한 시인의 '형상능력'은 "인간의 생활에 대한 시인의 사랑과 원쑤에 대한 증오사상의 반영과 결정"으로 보아야 한다고 하였다.

이 시인의 통일주제의 시창작과 그의 시작품들이 우리에게 시사해주는 것은 무엇인가.

그것은 작가의 창작 생활에서 작품 창작의 대상—즉 생활의 령역과 소재, 주제는 작가의 사회력사적 시대적임무에 대한 사명과 책임감에 의하여 선택된다는 것이다. 그러므로 생활령역이나 소재, 주제는 작가의 그 어떤 기질이나 심리, 창작적취미와 경향에 의하여 선택되고 창작이 수행되는 것이 아니다.

물론 작가의 창작생활에서 작가의 창조적경험이나 예술적취미와 기호는 일정하게 작용하기는 한다.

그러나 이것을 기본으로 보거나 절대시할 수는 없다.[10]

---

9 위의 글, 62면. "우리들의 량심이란 곧 조국에 대한 애국적량심, 노동계급의 사회적해방을 위한 불요불굴의 투지, 두려움을 모르는 대담성과 강의성, 모든 곤난을 극복하는 인내성, 영웅성 등의 집중적인 표현으로 되는바 바로 이것을 혁명적량심이라고"

위에서 보듯 통일 주제 시에서도 북한문학에서 가장 중요한 것은 사회적·역사적·시대적 임무이며, 작가의 창조성·예술성·심리적 요소는 보조적일 뿐이다. 장혜명의 통일시가 높게 평가되는 이유도 그의 시가 남북 대학생 통일 논의, 남한 대학생 수감, 비전향장기수 소환, 민주화 운동의 희생자 등 정치적 시대적 사건에 맞추어 '투쟁', '증오', '희생정신'을 강조하고 시화하였기 때문이다. 그것이 북한문학계에서는 형상화의 능력이며 시인의 양심과 윤리로써 인정받는 지표가 된다. 위에서 논한 많은 시들이 역사적 사건을 언급하여 절제없는 감정의 언어를 구사하는 한편, 가족 상봉이나 비전향장기수를 소재로 한 시에서 고난과 극복의 도정을 부각하는 이유도 이로써 해명이 될 수 있다. 특히 비전향장기수의 경우 통일의 주역으로 부각할 명확한 고리가 없는 것이 사실인데 많은 통일 주제 시편의 소재로 쓰였으며, 여러 문학적 장르로 창작되고 다양한 매체를 통해 소개되는 등 북한사회에서 전방위적으로 상징화되었다. 비전향장기수가 북한문학에서뿐만 아니라 사회, 정치에서 어떻게 활용되었는지 그 강조와 부각의 초점과 방향이 어떠하였는지를 살피는 것은 또 다른 논의를 필요로 한다. 이는 북한문학이 하나의 역사적·정치적 소재를 어떻게 문학적 주제로 드러내고 상징적 의미를 구축하는지를 보여주는 전형적인 과정이 될 것이다.

북한의 대표적인 문학평론가인 한중모는 김남주를 '민족통일', '민중해방', '민주쟁취'의 '삼민리념'에 기초한 '민중민족문학'의 사상예술적 특징을 가장 뚜렷하게 나타낸 우수한 시인으로 소개하였다. '혁명의 무기', '현실변혁의 무기'로서 시를 쓴다는 김남주의 옥중 편지를 소개하며 김남주를 '혁명전사'로 추앙하였다. '민족과 민중을 억압하는 이'들에 대한 김남주의 저항을 한중모는 북한의 '혁명 전사'와 동일시

---

10 위의 글, 67면.

하고 있는 것이다. 김남주의 다섯 권의 시집 중 통일시가 가장 많은 『조국은 하나다』를 자세히 소개하며 그의 시가 '애국애족 성격', '반제 민족해방투쟁', '통일에 대한 불같은 열망과 굳센 의지' 등을 잘 형상화 하고 있다고 고평하면서도 김남주가 북한의 통일론인 '련방제 방식'을 드러내지 않은 것은 한계라고 지적한다.

조국통일을 주제로 한 김남주의 시들은 남조선에서 미제 침략자들을 몰 아내고 남녘인민들을 식민지 예속에서 해방하며 조국통일을 이룩할데 대한 그 강렬한 지향과 투철한 의지에도 불구하고 자주, 평화, 통일, 민족대단결 의 원칙에서 련방제방식으로 나라를 통일하는데서 나서는 구체적문제들에 예술적해명을 주지 못한 제한성을 가지고 있다.[11]

김남주가 북한이 주장하는 통일방식인 연방제를 지지하지 않았고 그 에 대해 예술적으로 해명하지 않은 것이 한계라는 한중모의 지적에서 북한문학의 존재 근거를 다시 한 번 실감하게 된다. 구체적인 정치적 입장을 드러내야 하며 그것을 예술적으로 해명하는 것이 문학의 임무 이며, 이는 가장 정서적이며 정신의 고도를 보여주는 시에조차 예외가 아니라는 사실이 그것이다. 이는 북한의 시문학에 드러난 통일에 대한 의지와 생각들이 정치적 입장과 그에 대한 예술적 해명과 다르지 않다 는 것으로 이해할 수 있다. 물론 한중모는 김남주의 여러 시편을 다각 도로 분석해내면서 '동화적인 형상', '민족적 향취', '직설적 표현'의 형상화 방법 등 형식적 차원의 평가를 하고 있지만 그가 김남주를 고 평하는 이유는, 김남주가 1980년대 '반제민족해방의 의지와 민족통일 에 대한 지향'을 가진 '민중민족시문학'의 '한 봉우리'로서 '사상예술

---

11 한중모, 「남조선의 진보적 시인 김남주와 그의 통일 시」, 『조선문학』, 2003.3, 80면.

적 성과'를 가지고 있었기 때문이다. '사상예술적 성과', '정치적 입장의 예술적 해명'이 북한의 통일시를 비롯한 시문학 전체에 적용되는 문학적 성취의 기준임을 알 수 있다.

4. 북한의 통일 구호와 통일시의 주제어

2000년 이후 북한문학의 통일시는 6·15 공동선언을 기념하는 시, 이산가족 상봉 등 민족의 만남을 주제로 하는 시, 비전향장기수 내세워 분단과 통일의 상징으로 강조하는 시로 나눌 수 있다. 통일 염원이라는 대주제 아래 공동 선언, 가족 상봉, 비전향 장기수 등의 시편들은 개별 시편에서 추출되는 시적 의미를 가지고 있겠지만, 크게 보면 이는 소재적 분류라는 단순한 기준이 적용된 것이다. 각 시들이 어떠한 통일관을 바탕으로 하여 창작되었는지 구체적인 입장은 무엇인지 알수 있다면 '사상예술적 성과'를 보이는지, '정치적 입장의 예술적 해명'이 이루어졌는지를 판단하여 좀 세분화되고 심화된 분류를 할 수 있을 것이다.

최근에 발표된 연구를 통해 2000년 이후 달라진 북한의 통일에 대한 인식을 알 수 있다. 김정일 시대 즉 1998년에서 2007년까지의 노동신문에 등장한 통일 관련 구호를 분석한 「김정일 시대(1998~2007) 북한당국의 통일담론 분석」에 의하면 김정일 시대 북한의 통일 관련 구호를 항목화할 수 있는데 그 중 가장 큰 비중을 차지하는 것은 '조국통일 3대 원칙', '민족대단결 5대방침', '우리민족끼리', '민족공조' 등의 전통적인 통일구호라고 한다.[12] 이 논문에서 제시한 통일관련 구호의 항

---

12 김석향·권혜진, 「김정일 시대(1998~2007) 북한당국의 통일담론 분석」, 『통일정책연구』, 통일연구원, 2008, 하반기호, 161~162면.

목별 분포를 옮겨보면 다음과 같다.

김정일 시대(1998~2007) 통일 관련 구호의 항목별 분포

	항목별 빈도	항목별 빈도	주요 내용 및 표현
북한의 전통적 통일 구호	193	44.6%	조국통일3대 원칙/민족대단결5대방침 /우리민족끼리/민족공조
반통일세력 배격구호	141	32.6%	미제, 외세, 분렬세력, 반보수투쟁, 미군철수, 보안법 철폐, 반통일세력
6·15관련 통일구호	41	9.5%	6·15공동선언, 북남공동선언
통일염원 구호	31	7.2%	우리 대에 통일 이룩하자/ 신심과 낙관에 넘쳐 통일에 전진하자
김일성·김정일 통일지도자	27	6.2%	김일성/김정일
합계	433	100.1%	

위의 표에서 구분한 다섯 가지 항목은 통일시에서 자주 드러나는 주제어이기도한데 이 글의 대상인 2000년 이후 『조선문학』의 통일시의 주제 분류와 일치한다고 할 수는 없다. 시의 경우 《노동신문》의 구호와는 달리 시 본문에 특정 단어가 노출되더라도 곧 주제어로 설정되지 않을 수 있기 때문이다. 시 전체의 주제 내용과 형식적 고려를 통해 주제로 설정되기 때문인데 이 과정에서 위와 같은 명확한 구분이 쉽지 않은 것이 사실이다.

김석향, 권혜진은 《노동신문》의 통일관련 구호가 북한 내부 변수와 남북관계 변수, 국제관계 변수 등에 영향을 받아 급격히 증감하는 양상을 보이는데 1999년과 2000년, 2004년, 2006년, 2007년 등이 여기에 해당하고 이 시기는 '전통적인 통일 구호'가 늘어난 시기라고 하였다. 이 글의 연구 대상인 『조선문학』에서도 이러한 양상을 보여 2000

년대 후반보다는 전반에 통일시가 많이 보이는 듯하지만, 이 글은 위의 연구처럼 년도별, 주제 항목별 분류를 하지 않은 상태에서 단정하여 말할 수 없는 것이 사실이다.

《노동신문》이라는 신문매체와 『조선문학』이라는 문학 매체 사이의 간극과 상이한 연구 방법론을 고려할 때 두 매체에 나타난 통일 주제어를 전면적으로 대입하기는 어려울 것이다. 그러나 '통일'은 사회적·민족적 공통의 명제이므로 공통적으로 드러나는 통일 담론을 유추할 수 있을 것이다. 매체의 상이함과 연구 방법의 차이를 초월하여 통일 담론이 가진 동일한 내포를 인정한다면, 앞으로 논의할 통일시들이 북한의 어떠한 '통일론'에 의거한 것인지 어떠한 문예정책에 의한 창작인지를 판단할 수도 있다. 그러나 시 분석의 결과로 추출될 주제어나 주제 의식이 온전히 《노동신문》의 구호 분류 안에 있지는 않을 것이다. 시의 단어는 명확하지만 그 문맥적 의미는 다양한 것이 문학이기 때문이다. 다양한 구호의 변전이 단순한 정치 구호의 예술적 해명을 넘어서는 문학성을 드러내는 하나의 조건이 되기를 기대한다.

5. 남북공조와 통일의 노래 : 6·15 남북공동선언

2000년 6월의 남북공동선언은 통일사(統一史)의 획기적인 사건임에 틀림없다. 남북 관계 제 분야의 변화가 일어났고 이러한 변화를 겪는 남북의 주민들은 통일을 매우 실천적이고 실현가능한 미래로 인식하게 되었다. 문학계의 변화도 매우 컸다. 많은 문인들의 만남이 이루어지고 학술교류가 활발해진 것은 물론 북한 자료의 접근성이 좋아져 북한 연구가 확대되었다. 통일 논의가 확산·심화되어 가시적이고 실질적인 통일 준비를 해야 할 것처럼 느껴졌고 통일은 가능한 미래의 사건으로 인식되었다. 현재 준비되는 일이든 미래의 사건이든 남한 문학에서 '통일'은 시보다는 소설에서 더 적극적으로 차용했다.[13] 그러나 시든 소설이든 남한 문학에서 '통일'을 주제 전면으로 내세운 작품은 많지 않지만, 북한 시문학에서는 6·15 공동선언 이후 『조선문학』에는 이를 기념하는 시들이 쏟아지는 것을 시작으로 통일시편들이 꾸준히 소개되었다.

먼저, 6·15 선언을 기념하고 그 의미를 주제로 삼은 시들을 한 경향으로 들 수 있다. 다음 시는 활발히 활동하는 북한 시인 리호근의 「아, 6월 15일」이다.

> 외세며 분렬주의자의 숨통을 찌른 통일총창
> 백두산의 무게로 솟아오른 이땅의 존엄
> 이 겨레 어깨겯고 한 목소리로 함께 부르는
> 이 민족의 오늘의 《통일아리랑》이노니
>
> 아, 6.15, 6.15!
> 그래서 너를 민족의 생명철학이라 부른다
> 그래서 너를 겨레의 통일대표라 부른다
> 오, 그래서 너를 우리에게 안겨주신
> 김정일 장군님을
> 영원한 통일 태양으로 우러른다!
>
> ─ 리호근, 「아, 6월 15일」 부분[14]

---

13 김영하 『빛의 제국』(문학동네, 2006), 황석영의 『바리데기』(창작과비평사, 2007), 권리 『왼손잡이 미스터리』(문학수첩, 2007) 등의 소설에 분단과 통일에 대한 자유로운 상상과 고민이 드러나 있다.
14 리호근, 「아, 6월 15일」, 『조선문학』, 2004.9.

리호근의 이 시는 통일의 의미를 '민족공조'와 '김정일 숭배'로 귀결시키고 있다. 북한의 통일 논의와 북한문학의 관습적 주제를 드러내는 이 시는 통일주제 북한 시의 전형이라 할 수 있다. 위 시에서는 6·15 공동선언이 '통일의 총창(銃槍)', '이 땅의 존엄함', '겨레의 통일 아리랑' 등으로 비유되고 있다. 남북의 정상이 만나 남북관계 발전과 통일을 위한 중요한 사항에 합의한 이 선언은 이후 남북관계의 실무의 중요한 기준으로 작용하였다.[15] 북한의 시에서 또한 6·15 선언이 시어로서 시의 전면에 부각되어 있지만 남북 정상의 역사적 합의에 대한 흥분이나 통일의 실현가능성에 대한 막연한 기쁨을 노래하는데 그치고 있지 않다. 6·15 선언의 의미가 외세와 분열주의자를 타도하는 총과 창이 되는 것에 있고 이 땅이 존엄함을 보여주었다는 것은, 공동선언이 민족의 주도적인 힘으로 이루어졌으며 통일 또한 '민족끼리', '민족의 힘', '민족공조'로 이루어야한다는 고전적인 북한의 통일논의에서 나온 표현으로 해석할 수 있다. 6·15공동선언이 '민족끼리', '민족의 힘', '민족공조'의 통일논의를 확고히 하는 사건임을 천명하는 것은 다른 통일시에서도 쉽게 찾아 볼 수 있다.

과거를 덮어주시는 넓으신 도량
통일을 위해 좋은 일 하라고
민족공조에 앞장 서라고
겨레를 위한 길에 값높이 세워준
새 출발의 은혜로운 축복

---

[15] 남북공동선언의 5개 항목을 요약하면 다음과 같다. 통일 문제의 자주적 해결, 통일을 위한 양측 제안의 상호 인정 노력, 이산가족 상봉, 친지방문, 비전향장기수 문제 해결, 민족경제 발전을 위한 협력과 교류 활성화, 남북관계발전과 이해 증진을 위한 실질적 노력 등이 그것이다.

〔…중략…〕

아, 그 밤은 밤이 아니였다
남녘의 한 재력가 백발인생이
위대한 태양의 빛발속에 다시 태여난
새 삶의 아침이였다
민족공조의 려명이 밝아온
통일시대의 새 아침이였다

         — 김태룡, 「그 밤은 아침이였다」[16]

 이 시에서도 6·15의 의미는 민족공조를 천명하는 것으로 드러난다. 6·15의 아침을 노래한 이 시는 '민족공조의 려명'은 곧 '통일시대의 새 아침'이며 그것이 곧 겨레를 위한 출발이라고 역설한다. 이렇듯 의미 있는 밤을 지내고 아침을 맞는 남한 재력가의 흠을 '민족공조'를 위해 덮어준 도량 넓은 이가 누구인지를 밝히는 것이 필요하다. 그는 리호근의 시에서 드러난 김정일이다. 민족공조라는 대의를 위해 과거의 잘못을 용서한 김정일은 '민족의 생명철학'이며 '통일대표'인 6·15를 이끌어낸 주역으로 추앙받고 있다. 다음과 같은 시가 보여주는 주제 의식이 6·15를 기념하는 시들 대부분의 주제 의식으로 공유되고 있다.

온 겨레가 알자, 온몸으로 새기자
끝나고 시작된 6.15의 노래
우리 장군님
백두산에서 처음 불러오시여

---

16 김태룡, 「그 밤은 아침이였다」, 『조선문학』, 2004.9.

우리 겨레에게 안겨주시였음을

통일의 대교향곡으로 높이 울려주시였음을

　　　　　　　　　　　－김성희, 「끝나고 시작된 6.15의 노래」[17]

　이 시는 6·15의 의의를 구체적으로 설명하거나 6·15 이후의 남북 관계에 대한 희망을 전하기보다는 이를 김정일의 정치적 업적으로서 칭송하고 겨레에게 베푼 시혜로 인식하고 있다. 리호근의 시에 드러난 민족의 '생명철학', '통일대표'의 의미가 김정일의 시혜적 업적과 결합하면 통일의 의미 역시 김일성과 김정일을 숭배하는 북한문학의 오랜 수사학으로 전락할 수 있다. 생명 철학이란 살아 있는 생명체, 즉 존재의 육체와 정신을 구성하는 것으로써 민족의 몸과 마음이라는 절대적 의미를 부여한 시어이며, 겨레의 통일 대표란 통일을 이루고 논의하는 가장 상위의 원칙이라는 뜻으로 이해할 수 있다. 이처럼 6·15의 의미가 고양될수록 그 절대화된 의미는 6·15를 이끌어낸 주역으로 추앙받는 '김정일'에게 귀속되는 것이므로 결국 남북공동선언의 민족사적 의미는 퇴색하고 김씨 일가의 우상화로 수렴되고 마는 것이다.

　민족공조로서의 6·15의 의미를 극대화하고 그 공로는 결국 김정일에게 수렴되는 시적 논리를 보여주는 시문학은 시와 련시, 가사 등의 다양한 장르로 드러난다. 곽명철의 가사 「통일 6·15」, 신홍국의 련시 「6월의 금강속사」,[18] 허수산의 시 「우리의 전사」,[19] 고정철의 가사 「통일의 꽃바구니」[20]가 그것이다. 이들에게 공통적으로 나타나는 것은 6·15가 온전히 남녘 동포에 대한 배려로써 김정일의 결단에 의해 이루어

---

17 김성희, 「끝나고 시작된 6.15의 노래」, 『조선문학』, 2004.9.
18 신홍국, 「6월의 금강속사—금강산에서 열린 6.15북남 공동선언발표 1돐기념 민족통일대토론회장에서」, 『조선문학』, 2001.10.
19 허수산, 「우리의 전사」, 『조선문학』, 2000.10.
　"바다같은 도량으로/온 남녘땅을 품에 안으시고/통일의 지름길 밝혀주신/우리의 장군님 아니시던가"

졌다는 인식이다. 문학을 통해 6·15의 의미를 김정일의 정치적 업적으로 홍보하려는 의도를 드러낸 시에서 6·15 선언의 실천적 의의와 통일에 대한 현실적 고민은 찾아 볼 수 없다. 이는 전형적인 1인 숭배문학, 정치적 목적 문학으로서의 북한문학의 한계를 재확인하는 증례라 할 수 있다.

6. 민족의 만남과 감정적 통일 : 민족 화합, 가족 상봉

6·15 선언을 기념하는 축시풍의 시, 련시, 가사와 함께 2000년 이후 북한 통일시의 한 주류로 등장하는 것은 '만남'을 주제로 한 시이다. 2003년 8월호 『조선문학』에 실린 조선로동당 중앙위원회 구호는 "우리 민족끼리 힘을 합쳐 자주통일 앞당기자"였다. 이는 민족공조와 자주통일을 강조하는 북한의 전통적 통일 구호이며, 같은 호에 실린 공동사설의 핵심 내용인 "온 민족이 화합하고 하나로 단결하면 그것이 곧 우리가 바라는 통일이다"는 통일이 민족공조와 민족화합과 다른 것이 아님을 보여준다. 시를 통해 드러나는 민족 화합은 '민족공조'와 같은 통일 전략적 구호라기보다는 당위적 통일에 대한 감정적 접근을 보여주는 시의 주제어이다. 그 안에는, 민족 화합이 혈족으로서의 민족이 얼싸안고 만나는 상봉의 현장이고 그 뜨거운 만남 앞에 아무것도 방해할 것이 없다는 맹목적 통일 인식이 내재되어 있다.

　　뜨겁게 부여잡으니

---

20 고정철, 「통일의 꽃바구니」, 『조선문학』, 2001.1.
　　"북녘의 로동자도 남녘의 대학생도/우리겨레 한 마음 곱게 엮읍시다/아 통일꽃바구니/내나라 꽃으로 엮어갑시다"

툭툭 피가 통하누나
남녘의 동포
범민족 대회장으로
달려온 나의 형제들아

〔…중략…〕
울고 웃으며 얼싸안고
틀어쥔 북과 남의 손으로
통일대문 활짝 열어제낄
아, 범민족대회장
겨레여 민족이여, 마주잡은 우리 손안에
통일은 벌써 툭툭 뛰며 오지 않는가

— 윤정길, 「통일은 우리 손에」 부분[21]

위 시에서 시적 화자는 남녘의 동포를 '나의 형제'로 스스럼 없이 부르며 '울고 웃으며 얼싸안'는다. 이념의 장벽도 반세기의 시간도 민족의 만남 앞에서는 무력하다. 그 이유는 민족이란 "뜨겁게 부여 잡으니 /툭툭 피가 통하"는 형제이기 때문이다. 피를 나눈 것이 형제이듯 남과 북의 만남은 툭툭 피가 통하고 얼싸안고 울 수 있는 혈족의 만남이라는 민족적 자의식을 서로 공유하고 있다고 믿고 있는 것이다. 때문에 민족보다는 겨레이고 그들의 만남이기에 통일을 피가 툭툭 통하였던 것처럼 "툭툭 뛰며" 올 수 있는 것이다. 민족, 겨레, 만남, 손, 피, 통일의 이미지들을 연결하고, 의성어인 동시에 의태어일 수 있는 '툭툭'을 통해 생동감을 주는 시적 형상화의 능력을 윤정길은 잘 보여주었

---

21 윤정길, 「통일은 우리 손에」, 『조선문학』, 2004.8.

다. 손만 잡으면, 얼싸안으면 금세 피가 통할 듯하고 금세 울음을 터질 듯한 격정적인 '만남'은 당위적 통일론에 기댄 시인의 환상일 수 있으나 단일 민족에 대한 감정적인 환상은 여전히 강력한 것으로 보인다. 리명근의 「통일은 이렇게」,[22] 「통일에 살고 싶다」,[23] 북한의 대표적인 여성 시인 렴형미의 「통일과 녀인」[24] 등에도 실질적 통일이나 실천적 통일관보다는 민족의 만남에 대한 격정과 감격이 주로 드러나 있었다.

6·15 이후 정례화되었다가 최근의 남북관계의 경색에 따라 정례화가 불투명해졌지만 이산가족 상봉은 인도적 통일논의의 핵심이다. 반세기를 넘긴 분단의 장기화로 헤어진 부부나 부모 자식간의 만남보다는 친척간의 만남이 대부분을 차지하게 된 이산가족 상봉의 풍경은 북한 시의 소재로도 자주 드러난다.

아래마을 세복이네 삼촌
형님을 만나려 평양에 들어오고
고개너머 분이 아버지
누이를 찾았다고 서울로 나갔는데
이모님이라고 그냥 계시겠습니까

이제 곧 잇는다는 림진강철교
그 개통을 기다리는 것은 아닙니까
군사분계선을 들어내고
개성까지 시원하게 큰 길을 닦는다니
차를 타고 오시려는 건 아닙니까

---

22 리명근, 「통일은 이렇게」, 『조선문학』, 2003.8.
23 리명근, 「통일에 살고 싶다」, 『조선문학』, 2003.1.
24 렴형미, 「통일과 녀인」, 『조선문학』, 2003.3.

〔…중략…〕

줌이 벌게 아지치는 그 실한 벼포기들이
이모님을 맞이하는 내 진정입니다

- 김명철, 「이모님은 오십니다」 부분[25]

이산가족 상봉단으로 오게 된 이모님을 기다리는 마음을 노래한 이 시에서 여러 명의 이산가족 상봉을 찾을 수 있다. 세복이네 삼촌은 형님을 만나러 평양에, 고개 넘어 분이 아버지는 누이를 만나러 서울로 간다. 이산가족 상봉의 정례화가 북한 주민들에게 미친 영향과 흥분을 알 수 있다. 이산가족을 만나는 것이 이 마을 저 마을에서 자주 일어나듯 쉽게 되었으니 화자의 이모님도 오실 것이라고 굳게 믿고 있다. 임진강 철교가 이어지고, 군사분계선이 들어 내어지고 개성까지 길이 닦이는 통일 시대의 변화된 미래에 대한 낙관적 희망도 보인다. '가지가 휘듯 실하게 영근 벼포기들처럼 이모님을 기다리고 맞이하는 마음이 뿌듯하다'는 화자의 목소리에 통일에 대한 낙관적 희망이 잘 드러나 있다. 박정애는 분리선을 넘어 고향을 찾는 실향민 고향방문단의 일화를 소개하는데, 고향땅을 밟는 감격에 겨워 발대신 심장으로 디디었다는 시 「판문점 분리선 앞에서」[26]를 통해 이산가족 상봉과 고향방문의 감격을 이념적 구호보다는 정서적 시어로 시화하는 재능을 보여주었다.

남한의 독자들에게도 잘 알려진 오영재[27]는 남북 문인 교류의 일화를 소개하며 아시아 경기 남북 공동 응원의 감격을 시화하였다.

우리 금강산의 통일 행사에 함께 갔을 때

---

25 김명철, 「이모님은 오십니다」, 『조선문학』, 2001.6.

한 남조선 인사를 만났던 생각이 나지
그도 말하지 않았나
지금 세계의 신문방송들에서는
위대한 장군님에 대한
《보도경쟁》, 《보도폭풍》에 열을 올리고 있다고

지금도 울리고 있는것 같네
아시아경기에 응원단을 싣고
바다의 분계선을 넘어 가던
《만경봉》호의 목메인 고동소리
공동응원으로 북과 남이 하나된 그 모습
어찌 감동없이 볼 수 있었던가

— 오영재, 「보내고 싶지 않은 한 해」 부분[28]

"위대한 장군님에 대한/《보도경쟁》, 《보도폭풍》에 열을 올리고 있다"는 구절이 보이기도 하지만 이 시의 주제적 핵심은 아시안 게임 남

---

26 박정애, 「두 세월의 상봉(시초) 中 – 판문점 분리선 앞에서」, 『조선문학』, 2001.9.
  헤여져 수십여년 세월은 멀리갔어도
  백양나무 설레는 동구길에서 손 저어 주던
  다심한 어머니가 아는 그 모습
  샘물집 둘째로 고향이 아는 그 모습
  꽃나이이 시절에 가슴 울렁이던 진정 못할 그 마음으로
  내 분리선을 넘어서며 두 무릎을 꿇었소
  차마 발로는 옮겨 디딜수 없는 땅이여서
  내 심장을 대였소
27 오영재의 유명한 시 「오마니 늙지 마시라」는, 분단으로 인해 만날 수 없는 어머니가 고령이 되어 돌아가실까, 혹은 만나도 오래 함께하지 못할까를 걱정하는 시로써 그 어떤 이념적, 전략적 통일론이 개입되어 있지 않은 순수한 시심 그대로를 표현한 시이다. 이 시는 『조선문학』에 실리지 않은 관계로 이 글의 논의 대상이 아니나 2000년 8월 발표되어 어머니와 아들이라는 이산가족의 만남을 민족의 어머니와 민족의 아들의 만남으로 슬픔과 육친애를 극대화한 절창이라 할 수 있다.
28 오영재, 「보내고 싶지 않은 한 해」, 『조선문학』, 2002.12.

북 공동응원단을 싣고 떠나는 만경봉호를 보는 감격이다. 남과 북이 하나되어 한 목소리로 하나를 응원하는 풍경은 민족이 만나고 화합하는 실제적인 현장일 수 있으며 이 감격 때문에 시인은 이 해를 보내고 싶지 않다고 말하는 것이다. 오영재의 다른 시 「6.15는 밝은 달」 역시 이처럼 민족의 만남과 화합의 감격을 담고 있다.[29]

7. 통일의 상징 : 비전향장기수

6·15 공동선언의 합의에 의해 비전향장기수들이 북으로 송환되었고, 북한은 이들을 대대적으로 환영하였다. 이들이 수십 년간 북한의 체제와 정권에 충성하고 변절하지 않았다는 것을 홍보하는 것은 북한체제의 우월성을 증명하는 예라고 북한 당국이 판단한 때문이다. 김일성의 죽음과 1990년대 후반의 이른바 '고난의 행군' 시기를 거치며 북한주민의 이탈과 민심의 이반에 위협을 느끼던 북한정권은 비전향장기수들을 전방위적으로 활용한다. 먼저 그들의 삶과 신념을 대중들에게 대대적으로 소개하고 이들을 '인민'의 영웅으로 추대하였다. 그들의 옥중 생활을 수기 형태로 연재하거나 시나 소설로 그들의 심정을 표현하는가 하면, 그들의 아내 혹은 가족을 화자로 하여 그들을 기다리던 세월의 어려움과 어려움 속에서도 변하지 않은 신념을 강조하고 있다. 신문이나 잡지를 통해 꾸준히 그들을 소개하는 것은 물론 비전향장기수의 삶을 그린 장편소설, 소설집, 실화집, 수기 모음, 그들의 삶을 엮은 서사시집 등의 단행본 출간이 줄을 잇고 아직도 비전향 장기수 홍보 관련 사업은 활발하다.

---

[29] 오영재, 「6.15는 밝은 달」, 『조선문학』, 2002.10.

그 내용은 주로 옥고를 회고하는 내용, 강인한 정신력을 찬양하는 내용, 두고 온 가족에 대한 그리움과 자신을 영웅으로 환대해준 김정일에 충성하는 내용들인데 북한은 이들을 통일의 주역으로 상징화하고 있다.

　　쇠창살이 그어 준 주름 고랑 깊어 갈수록
　　분여지의 말뚝 박던 소리
　　못 견디게 가슴을 잡아 흔들어
　　당증을 품고 오던 그 저녁의 밤별이
　　가슴에 박혀 총총 빛 뿌리고 있어

　　수령님 주신 밝은 이 세상
　　이 세상 하나밖엔 더 원치를 않아
　　백골이 한 줌 흙이 되여서도
　　이 땅에만 있고 싶어

　　칼끝에 서서도 온 길입니다
　　불판을 밟으면서도 온 길입니다
　　다리뼈가 부서 지면
　　무릎을 끌면서 온 길입니다.

　　전향이란 종이장들을
　　죽음 뒤에 줴뿌리며
　　고문대에 매달리면서도 오고
　　지옥바닥에 쓰러지면서도 오고

순간도 이 걸음 마음에서 놓으면
변절의 함정이 그 한생을 물어 삼키고
순간도 그 마음 흩트리면
머리칼 한오리에도 치욕이 묻어

　　　　　　　　－ 김정곤, 「상봉」 부분[30]

　이 시는 비전향장기수가 살아온 삶이 얼마나 힘든 것이었는지를 형
상화하는데 주력하고 있다. '전향서라는 종이장'을 쓰지 않았기 때문
에 맞서야했던 죽음의 순간들이 떠오르고 그 길이 칼끝과 불판을 디디
듯 극한의 고통을 요구하는 길이었다고 회고한다. 시인은 이들이 '변
절의 함정' 앞에서도 마음을 흩트리지 않은 원인을 '당증'과 '수령님이
주신 밝은 이 세상'에서 찾고 있다. 당증이란 노동당 당원이라는 상징
으로 사회주의 이념을 여전히 신봉한다는 뜻이고 '수령님이 주신 밝은
이 세상'은 김일성의 나라 즉 북한 체제와 정권에 대한 충성을 의미한
다. 비전향장기수들이 겪었을 인간적 고뇌와 반세기의 시간이 주는 체
제와 신념의 변화에 대한 일말의 의심없이 그들의 삶을 굳건하기만 한
것으로 그려내고 있는 것이 북한 시에서 비전향장기수들을 소재로 삼
고 주제화하는 방식이다.
　비전향장기수들은 통일시에서는 통일의 주역으로 활용되는데 수많
은 통일 주제시를 창작한 오영재의 시에서도 확인할 수 있다.

바라노니 비전향장기수여
부디 건강하고 장수하시라
그대 한생을 바쳐 싸워 온

---

30 김정곤, 「상봉」, 『조선문학』, 2000. 11, 7면.

통일의 그날도 멀지 않으리니

그날의 남행렬차를 타고
감회깊이 낯 익은 산천을 바라보며 갈 때
렬차를 받들어 주는 것이
다만 철길의 침목만이런가

그것은 그대
이날을 위해 바쳐 온
무수한 날과 날들이여라
금 같은, 피 같은 그 나날이 받들고 있는 길로
통일의 대하는 굽이쳐 가리
동지여 그날까지 부디
건강하고 장수하시라

— 오영재, 「건강하고 장수하시라」 전문[31]

오영재는 비전향장기수의 삶을 시화한 시 모음 형식의 '시초'에서
비전향장기수의 고난과 투쟁의 삶이 결국은 통일을 위한 삶이었다고
판단한다. 그들이 통일된 조국에서 남행열차를 타고 갈 때 침목과 함
께 그들의 삶의 날들이 받쳐 줄 것이라고 한다. 통일된 미래에 비전향
장기수들이 남쪽으로 가는 것을 상상하는 동시에 그 길이 통일의 길이
며 그 길은 비전향장기수들이 스스로 만든 길이므로 그때까지 건강하
게 장수하여 그 감격과 기쁨을 누리라면서 다분히 통일과 비전향장기
수에 대한 정서적 접근을 통한 동일시를 보여준다. 이념과 정서를 적

---

31 오영재, 「아쉬워도 보람 있는 삶—한 비전향 장기수에게(시초) 中 ; 건강하고 장수하시라」, 『조
선문학』, 2001.5, 55면.

절히 조화시켜 시적 감동을 배가하는 것이 오영재 특유의 시적 재능인데 이 시에도 비전향장기수의 삶을 통일을 위한 삶으로 자연스럽게 환치시키고 있다. 비전향장기수와 통일을 연결하는 몇몇 시들이 있지만 논리적 연결성이 약한 것이 사실이다. 오영재는 '장수하라', '건강하라'라는 호소조의 독특한 어조와 그들의 삶을 남행열차를 떠받치는 '침목'으로 환치하는 한편 그들의 고난에 찬 과거의 삶을 통일의 상상이라는 미래의 일을 가능하게 한 인과 관계로 설정하고 그것을 희망찬 상상 속에서 결합하는 솜씨로 보여주고 있다. 비전향장기수에 통일을 직대입하는 논리적 결함을 친근하면서도 경애심 어린 어조와 미래에 대한 상상 안에서 봉합한 것으로 판단된다.

8. 남는 문제들

여태까지 2000년 이후 선군 시대 북한문학의 통일시를 6·15 공동선언을 기념하는 시, 이산가족 상봉 등 민족의 만남을 주제로 하는 시, 비전향장기수를 분단과 통일의 역군임을 강조하는 시 등으로 나누어 살펴보았다. 위의 논의를 종합하여 보면 다음과 같다.

북한의 통일시들은 분단의 이유나 변화된 민족의 현실, 통일의 가능성 등에 대한 실천적 고민보다는 통일에 대한 열망을 당위적 대명제로 하여 격정과 감격의 어조로 일관하고 있다. 또 여기에는 김정일의 결단으로 통일 논의가 진전되고 통일이 이루어질 것이라는 정치적 선전 선동의 목적도 작동하고 있었다. 또 하나의 민족, 민족 공조, 민족 화합, 민족 자주 등의 구호를 통해 '민족'의 만남을 강조하였지만 이는 6·15 공동선언이나 통일이 김정일의 결단에 의한 것이라고 호도하듯이 북한의 사회주의 안에서의 통일, 즉 연방제 통일이라는 통일관에서 나온 것임도 확인할 수 있었다.

　분단의 원인을 규명하고 분단의 아픔을 치유하는 과정으로서의 통일을 지향하기보다는 현재의 자기 체제를 선전하고 유지하기 위한 또 하나의 방편으로 통일, 통일주제, 통일시를 활용하고 있으며 남한 정권 비판이나, 반미를 위해 민족 담론인 통일 담론이 이용되고 있었다. 이는 민족 자주와 민족 공조를 외세의 배격과 동일시하거나 비전향장기수들을 통일의 역군으로 환치하는 시 등에서 확인할 수 있었다. 이러한 북한 통일시의 특징은 남한의 그것과는 너무나 상이한 것이어서 남북의 통일을 바라는 통일시에서조차 통일되어 있지 못한 것으로 보인다. 이 글을 통해 규명된 북한시의 통일 인식을 남한의 통일 주제시와 비교하는 문제, 북한의 통일정책을 섬세하게 살펴 북한문학으로 구현된 바를 고찰하는 문제, 북한 사회문화 전체를 통일 인식이라는 관점에서 살펴보는 문제 등이 후속 연구를 통해 보완된다면 좀더 북한의 통일시를 보는 좀더 큰 시야를 확보할 것으로 기대한다.

참고문헌

고정철,「통일의 꽃바구니」,『조선문학』, 2001.1.

김경숙,「북한의 '통일시' 개관」,『다층』, 2005, 여름, 통권 26호.

김명철,「이모님은 오십니다」,『조선문학』, 2001.6.

김석향·권혜진,「김정일 시대(1998~2007) 북한당국의 통일담론 분석」,『통
    일정책연구』, 통일연구원, 2008, 하반기호.

김성수,「김정일 시대 문학에 대한 비판적 고찰」,『민족문학사 연구』, 민족문
    학사연구소, 2005, 통권 27호.

김성수,「북한 현대문학 연구의 쟁점과 통일문학의 도정」,『어문학』, 한국어문
    학회, 2006년, 통권 91호.

김성희,「끝나고 시작된 6.15의 노래」,『조선문학』, 2004.9.

김정곤,「상봉」,『조선문학』, 2000.11.

김태룡,「그 밤은 아침이었다」,『조선문학』, 2004.9.

김학성,「통일연구 방법론 소고 : 동향, 쟁점 그리고 과제」,『통일정책연구』, 통
    일연구원, 2008, 하반기호, 통권 17권 2호.

김현숙,「최근 북한문학의 특성 : 항구성과 변화의 양상을 중심으로」,『한중인
    문학연구』, 한중인문학회, 2004, 통권 13호.

렴형미,「통일과 녀인」,『조선문학』, 2003.3.

리명근,「통일에 살고 싶다」,『조선문학』, 2003.1.

리명근,「통일은 이렇게」,『조선문학』, 2003.8.

리호근,「아, 6월 15일」,『조선문학』, 2004.9.

박영정,「'선군 시대'의 북한문학예술 연구」,『통일연구』, 연세대학교 통일연
    구원, 2003, 1호.

박정애,「두 세월의 상봉(시초) 中—판문점 분리선 앞에서」,『조선문학』,
    2001.9.

박태상,「북한문학상의 김정일 묘사 특징 연구」,『북한연구학회보』, 2003, 2

호, 통권 6권.

신홍국, 「6월의 금강속사—금강산에서 열린 6.15북남 공동선언발표 1돐기념 민족통일대토론회장에서」, 『조선문학』, 2001.10.

오양렬, 「북한문화예술정책의 최근 동향과 향후 전망」, 『북한 공연예술의 현황과 전망』, 한국예술종합학교 전통예술원, 학술심포지움, 2001, 통권 3호.

오영재, 「아쉬워도 보람 있는 삶—한 비전향 장기수에게(시초) 中 ; 건강하고 장수하시라」, 『조선문학』, 2001.5.

오영재, 「6.15는 밝은 달」, 『조선문학』, 2002.10.

오영재, 「보내고 싶지 않은 한 해」, 『조선문학』, 2002.12.

오판진, 「이원수의 '메아리 소년'에 나타난 통일지향성」, 『문학교육학』, 2002, 통권 10호.

유성호, 「문학교육과 통일 교육」, 『논문집』, 한국교원대학교 통일교육연구소, 2006, 통권 5호.

윤정길, 「통일은 우리 손에」, 『조선문학』, 2004.8.

이상숙, 「새로운 문화 환경과 시 교육의 목표 : 통일교육으로서의 동시 수업 모델을 중심으로」, *Comparative Korean Studies*, 국제비교한국학회, 2005.12, 통권 13권.

이지순, 「북한시문학의 이데올로기적 담론 연구」, 단국대학교 대학원 박사학위 논문, 2005.

이지엽, 「북한시에 나타난 통일지향과 분단 비극의 형상화」, 『시와 사람』, 2000, 겨울.

최희건, 「조국통일의 열원과 시인의 시정신(한 시인의 통일주제시편들을 아끼는 마음에서)」, 『조선문학』, 2001.3.

한중모, 「남조선의 진보적 시인 김남주와 그의 통일 시」, 『조선문학』, 2003.3.

허수산, 「우리의 전사」, 『조선문학』, 2000.10.

'고난의 행군' 이후 북한문학에 나타난 여성 읽기
―『조선문학』(1997~2008)을 중심으로

임옥규

1. 북한문학 속 여성 담론

이 글은 고난의 행군 이후 북한 여성이 문학 속에서 어떻게 재현되고 표상되었는지를 살펴보고자 한다. 또한 사회체제와 경제적 위기 속에서의 북한 여성 문제를 문학 속에서 되짚어 보고자 한다.

남한과 북한이 서로 이해 불가능한 타자로 여기는 까닭은 남북한이 동일한 근대적 지층을 공유하면서, 그 출발점에서부터 해결하지 못한 근대적 딜레마에 아직도 속박되어 있는 데에 출발한다고 보는 시각이 있다.[1] 이러한 시각에서는 여성문제를 특징짓는 평등과 차이의 기획은 남북한 모두가 극복하지 못한 근대성의 모순 속에서부터 불가능한 것

---

[1] 최영석, 「여성해방과 국가적 기획―북한 문학에서의 여성 재현」, 『현대문학의 연구』 23, 한국문학연구학회, 2004, 300면.

으로 제시되었다고 주장한다. 북한 내 사회모순적인 원리의 병행과 유지를 북한의 가부장제적 사회주의 특성으로 설명하면서 모성정책으로 인한 모성이데올로기의 문제점을 제기한 시각도 있다.[2] 냉전이 해체되고 정치학의 새로운 패러다임이 모색되는 과정에서 여성문제는 전세계적으로 정치발전을 위한 사회과학의 화두가 되었지만 북한 여성 연구는 양적이나 질적으로 북한 연구 발전에 비해 초보적이라는 지적도 있다.[3] 지금까지 북한 여성에 대한 연구는 대부분 북한 여성 정책 분석을 중심으로 한 것과[4] 『조선녀성』(1946~2002)을 중심으로 한 문학 분석들이[5] 있다. 이러한 연구들은 북한의 여성에 관한 문제를 모성과 조국애라는 관점에서 분석하려 하고 있다.

　이 글은 지금까지의 연구를 참고하면서 연구대상을 북한 작가동맹 월간지인 『조선문학』(1997~2008)으로 한정하려고 한다. 『조선문학』잡지는 1947년 10월에 『문화전선』이란 이름으로 창간되었다. 이 글에서 주목하고 있는 1997년 이후에는 북한의 정세를 반영하는 작품들이 등장하면서 한편으로는 새로운 경향을 보이고 있다. '고난의 행군'을 극복하기 위한 '붉은 기 정신'과 '자력갱생'의 추동과 '수령선군문학'을 강조하고 있다.[6] 이 글에서 『조선문학』이라는 잡지를 선택한 이유는 북한에서 가장 오래 연재되어 왔고 북한사회의 변화양상을 대변하고 있

2 이미경, 「북한의 모성이데올로기 : 『조선녀성』의 내용분석을 중심으로」, 『한국정치외교사논총』 제26집 1호, 한국정치외교사학회, 2005, 391면.

3 박영자, 「북한의 민족주의와 여성 : 민족주의 담론과 여성정책 변화를 중심으로」, 『국제정치논총』 제45집 1호, 한국국제정치학회, 2005, 84면.

4 김석향, 「"남녀평등"과 "여성의 권리"에 대한 북한당국의 공식담론 변화—1950년 이전과 1979년 이후 『조선녀성』 기사를 중심으로」, 『북한연구학회보』, 북한연구학회, 2006, 25~50면.

　박영자, 앞의 글.

　최영석, 앞의 글.

5 이미경, 앞의 글, 389~419면.

　이상경, 「북한 여성 작가의 작품에 나타난 여성 정체성에 대한 연구」, 『여성문학연구』 17, 한국여성문학학회, 2007, 349~385면.

6 이러한 점은 북한에서 발행되는 다른 잡지인 《문학신문》, 『청년문학』, 『조선어문』(『문학연구』 『어학연구』로의 분화), 『김대학보(어문편)』와 차별되는 점이라고 북한연구학자들은 평가한다.

으며 작가와 작품 경향이 다양하기에 이 글의 연구목적에 적합한 대상이라고 판단했기 때문이다.[7] 이 글에서는 북한문화를 접할 때마다 생겼던 여성, 모성, 조국애의 관계에 대한 의문을 북한문학의 여성담론을 통해 풀어보도록 하겠다.

2. '고난의 행군' 극복 정신으로서의 젠더 전략화

1990년대 중반 이후 북한은 대내외적으로 어려움을 겪게 된다. 소련과 동유럽 사회의 사회주의 국가 붕괴와 북한의 자연적 재난으로 인해 '고난의 행군' 시기에 접어들게 되고 이를 극복하면서 새로운 모색을 하게 된다. 북한은 총체적인 정치·경제적 난국과 함께 대두된 심각한 체제 위기를 '고난의 행군'이라고 명명한다. 고난의 행군이 1998년에 공식적으로 종료되고[8] 김정일이 국방위원회 위원장으로 추대면서 북한사회와 문학 분야에서도 새로운 움직임을 보여주고 있다.

문학예술부문에서 김정일은 고난의 행군 시기에 당이 요구하는 명작이 김일성 주석의 생전의 뜻이 담겨 있는 '붉은 기 정신'과 '고난의 행군 정신', '내일을 위한 오늘에 살자'는 당의 혁명적 인생관을 철저히 구현한 작품임을 지적한다. 그는 주체사상에 구현된 붉은 기 정신과 고난의 행군 정신에는 일심단결의 신념, 자력갱생, 백절불굴의 혁명적 의지가 담겨져 있으며, 혁명의 붉은 기를 변함없이 높이 들고 나아가는 것이 인민의 숭고한 의무이며 의리라고 강조한다. 또한 '총대로써' 당을 받들고, 모든 부분, 모든 단위에서 '혁명적 군인정신'을 적극 따

7 필자가 속한 학술진흥재단 지원을 받고 있는 소규모연구회 모임인 '남북문학예술연구회'에서는 『조선문학』을 연도별로(1997년~2009년) 분석하고 있다.
8 북한에서 1995년부터 시작된 '고난의 행군'은 공식적으로는 98년에 마감된 것으로 공고된다. 「자력갱생의 기치높이 강행군 앞으로!」,《로동신문》, 1998.2.3.

라 배울 것을 역설한다.[9] 이 시기 문학은 현재의 총체적 난국을 극복하고 강성대국에 대한 전망을 제시한다.

북한사회에서는 1998년에 쏘아올린 '광명성 1호'에 특별한 의미를 부여한다. 이는 그 동안의 고난의 행군을 극복하고 강성대국으로 진입하였음을 알리는 신호탄으로 여기기 때문이다. 강성대국 실현을 위하여 1998년부터 강조되어 온 '강계정신'이 문학 속에도 실현되고 있다. 강계정신은[10] 1998년 1월 16일부터 21일까지 김정일이 '자강도'(慈江道)를 방문한 뒤, 같은 해 2월 26일자 《노동신문》 사설에서 처음 제시한 용어이다.[11] 자강도는 북한이 김일성 사후 추진해 온 '고난의 행군' 과정에서 가장 모범을 보인 지역으로, 강계정신은 자강도의 도청소재지이자 도를 대표하는 상징도시인 강계시와 이곳 주민들의 투쟁정신을 본받자는 뜻에서 붙여졌다. 이후 강계정신은 극심한 경제난으로 어려움을 겪고 있는 북한이 체제를 유지하고, 경제난을 극복하기 위해 주민들에게 요구하는 시대정신 겸 경제 회생의 기치로 받아들여지고 있다. 주요 내용은 ① 자기 영도자만을 굳게 믿고 받드는 수령 절대숭배의 정신 ② 영도자의 구상과 의도를 실현하기 위해 투쟁하는 결사관철의 정신 ③ 자신의 힘을 믿고 자기 단위의 살림살이를 자체로 꾸려나가는 자력갱생과 간고분투의 정신 ④ 사회주의 미래에 대한 신심과 희망을 잃지 않는 혁명적 낙관주의 정신' 등이다. 북한에서는 이 강계정신을 주민들에게 알리기 위해 자강도 주민들이 초근목피(草根木皮)

---

9 남원진, 「고난의 행군과 주체문학」, 남북문학예술연구회 발표문, 2007, 1면.
김정일, 「김일성동지의 청년운동사상과 령도업적을 빛내여 나가자—청년절 5돐에 즈음하여 김일성사회주의청년동맹중앙위원회 기관지 "청년전위"에 준 담화 1996년 8월 24일」, 『김정일 선집』 14, 조선로동당출판사, 2000, 225면 ; 김정일, 「혁명적군인정신을 따라 배울데 대하여—조선로동당 중앙위원회 책임일군들과 한 담화 1997년 3월 17일」, 『김정일 선집』 14, 조선로동당출판사, 2000, 292면.
10 www.naver.com 백과사전 참고.
11 연형묵이 자강도 당책임비서로 일하면서 중소형발전소 건설을 통한 전력난 해결방법을 마련해 '강계정신'이라는 새로운 조어까지 만들어냈다고 한다.

로 연명하며 어려움을 극복하는 과정을 그린 영화를 제작 상영하고 있다. 또한 《노동신문》 사설을 통해 강계정신을 강조해 왔다. 2000년 신년 사설에서는 "우리는 자강도 사람들이 지닌 왕성한 일 욕심과 강한 생활력, 알뜰한 살림살이 기풍으로 당의 구상을 빛나는 현실로 전변시켜 나가야 한다"고 주장하였다. 여기에는 무엇보다 여성의 희생과 봉사가 더욱 강조되었다. 여성 자신의 사회적 실현이나 참여의 문제가 전체주의 속에 종속되었다.

『조선문학』에는 백두산 3대 장군인 김일성, 김정숙, 김정일을 중심축으로 하는 수령형상문학의 범주에 속하는 작품들이 산재되어 있고, '고난의 행군'이라고 명명되는 총체적 난국을 극복하고자 하는 체제 결속과 수호의 목소리를 담은 작품이 대부분이다. '고난의 행군' 시기에는 항일무장투쟁 시기의 혁명투사이면서 지도자를 양육했던 김일성의 어머니 강반석과 김정일의 생모인 김정숙 여사를 북한의 이상적인 여성상으로 내세우고 있다. 이에 따라 북한여성들은 경제난으로 공식 공급체계의 파행적인 운행 속에서도 전통적인 성역할과 사회활동의 참여와 당과 지도자의 교시와 정책을 무조건 따라야 한다는 것이 요구되었다.[12]

주체형의 공산주의자는 북한사회의 이상적인 인간형으로 주체사상 교양으로부터 만들어지며 북한주민들 모두의 현실목표이다. 수령에 대한 충성과 효성을 제일 덕목으로 혁명적 의리와 동지애로 무장하였으며 집단을 위해서는 자신의 목숨을 내던질 수 있는 영웅이 유일체제를 유지하기 위한 주체형의 공산주의자이다. 이런 주체형의 공산주의자는 주체사상의 지도적 원칙 중 하나인 사상개조 선행의 원칙에 근거해서 새로운 전형으로 제시되고 있다.[13]

---

12 이미경, 「이상적인 여성상을 통해서 본 북한의 여성정책 : 『조선녀성』의 내용분석을 중심으로」, 『중소연구』 통권 102호, 2004, 156면.

북한 여성들에게 과중한 역할부담을 합리화시키는 차원에서 이를 성공적으로 수행하고 있는 여성들의 모범 인물은 김정숙으로 볼 수 있다. 평론 「백두산녀장군의 위인상에 대한 감동깊은 형상」(김복희, 『조선문학』, 1999.9. 29~32면)에서는 김정숙을 다룬 작품들을 높이 평가하고 있다. 이러한 김정숙에 대한 미화작업은 여러 가지 의미를 함축하고 있다. 북한여성에게 요구되는 위대한 모성의 기저에는 당과 국가에 충성을 다하고 조국애를 실현해야 한다는 이데올로기가 작용한다. 시대적 어려움이나 육체적 고난 속에서도 극복할 수 있는 정신력의 중심에는 늘 당이 있고 수령에 대한 은혜가 있고 조국에 대한 사랑이 바탕이 된다. 북한의 이상적인 여성상으로 강조된 김정숙은 고난의 상황인 일제시대와 6·25전쟁을 거치면서 모성의 역할을 성공적으로 수행했고 당과 수령을 위해 충성을 다했다. 북한에서 원하는 모성은 단순히 한 가정의 어머니가 아닌 공산주의적 인간을 양육하기 위해 여성 스스로 공산주의 도덕을 갖춘 인간으로서 당과 국가, 지도자에 충성을 다하고 집단의 이익을 위해 개인적인 것을 희생할 줄 알며 혁명과 건설투쟁에 앞장서야 하는 것이었다.[14]

북한에서 강조하는 '붉은기 정신'은 혁명적 군인정신으로 여기에도 여성의 역할 수행이 강조되어 있다.

조선의 3대장군들이신 위대한 수령님과 존경하는 김정숙어머님 그리고 경애하는 장군님께서 붉은 기발아래 높이 올리신 백두의 총성, 혁명의 뢰성을 담고 있는 우리의 전투적인 단편소설문학은 총대에 비낀 혁명적군인정신에 대한 주옥같은 형상으로 빛나고 있다. 붉은기문학, 총대의 문학을 〔…중략…〕 총대에 대한 사랑으로 일관된 우리 소설문학은 최근년간 단편소설

---

13 이종석, 『새로 쓴 현대북한의 이해』, 역사비평사, 2000, 227~230면.
14 이미경, 「북한의 모성이데올로기-『조선녀성』의 내용분석을 중심으로」, 앞의 책, 406면.

《녀전사의 길》(조근)《봄노래》(박춘섭)《생활의 수업》(박윤),《별》(리정수),
《한 녀교원의 사랑》(석남진)과 같은 우수한 작품들로서《조선문학》의 전호
를 훌륭히 꾸리였다.[15]

위에 소개된 작품들은 총대와 사랑의 철학을 잘 형상한 것으로 평가
되며 여성들의 참된 사랑의 의미를 조국의 번영과 인민의 행복을 바라
는 것에서 찾고 있다.『조선문학』1997년 12호에는 '김정숙 80돐 기념
특집'이 나오며『조선문학』1999년 9호에는 백두산녀장군의 업적을 칭
송하는 글모음[16]이 나온다. 또한 강반석 어머님의 업적을 그린 시「위
대한 조선의 어머님」(김승남, 2005.4)에서는 아들을 도와 일제의 삼엄한
경계망을 뚫고 무기를(두 자루의 권총) 운반한 강반석 어머님은 그 총대
와 더불어 혁명의 스승으로 영원할 것이라고 예찬하고 있다.

「첫녀성락하병들」(송병준, 1999.9)에서는 육체적 약점에도 불구하고
낙하에 성공하는 여성들의 모습이 그려진다. 어려움을 극복할 수 있었
던 것은 백두산 여장군인 김정숙이 세심하고 자상하게 배려해 주고 용
기를 북돋아 주었기 때문인 것으로 나온다. 이는 선군 시대 산물인 총
대가정의 시원을 백두산 3대 장군으로 보고 있기 때문인 것으로 보인다.

---

15 김성우,「붉은기 정신이 구현된 우리 소설문학」,『조선문학』, 1997.10, 71면.
16 「위대한 공산주의 혁명투사 김정숙 동지 탄생 80돐 기념특집」,『조선문학』, 1997, 12호,
13~47면.
「밝은 미소(단편소설)」(로종익),「눈송이(시)」(차명숙),「몸소 지으신 배낭(혁명설화)」(본사기
자),「김정숙어머님을 우러러(시)」(중국 김성옥),「혁명의 어머니(정론)」(황성하),「백두산의
녀장수」,「아, 우리 어머니(서정서사시)」(양승근),「회령에서(련속기행)」(최성진),「김정숙 동
지의 크나큰 온정속에 꽃펴난 애국적상공인들의 참된 삶에 대한 감명깊은 화폭(평론)」(리 철),
「진달래를 안으셨네(시)」(김송남),「나의 천만리(시)」외 1편(김은숙),「어머님과 미래(가사)」
(전병석)
「백두산녀장군의 불멸의 업적은 만대에 길이 빛나리」,『조선문학』, 1999.9, 7~32면.
「위대한 인간―언제나 어머님의 뜻을 새기시고」,「백두산녀장수전설―신기한 총알」,「첫 녀성
락하병들(단편소설)」(송병준),「어머님의 미소(수필)」(류정옥),「백두산녀장군의 위인상에 대
한 감동깊은 형상(평론)」(김복희),「영원한 초침소리(시)」(김선지)

유격대생활에서 누구보다 부담이 많은 것은 녀대원들인 것이다. 남자들과 꼭같이 싸움을 하고 행군을 하면서도 휴식시간에는 군복을 입고 산나물을 뜯고 작식대일을 해야하는 참으로 잠시도 쉴새가 없는 녀대원들이다. 그런데 그런 녀대원들까지 꼭 비행기를 타고 적진 속에 들어가야 한단 말인가. 〔…중략…〕《우리 녀대원들을 믿어주십시오. 전 그것이 진정한 사랑이라고 생각합니다. 우리 녀대원들은 락하훈련이 아무리 어렵고 힘들더라고 꼭 해낼것입니다.》(18면)

「추억」(조산호, 2001.9)은 김일성 수령의 회고담을 통해 김정숙에 대한 이야기를 소설화 하고 있다. 여기에서는 총대만이 조국을 광복하고 총대만이 조국과 인민을 보위할 수 있다는 것을 강조한다. 「한 여교원에 대한 추억」(리경명, 2001.9)은 조국해방전쟁 시기 적기의 포격 속에서 수령님의 초상을 안전하게 모시고 장렬하게 희생되는 여교원의 이야기가 전개된다. 장기성의 「나의 시어머니」(장기성, 2003.9)에서는 1946년도 당원인 시어머니를 따라 당원이 된 며느리 이야기가 나오며 「래일」(조상호, 2003.12)에서는 김정숙을 칭송한다.

『조선문학』에는 육체적 한계와 생활의 어려움을 극복하는 여성의 모습이 나온다. 「우리의 하늘」(조상호, 1997.4)에서는 수령의 추억 속에 등장하는 전사들의 위훈, 꽃다운 청춘을 바치는 여성영웅 김선옥이 나온다. 수령은 전쟁 때문에 비행사의 꿈이 좌절된 김선옥을 항공학교에 보내 비행사로 키우라고 하였다. 「방직공의 노래」(류정옥, 1997.4)는 부엌데기나 아이보개로 천대받던 여성이 아닌 신성한 노동자로서의 처녀들을 그리고 있다. 「형제봉의 새벽노을」(김성희, 1999.3)에서는 이상적인 결혼을 하였으나 사별한 '나'와 노처녀 사양공으로 공훈을 세운 '송순'의 이야기가 전개된다. 이들을 강하게 추동하는 것은 각자의 시어머니와 어머니이다. 이 소설에서는 어머니 조국을 위해서 한 몸을 바치겠다고 다짐하는 '나'의 결심으로 결말을 맺는다. 「룡산의 메아리」(김성희, 2001.5)에서는 고난의 행군 이후 돼지고기가 줄어든 상황에서 풀과 고기를 바꾸라는 주제를 관철해 나가는 사양공 처녀들의 이야기가 나온다. 「사랑과 행복에 대한 문제와 녀성형상」〔김영금(중국), 평론 2001.7〕에서는 오늘날 조선여성의 행복을 가족과 조국을 위해 희생하고 헌신하는 것에서 찾고 있다.

남녀의 사랑을 다룬 작품들에서도 여성의 역할과 가치관이 중시된다. 「다시 본 모습」(김혜영, 1999.1)에서는 육체적 아픔을 이겨내어 임무를 완성하고 서로에 대한 이해와 지향점과 실현과정을 중시하는 결혼관이 나온다. 「겨울밤의 은하수」(방정강, 1997.3)는 유훈을 받드는 청춘들의 이야기를 서간체로 전개하고 있다. 의사 박성훈이 친구에게 보내는 편지로 처녀 '오월'의 이름에 얽힌 사연, 국화 같고 산소 같은 오월의 활력으로 사랑에 빠지는 성훈의 이야기가 나온다.

「사랑의 메아리」(정영종, 1999.7)에서는 외모가 뛰어난 '최신혜'라는 여성이 전쟁 전후를 통해 각성하는 인물로 나온다. 화자인 '나'는 대학시험 감독으로 최신혜라는 여성을 만나고 그 여성이 팔을 잃은 것을 동정하여 추가시험 기회를 주려고 하였으나 단호하게 거절당한다. 최신혜는 자신의 사연을 이야기한다. 전쟁 전 도서관에서 일했던 최신혜는 뛰어난 미모로 이름을 떨친다. 이에 교만한 마음을 가지고 있다가 연구사 선생인 잘생긴 청년 '문구'의 조수가 된다. 그를 사모하게 된 후 전쟁이 터지고 신혜는 그가 의사로 있다는 이야기를 듣고 간호사를 지원한다. 아무것도 모르던 신혜가 병사의 수술을 성공리에 마칠 수 있었던 것은 죽어가는 문구의 가르침 덕이었다. 현재의 신혜는 외팔이가 되었지만 새로이 대학시험을 치른다.

동문 사랑을 실험하는건 사랑이 아니라고 했는데… 아니요. 전쟁이라는 준엄한 환경이 그 리트머스 종이가 되어 동무를 시험했소. 동무가 진실로 조국을 사랑하는가 안하는가 그 사랑을 위해 자신을 깡그리 바치는가 자기 보신의 여지를 남기는가… 그렇게 시대가 매 인간의 사랑을 실험하는 거요. 동무의 이야기가 그것이였지.(66면)

「두 번째 불무지」(정철호, 1999.1)는 조국의 내일을 위해 희생하는 젊은이들의 사랑을 형상하고 있으며 「푸른 수첩」(한인준, 1999.2)은 사회주의 대가정 속에서 신념과 지향이 하나인 부부애를 그리고 있다. 「차 번호 만—하나」(김창수, 2000.10)는 애정의 관계를 사상적 동지관계로 승화시킨 작품으로 청년돌격대의 솔선수범과 동지애의 확인 과정이 나온다.

고난의 행군을 극복하는 여성상은 선군혁명의 일군으로서의 여성상으로 이어진다. 「밝은 웃음」(김명진, 2006.3)은 선군가정의 지향점을 제시했다고 평가받는다. 네 번째 애를 임신한 여인이 주체적으로 가정과 직장에 충실한 여성상을 그리고 있다. 「버들꽃」(김정희, 『조선문학』 2006.1)에서도 선군가정 속에서 가정주부와 관리위원장 역할을 하는 여성의 모습이 나온다.

3. 조국애 형성을 위한 모성담론

여성을 주인공으로 하거나 여성문제를 주제로 다루고 있는 북한소설에는 모성과 조국애의 관계가 밀접하게 연관되어 나온다. 모성에 관한 김일성의 교시에 의하면 북한의 모성이데올로기는 다른 사회와 마찬가지로 여성들에게 일방적인 희생, 봉사, 헌신 등을 요구하고 있다고 할 수 있다.[17] 북한체제에서 여성은 "사회의 한 쪽 수레바퀴를 떠밀고

나가는 역군"으로서의 여성의 사회활동을 적극 권장하고 이를 뒷받침
하는 법적 기반과 육아와 가사노동의 사회화를 위한 제도적 정치를 마
련하여 사회활동과 가정생활의 병행을 지원하여 왔다.[18]

북한사회 내의 모순적인 원리의 병행과 유지는 우선 북한의 가부장
제적 사회주의체제의 특성으로 설명될 수 있다. 북한은 최고 지도자—
수령—의 권위가 이데올로기, 법, 제도, 규범 등을 규정하는 유일 지
배체제를 형성, 유지하기 위해 가부장제적 유교전통의 유산을 재생,
확대시켰다.[19] 북한에서 재수용된 가부장제의 특징은 북한의 독특한
가족관에서 비롯된다. 북한은 사회주의적 가족개념으로서 대 가정이
라는 용어를 통해 북한사회 전체를 하나의 가족으로 지칭하고 어버이
를 지도자 김일성으로 보는 가(家)의식을 구성하였다.[20]

북한은 전통적인 충효 이데올로기를 지도자 및 국가에 대한 의무로
재해석하며, 어버이 수령에게 절대복종과 충효를 다하는 것이 자식된
도리이자 인민의 도리라고 여기고 가부장제에서 가장의 이미지를 국
가의 수령과 가정의 남성에게 적용하여 수령은 어버이로서 모범적으
로 자녀를 교육하고 아내로서 충실하게 공경해야 하는 것이다.[21] 이것
은 여성들에게 혁명화, 노동계급화되면서도 성 역할을 강요하는 것이
었다. 이와 같이 모순된 역할 수행은 북한정치체제의 특성에서 당연시
된다 해도 북한 여성들이 이를 문제의식 없이 수용할 수 있었던 것은
북한의 여성이데올로기에서 찾을 수 있다.[22] 이러한 북한의 여성이데
올로기는 『조선문학』에 실린 단편소설들을 살펴보았을 때 조국애를 강

17 이미경, 「북한의 모성이데올로기 : 『조선녀성』의 내용분석을 중심으로」, 앞의 책, 289면.
18 윤미량, 『북한의 여성정치』, 한울, 1991, 79~89면.
19 조 형, 「북한사회체계와 여성관」, 『민족과문화』, 한양대 민족학 연구소, 1992.
20 박현선, 『현대북한사회와 가족』, 한울아카데미, 2003, 43면.
21 여성한국사회연구소, 『새로 쓰는 여성과 한국사회』, 사회문화연구소, 1999, 426~467면.
22 이미경, 「북한의 모성이데올로기 : 『조선녀성』의 내용분석을 중심으로」, 앞의 책, 392면.

조하는 이데올로기를 합리화시키는 기제와 밀접한 연관을 가진다는 것을 알 수 있다. 「형제봉의 새벽노을」(1999.3), 「모성의 권리」(1999.9), 「사랑의 메아리」(1999.9) 등에서 그려지는 여성의 모습은 여성 자신의 발전보다는 모성 수행의 차원, 조국의 일원으로서의 역할 수행 차원으로 그려진다.

북한 체제의 특징인 유일지배체제의 이론적 토대가 되고 있는 사회정치적 생명체론은 '인민대중의 최고 뇌수이며 통일단결의 중심'이라는 지위를 규정하고 있는 혁명적 수령관과 정치적 생명을 매개로 어버이 수령과 어머니 당, 인민대중이 혈연적 관계에 기초하여 유기적으로 통일되어 있다는 이론을 중심으로 성립되어 있다. 사회정치적 생명체론은 기본적으로 생명의 이분법에서 출발한다. 사람들에게는 생명유기체로서 살며 행동하는 육체적 생명과 함께 사회적 존재로서 살며 활동하는 정치적 생명이 있는데 후자가 더 중요하고 이것은 영생하는 것으로 수령이 이 생명의 중심이 되며 수령부터 받는다. 즉 수령, 당, 대중은 정치적 생명체 안에서 '혈연적 관계'로 맺어지는 것으로 규정되고 대중에게는 '생명의 은인'인 '어버이 수령'에 대해 충성과 효성을 다할 것이 요구된다.[23] 북한에서 요구되는 여성상은 모성 중심으로 희생과 봉사, 헌신을 기초로 하고 있다. 이러한 모성이데올로기는 조국애를 강조하는 이데올로기 역할을 한다.

「향기」(현성하, 1999.5)에서는 조국의 사과 맛에 얽힌 일화가 전개된다. 재일동포인 '순이'는 북해도의 조그만 민족학교 교원으로서 중앙강습에 뽑혀 교육을 받고 '만경호'를 직접 가보게 된다. 배를 참관하고 선원식당에서 민족적 향취가 깃든 음식을 먹게 되었는데, 그 중 빨간 사과에 탄성을 하게 된다. 순이는 자신이 가르친 학생들에게 조국의

---

23 이종석, 『주체사상의 사회역사원리』, 백산서당, 1989, 216~218면.

사과 맛을 느끼게 하고 싶어 한다. 새학기에 순이는 스물두 명의 학생들에게 사과를 나눠주고 '조국의 사과 맛'이라는 글짓기 숙제를 내준다. 다음 날 학생들에게 글짓기를 시키던 중 '일림'이라는 학생이 다른 학생들의 사과찬미에 비해 "조국의 사과 맛은 조국의 사과 맛입니다"라는 짧은 글로 대신하자 이상하게 생각하고 집을 방문한다. 이후 일림 어머니가 재일동포 1세대 중 한 사람으로 겪었던 일화를 통해 고향에 대한 그리움과 반일 감정이 나타난다. 또한 재일동포들이 피난민도 이주민도 아니고 강제로 끌려온 사람들임을 설파한다.

우린 전쟁란리를 피해 조국을 떠나온 피난민이 아니다. 스스로 조국을 버리고온 이주민은 더욱 아니다. 왜놈들의 총칼 아래 피눈물을 쏟으며 강제로 끌려온 사람들이다. 오고싶어 오지 않은 땅, 살고싶어 살지 않는 사람들… 그래 그것이다. 바로 그것때문에 우리의 삶의 뿌리는 저기—어머니 조국에 있는 것이다. 그리고 조국의 대지에 뿌리를 내린 사과의 향기가 영원하듯이 조국의 품—어버이 수령님의 한품속에 뿌리를 둔 우리들의 피도 넋도 영원한 조국의 것이다.(57면)

「수학려행」(김선환, 1999.5)에서는 부모의 인연이 자식으로 이어지는 내용이 전개된다. 일본에 있는 조선대학교 졸업반인 '수정'은 졸업여행으로 조국에 와 있다. 대동강에서 만난 대학생과 꽃을 가꾸는 그의 아버지를 만나고 '돌'에 얽힌 아버지대의 사연을 확인하게 된다. 수정의 아버지와 대학생의 아버지가 친구였다는 사실을 알게 되고 수정이는 조국에 온 손님이 아니라 조선의 딸이어야 한다는 것을 깨우친다. 「모성의 권리」(김혜영, 1999.7)는 작곡가 '송예향'이 오래간만에 아들과 함께 미술관을 찾았다가 그곳에서 〈엄마품은 어디에〉라는 제목의 그림을 보는 것에서 시작한다. 예향은 다음날 중앙미술 창작사로 찾아가 작가를 만난다. 예향은 작가와의 만남을 통해 자신은 버려진 것이 아니라 어머니의 어쩔 수 없는 사정으로 잃어버려진 것임을 알게 된다. 어린 시절 일본인의 양녀가 되었으나 불구가 되자 버림을 받았던 아픈 기억을 가지고 있던 예향은 후에 고국의 품에서 현대설비를 갖춘 병원에서 치료 받고 결혼하여 지금 행복하게 살고 있다. 자신이 버림받은 줄로만 알다가 그것이 아니라는 사실을 알고 장엄하고 아름다운 모성 찬가 '어머니사랑'을 작곡한다.

2000년 이후 『조선문학』에서는 작품 속에서 모성을 주제로 다루면서 '어머님의 총대사랑', '수령결사옹위정신'을 시대정신으로 강조하기도 한다. 2001년 12호에는 어머니를 주제로 다루는 작품들이 많이 나온다. 「어머님의 공훈메달」(시, 곽명철), 「어머님 밝히신 그 새벽에」(시, 진동화), 「어머니들이 태여나다」(단편소설, 리영환), 「어찌하여 북쪽의 녀인들이…」(시, 렴형미), 「어머니 심정」(단편소설, 박종상) 등이 그러하다. 「선군시대가 드리는 영생의 노래」(평론, 김철민, 2001.12)에서는 김정숙이 조국광복을 위해 헌신한 사랑을 모성애에 비유한 「어머니의 그 위업 영원하리」(서사시, 리범수)를 예찬하고 있다.

또한, 고향과 조국과 어머니를 합일된 하나로 보는 경향은 여러 글에서 나타난다. 최희건의 평론에서는 동기춘의 시집 『인생과 조국』이 고향과 조국에 대한 사랑을 어머니에 대한 사랑으로 고찰하여 예술 형상적 사유능력이 높다고 평가하고 있다.

시인 동기춘은 사랑의 불을 안고사는 시인이다. 그가 안고사는 사랑의 불—그것은 인간과 생활, 향토와 조국에 대한 사랑의 열과 넋이다. 〔…중략…〕 이것은 구체적인 것에서 전체를 인식하고 부분과 전체를 유기적이며 통일적인 관계속에서 고찰하는 변증법적 사유, 어머니와 고향과 조국을 하나의 《사랑의 실체》로까지 감각하는 시인의 독특한 예술형상적사유능력을 보여준것이다. 〔…중략…〕 진정 시인에게 《사랑과 산천》을 준 바로 그 《사랑》이 고향이였다. 《잃으면 내가 없고 지키면 내 삶이 있어 너를 위해 아낌없이 피를 뿌릴》 그 땅이 《나의 조국》이였다. 〔…중략…〕 고향과 조국에 대한 사랑의 불—사랑의 시정신을 가지자면 자기 수령의 조국과 인민에 대한 위대한 사랑의 정치신앙을 신념과 량심으로, 도덕과 생활로써 받아들이고 숭배하여야 하며 수령의 위대한 인간사랑의 사상과 뜻으로 사색하고 그 사상과 뜻을 그대로 닮아야만 한다.[24]

어머니에 관한 주제는 「공로메달」(김리돈, 2002.6), 「금강 내기바람—한 관리위원장의 이야기에서」(김청수, 2002.8)에도 계속 나타나는데 어머니의 의미를 조국의 한 부분인 고향과 대지로서 나타내고 있다. 「제비」(김혜성, 2002.11)에서는 자식과 남편을 추동하는 어머니의 이야기가 나온다. 「가풍」(량정수, 2008.8)에서는 어머니가 제3차 '전국어머니대회' 대표로 선출되는 이야기로 시작한다. 어머니는 열일곱 전쟁고아들을 키워냈고 그들은 지금 당과 군대, 국가에서 중요한 몫을 다하고 있다. 어머니는 지금은 나무를 가꾸는 자신의 과업을 해냄으로써 더 좋은 조국의 미래를 약속하기 위한 노력을 한다.

4. 민족성 표상으로서의 여성의 상징화

『조선문학』에는 여성을 상징하는 꽃, 산, 저고리, 자연, 대지 등이 많이 등장한다. 여기에서 꽃은 혁명적 낭만성을 상징하고 있다. 북한문학은 사회주의 제도를 예찬하고 미래에 대한 낙관을 심어주기 위한 주

---

[24] 최희건, 「자기 생활의 세계, 시세계를 가진 시인들의 초상」, 『조선문학』, 1997.1, 63~67면.

제를 많이 다루고 있다. 여성을 꽃에 비유하여[25] 여성을 주체형의 공산주의자이며 혁명투사이며 인민을 위하여 모든 것을 다 바치는 조선의 민족성을 대표하는 것으로 표현한다. 조선의 여성은 꽃처럼 곱고도 강하며 영원한 전사의 길을 걷는 존재로 그려진다. 정은옥은 「녀성의 노래」(1997.3)에서 다음과 같이 노래한다.

하여
이 땅과 운명의 숨줄을 잇고
적은 힘 다해
아이들을 돌보고 가정을 돌보며
혁명의 한쪽 수레바퀴를 떠미는 그네들
그 장한 모습들이
조국의 시화원에 싱싱히 피여났으면
더 바랄것 없으리라
한송이 들국화같은 나의 노래도
장군님 따르는 이 나라 녀성들
그 아름다움의 메아리를 더해주는
한가닥 고운 청으로 높이 울리리니
한껏 푸르른 조국의 하늘아래
더욱 빈발할 조국의 시화원에
활짝 피여서 지지 않을
아, 나의 들꽃, 나의 노래여![26]

---

25 리복은, 「붉은 다리아」, 『조선문학』, 1997.1 ; 김남용, 「태양과 해바라기」, 『조선문학』, 1997.11 ; 송혜경, 「나리꽃」, 『조선문학』, 1997.5 ; 조상호, 「우리의 하늘」, 『조선문학』, 1997.4 ; 장미현, 「흰 들국화」, 『조선문학』, 1997.4 ; 「목화꽃」, 『조선문학』, 1997.8 ; 김정희, 「버들꽃」, 『조선문학』, 2006.1 ; 김형수, 「정향꽃」, 『조선문학』, 2006.4 ; 림병순, 「들국화 향기」, 『조선문학』, 2006.11.

「찔레꽃 마을의 향기」(김원선, 1998.6)에서는 영예군인 아내의 희생정신을 강조하고 있다. 남을 위하는 깨끗한 마음과 희생성, 헌신성이 새로운 경지로 승화될 수 있도록 노력한 여성의 모습을 온누리에 퍼지는 찔레꽃의 향기로 비유하고 있다.

위대한 령도자 김정일동지께서 키워주시고 내세워주시는 우리 시대 청년들, 그들이 창조하는 인간미풍의 극치들, 그것이 오늘 내가 타고가는 급행 렬차칸에도 그대로 옮겨졌으니 우리 나라에는 무수한 봉심이들이 살고있고 그들이 창조하는 시대의 미풍은 찔레꽃마을의 향기마냥 온 사회를 진한 향기로 꽉 채운다. [···중략···] 정녕 봉심이는 이 세상 만복을 우리 민족의 가슴에 듬뿍 안겨주시려는 위대한 장군님의 크나큰 사랑을 그대로 활짝 꽃피울줄 아는 인간이다. 복을 안고 사는 인간의 풍모는 영예군인들에게는 정성의 샘이 되고 사회적으로는 공산주의미풍의 숨결이 되며 무궁무진한 힘의 원천으로 된다. 이것은 곧 일심단결의 기초이고 우리 식 사회주의를 받드는 지반이 아니겠는가!(43면)

또한 조국이 준엄한 시련을 겪을 때 평범한 여성이 얼마나 숭고해질 수 있는가를 형상한다. 「나리꽃」(송혜경, 1997.5)에서는 '조국해방전쟁' 시기 국토관리사업에 임한 한 여인의 고귀한 희생을 그리고 있다.[27] 모성을 자연에 비유한 작품으로 「녀성은 다 어머니로 되는가」(정해경, 2001.5)가 있다.

어머니를 자연에 비길진대 자식을 꿋꿋이 떠받들어 주는 대지이고 걸음 걸음 사랑을 부어 젖품에서부터 나라의 공민으로 키워주는 봄이고 여름이

---

26 정은옥, 「내 바라는 것은…」, 『조선문학』, 1997.3, 65~66면.
27 송혜경, 「나리꽃」, 『조선문학』, 1997.5, 58~65면.

며 자식의 앞길에 한 생의 마음을 깔아 성공에로 이끌어주는 가을이라고 말
할수 잇지 않겠는,···[28]

또한 민족의 소원인 통일에의 염원을 간절히 그리고 있는 여성에 관
한 시가 있다.[29] 뜨거운 모성애를 지니고 평화와 행복을 상징하며 통일
을 열망하고 염원하는 여인의 모습을 그리고 있다.

허나 어이하여 나는
꽃다운 녀성의 이름을
통일이란 고 말과 나란히 놓는것인가
어이하여 나는 이 땅의 평범한 녀인으로
이토록 통일을 안고 속 태우는 것인가
〔···중략···〕
한 번 울어 본 그 기쁨을 잊을 수 없어
사무치게 사무치게 더더욱 그리워
나섰다. 유순한 검은 눈에 서리발 내뿜으며
엄숙한 력사앞에 피 젖은 꽃잎들을 휘뿌리며
나섰다 통일이여 네 앞에
조선의 남아들과 나란히
조선의 녀인들도 목숨걸고 나섰다.
〔···중략···〕
무엇을 지니고있어 이 나라 녀인들은
이렇듯 하늘땅에 밝은 미소 뿌리며
자그마한 몸매에 늘 수고를 걸머지고

---

28 정해경, 「녀성은 다 어머니로 되는가」, 『조선문학』, 2001.5, 71면.
29 렴형미, 「통일과 녀인」, 『조선문학』, 2003.3, 72~74면.

타고난 천성인 듯 소녀시절부터

그렇듯 열렬하고 성실하던가

〔…중략…〕

그것은 사랑

바치지 않고서는 견딜수 없는

녀인들의 온몸에 타는 불길이여라

너무도 사심없고 헌신적인 것이기에

이 세상 그 무엇과도 견줄바 없는

숭고하고 열렬한 신비의 힘

조국의 통일에 대한 염원과 더불어 조국의 미래의 모습을 여성의 모습에 투사시킨 작품도 있다. 2000년대 중반 이후부터는 선군 시대 구현에 대한 낙관을 여성의 형상화 속에서 찾고자 하는 작품들이 많이 등장하고 있다. 「들의 매력」(지인철, 2004.5)에서는 여성의 모습에서 조국의 미래를 발견하면서 그런 여성을 사랑하는 주인공의 모습을 서정적으로 그리고 있다.

벼꽃이 피기 시작한 들판우에 하늘의 별이라도 내려앉은듯 나비등불빛이 쉬임없이 깜박거렸다. 개구리울음소리가 요란스레 울려온다. 한뽐도 못되는 키에 푸른 눈알이 툭 불거진 들의 가수들은 기운찬 물소리와 한데 어울려 장중한 들의 교향악을 연주하고 있다. 유난한 달빛이 무르녹아 내리는 들판의 밤은 제나름의 정서로 매혹적이다. 하지만 나에게는 주위의 모든것이 허전하게만 느껴졌다.

문득 그 감정이 어느날 현아가 보이지 않던 들판에서 느끼던 그런 감정과 비슷하다는 생각이 들었다. 현아가 없는 들판은 막이 내린 무대처럼 쓸쓸하고 허전했었지. 〔…중략…〕 그러고보면 현아는 이 풍요로운 들판과 얼마나

잘 어울리는 처녀인가.[30]

「버들꽃」(김정희, 2006.1)에서는 꽃이라고 부르기에는 소박한 꽃이지만 자기 자신을 모두 바쳐 사랑하는 고향땅에 선군 시대의 붉은 새봄을 안아오는 주인공 '옥순'의 모습을 그리고 있다. 「들국화 향기」(림병순, 2006.11)에서는 신문 배달을 빼먹자 아들에게 온 동네 배달을 다시 시킨 신문 통신원 아줌마가 예전 군대 시절 병실을 밝혔던 들국화꽃으로 상징되는 간호원 한금녀이며, 지금도 그때 실명한 영예군인을 남편으로 수발하며 산다는 이야기가 전개된다.

5. 선군혁명 영웅으로서의 신세대 여성상

'고난의 행군'을 겪은 북한문학에도 2000년대에는 새로운 경향의 여성적 시각이 나타난다. 이전의 작품들에 나타나는 여성들의 사랑이 동지애와 조국애로 흘렀다면 소위 신세대 여성이라고 할 수 있는 2000년대 여성들의 사랑은 사회적 지위, 진정한 행복과 미래를 함께 고민하는 여성 정체성으로 나아간다. 작품 속에서 여성의 사랑과 일에 대한 성공이 새롭게 조명된다. 그러나 이 바탕에는 여전히 선군혁명의 영웅으로 자신을 희생하는 여성관이 존재한다. 그리고 여성의 진정한 행복에 대해서는 선군혁명의 숨겨진 영웅으로 자신을 희생하여 어려운 생활을 하면 언젠가는 멋진 남성과 결혼하거나 혹은 사람들의 칭송을 받음으로 보답을 받을 수 있다는 점이 두드러지게 나타난다.

「금대봉·마루」(류정옥, 2005.4)에서는 군인여성으로 장애를 갖게 되었

---

30 지인철, 「들의 매력」, 『조선문학』, 2004.5, 59면.

지만 선군영도를 지키고자 애쓴 여성의 사랑 이야기를 다루고 있다. '서정님'이란 여성은 군대 생활 중 두 발을 잃고 제대 후 금대탄광 방송원으로 일하면서 불편한 몸이지만 혁명적 정신을 보여주는 인물이다. 이 여성은 몰려드는 청혼자들을 거부하고 고난의 행군 속에서 수령의 선군영도를 받들고자 하는 의지로 탄광을 떠나지 않는다. 이러한 여성 앞에 모든 것을 버리고 탄부가 되어 사랑을 지켜주는 위순길이란 남성이 나타나 행복한 결말을 맺는다. 「불길」(김영선, 2005.5)에서는 '류은아'라는 신세대 인물을 통해 구세대의 공적을 혁신해 나가는 과정을 칭송하고 있다. 이 소설은 선군 시대의 새로운 여성상에 대한 고찰로 보인다.

「후사경」(정용종, 2001.1)에서는 처녀 발전소돌격대원의 의견 반영과 그것으로 인한 문제점을 속죄작업으로 이어나간다는 이야기가 전개된다. 「한분조장의 수기」(변창률, 2001.1)에는 텔레비전과 신문에 소개되고 싶어서 농촌진출을 결정한 여성이 나온다. 「생활의 격류」(김해성, 2001.4)에서는 어머니의 기대를 받았던 외딸인 '나'가 성실한 가정주부로 되어 있다가 일하는 현장으로 나가게 되는 과정을 보여준다. '나'는 남편과 함께 길주에 사는 친정어머니의 일흔 돌잔치에 다녀오는 길에서 소금밭건설에서 희생된 사람들의 사연을 듣고는 소금밭건설장에 손풍금건설장으로 나가기로 결심한다. 「파란 머리수건」(김영희, 2001.7)은 두벌농사 주제로 당의 경직된 사고를 비판한 작품이다. 북한의 농업혁명을 뒷받침하지 못하는 관료와 비료 문제를 비판하는 여성들의 모습을 그리고 있다.[31] 「고운별」(한원희, 2002.3)에서는 농장유치원 교양원인 '경희'가 가족의 반대에도 불구하고 불도젤 운전수 '한성룡'을 따라 평북땅으로 토지개혁하는 데 따라가는 이야기가 전개된다.

---

[31] 전영선, 「2001년의 북한문학」, 남북문학예술연구회 발표 참고, 2007.9.19.

현대적 직업이라 할 수 있는 교사, 연구사 등의 현대여성이 대의를 위해 자신을 바치고 가정을 희생하는 것이 신세대 여성의 이상이며 참된 삶이라는 것을 강조한다.

「행복의 무게」(리라순, 2001.3)에서는 연구사였지만 연구에 지쳐 모든 것을 포기했던 '유경'의 이야기가 전개된다. 같은 연구사인 남편은 쉽게 성공할 수 있는 아민법을 버리고 과학적으로 더욱 완성된 알콜법을 완성하려고 하였다. 남편의 의지를 확인한 유경도 연구에 매달리고 결국 부부는 공동으로 연구를 성공적으로 마치고 두 개의 박사메달을 받고 많은 인파의 환영을 받는다. 「따뜻한 꿈」(최련, 2002.1)은 열교환장치에 새로운 첨단기술을 도입하는 것을 연구하는 여성 연구사의 꿈을 그리고 있는데, 생경한 언어나 주제 표현이 없는 참신함과 서정성이 돋보인다. 「열쇠」(김혜성, 2004.4)는 가정의 위기를 극복하고 새로운 삶을 열어가는 한 여성의 내면적 갈등과 착하게 돌아온 남편을 받아들이지 못해 자책하는 과정을 다루고 있다. 「탄광마을처녀들의 속삭임」(시, 김윤걸, 2003.6)은 처녀들의 맑고 깨끗한 심성을 잘 포착하고 있는 작품이다. 「한 가정에 대한 이야기」(리희남, 2004.5)에서는 가정에서의 여성의 위상이 향상되어 있음을 보여주고 있다. 이 작품 속에서 남편은 아내에게는 언제나 경어를 사용하고, 때때로 아내의 부담을 덜어주고자 밥을 짓거나 빨래를 한다. 「함께 가는 길」(공천영, 2001.11)에서는 여성과학자의 참된 인생을 그리고 있다. 「듣고 싶은 목소리」(변창률, 2006.7)에서는 농촌 여성들의 사소한 오해와 불신이 해결되는 과정을 그리고 있다.

최련의 「바다를 푸르게 하라」(2004.2)에서는 인물성격의 새로운 면모를 생활 속으로 깊이 파고들어 과학자들을 아름답게 형상하고 있다.[32]

---

32 김덕선, 단평 「성격의 매력, 심리의 여운─단편소설 '바다를 푸르게 하라'를 읽고」, 『조선문학』, 2005.5, 65면.

이 작품은 수미쌍관적 기법으로 주제를 부각하고 있으며 인물의 자연에 대한 심리묘사로 서정성을 보인다. '윤해송'은 바다의 푸른 빛에 호기심을 품고 꿈 많은 소녀시절부터 바닷가에서 살았으며 지금은 해양식물학자가 되었다. 윤해송은 바다를 푸르게 하여 후대에 물려주려는 애국심을 지니고 있는데, 이에 반하는 '연경'의 과학연구사업과 투쟁을 벌인다. 윤해송과 연경은 서로의 사연을 알게 되면서 성격변화를 보인다. 이 소설은 바다에 대한 인물의 심리를 반영하여 정서적으로 표현하고 있다. 윤해송이 소녀였을 때 바다를 푸르게 하겠다는 결심을 하게 되는 과정과 그 투쟁이 얼마나 어려운 일인가를 심리적인 묘사로 나타낸다. 연경의 과학연구사와 가정주부 역할에 대한 갈등도 바다에 대한 정서묘사로 잘 나타낸다. 연경의 남편인 '림형준'은 아내를 적극적으로 밀어주는 이상적인 남편상을 보여주고 있다. 소설의 마지막에는 소설 첫 부분에 나온 내용을 다시 상기시킨다. 윤해송의 어린 시절을 반복하듯이 연경의 아들인 웅이가 넓고 파란 바다를 선물해 줄 엄마에 대한 기대감을 편지로 보여주고 있다. 이 소설은 이전의 북한소설과 달리 심리묘사가 중점적이며 여성의 행복에 대한 의지가 가정에 기반하고 있음을 드러내고 있다.

「젊어지는 교단」(김정희, 2005.6)에서는 여교사 '오유정'의 모습을 통해 북한 교육 내용의 질적 수준의 변화와 선군사상으로 무장한 신세대 교육자의 열정을 보여주고 있다. 제대군인 출신인 오유정은 구세대 교사가 자신의 안위를 위해 이룩하지 못했던 '우리 학교 자연교실 꾸미기 전망도'를 완성하기 위해 시골에 있는 학교생활을 저버리지 않으며 현대적인 교육수단(컴퓨터, 녹화기 등)을 자유자재로 활용하여 도교수 경연대회에서 두각을 나타내는 활동상을 보인다. 이러한 모습은 구세대에 대한 새로운 각성을 촉구한다.

6. 북한 여성문학의 새로운 경향과 의미

이 글은 『조선문학』을 통해 문학 속에 표현된 북한의 여성담론을 고찰하였다. 북한문학에서 형상화된 여성상은 민족 또는 국가 공동체 담론에 의해 성 역할의 혁명화, 민족성 표상으로서의 상징화, 모성담론의 전략화로 나타났다. 특히 1990년대 중반 이후 '고난의 행군'을 겪으면서 북한은 강성대국론과 선군혁명론을 내세웠고 문학에서 표현되는 여성상도 이에 영향을 받았다.

본 연구대상에 나타난 북한 여성상은 '고난의 행군' 극복정신으로서의 성 역할이 강조되어 젠더로서 전략화되었다. 여기에는 문학 속에서 여성의 희생과 봉사가 더욱 강조되어 여성 자신의 사회적 실현이나 참여의 문제가 전체주의 속에 종속되었다. 여성들의 참된 사랑의 의미를 조국의 번영과 인민의 행복을 바라는 것에서 찾고 있었다. 또한 북한 문학에서는 조국애 형성을 위한 모성담론을 형성하고 있음을 알 수 있었다. 북한문학에 표현된 여성상은 모성 수행의 차원, 조국의 일원으로서의 역할 수행 차원으로 그려지고 있다. 민족성 표상으로서 여성을 상징화한 작품들은 주로 자연에 여성을 빗대어 북한 여성의 모습을 이상화하려 하고 있다. 통일에 대함 염원, 고향에로의 회귀, 선군 시대의 구현을 여성의 사랑과 헌신하는 모습에 투영시키고 있다.

이러한 여성상은 2000년도 이후에 미세한 변모양상을 보였다. 이전의 작품들에 나타나는 여성들의 사랑이 동지애와 조국애로 흘렀다면 소위 신세대 여성이라고 할 수 있는 2000년대 여성들의 사랑은 사회적 지위, 진정한 행복과 미래를 함께 고민하는 여성 정체성으로 나아간다. 작품 속에서 여성의 사랑과 일에 대한 성공이 새롭게 조명된다. 그러나 이 바탕에는 여전히 선군혁명의 영웅으로 자신을 희생하는 여성관이 존재한다. 그리고 여성의 진정한 행복에 대해서는 선군혁명의 숨겨진 영웅으로 자신을 희생하여 어려운 생활을 하면 언젠가는 멋진 남성과 결혼하거나 혹은 사람들의 칭송을 받음으로 보답을 받을 수 있다는 점이 두드러지게 나타난다.

『조선문학』(1997~2008)을 통해 북한사회의 변화와 동반하여 북한문학 속 여성상도 변모하여 전체주의가 아닌 개인주의적 면모가 있음을 알 수 있었고 전체적으로 여성의 사회적 위상이 향상되었음을 알 수 있었다. 또한 여성을 주제로 하거나 여성적 글쓰기를 보이는 글들을 통해 남한에 잘 알려지지 않은 작가와 작품을 발견할 수 있었다.

참고문헌

김석향, 「"남녀평등"과 "여성의 권리"에 대한 북한당국의 공식담론 변화—
　　　1950년 이전과 1979년 이후 "조선녀성" 기사를 중심으로」, 『북한연구
　　　학회보』, 북한연구학회, 2006.
김재용, 「북한에서의 여성과 민족, 그리고 국가」, 『분단구조와 북한문학』, 소
　　　명출판, 2000.
남북문학예술연구회 발표문, 〈『조선문학』 분석(1997~2008)〉, 남북문학예술
　　　연구회, 2007~2009.
박영자, 「북한의 민족주의와 여성 : 민족주의 담론과 여성정책 변화를 중심으
　　　로」, 『국제정치논총』 제45집 1호, 한국국제정치학회, 2005.
박영자, 「북한의 여성 정치 "혁신적 노동자—혁명적 어머니"로의 재구성」,
　　　『사회과학연구』, 서강대학교 사회과학연구소, 2005.
박현선, 『현대북한사회와 가족』, 한울아카데미, 2003.
여성한국사회연구소, 『새로 쓰는 여성과 한국사회』, 사회문화연구소, 1999.
윤미량, 『북한의 여성정치』, 한울, 1991.
이미경, 「이상적인 여성상을 통해서 본 북한의 여성정책 : 『조선녀성』의 내용
　　　분석을 중심으로」, 『중소연구』 통권 102호, 2004.
이미경, 「북한의 모성이데올로기 : 『조선녀성』의 내용분석을 중심으로」, 『한
　　　국정치외교사논총』 제26집 1호, 한국정치외교사학회, 2005.
이상경, 「북한 여성 작가의 작품에 나타난 여성 정체성에 대한 연구」, 『여성문
　　　학연구』 17, 한국여성문학학회, 2007.
이종석, 『새로 쓴 현대북한의 이해』, 역사비평사, 2000.
조선작가동맹중앙위원회, 『조선문학』, 문학예술종합출판사, 1997~2008.
조　형, 「북한사회체계와 여성관」, 『민족과문화』, 한양대학교 민족학연구소,
　　　1992.

최영석, 「여성 해방과 국가적 기획―북한 문학에서의 여성 재현」, 『현대문학의 연구』 23, 한국문학연구학회, 2004.

선군의 모토와 문학적 긴장

－2003년 『조선문학』 읽기

오태호

1. 북한사회의 문학적 내면 풍경

2007년 2월 6자 회담이 성사되고, 3월에 이르러 북미 간의 대화가 구체적으로 물꼬를 트고, 8월 말에 제2차 남북정상회담 개최가 합의되면서 한반도의 평화 분위기가 가시화되고 있다. 이러한 시점에서 2003년 북한의 『조선문학』을 검토하는 것은 2003년이 제2차 북핵 위기가 고조되면서 '선군'의 깃발 아래 체제 수호의 논리가 강조되던 시기라는 점에서 2007년 현재와 문학적 쌍생아의 공간일 수 있기 때문이다.

2000년대 북한의 '신년사 제목'[1]을 검토해 보면 북한사회의 현실적 좌표와 방향성을 점검할 수 있는데, 최근 신년사의 요체는 '선군의 기치(2003, 2005, 2007)'와 '강성대국 건설(2002, 2004)'의 두 가지 핵심 내용으로 요약된다. 그 중에서 "위대한 선군기치따라 공화국의 존엄과 위력을 높이 떨치자"라는 2003년의 신년공동사설 제목은 북한 당국이 '선군'의 기치하에 '공화국의 존엄과 위력'이라는 자존감을 세우려는 한 해로 2003년을 기획하고 있음을 보여준다. 북한이 2003년에 이르러 '선군'을 앞세우는 것은 2002년부터 지속돼 온 제2차 북핵 위기 때문이다. 2002년 1월 30일 부시 미국 대통령이 국정연설에서 '북한'을 '이란, 이라크'와 함께 '악의 축'으로 지목하자, 북한은 이를 선전포고나 다름없는 것으로 인식한다. 이러한 위기의식은 북미 기본합의에서 약속된 '대북중유공급'이 2002년 11월 일방적으로 중단되면서 더욱 고조된다. 그러므로 2003년 신년사의 구호는 2002년에 초래된 위기 상황을 돌파하려는 북한식 체제 수호 논리를 보여주는 것이다.

이렇듯 북핵 위기 속에서 『조선문학』 2003년 1월호는 '머리글'「조국해방전쟁승리 50돐을 맞는 올해를 선군혁명문학의 성과로 빛내이자」에서 "선군령장이신 우리 당과 인민의 위대한 령도자 김정일동지에 대한 절대적인 숭배심을 간직하고 그이의 사상과 령도에 충실하는 것은 선군혁명문학을 성과적으로 건설하기 위한 근본담보이며 근본비결"이라면서 "오직 장군님의 사상과 의도대로만 창작하고 생활하는 선군 시대의 작가로 튼튼히 준비되여야 한다."[2]라고 강조한다. 김정일에 대한 '절대적 숭배'와 그의 '사상과 의도'로만 창작·생활하는 '선군 시대의 작가'가 되자는 논리는 '선군'의 입지를 명확히 보여준다. 문학은 체제 위기 극복의 계몽적 선봉부대 역할을 감당해야 한다는 것이다.

---

[1] '로동신문, 조선인민군, 청년전위' 공동사설로 발표된 2000년대의 신년사 제목은 "당창건 55돐을 맞는 올해는 천리마 대고조의 불길속에 자랑찬 승리의 해로 빛내이자(2000) / 고난의 행군에서 승리한 기세로 새 세기에로 진격로를 열어나가자(2001) / 위대한 수령님 탄생 90돐을 맞는 올해를 강성대국 건설의 새로운 비약의 해로 빛내이자(2002) / 위대한 선군기치따라 공화국의 존엄과 위력을 높이 떨치자(2003) / 당의 영도 밑에 강성대국 건설의 모든 전선에서 혁명적 공세를 벌여 올해를 자랑찬 승리의 해로 빛내이자(2004) / 전당, 전군, 전민이 일심단결하여 선군의 위력을 더 높이 떨치자(2005) / 원대한 포부와 신심에 넘쳐 더 높이 비약하자(2006) / 승리의 신심 드높이 선군조선의 일대 전성기를 열어나가자(2007)" 등이다. 이렇게 보면 2000년대 안에서 2003년이 '선군'의 기치를 내세운 원년에 해당하며 역설적으로 그만큼 위기 의식이 고조되던 해임을 확인할 수 있다. 따라서 2003년 『조선문학』에 대한 연구는 2000년대 북한문학의 현재적 모습을 인식하는 바로미터 역할을 한다고 볼 수 있다.

[2] 조선작가동맹 중앙위원회, '머리글'「조국해방전쟁승리 50돐을 맞는 올해를 선군혁명문학의 성과로 빛내이자」, 『조선문학』, 2003.1, 6면.

이 글은 『조선문학』에 게재된 작품들을 '시가, 소설, 평론' 등의 세 항목으로 나누어 개략적이면서도 구체적인 분석과 평가를 진행하고자 한다. 이 연구는 2003년 북한문학의 현재적 좌표를 검토함으로써 차후 2000년대 『조선문학』 연구의 토대가 될 것이며, 향후 북한사회의 문학적 내면 풍경을 들여다보는 초석으로 활용될 것이다.

2. 교감으로서의 서정시 – 이념적 색채의 탈피

2003년 『조선문학』에는 시가 양식의 작품이 매호 10편 내외로 게재되고 있기에 120편 내외의 시가 독자와 지면을 통해 만나고 있음을 확인할 수 있다. 대부분의 시들이 '종자'[3]라는 미명 하에 영탄조인 '아, 위대한 장군 김일성·김정일(간혹 김정숙)이여!'로 끝나기 때문에 남한 독자들의 눈에는 거부감이 들기 마련이다. 김일성 가계는 아주 사소한 사회주의 일상에서도 끊임없는 햇빛의 신화로 자리잡고 있다. 따라서 이 글에서는 노골적으로 김일성 가계와 당을 예찬하는 작품들이나 반미·반일·반남한 주제를 다룬 작품들처럼 이념적 색채를 전면에 드러내는 시들보다는 남한의 독자가 화자와의 정서적 교감을 이룰 수 있는 전통적 의미에서의 '서정시(세계의 자아화)'를 주로 검토하고자 한다.

1월호에 실린 시들은 대체로 새해의 기쁨을 노래한 축시들이지만, 그 구체적 내용은 「전호없이 싸운 전사들」(권태여) 등에서처럼 '전사'와 '총대'를 앞세우며 제목에서부터 '선군혁명문학'임을 알 수 있는 작품들에 해당한다. 대체로 새해에는 장군님의 축복을 받기 위해 더욱 노력해야 한다는 당위적 내용이 대부분인 것이다.

---

3 김정일에 의하면 "종자란 작품의 핵으로서 작가가 말하려는 기본문제가 있고 형상의 요소가 뿌리내릴 바탕이 있는 생활의 사상적 알맹이이다"〔김정일(1992), 177면〕.

반면에 주경의 시 「찬물이 끓어요」는 관념적 구호나 직설적 서정의
표출이 아니라는 점에서 주목할 만하다. 특히 '끓어요'라는 어휘를 비
롯한 '해요체' 서술어가 시적 정조나 배경과 잘 어우러지면서 서정적
화자의 내밀한 심정의 떨림을 은근히 드러내고 있다. 대부분의 북한
서정시가 화자와 대상의 거리조정에 실패하여, 투박한 이미지만 제시
하는 데 그치고 있다는 점을 고려한다면, 이 시는 새벽 양어장의 물고
기 떼와 처녀의 미묘한 교감을 잘 포착하고 있다는 점에서 기존 북한
시에서 느끼기 어려운 색다른 서정성을 엿보게 한다.

잠을 깬 양어바다우에/물안개 피여 오르는 아침/내 줌줌이 먹이를 뿌려
가니/물고기 물고기들이/반가웁다 꼬리를 휘저어요//휘—휘 걷히는 안개
발을 타고/퍼져 오는 금빛해살에/더욱 좋아라/물고기들이 춤을 추니/
온 양어장이 부글부글 끓어요//물거울인양 저의 모습이 비껴 오는/양어못
들을 돌아 볼 때면/왜 자꾸만 물고기들이 절 따라 올가요/그러니 입담 센
양어반총각들/물고기가 처녀에게 반했다고 놀려댈수밖에요//저도 몰래 귀
뿌리 빨가니 달아 올라/성난척 우뚝 멈추어 서니/아이참 속상해…/물고기
들이 저저마다 키를 솟구치며/엄마 엄마 부르는것만 같아요//머리에 쓴 수
건조차 파아라니 물들것만 같아/물속에 살며시 손을 잠그니/주둥이를 대
이는 물고기 물고기들…/이제는 응석을 부리는 아이들만 같아/처녀의 숫
저운 사랑마저도/아낌없이 바치고 싶은 마음이예요//툭 툭 가슴에 마쳐 와
요/기쁨의 물방울이 심장을 울려요/봄내 여름내 키워 온 물고기들이/물속
의 풍년소식 땅우에 알리는듯/욱실거리며 첨벙이니…//아/덧없이 흐르던
산골 샘줄기에도/인민들이 잘 살 앞날을 그려 보시며/질척이는 감탕밭을
헤쳐 가시던/어버이장군님 그날의 자욱우에/오늘은 은비늘 금비늘 번뜩이
는/물고기 물고기떼들로 넘쳐 나…//찬물이 끓어요/내 고향 양어장의 물
고기풍년소식/우리 장군님께 아뢰이고 싶은/오 간절한 마음을 흔들며/찬

물이 끓어요/인민의 행복이 끓어요

—「찬물이 끓어요」[4]

1연에서는 물안개 낀 새벽 양어장에서 먹이를 던져주자, 그것을 받아먹으려는 물고기들의 생동감 어린 몸짓이 휘젓는 꼬리의 반가움으로 선명하게 묘사된다. 이어 2연에서는 안개가 걷히고 서서히 퍼져가는 햇살을 받으며 자맥질하는 물고기들의 모습에서 "온 양어장이 부글부글 끓"는다고 묘사함으로써 양어장의 하루가 경쾌하게 시작되고 있음을 그려낸다. 3연에서는 '처녀에게 반한 물고기'라는 총각들의 놀림 속에 순박하고 수줍은 처녀의 심성이 드러난다. 4연에서는 물고기들이 자신을 엄마라고 부르는 것 같다는 화자의 진술에서 부끄러움 속에서도 모성을 자극하는 물고기와의 육친적 친연성을 드러낸다. 5연에서는 4연에서의 귓불의 빨간 심상과 대비되는 수면의 파란 심상을 배경으로 물속에 손을 담그자 물고기들이 응석을 부리듯 처녀의 손에 주둥이를 대는 모습에서 물고기와 처녀의 교감이 구체적 행위로 나타난다. 그 속에서 물고기는 아이들로 치환되며, 처녀는 수줍게 '숫저운 사랑'을 "아낌없이 바치고 싶은 마음"을 드러내게 된다. 6연에서는 살진 물고기들이 가져다줄 풍년 소식으로 희열에 찬 화자의 모습이 드러나고, 7연에서는 "욱실거리며 첨벙이"는 물고기 떼들의 넘쳐남 속에서 인민을 위해 헌신하는 지도자에 대한 찬양이 드러난다. 8연에서는 찬물 속에서 들끓는 물고기들의 모습이 새롭게 '인민의 행복'으로 전이될 것임을 '끓어요'의 중의적 표현을 통해 예감한다.

이렇듯 「찬물이 끓어요」에서 물고기는 처녀의 정신적 교감의 대상이자, 물질적 재부의 대상으로 존재한다. 특히 주체와 대상의 교감이 '찬

---

4 주경, 「찬물이 끓어요」, 『조선문학』, 2003.1, 30면.

물이 끓어요'라는 식의 '해요체' 높임 표현과 더불어 처녀의 내밀하고 섬세한 감정 표현에까지 이르고 있기에, 정치적 색채가 덜 묻어 있는 북한 서정시의 개성적 성취를 보여준다. 물론 전형적인 북한 서정시들처럼 개인적 정감이 사회적·이념적 확장으로 이어져 작위적 결말을 이끌고 있다는 점에서 한계를 보이기도 하지만, 주체와 대상의 교감, 대상을 향한 주체의 감정 투사와 재투사, 사회적 전이 과정이 매끄럽게 형상화되어 있다는 점에서 북한 서정시의 비정치적 창작 전망을 엿보게 한다.

2월호에는 '송시' 「2월의 노래」(한원희)를 비롯한 12편의 시들이 실려 있고, "백두산의 아들 김정일장군을 천만년 높이 받들어 모시자!"[5]라는 구호에서도 확인할 수 있듯, 김정일의 생일이 있는 달이라 대부분의 글들이 김정일에 대한 송가 위주이다. '머리글'인 「전설적영웅 천출위인의 형상에서 새로운 전환을 일으키자」에서도 "경애하는 장군님의 위대성을 전설화하여 체득시키도록 할데 대한 시대의 요구를 문학형상으로 관철하는 여기에 선군혁명문학을 창조하는 우리 작가들의 책임적인 시대적과제가 있고 본분이 있다."[6]라고 하는 데에서 '선군'의 의미를 유추할 수 있다. 특히 '장군의 위대성을 전설화하여 체득시킬 것'이라는 표현 자체는 '선군혁명문학'이 김정일 시대의 문학적 좌표임을 드러내며, 북한에서의 문학이 여전히 계몽의 도구이자 수단으로 활용되고 있음을 보여준다.

3월호에 실린 시 중에서 최남순의 「봄의 물방울」은 겨울과 봄의 경계 지점에서 봄 기운을 맞이하는 화자의 설렘을 잘 포착하고 있다. 특히 "문 열고 나서는참에/똑—이마를 튕겨 주는 차거움"이라는 표현은 정지용의 「춘설」의 한 구절인 "문 열자 선뜻!/먼 산이 이마에 차라."[7]

---

5 『조선문학』, 2003.2, 2면.
6 위의 책, 7면.

를 패러디한 구절이라는 점에서 흥미롭다.

집뜰에 심어 놓은 살구나무우듬지에서/보시시 눈가루 날리는/까치의 우짖음 반기며/문 열고 나서는참에/똑—이마를 튕겨 주는 차거움//바라보니 처마끝 고드름에 맺힌 물방울/그속에서 해가 웃어요//동그란 손바가지 만들어/방울방울 해빛을 담아 보는…//단발머리 젖히고 실눈 지으며/입술을 모금모금 적셔 보아요/아, 봄의 물방울//겨울밤 솜옷마저 덮어 주며 지켜 온/랭상모의 박막속에 구을던 물기만 같아//어찌보면…/내 정성 저 벌에서/하루 빨리 푸르라고/봄빛을 안고 오신 장군님/장군님의 얼어 든 야전복자락에서/녹아 내리는 물방울 같아//고드름의 물방울은/차던가요 뜨겁던가요…//따뜻한 해볕이 안아 온/봄의 물방울/내 저 들판에 뿌려 갈 씨앗처럼/가슴에 정히 안고/뜨락을 나서는 이 아침은/겨울과 작별하는 봄날의 첫 아침이예요

－「봄의 물방울」[8]

1연에서 화자는 눈가루가 날리는 날에 까치의 울음소리를 듣고 반가워하며 문을 열고 나서다가 이마에 차가운 느낌을 받는다. 2연에서 차가움의 연원이 처마끝 고드름의 물방울에 있었음을 알게 되고 물방울 속에서 햇빛이 빛나고 있음을 의인화한다. 3연에서는 손에 고드름의 '물방울 햇빛'을 담아보면서 차가움을 즐기다가 4연에서는 머리카락을 젖히고 고드름의 물방울을 입술에 적시면서 봄이 제공하는 감각적 희열을 경험하게 된다. 5연과 6연에서는 그 '봄의 물방울'이 겨울밤 냉상모를 지켜주는 물기처럼 여겨지고, 나아가서는 "봄빛을 안고" 온 김정일의 야전복자락에서 녹아내리는 '차갑고도 뜨거운' 양가적인 의미의

---

7 정지용, 「춘설」, 『정지용 전집』, 민음사, 1988, 141면.
8 최남순, 「봄의 물방울」, 『조선문학』, 2003, 3호, 32면.

물방울로 인식된다. 그리하여 7연에서는 '고드름의 물방울'이 차가우면서도 뜨거움을 내장한 '겨울을 이겨낸 봄'의 이미지를 내포하게 된다. 결국 8연에 이르러 화자는 '따뜻한 햇볕'을 안은 '봄의 물방울' 속에서 "겨울과 작별하는 봄날의 첫 아침"을 기쁘게 맞이하게 된다. 이렇듯 「봄의 물방울」은 남쪽의 여느 서정시와 비교해도 미학적 수준을 저평가하기 어려울 정도로 대상의 묘사나 미적 감수성이 빼어나게 묘사되고 있는 작품이다. 특히 겨울과 봄의 경계에 자리한 '고드름'의 이중성에 착목하여 차가움과 따뜻함의 대비적 정서를 잘 포착하고 있다는 점에서 주목할 만한 서정시이다.

5월호에 실린 시 중에서 홍현양의 「초불의 바다」는 2002년 남한에서 미군 탱크에 치여 사망한 여중생 신효순, 심미선 학생을 추모하는 '촛불집회'를 모티프로 하고 있다. 특히 "두눈도 감겨 주지 못한 열네살 꽃망울들/그 순진한 가슴을/장갑차의 무한궤도로 짓뭉갠/미국은 이 세상 악마이다//악마는 죽어야 한다/원통하게 가버린 민족의 혼을 부르는/저 초불의 바다가 하늘이다/이 준엄한 심판의 하늘앞에서/미국놈들아/십자가에 못 박히라/아, 저 초불의 바다가 력사의 십자가다!"[9]라며 미국에 대한 적개심을 노골적이고 직설적으로 표출한다. 이러한 반미 정서의 표출에는 기본적으로 남한 현실을 비판적으로 인식하려는 의도가 깔려 있지만, 좀더 면밀히 검토해 보자면 반미를 모토로 북한 체제 내부의 결속력을 강화하기 위한 하나의 전술적 태도로 읽어낼 수도 있다.

6월호에 실린 시 중에서는 "사랑은 아마 웃음으로 빚은 것 같아/허나 그 동무앞에선 부끄러워/다신 웃지 못할거야/하지만 얘들아 절대 비밀이야!"[10]로 끝나는 김윤걸의 「탄광마을처녀들의 속삭임」이 주목된

---

9 홍현양, 「초불의 바다」, 『조선문학』, 2003.5, 62면.

다. 사랑과 웃음, 부끄러움과 비밀 등의 시어가 드러내는 소녀 취향의 정조가 시를 발랄하게 채색하고 있다는 점에서 그러하다. 특히 이성(異性)의 존재에 대한 호기심을 교환하며 비밀을 속삭이는 처녀들의 맑고 깨끗한 심성이 일상어의 구사를 통해 잘 포착되고 있다는 점에서 북한 서정시의 색다른 모습을 보여준다.

7월호에는 '조국해방전쟁승리50돐 기념특집'란에서 알 수 있듯 '전쟁 모티프'를 화두로 한 시들, 9월호에는 '공화국 창건 55돐'을 기념하여 국가와 조국에 관한 시편들, 10월호에는 당에 관한 시편들, 11월호에는 선군과 관련된 시편들, 12월호에는 김정숙을 예찬한 시편들이 주종을 이루고 있는 점이 각 호의 특색이라고 할 수 있다.

이렇게 보았을 때 2003년 『조선문학』에 실린 시편들은 위에서 직접 서술한 몇 편의 서정시를 제외하고는 대체로 '선군'의 기치 아래 '공화국의 존엄과 위력'을 세우려는 작업들이 주를 이루고 있음을 확인할 수 있다. 그러나 전년도의 시편들도 김일성과 김정일에 대한 고무·찬양, 군과 당에 대한 믿음, 미국과 일본에 대한 적개심을 다루고 있었기 때문에 특별히 새롭게 시도된 당대성의 시편들은 많지 않은 것으로 파악된다.

3. 세대 갈등의 소설화 — 사회주의 현실과 개인적 욕망 사이

2003년 『조선문학』에는 각 호마다 소설이 2~3편씩 게재되어 있으므로, 전체적으로 30여 편에 달하는 단편소설들이 발표되었다고 볼 수 있다. 이 글에서는 사회주의 현실 속에서 개인적 욕망과 사회적 윤리

---

10 김윤걸, 「탄광마을처녀들의 속삭임」, 『조선문학』, 2003.6, 75면.

사이에서 갈등하는 지점들이 선명하게 드러나는, 신세대와 구세대의 인식론적 차이를 주목한 작품들을 구체적으로 검토해 보고자 한다. 세대 간의 대립과 갈등의 지점을 확대경으로 들여다봄으로써 그들의 체제 유지적 신념이나 주체 문예이론의 지도지침이 강제하지 못하는 삶의 무늬를 탐색할 수 있기 때문이다.

3월호에 실려 있는 김홍익의 「산 화석」은 신세대와 구세대의 대립과 갈등, 화해의 요소를 적절한 비유를 통해 다루고 있다는 점에서 주목을 요한다. 북한 소설 속 신세대는 1990년대 이전까지는 대체로 투박한 열정으로 모든 문제를 적극적으로 해결하기 위해 좌충우돌하는 것으로 그려지는 반면, 구세대는 익숙한 경험을 통해 모든 문제를 신중함 속에서 종합적으로 해결하기 위해 고군분투하는 것으로 그려진다. 이러한 세대간의 대립과 갈등에서 사회윤리적으로 승리하는 쪽은 대체로 구세대이다. 체제를 위협하는 숱한 고난을 이겨낸 구세대의 사회적 경험이 신세대들의 열정을 바른 길로 인도하도록 이끄는 것이 세대 간의 갈등 문제를 다루는 북한 소설의 주된 접근 방식이었기 때문이다.

하지만 김홍익의 「산 화석」은 과거 방식을 고집하는 구세대의 전형인 '신주석 지배인'과 정보화시대의 변화 발전을 수용하려는 신세대의 전형인 '이강무와 을미(신주석의 딸)'의 대립을 통해 신세대적 논리의 인식론적 승리를 그려낸 작품이다. 역사적 전통성을 중요시 여기는 북한사회에서는 새것 혹은 낯선 것에 대한 이질감 속에서 새로운 것의 수용에 대해 일말의 거부감을 갖는 것이 현실이다. 하지만 「산 화석」은 시대의 변화에 착목하여 신세대적 발상에 무게 중심을 두고 있다는 점에서 주목을 요한다.

「산 화석」은 고인류학연구사인 '나(55세)'가, 건재연구소 연구자 윤하명(65세), 구세대의 전형인 건설사업소 신주석 지배인, 신세대의 전형인 리강무 현장기사와 신주석의 딸인 기술준비실 조수 을미 등과의 만남을 통해, 낡은 방식의 고집과 새로운 방안의 수용 사이의 대립적 갈등을 응시함으로써 북한사회의 일상적 삶과 현실의 문제를 주목한 작품이다. 화자가 건설장에 도착해서 만난 신주석은 10년 전에는 '자기헌신성과 투신력'을 지닌 '특별한 수완가'였지만, "나에겐 이 주산보다 더 믿음성 있는 계산도구가 없다"[11]라며 컴퓨터 시대에도 '낡은 주산기'에 대해 고지식한 집착을 갖고 있다.

화자는 리강무로부터 신주석이 정보화 시대의 변화·발전에 발맞추지 못한 채, 기술 발전을 외면하고 있다는 하소연을 듣는다. 그리하여 살아 움직이는 '화석인'의 모습을 재현하려 하면 산 사람인 신주석의 모습을 떠올리게 된다. 반면에 화자는 신세대인 '리강무와 을미'에게서 새 시대의 희망을 엿보게 된다. 그리고는 신주석처럼 속도의 시대에 발맞춰가기 위한 노력을 게을리 한다면, '몸은 비록 현대에 살아도 정신은 과거에 두고 사는 〈죽은 생명〉'이 되고 말 것이라는 인식에 도달하게 된다. 그리하여 과거의 단순한 집적이 아니라 새로이 변화·발전된 시간성으로서 〈현대〉의 현재적 의미에 대하여 고심하게 된다. 결국 화자는 신주석 같은 존재가 '산 화석'이나 '죽은 생명'처럼 모순된 인간형임을 알게 된다. 그러나 신주석이 신세대의 발전안을 수용하고 새로이 공부를 시작하겠다는 다짐을 하자, 화자는 신주석이 〈산 화석〉이 아니었음을 확신하면서 작품은 종결된다.

① "지금은 정보산업시대가 아닙니까? 선생님 앞에서 감히 이런 말하기가 주제 넘지만 기술 특히 첨단기술을 떠나서는 단 한 발자국도 전진할수 없는 컴퓨터시대란 말입니다. 이건 곡괭이로 흙을 찍어내는 토공로농자도 인젠 온 페부로 느끼고 있습니다. 그런데 그것을 외면하고 앉아서 사람들의

---

11 김홍익, 「산 화석」, 『조선문학』, 2003.3, 52면.

생활문제를 푼다니 어떻게 말입니까? 자금, 설비, 자재의 부족으로 기업소는 세워두고 부업지운영을 잘해서 당장 급한 세대들을 도와주는 방법으로요? 아니면 지배인동지처럼 맨날 자기 집 재산을 들어내다가 말입니까? 아니, 그렇게는 안됩니다. 좀더 허리띠를 조이더라도 세계적발전추세에 맞게 기술을 대담하게 갱신하여 생산에서 근본적인 개선을 가져오면 사람들의 생활문제는 절로 풀릴 것입니다."[12]

② "옛날부터 이부자리 보구 발 펴랬다구 제가 디디고 사는 땅형편두 더러 봐야지 이건 그저 덮어 놓고 새것, 새것 하는데 그 사람이 내놓은 게 우리 실정에 꼭 들어맞는가 말이다." "아버진 말끝마다 우리 실정, 우리 실정 하는데 낮은 실정 타령만 하면서 앉은방아만 계속 찧다간 우리 기업소가 어떻게 되겠어요. 새로운 기술을 연구개발하고 받아들인 덕으로 쭉쭉 발전해나가는 다른 기업소들을 어떻게 따라 가겠는가 말이예요?!"[13]

③ "난 며칠동안 신주석동무를 보면서 언젠가 어느 대학 생물실험실에서 본 포르말린용액 속의 말뚝망둥어생각을 했소. 백만년이 흐르도록 진화되지 않았고 포르말린용액속에 집어넣는 바람에 수십년동안 자기 모양을 그대로 보존하고 있는 그 이상하게 생긴 물고기를 말이요. 하지만 누구도 신주석이를 포르말린용액속에 집어넣지 않았소. 그 자신이 스스로 자기주위를 포르말린용액화해 가지고 그 속에 들어가 당신네가 연구하는 그런 화석이 되어 버리고 말았거든. 산 화석이!" [⋯중략⋯] "아니, 산 화석은 지구물리화학적 요인에 의하여 변화되지 않고 보존됨으로써 인류력사연구에 커다란 도움을 주는 당신네 그 화석이 진짜 산 화석이고 발전하는 현실을 외면해버리는 바람에 지적생장이 정지되어 버린 사람들은 아무 쓸모도 없는 죽

---

12 위의 글, 53면.
13 위의 글, 56면.

은 화석들이지."[14]

인용문 ①은 리강무가 지금이 정보산업시대(컴퓨터시대)임에도 불구하고 과거식 방법만으로 생활문제를 해결하려는 신주석의 고루한 방식을 비판하면서, 기술의 갱신과 생산의 근본적 개선을 통해 생활문제를 해결해야 한다는 시대적 당위성을 강변하는 부분이다. 과거적 방식이 현재에는 통용될 수 없다는 신세대 리강무의 논리는 당당하고 명쾌하다. 이러한 인식은 인용문 ②에서 '우리의 낮은 실정 타령'만 늘어놓은 채 부업에 눈을 돌리는 신주석을 향해 딸 을미가 논리적으로 공박하는 것으로 이어진다. 구세대를 향한 신세대의 문제제기가 당위적일 뿐만 아니라 상당히 합리적인 비판임을 알 수 있다. 그럼에도 불구하고 신주석은 인용문 ②에서 보이듯, 젊은이들의 변화에 대한 욕구를 '새것 콤플렉스'로 몰아붙이며, '우리 실정'만을 강변한다.

이러한 구세대적 견해에 입각한 낡은 방식에의 집착은 발상의 전환에 입각한 신세대적 변화에의 욕구에 의해 공격 대상이 되고 갈등은 증폭된다. 그리하여 인용문 ③에서 신주석의 스승인 윤하명의 진술을 통해 해결의 실마리를 찾게 된다. 고고학적 가치를 띠는 존재가 〈산 화석〉이라면 지적 생장이 정지된 존재는 〈죽은 화석〉이라는 윤하명의 진술은, 현실을 외면하는 신주석이 〈죽은 화석〉이 될 수도 있음을 우려하는 진술이다. 물론 북한 소설이 지닌 문제해결적 결말의 특성상, 다행히(?) 신주석이 자신의 잘못된 판단을 깨우치고 신세대의 발전방안을 수용하는 것으로 작품은 종결된다.

결국 「산 화석」은 과거적 생산기법에만 집착하는 구세대적 지배인의 외골수적인 태도가 새로운 생산방법을 옹호·관철하려는 신세대 젊은

---

14 위의 글, 59면.

이들의 전향적 문제제기 앞에서 패배하는 형국을 그린 작품이다. 전통에의 명분을 중시하는 북한 소설에서 대부분의 작품 내용이 '신세대에 대한 구세대의 인식론적 승리'로 귀결되어 왔다는 점을 감안한다면, 이 작품은 김정일 시대에 들어와 세대 문제에 대한 인식이 현실적으로 상당히 변화되고 있음을 엿보게 한다. 따라서 자칫 〈죽은 화석〉에 머물 수도 있었던 신주석 지배인이 종국엔 새 시대의 변화된 흐름을 수용하게 된다는 내용은 북한사회의 현재적 고민이 투영된 것으로 여겨진다. 전통과 역사적 순결성을 강조해 온 북한사회에서는 '새것'에 대한 낯선 두려움이 클 수밖에 없다. 하지만 정보화시대의 새로운 흐름을 놓치지 않아야 된다는 작중 젊은이들의 발상과 접근 방식 속에서 북한 소설과 사회의 변화 조짐을 읽어내는 것은 남한 독자들에게 이면적 독해의 새로운 즐거움으로 작용한다.

6월호에 실린 소설 중에서는 자동차수입문제를 둘러싼 이야기를 다룬 박일명의 「자남산은 노래한다」와 물질적 재부를 확보하기 위한 헌신적 노력을 형상화한 최영학의 「한 생의 밑천」이 주목된다. 먼저 박일명의 「자남산은 노래한다」는 승리자동차종합공장의 이야기를 통해 자동차 수입문제와 관련하여 자력갱생의 정신을 강조하는 이야기를 담고 있다. 당중앙위원회 책임일군인 김성훈은 새벽에 '위대한 김정일장군님'을 모시고 이동중이다. 김성훈은 '승리자동차종합공장 실태자료'를 검토한 뒤 김정일에게 "다른 나라에서 사오는 것이 빠른 길"[15]이라는 의견을 제시한다. 자료에 의하면 〈고난의 행군〉 시기에 공장에서는 자동차 생산은커녕 고장난 차량의 수리에만 매달려 있었기 때문이다. 리석준이 노동자들로부터 '허수아비 지배인'이라는 비난을 받고 있는 것이 중대한 문제임을 보고 받은 김정일은 '승리자동차종합공장' 행을

---

15 박일명, 「자남산은 노래한다」, 『조선문학』, 2003.6, 5면.

결정한 뒤에, 전후 40일 만에 첫 자동차를 생산했던 일과 '승리/자주/건설'호 등의 화물자동차에 대한 추억을 떠올린다. 65세의 리석준은 유명무실한 존재로, '게사니지배인'이라는 별명으로, 끈 떨어진 갓 신세로 지내고 있다. 공장을 찾은 김정일은 자동차들을 소개할 강사가 부재중이라고 하자 스스로 일일 강사를 자청하며 자동차의 역사를 설명한다. 그러면서 "우리가 인공지구위성을 쏴올린것도 순전히 우리의 기술, 우리의 힘, 우리의 자재로 만들어 쏴올렸다는데 큰 의의가 있는 것"[16]임을 강조한다. 특히 "다른 나라를 넘겨다 볼 필요가 없습니다. 우리 식 흐름선이 좋습니다. 우리의 경제는 돈벌이경제가 아닙니다. 자동차를 생산하여 다른 나라에 팔아먹으려고 하는 것은 더욱 아닙니다. 우리는 우리의 경제를 발전시켜 우리 인민을 잘 살게 하자는 것"[17]임을 강변한다.

이렇듯 '우리 식'의 강조는 체제 내부의 결속을 다지기 위해 인민에 대한 논리적 설복과 교양을 유도한다. 하지만 이 내용을 이면적으로 읽어보면 북한이 경제적 고립과 폐쇄적 자주의 논리에 갇혀 있음을 확인할 수 있다. '우리'라는 표현은 우리 안에 포함된 주체들에게는 공동체적 결속을 강제하지만 우리 아닌 존재들로부터의 고립과 폐쇄를 면할 수 없다는 사실은 은연중에 드러내기 때문이다. 여기에 한 가정의 이혼문제가 겹치면서 김정일은 '자기것을 사랑하라!'라는 말을 금언처럼 던진다. 그리고는 자강도 사람들처럼 모든 것을 '자력갱생의 정신'으로 노력할 것을 당부하고 애국주의의 발현을 강조하면서 가정과 공장의 융합을 강변한다. 이러한 김정일의 현지 지도는 타자와의 대면을 통한 주체의 각성을 도외시하고 있기에 내부적 결속을 강화하기 위한 자구책에 불과한 것으로 보인다. 이 작품은 「산 화석」처럼 낡은 정신의

---

16 위의 글, 11면.
17 위의 글, 12면.

표상으로 구세대가 그려지고 있다는 점에서 신세대적 논리의 승리가 김정일 시대의 특성임을 보여준다.

최영학의 「한생의 밑천」은 금광일을 하는 노동자의 이야기를 다루고 있다. 과거에 제금공장에 배치된 '금석'의 아버지는 다른 사람은 전혀 신경조차 쓰지 않는 공장먼지를 조심스레 집으로 날라온다. 먼지를 모아 금을 만들기 위해서이다. 하지만 '먼지'와 '련금술자'의 아들이라고 놀림 받던 '금석'은 아버지의 노동을 '산 허물어 쥐 잡는 일'처럼 헛된 노력이라고 판단한다. 그러나 "금석이 아버지가 현장먼지를 모아다가 금을 찾아내겠다는 것이 다른 사람들한테는 헛된 일로, 우스운 일로 보였을 수 있겠지만 우리 직장사람들은 모두 아버지의 그 깨끗한 량심 앞에 마음속으로 머리를 숙였지. 그러니 아버지에 대해서 긍지를 가져야 해. 정말 금보다 깨끗하게 산 사람이지"[18]라며 금석을 훈계하는 아버지 직장 동료의 말은 무에서 유를 창조한다는 말과도 같다. 실제로 순금 726.3그램을 먼지에서 얻어낸 아버지는 금석에게 '금'보다 귀하고 값비싼 '사람의 양심'에 대해 편지를 쓴다. 인격이 모자란 아들을 위해 '어지러운 유혹'을 물리치고 금을 기업소에 가져가게 하려고 유서를 남긴 것이다.

그러나 '금석'이 갱 속에 갇혀 자기의 즉흥적인 행동에 대해 "영웅적 행동인지 공연한 희생인지를 생각해보았어야 했다."[19]라고 고민하는 대목이나, "아버지가 한평생 현장 먼지를 쓸어모아 얻어낸 금은 아들인 내 일생의 밑천으로 되여야 하지 않겠는가."[20]라고 동요하는 부분은 아버지 세대와 금석 세대의 세계 인식의 차이를 보여준다. 즉 북한사회의 공식적인 사회윤리적 담론을 앞세우기보다는 개인적 욕망을 드

---

18 최영학, 「한생의 밑천」, 『조선문학』, 2003.6, 59면.
19 위의 글, 56면.
20 위의 글, 61면.

러내어 내면의 살아 있음을 보여준다는 점에서 신선하게 다가오는 것이다. 이 작품은 북한 소설에서는 보기 드물게 개인의 내면에 담긴 물질적 재부에 대한 욕망과 갈등을 숨기지 않고 드러내고 있다는 점에서 주목할 만하다.

8월호에 실린 소설 중에서 오광철의 「대학시간」은 구세대와 신세대의 세대 갈등과 화해를 다룬 작품이라는 점에서 「산 화석」과 유사한 구조를 지니고 있다. 이 글의 화자는 '처녀과학자의 대학생활 돌아보기'를 통해 "인생은 순간마다 결론"[21]을 내면서 살아가야 함을 강조한다. 이것은 변화를 수용하거나 거부하는 지점에서의 선택의 중요성을 드러낸다. 친구이자 대학교수인 허주성 강좌장의 박사논문 심사를 맡은 정옥의 아버지는 고민에 빠진다. 난치병에 걸려 외국 병원에 치료를 위탁한 상태인 허주성이 '고도의 집중력'을 요하는 강의로 유명하지만, 과거의 'ㅍ' 컴퓨터체계를 논문으로 택한 허주성의 방법론은 새로이 'ㄱ' 체계를 도입하려는 신진과학자들에 의해 부딪힌다. 그리하여 과학의 시간이 전진하는 것과는 다르게 대학에서는 '만족의 시간'들이 흘러가는 것을 비판하는 정옥의 아버지에게 허주성은 자신의 논문을 포기하겠다고 이야기한다. 그러면서 논문심사자인 정옥의 아버지가 "옛날에 영 놀고 먹지 않았다는 표적으로 박사메달을 달아주려 했지. 그러니 이젠 병을 고치고 와서 대학정문에 그 박사메달을 달고 지나간 시대를 조상하는 비석처럼이나 서 있"[22]게 만들려 했다고 주장한다. 허주성은 신진과학자인 정옥에게 'ㄱ' 체계에 대해 30분간 강의를 들으며 새로운 컴퓨터 체계를 습득해야 한다는 각성 속에 청출어람에 대해 생각한다.

「대학시간」은 기존의 연구 성과로 오랜 시간 강의하는 대학교수와

---

21 오광철, 「대학시간」, 『조선문학』, 2003.8, 29면.
22 위의 글, 37면.

새로운 방법론을 연구하여 현실에 적용하려는 신진연구자의 대립과 갈등 속에 새로이 변화된 체계의 수용이 필요함을 역설한다. 이것은 이제 구세대가 더 이상 계몽과 교양의 주체가 아니라 젊은 세대의 진취적인 세계 인식과 태도를 배워야 할 객체적 존재로 변화되고 있음을 보여준다.

12월호에 실린 리정옥의 「뢰성나무」는 20세기와 21세기의 차이를 세대론적 방식으로 접근하는 작품이다. 14호 자견기의 실패 원인을 찾았다는 이야기를 듣고 한성민 기사장은 시큰둥해진다. 자신이 14호 자견기 개조의 성공을 두려워했으며, 마음의 안정과 평온이 사실은 마음 속 불안과 동요의 표시임을 깨달았기 때문이다. 그리하여 "오늘은 모든것이 눈에 거슬리기만 한다"[23]는 한성민은 대학 생물학부에 다니는 딸 정향으로부터 겨울에도 잎이 떨어지지 않다가 이듬해 봄에 우레가 울어야 묵은 잎을 떨구는 '뢰성나무' 이야기를 들으며, 자신이 혹시 '묵은 잎'은 아닐까 하는 충격을 받는다. 그리고 성민에게 자신의 "견고하고 변함없던 기사장생활에 첫 균열을 가져온"[24] 사람은 이론과 실제의 균형 감각을 지닌 '명석'이라는 청년이다. 대학에서 배운 것을 현실에 써먹고 싶다는 명석을 보며, 성민은 "대체로 대학을 졸업한 청년들은 리상이 높다. 당장이라도 큰일을 칠것같은 욕망에 사로잡혀 있다."[25]라며, 이상과 현실, 욕망과 실제의 간극이 경험적으로 상존함을 생각한다.

하지만 명석은 지금이 낡은 기계를 붙안고 있을 수 없는 21세기라고 강변하는 반면, 성민은 21세기도 20세기에 토대하고 있다고 자신한다. 또한 성민은 30년 동안 사고 없이 만가동을 보장한 낡은 기계를 옹호

---

23 리정옥, 「뢰성나무」, 『조선문학』, 2003.12, 52면.
24 위의 글, 52면.
25 위의 글, 53면.

하지만 명석은 오래된 자견기가 아니라 현대적 기계인 14호 자견기를 먼저 갱신하려고 한다. 낡은 2호 자견기부터 갱신하려는 성민을 보며 명석은 "낡은 기계는 아무리 어루만져도 낡은 기계입니다. 산모가 든든해야 건강한 아이를 낳는"[26] 것이라고 주장한다. 리상과 열정으로 높뛰던 대학시절의 성민에게 들은 충고를 잊지 않고 있었던 친구 순영 역시 기계공학연구소 연구사가 되어, "어제날의 공적으로 오늘도 살수 있다고 생각하는건 오산이지요. 더 높이 날려는 사람만이 자기 위치를 지킬 수 있어요."[27]라고 성민에게 말한다. 현실과 실정에만 얽매인 성민을 낡았다고 이야기하는 명석은 대학시절에 '앞서야 진실한 과학'이라고 말하는 기사장 동지를 믿었기에 이곳에 온 것이었음을 고백한다. 결국 성민은 "어찌하여 자기의 잘못을 인정하기가 이다지도 힘든것일가."[28]라고 회의하면서 자신의 자리를 내놓기로 결심한 채 작품은 종결된다. 「뢰성나무」는 구세대를 '묵은 잎'에 비유하고 신세대를 '이상과 열정'이 가득한 적극적 존재로 표현함으로써 신구세대의 선명한 대립을 그려낸다. 특히 대부분의 북한 단편소설이 '오해-해소, 문제-해결' 등의 구조를 띤다는 점을 감안할 때 성민의 회의적 고민으로 결말이 마무리되고 있다는 점은 구성의 새로움으로 인식된다. 이러한 미해결 구조는 북한 단편소설의 새로운 돌파구가 될 수도 있기 때문이다.

이상의 신구세대의 갈등이나 세대 간의 차이를 다룬 작품들을 보면 대체로 낡은 방식을 고집하는 구세대들이 새로운 방식과 정당한 논리를 가진 신세대의 열정에 의해 개조되어야 할 대상으로 그려진다. 이것은 김일성 시대와 김정일 시대의 세계관적 차이에 해당한다고 할 수 있다. 즉 김일성이 집권하던 시대에는 구세대가 지닌 혁명적 헌신성이

---

26 위의 글, 54면.
27 위의 글, 56면.
28 위의 글, 58면.

신세대가 보고 배워야 할 모범이었다면, 김정일 시대에는 정반대로 신세대적 진취성과 계몽에 대한 열정을 구세대가 새로이 체득해야 함을 강조하고 있는 것이다.

4. 비평의 경직성과 유연성 – 지도비평과 작품론 사이

2003년 『조선문학』에 실린 평론들은 이론적 지도비평과 실제 창작에 대한 비평으로 나누어진다. 이론적 지도비평은 〈불멸의 역사〉나 〈불멸의 향도〉 등 김일성과 김정일의 가계에 대한 형상화를 따라 배울 것을 지도하는 이념적 지침서에 가깝다. 따라서 이론과 실제 사이의 괴리를 주목함으로써 경직된 지도비평의 틈새를 파고들어 가는 평론은 실제 창작물에 대한 비평적 접근을 시도한 글들에서 확인할 수 있다. 이렇게 평론의 유연성을 들여다보는 일은 문학적 다양성을 북한 창작물 내부에서 확인하는 길이 될 것이다.

1월호에 실린 정영종의 창작수기 「펜을 들기전의 고심」은 북한에서의 소설 창작자의 고민의 흔적을 구체적으로 확인할 수 있다는 점에서 주목을 요한다. "멋진 상표를 단 물건은 구매자들의 호기심을 자극하는 법"[29]이라며 제목과 씨름했던 기억을 구체적으로 기술(「조건반사」→「거리의 미소」, 「사랑은 무겁다」→「후사경」)하거나 인물 형상화에 힘겨웠던 점, '편집부의 문턱'을 넘기 위해 "내 작품의 생리를 잘 모르고 일방적으로 내리먹이는군. 할수 없지. 통과되자면 우는척이라도 해야 하니까."[30]라는 속생각을 품으며 "기계적인 수정 – 땜때기를 한다."[31]라고 쓴

---

29 정영종, 「펜을 들기전의 고심」, 『조선문학』, 2003.1, 24면.
30 위의 글, 26면.
31 위의 글, 26~27면.

부분은 북한 작가들의 고충의 일단을 엿보게 한다. 즉 멋진 제목을 달기 위해 노력하고 있으며, 인물 형상화가 미흡한 것에 대한 자괴감 등은 어느 나라의 창작자에게나 보편적으로 존재하는 창작의 고통일 것이다. 하지만 '편집부의 문턱'을 넘느냐 마느냐 하는 문제나 일방적으로 내리먹여도 어쩔 수 없다거나, 통과를 위해 우는 척이라도 해야 한다면서 '기계적인 수정'을 하는 것은 남쪽의 잣대로 보자면 이미 심리적 사전·사후 검열에 해당하는 것이다. 물론 북쪽의 창작자들은 그것이 작품의 완성도를 높이는 방식이라고 생각할지도 모른다.

3월호에는 방형찬의 '론설' 「선군혁명문학은 주체사실주의문학발전의 높은 단계이다」가 실려 있는데, 이 글은 '선군혁명문학'을 '주체사실주의문학'의 '높은 단계'로 예증하는 〈불멸의 향도〉 연작들을 개략적으로 검토하면서 '선군혁명문학'의 범주와 의미를 밝히고 있는 글이라는 점에서 주목을 요한다. 그리고 같은 호에 실린 한중모의 '평론' 「남조선의 진보적시인 김남주와 그의 통일시」에서는 김남주의 시 「싸움」의 "삼월에서 사월로 사월에서 오월로/하나됨의 피줄로"의 구절에 대해 "주체36(1947)년 3월 남조선각지에서 미제의 군사적강점과 식민지예속화정책을 반대하고 민주주의적자유와 권리를 요구하여 일떠선 로동자들의 총파업으로부터"[32]라고 분석하고 있다. 그러나 김남주의 시에서의 3월은 3.1운동을, 4월은 4.19 혁명을, 5월은 5.18 광주 민주화운동을 각각 상징하는 것이기에 심각한 자의적 오독이라고 판단된다. 그리고 같은 호에 '조선작가동맹 중앙위원회 평론분과위원장' 최길상의 '반향' 「혁명의 필봉을 멸적의 총창으로 벼리여…」는 "핵무기전파방지조약으로부터의 탈퇴를 선언한 공화국정부성명에 접한 그날로부터 멸적의 투지를 가다듬으며 창작전투를 벌리고 있는 우리 평론가들

---

32 한중모, 「남조선의 진보적시인 김남주와 그의 통일시」, 『조선문학』, 2003.3, 79면.

의 가슴은 오늘도 승리의 신심과 락관에 넘쳐 있다"[33]라며 펜을 무기로 삼아 제2차 북핵 위기를 정면으로 돌파하려는 문학적 대응을 보여준 다. 그리하여 인민들을 향해 미국에 대한 적개심을 고취하고 체제의 결속을 담금질하려는 의도를 보인다.

4월호에 실린 리정웅의 '평론'「소설에도 음악이 흐른다」에서는 소 설의 서정성에 대하여 검토하고 있다는 점에서 주목을 요한다. 그리하 여 『피바다』와 석윤기의 『시대의 탄생』을 통해 소설이 드러내는 '정서 적 묘사와 주정 토로'의 중요성에 대해 구체적으로 분석한다. 특히 '리 듬과 색채'라는 장에서 현재의 소설 문단에서 "새롭게 발견된 일정한 상도 없이 신문기사처럼 론리에 매달려 어떤 사설이나 사건의 전달자 적역할밖에 못하는 소설들"[34]이 눈에 띈다고 보고문 형식의 소설에 대 해 신랄한 비판을 진행한다. 구체적으로 「함께 가는 길」(공천영, 2001. 11)' 등이 "아무런 정서적계기도 포착하지 않고 그저 이야기거리를 전 개하는데 몰두하면서 장면장면의 타당성과 진실성만 운운하며 늘여" 쓰다보니 "정서의 흐름이 통일되고 감정이 승화되기는커녕 예술적감 흥을 크게 불러 일으키지 못하고 있다."[35]라고 비판적으로 접근하고 있 는 것은 작품의 미학성에 대한 비판적 평가라는 점에서 주목할 만한 대목이다. 미학적 새로움을 견지하지 못한 채 단순히 사건 나열에 그 치거나, 예술적 감흥을 제공하지 못하고 있는 작품들에 대해 공격적 비판을 가하고 있다는 점에서 북한 문단 내부에서 창작 풍토가 변화할 가능성을 확인하게 된다. 이러한 비판은 6월호에 실린 안성의 평론에 서도 "평범한 생활숲에서의 과학자 성격형상을 위한 보다 깊은 문학적 탐구가 없이 주제로서 한몫 보려는 경향에 치우쳐 버린 듯"[36]하다는 평

---

33 최길상,「혁명의 필봉을 멸적의 총창으로 벼리여…」,『조선문학』, 2003.3, 63면.
34 리정웅,「소설에도 음악이 흐른다」,『조선문학』, 2003.4, 71면.
35 위의 글, 71면.
36 안성,「평범한 생활에 대한 깊이 있는 탐구속에서」,『조선문학』, 2003.6, 69면.

가로 이어진다.

11월호에 실린 김일수의 '평론'「같은 것과 다른 것—새 세대 형상 문제를 두고」는 대상 텍스트로 삼고 있는 작품이 같은 해에 발표된 박일명의 「눈보라는 후덥다」(2003.5)와 최명학의 「한생의 밑천」(2003.6) 두 작품이라는 점에서 주목을 요한다. 김일수는 두 작품의 공통점을 청년돌격대원들의 생활을 반영하여 다 같이 새 세대들을 주인공으로 삼고 있다는 점을 들지만, 차이점으로는 "「눈보라는 후덥다」 어느 정도 부담감, 지루감을 주었다면, 단편소설 「한 생의 밑천」은 감칠맛있게 독자를 끌어당기고 있었다"[37]는 점을 평가한다. 구체적으로는 「한 생의 밑천」이 '깊은 사색과 정서적 여운'을 보여주고 있음을 높이 평가한다. 그러면서 결론적으로 "새 세대들의 정신세계에로의 침투! 이것이 오늘의 시대가 절실히 요구하는 작가의 몫"이며 "이것을 떠난 작품의 생명력이란 바랄 수 없다"[38]고 단언한다. 이러한 평가는 금석이라는 주인공의 성격발전의 단계가 작품에서 뚜렷이 확증되고 있다는 판단에서 기인하지만, 동요하는 내면만이 존재할 뿐 성격 변화는 작위적으로 그려지고 있다는 점에서 한계가 드러난다. 또한 이 글 3장에서 검토했듯이 공장의 먼지로 금을 만들어내는 이야기가 과연 사색과 여운을 남겨줄 수 있는지는 의문이다.

5. '선군혁명문학'의 담론적 특징

2003년 북한사회를 관통하는 모토로 작용하는 '선군'의 기치는 『조선문학』의 '머리글'과 '구호'에서도 김정일의 역량에 대한 찬양을 밑바

---

37 김일수, 「같은 것과 다른 것—새 세대 형상문제를 두고」, 『조선문학』, 2003.11, 43면.
38 위의 글, 45면.

탕에 깔고, 김일성·국가·당의 지도를 관철하자는 분위기를 형성한다. 그리하여 그 결의가 2월호 '머리글' 「전설적영웅 천출위인의 형상에서 새로운 전환을 일으키자」, 3월호 '머리글' 「불 타는 창작적열정을 안고 선군문학창작의 붓대를 달리자」, 6월호의 구호 "조국과 인민의 운명을 지켜주시고 강성대국건설의 새 시대를 펼쳐 주신 위대한 김정일동지의 선군혁명실록은 후손만대에 영원불멸하리라!", 7월호의 구호 "조국과 민족을 위하여 한평생을 바치신 위대한 수령 김일성동지의 영광스러운 혁명력사와 불멸의 업적을 끝없이 빛내여 나가자!", 8월호의 구호 "위대한 수령 김일성동지의 유훈을 높이 받들고 백두에서 개척된 주체혁명위업을 끝까지 완성하자!", 9월호의 구호 "영광스러운 우리 조국 조선민주주의인민공화국창건 55돐 만세!", 10월호의 구호 "조선로동당은 우리 사회의 심장이며 당의 령도는 혁명과 건설의 생명선이다. 조선인민의 모든 승리의 조직자이며 향도자인 조선로동당 만세!", 11월호의 구호 "절세의 애국자이시며 전설적 영웅이신 김정일장군님을 천만년 높이 받들어모시자!"로 이어진다. 즉, 2·3·6·11월호에서 '천출위인의 형상화, 선군문학창작, 선군혁명실록, 절세의 애국자'로 떠받드는 김정일 예찬, 7·8월호에서 드러나는 김일성 업적 찬양, 9월호의 공화국 찬양, 10월호의 조선로동당 찬양 등을 통해 '선군문학'의 구체적 형상화를 강제하고 있는 것이다.

이렇듯 '선군'이란 구호는 2003년 내내 북미 간의 긴장이 고조되는 가운데 체제 방어 논리를 강제하는 담론적 상징으로 작동한다. 특히 2003년의 『조선문학』은 수령이 부재한 공간에서 선군혁명사상을 앞세우며 '당-군-민'의 삼위일체 속에서 김정일에 대한 절대적 충성을 토대로 '선군혁명문학'의 기치를 높이 들고 있다. 하지만 실제 작품에서는 상부에서 내려오는 담론적 지침이 왜곡 발현되거나 문학의 심미적 기능으로 인해 현실적 욕망의 결을 보여주기도 한다. 즉 사회주의 현실 주제를 다룬 작품에서는 체제(지배담론)와 현실(욕망) 사이에서의 미세한 갈등과 균열들이 내포되어 있는 것이다.

북한문학의 구체적 텍스트를 당의 문예정책과 국가 담론적 차원의 발현이라는 대전제에서 바라보면 김일성·김정일을 우상화한 신화적 성채이기에 거부감을 느끼게 될지도 모른다. 하지만 담론과 규범과 정책이 텍스트로 외화되는 과정에서 반드시 공산주의적 인간형의 전형적 모습만이 아니라 동요하는 내면을 지닌 얼굴들을 만나게 된다. 이 글에서 살펴본 2003년 『조선문학』의 작품들도 기본적으로는 체제 옹호적 작품들이지만 세밀히 검토한다면 텍스트 내부로부터 이면적 독해에 의해 새로운 해석이 가능함을 보여준다. 남북한 문학의 공유지대를 확보하기 위해서는 이렇듯 구체적 텍스트로서의 북한문학을 면밀히 검토하는 작업이 필요한 것이다.

참고자료

김윤걸, 「탄광마을처녀들의 속삭임」, 『조선문학』, 2003.6.

김일수, 「같은 것과 다른 것—새 세대 형상문제를 두고」, 『조선문학』, 2003.11.

김정일, 『주체문학론』, 조선로동당출판사, 1992.

김흥익, 「산 화석」, 『조선문학』, 2003.3.

리정옥, 「뢰성나무」, 『조선문학』, 2003.12.

리정웅, 「소설에도 음악이 흐른다」, 『조선문학』, 2003.4.

박일명, 「자남산은 노래한다」, 『조선문학』, 2003.6.

안 성, 「평범한 생활에 대한 깊이 있는 탐구속에서」, 『조선문학』, 2003.6.

오광철, 「대학시간」, 『조선문학』, 2003.8.

정영종, 「펜을 들기전의 고심」, 『조선문학』, 2003.1.

정지용, 「춘설」, 『정지용 전집』, 민음사, 1988.

조선작가동맹 중앙위원회, 『조선문학』, 2003.1~12.

조선작가동맹 중앙위원회, '머리글' 「조국해방전쟁승리 50돐을 맞는 올해를
　　　　선군혁명문학의 성과로 빛내이자」, 『조선문학』, 2003.1.

주 경, 「찬물이 끓어요」, 『조선문학』, 2003.1.

최길상, 「혁명의 필봉을 멸적의 총창으로 벼리여…」, 『조선문학』, 2003.3.

최남순, 「봄의 물방울」, 『조선문학』, 2003.3.

최영학, 「한생의 밑천」, 『조선문학』, 2003.6.

한중모, 「남조선의 진보적시인 김남주와 그의 통일시」, 『조선문학』, 2003.3.

홍현양, 「초불의 바다」, 『조선문학』, 2003.5.

실리사회주의와 경제적 합리성
—변창률의 농촌소설과 「영근 이삭」 읽기

유임하

1. 북한사회의 변화와 소설의 변화

2000년대 이후 북한소설의 괄목할 만한 변화는 김일성 주석 사후 (1994) 등장한 김정일 위원장 체제의 사회발전전략과 많은 연관을 맺고 있는 것으로 보인다. 김정일 체제는 정치경제적 난관을 돌파하기 위해서 '유훈통치'를 내세우는 한편, '실리사회주의'를 표방했다. '실리 사회주의'[1]는 대내적으로 체제의 안정적 발전을 위한 체질 개선을 지향하고, 대외적으로는 대외무역이나 경공업, 농업제일주의를 강조하는 경제전략이자 새로운 통치이념에 해당한다. 이를 두고 기존의 중 공업 우선정책에서 농업 및 경공업 우선정책으로 전환된 것으로 보는

---

1 김근식은 기존의 북한사회 발전전략을 '주체사회주의'로, 김정일 체제의 신발전전략을 '실리사 회주의'로 표현하고 있다. 김근식, 「김정일 시대 북한의 신발전전략 : 실리사회주의를 중심으로」, 『국제정치논총』 43집 4호, 국제정치학회, 2003, 200~204면. '실리사회주의'라는 표현은 「실리 사회주의의 기치를 들고」(《조선신보》, 2003.1.1)에서 나온 것이다.

견해[2]도 있지만, '실리사회주의'는 기존의 사회적 대중동원 방식인 '사상적 정당화'라는 것과는 달리, '사회주의 원칙을 확고히 지키면서도 실리를 추구하는 노선'[3]에 기초한 발전 전략이라고 보는 편이 온당해 보인다. 요컨대 실리사회주의는 "국가의 통일적인 지도 아래 누구든 사회와 집단에 보탬을 주는 방행에서 자기의 창발성을 발휘해야 더 많은 분배의 몫이 돌아가도록 (만들어진―인용자) 체계"[4]로서 경제적 실리와 사회주의 이념을 적절히 조화시키려는 국가이성의 의지가 반영되어 있다. 실리사회주의가 동원정치의 당위성을 강조하는 통치이데올로기인 '주체사상'을 전면에 내세우지 않고 당의 경제 현장지도나 경제적 풍요를 강조하는 것은 이 때문이다. 김정일 체제하에서 선군정치를 표방하며 부족한 노동력을 군인들로 충원하며 위기 극복의 한 주체로 부상한 것이나 2002년 시장경제의 요소를 도입한 '7·1신경제관리개선조치'를 단행하게 된 것도 결국 경제난을 타개하기 위한 체제의 전방위적인 노력의 일단인 셈이다. 문제는, 김정일 체제가, 김일성 주석의 죽음과 함께 주체사상에 입각한 이전의 '사상적 동원'이 더이상 가능하지 않은 현실에서 개인의 분배를 강조하는 '신경제관리개선조치'를 통해서 북한사회 전반에 모종의 변화를 촉발시켰다는 점이다. 이 조치는, 수요공급의 가격결정방식 및 인센티브 강화, 시장 범위의 확대, 가계부문의 경제적 자립 유도가 주요 내용을 이룬다. 하지만 이 조치는 체제개혁이 아니라 체제 유지를 위해 거시경제의 통제능력을 회

2 김연철, 「김정일 지도체제의 '신노선'과 경제개혁―김정일은 '호랑이 등'에 탈 것인가」, 『사회평론』, 길, 1995.8, 93면. 김연철은 이 같은 정책 기조의 변화를 두고 '실용주의노선'이라는 개념도 부정확하며 현실주의적 정책 접근을 뜻할 뿐, 이같은 변화가 외부적 환경에 따른 일시적인 위기 극복책인지 근본적인 변화에 따른 정책인지를 구분해야 한다고 지적하고 있다(같은 글, 같은 면수).
3 김근식, 앞의 논문, 202~203면 참조.
4 「더 높이 더 빨리 경제부흥의 현장에서 11 : 경제학자가 말하는 부흥의 열쇠」, 《조선신보》, 2002. 12.25 ; 김근식, 앞의 논문, 203면 재인용.

복하고 정부 재정의 붕괴를 예방하려는 보완적 성격을 가지고 있다.[5] 하지만, 이같은 사회경제적 조건은 계획경제에 길들여진 북한의 사회적 관행을 극복하는 데 필요한 주체, 곧 경제적 합리성과 효율성을 중시하는 인물을 호출하게 되었다.

이 글은 북한사회의 이같은 변화가 최근의 북한소설에서는 어떻게 반영되어 있는지에 대한 관심에서 출발하여, '한 사회가 요구하는 변화에 관한 사회적 일화'를 살펴보는 데 목적을 두고 있다. 그러니까 이 글의 관심은 북한사회의 정치경제적 정책 변화가 초래한 '이야기'의 변화는 과연 어떤 모습인가 하는 문제로 모아진다고 할 수 있다. '징후적 독법'[6]이라는 관점에서 보면, 최근 등장한 변창률의 농촌소설이 사례의 하나가 될 수 있다.[7] 그의 소설에는 협동농장의 초급일꾼 '분조장'을 중심으로 북한 경제정책 선회에 따른 사회 변화상을 함축하는 다수의 일화들이 등장하고 있다. 그의 소설이 '선군 시대에 걸맞는 형상 창조'라는 평판을 얻고 있는 것도 이와 무관하지 않다.[8] 이같은 호평은 북한 내부의 반응이기도 하지만 '신경제관리개선조치' 이후 일어난 북한사회 변화의 단면을 보여주는, 이른바 '현대성'[9]의 사례라는 점에서 주목해볼 가치가 있다.

---

5 정상화, 「체제유지의 관점에서 본 북한 경제개혁의 함의 및 평가」, 『국방연구』 48권 2호, 국방대 안보문제연구소, 2005, 156면.
6 '징후적 읽기'는 바로 제한적이나마 미세한 사회 변화들의 징후들을 포착하려는 일련의 실험적 인 독법이다.
7 변창률의 이력에 관해서는 알려진 바가 많지 않다. 그는 1959년 평북 영변군 출생으로 고등농업 전문학교를 졸업한 뒤 팔원협동농장에서 직접 농사를 지으며 창작하는 작가로 알려져 있다. 그의 이력에 관해서는 『청년문학』 1991년 1월호에 수록된 「첫메아리」 말미(49면)에 담긴 간략한 작가 소개, 『통일문학』 창간호(평양 : 통일문학사, 2008, 58면)에서 참조할 수 있다. 『통일문학』 에는 단편 「내가 찾은 자리」 외에 수십 편의 단편과 예술산문을 발표했다고 기술되어 있으나 자료 모두를 접할 수는 없었다. 그는 「첫메아리」(『청년문학』, 1991.1), 「복무자」(『청년문학』, 1992.2)를 발표한 뒤, 「한 분조장의 수기」(『조선문학』, 2001.1)가 북한 독자들의 관심을 받기 시작했고, 이어서 발표한 「영근 이삭」(『조선문학』, 2004.1)이 후한 평가를 받으며 남한에도 소개되었다. 이후 「밑천」(『조선문학』, 2005.11), 「듣고 싶은 목소리」(『조선문학』, 2006.7), 「우리는 약속했다」(『조선문학』, 2007.7), 「두 제대군인 분조장」(《문학신문》, 2008.10.11) 등을 발표했다.

2. '실리사회주의'와 쇄신의 주역 '분조장'

김일성 주석의 사망(1994) 이후, 1996년부터 1997년에 이르는 만 2년 동안 북한사회는 항일무장투쟁 시절의 간고했던 역사적 경험인 '고난의 행군'[10]을 호명하여 체제의 위기 국면을 타개하고자 했다. 체제의 위기는 김주석의 사망과 함께 수령이라는 중심이 사라지면서 시작되었다. 김 주석 사후 2년이 되는 시점에 김정일 위원장은 국가적 난국의 종료를 선언하며 체제의 대표자로 등장했다.

이렇게 등장한 김정일 체제는 식량난으로 인한 체제위기를 극복하기 위해 자립갱생의 틀을 벗어나 대외원조에 기대는 한편, 주체사상과는 차별화된 사회발전 전략을 수립해야만 했다. 이 과정에서 제기된 '강성대국론'은 가중되는 경제적 난국을 자립적으로 해결하지 못한 후계자라는 정치적 이미지를 벗어나 풍요로운 경제를 약속하는 대주체로서 김정일 위원장을 부각시킴으로써 김 주석의 카리스마와 차별화하는 정치담론의 면모를 보여준다.[11] 실제로 김정일 체제는 식량난과 물자난, 에너지난을 타개하기 위해 전 산업 분야에 걸쳐 효율성을 제고

---

8 변창률의 소설에 대한 북한 문단의 반응으로는 다음과 같은 글이 참조해 볼 수 있다.
리영순, 「끌려드는 맛과 소설의 여운」, 『조선문학』, 2001.8.
리창유, 「탐구와 사색의 뚜렷한 자취—잡지 『조선문학』 주체90년 1~6호에 실린 단편소설들을 두고」, 『조선문학』, 2001.9.
석준식, 「손에서 놓고 싶지 않은 '영근 이삭'」, 『조선문학』, 2004.7.
안성, 「선군시대정신의 구현과 성격형상—최근 『조선문학』 잡지에 실린 농촌현실 소재 단편소설에 대한 소감」, 『조선문학』, 2006.9.
변창률의 「영근 이삭」을 소개하며 그의 소설에 주목한 경우로는 김재용, 「7·1 신경제관리체제 이후의 북의 문학」(『실천문학』, 2005, 가을호)이 있다.
9 북한사회에서 '현대성'은 당대의 긴요한 과제를 형상화하는 것을 가리킨다. "문학예술창작에서 모든 문제들을 오늘의 시대적 요구에 맞게 풀어나가는 것"을 지칭하며, 창작사업에서 현대성을 구현하는 문제는 "끊임없이 발전하는 현실이 문학예술 앞에 제기하는 과업과 사람들을 교양하며 혁명과 건설에 이바지하는 문학예술의 사명으로부터 제기되는 원칙적 요구"라고 명시하고 있다. 『문학대사전』 4권, 사회과학원, 2000, 376면.
10 1938년 12월부터 이듬해 3월까지 100여 일간 김일성부대는 만주에서 혹독한 추위와 굶주림을 견디어내며 일본군의 추격을 피해 행군을 했던 역사를 가리킨다.

하는 데 많은 노력을 기울였다. 1998년부터 2004년 7월까지 대대적인 토지정리 사업을 시행하여 7700여 정보의 농경지를 새로 확보함으로써 식량문제 해결에 진력했다. 또한 에너지난을 타개하기 위해서 곳곳에 수력발전소 건설을 독려하였고, 150킬로미터에 이르는 개천—태성호 물길을 완성하여 10만 정보의 논밭에 용수를 공급하는 등 농업과 산업부문의 인프라 구축에도 박차를 가했다. 이런 맥락에서 보면, '7· 1 신경제관리조치'는 정체된 계획경제의 한계를 타파하기 위해, 관행화된 정실주의나 비효율적인 관료주의를 비판하고 개인들의 잉여 이익을 일정 부분 보장하는 개혁적 유인책의 성격을 가진 사회발전전략이라고 할 수 있다.

북한사회의 이같은 변화와 함께 일어나는 소설의 변화는 과연 무엇일까. 무엇보다도 소설의 변화는 사회 성원들에게서 촉발된 의식과 생활상의 변화를 반영하는 방식에서 그 단서를 찾아볼 수 있다. 「첫메아리」(2001)에서부터 「두 제대군인 분조장」(2008)에 이르는 변창률의 8편의 단편[12]은 '실리사회주의'로 무장한 '신임 분조장'을 시선에서 변화하는 북한 농촌을 담아내고 있다. 작품 속 '분조장'은 식량생산을 위해 불철주야 분조원들의 땀과 노력을 이끌어내는 새로운 변화의 주역이다.

"군적으로가 아니라 도적으로 1등이라고 해도 우린 만족할수 없어요. 지

---

11 "새사회 건설, 주체의 강성대국 건설, 이것은 위대한 장군님께서 선대 국가수반 앞에, 조국과 민족 앞에 다지신 애국충정의 맹약이며, 조선을 이끌어 21세기를 찬란히 빛내이시려는 담대한 설계도이다."(「정론 '강성대국'」, 《로동신문》, 1998.8.22) '강성대국'이라는 정치 담론은 주체사상이 가진 인민 동원의 통치이념과 모순되는 선군정치의 측면을 봉합하며 사회통합의 기제로 활용되는 측면도 있다. 서재진, 『주체사상의 이반』, 박영사, 2006, 301면 참조.
12 이 글에서 논의하는 변창률의 작품은 다음과 같다. 「첫메아리」(『청년문학』, 1991.1), 「복무자」(『청년문학』, 1992.2), 「한 분조장의 수기」(『조선문학』, 2001.1), 「영근 이삭」(『조선문학』, 2004.1), 「밑천」(『조선문학』, 2005.11), 「듣고 싶은 목소리」(『조선문학』, 2006.7), 「우리는 약속했다」(『조선문학』, 2007.7), 「두 제대군인 분조장」(《문학신문》, 2008.10.11) 등이다. 이하 인용은 텍스트의 면수만 기재함.

금 우리가 심고있는 알곡작물들은 시험포전에서는 우리가 낸 톤수보다 더 높은 톤수까지도 담보하는 품종들입니다. 시험포전에서처럼 모든 생육조건을 충족시켜주면 지금보다 훨씬 높은 수확을 낼수 있어요. 우리 농민들이 노력만 한다면, 땀을 아끼지 않는다면 얼마든지 가능해요. 오늘의 선군시대가 이것을 요구하고 있어요."

– 「우리는 약속했다」, 60~61면

농장결산분배 모임에서 품종개량의 중요성과 높은 수확을 강조하는 처녀분조장 '영숙'은 식량난을 극복하기 위한 청년세대의 선도적 역할과 열정을 대변한다. 그녀는 생육조건을 충족시켜주기 위한 농장성원들의 '노력과 땀'만 있다면 얼마든지 높은 수확이 가능하다고 역설한다. 그녀의 열정 가득한 목소리는 시험작물에 대한 새로운 지식과 열정으로 수확량의 증산의지를 역설하는 '선군 시대의 요구'이기도 하다. 「첫메아리」나 「한 분조장의 수기」, 「우리는 약속했다」, 「두 제대군인 분조장」에서처럼, 분조장이라는 초급일꾼의 직책은 제대군인 출신, 아니면 미혼의 신분이다. 영숙과 같이, 능력을 인정받은 20대의 여성이 분조장을 맡으면서 침체된 협동농장을 변화시키는 신세대의 주역이 된다.

이들은 강한 개성으로 서로 불화하거나 충돌하며 불리한 땅을 배정받은 데서 오는 불만을 터뜨리는 분조원들 때문에 고심을 거듭한다. 청년세대의 신임분조장은 겉돌고 도전에 가까울만큼 마지못해 지시를 따르는 분조원들에게 "진정을 주자, 심장을 바치자, 그들은 나의 부모형제이며 동지들"(「첫메아리」, 44면)이라고 자신을 다그치며 열정을 북돋운다. 분조장의 의욕과 어긋난 지점에는 '노력과 땀의 결여', '불만과 나태'가 상존한다. 그러나 분조장들은 분조원들이 일으키는 분란과 갈등, 나태와 비능률에 관해서는 언급을 회피하고 봉합하는 대신, 눈앞의 유혹이나 체면치레 같은 낡은 관행들에 맞서면서 자신의 계획을 그대로 고수하며 분조원들에게 한치의 흐트러짐도 없는 농사짓기를 독려하고 관철시켜 나간다. 그 독려 안에는 원칙에 충실한 선도적 역할이 드러나고 "한포기의 곡식이라도 더 심어 나라의 쌀독에 보탬을 주는 것이 농민의 도리이고 량심"(「첫메아리」, 45면)이라는 사회적 대의가 자리잡고 있다. '부모형제나 동지'라는 공동체적 의식이나 '농민으로서의 도리와 양심'과 같은 대의가 강조되는 것은 식량난을 극복하려는 북한사회의 소망과 절박함이 혈연공동체를 불러낸 배경을 이루지만, 그 방식이 '사상적 동원'보다는 감성과 윤리에 호소하는 방식이라는 데 유의할 필요가 있다.

청년세대 분조장들은 「한 분조장의 수기」에 등장하는 '채홍기아바이' 같은 아버지 세대의 퇴역일꾼들로부터 인정받으려는 욕망을 소유하고 있다. "너희 아버지가 분조장할 때 우린 농장적으로 첫 2중 천리마를 탔댔지. 그땐 정말 일할 재미가 있었어."(69면)하며 천리마시대를 회상하는 '채홍기아바이'의 태도를 두고, 분조장인 '나'는 '나'를 포함한 다른 분조장에 대한 못마땅함이라고 지레짐작한다. 그 오해는 신구세대 사이에 조성되는 긴장과 내적 갈등이 무엇인지를 시사해준다. 구세대의 회상은 열정과 보람으로 가득한 과거에 대한 그리움과 지금의 현실에 대한 무력감을 모두 보여준다. 또한 그 무력감은 '일할 재미가 나지 않는 현실'의 깊은 절망을 함축하고 있다. 이렇게, 천리마 시대의 주역이었던 아버지 세대 일꾼과 '선군 시대'의 주역 간에 조성되는 긴장과 갈등은, 80년대 중반 이후 북한사회가 거듭되는 경제난과 결부되어 있다. 또한 이 긴장과 갈등은 90년대 북한사회가 50년대 후반 이후부터 60년대 초중반까지 높은 경제수준에 도달했던 천리마시대를 호명하는 방식과도 무관하지 않다.[13]

천리마 시대를 회고하는 무기력함[14]과 대비되는 것이 새로운 세대의 소명의식과 열정이다. 새로운 세대의 분조장들은 국가의 식량난을 해소하려는 열정과 소명의식으로 무장하고, 분조원의 미덕을 새롭게 발견하거나 무사안일한 정실주의와 같은 사회적 관행에 사로잡혀 있는 분조원을 감화시켜 동의를 끌어내기 때문이다. 「한 분조장의 수기」는 '숨은 일꾼'을 발견하고 나태한 일꾼들을 이끄는 '감화의 서사'라는 특징을 보여준다.

작품에서 신임분조장 '나'(리창훈)는 농학 준기사이다. '나'는 흉년에 농사군이 고개마루에서 종자를 닦아 먹고 마른 하늘의 벼락을 맞아 형체도 없이 사라진 그 자리에 칼로 쪼갠 것 같은 바위와 불에 그을린 듯 거뭇거뭇한 돌맹이들만이 남았다는 '닦은 고개' 전설을 떠올리며, 농민의 도리와 양심을 되새김질한다. 전설이 함축하고 있는 의미는 '고난의 행군' 시기를 은유하는 것을 넘어서, 한 알의 종자가 농민의 삶이자 곧 미래라는 것, 이를 간직하지 못할 때 파국을 맞을 수밖에 없다는 절박한 현실 인식이기도 하다. 또한 그 '종자'는 생활에 그치지 않고 정치사상이나 문학에서 '신성불가침의 가치'(68면)라는 것을 함축하고 있다.[15] '나'는 분조장이 되고 난 뒤 천리마시대 노력영웅이었던 아버

---

[13] 90년대 북한사회가 향하는 과거는 '천리마시대'이다. 이는 60년대가 북한의 사회발전에서 가장 활기찼던 시기였기 때문이다. 김근식은 이같은 현상을 1950년대 북한에서 형성된 자립적 민족경제노선과 관련지어 논의하고 있다. 그는 자립경제노선이 60년대에 체제원리로 자리잡은 뒤 자주적인 북한식 사회주의에 바탕을 둔 사회발전전략을 채택하게 되었고 1990년대의 위기 국면에서도 이같은 사회발전전략은 본질적인 변화가 없다고 본다. 다만, 그는 김정일체제가 농업과 경공업, 무역제일주의를 채택하면서 주체사상이 '순수이데올로기'로 격상시키고 '실천이데올로기'인 '우리식 사회주의'에 입각한 새로운 동원체제로 제한적인 변화를 보였다고 본다. 이에 대해서는 김근식, 「북한 발전전략 형성과 변화에 관한 연구―1950년대와 1990년대를 중심으로」, 서울대학교 대학원 정치학과 박사논문, 1999, 149~249면 참조.

[14] 기성세대의 무기력함을 보여주는 경우로는 다음 대목을 거론할 만하다. "내가 분조장을 할 때 두 작업반 건물이랑 저 수렁논에 손을 대야 한다구 수태 말들은 했지만 끝내 해내지 못했네. 남들의 도움이 없이는 엄두도 못낼 일이라고만 생각했었지. 한데 안대호 그 사람은 단 한해사이에 다 해냈단 말일세. 한해에… 우리가 좀더 뛰구 밤잠을 덜 잤더라면 저 사람들이 오늘 이 고생을 안했을게 아닌가"(이하 생략)(「복무자」, 28면)

[15] '문학예술이론'으로서의 '종자론'은 전영선, 『북한의 문학예술 운영체계와 문예이론』, 역락, 2002, 129~132면 참조.

지의 명성을 계승하여 낙후한 농촌이 타성에 젖어 있는 현실을 타개하고자 한다. 아버지에서 아들로 이어지는 '계승의 이미지'는 김일성—김정일의 후계 구도를 환기하기에 족하다. 또하나의 장면, 군인과 농민이 겉으로는 서로 다르지만 새로운 사회를 건설하는 일사불란한 노력으로 성과를 얻어내는 모습은 같다고 생각하는 '나'의 내면은, 경제난을 극복하기 위해 노력이 군인과 다를 바 없다고 여긴다. 군인의 면모를 농민의 일상적 감각에 기입하는 이 같은 장면은 '선군정치'의 일단을 쉽게 연상시켜준다.

작품은 '수기'라는 제명에 걸맞게, 분조장인 '나'의 지난 한 해 동안 '분조장의 자격과 그 책무'를 회상하는 일상적인 일화들로 채워져 있다. 지난 1년을 회상하면서 '나'는 채홍기아바이의 신임을 얻는 한편, 농장 분조원들의 단합으로 버려진 습지인 '주길손 필지'를 저수지로 바꾸는 대역사(大役事)를 이룩하기까지의 과정을 돌아보고 있다. 그러나 작품에서 빛나는 부분은 이같은 대역사의 과정이 아니라 생생한 현장성이다. 한 예로, 작품에는 '나'와 '자투리'의 별명을 가진 논물관리공 '김숙희 아주머니'과 갈등이 제시되어 있다. '나'는 '김숙희'에게서 관리권을 인계받아 직접 담당하려고 하자 그녀는 '사람값' 쳐주지 않는다고 불평한다. 하지만 '나'는 분조원들의 불쾌함에 아랑곳하지 않고 직접 논물관리를 담당하여 한해의 수확고를 높이는 성과를 이끌어낸다. 여기에는 인정에 매몰되지 않고 과학적인 영농방식을 도입하려는 새 시대의 주역이 가진 미덕, '원칙의 고수'와 '자기헌신'이 두드러진다. 이렇게 '청년 세대' 분조장의 열정과 진의는 자신이 세운 원칙과 의지를 관철시켜 새로운 역사를 만들어낸 뒤에야 분조원들에게 감화력을 발휘한다.[16] 나태하기만 했던 '김숙희'가 '나'의 질책을 받고 물관

---

16 가령, "난 분조장이 이런 진짜배긴줄은 모르구 그저 철이 없고 우왕좌왕하는 사람으로만 여겼으니 용서하게."(「첫메아리」, 45면)하는 분조원들의 이러한 뒤늦은 회오와 반성이 대표적이다.

리공의 소임을 다하기 위해 늦은 밤까지 관련서적을 읽는 변모나, "여보 당신 이제야 옛날 매력이 다시 살아 나는구만."(78면) 하는 남편의 칭찬을 받게 되면서 '김숙희'가 '사는 재미'를 느끼는 것이 그런 사례이다. 분조장과 분조원 간에 오해와 불화가 분조원들의 각성과 새로운 열정의 분출로 봉합되기는 하지만, 신임분조장의 열정과 전위적 역할을 미처 따르지 못하는 분조원들의 타성과 관련된 사회적 갈등은 상상적인 것이 아니라 '현실적인 벽'에 해당한다는 점을 눈치챌 수 있다.

'현실적인 장애'와 관련하여, 그의 소설에는 또다른 '분조장'의 모습 하나가 등장한다. 분조원들을 다그치며 그들에게 자부심을 불어넣는 「복무자」의 작업반장 '안대호', 솔선수범하며 침체된 농촌의 분위기를 쇄신해 나가는 「영근이삭」의 '홍화숙', 「밑천」의 신임 리당비서 '문인숙', 「듣고 싶은 목소리」의 3분조장 '석천일'이 바로 그들이다. 이들은 무엇보다도 청년세대가 아니다. 이들은 농장 분조원을 앞장서서 이끄는 중년세대의 노련한 존재들로서, 이른바 '이신작칙(以身作則)'의 원리에 입각하여 솔선수범하는 분조장 또는 분조장에 상응하는 간부일꾼이다. 그러나 이들에 대한 농장사람들의 평판은 크게 엇갈린다. 작품의 서두에 득세하는 부정적인 평판은 쇄신의 주역이 가하는 사회적 압력이 그만큼 크고 그 저항 또한 만만하지 않다는 점을 시사해준다. 「복무자」의 '안대호'만 해도 그러하다. 서술자인 관리위원장인 '나'는 작업반장 '안대호'에 관해 언급하기를 피하는 농장 사람들의 태도에 의아해하며 그 이유를 캐나간다. 이야기가 전개될수록 '안대호'에 대한 우려는 믿음직함으로 바뀌어간다. 안대호에 대한 농장사람들의 엇갈린 평판은 그의 강력한 원칙과 일의 추진력에서 생겨난 반응이었기 때문이다. 이윽고 서술자는 "그의 일본새는 〔…중략…〕 관료주의가 아니라 강한 요구성을 제기하고 그 실천의 맨앞장에 서는" "혁명가적 품성"(「복무자」, 26면)으로 인정하기에 이른다. 이로 미루어 보면, '안대호'의 왕성한 추진력과 원칙을 고수하는 태도는 농장사람들에게 경제적 풍요로움을 제공해줄지언정 관성적인 삶을 살아가는 이들에게는 불편함을 야기한다는 점을 짐작하게 해준다. 그런 측면에서 안대호에 대한 불편한 감정은 타성에 젖은 일상과 만연한 패배주의라는 사회적 심성을 우회적으로 비판하는 인물 구성에 가깝다.

「영근 이삭」만 해도 「복무자」에서 접했던 이야기 전개과정과 별반 다르지 않다. 말썽쟁이로 소문난 '홍화숙'은 강냉이의 알수까지도 자신의 작업수첩이 기록해두는 습관을 가진 깐깐한 성격의 소유자이다. 그녀는 수확된 강냉이를 대충 쌓아올려 분조의 생산경쟁을 무화시키려는 이웃 분조장의 잘못된 관행에 결연히 맞선다. 그녀는 자신의 정확한 타산이 이기주의가 아니라 실험재배가 지닌 국가적 중요성 때문임을 역설하며 분조원들을 감화시킨다.[17]

「밑천」의 '문인숙'도 그러한 범주에서 벗어나지 않는 인물이다. 그녀는 상이영예군인과 결혼한 뒤 고향을 떠났다가 리당비서가 되어 돌아온다. '문인숙'은 버려진 폐가를 수선하여 그곳에서 거주함으로써 관료주의의 타성에 젖은 기존의 간부와는 전혀 다르다. 그녀는 퇴적장을 만들고 터밭을 가꾸며 풍요로운 가계를 꾸리는 한편 마을의 주택 개조 사업을 통해서 농장원들에게 윤택한 삶에 대한 희망을 갖게 만들기 때문이다. 농장원들에게 자신의 집에 마련한 퇴적장을 교육의 장으로 제공함으로써 농장사람들은 문인숙에게서 풍요로운 삶을 성취할 수 있다는 가능성을 엿본다.

솔선수범으로 아랫사람을 감화시키는 한편, 모든 이들에게 열정과 미래에 대한 소망을 다시금 불러일으키는 모습은 바로 '이념보다도 실리를 취하는 새로운 사회주의' 곧 '실리사회주의'의 구체상인 셈이다.

---

17 「영근 이삭」은 다음 장에서 더욱 상세하게 검토할 것이다.

중년의 농장간부들이 관료주의나 정실주의 같은 관행을 혁파해나가면서 농장사람들에게 꿈과 소망을 부여하는 것이야말로 '선군 시대'의 새로운 면모이다. 이들은 철저하게 타산을 매기며, 풍요로운 미래를 가시적으로 만드는 전위로서 '선군 시대가 요구하는' 일꾼들인 것이다. 이들은 청년세대의 분조장과 함께 시대의 또다른 주역으로서 물자난 속에 침체된 농촌사회에 꿈과 가능성, 풍요로운 미래를 현시한다.

그러나 여기에는 물자난으로 인한 패배주의, 관료주의에 길든 사회적 관행과 정실주의에 따른 제반 통념과 관성이 작동하는 현실이 엄연히 존재한다. 이야기의 전개는 낙관과 감화, 감동적인 솔선수범으로 부정적인 편견과 타성에 굴복하지 않고 농장 성원들을 이끈다. 이야기의 양상은 생산과 수확에 이르는 농장 경제의 흐트러진 원칙을 세우는 과정에서 각별히 공동체의 끈끈한 유대와 열정, 진정성을 지닌 인간의 진면목을 새롭게 발견해나가는 모습을 취한다. 그런 측면에서 이야기의 배경이 되는 '협동농장'은 '선군 시대'의 축도에 가깝다.

마음을 붙이고 살 곳이 못된다고 떠나갔던 저 오춘순이가 왜 두해만에 부디 우리 분조로 돌아왔겠나? 그 어떤 인정이나 특혜가 아니라 집단을 위해 바친 노력에 의해서만 매 사람의 금새가 평가되는 그 때문이 아니겠나. 진실만이 통하는 이런 집단이야말로 한생을 의지하고 참답게 살수 있는 곳이라구 믿었기에, 남편없이는 살수 있어도 이런 집단을 떠나서는 살수 없는 몸이기에 돌아온거라구 생각하네. 이런게 단합이지 별다른것이겠나…

ー「듣고싶은 목소리」, 60면

인용에서 보듯이, 훈훈한 정서를 환기하는 바탕에는 체제 내부의 결속을 '혈연공동체'의 유대감으로 치환하여 강조하는 맥락이 전제되어 있다. 남편을 잃고 농촌을 떠났던 '오춘순'의 귀향은 물자난과 식량난의 상처를 은폐하는 것은 물론, 공동체 바깥에서 겪은 물신화의 폐단을 경고하는 복합적인 의미를 가지고 있다.

변창률의 소설이 부정적인 농촌 세태를 갈등의 요소로 삼되 비난과 냉소의 방식으로 채택하지 않는 까닭은 매우 의미심장하다. 그의 소설은 파편화되고 정체된 개인들의 특성을 단합시켜, 버려진 황무지나 습지를 개간하거나 생산량 증대에 매진하는 공동체의 모든 노고가 기적과도 같은 역사를 이룩하는 미적 순간을 보여주고자 한다.

'협동농장'은 미시적이지만 엄연히 일상적이면서도 사회정치적 공간이다. 이 세계는 1930년대 농촌소설을 연상시킬 만큼 사실적인 세부묘사로 이루어진 농촌 풍경을 보여준다. 하지만 이 세계는 정치이데올로기에서 실리주의를 표방하는 경제조치의 가시적인 성과를 구현하는 공간으로서 자력갱생을 기조로 한 경공업과 농업정책, 독립채산제의 문제가 낡은 사회적 관행과 대결하는 일상적 공간이기도 하다. 이야기의 구도는 '분조장'의 주도로 낙관적 전망을 이끌어낸다. 하지만 분조원들과 부딪치면서 생겨나는 분란과 갈등은 농촌사회의 낙후한 현실에서 해결해야 할 현안이 무엇인지를 짐작하게 만든다. 그 현안이란 물자난과 생산경쟁에 내몰린 피로증상인 듯한 패배주의, 정실주의 같은 오랜 사회적 관행들을 경제적 합리성으로 극복하는 데에 있다. 이 관행들은 타성화된 분조원들의 작업 태도에서도 빈번하게 드러난다. 그러나 열정과 실천을 겸비한 '선군 시대의 주역'들은 동원기제의 전위로서 턱없이 정치성을 그대로 표출하지 않는 대신, 앞장서서 패배주의에 빠진 농장 성원들의 정체된 삶에서 도약 가능한 미래를 눈앞에 제시하고자 한다.

낙관적인 이야기 구도는 김정일 체제하의 '선군정치'가 김일성 유일체제의 성립과정에서 외쳐왔던 '주체사상'과는 다른 성격의 동원방식을 담고 있다는 말이 가능하다. 이야기의 현실은, 소망하는 미래를 실현하는 전위적 주체로 내세운 '분조장'이 열정 가득한 추진력으로 정실주의와 같은 오랜 사회적 관행과 맞서는 한편, 분조원들의 화합을 이끌어내면서 황무지를 개간하거나 습지를 저수지로 바꾸는 역사(役事)로 농촌의 풍요를 기약한다는 '경제화된 일상'의 미래상을 환유하기 때문이다. 변창률 소설의 일화들은 요컨대 '실리사회주의'라는 이념의 구현이자 경제적 풍요로움을 성취할 수 있다는 낙관적 전망을 담은 '강성대국'의 현재상을 축약하고 있는 셈이다.

3. 경제적 합리성과 합리적 주체 : 「영근 이삭」 읽기

「영근 이삭」은 협동농장을 무대로 농민들의 일상을 주된 내용으로 삼은 작품이다. 주인공인 '홍화숙'은 협동농장의 기본 단위인 분조의 한 사람으로, '홍말썽' '홍타산'이라는 별명이 붙을 만큼 분조원들과는 자주 불화를 일으킨다. 서술자인 작업반장 '전석근'은 1분조장이 연로하여 그 후임을 놓고 토론하던 중에 '홍화숙'이 분란을 일으킨 소식을 접하고 나서 착잡해한다. 작업반장은 '홍화숙'의 면면을 "남자 못지 않게 일솜씨가 걸싸고 농사물계에 환한 녀인"(46면)으로 기억하면서 후임분조장의 자격이 충분하다고 판단하고 있기 때문이다.

'홍화숙'의 '옹근 이삭' 같은 면모는 '분조의 화목'을 바라는 사람들에게는 끝없는 분란을 야기한다. 그러나 그 분란은 오늘의 북한사회가 낡은 사고와 새로운 사고가 충돌하는 지점을 보여주는 것이기도 하다. 그녀가 골치덩어리에 가깝게 그려지는 것은 낡은 사고의 시선과 불편함에서 연유한다.

…지금 우리 분조에 있는 홍화숙이 때문에 내 머리털이 다 셀 정도요. 엊

저녁에도 그랬지요./거름상하차작업(트랙터에 거름을 싣고 내리는 작업—인용자)을 하던 애기엄마들이 쉴 참에 탁아소에 젖 먹이러 갔다가 하두 추운 날씨라 좀 늦잡았던 모양인지 작업총화에서 그걸 계산하지 않았다고 코를 드는 게 아니겠소. 그래서 당신도 아이를 키우는 어머니인데 그만한 것도 리해를 못해 옴니암니해서야 어떻게 분조의 화목이 이루어지겠는가고 한 마디 했지요. 그랬더니 한다는 소리가 거름 한 차 실은 것은 물론 그 시간에 뜨락또르(트랙터—인용자)가 태워버린 기름값까지 계산해야 한다는 거요. 기가 막혀서…(47면)

인용대목은, 일 년 전에 부임한 작업반장이 참석한 농장원 모임의 한 장면이다. 지난해의 영농사업을 함께 지도하고 분조별 편성을 끝낸 다음, 홍화숙에 관해 푸념하는 인물은 3분조장이다. 그의 푸념은 '분조의 화목'을 깨는 홍화숙을 놓고 피력한 부정적인 평판이다. 부임한 지 얼마되지 않았던 작업반장에게 전달되는 홍화숙에 대한 푸념과 비난은 어떤 맥락인지 도대체 판단하기 어려운 상황이다. 홍화숙에 대한 비판은 작업시간을 허비하는 데 드는 효율과 비용에 관한 문제로 모아진다. 농장사람들에게 신랄하게 문제를 제기하는 '홍화숙'의 모습은 경제적인 가치를 따지는 데 익숙하지 못한 상태, 곧 계획경제에 익숙한 북한사회의 단면을 잘 보여준다. '기가 막혀서…'라는 푸념은 분조 개개인이 경제적 합리성을 깨닫지 못한 상태임을 말해준다. 새로 부임해온 작업반장이 새로운 시대에 걸맞는 새로운 사유와 실천을 요구하는 북한사회의 변화와 맞물려 있다는 점을 감안하면, '홍화숙'과 분조원들 사이에서 벌어지는 분란은 그간 북한사회에서 관행이라는 이름으로 통용되어온 낡은 행태들을 새로운 각도에서 바라보게 만든다. 홍화숙에 대한 비난은 정실주의에 타협한 3분조장의 소견에 가깝다. 작업 결산 때 기름낭비와 아기엄마의 늦은 작업 복귀를 두고 이를 '계산'

에 포함시켜야 한다는 '홍화숙'의 문제 제기는 집단의 화목을 강조하는 정실주의를 비판하는 논리로 경제적 합리성에 기초한 비용 산출을 말해준다. 3분조장의 반발은 이러한 비용 계산이 '분조의 화목'을 저해한다는 태도에서 비롯된 것이다. 3분조장의 푸념이 표면적으로는 분조원들의 화합을 저해하는 홍화숙에 대한 비난으로 나타나지만, 그러한 비난이 사회 변화에 적응하지 못한 인물들의 모습이라는 점에서 의미는 양가적이다. 관찰자인 작업반장조차 논란 많은 홍화숙이 작업반 사업에 장애가 되지 않을까 크게 우려하는 모습을 보일 정도이다. 이는 작업반장마저 홍화숙의 경제적 합리성과 비용계산 방식에 적응되지 못한 인물임을 말해준다.

홍화숙 주변에서 벌어지는 협동농장의 분란은 북한 농촌사회의 변화하는 모습을 담고 있다. 까다로운 홍화숙에 대한 논란은 이야기가 전개되면서 점차 긍정적인 의미로 바뀌어가고, 어조 또한 긍정적으로 바뀌면서 이야기의 색조는 서서히 바뀌어가기 때문이다. 어조와 함의의 변화는 분조원들의 원성과 분조장의 푸념이 '화목을 바라는 정실주의와 타성'에서 비롯된 것임이 밝혀지는 것으로 그치지 않는다. 협동농장을 무대로 펼쳐지는 변화하는 북한사회의 일화들은 홍화숙이 불러일으키는 분란의 정체가 새로운 가치관으로 무장한 '종자'와 같은 존재에 대한 발견과 관련된 사회적 갈등임을 여실하게 보여준다. 예컨대, 그녀는 탁아소 책임보육원에게 땔나무 문제를 제기하는데, 여기에서 부상하는 갈등의 본질은 근원적인 문제 해결인가 여부에 있다. '홍화숙'은 분조원들이 지금껏 해온 대로 돌림식으로 탁아소의 땔나무 문제를 해결하는 것은 임시방편에 지나지 않는다고 단언한다. 그녀는 탁아소 인원들이 합심하여 자체적으로 봄가을에 열흘씩만 나무를 심으면, '땔나무림(땔나무숲—인용자)' 몇 정보를 마련할 수 있고 거기에 사료로 염소도 기르고 꿀벌도 치면 고기와 우유를 얻을 수 있다고 주장하고 있다. 작업반장조차도 의구심을 갖는 '홍화숙'의 원대한 포부는 불과 일 년 사이에 풍요로운 현실로 바뀐다. 작업반장은 지난 일 년을 회고하며 버려진 탁아소 뒤편 둔덕이 농장 관리일군들이 합심하여 아카시아 땔나무숲과 넓은 강냉이밭을 조성한 풍경을 바라보며 엄청난 변화를 실감하고 있다. 이러한 변화의 주역이 바로 홍화숙이다.

'홍화숙'의 인물 형상은 단순히 한 개인의 영역으로 제한되지 않는다. 그녀의 면모는 강냉이밭에서 강냉이 포기를 정성스럽게 살피는 연구사 처녀와 연계되어 있다. 연구사 처녀는 식량난을 타개하려는 국가이성의 편모를 보여주는 존재이다. 농촌에서 강냉이를 개량화함으로써 식량난을 해소할 역할을 수행하는 연구사와 '홍화숙'의 공통점은 두 사람 모두 농촌경제의 쇄신을 몸소 실행하는 전위라는 데 있다. 그러나 '홍화숙'은 한 걸음 더 나아가, 벼모판을 냇물에 씻어내고 뜨락또르 기술자와 합심해서 기계화된 모심기에 성공하는 창안자이기도 하다. 더 중요한 것은 홍화숙은 모든 성과를 자신의 몫으로만 챙기는 인물이 아니라는 데 있다. 적어도 그녀는 작업복 주머니에 넣어둔 '로력일수첩'에 꼼꼼하게 하루의 작업량을 기록하고 그 타산을 따지는 인물이다. '홍타산'이라는 별명처럼, 거기에는 수확된 강냉이알까지도 정확히 헤아리는 세밀한 기록자, 경제적 합리성을 체현하는 이성의 소유자라는 의미가 담겨 있다. '생산량'을 치밀하게 기록하는 것은 비단 강냉이 알수에만 그치지 않는다. 그 기록성은 분조의 작업량과 성과의 세세한 추이까지도 세밀하게 포착한다. 이같은 면모는 다른 분조와 뒤섞인 강냉이 수확물을 가려내는 데 일조한다. 이 과정에서 '홍화숙'은 늘 부딪치기만 하던 3분조장과 다시 갈등을 일으킨다.

"뭐가 아직 내려가지 않아서 생색이요? 이렇게 망신을 주어야 씨원하겠소? 이거나 저거나 무엇이 다른가 말이요? 까다롭다는 건…"

3분조장은 서리맞은 무우잎처럼 시퍼런 인상이 되여 발치 앞의 강냉이를 와락 잡아챘다. 그 서슬에 좀전에 골라놓았던 큰 이삭이 저만치 굴러났다. 홍화숙은 창황히 그 이삭을 집어들었다.

숨가진(생명을 가진—인용자) 물건이런듯 찬찬히 쓰다듬었다.

〔…중략…〕

"너무 지나쳤다면 용서하세요. … 하지만 이 강냉이는 한 이삭이라도 축나거나 보태여져도 안되는 거예요. 먹는 문제를 풀자구 우리 과학자들이 뼈와 살을 깎으며 연구해낸 품종인데 정확한 수확고를 알려줘야 그들의 연구사업에 도움이 되고 우린 앞으로 더 많은 알곡을 낼게 아닌가요, 이것이 소란을 피우고 까다롭게 구는 것으로 되는가요.…"(54면)

그녀가 관찰하고 기록해둔, 유달리 큰 강냉이 수확물의 특징과 강냉이 알수는 단순히 개인의 차원에 머물지 않는다. 그녀가 수첩에 깨알처럼 기록한 내용들은 연구사 처녀의 과학적 영농사업 결과와 직결될 뿐만 아니라 훗날 식량난 해소에 기여하는 국가적 사업의 의의와도 맞물려 있기 때문이다. 두 눈을 타고 내리는 눈물과 함께 농장 성원들을 향해 이해를 구하는 '홍화숙'의 면모는 체제이데올로기의 완강한 교시가 개인의 영역으로 옮겨와 감성적으로 체현된 것임을 시사한다. 그녀의 호소는 경제적 사고와 합리성에 바탕을 둔 온화하고도 우회적인 교화의 방식을 특징적으로 보여준다. 이는 '풍요로운 미래'를 실현하기 위한 경제적 사고의 본질에 가깝다.

3분조장은 평소 '까다로움' 때문에 이악스럽게만 보였던 '홍화숙'에게서 속깊은 진의를 발견하고 나서 당혹해한다. 그의 낭패감은 그간 자신의 자존심에 상처입히는 것으로만 이해해온 속좁은 인간의 모습만을 뜻하지 않는다. 그것은 풍요로운 농촌경제를 만들기 위한 쇄신의 방식에 저항해온 정실주의와 패배주의에 빠진 존재들의 편견, 더 나아가서는 북한사회의 오랜 관성을 집약적으로 보여주기 때문이다. 또한 '홍화숙'의 감성적인 발언 장면은 사회적 저항을 딛고 새로운 방식으로 동원체제를 구축하는 순간이기도 하다. 논리의 비약을 무릅쓰고 말한다면, 이 장면은 사회적 관성과 변화에 대한 저항, 변화를 거부하는 정체된 현실을 전복시키며 풍요로운 미래를 약속하는 '강성대국'을 환유하는 것으로 읽을 여지가 충분하다.

'말썽군' '타산쟁이'에서 '영근 이삭'으로 밝혀지는 '홍화숙'이라는 인물 유형은 북한의 체제이데올로기와 긴밀하게 연관되어 있지만, 그녀는 이데올로기로만 포섭되지 않는 잉여의 부분을 가지고 있다. 요컨대 그녀는 냉동기(냉장고)와 색텔레비죤(천연색 텔레비전), 록음기, 재봉기와 같은 가전제품을 장만해두었을 뿐만 아니라, 돼지, 염소, 토끼, 닭, 오리, 게사니(거위), 칠면조까지도 키우는 부유한 자산가의 모습을 보여주고 있다. 그녀의 경제적 풍요로움은 빈틈없는 경제적 합리성, 곧 실리사회주의가 일상 속에 구현되는 정치적 이미지를 환유한다. 이 같은 풍요로움은 북한사회에서도 자산가의 출현이 그리 낯설지 않다는 사실을 함축한다. '홍화숙'의 특성은 여기에 그치지 않고, 일상에 안주하며 분란없이 살아가는 일상적 개인들에게, 그리고 관행이라는 이름으로 적당히 타산을 맞추는 중간 및 초급 일꾼들에게, 정실주의와 관료주의의 폐단을 조목조목 지적하며 경제적 효율성과 합리성이라는 원리에 입각하여 신랄한 비판을 마다하지 않는 존재와 현실이 가시화되기 시작했다는 반증으로 읽힌다.

「영근 이삭」은 식량난 해소와 경제난 극복에 진력하는 오늘의 북한사회 모습을 실감나게 보여주는 것으로 그치지 않는다. 작품에서 주목할 부분은 협동농장의 일상에서 경제적 합리성을 소유한 개인의 등장과 그것이 갖는 의미이다. 식량난과 경제난을 해소하기 위해 분투하는 오늘의 북한사회가 직면한 현실은, '홍화숙'의 언급처럼 '정확한 수확고의 계량화' 같은 과학적 경제적 합리성으로 무장하고 풍요로운 미래를 가꾸기 위한 자기쇄신을 요구하고 있다. 이런 맥락에서, '홍화숙'은 농촌사회 성원들에게 갈등을 조장하고 분란을 일으키는 존재가 아니라 침체된 공동체 성원들에게 자발적인 변화를 촉발시키려는 변화의 동력이자 경제적 합리성을 사회 전반에 파급시키는 역할을 수행하는 존재이다. 그는 요컨대 북한사회가 요청하는 '경제적 합리성'과 '사회 변화의 방향'을 담아낸 '종자(핵심)'에 해당한다.

4. 사회 변화와 내면적 주체의 등장

겨우 여덟 편의 작품에서 이 글은 많은 의의를 부여했는지 모른다. 하지만 변창률의 소설은 사회적 침체를 벗어나기 위해 고심하는 사회적 집단심성 안에 실리사회주의와 관련해서 경제적 합리성을 구비한 주체를 등장시키고 있다. 또한 그의 소설은 사상보다는 일상의 구체적인 면에 주목하고, 이념보다는 구체적인 삶으로 시선을 옮기는 의미있는 변화를 보여준다. 또한 작중현실에는 신경제관리조치 이후 변화하는 농촌의 모습이 담겨 있다.

이렇게, 변창률의 소설은 자력갱생과 실리적 사회주의를 배면으로 삼아 시대 변화의 요구에 부응하는 인물 형상과 함께 풍부한 내면을 통해서 일어날 법한 사회 일화를 담아내고 있다. 이들 일화는 북한사회가 문학예술을 왜 중시하는지를 잘 말해준다. 소설의 전파력이 '상상의 공동체'의 창출을 넘어 국민국가의 성원임을 자각하게 만드는 의례 과정이기도 하다는, 베네딕트 앤더슨의 명제를 떠올려준다는 점에서 그러하다. 변창률 소설에서 엿볼 수 있는 농장 성원들과의 수많은 갈등과 고심은 오늘의 북한사회가 안고 있는 여러 폐단과 제약과 직결된 구체적인 현실이며, 이는 물자난과 식량생산의 절박함, 패배주의적인 사회 분위기, 정실주의와 관료주의에 묵은 인습 같은 사회적 제약에서 초래된 것임을 짐작하게 해준다. 그의 소설이 가진 신선함은 절박하게 쇄신을 요구하는 농촌 공동체가 안고 있는 현안, 곧 온갖 부정적 관행들을 타개하여 풍요로운 미래를 앞당기기 위해서는 경제적 합리성으로 무장해야 한다는 것을 일상의 구체적인 일화들로 풀어내는 새로운 관점에서 연유한다. 특히 이 관점은 메마른 교화의 방식을 벗어나 인물과 사건, 기법의 차원에서 미적 공감을 환기하는 묘미를 구비했다는 점에서, 북한문학이 사상의 동굴에서 빠져나와 삶의 실재에 천착하기 시작한, 작지만 의미있는 변화를 징후적으로 보여주는 사례라고 판단된다.

실리사회주의가 촉발한 북한의 사회변화는 사상이나 이념에 근간을 둔 선언적 규범이 아니라 생활 속에 살아숨쉬는 실용성과 경제적 합리성을 가진 주체의 탄생을 예고한다. '분조장'의 모습에서 살펴보았듯이, 변창률의 작중인물은 기존의 정치 헤게모니인 '주체사상'의 자장에서 벗어나 명분과 현실 사이에서 갈등하며 고뇌하는 내면성을 확보하고 있다. 그 내면의 공간이야말로 변화에 직면한 북한 농촌의 곤혹스러움을 투영했다는 점에서 주목해볼 가치가 충분하다. 이는 자기 쇄신을 요구하는 사회적 추세에 대한 곤혹스러운 정서이자 변화에 동승해야 살아남는다는, 새로운 시대의 준칙을 내건 당위의 현실에 대한 소설의 반응이라고 판단된다. 이렇게 보면, 변창률의 소설은 다양한 각도에서 북한농촌의 현실을 그려내면서 공동체의 온기를 바탕으로 인간에 대한 신뢰를 강조하는 서사적 구성을 반복하는 한계에도 불구하고, 선군정치가 지향하는 군대식 효율성과 철저한 실리주의적 준칙들을 일상의 구체성 안에서 정치적 동력으로 확산시키려는 과도기적 양상을 담아내고 있다고 해도 과언이 아니다.

참고문헌

「정론 '강성대국'」,《로동신문》, 1998.8.22.

김재용, 「7.1신경제관리체제 이후의 북의 문학」, 『실천문학』, 2005, 가을호.

김근식, 「김정일 시대 북한의 신발전전략―실리사회주의를 중심으로」, 『국제
　　　정치논총』 43집 4호, 국제정치학회, 2003.

김근식, 「북한 발전전략 형성과 변화에 관한 연구―1950년대와 1990년대를
　　　중심으로」, 서울대학교 대학원 정치학과 박사학위 논문, 1999.

김연철, 「김정일 지도체제의 '신노선'과 경제개혁―김정일은 '호랑이 등'에
　　　탈 것인가」, 『사회평론』, 길, 1995.8.

『문학대사전』 4권, 사회과학원, 2000.

변창률, 「두 제대군인 분조장」,《문학신문》, 2008.10.11.

변창률, 「듣고 싶은 목소리」, 『조선문학』, 2006.7.

변창률, 「밑천」, 『조선문학』, 2005.11.

변창률, 「복무자」, 『청년문학』, 1992.1.

변창률, 「빛과 열이 태여나는 곳에서」, 『조선문학』, 2007.5.

변창률, 「어느 분조장의 수기」, 『조선문학』, 2001.1.

변창률, 「영근 이삭」, 『조선문학』, 2004.1.

변창률, 「우리는 약속했다」, 『청년문학』, 2007.9.

변창률, 「첫 메아리」, 『청년문학』, 1991.1.

리영순, 「끌려드는 맛과 소설의 여운」, 『조선문학』, 2001.8.

리창유, 「탐구와 사색의 뚜렷한 자취」, 『조선문학』, 2001.9.

서재진, 『주체사상의 이반』, 박영사, 2006.

석준식, 「손에서 놓고 싶지 않은 '영근 이삭'」, 『조선문학』, 2004.7.

안　성, 「선군시대 정신의 구현과 성격형상」, 『조선문학』, 2006.9.

전영선, 『북한의 문학예술 운영체계와 문예이론』, 역락, 2002.

정상화, 「체제유지의 관점에서 본 북한 경제개혁의 함의 및 평가」, 『국방연구』
　　　48권 2호, 국방대 안보문제연구소, 2005.

작가론과 작품론

제2부

중심을 향한 열망과 파국의 드라마

—윤세평의 비평

남원진

1. 윤세평, 그는 누구인가?

1930년대 후반 평단의 주류(중심)에서 '웰컴! 휴머니즘'을 소리 높여 외치던 백철! 백철에 대해 '홍소(哄笑)'로 맞선 젊은 비평가! 중심을 향한 비판을 통해서 중심을 향한 열망을 역으로 읽을 수 있는 그의 평문!

휴맨이즘 논의(論議)는 '비애(悲哀)의 성사(城舍)'에서 '인간탐구(人間探求)'의 망령(亡靈)에 사로잡혀나온 백철씨(白鐵氏)가 거년말(去年末) '휴맨이즘의 고조(高潮)로 금년 일년간(今年一年間)이 느끼려는 동경문단(東京文壇)'을 망(望)한 남어지 황급(遑急)히 그의 조제품(粗製品)을 수입(輸入)하야 조선문단(朝鮮文壇)의 주류(主流)란 왕좌(王座)에까지 올리려는데서 시작(始作)되엿다. 여기에 잇서서 가소(可笑)로운 것은 오직 한설야씨(韓雪野氏)가 부분적(部分的)으로 지탄(指彈)하엿슬 뿐 모두가 침묵(沈默)을 직혓슴에 불구(不拘)하고 백철씨(白鐵氏)가 조잡(粗雜)

한 독백(獨白)에 흥(興)을 일헛는지 '조선문학(朝鮮文學)의 전통적(傳統的)인 것을 생각할 제 휴맨이즘을 문학(文學)의 주류(主流)로 마저드리는데 오히려 불안정(不安定)과 회의(懷疑)를 늦기게 된다'고 스스로 비명(悲鳴)을 하고 잇슴은 실(實)로 방관자(傍觀者)로 하여금 홍소(哄笑)를 불금(不禁)하는 바이다.[1]

이북의 비평가, 윤세평(尹世平)의 본명은 윤규섭(尹圭涉)이다. 그는 1911년 8월 10일 전라북도 남원군 운봉면 북천리에서 출생하며, 전주고보를 졸업하고, 사회운동(전주여고보 사건)에 가담하여 3년간 감옥 생활을 한 바 있다.[2] 위의 예문에서 보듯, 그는 1930년대 후반 백철의 휴머니즘론을 비판한 첫 평론 「문단항변」(《조선일보》, 1937.4.3, 6~9)을 발표하면서 전문적인 비평 활동을 시작하며, 확고한 비평적 입장과 의식을 가지고 여러 편의 평문을 발표한다.[3] 그는 당대의 여러 비평가들과 문학에 대한 논전을 벌이며, 지도 비평의 입장에서 작가나 작품을 평가한 대표적인 비평가의 한 사람이다. 당시 그의 비평을 구성하는 핵심적인 것은 문학의 사상성 회복, 조선적인 특수성에 바탕을 둔 창작 방법의 확립, 지성의 행동성을 전제로 한 휴머니즘의 적극적인 수용에 있다.[4]

그는 해방기에 완전한 자주 독립 국가의 건설을 주장하다가,[5] 1946

---

1 윤규섭, 「문단항변(文壇抗辯)―그 사상적(思想的) 혼미(昏迷)에 대(對)하야」, 《조선일보》, 1937.4.7.
2 「여학생 중심의 비사(秘社) 격문선포 중 발각―전주여고보사건 진상」, 「윤규섭은 경성에 압송」, 《동아일보》, 1929.8.3 ; 「최성환은 경성에 압송」, 《중외일보》, 1929.8.11.
3 윤규섭은 조선문단의 사상적 혼미 가운데서도 '어느 때나 역사를 응시하고 자기의식의 유지에 전력을 다해야' 한다고 강조한다.(윤규섭, 「문단항변」, 《조선일보》, 1937.4.9) 이런 지적에서 그의 비평적 입장과 의식을 확인할 수 있다.
4 신재기, 「문학과 생활실천의 통일―1930년대말 윤규섭 비평의 의미」, 『예술논문집』 32, 1993. 12, 58면.
5 윤규섭, 「연합군진주와 조선해방」, 『개벽』 73, 1946.1, 67면.

년 전 가족을 데리고 월북하며,[6] 1946년 10월 〈북조선문학예술총동맹〉 산하 〈북조선문학동맹〉 중앙상임위원이 되며,[7] 평론 「신민족문화수립을 위하여」(『문화전선』 2, 1946.11)를 발표한다. 월북 이후 그는 필명을 윤세평으로 개명한다. 그는 문화 운동의 실천적 이념을 제공하는 한편, 현장 비평과 이론적 실천에 나아가며, 고전문학의 체계적인 정리 및 주해를 하며, 문학작품을 발행하는 출판사에 재직하며, 김일성종합대학에서 문학을 가르치는 등의 여러 분야에서 왕성한 활동을 펼친다. 구체적으로, 월북 후 1948년까지 북조선 인민위원회 선전국, 민주조선사 등에서 재직하며, 1949년부터 1954년까지 김일성종합대학 조선문학 강좌장을 역임하며, 그 후 조선작가동맹 평론분과 위원장, 《문학신문》 주필 등을 거쳐 조선작가동맹출판사 단행본 주필, 조선작가동맹 중앙위원회 상무위원회 후보위원 등으로 활동했으나,[8] 1962년 편지 「천 세봉 형에게」(《문학신문》, 1962.7.20)라는 글을 발표한 후 숙청되며, 그 이후 행적은 소상하게 알려져 있지 않다. 아마도 윤세평의 숙청은 1961년 9월 제4차 〈조선로동당〉 대회 이후 전일적 혁명전통 수립(항일혁명문학)이라는 당 선전분야의 과제에 대해 카프 문학의 정통성을 주장한 한설야의 숙청이나 문학계 전반의 복고주의와 민족허무주의에 대한 비판과 관련된 것이 아닐까 짐작할 수밖에 없다.[9]

---

6 윤규섭은 1945년 12월 22일 작성한 평론 「민족문화론」을 1946년 7월 1일에 발간된 『신문예』 2호에, 윤절산이라는 필명으로 1945년 12월 27일 작성한 수필 「동해물」을 1946년 6월 15일 발행된 『신문학』 2호에 게재하며, 그 후 윤세평이라는 필명으로 1946년 10월 13~14일에 결성된 〈북조선문학예술총동맹〉에 참가하며, 1946년 11월 20일 발간된 『문화전선』 2집에 평론 「신민족문화수립을 위하여」를 발표한다. 이런 사실에 근거할 때, 그가 월북한 시기는 1946년 10월 13~14일 이전으로 짐작된다. 이는 박세영, 송영, 안막, 윤기정, 이동규 등의 제1차 월북에 해당된다.
7 「북조선문학예술총동맹중앙상임위원기타위원명부」, 『문화전선』 2, 1946.11, 50면 ; 102면.
8 윤세평, 「저자략력」, 『해방전 조선 문학』, 조선작가동맹출판사, 1958, 343면.
9 1961년 9월 제4차 〈조선로동당〉 대회 이후 '항일무장투쟁의 영광스러운 혁명전통'을 강조하던 시점에서, 한설야는 〈카프〉의 작가들이 항일구국 투쟁의 일원으로 자기 임무를 수행했으며, 지금도 조국의 어두운 밤 속에서 밝음을 찾아 싸우던 그 빛나는 전통을 지키고 있음'을 역설한다 (한설야, 「투쟁의 문학 — '카프' 창건 37 주년에」, 《문학신문》, 1962.8.24).

이 글에서는 이런 윤세평의 활동 가운데 월북 이후 그의 비평 활동에 주목한다.[10] 해방 이후 이북에서는 '북조선중심주의'의 실현과 그것의 문학적 실천인 '진보적 민주주의 민족문학론'을 주장하며, 그 연장선 상에 놓여 있는 전후 '민족적 특성론'이라는 논쟁이 활발히 진행된다. 따라서 이 글은 이에 대한 윤세평의 평론과 관련하여, 이북의 '사회주의적 민족문화(문학)론'[11]의 전개 과정을 검토하는 데 그 목적을 둔다.

여기서 임화, 이원조, 김남천, 이태준 등의 〈남로당〉 계열이 상승과 파국의 한 편의 드라마라고 가정한다면, 한설야, 한효, 안함광, 윤세평 등의 〈북로당〉 계열도 또 다른 상승과 파국의 드라마이다. 이 드라마의 본질은 '공허한 중심을 향한 열망과 그 파국'에 대한 해답에서 찾아질 것이다. '중심'은 그 자체로는 '공허한 껍질'에 불과하며, 그 속에는 그 자신의 특별한 내용을 쏟아 붓는다. 그리고 중심의 특별한 내용은 쉽게 부패한다. 〈북로당〉이라는 중심의 특별한 내용은 '북조선중심주의'로 요약되며, 그 중심이 '평양중심주의'이며, 그 핵이 '김일성주의'이다(북조선중심주의 → 평양중심주의 → 김일성주의). 이런 공허한 중심을 향한 윤세평의 돌진은 한편의 상승과 파국의 드라마를 연출했던 것이다.

---

10 현재 윤세평에 대한 연구는 대부분 식민지 시대의 비평 활동을 중심으로 이루어졌고, 해방 이후 비평 행적에 대해서는 단편적으로 언급되고 있는 실정이다. 대표적인 성과로는 신재기, 「문학과 생활실천의 통일—1930년대 말 윤규섭 비평의 의미」, 『예술논문집』 32, 1993.12 ; 전영선, 「북한의 민족문학이론가·문학평론가 윤세평」, 『북한』 345, 2000.9 ; 서경석, 「카프(KAPF)에 대한 카프 주변부의 비판과 그 가능성」, 한국문학언어학회, 『어문론총』 41, 2004.12 ; 김윤식, 「광야와 청량리에 흐르는 민족문학론의 강물」, 『해방공간 한국 작가의 민족문학 글쓰기론』, 서울대학교출판부, 2006 ; 오하근, 「김환태의 인상비평과 윤규섭의 경향비평」, 『한국언어문학』 57, 2006.6 ; 최명표, 「인식의 비평과 비평의 인식—식민지시대 윤규섭의 비평론」, 『문예연구』 49, 2006. 여름 등이다.

11 한 효, 「우리 문학의 개화 발전을 위한 조선 로동당의 투쟁」, 『조선어문』, 1957. No.2, 8면 ; 윤세평, 「공산주의자의 전형 창조와 관련된 민족적 특성에 대한 약간의 고찰」, 『조선문학』, 1960.4, 108면.

2. 사회주의적 민족문학론의 향방

1) 진보적 민족문학론

1945년 8월 15일은 무엇인가? '자유를 향한 황홀한 열망의 실현'을 상징했던 역사적인 날이었지만, 해방은 '주어진 해방'이며 '좌절된 해방'이라는 근본적인 한계를 갖고 있었다. 이는 "한국을 일본의 독점적 지배에서 해방시켰으나 미·소의 이중 통제하에 둔 것은 해방을 우습게 만들었으며 1945년 8월에 모습을 드러내고 있는 것처럼 보였던 통일 국가를 하나의 환상"[12]이자 신화로 만들어 버린 것이었다. 해방기는 가능성의 정치 공간이었지만, 실질적인 의미에서는 국제질서의 재편성 과정이면서 단지 민족에게는 체제의 공백기를 의미했다. 여기서 남북은 '자주독립국가의 건설'이라는 역사적 과제에 나름대로 충실했고, 이 과제에 대한 정치적 역학 관계에 따라 문학예술단체도 성립되었다.

해방 이후 이북에서는 1945년 8월 25일 소련군이 평양에 진주하여 사령부를 설치했으며, 9월 19일 김일성이 원산항을 통해 귀국했으며, 10월 13일 서울의 〈조선공산당〉 중앙과는 별개의 독자적인 당 기구로서 〈조선공산당 북조선분국〉을 조직할 것을 결정했다. 1946년 2월 8일 단독적인 개혁을 추진하기 위한, 김일성을 위원장으로 하는 '임시 중앙주권기관'인 〈북조선임시인민위원회〉가 결성되었으며, 8월 28일에 〈북조선공산당〉과 〈조선신민당〉의 합동으로 〈북조선로동당〉이 창립되었다.

여기서 김일성과 김두봉을 대표로 하는 〈북조선공산당〉과 〈조선신민당〉은 현 시점의 혁명 단계가 인민민주주의 혁명의 초기 단계, 즉 부르

---

[12] B. Cumings, 김자동 역, 『한국전쟁의 기원』, 일월서각, 1986, 527면.

주아 민주주의 혁명 단계로 인식했으며, 이런 인식의 일치로 양당이 합당되었다. 그런데 〈북조선로동당〉의 창립은 이북에서 강력한 단일 좌파 정당의 탄생을 상징했다. 다시 말해서, 이는 〈북조선공산당〉과 경쟁 가능성을 지닌 〈조선신민당〉이 공산당과 합당함으로써 이북 사회에서 노동당이라는 이름의 배타적 유일 정당이 출범한 것이었다. 이는 남한의 좌파에 대한 이북의 지도 의욕을 공개적으로 보여준 첫 시도로, 구체적으로 조선공산주의운동의 지도자가 이북뿐만 아니라 남한에서도 박헌영이 아니라 김일성이어야 한다는 인식과 연결되어 있었다.[13]

진정한 민주주의 방향으로 전진하고 있는 북조선, 반동 세력의 독점 하에서 또다시 반동적 반민주 반인민 방향으로 거꾸로 뒷걸음을 치고 있는 남조선, 오늘 조선은 서로 상극되는 두 가지 로선으로 걸어 나가고 있습니다. 오늘 조선 인민 앞에 엄중하게 제기되는 문제는 하루바삐 남조선의 반동적 로선을 극복하고 남조선에도 북조선과 같이 철저한 민주주의적 개혁을 실시하며, 그러므로써 통일적인 완전 독립 국가를 세우는 데 있는 것입니다.[14]

〈북조선로동당〉의 목적은 민주주의 민족통일전선을 바탕으로 한 조선의 완전한 민주주의 독립국가 건설이었다. 북조선의 민주주의란 "그전 자본주의 국가의 낡은 국회식 민주주의가 아니고 새로운 조선의 진정한 민주주의를 위한 투쟁이며 광범한 인민대중의 민주주의이며 진보적 민주주의이다."[15] 북조선은 조선의 민주주의 개혁의 책원지이며

---

13 이종석, 『(새로 쓴) 현대북한의 이해』, 역사비평사, 2000, 406~411면 ; 이종석, 『조선로동당연구』, 역사비평사, 1995, 192면.
14 김일성, 「북조선로동당 창립에 대한 보고(1946.8)」, 돌베개 편집부 편, 『북한 '조선로동당' 대회 주요 문헌집』, 돌베개, 1988, 19면.
15 위의 글, 21면.

민주주의 발원지의 역할을 하고 있는 곳이며, 토지개혁, 로동법령, 남녀평등권, 중요 산업기관 국유화, 인민 교육의 민주주의적 개혁이 실현된 곳이다. 그에 반해서 남조선은 '반동 세력'의 독점하에서 또다시 반동적·반민주적·반인민적 방향으로 거꾸로 뒷걸음을 치고 있는 곳에 해당된다. 이러한 노선과 인식은 문예 단체에 그대로 이어져 진보적 민주주의에 입각한 민족문학론과 남조선중심주의 비판을 통한 북조선중심주의로 표현된다.

이런 인식에 따라 1946년 3월 '진보적 민주주의에 입각한 민족예술 문화의 수립'[16]을 강령으로 내세운 〈북조선예술총련맹〉(1946.3.25)이 결성되며, 1946년 10월 이 단체를 재정비하여 위원장 이기영, 부위원장 안막, 서기장 이찬을 중심으로 한 〈북조선문학예술총동맹〉(1946.10. 13~14)이 결성된다.[17] 여기서 〈북조선로동당〉의 기본 노선에 입각해서 창립된 문학예술단체가 바로 〈북조선문학예술총동맹〉이다. 이런 기본적 입장에 따라, 이 문예 단체는 진보적 민주주의 민족문학론을 핵으로 하는 북조선중심주의 문예운동을 주장한다.

이 찬 : 이것은 우리 문화예술인 자신의 노력보다도 위대한 우리 김장군의 영명한 영도와 우리의 진정한 해방을 붉은 군대의 적극적 방조(幇助)로 인함이었음은 물론, 오늘 현재 그리고 또 명일엔 더욱 더 활발한 노력과 성장이 가져지고 있고 또 가져질 것임은 의심할 나위가 없는 것입니다.[18]

---

16 북조선예술총련맹, 「강령」, 『문화전선』 1, 1946.7.
17 해방 직후 평양에서는 최명익을 회장으로 한 순수문학단체인 〈평양예술문화협회〉가 발족된 이후 1946년 3월 〈북조선예술총련맹〉(1946.3.25)이 결성되며, 1946년 10월 이 단체를 재정비하여 이기영을 위원장으로 한 〈북조선문학예술총동맹〉(1946.10.13~14)이 결성된다. 1951년 3월 남북문화단체를 통합하여 한설야가 위원장이 된 〈조선문학예술총동맹〉(1951.3.10)이 결성된다. 그 후 1953년 〈조선문학예술총동맹〉이 해산되고 〈조선작가동맹〉(1953.3.26)이 조직되고, 9월 26~27일에 제1차 〈전국작가예술가대회〉가, 1956년 10월 14~16일 제2차 〈조선작가대회〉가 개최되며, 1961년 3월 〈조선문학예술총동맹〉(1961.3.2)이 재결성된다.
18 한설야 외, 「북조선의 문화의 전모」(『민성』, 1947.1·2), 『문예중앙』, 1995. 여름, 162면.

한설야 : 여기서 한가지 특히 지적해 둘 것은 '서울중심주의'의 극복문제
인데, 이건 북조선의 독선적 견지에서가 아니라 '서울중심주의'의 사상적
근거를 구명함으로써 제기되는 문제입니다. 〔…중략…〕 현재에도 남조선에
서는 인민의 정권을 잡지 못했으므로 해서 서울은 민주주의의 중심이 못됩
니다. 또 나쁜 잔재를 청산해야 할 것은 누구나 다 아는 사실이고 보매 역시
서울은 문화의 중심도 될 수 없을 것입니다. 이와 반대로 북조선에서는 모
든 국가 운전(運轉)에 인민들이 참가하고 있습니다. 민주주의화의 중요한
표현은, 국가를 운전하는 데와 국가의 모든 문제를 해결하는 데 인민들이
참가하는 정도에서 볼 수 있는 것입니다.[19]

안함광 : 북조선의 문학노선은 어떠하냐? 한 말로 말한다면 진보적 민주
주의에 입각한 민족문학을 창건, 수립하려는 것입니다. 남조선 문학자대회
회의록 가운데서 '근대적인 의미의 민족문학 창건'을 당면과업으로 하고 있
는 글을 본 일이 있는데 이것은 옳지 못하다고 생각합니다. 〔…중략…〕 우
리가 수립하려는 국가가 근대적인 의미의 민주주의 국가인 것이 아니라, 진
보적인 의미의 민주주의 국가인 거와 한가지로 우리가 수립하려는 문학도
근대적인 의미의 민족문학이 아니라 진보적 민주주의 민족문학을 수립하라
는 것입니다.[20]

〈북조선문학예술총동맹〉의 입장을 그대로 반영한 것이 『민성』 주최
로 1946년 11월 23일 오후 3시부터 7시 30분에 걸쳐 평양 소재 예술
가후원회 식당인 신영(新迎)에서 열린 좌담회이다. 여기서 북조선이 수
립하려는 문학이 〈남로당〉 계열의 근대적인 의미의 민족문학이 아니라
진보적 민주주의 민족문학 수립임을 강조한다. 〈북조선문학예술총동

---

19 위의 글, 166면.
20 위의 글, 173면.

맹)은 남조선의 서울을 이조봉건사회의 중심지, 일본의 강도문화의 중심지, 나쁜 잔재가 가장 많은 곳으로 강하게 비판한다. 이들은 '서울중심주의'로 말해지는 '남조선중심주의'에 대한 비판을 통하여 조선에 있어서 민주주의의 책원지(策源地)이며, 민주주의 문화의 핵심이 되는 북조선, 즉 '평양중심주의'로 표방되는 '북조선중심주의'를 주장한다. 이들은 북조선중심주의의 핵이 될 '위대한 김 장군의 영명한 영도'라는 김일성주의, 즉 '김일성 노선 위에 서서 사상·조직·행동·작품상 새로운 제고와 군센 통일을 가져오기 위하여 노력'[21]하는 것을 이북 문학의 원칙으로 설정한다.

윤세평이 지적하듯, '남조선중심주의'에 대한 비판과 '북조선중심주의'라는 인식의 현실적 힘은 '토지의 봉건적 관계와 노동의 노예적 관계의 청산 및 인권의 남녀평등한 보장과 중요산업기관의 국유화 등의 제반 민주주의적 개혁'[22]에서 온 것임은 분명하다. 이런 제반 민주개혁의 중심에 바로 '토지를 농민에게 값없이 나누어주는 고금에 처음 듣는 말이며 꿈에도 생각할 수 없는' '천지개벽'[23]과도 같은 토지개혁(1946. 3.5~8)이 놓여 있음은 자명하다.

민주주의 문화이니 신민족문화이니 운위하나 현단계 부과된 자산계급성 민주혁명의 성격을 정당히 역사적 발전적으로 보지못한 소박한 정치이론을 그대로 문화에 직역하여 공소한 관념적 언사만을 되푸리하게 되므로 대중은 물론이오 문화이론가 그 자신까지도 현실적으로 건잡을 수 없는 혼란에 빠지고있다. … 가장 대표적이라고 할 수 있는 지도이론을 볼지라도 덮어놓고 '우리혁명계단은 푸로레타리아계단이 아니므로 건설될 신문화는 푸로레

---

21 안 막, 「신정세와 민주주의문화예술전선강화의 임무」, 『문화전선』 2, 1946.11, 9면.
22 윤세평, 「해방과 문학예술」, 『조선문학』, 1947.9, 293면.
23 이기영, 「개벽」, 『문화전선』 1, 1946.7, 171면 ; 187면.

타리아적인 문화가 아니다' '민족문화는 계급문화가 되어서는 아니된다', '내용에 있어서 민주주의적이고 형식에 있어서 민족적인 신문화를 건설한다'는 상식적이며 용속한 관념적 언사로써 현실을 재단하고 있다.[24]

윤세평도 '민주역량을 강압하는 남조선'과 '문학예술의 자유로운 발전이 보장되는 북조선'[25]을 대비 상정하는 북조선중심주의를 주장하는 한편, 〈북조선문학예술총동맹〉의 결성과 함께 그 산하단체인 〈북조선문학동맹〉 중앙상임위원에 임명되면서부터 활발한 비평 활동을 전개하는데, 해방 직후의 정세와 신문화 건설을 다룬 평문 「신민족문화수립을 위하여」를 발표한다. 위의 인용에서 보듯, 그는 〈남로당〉 계열의 〈조선문학가동맹〉의 민족문화론에 대해서 소박한 정치 이론을 그대로 문화에 이식한 것으로 비판하면서, 신민족문화는 '무산계급이 영도하는 인민의 반제·반봉건의 문화이며, 세계무산계급의 사회주의적 문화혁명의 일부분에 속하는 것'이라고 주장한다.[26] 그의 '신민족문화론'을 체계화한 것이 「신조선민족문화소론」이다. 여기서도 〈남로당〉 계열의 '근대적인 의미의 민족문화론'[27]을 '민족문화를 주장하면서 계급적 문화를 부정'하는 것으로 비판하면서 반제 반봉건 문화는 '무산계급이 영도하는 인민의 민주주의적 문화'라고 반복한다.[28] 여하튼 윤세평의 주장은 마오쩌둥(毛澤東)의 『신민주주의론』을 참조하면서 '진보적 민주

24 윤세평, 「신민족문화수립을 위하여」, 『문화전선』 2, 1946.11, 51~52면.
25 윤세평, 「해방과 문학예술」, 293면.
26 윤세평, 「신민족문화수립을 위하여」, 56면.
27 임화는 〈조선문학가동맹〉 결성 이후 현 단계에 건설될 민족문화의 구체적 내용으로 '제국주의의 흔적 일소' '봉건적 잔재 청산' '국수주의적 경향 배제'로 요약하며, 현 단계의 "민주주의적인 민족문학"은 일본제국주의 잔재의 소탕과 이 장애물을 제거하는 투쟁을 통하여 건설되는 "완전히 근대적인 의미의 민족문학"임을 주장한다.(임화, 「조선민족문학건설의 기본과제에 관한 일반보고」, 조선문학가동맹, 『건설기의 조선문학』, 조선문학가동맹 중앙집행위원회서기국, 1946.6, 41~42면).
28 윤세평, 「신조선민족문화소론」, 『신조선민족문화소론』, 민주조선출판사, 1947, 44면.

주의 민족문화론'을 주장하는 〈북로당〉 노선을 그대로 반영하고 있다.

마오쩌둥(毛澤東)의 '신민주주의론'에서는 현 단계의 혁명은 기본적
으로 부르주아 민주주의 혁명 단계이며 그 객관적 요구는 자본주의의
발전을 위한 길을 닦는 것임을 지적한다. 신민주주의론은 현 단계가
아직 프롤레타리아 사회주의 혁명이 아니라 새로운 형태의 부르주아
민주주의 혁명이지만 이미 프롤레타리아 사회주의 세계혁명의 일부분
임을 강조한 것이다. 민족적, 과학적, 대중적 문화가 바로 인민대중의
반제·반봉건적 문화이며 신민주주의적 문화이며 중화민족의 새 문화
이다. 신민주주의 문화는 민족적 특성과 서로 결합하여 일정한 민족적
형식에 민주주의적 내용을 담은 문화이다. 중국문화는 자신의 형식을
가져야 하는 바 그것이 곧 민족적 형식이다.[29] 스탈린이나 마오쩌둥의
유명한 명제는 '프롤레타리아적' 내용이나 '신민주주의적' 내용이 각
민족의 구체적 조건에 따라 표현된다는 것이다. 여기서 윤세평의 '신
민주주의문화론'은 마오쩌둥의 '신민주주의론'을 그대로 적용한 것에
해당된다.

현단계에 있어서 논의되는 진보적 민족문화의 건설은 진정한 의미에 있
어서 프로레타리아계급문화를 건설하는 데 있어 찾을 수 있는 것이며 제국
주의적 문화잔재의 소탕, 봉건문화잔재의 숙청, 국수주의문화의 배격 등은
그러한 토대를 닦기 위한 당면의 행동스로―간이다.[30]

'제국주의의 흔적 일소, 봉건적 잔재 청산, 국수주의적 경향 배제'를
주장하는 임화의 '근대적인 의미의 민족문화론'에 대한 윤세평의 비판

29 毛澤東, 신인사 역,『신민주주의론』, 신인사, 1946, 68~73면 ; 毛澤東, 김승일 역, 「신민주주
의론(1940.1)」,『모택동 선집(2)』, 박영사, 2002, 418~421면.
30 윤규섭, 「민족문화론」,『신문예』 1-2, 1946.7, 6면.

적 입장을 은밀히 담고 있는 위의 예문에서 보듯, 월북 이전 그는 '현 단계에 있어서 논의되는 진보적 민족문화의 건설은 진정한 의미에 있어서 프롤레타리아계급문화를 건설하는 데에서 찾아야 한다'고 주장한다. 즉, 그의 주장은 현 단계의 진정한 민족문화의 건설은 부르주아민족문화가 아니라 프롤레타리아계급문화의 건설이라는 것이다. 월북 이후 이런 주장에서 한 걸음 더 나아가 그는 임화나 이원조의 민족문화론을 〈남로당〉의 소박한 정치 이론을 그대로 문화에 이식한 것으로 강경하게 비판한다. 이는 마오쩌둥의 논의에 힘입어 '신민족문화론'을 강조하여 〈남로당〉 계열의 문학론과의 차별성을 더욱 드러낸 것에 해당된다.

그런데 임화나 이원조가 주장하는 민족문학론은 안막이나 윤세평이 주장하듯 계급문학을 부정한 것은 아니다. 안막이나 윤세평과 마찬가지로 임화나 이원조가 주장하는 근대적 민족문학론이나 인민적 민주주의 민족문학론은 무산계급을 중심으로 농민, 지식인, 도시 소시민의 전 근로인민의 손으로 수행되는 민주주의를 기반으로 한 문학론이다.[31] 해방 이후 이런 〈남로당〉 계열의 민족문학론에 대한 비판은 1953년 〈남로당〉 숙청 당시 다시 반복된다. 다시 말해서 1946년 당시 그들의 비판은 1953년에 현실화된 것이다. 그런데 〈남로당〉 계열에 대한 비판의 힘은 1946년 〈북조선임시인민위원회〉의 제반 민주개혁과 〈북조선로동당〉의 창립이라는 이북의 현실에서 말미암은 것이다. 이들의 비판에 은밀히 내장되어 있던 것은 식민지 시대 평양이라는 주변에서 해방과 함께 대두된 '중심을 향한 열망'이다. 그것은 현실화된다. 그리고 주변은 배제된다. 결국 〈남로당〉 계열은 역사적 비극을 맞는다. 이는 〈남로당〉 계열을 배제한 〈북로당〉 중심의 역사의 서막이다. 공허한

---

31 清凉山人(이원조), 「민족문학론—인민민주주의민족문학건설을 위하여」, 『문학』, 1948.4, 104면.

중심에 대한 열망은 일그러진 억압과 배제의 역사를 낳는다.

이런 사실의 문학사적 반영은 윤세평의 『해방전 조선 문학』(1958)이나 사회과학원 언어문학연구소에서 펴낸 『조선 문학 통사』(1959)의 다음과 같은 진술에서 선명하게 드러난다.

같은 시기에 기성 문단의 일부에서 그 시기의 퇴폐적인 문학잡지 '백조'에서 분렬하여 나온 시인 리 상화를 비롯하여 김 복진, 리 익상 기타 등이 '파스큐라'라는 한 문학 그루빠를 형성하였다. 이리하여 '백조' 시인의 일부가 허무와 비탄의 나라에서 탈출하여 생동하는 현실의 세계에로 내려왔다. 그들의 일부는 당당한 신경향파 문학 작가로 활동함에 이르렀다.

'염군사' 동인이 정치적 사상이 앞선 그루빠였다고 하면 '파스큐라'는 그들의 과거 경력으로 하여 정치적 이데올로기의 상대적 나약성을 가지고 있었다.[32]

카프에 집결된 작가들은 3·1 운동 이후의 새로운 혁명적 현실 속에서 새로운 시대 사상에 접촉하고 자기의 창작 활동을 의식적으로 로동 계급의 해방 투쟁에 결부시켜 온 진보적 작가들이였으며 그들은 이미 카프 창건 이전부터 프로레타리아 문학의 기치를 들고 부르죠아 반동 문학 예술과 자기를 날카롭게 대립시켰다.

즉 1922년에 '무산 계급 해방 문학의 연구 및 운동'을 목적으로 하는 '염군사(焰群社)'의 출현을 위시하여 부르죠아 반동 문학의 진창으로부터 자기를 구별하여 나선 '신경향파(新傾向派)' 작가들이 활동하고 있었다.[33]

우선 지적하여야 할 것은 1925년에 결성된 '카프'의 출현이다. 물론 '카

---

[32] 안함광, 『조선문학사』(교육도서출판사, 1956) 3, 연변교육출판사, 1957, 62면.
[33] 윤세평, 『해방전 조선 문학』, 조선작가동맹출판사, 1958, 221면.

프' 결성 이전에도 이와 관련되는 중요한 문학적 사실들이 있었다. 그것은 1922년에 '염군사'가 출현하였으며, 그 영향하에 같은 시기에 '파스큐라'가 형성되었다는 사실 등을 들어야 한다. 이와 아울러 이 시기에 조 명희, 리 기영, 한 설야, 최 서해 등이 그 어느 그루빠에도 속해 있지 않으면서 작품 들을 통하여 력량 있는 작가적 실력을 보이면서 출현하였다는 사실도 들어 야 한다. 이 문학들은 모두 부르죠아 문학을 반대하며 무산 계급의 리익을 위하여 의식적으로 복무하려는 특징을 공통적으로 체현하였다. '카프' 결성 이전 시기 가장 중심적 의의를 나타내면서 지도적 역할을 논 문학 단체는 '염군사'다. '염군사'의 선진성은 그의 강령 가운데 여실히 표현되었다. '염 군사'는 1922년 11월에 '본사는 무산 계급 해방 문화의 연구 및 운동을 목 적으로 함'이라는 강령을 채택하였다. 이 강령은 그대로가 '카프' 결성 당시 의 강령으로 되었다. [···중략···] '카프'의 결성은 그 중에서도 거대한 력사 적 의의를 갖는다.[34]

1922년에 조직된 최초의 프롤레타리아 문학 단체인 〈염군사(熖群 社)〉는 이적효, 이호, 김홍파, 김두수, 최승일, 심대섭, 김영팔, 송영 등 이 중심이 된 단체인데, 이들은 잡지 『염군』을 2호까지 편집하여 출판 한다.[35] 이들 좌파 청년 단체는 김기진과 박영희에게 합동하기를 제의 했지만 거절당한다. 이후 김기진과 박영희는 〈파스큘라(PASKYULA)〉

34 조선민주주의 인민공화국 과학원 언어문학연구소 문학연구실, 『조선 문학 통사(하)』, 과학원출 판사, 1959, 24면.
35 김윤식과 김영민의 저서에서는 『염군』 2호가 편집되었으나 출판되지 못한 것으로 기술하고 있 으나, 한설야의 회상에서는 『염군』 2호가 출판된 것으로 기술되어 있다. "'염군' 첫호가 간신히 세상에 나온후 관헌은 그 냄새와 빛갈을 알게되어 다음호가 세상에 나오는 일은 매우 어려운 일 로 되였다. [···중략···] 그래서 편집인들은 이 잡지를 토요일날 늦게 세상에 내보내여 관헌들이 뢰물과 술 처먹기에 통탕치는 토요일 밤으로부터 월요일 아침까지의 사이에 이 잡지가 서점에 서 독자들에게로 넘어가게 하였다./그리하여 월요일에야 이것을 발견한 관헌들이 잡지를 몰수 해 가려고 서점을 습격하면 벌써 다 나가버리고 없었다"(한설야, 「민촌과 나」, 『조선문학』, 1955.5, 23면).

라는 단체를 결성한다. 1924년 이후 두 조직의 구성원들은 두 단체를 합치기로 하고, 1925년 8월 23일에 〈조선프롤레타리아예술동맹(KAPF)〉의 창립총회를 개최한다.[36]

그런데 이런 사실은 이북 문학사에서는 달리 기술되기 시작한다. 안함광은 『조선문학사』(1956)에서 〈파스큘라〉에 비해 〈염군사〉의 정치성을 강조하며, 윤세평은 『해방전 조선 문학』(1958)에서 〈파스큘라〉에 대한 언급을 제외하고, '무산계급해방문학의 연구 및 운동'을 목적으로 하는 '염군사(焰群社)'의 출현 '만'을 지적하며, 과학원 언어문학연구소의 집체작인 『조선 문학 통사』(1959)에 와서는 〈카프〉 결성 이전 〈염군사〉가 '가장' 중심적 단체라는 사실을 표나게 드러낸다.

공허한 중심! 이에 대한 정리가 바로 좌파 청년 단체에 불과했던 〈염군사〉를 〈카프〉 결성 이전 가장 중심적 단체로 설정하는 것, 〈염군사〉을 〈파스큘라〉보다 우위에 위치시키는 것, 〈염군사〉의 영향으로 아래 〈파스큘라〉가 형성된 것으로 규정하는 것, 더 나아가 〈카프〉를 정점으로 설정하는 것이다. 그 문학사적 결정판이 바로 『조선 문학 통사』(1959)이다.

그런데 정치적 상황의 반영이기도 하지만, 〈남로당〉이라는 중심의 외부가 제거되자 〈북로당〉의 내부 분열이 시작된다. 상승과 파열! 1950년대 후반부터 시작된 파열의 정점은 1960년대 한설야, 안함광, 윤세평 등의 숙청이다. 문학사적으로는 김일성을 중심으로 한 항일혁명문학을 정점으로 하는 새로운 문학사의 기술로 나아감이다. 결국 이북의 문학론은 계급문학을 부정한 것으로 〈남로당〉 계열의 '근대적 민족문학론'을 배제 한 후, 항일혁명문학을 정점으로 하는 '주체문예이론'으로 나아가는데, 그 과정에서 놓인 것이 '민족적 특성론'이다.

---

36 김윤식, 『한국 현대문학 비평사』, 서울대학교출판부, 1982, 56면 ; 김영민, 『한국근대문학비평사』, 소명출판, 1999, 47~49면.

2) 민족적 특성론

1947년 3월 28일 〈북조선로동당〉 중앙위원회 상무위원회 제29차 회의 결정서인 「북조선에 있어서의 민주주의 민족 문화 건설에 관하여」에서 고상한 민족적 특성과 민족적 향기가 발향된 새롭고 우수한 민족형식의 계승과 발전을 강조한다. 이런 인식의 연장선상에 놓인 것이 생기발랄한 민족적 품성을 가진 고상한 조선 사람을 형상화하는 방법인 '고상한 사실주의'이다.[37] 여기서 고상한 인물이란 국가와 인민과 민주주의 조국건설을 위하여 헌신적으로 투쟁하며 고상한 목표를 위하여 고난을 극복할 줄 아는 새로운 조선사람이다. 이는 조선사람의 노력과 투쟁, 승리, 영예를 고상한 사실주의적 방법으로, 고상한 사상성과 예술성을 가진 예술 작품을 창작하는 것이다. 민족적 품성을 가진 새로운 조선 사람을 형상화하는 방법인 고상한 사실주의란 바로 민족적 특성 논의의 구체적 발현 형태이다. 그러나 해방 이후 민족적 특성의 강조란 프롤레타리아 국제주의 사상에 기초한 계급성 우위의 입장이었으나, 50년대 후반에서 60년대 초반까지 있었던 '민족적 특성' 논쟁[38]은 계급성보다 민족성 우위의 논리로 수렴되었다. 그래서 이 논쟁은 주체문예이론으로 나아가는 길을 연 것이었다.

김일성은 1952년 12월 〈조선로동당〉 중앙위원회 제5차 전원회의 보고에서 "맑스-레닌주의적 사상관점과 방법을 체득하여 그것을 우리 나라 실정에 맞게 적용할"[39] 것을 지적하며, 1955년 12월 「사상사업에서 교조주의와 형식주의를 퇴치하고 주체를 확립할 데 대하여」를 발표

---

37 한중모, 「해방후 사회주의적 사실주의 문학의 발전과 혁신」, 『조선어문』, 1960. No.4, 21~22면.
38 권순긍·정우택(편), 『우리 문학의 민족 형식과 민족적 특성』, 연구사, 1990.
39 김일성, 「당의 조직적사상적강화는 우리 승리의 기초―조선로동당 중앙위원회 제5차전원회의에서 한 보고 1952년 12월 15일」, 『김일성저작집(7)』, 조선로동당출판사, 1980, 427면.

하면서, 1956년 이후 그는 개인 숭배와 독단주의에 대한 비판을 통해서 반대파를 제거하고 주체 노선을 선택한다. 여기서 1955년 연설에서 의미하는 주체란 마르크스-레닌주의의 맹목적 답습이 아닌 창조적 적용을 강조한 것이다. 이후 1961년 제4차 〈조선로동당〉 대회에서 공식화되고, 1965년 4월 반둥회의 10주년 행사차 인도네시아를 방문한 김일성의 연설을 통해 대내외적으로 표명된다.[40] 1956년 이후 주체 노선이란 소련이나 중국과 일정한 거리를 두는 독자적 노선을 의미한다. 민족적 자주성의 확립이 바로 '주체'로 가는 길이다. 문학예술분야에서 주체를 확립하는 문제는 민족적 자주성을 가진 주체적 공산주의자인 민족적 공산주의자를 형상화하는 것으로 드러난다. 이런 주체의 공산주의자를 형상화하는 것이 바로 주체문예이론으로 나아가는 길이다. 이런 주체의 문제와 관련된 담론이 바로 민족적 특성론이다.

우리들은 프로레타리아문화를 건설하고 있다. 이것은 전혀 옳다. 그런데 내용에 있어서 사회주의적인 프로레타리아문화는 사회주의건설에 인입된 각이한 민족들에게 있어서 언어와 생활풍습등의 상이에 따라 각이한 표현형식 및 표현방법을 가지게된다는것도 역시 옳다. 그내용에 있어서 프로레타리아적이며 형식에 있어서 민족적인 문화—이러한것이 사회주의가 지향하는 전인류적인 문화이다. 프로레타리아문화는 민족문화를 폐기하는것이 아니라 그것에다 내용을 주는것이다. 그와 반대로 민족문화는 프로레타리아문화를 폐기하는것이 아니라 그것에다 형식을 주는것이다.[41]

스탈린은, 1925년 5월 18일 동방 근로자 공산대학의 열성적인 일꾼

40 전영선, 『북한 문학예술 운영체계와 문예 이론』, 역락, 2002, 171면.
41 I. V. Stalin, 「동방민족대학의 정치적 제과업에 관하여(1925.5.18)」, 『이 · 웨 · 쓰딸린 저작집(7)』, 외국문서적출판사, 1956, 182~183면.

들의 임무에 대해서 연설한「동방민족대학의 정치적 제과업에 관하여」에서, 사회주의적 프롤레타리아 문화를 '내용은 프롤레타리아적이고 (내용은 '사회주의적'이 아니라) 형식은 민족적'이라는 명제로 제시한다. 사회주의적 프롤레타리아 문화는 각 민족의 언어와 생활 풍습 등의 차이에 의해 다른 표현 형식과 표현 방법을 가진다. 사회주의가 지향하는 전인류적 문화란 내용은 프롤레타리아적이고 형식은 민족적인 문화이다. 소련의 문화 건설의 방침은 프롤레타리아를 주체로 한 소비에트 권력에 의해 국가적 단결이 진행되는 과정에 부응하는 문화 형태을 건설하는 것이다. 즉, 과거 부르주아 국가의 단결을 위한 민족 문화가 아니라 프롤레타리아적 내용의 민족 문화인 것이다. '약간의 개별적 민족에 있을 수 있는 동화는 민족들의 민족문화가 전인류적인 프롤레타리아문화를 폐기하는 것이 아니라 그것을 보충하며 풍부케 하는 것과 마찬가지로 프롤레타리아적인 전인류적인 문화가 민족들의 민족문화를 배제하는 것이 아니라 그것을 전제로 하며 또 배양한다.'[42] 여기서 스탈린은 전 인류적인 사회주의적 문화는 민족 문화의 특수성을 배제하는 것이 아니라 인정하는 문화 형태임을 강조한다.

문학 예술이 인민의 심장을 울리며 인민에게서 사랑을 받기 위하여서는 그 사회주의적 내용과 슬기롭고 다양한 민족적 형식이 옳게 결합되여야 합니다. 찬란한 우리 민족 예술의 유산을 계승 발전시켜 선조들이 남겨 놓은 아름답고 진보적인 모든 것이 우리 시대에 활짝 꽃피도록 하여야 하겠습니다.[43]

---

42 위의 글, 185면.
43 김일성,「당 중앙위원회 사업 총화 보고—제4차 대회 · 1961년 9월」, 돌베개 편집부 편,『북한 '조선로동당대회' 대회 주요 문헌집』, 돌베개, 1988, 217면.

김 일성 동지는 문학 예술에서 인민들의 생활 감정과 정서, 기호 등에 깊은 관심을 돌릴 것을 강조하면서 항상 민족적 특성과 민족적 형식에 거대한 의의를 부여하였다.

그리 하여 이상과 같은 사회주의적 내용과 민족적 형식의 결합과 유기적 통일은 문학 예술도 포함한 사회주의 문학의 기본 특징이며 민족적 특성은 민족 생활의 형식에서 표현된다.

그러나 민족적 특성은 그 대로 민족적 형식과 동의어가 아니다. 동시에 사회주의 문화의 한 구성 부분인 문학 예술에서도 내용은 사회주의적이며 형식은 민족적이라는 원칙이 규정적 의의를 가지고 있지만 문학 작품의 내용은 추상적인 것이 아니기 때문에 민족적 특성과 민족적 색채는 그 형식에만 고유한 것이 아니라 그 내용에서도 표현된다.

그리하여 문학 작품에서 민족적 특성 또는 민족적 특색의 표현 분야를 본다면 그것은 첫째로 민족어이며 둘째로 자연과 생활 풍습까지도 포함한 민족 생활의 제재이며 세째로 공통적인 심리적 성격 즉 '민족성'이며 끝으로 력사적으로 형성된 전통적인 문학 형식 등을 들 수 있다.[44]

윤세평은 민족적 형식과 민족적 특성을 서로 동일시하거나 혼동하여 사용해서는 안 된다고 강조하면서, 문학 작품의 내용에도 형식에도 적용되고 구현되는 민족적 특성은 모든 형상적 체계를 총괄하는 사회 과학적 범주인 민족적 형식의 개념에 포괄된다고 주장한다. 여기서 민족적 형식이란 문학 작품의 단순한 형식이 아닌 언어, 생활 환경, 풍습, 기질 등 민족적인 모든 특징들을 포괄하는 '민족적 구체성'[45]을 의미하며 사회주의적 내용의 표현 형태이다. 사회주의적 내용이란 사회주

44 윤세평, 「사회주의적 내용과 민족적 형식」, 과학원 언어문학 연구소 문학연구실, 『우리 나라에서의 맑스-레닌주의 문예 리론의 창조적 발전』, 과학원출판사, 1962, 194면.
45 김창석, 「문학 예술의 민족적 특성에 대하여」, 『조선문학』, 1959.4, 125면.

의적인 여러 원칙들을 의미한다. 사회주의적 내용과 민족적 형식은 변증법적 통합을 통해서 각기 내용과 형식을 부여한다. 문학예술에서 민족적인 것이 사회주의적 내용에 표현되며 사회주의적 내용이 민족적인 것을 통하여 표현된다.

민족적 형식론은 사회주의 원리가 어떻게 민족 문화로 발현되는가의 문제이다. 문학예술에서의 민족적 형식은 구체적인 민족적 특성을 통해 형상화된다. 즉, "문학 작품에서 내용에도 형식에도 표현되는 민족적 특성을 발현시키고 있는 모든 형상적 체계를 총괄적으로 사회 과학적 범주인 민족적 형식의 개념에 포괄된다."[46] 문학예술에서 민족적 형식의 구체적 형상화에 해당되는 민족적 특성은 대부분 민족적 형식의 하위 개념으로 사용된다. 이 민족적 특성은 고정불변의 것이 아니라 생활의 변화 발전과 역사적 조건에 따라 규정되는 생활의 구체적 발현 형태인 각 민족의 구체적 조건을 통해서 표현된다.

> 력사적으로 형성된 민족적 특성에 대하여도 특히 그것이 오늘의 우리 생활의 길을 열어 놓았고 또 전통으로서 무궁무진한 생활력을 가지고 있는 30년대 김 일성 동지를 선두로 하는 항일 무장 투쟁의 빛나는 혁명 전통 속에서 이룩한 민족적 특성을 발현시키는 데 선차적인 주목을 돌려야 한다.[47]

민족적 특성론은 공산주의자의 전형 창조 문제와 밀접한 관련을 맺는데, "민족적 특성은 민족적 성격에 가장 뚜렷하게 표현"[48]되고, 민족적 성격은 주로 인물 형상 창조와 관련되어 사용된다. 여기서 윤세평은 인물의 성격에서 계급적인 것이 성격의 핵으로서 보편적인 것인데

---

46 윤세평, 「공산주의자의 전형 창조와 관련된 민족적 특성에 대한 약간의 고찰」, 『조선문학』, 1962.4, 110면.
47 위의 글, 119~120면.
48 김창석, 「문학 예술의 민족적 특성에 대하여」, 132면.

반해, 민족적인 것, 개체적인 특징이 특수한 것으로서, 상호 유기적인 통일을 이루어 하나의 전일적이며 비반복적인 성격을 형성한다고 지적한다. 그리고 민족적 특성이 구현되는 모든 분야 중에서 가장 결정적인 것이 바로 긍정적 인물의 성격이다. 특히 공산주의자의 도덕적 특질은 구체적인 민족적 특성을 통해서 표현된다.

문학 예술에서 주체의 확립은 우선 해방 전 카프 문학 예술과 항일 무장 투쟁 속에서 직접 창작된 혁명 문학 예술이 이룩한 빛나는 사회주의적 사실주의 전통을 광범히 계승하게 하였을 뿐만 아니라 혁명 전통의 교양과 더불어 1930년대 항일 빨찌산들의 불멸의 공산주의적 형상 창조에 새로운 박차를 가하였다.

전후 시기 혁명 전통 주제의 창작이 그처럼 활기를 띠고 1930년대 공산주의 투사들의 형상을 통하여 그들의 혁명 정신으로 우리의 젊은 세대들을 교양하고 있는 것도 주체를 확립하게 된 결과이다.[49]

민족적 특성의 탐구는 그 자체에 목적이 있는 것이 아니라, 공산주의적 전형의 도덕적 특질을 생동하게 형상화하는 데에 있다. 더 나아가 민족적 특성론은 현 시대의 공산주의자의 전형인 '민족적 공산주의자'의 형상화가 핵심적인 문제로 부각된다.[50] 1930년대 항일 유격대를 중심으로 하는 민족적 공산주의자의 형상화란 주체 확립의 문제임은 당연하다. 이 문제가 강조되면 될수록 해방 전 카프 문학예술과 항일무장투쟁 과정에서 창작된 항일혁명문학의 불균형 상태가 심화될 것은 뻔한 사실이다. 따라서 이는 민족적 공산주의자인 김일성을 정점으로

---

49 윤세평, 「우리 나라에서 맑스-레닌주의 미학의 창조적 구현」, 『조선문학』, 1962.4, 103면.
50 권순긍, 「우리 문학의 민족형식과 민족적 특성」, 『역사와 문학적 진실』, 살림터, 1997, 105~140면.

하는 항일혁명문학의 기술로 나아감을 상징적으로 보여준다는 것이다. 여기서 윤세평 등의 논쟁은 〈남로당〉 계열의 문학에 대한 배제에서더 나아가 카프 문학의 배제라는 파국을 맞게 될 것임은 자명하다. 결국 이북의 '사회주의적 민족문학론'에서 '주체문예이론'으로의 전개과정은 남조선중심주의(서울중심주의)에 대한 비판에서 북조선중심주의(평양중심주의)의 핵이며 한 극단인 김일성주의로 수렴된다. 이는 북조선중심주의라는 공허한 중심의 핵이 바로 김일성주의가 된다는 말이다. 곧, 주체문예이론의 새로운 내용이 김일성주의로 채워진다는 것이다. 김일성주의로 채워진 주체문예이론에서의 주체는 모든 것을 배제함으로써만 주체로 기능한다. 그 과정이 남조선중심주의의 핵인 〈남로당〉 계열의 문학을 삭제하는 것이며, 더 나아가 〈북조선중심주의〉에서과거 핵을 차지했던 〈카프중심주의〉을 배제하는 것이다.

3. 윤세평, 기관차와 연기에 대한 단상

윤세평은 1930년대 후반기 문단의 주변에서 문단의 중심에 위치한지식인의 무력함과 사상적 혼미에 빠진 문단의 빈약성을 강경한 어조로 비판하면서 문단 활동을 시작한다.[51] 그런데 해방 이후 이북에서 정권이 수립되면서 해방 전 문단의 주변에서 문단의 중심으로 이동하면서 주변에 대한 비판을 본격화한다. 그는 해방 이후 "조선 혁명의 심장"이며, "제국주의를 반대하는 세계 평화와 민주 진영 초소의 보루"[52]로 '평양'을 평가한다. 이런 평양으로 상징되는 북조선중심주의는 해방 이후 이북에서 실현된다. 이 중심점에 위치한 인물이 한설야, 한효,

51 윤규섭, 「문단항변」, 《조선일보》, 1937.4.3.
52 윤세평, 「고도(古都) 평양」, 『조선문학』, 1957.10, 24면.

안함광, 윤세평 등이다. 이들의 북조선중심주의의 핵인 평양중심주의, 그것은 공허한 중심을 향한 열망의 다른 표현이다. 북조선중심주의의 문학적 실천이 '진보적 민주주의 민족문학론'의 실현과 그 연장선상에 놓여 있는 '민족적 특성론'이라는 논쟁 과정이다. 이북의 사회주의적 민족문학론은 주체의 특성을 정의하는 내적 규정과 타자의 특성과 주체의 특성을 차별화하는 외적 규정으로 이루어진다. 즉, 주체의 특성을 긍정적으로 의미화한 담론이 민족적 특성론이며, 타자의 본질을 부정적으로 의미화한 것이 〈남로당〉 계열의 '근대적 민족문학론'에 대한 비판이다. 이들은 계급문학을 부정한 것으로 〈남로당〉 계열의 문학론을 배제한 후, 김일성을 중심으로 하는 민족적 공산주의자를 정점으로 하는 계급문학론을 만든다. 이것이 바로 이북의 '사회주의적 민족문학론'의 결론이다. 그러나 60년대 이들의 숙청이라는 비극은 '공허한 중심을 향한 열망과 분열'의 그 선상에 놓여 있다. 이는 〈남로당〉이라는 배타적 타자를 소멸시킴으로써 중심이 되었지만 〈북로당〉이라는 중심의 분열로 다시 한설야, 한효, 안함광과 마찬가지로 윤세평은 배타적 타자가 되어 소멸되었던 것이다. 결국 '기관차'로 표상되는 중심을 향한 돌진은 그 실현과 함께 파국을 맞은 것이다.

어느 선배는 나에게 말하였다. 우리는 기차가 내뿜는 하─얀 연기가 아니라 모름지기 기관차가 되어야 한다고. 사실 이제까지의 지도자들은 바람 이불면 언제 어느 곳으로 사라질지도 몰르는 연기가 되었으며, 대중은 또한 그 연기만을 바라보고서 연기가 사라지면 곧 환멸을 느껴왔다. 그러나 혁명의 주체요 그 전위는 어느 때나 기관차이다. 어둠을 헤치고 돌진하는 기관차 그것만이 객차와 화차를 능히 이끌고 갈 수 있는 것이다. 혁명에의 길─ 그것은 기차선로와도 같이 우리 눈앞에 뚜렷하다. 그러나 신속하는 기관차가 내쑴고 간 연기만이 눈에 첩경 띠이는 것은 웬일까?[53]

윤세평은 1920년대 말부터 사회운동을 시작하면서부터 혁명의 주체이자 그 전위로 표상되는 기관차가 되기를 원했으나, 1960년대 초에 이르러 결국 연기로 화한 것은 아닐까? 위의 글에서, 해방 이후 혁명의 지도자가 남기고 간 연기를 바라보는 그의 안타까운 심정이 기술되어 있다. 그러나 여기서 연기는 그의 중심을 향한 열망의 파국의 또 다른 표징을 읽을 수 있는 것은 아닐까? 그래서 해방 정국의 혼란 상황에서 그는 월북을 단행했고, 이북에서 어둠을 헤치고 돌진하는 기관차로써 매진했다. 그러나 그는 60년대 숙청이라는 비극을 맞으며 연기가 된 것이었다. 이런 사실은 공허한 중심이 쉽게 부패한다는 사실을 그는 인식하지 못했을 뿐만 아니라 중심에 대한 환상이 주체와 타자 모두를 파멸시킬 수 있음을 알지 못했다는 것을 역설한다. 이는 공허한 중심에 대한 질주는 일견 모순된 현실을 극복하는 듯한 착각을 불러일으키지만, 항용 기회만 주어진다면 이면에 잠복해 있던 그 폭력성을 여실히 드러낸다는 것이다. 주변에 대한 폭력성을 동반한 중심을 향한 그의 질주는 중심의 분열과 새로운 중심의 부상에 의해 여지없이 파괴된다. 그 중심의 비극의 결정판이 김정일의 다음과 같은 지적이다. "반당반혁명분자들과 그 추종분자들은 위대한 수령님께서 항일혁명투쟁시기에 이룩하신 영광스러운 혁명적문학예술전통을 내세울 대신 일부 불건전한자들을 내세워 〈카프〉의 전통'을 계승하여야 한다는 잡소리까지 치게 하였으며 민족문화유산계승에 있어서도 당의 로선과 원칙을 어기고 복고주의와 민족허무주의의 편향을 나타냈습니다."[54] (사후적인 판단이 개입한 것이라 할지라도) 이런 김정일의 폭력적 비판에서 그의 비극과 숙청의 진정한 이유를 확인할 수 있는 것이 아니겠는가.

53 윤철산, 「동해물」, 『신문학』 2, 1946.6, 152면.
54 김정일, 「4·15문학창작단을 내올데 대하여—조선로동당 중앙위원회 선전선동부 책임일군들과 한 담화 1967년 6월 20일」, 『김정일선집(1)』, 조선로동당출판사, 1992, 242면.

참고 문헌

「북조선문학예술총동맹중앙상임위원기타위원명부」, 『문화전선』. 1946.11.

「여학생중심의비사(秘社) 격문선포중발각」, 「윤규섭은 경성에압송」, 《동아일
　　보》, 1929.8.3.

「최성환은 경성에압송」, 《중외일보》, 1929.8.11.

과학원 언어문학 연구소 문학연구실, 『우리 나라에서의 맑스-레닌주의 문예
　　리론의 창조적 발전』, 과학원출판사, 1962.

권순긍·정우택(편), 『우리 문학의 민족 형식과 민족적 특성』, 연구사, 1990.

권순긍, 『역사와 문학적 진실』, 살림터, 1997.

김영민, 『한국근대문학비평사』, 소명출판, 1999.

김윤식, 『한국 현대문학 비평사』, 서울대학교출판부, 1982.

김윤식, 『해방공간 한국 작가의 민족문학 글쓰기론』, 서울대학교출판부,
　　2006.

김일성, 『김일성저작집(7)』, 조선로동당출판사, 1980.

김정일, 『김정일선집(1)』, 조선로동당출판사, 1992.

김창석, 「문학 예술의 민족적 특성에 대하여」, 『조선문학』, 1959.4.

돌베개 편집부 편, 『북한 '조선로동당대회' 대회 주요 문헌집』, 돌베개, 1988.

북조선예술총련맹, 「강령」, 『문화전선』, 1946.7.

서경석, 「카프(KAPF)에 대한 카프 주변부의 비판과 그 가능성」, 『어문론총』
　　41, 2004.12.

신재기, 「문학과 생활실천의 통일」, 『예술논문집』 32, 1993.12.

안　막, 「신정세와 민주주의문화예술전선강화의 임무」, 『문화전선』, 1946.11.

안함광, 『조선문학사(3)』, 연변교육출판사, 1957.

오하근, 「김환태의 인상비평과 윤규섭의 경향비평」, 『한국언어문학』 57,
　　2006.6.

윤규섭, 「문단항변」, 《조선일보》, 1937.4.3, 6~9.

윤규섭, 「민족문화론」, 『신문예』, 1946.7.

윤규섭, 「연합군진주와 조선해방」, 『개벽』, 1946.1.

윤세평, 「고도(古都) 평양」, 『조선문학』, 1957.10.

윤세평, 「공산주의자의 전형 창조와 관련된 민족적 특성에 대한 약간의 고찰」,
  『조선문학』, 1960.4.

윤세평, 『생활과 문학』, 조선작가동맹출판사, 1961.

윤세평, 「신민족문화수립을 위하여」, 『문화전선』, 1946.11.

윤세평, 『신조선민족문화소론』, 민주조선출판사, 1947.

윤세평, 「우리 나라에서 맑스-레닌주의 미학의 창조적 구현」, 『조선문학』,
  1962.4.

윤세평, 「해방과 문학예술」, 『조선문학』, 1947.9.

윤세평, 『해방전 조선 문학』, 조선작가동맹출판사, 1958.

윤절산, 「동해물」, 『신문학』, 1946.6.

이기영, 「개벽」, 『문화전선』, 1946.7.

이종석, 『조선로동당연구』, 역사비평사, 1995.

이종석, 『(새로 쓴) 현대북한의 이해』, 역사비평사, 2000.

전영선, 『북한 문학예술 운영체계와 문예 이론』, 역락, 2002.

전영선, 「북한의 민족문학이론가·문학평론가 윤세평」, 『북한』 345, 2000.9.

조선문학가동맹, 『건설기의 조선문학』, 조선문학가동맹 중앙집행위원회서기
  국, 1946.

조선민주주의 인민공화국 과학원 언어문학연구소 문학연구실, 『조선 문학 통
  사(하)』, 과학원출판사, 1959.

청량산인, 「민족문학론」, 『문학』, 1948.4.

최명표 편, 『인식론적 비평과 문학』, 새미, 2003.

최명표, 「인식의 비평과 비평의 인식」, 『문예연구』 49, 2006, 여름.

한설야, 「민촌과 나」, 『조선문학』, 1955.5.

한설야, 「투쟁의 문학」, 『문학신문』, 1962.8.24.

한설야 외, 「북조선의 문화의 전모」, 『문예중앙』, 1995, 여름.

한중모, 「해방후 사회주의적 사실주의 문학의 발전과 혁신」, 『조선어문』,
　　　　1960. No.4.

한　효, 「우리 문학의 개화 발전을 위한 조선 로동당의 투쟁」, 『조선어문』,
　　　　1957. No.2.

毛澤東, 김승일 역, 『모택동 선집(2)』, 박영사, 2002.

毛澤東, 신인사 역, 『신민주주의론』, 신인사, 1946.

Cumings, B., 김자동 역, 『한국전쟁의 기원』, 일월서각, 1986.

Stalin, I. V., 『이·웨·쓰딸린 저작집(7)』, 외국문서적출판사, 1956.

윤세평 작품 목록

윤세평, 「신민족문화수립을 위하여」, 『문화전선』, 1946.11.

윤세평, 「신민족문화수립을위하여」, 『신조선민족문화소론』, 민주조선출판사, 1947.

윤세평, 「신조선문화의 성격과 그 기반」, 『신조선민족문화소론』, 민주조선출판사, 1947.

윤세평, 「신조선민족문화소론」, 『신조선민족문화소론』, 민주조선출판사, 1947.

윤세평, 「해방과 문학예술」, 『신조선민족문화소론』, 민주조선출판사, 1947.

윤세평, 『신조선민족문화소론』, 민주조선출판사, 1947.

윤세평, 「신조선문화의 성격과 그 기반 — 인민경제계획실시와 문화문제」, 『문화전선』, 1947.8.

윤세평, 「해방과 문학예술」, 『조선문학』, 1947.9.

윤세평, 「10월혁명과 세계민주주의운동」, 『조소문화』, 1947.11.

윤세평, 「조선민주주의인민공화국의 인민적성격」, 『인민』, 1948.10.

윤세평, 『고전춘향전연구』, 국립인민출판사, 1949.

윤세평, 「8·15해방 이후의 문학 평론」, 『문학의 전진』, 문화전선사, 1950.

윤세평, 「우리 고전 문학의 유산 계승 문제」, 『새 현실과 문학』, 조선작가동맹출판사, 1954.

윤세평, 『리조문학의 사적 발전 과정과 제 쟌르에 대한 고찰』, 국립출판사, 1954.

윤세평, 「18세기 실학파 사상과 박연암의 문학」, 『조선문학』, 1954.3.

윤세평, 「전후 복구 건설 시기의 조선 문학」, 『해방후 10년간의 조선문학』, 조선작가동맹출판사, 1955.

윤세평, 「인민 군대의 형상화를 위하여 — 「젊은 용사들」을 중심으로」, 『조선문학』, 1955.2.

윤세평, 「우리 시문학의 새로운 수확 – 장편 서사시 「어머니」에 대하여」, 『조선문학』, 1955.5.

윤세평, 「평론의 현 상태와 그 개진을 위하여」, 『제2차 조선 작가 대회 문헌집』, 조선작가동맹출판사, 1956.

윤세평, 「해방전 조선의 반혁명적 문학 집단 '구인회'의 정체」, 『문예 전선에 있어서 반동적 부르죠아 사상을 반대하여(1)』, 조선작가동맹출판사, 1956.

윤세평, 「『농토』와 「호랑이 할머니」에 대하여」, 『문예 전선에 있어서 반동적 부르죠아 사상을 반대하여(2)』, 조선작가동맹출판사, 1956.

윤세평, 『조선문학사(15~19세기)』, 교육도서출판사, 1956.

윤세평, 「정 다산과 그의 시가」, 『조선문학』, 1956.4.

윤세평, 「우리의 민족 문학 유산에 대한 관념론적 허무주의를 반대하여 – 림화의 반인민적 『조선 문학』과 그 사상적 잔재를 분쇄하자」, 『조선어문』, 1956. No.4.

윤세평, 「우리의 농촌 현실과 극문학 – 오 철순 작 『새로운 전변』에 대하여」, 『조선문학』, 1956.8.

윤세평, 「고전 작품 연구와 교조주의 – 제2차 작가 대회를 앞두고」, 『조선문학』, 1956.9.

윤세평, 「박 연암과 연암동에 대한 수기」, 《문학신문》, 1956.12.13.

윤세평, 「조선 시가의 운률적 기초에 대한 약간의 고찰」, 『조선문학』, 1957.1.

윤세평, 「송강 정 철과 조선 문학」, 《문학신문》, 1957.1.24.

윤세평, 「연암과 사실주의의 힘 – 박연암 탄생 220주년 기념 특집」, 『조선문학』, 1957.3.

윤세평, 「큰일과 작은일」, 《문학신문》, 1957.3.28.

윤세평, 「고전 작품의 무대 예술화에 있어서의 몇 가지 문제」, 『조선예술』,

1957.6.

윤세평, 「고도(古都) 평양」, 『조선문학』, 1957.10.

윤세평, 「10월의 기' 발밑에서」, 《문학신문》, 1957.9.5.

윤세평, 「평양과 문학」, 《문학신문》, 1957.10.10.

윤세평, 「당 문학 건설의 영예를 지니고」, 《문학신문》, 1957.11.14.

윤세평, 「고전 유산과 전통의 옹호를 위하여」, 『문예 전선에 있어서 반동적 부르죠아 사상을 반대하여(3)』, 조선작가동맹출판사, 1958.

윤세평, 「송강 정 철」, 『고전 작가론』, 조선작가동맹출판사, 1958.

윤세평, 「해방후 조선 문학 개관」, 『해방후 우리 문학』, 조선작가동맹출판사, 1958.

윤세평, 『해방전 조선 문학』, 조선작가동맹출판사, 1958.

윤세평, 「력사적인 전변」, 『청년문학』, 1958.1.

윤세평, 「익재 리 제현과 그의 문학 — 탄생 670주년에 제하여」, 《문학신문》, 1958.1.9.

윤세평, 「고전 유산과 전통의 옹호를 위하여 — 남조선에서의 '고전 론의'의 반동성을 규탄한다」, 『조선어문』, 1958. No.2.

윤세평, 「민족의 분렬을 더는 지연시킬 수 없다」, 《문학신문》, 1958.2.13.

윤세평, 「정론에 대하여」, 『조선문학』, 1958.3.

윤세평, 「레닌의 유훈을 받들어」, 《문학신문》, 1958.4.24.

윤세평, 「사회주의적 로동의 주제와 형상 문제 — 장편소설 『시련 속에서』를 중심으로」, 『조선문학』, 1958.7.

윤세평 · 조벽암 · 김순석, 「생활과 독단」, 《문학신문》, 1958.7.10.

윤세평, 「우리 문학의 광휘로운 혁명적 전통」, 《문학신문》, 1958.8.21.

윤세평, 「창조와 혁명의 불길' 속에서」, 《문학신문》, 1958.10.2.

윤세평, 「서포 김 만중과 그의 창작」, 『고전작가론(2)』, 조선작가동맹출판사, 1959.

윤세평, 「시 문학에서 부르죠아 사상 잔재를 반대하여」, 《문학신문》, 1959.1.
4.

윤세평, 「농촌 협동화에 바쳐진 예술적 화폭 — 장편 『석개울의 새 봄』을 읽
고」, 《문학신문》, 1959.3.1.

윤세평, 「영예로운 비판의 무기를 녹쓸게 하지 말자!(질 제고를 위해 무엇이
필요하다고 생각합니까)」, 《문학신문》, 1959.3.5.

윤세평 · 최일룡 · 정문향, 「조선작가동맹 중앙위원회 제4차 전원회의에서 한
토론」, 《문학신문》, 1959.4.19.

윤세평, 「공산주의 문학 건설은 우리 문학 발전의 합법칙적 요구」, 《문학신
문》, 1959.5.3.

윤세평, 「작품과 빠포스 문제 — 신 동철의 창작을 일관하는 반동적 미학 사
상」, 『조선문학』, 1959.9.

윤세평, 「공산주의 문학 건설에 있어서의 신인들의 역할 — 공산주의 문학 건
설을 위한 신인들의 토론을 중심으로」, 『청년문학』, 1959.11.

윤세평, 「박종화와 소설 『임진왜란』의 반동성」, 『문예 전선에 있어서 반동적
부르죠아 사상을 반대하여(4)』, 조선작가동맹출판사, 1960.

윤세평, 「로동 계급의 형상과 창조적 로동의 힘」, 『전진하는 조선문학』, 조선
작가동맹출판사, 1960.

윤세평, 「한 설야와 그의 문학」, 『현대 작가론(2)』, 조선작가동맹출판사,
1960.

윤세평, 「『형제』와 민족적 특성 문제」, 《문학신문》, 1960.1.29.

윤세평, 「생활이 아닌 생활, 문학 아닌 문학 — 소위 '농민문학'을 떠벌리는 리
무영의 잠꼬대」, 《문학신문》, 1960.3.15.

윤세평, 「민족적 특성에 관한 의견 상위점 — 문제의 소재를 명백히 하자(공산
주의자의 전형 창조를 위하여)」, 《문학신문》, 1960.3.22.

윤세평, 「공산주의자의 전형 창조와 관련된 민족적 특성에 대한 약간의 고찰」,

『조선문학』, 1960.4.

윤세평, 「붓끝을 더욱 날카롭게 벼리리라」, 《문학신문》, 1960.4.22.

윤세평, 「봄과 소채」, 《문학신문》, 1960.4.26.

윤세평, 「평론과 전투적 빠포스」, 《문학신문》, 1960.5.31.

윤세평, 「우리 나라에서 사실주의 발생 론의에 대한 약간의 의견」, 『조선어
　　　문』, 1960. No.6.

윤세평, 「단편 「개나리」에서 론의해야 할 문제」, 《문학신문》, 1960.6.10.

윤세평, 「한 설야와 그의 문학」, 『조선문학』, 1960.8.

윤세평, 「남조선 현실의 생동한 화폭과 작가의 앙양된 정신 세계 － 장편 소설
　　　『사랑』을 읽고」, 《문학신문》, 1960.11.15.

윤세평, 「조국에 잇대인 붉은 마음 － 재일본 조선 문학 예술가 동맹 작가들의
　　　창작적 앙양」, 《문학신문》, 1960.12.16.

윤세평, 「풍만한 창조적 결실로 자랑찬 1960년」, 《문학신문》, 1960.12.30.

윤세평, 「최 서해 론」, 『현대작가론(1)』, 조선작가동맹출판사, 1961.

윤세평, 「우리 당 문예 정책의 기본 방향과 그 정당성」, 『생활과 문학』, 조선작
　　　가동맹출판사, 1961.

윤세평, 「우리의 고전 문학 유산과 그의 정당한 계승을 위하여」, 『생활과 문
　　　학』, 조선작가동맹출판사, 1961.

윤세평, 「공산주의 교양과 우리 문학의 새로운 발전 단계」, 『생활과 문학』, 조
　　　선작가동맹출판사, 1961.

윤세평, 「공산주의자의 전형 창조와 관련된 민족적 특성에 대한 약간의 고찰」,
　　　『생활과 문학』, 조선작가동맹출판사, 1961.

윤세평, 「조선 시가의 운률에 대한 약간의 고찰」, 『생활과 문학』, 조선작가동
　　　맹출판사, 1961.

윤세평, 「정론에 대하여」, 『생활과 문학』, 조선작가동맹출판사, 1961.

윤세평, 「우리 나라 문학 발전에서 사실주의 발생에 대한 고찰」, 『생활과 문

학』, 조선작가동맹출판사, 1961.

윤세평, 「장편소설 『고향』과 『땅』」, 『생활과 문학』, 조선작가동맹출판사, 1961.

윤세평, 「김 일성 원수의 어린 시절과 작품 『만경대』」, 『생활과 문학』, 조선작가동맹출판사, 1961.

윤세평, 「우리의 농촌 현실과 극 문학」, 『생활과 문학』, 조선작가동맹출판사, 1961.

윤세평, 「사회주의적 로동의 주제와 형상 문제」, 『생활과 문학』, 조선작가동맹출판사, 1961.

윤세평, 「농업 협동화에 바쳐진 예술적 화폭」, 『생활과 문학』, 조선작가동맹출판사, 1961.

윤세평, 「혁명 전통의 형상과 『불사조』」, 『생활과 문학』, 조선작가동맹출판사, 1961.

윤세평, 「조국 통일의 주제와 장편 소설 『사랑』의 세계」, 『생활과 문학』, 조선작가동맹출판사, 1961.

윤세평, 「문학 유산 계승에 있어서 관념론적 허무주의를 반대하여」, 『생활과 문학』, 조선작가동맹출판사, 1961.

윤세평, 「고전 유산과 전통의 옹호를 위하여」, 『생활과 문학』, 조선작가동맹출판사, 1961.

윤세평, 「문단 항변」, 『생활과 문학』, 조선작가동맹출판사, 1961.

윤세평, 「문학인의 생활 의식」, 『생활과 문학』, 조선작가동맹출판사, 1961.

윤세평, 『생활과 문학』, 조선작가동맹출판사, 1961.

윤세평, 「조국통일의 주제와 장편소설 『사랑』의 세계」, 『조선문학』, 1961.1.

윤세평, 「생활과 사상, 기교의 문제 – 천리마적 현실의 진실한 반영을 위하여」, 《문학신문》, 1961.1.24.

윤세평, 「혁명 연극 「혈해의 노래」에 대하여 – 30년대 항일 무장 투쟁 속에서 창조된 혁명 문학의 불후의 고전적 유산」, 『조선문학』, 1961.4.

윤세평, 「현실 침투와 인민 생활과의 련계의 강화는 우리 당 문예 로선의 기본 원칙」, 『조선문학』, 1961.5.

윤세평, 「생활적 갈등의 파악은 당면한 미학적 요구이다」, 《문학신문》, 1961. 6.11.

윤세평, 「우리 나라 사회주의적 사실주의 문학 예술 발전에서의 강령적 교시」, 《문학신문》, 1961.6.30.

윤세평, 「초원에 솟은 태양 – 몽고 인민 혁명 40주 년에 제하여」, 《문학신문》, 1961.7.11.

윤세평, 「위대한 현실 생활의 화폭과 공산주의자의 전형 창조 – 3차 당 대회 이후의 소설 문학」, 『조선문학』, 1961.8.

윤세평, 「우리 문학을 더욱 꽃피우자」, 《문학신문》, 1961.9.19.

윤세평, 「천리마 현실의 반영과 극적 갈등 문제」, 《문학신문》, 1961.11.3.

윤세평, 「사회주의적 내용과 민족적 형식」, 『우리나라에서의 맑스 – 레닌주의 문예리론의 창조적 발전』, 과학원출판사, 1962.

윤세평, 「우리 나라에서 장편 소설의 구성상 특성과 제기되는 문제」, 『조선문학』, 1962.1.

윤세평, 「평론의 립장과 륜리」, 《문학신문》, 1962.2.20.

윤세평, 「수정주의적 미학 리론을 반대하여 – 김 창석의 『미학 개론』을 중심으로」, 《문학신문》, 1962.3.13.

윤세평, 「우리나라에 맑스 레닌주의 미학의 창조적 구현」, 『조선문학』, 1962.4.

윤세평, 「또 하나의 각도에서(우리 문학의 질 제고를 위하여)」, 《문학신문》, 1962.7.10.

윤세평, 「천 세봉 형에게」, 《문학신문》, 1962.7.20.

수령형상과 풍자의 작가

— 백인준론

전영선

1. 백인준의 창작 활동과 위상

이 글은 수령형상 문학예술의 대부로 평가되는 백인준의 문학세계를 분석하는 데 목적이 있다.

백인준은 1919년에 평안북도 운산군 산골마을에서 태어났다. 1938년에 평양고보 졸업한 다음 연희전문학교에 입학하였다. 연희전문 2년 때에 학교를 중퇴하고, 문학도의 꿈을 안고 일본으로 유학을 떠났다. 릿교대학에서 유학생활을 하던 중 학병으로 징집당하여 전쟁에 참가하였다가 광복이 되면서 서울을 거쳐 1946년 고향으로 돌아온다. 1946년 「씨를 뿌리다」로 등단하였으며, 1947년 「인민의 노래」를 발표하였다. 1949년 다시 소련으로 유학을 떠났다가 돌아와 전쟁 중이던 1952년 종군기자로 활동하였다.

이후 백인준은 50년의 창작 기간 동안 21편의 영화문학, 4편의 가극, 5편의 희곡, 4권의 시집을 남겼다.[1] 백인준은 다양한 장르에서 왕성한 창작 활동을 통하여 수령형상화의 모범적 작품을 창작하면서 북한의 문화예술계의 중추적인 인물, 북한을 대표하는 인물로 활동하다 1999년 1월 20일 78세의 일기로 사망하여 신미리 애국열사릉에 묻혔다.

사망하기 전까지 백인준은 최고인민회의 부의장, 조선문학예술총동맹 위원장, 백두산창작단 단장 등의 중요한 직책을 거쳤다.[2] 백인준은 김일성상과 인민상의 첫 수상자였으며, 조국통일상 수상자, 문학예술계의 첫 로력영웅 칭호를 받는 등 문학인으로서 받을 수 있는 최고의 찬사와 상훈을 받았다.[3] 백남준이 이러한 상훈과 찬사를 받을 수 있었던 것은 북한이 요구하는 예술창작에 앞장서서 실천한 인물, 수령형상화의 본보기 작품을 창작하였기 때문이었다. 이러한 활동으로 백인준은 '대문호'라는 평가를 받고 있다.[4]

백인준을 대문호라고 평가하는 것은 두 가지 이유 때문이다. 하나는 시와 소설뿐만 아니라 희곡과 영화문학의 다양한 분야에서 작품을 남겼기 때문이다. 백인준은 다양한 시와 가사를 비롯하여 다양한 장르에 걸쳐 많은 작품을 남겼다.[5] 백인준에 대한 평가 역시 시와 가사보다는 영화와 공연예술 창작에서 두드러진다. 백인준이라는 이름이 남게 된 것은 이른바 '불후의 고전적 명작'을 영화와 공연예술로 옮기는 작업을 창작하면서부터였다.[6]

---

1 「한생을 문학과 함께」, 『천리마』, 1999.7, 87면.
2 「백인준동지의 서거에 대한 부고」, 《로동신문》, 1999.1.21.
3 「위대한 사랑속에 태어난 대문호―작가 백인준선생에 대한 이야기」, 『조선예술』, 1999.6, 17면.
4 월간 『조선』 2009년 6호에 실린 「대문호 백인준」을 포함하여 백인준에 대한 언급에서는 '대문호'라는 수식어가 붙는다.
5 「'위대한 인간' 위대한 스승의 손길로」, 『조선문학』, 1999.6, 17면: "위대한 장군님께서는 백인준 동무는 당에서 시를 쓰라면 시를 쓰고 가극혁명을 할 때에는 가극을 쓰고 영화혁명을 할 때에는 영화문학을 썼다고 하시면서 그처럼 문학예술의 모든 분야에서 좋은 작품을 쓴 작가는 없다고 말씀하시였다."
6 「'위대한 인간' 위대한 스승의 손길로」, 『조선문학』, 1999.6, 17면: "그가 인생의 중년기에 이르러 창작의 새로운 리정표를 아로새기게 된것은 위대한 장군님의 각별한 보살피심과 가르치심을 받으며 항일혁명투쟁시기 위대한 수령님께서 몸소 창작공연하신 불후의 고전적명작들을 영화와 가극으로, 연극으로 옮기는 사업을 시작한 때부터였다."

다른 하나는 수령형상화를 주도적으로 이끈 작가이기 때문이다. 백인준은 1960년대 중반 이후 문학예술계 최대 창작과제였던 '불후의 고전적 명작'을 현대적으로 재창작하는 사업을 총괄하면서 작가로서의 위상과 함께 예술행정가로서 위상을 굳혀나갔다. 백인준이 창작한 영화문학 「누리에 붙는 불」, 「민족의 태양」, 「친위전사」, 「성장의 길에서」, 「최학신의 일가」나 혁명가극 「꽃파는 처녀」, 「밀림아 이야기하라」, 희곡 「최학신의 일가」, 「두메산속에 꽃이 핀다」, 가사 「수령님의 만수무강을 축원합니다」, 「오직 한마음」 등은 북한 문학예술계의 대표적인 성과로 평가되는 작품들이다. 이들 작품은 새로운 혁명문학 예술의 본보기적인 작품들이다. 백인준은 북한이 요구하는 '새로운 시대의 새로운 혁명예술'의 본보기적인 작품을 창작함으로써 최고의 찬사를 받고 있다.[7]

이 글은 북한에서 혁명예술을 예술창작의 중심으로 세우기 시작했던 1960년대 중반의 문화정책과 혁명문학예술을 정립하는 과정에서 핵심적인 역할을 한 백인준의 창작 활동을 시와 영화문학을 중심으로 분석하고자 한다. 이를 통하여 북한에서 김일성 유일체제의 정립을 위하여 항일혁명전통을 어떻게 호명(呼名)하였으며, 어떻게 동원하였는지를 분석할 수 있을 것이다. 나아가 북한에서 정치와 예술의 구체적 연관성과 정책 수단과 도구로서 예술의 위상이 보다 선명하게 분석될 수 있을 것이다.[8]

---

[7] 「혁명적문학예술창작의 불멸의 대강」, 『조선문학』, 1999.11, 6면: "경애하는 장군님께서 우리 당이 제일 아끼고 사랑하고 존경하던 다재다능한 세계적인 대문호라는 최상의 영광을 안겨주신 작가 백인준"

[8] 백인준에 대해서는 창작활동과 작품에 대한 개론적 성격의 글은 있으나 본격적인 연구로는 김태철, 「순간 속에서 잡아낸 영원, 영원히 살아있는 순간—북한문학연구/시인 백인준」, 『문학마을』 제5권 2호(2004, 봄) 정도를 꼽을 수 있다. 북한 문학예술계의 핵심적인 인물이면서도 본격적인 연구가 많지 않은 것은 백인준의 문학 활동영역이 시로부터 영화문학, 희곡에 이르기까지 다양하여 총론적으로 다루기가 쉽지 않으며, 철저히 체제 중심에서 작품을 창작한 작가였기 때문이다.

2. 백인준의 시문학

1) 체제시인 백인준

백인준의 문학 활동은 시로부터 출발하였다. 백인준의 초기 시들은 좌익계열의 다른 시인들과 큰 차이가 없었다. 백인준의 문학적 지향이 분명하게 드러난 것은 '『응향』 사건'이었다.[9] '『응향』 사건'이란 1947년 북조선문학예술총동맹 원산지부 동맹원들이 공동으로 발행한 시집 『응향』과 관련한 비판과 결정을 말한다. 북한 문학예술계에서 자유주의 성향을 가진 문인들이 배제당하는 첫 사례이자 시발점이 된 사건이었다.

'『응향』 사건' 이후 북한에서 발간되는 문예지에 대한 본격적인 검열과 비판이 진행되었고, 당의 적극적인 개입과 참여를 통한 관제적 문학예술로 전개 되었다. 이 때 백인준은 시집 『응향』을 평하는 글 「문학예술은 인민에게 복무하여야 한다」를 발표하면서 비판의 선봉에 선다.[10] '『응향』 사건'을 계기로 김일성으로부터 백인준은 '조선의 마야코프스키'(옛 소련의 혁명시인)라는 칭찬을 받으면서 수령형상의 핵심 인물로 부각되기 시작한다.

백인준의 초기 시들도 북한 정권이 초기에 실시했던 개혁과 법령에 대한 기쁨을 노래하는 것이었다. '토지개혁의 날'을 소재로 한 「그날의

---

9 북조선문학예술총동맹은 『응향』 시집에 실린 구상의 「길」을 포함한 일부의 시에 대해서 '진보적 민주주의의 현실'과는 관계없는 '회의적, 공상적, 퇴폐적, 현실 도피적, 절망적 경향을 띤 자본주의의 퇴폐성을 단적으로 드러내 보인 사례로 비판하면서 1947년 1월 "시집 『응향』에 관한 결정서"를 발표했다. 이어 최명익, 송영, 김사량, 김이석 등의 검열원을 원산에 보내 『응향』 시집이 편집 발행되기까지의 과정, 작품의 검토와 작가의 자기비판, 원고의 검열 과정을 조사하였고 나아가 노동당 중앙상무위원회에서는 '북조선문학예술총동맹 사업 검열 총화에 관하여'라는 결정을 내린다.
10 김재용, 「북한 문학계의 '반종파 투쟁'과 카프 및 항일 혁명 문학」, 『역사비평』, 1992, 봄, 128면.

할아버지」, '로동법령' 발표를 소재로 한 「태양」, 남녀평등권법령 발표를 소재로 한 「녀인도」 등의 작품은 모두 새로운 시대를 맞이한 인민들의 감격과 기쁨을 은유적으로 표현한 작품들이었다.

> 그날 할아버지는 몸소 소복단장하시고
> 10리길 고개를 넘어 묘지를 찾으셨다
>
> 4대를 거느리고 사랑에 앉아
> 장거리에 가본것이 10년전이라더니
> 그날은 한사코 앞장을 서며
> ─ 내가 가야지
> 조상님앞에 내가 가서 고해야지…
>
> 묘앞에 꿇어앉은 할아버지는
> ─ 아부님때부터 울며 부쳐온
> 샘터밭 사흘갈이가 오늘에야…
> 제절로 비감이 넘치여
> 서리진 눈썹밑에 눈물이 주르르
>
> ─ 백인준, 「그날의 할아버지─토지개혁의 날」 부분

「그날의 할아버지」는 조상님 묘를 찾은 할아버지를 통해 토지개혁의 기쁨을 은유적으로 표현하고 있다. 몸소 '소복단장'을 하고 10리 고개길을 넘어 조상의 묘를 찾아 눈물로 고하는 할아버지를 통해 한이 맺히도록 자기 땅을 갖고 싶어했던 농민의 심정이 드러난다. '토지개혁이 좋다'는 말이 없어도 '사회주의 제도'에 대한 언급이 없어도 절실한 감정이 드러난다. 「그날의 할아버지」에서는 "다 그 어른의 덕이로구

나!"라는 정도로도 지도자에 대한 감사의 표현이 되었다.

　그러나 유일체계 하에서는 이 정도로는 충분하지 않았다. 사회주의 개혁에 대한 직접적인 찬양과 동시에 공민으로서 지도자에 대한 보은이 인간으로서 마땅한 도리라는 점을 강조하면서 김일성이 새로운 시대의 지도자이며, 그를 믿고 따르는 것이 바람직한 인민의 길임을 보여주어야 했다.[11]

　이후 백인준은 혁명문학예술의 정립 과정에 주도적으로 참여하면서 혁명문학예술의 방향과 이념 결정에 관여하였다. 백인준의 시 「고마움」은 체제에 대한 순응과 최고지도자에 대한 극한의 표현을 보여준다.

　　내 하느님을 믿은적이 없노라
　　주물조도 《신》도 있다 하지 않느라
　　더더욱 《범신론자》는 내 아니건만
　　꿇어엎드려 하늘땅에 《기도》하고 싶어라

　　아, 내 가슴에 가득찬 이 노래는
　　어버이수령님게 드리는 감사!
　　이 세상을 펼쳐주신 그 은덕앞에
　　이 시대를 열어주신 그 사랑앞에…

　　위대한 수령 김일성동지!
　　그이 계시여 저 꽃이 폈고
　　그이 계시여 나뭇잎도 설레이여라

---

11 신형기·오성호·이선미, 『북한문화』, 문학과지성사, 2007, 1163면.

이 땅 저 하늘도 그이께서 주신것

— 백인준, 「고마움」 부분

최고지도자를 칭송한 송가 작품인 「고마움」은 최고지도자에 대한 신뢰와 존경의 차원을 넘어 신과 동일시하고 있음을 보여준다. '하느님'을 믿은 적도 없고, 조물주의 신을 믿은 적도 없지만 '어버이 수령'에 드리는 감사와 기도는 지도자의 위상을 넘어 신에게 드리는 감사 그 자체이다. '이 땅 저 하늘도 그이께서 주신것'이라는 언급에서 백인준의 시문학이 갖는 체제 순응적이고, 송가의 극단적인 면모를 확인할 수 있다.

백인준의 초기 시 일부에서 보였던 새로운 시대, 새로운 제도에 대한 감회와 감격의 토로하던 자리에 미국에 대한 극렬한 비판의 풍자시와 김일성과 김정일에 대한 극찬의 송가시들이 차지하게 되었다.[12] 이처럼 등단한 이후 50년에 걸친 백인준의 작업 활동 대부분은 수령형상과 김일성 가계 인물에 대한 것이었다. 백인준 스스로 '수령의 문예전사'로 자처하였듯이 그의 문학적 여정은 김일성과 김정일의 테두리 안에서 북한 체제가 요구하는 작품으로 일관되었다.[13]

---

[12] 백인준의 가사 작품도 이러한 주제 의식에서 벗어나지 않는다. 백인준의 「영원히, 당을 따라 충성다하라」, 「수령님 영원히 모시고 살리」(1978), 「장군님 따라 싸우는 길에」, 「사과풍년」(1972), 「최령감네 평양 구경」(1960), 「영광에 빛나라 우리의 평양」(1973), 「김일성장군님은 우리의 태양」(1974), 「오직 한마음」, 「장군님 따라 싸우는 길에」, 「전사의 넋원」, 「백두산을 향해 가는 길」, 「김일성장군님은 우리의 태양」, 「수령님의 만수무강 축원합니다」, 「오직 한마음」 등의 가사 역시 송가적인 주제를 담고 있다.

[13] 백인준, 「수기 공화국기발밑에 20년」, 『조선예술』, 1968.8, 42면: "그때—해방후 당의 품속에서 비로소 붓을 들게 된 나는 그때만 해도 아직 미숙한 청년작가의 한사람에 불과했었다. 나는 오로지 경애하는 수령의 간곡한 가르치심을 심장으로 받들고 문화전선에서 싸우는 작가, 예술가들과 더불어 당과 인민에게 충실히 복무할수 있는 글을 쓰는데 심혈을 기울였을 뿐이였다. 내가 그동안 당의 작가로, 수령의 문예전사로 자라게 된것은 해방후 민주조선건설로부터 오늘의 사회주의건설과 사회주의혁명을 수행하는 력사적인 행정에 걸쳐 우리 작가, 예술가들을 올바로 이끄신 수령의 교시와 그 구현인 당과 정부의 정확한 문예정책이 있음으로 하여 가능했던 것이다."

2) 풍자시인 백인준

한국전쟁을 계기로 백인준의 시는 직접적이고 날카로운 어휘를 동원한 노골적 풍자시로 전환한다.[14] 백인준이 한국전쟁시기에 쓴 「얼굴을 붉히라 아메리카여」는 백인준에게 '풍자시의 개척자'라는 평가를 받게 한 작품이었다.

> 그러나 당신들은 아는가
> 오늘 아메리카 땅에서는
> 식인종이 나오고 있다
> [⋯중략⋯]
> 달러로 빚어진 월가의 네거리에
> 넥타이를 맨 식인종
> 실크 햇을 쓴 사람 버러지
> 자동차에 올라앉은 인간 부스러기
> 성경을 든 도적놈
>
> ― 백인준, 「얼굴을 붉히라 아메리카여」 부분

이후 백인준의 시는 김일성과 김정일을 비롯한 수령일가에 대한 찬양과 미국에 대한 극단적인 분노의 감정을 표현한 작품으로 집중된다. 1961년 조선작가동맹출판사에서 출판된 시집 『벌거벗은 아메리카』는 풍자시의 전면을 보여준다. 『벌거벗은 아메리카』는 「저주의 노래」, 「게

---

14 백인준, 『벌거벗은 아메리카』, 조선 작가동맹출판사, 1961, 후기: "돌이켜 보건대 나는 본래 풍자 전문가도 아니며 문학 수업에서 별로 풍자에 관심한 것도 아니다. 생활이 나를 풍자적시편들을 쓰게 하였다. 특히 조국 해방 전쟁의 불ㅅ길 속에서 미제에 대한 참을 수 없는 증오와 저주를 느끼면서 나도 모르게 미제를 규탄하는 풍자—정론적 시를 쓰기 시작하였다."

걸든 아메리카」, 「물러가라! 아메리카」, 「결산하라! 아메리카」, 「〈하느님〉과 아메리카」, 「벌거벗은 아메리카」, 「저주」, 「거지떼」, 「속지 말라, 남조선의 형제들이여!」 등의 풍자시 18편으로 이루어져 있다. 시집으로는 드물게 15,000부나 발행되었다. 18편의 작품은 시 제목에서 알 수 있듯이 미국에 대한 저주에 가까운 실랄한 풍자를 담고 있다.

백인준 스스로 "내가 하고 싶은 소감의 일단을 말하였다"고 하는 시 「저주의 노래」와 같이 18편의 시들은 극단적인 어휘를 사용하여 미국에 대한 증오를 표현하고 있다.

> 내 차라리 제국주의의 배때기에
> 저주의 단도를 석 자나 박아
> 호박 속 우벼 내듯 왁왁 우벼 낸다면,
> 또는 나의 이 증오의 주먹으로
> 양키들의 턱주가리를 밥새워
> 단매에 차못개 쩌개듯 쩌개 버린다면
> 나의 이 만신의 증오 풀릴 수도 있으리.
> 그러나 나는
> 칼과 주먹으로써가 아니라
> 나의 시행들로써
> 놈들의 턱주가리를 쳐야 할 사람,
> 그렇다면 너무도 온순하고 부드럽구나
> 내가 알고 있는 모든 어휘들은.
>
> — 백인준, 「저주의 노래」 부분

이처럼 백인준의 풍자시는 극단적이고 경멸적인 언어를 동원하여 미국에 대한 극단적인 감정으로 일관하고 있다. 백인준의 1950년대 이후

시 작품은 김일성 가계에 대한 절대적인 지지와 칭송의 한 축과 미국에 대한 극단적인 비판과 경멸의 한 축으로 양분되면서 백인준 문학의 중심 주제를 형성하였다.

백인준의 송가시와 풍자시에서 보이듯이 백인준의 모든 창작 활동은 정치와 상호 연관성 속에서 이루어졌다. 백인준은 인민을 향한 정치적 교양과 문학예술 작품을 통한 설득과정의 유일사상체계화 과정에서 수령형상과 반제교양의 정치적 주제를 예술 창작으로 실천해 나간 본보기 작가였다.

3. 영화를 통한 수령형상화와 백인준의 영화 문학

1) 영화를 통한 수령형상화와 백인준

유일사상체계 작업이 시작되자 백인준은 '수령은 너무 위대해서 어느 한 개인의 힘만으로는 형상화가 불가능하다'는 논리를 전개하면서 수령형상 전문창작단의 필요성을 제기하였다. 백인준의 건의는 백두산창작단으로 만들어졌고, 백인준은 초대 단장으로 임명되어 교양사업의 선두에서 참여하게 된다.[15]

대중교양 사업에서 영화창작단이 가장 먼저 창작된 것은 영화의 장르적 특수성 때문이었다. 영화는 줄거리의 문학성과 노래, 연기 등이 결합된 복합장르로서 예술장르 가운데서 정서적 감화력이 가장 높고,

---

15 김정일, 「문학예술작품에 당의 유일사상을 구현하기 위한 사업을 실속있게 할데 대하여—문학예술부문 책임일군들앞에서 한 연설, 1967년 8월 16일」, 『김정일선집(1)』, 조선로동당출판사, 1992, 302면: "문학예술부문에서 위대한 수령님과 수령님의 혁명적가정을 옳게 형상하자면 이 사업을 전문적으로 맡아할 창작단이 따로 있어야 합니다. 나는 이미 오래전부터 그러한 창작단을 내올것을 구상하여왔으며 지난 2월에 백두산창작단을 내오기로 하였습니다."

인프라가 충분히 구축되지 않은 상황에서 영화는 수령의 형상화를 위한 선전매체로서 유리한 특성이 있다.[16] 이런 특성 때문에 대중교양 사업에서 영화가 우선시 되었다.

혁명전통을 주제로 한 영화와 소설 같은것을 많이 만들어 내며 문학예술 작품을 가지고 사람들을 교양하는 사업을 잘하여야 합니다. 영화는 누구나 보면 내용을 쉽게 알수 있고 깊은 감명을 받기때문에 대중교양에서 위력한 수단으로 됩니다. 최근 당의 지도밑에 예술영화 《마을사람들속에서》와 《유격대의 오형제》를 비롯하여 사상예술성이 높은 혁명전통주제의 예술영화들이 적지 않게 나왔습니다. 예술영화 《유격대의 오형제》는 수령님으로부터 높은 평가를 받고 인민상을 수여받은 작품입니다. 이 영화는 오늘 근로자들을 당의 유일사상으로 무장시키고 혁명화, 로동계급화하는데서 커다란 역할을 하고있습니다.[17]

수령형상 창작은 대중적 영향력이 큰 영화부터 시작하였다. 수령형상 작업이 영화에서부터 시작한 것은 김일성 주석과 김정일 국방위원장의 개인적 관심도 컸기 때문이었지만 영화의 매체적 특성도 크게 작용하였다. 백두산창작단은 문학예술 분야에서 수령형상화를 가장 먼저 시작한 본보기 단체로서 김일성 주석 일가의 혁명역사를 전문으로

---

16 김일성, 「혁명교양, 계급교양에 이바지할 혁명적영화를 더 많이 만들자—조선로동당 중앙위원회 정치위원회 확대회의에서 한 연설, 1964년 12월 8일」, 『김일성저작집18』, 조선로동당출판사, 1982, 459면: "근로자들을 혁명적으로 교양하는데서 혁명적문학예술이 노는 역할이 매우 큽니다. 특히 혁명적영화가 중요한 역할을 합니다. 영화는 광범한 대중을 교양하는데서 가장 중요한 선전수단입니다. 연극 같은 것은 공연하려면 큰 극장이 있어야 하므로 많은 제한성을 가지고있습니다. 그러나 영화는 큰 영화관이 없어도 사람들이 모일수 있는곳이면 어디에서나 돌릴수 있습니다. 영화는 대중을 교양하는데서 연극보다도 낫고 소설보다도 나은 가장 힘있는 교양수단입니다."

17 김정일, 「청소년들속에서 혁명전통교양을 더욱 강화할데 대하여—조선로동당 중앙위원회 선전선동부 일군들과 한 담화, 1969년 8월 12일」, 『김정일선집(1)』, 조선로동당출판사, 1992, 475면.

창작하는 영화창작을 통하여 인민교양 사업의 본보기 단체로 활동하였다.[18]

수령 형상 영화 창작의 핵심 창작단은 백두산창작단이었다. 백두산창작단은 수령과 수령가계 인물의 일대기만을 영화로 창작하는 전문창작단이었다.[19] 백두산창작단은 백인준을 비롯하여 작가 리종순, 연출가 엄길선, 촬영가 정익환 등이 포함된 당의 신임을 받은 작가와 스탭이 참여하였다.[20]

백인준은 북한에서 처음으로 '어버이수령님의 불멸의 영상을 모시는 예술영화'로 평가받는 예술영화 「누리에 붙는 불」의 영화문학을 담당한 이래 수령형상을 기본으로 한 영화문학을 창작하였다. 일부 작품에서는 직접 영화주제가까지 작사하였다.[21]

수령형상을 주제로 한 첫영화의 영화문학을 담당하였다는 것은 백인

---

18 「'위대한 인간' 위대한 스승의 손길로」, 『조선문학』, 1999.6, 17면: "시대와 혁명 앞에 지닌 작가의 숭고한 임무를 자각한 백인준선생은 새로운 창작적흥분에 휩싸였다. 바로 이러한 때인 주체56(1967)년, 불후의 고전적명작들을 영화로 옮기며 위대한 수령님의 영광찬란한 혁명력사를 영화화하실 원대한 구상을 펼치신 경애하는 장군님께서는 몸소 백두산창작단을 창립하시고 백인준선생을 작가로 불러주시는 크나큰 믿음을 안겨주시였다."

19 백두산창작단은 1969년에 「피바다」를 영화로 옮긴데 이어 「한 자위단원의 운명」, 「꽃파는 처녀」, 「안중근 이등박문을 쏘다」 등을 영화화했으며, 김일성의 혁명역사, 혁명가정의 투쟁업적을 찬양한 「누리에 붙는 불」(1974), 「첫 무장대오에서 있은 이야기」(1978), 「백두산」(1982), 「조선의 별」, 「미래를 꽃피운 사랑」(1982), 「친위전사」(1982), 「압록강을 넘나들며」(1983), 「푸른 소나무」(1984), 「해발」(1985), 「잊을수 없는 나날에」(1986), 「려명」(1987), 「기다려다오」(1987), 「혁명전사」(1987) 등을 창작하면서 수령가계의 영화 창작에 주도적인 역할을 담당하였다.

20 백두산창작단은 수령형상을 전문으로 하는 최초의 문화예술 전문창작으로 당의 신임을 받은 수령형상 예술의 본보기적인 단체이다. 김정일, 「당에 끝없이 충직한 문예전사로 준비하자」, 『김정일선집(1)』, 조선로동당출판사, 1992, 397~398면: 백두산창작단은 위대한 수령님의 혁명력사와 혁명적가정을 형상하며 수령님께서 창작하신 불후의 고전적명작들을 우리 시대의 영화화면에 옮길 목적밑에 조직된 중요한 창작집단입니다. 당에서는 백두산창작단을 조직하고 그 임무와 사명을 규정해주었습니다. 백두산창작단은 당의 지도를 직접 받는 기관입니다. 영화예술인이라 하여 누구나 백두산창작단에 갈 수 있는 것은 아닙니다. 그만큼 백두산창작단 성원들에 대한 당의 신임은 큽니다.

21 백인준은 영화문학 뿐만아니라 예술영화 '마을사람들속에서'의 주제가인 「녀전사의 노래」(1974), 예술영화 '성장의 길에서'의 주제가인 「조국과 더불어 영생하리라」(1974), 예술영화 '친위전사'의 영화주제가인 「떠나는 마음」(1982), 「장군님은 조선의 운명」 등을 창작하였다.

준에 대한 신뢰가 그 만큼 컸다는 것을 보여준다. 이후 백인준은 김정숙, 김형직 등 김일성 가계 일가의 이야기를 영화로 옮기는 작업을 통해 백인준은 "어버이 수령님과 항일의 녀성영웅 김정숙동지의 불멸의 영상을 영화형상으로 옮기는 력사적위업의 첫 개척자"[22]라는 평가를 받고 있다.

2) 백인준의 영화문학

백인준은 김일성의 항일혁명을 다룬 북한의 대표적인 다부작 영화 「민족의 태양」의 제1부 '준엄한 시련'(전, 후편)의 영화문학을 비롯하여, 「금희와 은희의 운명」(1947), 「영원한 전우」(1, 2부), 「푸른 소나무」, 「려명」(전, 후편) 등의 작품을 창작하였다. 이들 작품은 북한 문학예술이 추구했던 영화 주제의 작품으로 수령형상화와 수령가계의 위대성, 남북문제를 통한 통일의 필요성을 주제로 한 영화들이다. 각각의 줄거리와 특징을 살펴보면 다음과 같다.

「민족의 태양」은 백인준이 영화문학을 맡고, 엄길선이 연출하고 정익환이 촬영을 맡은 4부작 영화로 수령형상의 본보기 작품으로 평가한다. 1934년 봄부터 반일인민유격대가 조선혁명군으로 개편되는 당시를 배경으로 민생단 사건을 비롯하여, 혁명의 어려움을 극복하는 것으로부터 백두산지구비밀근거지를 창설하고 국내까지 항일혁명을 확대 발전시키는 과정을 내용으로 한다.

여기에 설화가 울린다.

《1934년에 이르러 반일인민유격대는 조선인민군혁명군으로 개편되게 되

---

22 최성호, 「위대한 사랑속에 태여난 대문호—작가 백인준선생에 대한 이야기」, 『조선예술』, 1999.6, 17면.

었다.

그리하여 조선인민군은 사단과 련대로부터 분대에 이르기까지 정연한 편
제를 가진 군대로 되었으며 강철의 령장 김일성동지께서는 조선인민혁명군
사령관으로서 모든 유격부대들을 통일적지휘하에 두게 되었다.

조선인민의 항일무장투쟁력사에서 새로운 시기가 도래하였다.》"[23]

「민족의 태양」에서는 김일성의 조선인민혁명군을 모든 유격부대를
총괄하는 항일무장투쟁의 총본산으로 규정한다. 영화의 시작과 함께
울리는 '설화'를 통해 조선인민혁명군 창설의 당위성과 혁명투쟁의 진
로를 규정하면서 김일성의 항일혁명투쟁의 정통성과 역사성이 자연스
럽게 강조된다. 이후 김일성이 '반민생단' 투쟁을 통하여 좌우의 편향
을 극복하고 혁명투쟁의 진로를 규정함으로써 조국해방을 이끈다는
내용으로 전개된다. 이러한 주제와 내용은 인민들에게 있어서 조선혁
명군의 유일성과 정당성을 뒷받침하는 명확하고 직관적인 자료적인
역할을 할 뿐이다.

「금희와 은희의 운명」은 1974년 조선2·8예술영화촬영소에서 촬영
한 100분짜리 작품으로 백인준 극본에 박학·엄길선이 연출하고 정춘
란이 금희, 은희 쌍둥이 자매역을 맡았다. 시골 국민학교 교원을 하면
서 음악공부를 하던 박몽규는 아이들에게 가르쳐준 노래에 '백두산의
큰별님'이라는 구절이 문제가 되어 교원에서 쫓겨난다. 음악을 계속하
고 싶어하던 박몽규는 평양행을 택한다. 평양으로 가던 도중 박몽규는
쌍둥이 자매를 남기고 숨을 거둔다. 아버지의 죽음으로 다른 사람의
손에서 자라게 되면서 엇갈리기 시작한 금희와 은희의 운명은 야속할
만큼 대조적이었다. 북한에서 미술가 부모 밑에서 훌륭하게 자라게 된

---

23 백인준, 「민족의 태양」(전편), 『백인준영화문학작품선2 푸른소나무』, 문학예술출판사, 2008,
178~179면.

언니 금희와는 다르게 동생 은희는 술집에 팔려 노래하다 부랑자로 전락하여 비참한 생활을 면하지 못한다. 광복과 함께 남북으로 갈라져 살게 된 쌍둥이 자매 금희와 은희의 운명이 극단적으로 대조되면서 북쪽 인민의 삶이 얼마나 행복한지를 보여준다.

(은희야, 너의 언니 금희는 저렇게 행복을 노래하고있는데 한날한시에 한 어머니품속에서 태여난 너는 지금 어디서 홀로 울며 헤매고 있느냐?

내가 그대 포대기속의 너를 품에 안고 섬으로 갔던것이 잘못되였단 말이냐. 아니면 네가 그렇게도 아름다운 목소리를 가지고 태여난것이 죄였단 말이냐?)[24]

금희 《어머니! 그 불쌍한 은희! 나와 한날한시에 낳은 나의 동생, 내 몸의 절반인 은희도 어버이수령님의 품에 안겨서 나와 같이 이 행복을 누리게 해야 할게 아니예요. 예, 어머니! 어머니…》

선녀 《오냐! 우리모두 남녘땅을 한시도 잊지 말자.》[25]

〈영원한 전우〉(1, 2부)는 조선예술영화촬영소 보천보창작단과 모스필림영화촬영소 제2창작단이 공동으로 창작한 조소 합작영화로 백인준과 알렉싼드르 보르쟌쓰끼가 영화문학을 맡고, 엄길선과 엘도르 우라즈바예브가 연출을 맡았다. 소련군인인 노비첸꼬와 리창혁의 우정을 통하여 북한과 소련의 혈맹관계를 그린 영화이다. 1940년대 초 소련군인 노비첸꼬는 소만국경 일대에서 일본군으로부터 소련군을 옹호하던 조선인민혁명군 대원인 리창혁을 만난다. 리창혁을 비롯한 조선

---

24 백인준, 「금희와 은희의 운명」, 『백인준영화문학작품선2 푸른소나무』, 문학예술출판사, 2008, 360면.
25 백인준, 위의 글, 380면.

인민군 대원들이 조국과 인민에 대한 깊은 사랑에 감동을 받는다. 광복이 되자 리창혁을 찾아가 우정을 나누면서 식민지 조선의 비참한 현실을 느낀 노비첸꼬는 조선의 재건을 위해 몸과 마음을 바쳐 돕는다. 그러던 중 3.1운동 27주년을 경축하는 평양시 군중대회장에서는 주석단으로 던져진 수류탄을 몸으로 막고는 전사한다. 김일성의 배려로 노비첸꼬는 북소 혈맹의 상징으로 기억된다는 내용이다.

〈푸른 소나무〉는 1910년대 평양 숭실중학교를 배경으로 김형직의 일대기를 그린 영화이다. 김형직이 일신학교에서 30명의 청년과 독립운동가들에게 한 연설을 통해 조선의 광복과 투쟁 방향을 제시한 장면에서 주제가 드러난다.

김형직《지금까지 말한것을 종합하면 다음과 같습니다.

첫재, 일본놈은 절대로 한두해안에 망하지 않는다. 오히려 당분간은 더욱 강력해지며 승승장구할 것이다.

둘째, 그렇다고 조선독립을 딴 나라에 의탁할수는 없다. 의탁할데도 없고도 해도 안되며 의탁받아줄 나라도 없다. ……

셋째, 그러면 우리 조선자체에 힘이 있느냐? 당장은 없다! 의병투쟁을 비롯해서 지난날의 조상들에게서 물려받을 힘도 별로 없고 그렇다고 지금 독립운동에 나선 선각자요, 선배요 하는 사람들에게서 받아안을것도 별로 없다.

넷째, 그러면 누가 무슨 힘으로서 독립을 하느냐? 우리가 해야 한다! 다른 누구도 아닌 바로 우리 조선사람 자체의 힘으로서 해야 한다. ……

다섯째, 그러면 가능하냐? 가능하다! 당장의 힘은 없지만 찾고 기르면 능히 왜놈을 쳐부수고 독립할 힘의 원천이 있다. 우리는 제힘을 믿어야 한다.

여섯째, 힘은 어디에 있느냐? 단결에 있다! 단결은 곧 조직이다! 뜻을 같이하는 동지들로써 조직을 내와야 한다.

일곱째, 그러면 어떤 뜻을 가져야 하는가? 꺾이지 않는 뜻을 가져야 한다. 즉 뜻을 크고 원대하게 가지는것이다.》[26]

김형직의 이 연설의 핵심은 일본이 단기간에 망하지 않고 강력해질 것이기 때문에 조선인들은 스스로 자신의 힘을 믿고 단결하여 조직적으로 싸워야 한다는 것이다.

김형직의 연설은 후일 언급된 김일성의 항일혁명 투쟁의 방침과 노선과 일치하는 것으로서 김일성의 항일혁명 정신이 김형직에게 영향받았다는 것을 상징적으로 보여준다. 다만 이러한 방향과 방침에 따라 조선인민을 이끌 지도자가 누가 될 것인가에 대한 언급이 없을 뿐이다. 지도자로서 김일성이 등장하기에 앞서 김형직이 미래를 내다보고 예측하고 준비하였다는 것을 보여줌으로써, 김일성을 준비된 지도자, 유전적으로 뛰어난 혈통의 지도자임을 대중적으로 설득해 나간다.

「려명」(전, 후편)은 백인준이 영화문학을 맡고 리재준이 연출한 김형직의 혁명투쟁을 다룬 영화이다.「려명」(전, 후편)은 백인준이 영화문학을 맡고 리재준이 연출한 김형직의 혁명투쟁을 다룬 영화이다. 중국 동북지방을 배경으로 김형직이 조국광복을 위해서는 자력으로 독립을 이룩해야 한다고 결심하고 압록강 연안으로 가서 '조선국민회' 조직을 확대해 나가다 사망하기까지의 과정을 주요 내용으로 한다. 영화의 내용상「푸른소나무」후속편에 해당한다. 김형직의 굽히지 않은 활동이 있었기에 조선 독립이 이어질 수 있었고, '반일민족해방운동'이 앙양될 수 있었다는 것을 강조한다. 이로써 김일성의 항일혁명 투쟁이 김형직의 활동에 영향을 받았고, 독립운동에 대한 뿌리가 있었기에 꽃을 피울 수 있었음을 강조한다.

---

26 백인준,「푸른 소나무」,『백인준영화문학작품선2 푸른소나무』, 문학예술출판사, 2008, 37면.

이러한 작품들로 인하여 백인준의 영화문학은 '백두산 3대 장군의 위대성과 불멸의 업적을 칭송하고 빛내기 위한데 기본을 두고 있다'[27]는 평가를 받게 되었고, 수령형상화의 본보기 작가로서 위치를 자리매김하게 되었다.

4. 백인준 영화문학 〈최학신의 일가〉로 본 종교와 계급 문제

1) 〈최학신의 일가〉에 대한 비판

백인준의 영화문학 〈최학신의 일가〉는 평양에 살고 있으며, 목회활동을 동네 사람들의 신뢰와 주목을 받던 목사 최학신 일간의 파멸을 그린 영화이다. 백인준의 영화문학 〈최학신의 일가〉는 백인준에 대한 김일성과 김정일의 신임을 보여준 작품이다. 앞서 언급한 대로 백인준은 수령형상과 관련한 영화문학을 창작한 수령형상화를 주도한 인물이다. 두말할 필요도 없이 백인준의 활동은 김일성과 김정일의 절대적 신임을 바탕으로 이루어졌다. 〈최학신의 일가〉는 바로 백인준에 대한 김일성과 김정일의 신임이 확고하다는 믿음을 확인하는 작품이었다.

백인준의 영화문학 〈최학신의 일가〉는 처음부터 영화창작을 목적으로 만들어진 것은 아니었다. 〈최학신의 일가〉는 먼저 희곡으로 만들어졌다. 백인준의 희곡 「최학신의 일가」는 문학계에서 부정적인 평가를 받고, 백인준은 '반동작가'로 낙인된다. 이러한 낙인으로부터 벗어나게 한 것이 바로 김일성과 김정일이었다.

〈최학신의 일가〉는 미국의 자유주의 이념과 종교에 대한 가치를 믿

---

27 최성호, 「위대한 사랑속에 태여난 대문호—작가 백인준선생에 대한 이야기」, 『조선예술』, 1999.6, 17면.

는 목사 최학신이 가족과 함께 평양에 남아 있다가 집안이 풍비박산나면서 미군의 실체를 알게 된다는 반미를 주제로 한 작품이다. 〈최학신의 일가〉의 줄거리는 다음과 같다.

주민들로부터 신임이 두터운 목사 최학신은 후퇴하자는 권유를 마다하고 미국의 자유주의 이념과 종교에 대한 신념을 믿고 평양에 남는다. 가족과 함께 남아 있던 최학신은 뜻밖에 두 사람을 만난다. 한 사람은 최학신의 맞아들 성근이었다. 서울로 미술 공부하러 간 다음 소식이 끊어졌던 최학신의 아들 성근은 국군 대위가 되어 고향으로 돌아온 것이었다. 다른 한 사람은 미국인 리차드 목사였다. 리차드 목사는 해방전 평양에서 선교활동을 하다 미국으로 돌아간 최학신의 오랜 친구이자 동생이나 다름없는 인물이었다.

최학신은 리차드 목사를 통해 미국이 선진국이며, 민주주의 제도가 발달된 지상낙원으로 생각하였지만 리차드의 생각은 달랐다. 미 정보국 요원인 리차드는 주민들의 존경을 받는 최학신을 이용하여 공산주의자들을 회유하려 하였다. 최학신은 리차드 목사의 말을 듣고 주민들을 설득해 보지만 주민들은 최학신의 말을 듣지 않는다. 또 미군들은 공산주의자를 잡는다면서 주민들을 잡아들이고, 미군 장교인 '킹그스터'는 최학신의 딸 성희를 욕보이려다 실패하자 죽여 바다에 버린다. 국군 장교가 된 성근은 어릴적 자신을 돌보아 주었던 종지기 노인을 처형하라는 명령을 듣고는 고민하다 결국 리차드를 죽이고 죽음을 맞는다. 집안이 풍비박산난 최학신은 공산당 지하조직 책임자를 찾아가 "악마같은 미국놈들을 소멸해 달라"고 울부짖는다.

백인준의 영화문학 〈최학신의 일가〉는 목사 최학신을 통해 북한에서 종교를 믿는 사람이 없어졌고, 그렇게 믿었던 미국으로부터 가정을 파괴당하면서 미국의 실체를 알게 된다는 내용이다. 〈최학신의 일가〉는 미국에 대한 비판과 기독교에 대하 비판적인 주제를 삼았음에도 불구하고 북한 문학계로부터 비판을 받는다. 백인준이 〈최학신의 일가〉에서 비판받은 것은 종교인을 대상으로 한 영화라는 점과 계급성이 약하다는 것이었다.[28]

이러한 비판에 대해 직접적인 변론에 나선 것은 김정일이었다. 김정일은 백인준이 일부 작가들에 의해 '반동작가'로 취급당해 왔던 것을 알고는 정치적 생명을 구해 주었고, 나아가 영화로 창작할 것을 지시한다.[29] 김정일은 1966년 12월 27일 문학예술부문 일군 및 창작가들과 한 담화 「예술영화 〈최학신의 일가〉를 반미교양에 이바지하는 명작으로 완성할데 대하여」를 통하여 기존에 제기되었던 문제들을 적극 해명하면서 영화로서 완성도를 높여준다. 특정한 작품에 대하여 직접적인 현지지도가 이루어졌다는 것은 작가나 작품에 대한 믿음과 지지를 보여준 것이었다.

2) 〈최학신의 일가〉의 주제와 계급성 문제

백인준 영화문학 〈최학신의 일가〉에 대한 비판의 하나는 종교인을 소재로 하였다는 것이었다. 〈최학신의 일가〉는 기독교의 허상과 비인간적이라는 것을 주제로 하면서도 종교적인 면에서 비판 받은 것은 종교 그 자체를 소재로 하였기 때문이었다. 종교인들은 마지막까지 미국에 대한 환상과 신념을 버리지 않는데, 구태여 종교적인 내용으로 영

---

28 목원대학교 국어교육과 엮음, 「북한의 '위대한 작가'들에 대한 이야기」, 『북한문학의 이해』, 국학자료원, 2006 참조.

29 최성호, 「위대한 사랑속에 태여난 대문호—작가 백인준선생에 대한 이야기」, 『조선문학』, 1999.6. 20면: "위대한 장군님께서는 그가 연극 「최학신의 일가」를 쓴후 일부 나쁜놈들에 의해 10년동안이나 《반동작가》 취급을 당해온 가슴아픈 사연을 몸소 헤아려주시고 작품과 함께 그의 정치적 생명을 구원해주기 위한 대책을 세워주시였다. 그이께서는 학교교육에서가지 반동작품으로 취급되여온 작품을 영화로 옮길 대담한 작전을 세우시고 영화문학창작을 그에게 맡겨주시였으며 문학단계로부터 완성에 이르기까지 구체적으로 지도해주시였다."

화를 만들 필요성이 있느냐는 것이었다.[30]

이에 대해서 김정일은 "우리 나라에서 아직 종교문제가 해결되지 않았기때문에 그것을 해결하려고 만든것 같은 인상"을 주기 때문이라고 하면서 〈최학신의 일가〉에서는 종교가 어떻게 없어졌는지를 보여주는 내용으로 할 것을 지시한다.[31]

〈최학신의 일가〉에 대한 김정일의 변론은 수령형상 작가로서 백인준에 대한 배려가 컸기 때문이기도 하였지만 희곡「최학신의 일가」가 김일성의 교시에 따라 창작된 측면이 크기 때문이었다.

북한에서 종교문제는 사회주의 계급 교양 과정에서 풀어야 할 중요한 과제였다. 사회주의에서 종교는 '비과학적인 세계관'이며, 아편으로 인식한다. 북한 정권초기 종교에 대한 김일성의 시각도 다르지 않았다.[32] 김일성은 종교문제를 해결하기 위하여 교육과 교양 사업의 중요성을 제기한다. 김일성은 1949년 7월 내각 제21차전원회의를 통하여 과학기술 서적의 보급과 영화, 연극 등의 문예활동을 강화하여 종교문제를 해결할 것을 지시한다.

---

30 목원대학교 국어교육과 엮음, 「북한의 '위대한 작가'들에 대한 이야기」, 『북한문학의 이해』, 국학자료원, 2006, 269면: "하필이면 예수쟁이 일가의 운명을 가지고 연극을 공연할 필요가 있느냐는 것이었다. 종교인들은 미국에 대한 환상에 사로 잡혀서 끝가지 우기다가 마지막 총살을 당할때까지 마지막 기도까지 드리는 악질분자들인데 그걸 작품화하느냐는 것이었다. 종교에 한번 빠지면 못 빠져 나온다는 것은 다 아는 일인데 「최학신」이 달라졌다는 것은 현실에 맞지 않는다고 하여 비판하였다."

31 김정일, 「예술영화 〈최학신의 일가〉를 반미교양에 이바지하는 명작으로 완성할데 대하여—문학예술부문 일군 및 창작가들과 한 담화, 1966년 12월 27일」, 『김정일선집(1)』, 조선로동당출판사, 1992, 181면: "수령님께서는 이 영화를 통하여 우리 나라에서 종교가 어떻게 없어졌고 종교인들이 어떻게 개조되였는가 하는것을 잘 보여주어야 한다고 하시면서 영화가 강동군의 목사에 대한 이야기를 담았는가 대동군의 목사에 대한 이야기를 담았는가 하는것은 관계없이 목사가 미국놈을 반대하는것으로 하면 된다고 교시하시였습니다."

32 김일성, 「문화선전사업을 강화하며 대외무역을 발전시킬데 대하여—조선민주주의인민공화국 내각 제21차전원회의에서 한 결론, 1949년 7월 18일」, 『김일성저작집 5』, 조선로동당출판사, 1980, 154면: "종교는 반동적이며 비과학적인 세계관입니다. 사람들이 종교를 믿으면 계급의식이 마비되고 혁명하려는 의욕이 없어지게 됩니다. 결국 종교는 아편과 같은 것이라고 말할 수 있습니다."

지난날 일제통치시대에 적지 않은 조선사람들이 종교리상주의적경향을 가지고있었습니다. 일제가 패망하고 우리 민족이 해방된지 몇해가 지났으나 아직도 일부 농민들과 청소년들이 례배당에 다니고있습니다. 지금 어린 학생들은 례배당에 가면 연필 같은 것도 주고 또 풍금도 치기때문에 거기에 흥미를 가지고 가지만 일부 농민들과 청년들은 무식한데로부터 종교에 기만당하여 례배당에 다닙니다.

물론 국가에서는 종교를 믿는 것을 반대하지 않으며 신앙의 자유를 법적으로 보장하고있습니다. 그러나 종교를 믿는 것을 수수방관할 수는 없습니다. 그렇다고 하여 종교를 믿지말라고 강압적으로 요구하여서는 안됩니다. 사람들로 하여금 종교의 비과학성을 깨닫고 스스로 례배당에 가지 않도록 하여야 합니다. 그러기 위하여서는 종교의 해독성과 허위성을 폭로하는 것과 함께 세계는 어떻게 발생발전하였는가, 인간은 어떻게 생겨났는가 하는 것과 같은 문제를 가지고 담화와 강연을 자주 조직하며 자연과 사회발전의 법칙을 통속적으로 해설한 도서를 많이 출판하여 근로자들속에 널리 보급하여야 합니다. 문화선전성에서는 과학서적을 많이 출판하여 보급하기 위한 대책을 철저히 세워야 하겠습니다.

교육성에서는 과외시간에 학생들이 영화와 연극을 많이 관람하게 하며 과학연구소조를 조직하고 거기에 학생들이 망라되어 과학지식을 배우도록 하여야 합니다. 이렇게 하면 학생들이 례배당에 가는 현상이 없어질 것입니다.[33]

김일성은 '일부 농민과 청소년들이 예배당에 나가는 것은 무식해서 그런 것'이라고 하면서 교양을 통해 '종교의 비과학성을 깨닫고 스스

33 김일성, 「문화선전사업을 강화하며 대외무역을 발전시킬데 대하여—조선민주주의인민공화국 내각 제21차전원회의에서 한 결론, 1949년 7월 18일」, 『김일성저작집 5』, 조선로동당출판사, 1980, 154면.

로 가지 않도록 할 것'을 지시한다. 학생들을 대상으로 한 과학서적을 많이 출판하여 보급하고, 과외시간에 학생들로 하여금 영화와 연극을 관람하게 하여 과학지식을 배우게 하면 학생들이 예배당에 가는 현상이 없어질 것이라는 강조한다.

이 교시에 따르면 백인준의 〈최학신의 일가〉는 당시 김일성이 제시한 교양 사업에서 종교문제를 풀어나가는 반종교 연극으로서 의미가 있다. 백인준의 희곡 「최학신의 일가」가 김일성의 지시에 따라 반종교적인 내용의 연극이었음에도 불구하고 종교를 다루었다는 이유로 비판을 받게 되자 김정일이 나서게 된 것이다.

영화 〈최학신의 일가〉에서는 김정일의 언급대로 '미군의 폭격에 의해 예배당이 부서지고', '미제의 살인만행에 의하여 많은 신자들이 희생'되고, '살아남은 신자들도 각성하여 예수를 믿지 않게 되었다'고 하면서 북한에서 종교적인 문제가 완전히 해결되었다고 선언한다.[34] 김정일은 북한에서 '신앙의 자유가 법적으로 완전히 보장되어 있'다고 하면서 이 문제는 종교 자체의 문제가 아닌 반미의 주제라는 점을 분명히 한다. 즉 "예술영화 〈최학신의 일가〉에서는 예수를 믿는 종교인이나 신앙 그자체를 문제시할것이 아니라 미제를 《하느님》으로 믿고 섬기는 숭미주의자를 문제시하여야 하며 미제를 환상적으로 대하는 립장과 태도를 문제시"할 것이라고 하였다. 이로써 백인준의 희곡 「최학신의 일가」에서 비판적인 평가를 받았던 종교 문제에 대한 논란은 완전하게 해결되었고, 백인준에 대한 신뢰를 확인하게 되었다.

---

34 김정일, 「예술영화 〈최학신의 일가〉를 반미교양에 이바지하는 명작으로 완성할데 대하여—문학예술부문 일군 및 창작가들과 한 담화, 1966년 12월 27일」, 『김정일선집(1)』, 조선로동당출판사, 1992, 181면: "우리 나라에서 종교문제는 조국해방전쟁시기에 해결되였습니다. 기독교에 대하여 말한다면 그것은 우리 나라에 19세기 후반기에 미국선교사들에 의하여 급속히 전파되였습니다. 전쟁전에 그 신자가 북반부에도 많이 있었는데 전쟁시기 미제침략자들의 야수적폭격으로 례배당이 다 마사지고 미제의 살인만행에 의하여 많은 신자들이 희생되였으며 살아남은 신자들도 대동군의 그 목사처럼 각성되여 예수를 믿지 않게 되었습니다."

백인준의 희곡 「최학신의 일가」에 대한 두 번째 비판이었던 계급성에 대한 논란도 김일성과 김정일에 의해 해명되었다. 「최학신의 일가」에서는 계급성 문제가 된 것은 미술학도를 꿈꾸다 국군 장교가 된 최성근이 미군에게 총을 겨누고 스스로 목숨을 끊는다는 설정이었다.

미군 장교 리차드는 최성근의 누이를 겁탈하려다 실패하자 총으로 쏘아 죽이고는 바닷에 버리고, 킹그스터는 최성근을 돌보아 주었던 종지기 노인을 빨갱이로 몰고는 최성근에게 처형하도록 강요한다. 미군의 행적을 알지만 저항할 힘이 없어 미군이 시키는 대로 해야한다고 믿고 번뇌하던 최성근은 마침내 총구를 돌려 킹그스터를 죽이고는 스스로 목숨을 끊는다. 이러한 설정에 대해서 '국군 대위인 최성근이 계급적인 각성을 하고 미군 장교를 향해 총을 겨누는 것은 계급성이 없다'는 것이었다.[35]

김정일은 이러한 비판에 대해서 계급성 자체의 문제가 아니라 계급성을 설득력이께 형상하지 못한 것이 문제라고 하면서 이에 대한 보완을 지시한다.

> 그전에 연극 〈최학신의 일가〉를 〈반동작품〉이라고 규탄한 일부 사람들은 성근과 같은 괴뢰군대위를 돌려세운것을 계급성이 없다고 비난하였는데 이 것은 정당한 비판이라고 볼수 없습니다. 문제는 성근을 돌려세운 그자체에 있는 것이 아니라 그의 그러한 행동이 타당성있게 형상되지 못한데 있었습니다.[36]

---

35 목원대학교 국어교육과 엮음, 「북한의 '위대한 작가'들에 대한 이야기」, 『북한문학의 이해』, 국학자료원, 2006, 269면.

36 김정일, 「예술영화 〈최학신의 일가〉를 반미교양에 이바지하는 명작으로 완성할데 대하여-문학예술부문 일군 및 창작가들과 한 담화, 1966년 12월 27일」, 『김정일선집(1)』, 조선로동당출판사, 1992, 182면.

김정일의 이러한 언급은 계급성 자체의 오류가 아닌 창작 방식의 부족함에 대한 지적이었다. 김정일은 "종지기로인을 쏘라고 강요당한 성근이 갑자기 돌아서서 킹스터의 가슴에 권총을 발사하는 장면에서도 그가 그렇게 돌변하게 되는 심리세계를 영화적으로 더 타당성있게 형상하여야 합니다"[37]고 하면서 영화에서는 어린 시절 종기기 노인과의 회상과 미군의 만행, 누이의 죽음 등을 오버랩으로 보여주면서 최성근의 고민을 묘사하는 것으로 처리되었다. 김일성의 관심과 김정일의 배려로 완성된 예술영화 〈최학신의 일가〉는 '당의 계급 노선을 옳게 반영한 작품'이라는 평가를 받게 되었다.[38]

5. 백인준을 통해 본 북한의 정치와 예술

백인준은 혁명문학예술의 정립 과정에 주도적으로 참여하면서 혁명문학예술의 방향과 이념 결정에 관여하였다. 백인준의 50년의 창작 기간 동안 이루어진 영화문학, 가극, 희곡, 시 작품의 대부분은 수령형상과 김일성 가계 인물에 대한 것이었다.

백인준의 초기 시들도 북한 정권이 초기에 실시했던 개혁과 법령에 대한 기쁨을 노래하는 것이었다. 그러나 한국전쟁을 계기로 미국에 대한 극단적인 증오의 감정을 표현한 풍자시와 수령형상을 주제로 한 시

---

37 김정일, 「예술영화 〈최학신의 일가〉를 반미교양에 이바지하는 명작으로 완성할데 대하여—문학예술부문 일군 및 창작가들과 한 담화. 1966년 12월 27일」, 『김정일선집(1)』, 조선로동당출판사, 1992, 182면.

38 김일성, 「혁명주제작품에서의 몇가지 사상미학적문제—예술영화 〈내가 찾은 길〉 첫필림을 보고 영화예술인들과 한 담화 1967년 1월 10일」, 『김일성저작집21』, 조선로동당출판사, 1983, 27~28면: "예술영화 〈최학신의 일가〉는 우리 당의 계급로선을 옳게 반영한 좋은 작품입니다. 이 영화는 종교인들과는 통일전선을 할수 있지만 친미분자들과는 통일전선을 할 수 없다는 것을 잘보여주고있습니다. 작가들의 계급적립장이 확고하고 계급적 관점이 옳게 서야 똑똑한 작품을 만들 수 있습니다."

일변도로 진행된다.

백인준은 '김일성장군에게 바치는 노래'라는 부제를 단 김일성 찬양시 「그대를 불러 우리의 태양이라 노래함은」을 비롯하여, 김일성 60회를 맞이하여 지은 송가 「수령님의 만수무강 축원합니다」를 비롯하여 김정숙을 형상한 서사시 「영원한 합창」 등의 수령형상화 작품을 창작함으로써 유일사상체계 형성과 관련하여 제기된 핵심문제였던 수령형상의 전형을 제시한 작품으로 평가된다.

북한에서 수령형상화가 가장 절실했던 시기에 절실한 작품을 창작함으로써 백인준은 수령형상 문학의 대부, '대문호'라는 평가를 받을 수 있었다. 이러한 창작 과정에서 김일성과 김정일은 백인준에 대한 행정적 배려와 정치적 신뢰는 주었다. 백인준이 수령형상 전문창작단인 백두산창작단의 초대 단장으로 임명된 것을 비롯하여 사망하기 전까지 최고인민회의와 조선문학예술총동맹의 중요한 직책을 거치면서 북한 최고의 수훈과 칭호를 받았다. 백인준은 김일성상과 인민상의 첫 수상자였으며, 조국통일상 수상자, 문학예술계의 첫 로력영웅 칭호 등 문학인으로서 받을 수 있는 최고의 찬사와 상훈을 받았던 것은 백인준에 대한 신뢰가 컸음을 반증하는 것이다.

백인준 역시 자신의 문학적 여정이 최고지도자로부터 직접적인 영향을 받았음을 자랑스러워하고, '수령의 문예전사'로 위상을 정립하기까지 수령의 교시와 문예정책이 결정적이었다는 것을 강조한다.

백인준의 영화문학 〈최학신의 일가〉는 동명의 타이틀로 희곡을 써서 '반동작가'라는 비판을 받았던 백인준에 대해서 김일성과 김정일이 적극적으로 해명하고 영화문학으로 창작하게 함으로써 백인준에 대한 신뢰를 회복하도록 한 작품이다. 백인준은 영화 「최학신의 일가」를 통하여 김일성과 김정일 지적한 사항을 충실히 반영함으로써 기존의 비판을 극복할 수 있었다.

백인준은 철저하게 체제에 종속된 작가, 체제가 필요할 때 가장 필요한 작품을 써서 최고의 평가를 받은 작가임에 분명하다. 이 점은 백인준에 대한 작가적 평가보다 예술선전가로서 더 많은 평가를 내리게 하는 부분이기도 하다. 그럼에도 불구하고 백인준의 시와 영화문학을 통하여 북한에서 정치가 예술을 어떻게 작동시키고 있는지, 예술이 어떻게 정치에 복무하고 있는 지를 구체적으로 확인할 수 있다는 점에서 의미를 찾을 수 있을 것이다.

참고문헌

「대문호 백인준」, 월간 『조선』 2009.6.

「백인준동지의 서거에 대한 부고」, 《로동신문》, 1999.1.21.

「위대한 사랑속에 태어난 대문호—작가 백인준선생에 대한 이야기」, 『조선예술』, 1999.6.

「'위대한 인간' 위대한 스승의 손길로」, 『조선문학』, 1999.6.

「한생을 문학과 함께」, 『천리마』, 1999.7.

「혁명적문학예술창작의 불멸의 대강」, 『조선문학』, 1999.11.

김일성, 「문화선전사업을 강화하며 대외무역을 발전시킬데 대하여—조선민주주의인민공화국 내각 제21차전원회의에서 한 결론, 1949년 7월 18일」, 『김일성저작집 5』, 조선로동당출판사, 1980.

김일성, 「혁명교양, 계급교양에 이바지할 혁명적영화를 더 많이 만들자—조선로동당 중앙위원회 정치위원회 확대회의에서 한 연설, 1964년 12월 8일」, 『김일성저작집 18』, 조선로동당출판사, 1982.

김일성, 「혁명주제작품에서의 몇가지 사상미학적문제—예술영화 〈내가 찾은 길〉 첫필림을 보고 영화예술인들과 한 담화 1967년 1월 10일」, 『김일성저작집 21』, 조선로동당출판사, 1983.

김재용, 「북한 문학계의 '반종과 투쟁'과 카프 및 항일 혁명 문학」, 『역사비평』 1992, 봄.

김정일, 「당에 끝없이 충직한 문예전사로 준비하자」, 『김정일선집(1)』, 조선로동당출판사, 1992.

김정일, 「문학예술작품에 당의 유일사상을 구현하기 위한 사업을 실속있게 할데 대하여—문학예술부문 책임일군들앞에서 한 연설, 1967년 8월 16일」, 『김정일선집(1)』, 조선로동당출판사, 1992.

김정일, 「예술영화 〈최학신의 일가〉를 반미교양에 이바지하는 명작으로 완성할데 대하여—문학예술부문 일군 및 창작가들과 한 담화, 1966년 12월 27일」, 『김정일선집(1)』, 조선로동당출판사, 1992.

김정일, 「청소년들속에서 혁명전통교양을 더욱 강화할데 대하여—조선로동당 중앙위원회 선전선동부 일군들과 한 담화, 1969년 8월 12일」, 『김정일선집(1)』, 조선로동당출판사, 1992.

김태철, 「순간 속에서 잡아낸 영원, 영원히 살아있는 순간 : 북한문학연구/시인 백인준」, 『문학마을』 제5권 2호, 2004.

목원대학교 국어교육과 엮음, 「북한의 '위대한 작가'들에 대한 이야기」, 『북한문학의 이해』, 국학자료원, 2006.

백인준, 「수기 공화국기발밑에 20년」, 『조선예술』, 1968.8.

백인준, 「금희와 은희의 운명」, 『백인준영화문학작품선2 푸른소나무』, 문학예술출판사, 2008.

백인준, 「민족의 태양」(전편), 『백인준영화문학작품선2 푸른소나무』, 문학예술출판사, 2008.

백인준, 『벌거벗은 아메리카』, 조선작가동맹출판사, 1961.

백인준, 「푸른 소나무」, 『백인준영화문학작품선2 푸른소나무』, 문학예술출판사, 2008.

신형기·오성호·이선미, 『북한문화』, 문학과지성사, 2007.

전영선, 『북한을 움직이는 문학예술인들』, 역락, 2004.9.

전영선, 『북한의 문학과 예술』, 역락, 2004.4.

전영선, 『북한의 문학예술 운영체계와 문예이론』, 역락, 2002.

최성호, 「위대한 사랑속에 태여난 대문호—작가 백인준선생에 대한 이야기」, 『조선예술』, 1999.6.

현실과 혁명적 양심 사이에서

－북한 영화문학 작가 리춘구

이명자

1. 리춘구의 생애와 작품활동

이 글은 북한의 영화문학(시나리오)작가 리춘구에 대한 작가론이다.[1]
1942년 4월 12일 평양 중구역에서 태어난 리춘구(李春九)는 평천고등

---

[1] 문학과 달리 영화에서 작가란 장면연출자 감독을 지칭하는 것이 통념화 되어 있기 때문에 우선 그에 대한 해명이 필요하다. 1950년대 프랑스의 감독 프랑스와 트뤼포가 '작가주의'를 선언한 이래 영화에서 작가개념은 여러 편의 영화에 걸쳐 자신의 주제의식과 개성을 꾸준히 반영해 온 감독을 지칭하는 용어로 일반화되었다. 그러나 세계영화사에서 떨어져 있는 북한의 경우 이 개념을 그대로 적용하지 않는 것으로 보인다. 북한에서는 연출가 감독보다 영화문학작가를 보다 중요하게 생각하는 분위기가 압도적이며 한 영화의 작가를 감독이 아닌 시나리오 작가로 언급하는 태도가 보다 일반적이다. "사람들은 흔히 영화를 보면서 이 작품에는 작가의 얼굴이 보이는데 저 작품에는 작가의 얼굴이 보이지 않는다고 말하는 경우가 종종 있다. 지어는 같은 작가의 작품들을 놓고도 여기에는 그 작가의 얼굴이 보이고 저기에는 작가의 얼굴이 전혀 보이지 않는다고 말한다. 작가의 얼굴…, 그것은 과연 무엇을 두고 하는 말인가? 아마도 작가의 개성을 두고 이르는 말이 아닐는지……."(리희찬, 「작가의 얼굴」, 『조선영화』, 1988.4, 28면) 북한의 대표적 영화문학작가 가운데 하나인 리희찬은 작가주의에서 말하는 것과 마찬가지로 '영화를 관통하는 작가의 개성'을 작가의 중요한 자질로서 인식하고 있음에도 영화문학작가를 영화의 작가로 인식하고 있다. 이 글은 작가에 대한 남북의 서로 다른 개념을 논쟁하는 글이 아니며 북한에서 일반적으로 통용되는 작가개념을 받아들인다는 조건에서 성립된 것임을 미리 밝힌다. 북한의 작가주의에 대한 진전된 논의는 이명자, 「신상옥영화를 통해서 본 북한의 작가주의」, 『현대북한연구』 8권 2호 (경남대학교 북한대학원, 2005)를 참고.

학교를 거쳐 김일성종합대학 어문학부 창작과에 입학했으며 1968년[2] 조선문학사 창작사에 입사했다. 북한에서 리춘구는 "해방 후 공화국이 키워낸 재능있는 영화문학작가들 중에서도 손꼽히는 사람"[3]이라는 평가를 받는다. 리춘구는 납월북한 문인들이 1950~60년대를 전후하여 숙청 혹은 사망, 퇴조해가는 상황에서 새로이 등장한 북한 출신의 작가군에 속하며[4] 제 1차 문예혁명의 회오리를 알리는 1960년대 후반에 본격적으로 작가활동을 시작해 1982년 4월 영화문학창작사 작가로서 김일성훈장을 수훈했고 1987년 10월 〈도라지꽃〉의 성공으로 또 다시 김일성훈장, 그리고 1989년 9월 김일성상 수상과 2중 노력영웅 칭호를, 1995년에는 조선문학창작사 사장을 역임하며 범민련 북측본부 중앙위 위원으로 활동했다. 문학적 활동 외에도 1986년에는 최고인민회의 제 8기 대의원을, 1998년 제 10기 대의원, 2003년 제 11기 대의원을 역임했다.

"온돌쟁이, 굴뚝소제공으로 뜨내기 노동을 하던 아버지의 막내아들"[5]로 태어나 손위 다섯형제를 전염병으로 잃은 리춘구는 자신의 어린 시절을 불우했던 시절로 기억하고 있다. 그는 자신이 '평양거지의 자식'으로 태어났으며 당의 은혜로 대학공부를 할 수 있었다고 밝히기도 했다.[6] 원래 소심한 편으로 고등중학교나 대학시절에 선생이 질문을 했을 때 혹은 토론시간에 아는 것이 나와도 말하기를 주저했다고 한다.[7]

2 조선일보의 nkchosun.com에 조선문학사 창작사 입사시기가 1967년이라고 돼 있으나 1963년 대학을 졸업한 후 5년이 넘도록 작품을 내놓지 못하고 있었다는 작가의 인터뷰에 근거해 이명재 편 『북한문학사전』, 국학자료원, 1995년의 1968년설을 따랐다.
3 고석희, 「리춘구, 영화밖에 모르는 사람」, 『조국』, 1995. 4. 59면.
4 이명재 편, 『북한문학사전』, 국학자료원, 1995, 398면.
5 리춘구(d), 「당에 심장을 맡기라—조선영화문학창작사 리춘구를 찾아서」, 『조선영화』, 1988. 2, 65면.
6 리춘구(c), 「누구를 위한 작품인가?—영화문학 〈군당책임비서〉를 창작하고」, 『조선예술』, 1983. 10, 57면.
7 리춘구(d), 앞의 글, 64면

잡지에 실린 사진에서도 작가라기보다 관료와 같은 인상을 풍기며 '말을 잘 할 줄 모르는' 무뚝뚝한 성격의 소유자라는 느낌을 준다. "무엇 때문에 취재가 필요합니까? 내가 써낸 영화를 보는 편이 더 나을 겁니다. 거기에 리춘구라는 인간이 잘 반영되어 있겠는데… 나는 말을 잘 할 줄 모릅니다."[8]

대학졸업 후 5년이 넘도록 작품을 쓰지 못해 마음고생을 했다고는 하지만 작가로서 리춘구의 이력은 그가 북한의 최고 엘리트 코스를 밟으며 비교적 평탄하게 작가생활에 입문해 오늘에 이르렀음을 보여준다. 리춘구에 대해 북한에서는 "자유분방하고 대담한 예술적 환상력과 평범한 생활에서 심각한 사회적 문제성을 투시하는 예민한 감수성, 왕성한 창작적 열정과 질풍같은 속도를 겸비한"[9] 작가로 평가한다. 리춘구는 한 작품을 시작하면 그것을 끝낼 때까지 붓을 내려놓지 않으며 작품 속의 인물들을 실재의 인물로 간주하고 그와 함께 사는 작가라고 한다.[10] 〈열네번째의 겨울〉(1~2부, 1980)과 같은 작품은 불과 6일 만에 완성했다고 하니 대단한 집중력을 보이는 작가임에 틀림없다. 가족 나들이를 나갔다가도 영화속 인물이 떠올라 집으로 뛰어들어가 집필을 했다는 그는 진정 '영화밖에 모르는 사람'이라고 할 만 하다.

리춘구의 이름을 확인할 수 있는 최초의 영화는 1974년작 〈열관리공〉이지만 1977년 〈이 세상 끝까지〉가 북한 내에서 큰 호응을 받으면서 작가로서의 이름을 알렸다. 리춘구의 황금기는 1980년대로 보이는데 1980년 〈열네번째의 겨울〉을 시작으로 2000년대 초반까지 거의 매년 한 작품 이상을 생산하는 왕성한 활동력을 보여준다. 그럼에도

---

8 기자가 인터뷰를 하러 가자 리춘구가 보인 반응.

9 고석희, 앞의 글, 59면.

10 어느 날 리춘구의 부인이 집에 돌아왔는데 남편의 서재에서 울음소리가 나서 문을 열어보니 리춘구가 작품을 쓰다말고 울고 있었다. 〈열네번째의 겨울〉을 쓰던 중 작가는 설경이라는 인물 때문에 가슴이 아파 울고 있었던 것이다. 위의 글에서 리춘구 부인의 인터뷰 내용.

1980년대를 황금기라고 부를 수 있는 이유는 1991년 〈내 고향의 처녀들〉 이후 작품들이 개인작품 보다 공동 창작이 많은데 비해 1980년대 작품들은 리춘구 개인의 관심사를 일관되면서도 성숙하게 표출했기 때문이다. 프로필을 보면 남한에도 상당히 많이 알려진 작품들이 1980년대 창작된 사실을 알 수 있다. 예컨대 〈열네번째의 겨울〉, 〈봄날의 눈석이〉(1985), 〈도라지꽃〉(1987), 〈심장에 남는 사람〉(1989)과 같은 작품이다.

〈열네번째의 겨울〉은 홍영희의 성숙한 모습을 보여주며 〈도라지꽃〉과 〈생의흔적〉(1989)은 각각 1987년, 1990년 모스크바국제영화제와 평양국제영화제에서 오미란을 여우주연상에 올려놓은 작품이다. 영화보다 영화의 주제가 '심장에 남는 사람'으로 더 알려진 〈심장에 남는 사람〉도 그의 대표작 가운데 하나이다. 〈봄날의 눈석이〉는 올 해외로케로 제작된 작품이며 이 작품을 통해 리춘구는 재일동포들에게도 이름을 알렸다.

리춘구는 김일성, 김정일 등의 애정을 많이 받은 작가라고 할 수 있는데 그가 김일성상을 수훈했다거나 김일성상 계관인이라는 사실 외에도 비교적 초기작인 〈이 세상 끝까지〉에서부터 이미 수령님의 치하를 받은 사실에서 짐작할 수 있다. 또 "〈한 당일군의이야기〉는 농장책임비서를 다루는데 공업책임비서 얘기도 써야한다"며 수령이 직접 어린 작가에 불과한 리춘구에게 〈군당책임비서〉(1982)의 영화문학을 맡기고 후에 영화문학을 아주 잘 썼다고 평가해주었다는 일화에서도 고 김주석의 리춘구에 대한 애정을 짐작할 수 있다.[11] 〈보증〉(1~2부, 1982)은 지도자가 직접 수정대본을 내려주었고 〈생의 흔적〉과 관련해서는 주체문예사상연구모임[12]이 조직되었으며 〈밀림이 설레인다〉(1997)는

11 리춘구(c), 앞의 글, 54~55면.

김정일의 구상과 의도로 제작 된 작품이고 〈대홍단책임비서〉(1997) 역시 김 위원장이 직접 관람한 후 "사랑선을 볼 맛 있게 잘 그렸다"며 작가의 재능을 칭찬한 것으로 알려졌다. 〈곡절많은 운명〉(1989)은 김일성 주석이 생전에 연속편을 만들라는 유훈을 남겨서 후편제작이 가능했다. 또 리춘구는 김정일 위원장이 정신적 스승으로 여기는 인물로 알려져 있다.[13]

2008년 현재 67세를 맞은 리춘구의 작가로서 경력은 2003년 〈민족과 운명〉 '어제 오늘 그리고 래일' 이후 찾을 수 없다. 귀에 익은 수많은 작품들을 통해 그는 작가로서 명성을 날렸을 뿐만 아니라 그에 걸맞는 평가와 지위를 획득했다. 그는 글을 빠르게 쓰는 만큼 다작을 남기고 있고 사회주의 현실소재 영화와 수령형상영화[14]를 자유롭게 넘나들며 작업하는 북한의 대표적 영화문학 작가이다.

이와 같이 북한 영화사에서 중요한 자리를 차지하는 리춘구에 대한 작가론은 개인 작가에 대한 평가이면서도 한편으로는 북한의 문예정책과 영화사의 중요한 한 부분을 밝히는 작업이기도 하다. 리춘구 자신이 북한의 문예정책을 선취한 인물이며 영화사를 이끈 대표적 인물이기 때문이다. 이 글은 리춘구의 영화문학에서 반복적으로 나타나는

---

12 북한에서 한해에 나온 영화 중 당정책을 잘 반영하여 홍보할 가치가 크고 예술적으로 성공한 작품의 경우에 선택적으로 주체문예사상연구모임을 조직한다. 따라서 〈생의 흔적〉이 북한에서 당시 문예정책을 잘 반영하면서도 예술적으로 성공한 영화라고 평가받았음을 의미한다. 최근에는 2006년 북한에서 800만 명의 관객이 들었던 영화 〈한 녀학생의 일기〉에 대해 주체문예사상연구모임이 조직되었다.

13 김정일 위원장은 작가 리춘구를 "당이 걱정하는 문제, 당이 풀려고 하는 문제를 예리하게 포착하고 그리는 작가"라고 평가한 바 있다. 리춘구(d),앞의 글, 62면.

14 '사회주의 현실소재 영화'란 북한이 사회주의가 된 이후의 생활상을 반영해 만드는 것이 목표이다. 이에 비해 '수령형상영화'는 고 김주석이 창작한 영화 또는 김주석의 유격대 활동과 가족사를 주로 만든다. '수령형상영화'는 광의로는 이 두 가지를 모두 포함하고 협의로는 후자만을 의미한다. 이런 이유로 '사회주의 현실소재' 영화들이 북한의 현실 모습, 가정생활, 결혼, 이혼 등의 내용을 보여주는 데 비해 '수령형상영화'는 공식적인 사회와 이데올로기에 집중한다. 리춘구가 두 영화 모두를 자유롭게 넘나들었다는 것은 그의 재능을 보여주는 한편 그의 주제의식이 두 양식 모두에 적합한 것이었다는 의미도 될 것이다.

특징을 간략하게 소개한 후 그가 가장 왕성하게 활동했던 1980년대에 내놓아 북한 대중들 사이에 커다란 반향을 일으킨 작품 〈자신에게 물어보라〉를 통해 억압적인 체제의 한계 속에서 한 작가가 자신의 개성을 표현하고 현실의 문제를 언급하는 방식을 분석해보고자 한다.

2. 리춘구 영화문학의 특징

리춘구는 거의 전작품을 통해 체제 내 공식적으로 부과되는 혁명적 양심과 현실체험에서 느낀 비공식 사회의 긴장과 균열을 풀어내고 있다. 그의 작품은 정책과 관련된 양심의 문제를 주 플롯으로, 연애담을 하위 플롯[15]으로 설정하고 있으며 그것을 풀어내는 수법으로 궁금증을 일으키는 사건이나 인물을 초반에 제시한 후 그것에 대한 정보를 지연시켜 하나씩 조각을 맞춰가는 미스터리 기법[16]을 선호하는 것으로 보인다. 특별히 1970년대와 1970년대 제기된 3대혁명소조운동[17]이라는 청년기 작가 시절의 문제의식을 지속적으로 영화에 추구했고 현실체험을 통해 사회의 문제를 예리하게 촉수하는 대사와 문학 속에만 존재하는 것이 아니라 현실에 진짜 있는 다양한 인물군을 보여주는 작품이

---

15 리춘구는 애정선을 중요하게 생각해 작품에 애정을 잘 그리기 위해 공을 들이는 작가 가운데 하나이다. 그는 "흔히 창작가들 속에서 애정선이라고 표현하는 작품의 정서적 문제는 작품의 견인력의 중요한 동력이며 흥미문제에서 놓쳐서는 안 될 미학적 문제"라고 인식한다. 그래서 그는 애정선에 매혹되어서 장황히 그린 나머지 작품의 기본선을 놓치고 실패한 경우가 한두 번이 아니라고 고백한다. 그는 순수 애정문제를 주제로 한 작품이 아닌 이상 애정선과 같은 정서적 문제를 독자적 선으로 설정하거나 종자와 별개로 취급해서는 안 되며 어디까지나 애정선은 부선이라고 못박고 있다. 그렇긴 해도 그의 영화문학에서 애정선은 중요하다. 〈군당책임비서〉의 수영과 원철, 〈도라지꽃〉에서 송림과 원봉, 〈곡절많은 운명〉에서 현이와 철민, 〈자신에게 물어보라〉의 산매와 태우, 그리고 〈열네번째의 겨울〉에서 설경과 철민, 〈봄날의 눈석이〉에서 영아와 남수가 대표적이다. 이 작품들은 대부분 여성을 주인공으로 내세우며 리춘구가 애정과 관련된 심리 묘사에서도 탁월한 재능이 있음을 보여준다. 리춘구 영화문학이 북한에서 대중성을 확보한 큰 이유 가운데 하나는 하위플롯인 애정선이 잘 살아 있기 때문이라고 할 수 있다.

리춘구 영화문학의 특징이라고 할 수 있다.

리춘구 영화문학의 여러 특징 가운데 우리가 관심가지는 것은 문예정책이 위로부터 부과된 북한사회에서 자신의 개성을 견지하고 현실을 인식하기 위한 작가의 고민이다. 공식적으로 허용된 범위를 크게 벗어나지 않으면서 현실을 드러내고 비판하기 위해 리춘구는 작품 속에 정책과 부합하는 문제를 혁명적 양심이라는 주제로 표현하는 한편 자신의 현실체험속의 구체적 인물들을 그것과 대립시키는 방식으로 리얼리즘을 살리고 있다.

3대혁명의 소조원과 당일군을 주인공으로 하는 영화와 그렇지 않은 영화에서도 리춘구 영화문학에서 가장 중요하게 다루는 것은 '양심'의

---

16 〈청춘의 심장〉에서 해연은 약혼까지 생각한 명수에게 다짜고짜 결별을 선언하는데 아무도 그 이유를 짐작하지 못한다. 〈심장에 남는 사람〉에서 당비서 원학범을 취재하러 가는 기자 남혜는 기차역으로 배웅 나온 약혼자에게 약혼시계를 돌려주며 결별을 선언하고 떠난다. 〈자신에게 물어보라〉의 산매는 17살에 자원해와 누구보다 열심히 방목일을 하던 처녀였지만 이제는 무조건 도시로 돌아가겠다고 떼를 쓰는데 사람들은 그 이유를 몰라한다. 〈생의 흔적〉에서 남편이 전사하자 서진주는 친한 친구 강옥심에게조차 자신을 찾지 말라고 하고 마을을 떠난다. 사람들은 진주가 젊고 예쁘니 재혼을 했을거라고 생각하는데 세월이 흘러 강옥심과 범석은 전국영웅자대회에서 진주를 보고 의아하게 생각한다. 〈곡절많은 운명〉에서 송명수의 부인인 임소연의 출생문제는 계속되는 오해를 불러일으키면서 숨겨진다.

미스터리 기법의 가장 대표적 작품은 〈민족과 운명〉 '로동계급편'이다. 자살한 것으로 알려진 강옥을 평양 기차역에서 얼핏 스친 가족들은 그녀의 생존에 의문을 갖는다. 영화는 어머니 강옥을 지금까지 고모로 알고 있던 아들 영도가 고모의 실종과 관련된 사람들을 만나 사실을 추적하는 형식으로 구성돼 있다. 영화에서 작게는 송옥, 사옥비의 과거 역시 관객들의 의문 속에 정보를 지연시키는 방법으로 추리소설의 기법을 따른다. 〈민족과 운명〉 다른 시리즈인 '어제 오늘 그리고 래일'편에서 경심의 출생을 둘러싼 아버지 차금석의 과거와 관련된 미스터리, 준하의 논문과 관련된 미스터리의 설정 역시 영화의 진행 내내 관객들의 궁금증을 일으키며 끝까지 영화에 집중하게 하는 요인으로 작용한다.

17 1970년대 북한은 사상, 기술, 문화의 혁명을 구호로 내걸고 3대혁명소조운동을 펼친 바 있다. 이때 등장한 젊은 소조원들의 활동과 그들의 순결한 양심이 리춘구 영화문학의 주요한 모티브이다. 그의 초기작인 〈열관리공〉, 〈우리 농장 녀기사〉뿐 아니라 1980년대 작품인 〈청춘의 심장〉, 〈심장에 남는 사람〉, 〈자신에게 물어보라〉, 〈군당책임비서〉, 〈보증〉이 1970년대를 배경으로 3대혁명과 관련되거나 소조책임자의 활동상과 연관된다. 이 작품들은 주로 소조 책임자가 현장에 파견되어 문제를 해결하는 구조를 보여준다. 북한문학사에서 1980년대 3대혁명 수행과업을 능동적으로 형상화한 작품으로 평가되는 〈청춘의 심장〉은 소조원으로 수리공장에 파견돼 온 신채숙이 목숨을 걸고 코베트문제를 해결하고 결국 바닷가 마을에 남아 일생을 보내기로 결심한다는 내용이다. 주로 이 영화들이 3대혁명 중 기술혁명문제를 다루고 있기 때문에 영화 속에서 기술 인텔리들은 긍정적 존재로 말해진다.

문제이다. 남한에서 양심에 관한 사전적 정의는 "도덕적인 가치를 판단하여 정선(正善)을 명령하고 사악을 물리치는 통일적인 의식, 특히 자기의 행위에 대하여 옳고 그름, 선과 악의 판단을 내리는 본연적이고 후천적인 자각"[18]이라고 말해진다. 남측의 경우 양심을 개인적이고 내면적인 것으로 규정하며 그러한 의식이 타인과 관계될 때는 '도덕의식'이라고 구별하고 있는데 비해 북한에서 양심은 '혁명적 양심'과 결부되어 사회적 성격을 갖는 것으로 설명된다.

북한에서 양심에 관한 정의는 김일성의 혁명적 양심에 대한 다음의 규정에 기반하는 것으로 판단된다. "우리들의 량심이란 곧 조국해방을 위한 애국적 량심, 로동계급의 사회적 해방을 위한 불요불굴의 투지, 두려움을 모르는 대담성과 강의성, 모든 난관을 극복하는 인내성, 영웅성 등의 집중적 표현으로 되는 바 바로 이것을 혁명적 량심이라고 하는 것이다"[19] 따라서 양심은 "다른 사람, 계급, 사회 등과의 관계에서 자기의 행동에 대하여 지니는 도덕적 책임감"이며 "가장 혁명적이고 애국적이며 철저히 인민적인 량심은 오직 로동계급을 비롯한 근로대중에게만 있"으며 "조국과 인민, 사회주의, 공산주의 위업앞에 지닌 자기의 의무에 대한 깊은 리해와 높은 책임감, 혁명위업에 끝까지 충실하려는 견결성과 완강성으로부터 흘러나온다"[20]라고 설명된다. 리춘구의 영화문학에 등장하는 양심이란 곧 혁명적 양심의 문제이며 그것은 개인적이라기보다 대사회적이다.

〈심장에 남는 사람〉에서 원학범은 타이어생산원료인 합성고무를 수입해야 한다는 대다수 공장기사들의 의견에 재생고무를 사용하자며 "공장당위원들로서.… 자신보다, 가정보다, 공장의 운명을 먼저 생각

---

18 국어국문학회 감수, 『국어대사전』, 민중서관, 2001.
19 사회과학출판사, 『철학사전』, 사회과학출판사, 1970, 179면.
20 사회과학출판사, 위의 사전, 179면.

하고 일점의 사심도 없이 순결하게 살아왔다고 말할 수 있는 위원들이 있습니까?"라며 그들의 양심을 묻는다. 〈보증〉에서 주인공 박신혁 역시 원석해의 연구를 밀어주겠다며 당 앞에 한번도 속인적 없는 자신의 '깨끗한 양심'을 거론한다. 양심은 다른 말로는 '심장'이라고도 표현되는데 그것은 '혀끝의 양심'과 대비된다. '심장에 붙은 양심'이란 "주체사상에 의해 키워지고 간직된 혁명적 양심"[21]으로 자신의 행동과 실천으로만 입증할 수 있는 것이다.

그런데 이 양심의 격은 너무나 높고 숭고하다. 리춘구는 자신의 주인공들에게 10년이고 20년이고 이렇게 깨끗하고 숭고한 양심을 지킬 것을 요구한다. 〈청춘의 심장〉(1981)의 신채숙은 과학원에서도 머뭇거릴 만큼 위험한 실험을 목숨을 걸고 단행하고 〈열네번째의 겨울〉에서 설경은 자신을 기다려온 약혼자와도 결별하고 14년에 걸쳐 단백질 함량이 높은 콩종자를 개발한다. 전사한 남편의 뒤를 이어 자신도 영웅이 되겠다고 결심한 〈생의 흔적〉의 서진주는 20년 가까이 지인들과도 연락을 끊고 농업혁명에 인생을 바친다. 사정이 이렇다보니 리춘구의 영화문학은 1980년대 나온 숨은 영웅형상영화인 경우에도 인물들이 결벽증적으로 양심에 집착한다. 이런 순도높은 양심에 대한 관심은 그가 김정숙을 그린 〈기다려다오〉(1987)나 김일성을 그린 〈민족의 태양〉(1990), 〈밀림이 설레인다〉와 같은 수령형상영화들과 쉽게 접속가능하게 하는 요소라고 판단된다.

리춘구는 긍정적이고 양심적 인물을 꼼짝 못하는 상황에 몰아넣고 그의 양심을 다시 한번 시험하는 것을 통해 양심의 문제를 극대화한다. 〈열네번째의 겨울〉에서 설경은 대학때부터 사겨온 약혼자로부터 과학연구와 자신 중 하나를 선택하라는 통보를 받고 〈자신에게 물어보

---

21 류만, 「혁명적 량심에 관한 심오한 예술적 형상」, 『조선예술』, 1989.3.

라〉(1988)의 석주는 산매로부터 딸 셋중 하나를 자신들이 일하는 방목지로 데려오면 자기도 소조를 떠나지 않겠다는 제안을 받으며 〈보증〉의 박신혁은 복잡한 계급의 출신인 허진성을 믿고 직접 입당보증까지 서기로 한 후 허진성이 예전에 간첩들의 존재를 알고도 집에 숨겨두었던 범죄사실을 알게 된다. 〈심장에 남는 사람〉의 당비서 학범은 기술자들을 믿어야 한다고 감싸지만 가장 필요한 기술자 석준이 자신의 아버지를 살해한 피의자의 아들이라는 사실을 알고 괴로워한다. 〈민족과 운명〉 '로동계급편'의 강옥은 남편의 전부인인 공지순이 살아있다는 사실을 알고 행복한 자신의 가정을 지키고 싶은 욕망과 혁명적 양심 사이에서 갈등한다. 이렇게 막다른 골목으로 몰린 인물들은 그 상태에서 그만두어도 누구에게 비난받지 않을 만큼 그동안 집단을 위해 자신을 바쳐왔던 인물들로 누구나 인정할 만한 시련 앞에서 이들은 다시 한 번 집단을 위해 깨끗한 양심을 발휘한다. 이 시험을 통해 인물들은 순결하고 지고한 인물임을 독자/관객에게 거듭 확인시킨다.

그런데 이러한 양심의 문제만을 다룬다면 리춘구의 영화문학은 공식문학의 범주를 벗어나지 못할 것이며 리춘구의 영화문학이 획득한 북한에서의 대중성을 설명하기 어렵다. 북한 대중들이 리춘구 영화문학에서 자신의 현실을 그대로 보여준다고 느끼는 근저에는 그의 현실체험과 도식성의 극복을 위한 노력이 있다. 리춘구는 "나 자신의 경우에 있어서 작품창작에서 류사성을 극복하는 과정이란 참으로 어려운 일이었으며 이것은 자신의 머릿속에 남아있던 낡은 사상과의 첨예한 투쟁이기도 하였다"[22]며 그 대답을 현실에서 찾고 있다. 〈군당책임비서〉를 창작한 후 작가가 쓴 창작수기를 보면 리춘구가 현실체험에서 고민의 답을 찾았으며 자신의 영화문학의 개성을 이룩했음을 알 수 있다.

---

22 리춘구(a), 「탐구의 나날을 더듬으며」, 『조선예술』, 1978.4, 41면.

작가는 현실을 '새로운 성격의 원천이며 저수지'라고 규정하면서 자신이 그동안 영화나 문학에서 본 연로한 노동자의 전형과 실제 만나본 그들 사이에 차이가 있다고 말하고 있다. 그동안 작품속에서 하나의 틀처럼 된 것은 오래 노동에 종사한 인물들을 "말수가 적고 무게가 있으며 항상 요긴한 모퉁이에서 주인공에게 행동으로 신심을 주는 인물"[23]로 그리는데 자신이 실제 만나본 나이든 노동자 가운데에는 "우스개소리 잘하는 로인도 있었고 또 나이에 어울리지 않게 젊은이들과 흉허물없이 휩쓸리는 로인도 있었으며 젊은이들이 업신여긴다며 노염을 잘 타는 그런 로인도 있었다"[24]는 것이다. 이렇게 젊은이들에게 조언을 해주는 아버지상의 노동자가 그동안 북한 문학예술을 지배한 도식이었다면 리춘구는 자신의 영화문학에 현실의 노인을 담아내었다.

또 그의 영화문학에는 행정관료들에게 의견이 묵살된 후 기사장이 보기 싫어서 직장을 세 번씩이나 옮기며 끝내는 자기의 희망마저 버리고 멀리 피해가는 인텔리의 모습이 등장한다. 그동안 다른 영화에서 행정일군을 그리면서 단순히 책상머리 보수주의자, 기술신비주의자라는 도식에 따랐다면 그의 영화문학에서는 그러한 행정일군을 남의 일생을 망쳐놓을 수 있는 폭군, 독단주의자, 편견분자로 묘사하고 있다.

실제 체험 속에서 얻은 현실적인 인물과 대사들은 다음과 같이 작품에 반영되며 보편성을 획득한다. 〈심장에 남는 사람〉에서 당비서 원석범에게 리영갑은 공장의 문제를 이렇게 밝힌다. "공장간부들이 인재를 인정하지 않지요. 공장이 자력갱생하자면 '무'에서 '유'를 창조하는 기적이 일어나야 하겠는데 수재인 임석준기사를 주택건설장에 동원보내여 벽돌을 쌓게 하고 있습니다. 그리고는 력학계산도 제대로 못하는 건달을 기술과장 자리에 앉혀놓고 핵심이라고 떠들지요"[25] 그런가하면

---

23 리춘구(c), 앞의 글.
24 리춘구(c), 위의 글, 59면.

처세에만 신경쓰는 사람들을 향해 주인공 원학범은 "원래 남을 헐뜯는데 이골이 난 사람일수록 처세술이 능하고 당적인 언사를 잘 쓰지요. 그러니 일하는 사람은 락후분자로 되고 노트정리나 잘하고 건달을 피운 사람은 모범으로 평가되지요." "엄혔지요. 혁명에 투사하기는 싫지 높은 대우는 받고 싶지, 능력은 없지, 하니까 뭣이 나오는가? 초당성, 능란한 처세술, 과장동문 기술이 없다나니 재생고무연구 로근방에도 얼씬 못하우"[26] 북한에서 실력보다 정치적 판단을 앞세운 결과 실력있는 인재가 아니라 처세에만 신경쓰는 사람이 더 높은 평가를 받는 현실의 모순을 대사가 그대로 드러내고 있다. 리춘구 영화문학의 힘은 이런 생생한 대사를 통해 현실사회의 문제를 예민하게 잡아내는데 있다.

리춘구는 이것이 가능했던 것은 자신이 현실을 "자료확인이나 분위기 체험"으로 끝내고 남이 걸어간 무난한 길을 따라가지 않고 "화력 보일라 앞에서 실제 노동계급 노인과 친해지는 과정에서 파악한 성격이었기 때문" 다시 말해 현장에 직접 내려가 체험한 덕분이라고 말한다. 그런 이유로 〈군당책임비서〉가 상영된 후 관객들로부터 받은 많은 편지에서 이 영화에 나온 인물들이 "현실에서는 얼마든지 볼 수 있으나 문학에서는 아직 한번도 볼 수 없었던 성격"이며 "우리 공장에도 저런 일군이 있다. 우리 사업소 기사장이 꼭 박우필이다"[27]라는 말을 많이 들었을 정도라고 한다. 요컨대 문학의 도식과 관행을 깨기 위해 현실 체험과 현실에서의 발견을 중요시하는 리춘구의 영화문학이 북한 대중들에게 공감을 얻었으며 이는 북한이라는 공간을 넘어서 북한영화가 보편성을 획득할 수 있는 요소라고 할 수 있다.

이렇게 리춘구의 영화문학은 혁명적 양심을 통해 당대의 문예정책을

---

25 리춘구, 「심장에 남는 사람」 1부 리영갑의 대사, 『조선예술』, 1989.12.
26 리춘구, 위의 영화문학, 원학범의 대사.
27 리춘구(c), 앞의 글, 59면.

반영하면서도 현실의 생생한 갈등과 문제를 드러내는데 이 둘 사이에서 충돌이 일어나고 있다. 더 순결하고 더 높은 이상을 향해 집단에 개인을 바칠 것을 의무와 당위로서 요구하는 혁명적 양심과 달리 현실의 생생한 목소리들은 체제 내에서 흔들리는 개인, 사회 그리고 개인과 사회관계의 변화 모두를 드러내기 때문이다.

3. 혁명적 양심과 현실의 충돌적 반영 : 〈자신에게 물어보라〉[28]

1980년대는 리춘구의 주제의식이나 수법에서 성숙한 시기로 가장 황금기라 할 수 있다. 시대와 혁명 앞에서의 양심의 문제와 갈등의 해결방안으로서 인물의 보다 높은 자기성찰의 요구 그리고 미스터리 수법 등의 리춘구 영화문학의 특징이 〈민족의 태양〉류의 수령형상영화와 사회주의현실소재 영화문학 모두에 고르게 나타난 시기가 이 때기 때문이다. 1980년대 작품 중 작가에게 개인적 영광을 준 영화들 예컨대 재일동포들에게도 이름을 알린 〈봄날의 눈석이〉, 국제영화제 수상작 〈도라지꽃〉, 남한에도 제목이 알려진 〈심장에 남는 사람〉 등 작가의 대표작으로 선정할만한 작품은 많지만 1988년에 내놓은 〈자신에게 물어보라〉는 북한 내부인들에게 특별히 의미있는 영화[29]라는 점에서 분석이 요구된다. 이 작품은 김정일 위원장으로부터도 호평을 받았을 뿐만 아니라 평론계와 대중으로부터도 지지[30]를 받았다.

---

28 여기서는 『조선예술』, 1989년 3호에 실린 영화문학을 텍스트로 삼았다.
29 연구자는 탈북 새터민들을 통해 감동적인 영화중에 특별히 기억에 남는 영화로 이 영화의 제목을 처음 접했으며 남한의 연구자의 입장에서도 잘 쓴 영화문학, 잘 만들어진 영화임을 알 수 있었다.
30 이 영화에 대한 대중적 지지는 탈북새터민들의 추천과 영화가 나왔을 당시 북한의 영화전문잡지 『조선영화』 편집부에서 관객평을 실으면서 이 영화에 대해 관객들이 "너도나도 앞을 다투어 편집부의 문을 두드렸다"는 말을 통해서 짐작할 수 있다.

당정책 반영의 민감성과 투철성, 현실반영의 진실성과 예리성, 창작의 대담성과 독창성, 제기한 주체사상적 내용의 심오성과 철학성, 성격창조의 새로운 경지, 특색있는 구성조직과 형상수법, 전반적인 예술적 형상의 원숙성, 시대를 선도하며 현실을 충격하는 뜻이 깊고 예리한 대사, 연출, 연기, 촬영, 음악 등 영화적 형상의 성공, 〔…중략…〕 어느 하나도 나무랄데 없는 만점짜리 영화[31]

북한의 평론에서는 이와 같이 〈자신에게 물어보라〉가 당정책을 잘 담을 뿐만 아니라 대담하면서도 독창적으로 현실을 잘 반영하고 있다고 평가하고 있다. 또한 이 영화는 리춘구가 전작품을 통해 보여준 문제의식과 원숙한 형식미를 모두 보여주는 작품이라는 점에서 리춘구의 대표작이라고 해도 무리가 없다. 이와 같은 사실들은 정해진 문예정책 범위에서 작가가 개성을 발휘하고 리얼리즘을 성취하는 방식을 분석하기 위해 〈자신에게 물어보라〉가 좋은 자료가 될 수 있음을 방증한다.

산골 방목소조로 새로운 소조책임자 문석주가 부임해오는 것으로 영화가 시작된다. 부임 첫날 문석주는 그곳의 관리위원장으로부터 소조에서 가장 생산 실적이 높았던 산매(본명 : 최련희)가 도시로 돌아가겠다고 해 생산량에 차질이 생기게 되었다는 보고를 듣는다. 관리위원장은 이유를 물어도 산매가 대답을 안한다며 결혼할 나이가 되었으니 도시로 가는 것이라고 추측하지만 석주는 17살에 이곳 토산리 농장에 자원해 와서 방목일에 열심이었고 누구보다 생산량이 높아 산매라는 별명까지 얻은 그녀가 도시로 가겠다는 데에는 무언가 말하지 못할 사연이 있을 거라며 방목지에서 생활하며 그 이유를 알아보기로 결심한다.

---

31 변정희, 「혁명적 량심과 인생관에 대한 만점짜리 걸작」, 『조선영화』, 1989.3, 25면.

아무에게도 이유를 말하지 않고 도시로 돌아가겠다는 산매의 발언이 영화초반부에 관객들에게 수수께끼로 던져진다. 특히 누군지 모를 사람으로부터 온 편지를 읽는 산매의 심각한 얼굴과 편지와 동봉된 남자의 사진은 산매의 도시행에 대해 관객들의 궁금증을 자극한다. 관리위원장의 해석대로 결혼을 위해 도시로 떠난다고 생각할수도 있지만 전혀 행복해보이지 않는 산매의 태도 때문에 관객들은 산매가 진짜 떠나려는 이유가 궁금하다. 게다가 관리위원장은 산매의 실적이 높다면서도 오히려 산매를 도시로 보내려는 이중적 태도를 취해 석주와 관객들의 궁금증은 더욱 커진다. 영화는 리춘구의 다른 영화들과 마찬가지로 갑자기 떠나겠다는 산매를 둘러싼 의혹들을 초반에 관객들에게 던져주고 관객이 마치 문제를 풀듯이 접근하도록 하는 미스터리 수법을 구사하고 있다.

석주가 방목지로 와보니 산매는 기대 이상으로 이곳에 꼭 필요한 사람이었다. 석주는 산매를 붙잡아야겠다는 마음을 굳히고 산매의 진심을 알아보기로 한다. 그러나 산매는 의외로 완강하다. 산매가 떠나는 것에 석주가 소조책임자인 자신이 동의하지 않겠다고 하자 산매는

〈어떻게… 제 앞길을 막을 결심을 그리도 쉽게 하셨나요?〉

〈……〉

〈하긴 남의 운명이 그까짓 뭐라구……〉

〈산매동무〉

〈아니, 다신 축산의 중요성으로 저를 설복할 생각을 마세요〉

〈…〉

〈전 래일 아침 떠나겠어요〉

산매의 단호한 태도에 문석주는 적이 놀란다.

〈못갈게요〉

〈그래 강제로 붙잡겠나요? 그리고 회의 열고 비판하고.……
〈아니, 난 그런 방법은 안 쓰겠소〉
산매 새삼스럽게 쳐다본다.
〈그럼요?〉
〈동무도 량심이 있을테니까〉
〈량심이요?〉
산매 왜서인지 흠칫한다.
〈제발 량심에 대한 이야기는 하지 말자요〉
〈난 해야겠소〉
〈…〉
산매 점점 흥분한다.
〈누구에게나 다 량심이 있다고 생각합니까?〉
〈물론… 있소〉
산매 머리를 흔든다.
〈사람마다 다 있다고 하지요. 그러나 량심을 헌신짝처럼 버린 사람들도
있지요〉
〈?!〉
〈난 심장에 붙어있는 '량심'이 있는가 하는 거예요. 혀끝이 아니라 심장
에…〉
〈…〉
〔…중략…〕
〈그럼 동지의 심장과 함께 있는 깨끗한 량심한테 묻겠어요〉
은근히 긴장해지는 문석주.
〈묻소〉
〈만일…지금 동지 앞에 앉아있는 이 농장 처녀가 남이 아니라.…동지의
친딸이였다면 그래도 동지의 량심은 못간다라고 했겠나요?〉

석주는 산매의 시선을 정면으로 받지 못하고 피한다. 명랑했던 산매가 '성격이 이지러지기 시작한' 것은 나름의 이유가 있었는데 그것은 말로만 애국하고 말로만 양심을 거론하는 사람들 때문이었다. 여기에서 리춘구 영화문학을 관통하는 양심의 문제가 다시 거론되는데 북한의 평론 역시 이 영화가 사람들에게 큰 반향을 일으키는 이유가 "무엇보다 우리 시대가 제기하는 의의있는 문제-참된 삶을 영위하려는 주체형 인간들의 혁명적 량심에 관한 문제가 주체의 인생관의 견지에서 심오하게 구현되어 있기 때문"[32]이라고 말한다. 산매의 말대로 그녀가 뜻하는 양심은 말로 하는 양심이어서는 안 된다. 혀끝이 아닌 심장에 붙은 양심이란 집단과 국가의 요구이자 개인이 자신의 행동과 선택을 비추어보는 거울과 같은 것이다. 그렇기 때문에 산매의 질문은 여기서 끝나지 않고 더 나아간다. 석주가 자신의 당적 양심을 걸고 산매가 친딸이라고 하더라도 붙잡았을 거라고 하자 산매는

〈말로야 애국자가 얼마나 많다구요?〉

〈?!〉 문석주가 다시 한번 놀란다.

〈말에서 애국심이 다 표현된다면 영웅 아닌 사람이 없게요. 난 실천만을 인정해요〉

〈실천만을?〉

〈네! 이 초소가 그렇게도 중요한 곳이라면 소조책임자 동지의 셋딸 중에 누구든 데려올 수 있지 않아요?〉

〈?!〉

순간 굳어지는 문석주의 얼굴.

---

32 류만, 「혁명적 량심에 관한 심오한 예술적 형상—예술영화 〈자신에게 물어보라〉에 대하여」, 『조선예술』, 1989, 36호, 21면.

긍정적인 인물을 막다른 골목으로 몰아넣고 다시 한번 그 인물의 양심을 시험하는 리춘구 영화문학의 특징이 여기에서는 문석주의 세 딸 중에 아무나 한명 방목공으로 데려오라는 산매의 요구로 반복된다. 산매의 질문은 당시 북한에서 "한 처녀가 개별적 일군에게 대답을 요구한 것이 아니라 군중이 혁명의 지휘성원들에게 절박히 당부하는 것"[33]으로 읽히면서 커다란 파장을 일으켰다. 1980년대 들어서면서 북한은 '주체의 대화원'을 완성했다고 선언했지만 한편으로는 사회주의 근대화의 수렁에 깊게 빠져들고 있었다. 무계급 사회를 이룩하겠다고 했지만 근대화 과정에서 새롭게 생긴 계급과 그로인한 계급차별이 형성되었고 산업화에 따른 이농현상, 도시화, 개인주의의 확산이 문제로 부각되었다. 겉으로는 공식 이데올로기나 정책에 도전하지 않지만 현실적으로는 자신이나 가족의 이익을 우선하는 등 소위 '말로만 애국자'들이 늘고 있었다. 영화의 관리위원장과 같이 청년들더러 산속 방목의 중요성을 연설하면서 자신의 아들들은 모두 도시로 보내는 사람들이 일반적이었다고 할 수 있다. 이와 같은 사회적 배경에서 자신의 친딸이라도 산속 방목공으로 남아있으라고 했겠냐, 그렇다면 친딸을 데리고 오라는 산매의 요구는 "질문의 동기와 원인은 나쁘지만 요구는 정당한 것",[34] "절실한 사회적 문제를 일반화"[35]한 것으로 인식된다.

이 영화의 특징은 긍정과 부정인물을 대립시키는 것이 아니라 긍정인물을 더 큰 긍정으로 개방시키는데 있다. 산매가 문석주의 의식 속에 일으킨 파동은 석주가 또 다른 자신과 싸우는 신으로 나타난다.[36]

---

33 리호윤, 「한 마디로 백을 깨운 묘술―예술영화 〈자신에게 물어보라〉를 보고」, 『조선영화』, 1989.2, 25면.

34 리호윤, 앞의 글, 23면.

35 변정희, 앞의 글, 29면.

36 영화에서 이 신은 석주역의 배우 서경섭을 한 화면에 두 사람으로 배치하는 이중노출 합성화면을 통해 환상신으로 처리했다. 현실의 문석주와 달리 환상신의 문석주는 때묻지 않은 양심을 표상하듯 흰와이셔츠를 입고 있어 시각적인 대조를 이룬다.

결국 산매의 질문에 답하기 위해 석주가 식당 접대원으로 있는 큰딸 수정을 찾아가나 수정은 곧 결혼할 남자가 있다며 핑계를 대고 둘째딸은 출장중이라 만나지 못한다. 셋째딸 수림은 아직 중학생이라 석주는 산매에게 줄 답을 갖지 못하고 돌아와 그만 몸살을 앓는다.

석주가 산매에 의해 자신을 점검하게 되었다면 산매 역시 자신을 흠모해온 방목공 청년 태우로부터 양심의 점검을 받는다. 이는 인물들의 개인양심과 도덕의식을 일치시키기 위한 전략으로 해석된다. 태우는 산매가 석주에게 딸을 데리고 와야 그의 양심을 믿겠다고 했다는 소리를 듣고 산매에게

〈그건 너무 야박하오. 그래 남더러 고생을 함께 하자는거요?〉

〈아니요〉

〈그럼 뭐요?〉

〈…〉 입을 다무는 산매. 태우 흥분을 억제하느라 애쓴다.

〈산매, 내 말 듣소… 우리야 누가 보든말든 알아주든 말든 깨끗한 량심을 가지고 일했으면 됐지. 남이야…〉

〈그만해요!〉 갑자기 소리치는 산매

〈?!〉

〈그게 무슨 필요있어요? 오히려 제 살 궁리만 하는 애들이 더 우쭐대면서 잘 사는걸!〉

〈산매!〉

〈그러면서 우릴 비웃고 있어요! '무엇 때문에 사서 고생이람? 어리석지!' 하고 말이에요! 그러니 우리가 바친 희생의 대가가 도대체 뭔가 말이에요?〉

〈희생의 대가?〉

〈난 그것이 분해서 그랬어요!〉

태우는 처녀를 이윽히 보더니 한숨 쉰다.

〈왜 가만 있어요?〉

〈…〉

그래도 말이 없는 태우. 안절부절 못하는 산매. 태우 이윽고 입을 연다.

〈난 이 순간… '누가 보거나 말거나' 하는 숨은 영웅들의 이 말을 우리가 너무도 쉽게 해왔다는 걸 느끼오.〉

〈네?!〉

〈하기야 얼마나 많은 사람들이 이 말을 곧잘 쉽게 외우오? 남모르게 좋은 일을 하고도 간부들이 알아주었으면 하고 건설장에 자진해서 나가면서도 속으로는 어떤 평가가 올 것인가 기다리구… 이건 '숨은 영웅'이 아니라 나라에 한가지 보탬을 주고 열가지 스무가지의 배려를 받았으면 하는 시대의 속물에 지나지 않소!〉

〈?!〉 낯빛이 하얘지는 산매. 그의 뇌리를 아프게 치는 소리.

〈진짜 숨은 영웅은 훈장이나 명예가 찾아내지 못하는 바로 그런 곳에 있소!〉

그만 얼굴을 싸쥐는 산매.

〈그런데 동무가 희생의 대가를 바라다니?!〉

〈아!〉

태우는 말을 끌고 씽— 하니 막사쪽으로 가버린다.

등판 한끝에서 불어오는 세찬 바람. 산매의 손에서 쌀바가지가 떨어진다.

태우는 산매의 양심이 정말 심장에 붙은 양심이라면 행동으로 보이는 것을 넘어서 그 행동에 대한 어떤 평가나 배려를 원해서도 안된다고 말한다. 훈장이나 명예를 바라고 한 행동은 그것이 아무리 고귀한 행동이었더라도 속물적인 행위에 불과하다는 것이 태우의 주장이다. 이렇게 진정한 양심은 결과에 상관없이, 평가와 관계없이 하는 행동이며 국가나 집단을 위한 희생은 당연한 것으로 '희생'이라고 여겨서도 안 된다. 북한의 평론가 리호윤은 이 영화에 대한 평을 쓰면서 양심은 "개인과 개인의 관계에서 지켜야 할 도덕이기 전에 개인이 집단과의 관계에서 스스로 지켜야 할 도덕"[37]이라고 규정하고 있다. 이는 앞서 본 북한에서 양심에 대한 사전적 정의가 대사회적 문제와 관계된다는 사실과 일치한다. 문제는 북측에서 양심과 도덕의식을 일치시키는 데 있다.

가라타니 고진(柄谷行人)은 도덕성과 윤리를 구분한다. 그에 따르면 도덕은 공동체가 존속하기 위한 규범으로 사회(공동체)가 부과하는 선악의 기준인데 비해 윤리는 주체의 자유의지에 의한 도덕이다.[38] 그런데 산매나 석주의 혁명적 양심, 심장에 붙은 양심은 도덕성과 윤리의 경계를 흐려놓는다. 영화의 양심은 사실상 북한사회가 부과한 도덕임에도 개인의 자유의지에 의한 것이라고 말해지기 때문이다.

그런데 산매와 태우의 대사속에조차 현실의 모습이 얼핏얼핏 드러나는 것을 알 수 있다. 당의 정책을 따라 힘든 노동에 자원하는 사람들은 어리석다고 인식되고 이기주의자라고 지탄받는 사람들은 오히려 더 잘 살고 당을 위해 일한다고 하는 사람들도 알고 보면 위로부터 좋은 평가를 받기 위해 전전긍긍하는 현실이 읽히는 것이다.

출장에서 돌아온 석주의 둘째딸 수련이 산매에게 보낸 편지에서 이런 현실은 보다 더 명료하게 보인다. "동무는 방목공이 싫으면 시집이나 갈 것이지 무엇 때문에 남의 행복한 가정에 뛰여들어 사람들을 고통스럽게 해요? 그래 고지식한 우리 아버질 궁지에 몰아넣고 동무는 도대체 무엇을 얻자는 건가요? 우리가 무슨 머저리라고 그 산간벽지에 가서 자기 일생을 소똥 밑에 묻어버리겠나요?" 이렇게 현실적으로 정책을 곧이곧대로 따르는 사람들은 고지식한 사람으로 여겨지며 방목

---

37 리호윤, 앞의 글, 23면.
38 가라타니 고진, 송태욱 역, 『윤리21』, 사회평론, 2002, 19~33면.

자원은 소똥 밑에 인생을 묻어버리는 행위라고 여겨질 정도이다.

소조책임자 석주와 소조원 태우, 산매가 현실의 문제를 순도 높은 양심을 통해 해결하고 있는 사이 그러나 1980년대 북한의 현실은 석주의 딸들처럼 변하고 있었는데 둘 사이의 커져가는 괴리를 영화가 충돌적으로 반영하고 있다고 할 수 있다. 1978년부터 시작된 중국의 개혁개방 정책을 본 북한은 1980년대 합영법 등을 공포하며 변화를 시도하지만 좌초하고 만다. 〈자신에게 물어보라〉가 나온 1988년은 사회주의국가들의 악몽이 현실화되기 시작한 시점으로 점점 무력해지는 체제가 인민들의 요구를 애써 무시하거나 집단과 국가에 대한 양심적 희생이라는 구태의연한 정신적 해결을 시도하던 때이다. 현실에서 입으로 충성하며 책상위에서 혁명하는 사람들이 더 행복하게 살고 교과서대로 사는 사람들은 점점 '고지식한' 사람이나 '머저리' 취급을 받고 있었기에 이 영화를 재미있게 봤다는 관객들이 진정 공감한 것은 어제의 영웅이 오늘은 염증을 내는 현실을 보여주는 산매의 고민이었는지 모른다.

〈자신에게 물어보라〉에 대한 북한의 평론도 영화가 "사회주의 건설이 심화발전되고 있는 과정에서 결코 간과할 수 없는 사회의 변질을 가져올 수 있는 위험하고 심각한 문제를 처음으로 제기한 것이다. 집단주의적 생명관이 개인주의적 생명관에로 후퇴하고 변질을 일으킬 수 있는 위험성"을 보여주고 있으며 그래서 "현실을 주저없이 정당하게 사실주의적으로, 본질적으로 보여준 것"[39]이라며 영화가 담고 있는 현실에 대해 간접적으로 인정하고 있다. 관객들의 반응은 보다 분명하다.

---

39 변정희, 위의 글, 차례대로 29면 ; 26면.

"하지만 그 표현형식이 다를 뿐이지 나(수련 : 연구자삽입)를 저주한 모든 사람들이 다 준비되어 있다고 볼 수 있을까. 공교롭게 산매의 질문에 내가 걸려들어 영화에까지 옮겨져 이 꼴이 됐지. 난 묻고 싶어. 너를 비롯한 나를 비웃는 처녀들에게 나와 다른 점이 도대체 무엇인가고?" 다른 점? 정말 다른 점이 무엇일까? 산매와 같은 사람들의 성실한 땀방울에 기생하며 살아가려는 수련의 생활방식을 나쁜 것이라고 락인했으나 태우와 같은 정신적 높이에 서 있기 때문에 지은 결론은 못된다⋯⋯. 〔⋯중략⋯〕 결국 나와 수련이는 다른 점이 없다.[40]

〈자신에게 물어보라〉의 둘째 딸 수련과의 대화형식으로 쓴 김형직 대학의 학생인 박경심의 위의 글은 현실에서 당시 젊은이들이 자신을 수련이와 유사한 인물로 여기고 있음을 보여준다. 사람들은 영화의 이상에 감동하면서도 영화를 "모든 사람들이 사회 앞에 그렇듯 량심적으로 산다면 우리 혁명은 얼마나 빨리 전진하겠는가 하는 작가의 고결한 리상"[41]으로 여기고 있는 것이다. 이렇게 리춘구의 작품은 혁명적 양심이라는 인민을 향한 규율장치와 현실체험에서 나온 생생한 대사와 인물이 충돌을 일으키며 문예정책이 허용하는 범위 내에서 현실비판의 최대치를 끌어올리고 있는 것으로 판단된다.

4. 정신주의적 양심의 고백

리춘구는 과연 북한을 대표하는 영화문학작가 가운데 하나이다. 그

---

40 김형직 사범대학 어문학부 국문과 2학년 박경심의 영화평, 「수련이와 나」, 『조선영화』, 1989.4, 52면.
41 평양연극영화대학 영화문학창작과 4학년 변광철의 영화평, 「우리식의 창작묘리」, 『조선영화』, 1989.4, 52면.

가 백두산 창작단[42]에서 오랫동안 활동한 사실이나 〈민족과 운명〉 시리즈에 지속적으로 참여하고 있는 사실을 보더라도 그는 '공화국이 키워낸' 작가로 북한의 영화문학을 이끌어온 작가임에 분명하다. 한편으로 그의 영화문학이 대중과 소통하며 대중의 변화하는 삶의 양식과 고민을 담아낸 점에서도 리춘구를 북한을 대표하는 작가라고 주저 없이 말할 수 있다. 그의 이력이나 그가 요구하는 혁명적 양심의 순도는 당대 북한의 정책 혹은 문예정책을 되풀이하는 것으로 보이지만 현실에서 채취한 인물과 대사는 북한이라는 체제 내에서 현실인식의 한도를 확장시켰음을 보여준다.

물론 2000년대 나온 작품 예컨대 〈녀병사의 수기〉(2003), 〈한 녀학생의 일기〉(2006)에서 자기 자신, 개인이나 내면에 집중해 있는 주인공들의 고백과 비교하면 리춘구 영화문학의 양심의 고백은 여전히 너무나 정신주의적이다. 양심의 잣대는 너무 엄격하고 고백은 국가의 요구를 정답으로 전제한 위에서 이루어지는 자기 성찰이기 때문이다. 그럼에도 리춘구의 많은 작품에서, 특별히 〈자신에게 물어보라〉에서 산매의 고백—자신이 국가를 믿고 산속에서 방목공으로 세월을 보내는 사이 양심을 버린 친구들이 오히려 더 행복하게 살고 있다는, 자신이 순진한 바보가 아닌가하는 고통스런 말은 이미 1980년대부터 암동하고 있었던 최근의 변화의 단초를 포착해낸 것으로 평가된다. 이와 같이 북한 사회에 대한 작가의 고민과 솔직한 인식 정도가 깊을수록 북한 영화 또는 문학이 세계문학의 범주로 들어설 가능성도 커진다고 하겠다.

---

[42] 1960년대 후반 만들어진 백두산 창작단은 수령형상영화를 전문으로 제작하는 영화 제작단으로 북한에서 최고의 작가들만이 여기에 소속될 수 있다.

참고문헌

가라타니 고진, 송태욱 역, 『윤리21』, 사회평론, 2002.

고석희, 「리춘구, 영화밖에 모르는 사람」, 『조국』, 1995.4.

국어국문학회 감수, 『국어대사전』, 민중서관, 2001.

류　만, 「혁명적 량심에 관한 심오한 예술적 형상」, 『조선예술』, 1989.3.

리춘구(a), 「탐구의 나날을 더듬으며」, 『조선예술』, 1978.4.

리춘구(b), 「탐구의 나날을 더듬으며」, 『조선예술』, 1978.4.

리춘구(c), 「누구를 위한 작품인가?—영화문학 〈군당책임비서〉를 창작하고」,
　　　『조선예술』, 1983.10.

리춘구(d), 「당에 심장을 맡기라—조선영화문학창작사 리춘구를 찾아서」, 『조
　　　선영화』, 1988.2.

리호윤, 「한 마디로 백을 깨운 묘술—예술영화 〈자신에게 물어보라〉를 보고」,
　　　『조선영화』, 1989.2.

박경심, 「수련이와 나」, 『조선영화』, 1989.4.

변광철, 「우리식의 창작묘리」, 『조선영화』, 1989.4.

변정희, 「혁명적 량심과 인생관에 대한 만점짜리 걸작」, 『조선영화』, 1989.3.

사회과학출판사, 『철학사전』, 사회과학출판사, 1970.

이명재 편, 『북한문학사전』, 국학자료원, 1995.

조선일보 사이트 북한인물정보 www.nkchosun.com

리춘구의 작품연보

1974년　열관리공
1975년　우리 농장녀기사

1977년 이 세상 끝까지

1980년 열네번째의 겨울

1981년 청춘의 심장

1982년 군당책임비서

1985년 혁명가

1985년 봄날의 눈석이

1985년 장산리 녀성들

1987년 도라지꽃

1987년 보증(1, 2부)

1987년 기다려다오

1988년 자신에게 물어보라

1989년 생의 흔적

1989년 심장에 남는 사람

1989년 곡절많은 운명

1990년 민족의태양 (4부)

1991년 효녀

1991년 내 고향의 처녀들

1992년 민족과 운명(1~10부)

1995년 민족과 운명—로동계급편(30~32부)

1997년 민족과 운명—카프작가편(38~42부)

1997년 밀림이 설레인다

1997년 대홍단책임비서(1부)(이 작품은 2001년까지 5부로 완성)

1998년 민족과 운명—로동계급편

1999년 민족과 운명—최현편

2001년 민족과 운명—어제 오늘그리고 래일편

1950년대 북한소설의 서사적 이면

　—황건의 『개마고원』

오창은

1. 북한문학사와 『개마고원』

　황건의 『개마고원』(1956)[1]은 북한문학계가 일관되게 긍정하는 작품이다. 『조선문학통사(하)』(1959)는 이 작품이 "일제의 패망을 앞둔 해방 직전의 조선인민의 암담한 비극적 처지로부터 시작하여 해방, 지방정권 기관의 수립, 토지개혁, 조국 해방 전쟁 개시와 일시적 후퇴 등 모든 중요한 력사적 사변들"을 다루고 있을 뿐만 아니라, "농촌 청년들의 투쟁 화폭과 그들의 락관주의적 성격의 발전을 일반화"[2]했다고 고평했다. 주체사실주의가 중시되던 시기에 간행된 『조선문학사(1945~1958)』(1978)도 『개마고원』의 문학사적 가치를 높이 평가했다. 그 평가

---

[1] 황건, 『개마고원』, 작가동맹출판사, 1956〔남한에서도 황건의 『개마고원』(미래사, 1989)이 간행되었다. 이 글에서 저본으로 삼은 텍스트는 북한 작가동맹출판사에서 간행된 1956년판이다. 필자는 중국 연변대학 도서관에서 복사한 『개마고원』을 텍스트로 삼았다〕.
[2] 언어 문학 연구소 문학 연구실, 『조선 문학 통사(하)』, 과학원 출판사, 1959, 306면.

를 구체적으로 살펴보면, "매 인물들의 사회계급적 처지와 립장을 명확히 밝힌 기초우에서 계급 투쟁"을 그려냈으며, "새것이 승리하고 낡은 것이 멸망해가는 생활발전의 합법칙성을 형상적으로 뚜렷이 천명"[3] 했다는 것이 주요 내용이다. 『조선문학사(1945~1958)』는 역사적 사건과 더불어 인물 형상화에 주목한다. 이러한 평가는 해방 이후 북한사회에서 긍정적 인간상으로 규정하는 인물들의 성격화가 어떤 방식으로 이뤄졌는가를 살필 수 있도록 해 준다. 김정일의 『주체문학론』 (1992)이 발표된 이후에 간행된 『조선문학사 12』(1999)는 '수령의 영도를 중시'하는 입장에서 『개마고원』을 평가했다. 이 책에서는 "당과 수령의 령도밑에 혁명적으로 각성한 인민대중의 자주적 힘은 무비의 위력을 낳는다는 진리를 예술적으로 확인"[4]했다고 보았다.

홍미로운 부분은 1959년에 간행된 『조선문학통사(하)』의 평가가 '역사적 사건과 인물'에, 1978년에 간행된 『조선문학사(1945~1958)』는 '인물의 성격과 인물간의 관계'에, 그리고 1999년에 간행된 『조선문학사 12』는 '지도자'를 중시하고 있다는 점이다. 이전의 문학사적 평가가 경석을 중심으로 한 어덩쇠·안계숙 등 민중의 형상을 중시했다면, 수령형상문학이 중시되던 시기의 평가는 '남재한의 지도력'에 대한 강조가 두드러진다. 북한문학사는 한 텍스트에 대해 '역사적 사건에서 인물의 성격화, 그리고 지도력'으로 그 평가의 방점을 변경했다. 이는 '사회주의 리얼리즘 → 주체사실주의 → 주체문학론 및 수령형상문학' 으로 변화하는 북한문학 이론의 변화과정과 맥락을 같이한다. 북한의 작품에 대한 문학사적 평가가 문예이론의 변화에 따라 차이를 보여주고 있다. 이러한 차이가 발생하는 와중에서도 『개마고원』에 대한 북한문학사의 평가는 긍정성을 지속하고 있다.

---

3 사회과학원 문학연구소, 『조선문학사(1945~1958)』, 과학 백과사전출판사, 1978, 347~348면.
4 리기주, 『조선문학사 12』, 사회과학출판사, 1999, 151면.

1950년대를 대표하는 북한문학의 대표작으로는 유항림의 「직맹반장」(1954), 윤세중의 『시련속에서』(1957), 천세봉의 『석개울의 새봄』(제1부, 1957), 리기영의 『두만강』(제1부, 1954), 최명익의 『서사대사』(1956) 등이 꼽힌다. 이중 새롭게 부상하는 젊은 작가의 작품으로는 윤세중의 『시련속에서』, 천세봉의 『석개울의 새봄』, 황건 『개마고원』을 거론할 수 있다. 『개마고원』은 북한정권의 성립과정을 사건과 인물의 상호관계 속에서 역사적 기록으로 복원해냈다는 측면에서 주목을 받았다. 즉, 북한이 공식적으로 인정하는 해방서사를 『개마고원』이 문학적으로 담아냈다고 할 수 있다.

북한문학사의 비중 있는 평가의 영향으로 『개마고원』은 남한에서도 북한문학을 대표하는 작품으로 논의되었다. 김윤식은 남한에서 이뤄진 북한문학 연구에서 본격적인 작가론인 「황건론」을 1990년 『동서문학』에 연재한 후 『한국 현대 현실주의 소설 연구』에 수록했다.[5] 이어 김재남이 「황건문학연구」[6]라는 논문을 발표했고, 김승종이 「황건의 "개마고원"론」[7]을 발표했다. 1990~1991년이라는 특정 시기에 황건과 『개마고원』이 집중 거론된 데는 김윤식의 영향이 크다. 김윤식은 만주에서 활동을 시작한 작가로 황건을 주목한 후, 허준·김만선과 대비시켜 그의 문학적 여정을 추적했다. 그는 북한문학사에서 황건의 위치를 이기영·한설야·최명익과 같은 구세대 작가와 조기천·권정웅·천세봉과 같은 신세대 작가 사이의 중간에서 이들을 매개하는 작가로 규정했다. 황건의 문학사적 위치를 세대론적으로 접근한 김윤식의 흥미로운 논의는 『개마고원』에 대한 연구작업으로 확산되었다. 하지만, 1990

---

5 김윤식, 『한국 현대 현실주의 소설 연구』, 문학과지성사, 1990.
6 김재남, 「황건문학연구」, 『논문집』 제18호, 세종대학교, 1991.
7 김승종, 「황건의 『개마고원』론」, 『현대문학의 연구』 제3호, 한국문학연구학회, 1991.

년대초 이후 『개마고원』에 대한 남한 문학의 논의는 더 이상 진전을 이루지 못하고 말았다. 다만, 2000년대 이후에 이선미가 황건의 단편 「불타는 섬」을 다룬 「북한소설 「불타는 섬」과 영화 「월미도」 비교연구」[8]를 발표했고, 홍혜미가 황건의 장편소설 『아들 딸』을 본격적으로 분석한 「항일혁명 문학과 전통성 문제—황건의 "아들 딸"을 중심으로」[9]를 발표했다. 이들 논문들을 통해 남한에서 이뤄지는 북한문학연구에서 황건이 차지하는 특별한 위치를 다시 확인할 수 있다.

『개마고원』은 1950년대 남북한문학사에서 공통으로 중요 작품으로 평가받고 있으며, 앞에서도 살폈듯이 북한문학사는 이 작품에 대해 '강한 긍정'을 표하는 일관된 입장을 취하고 있다. 강한 긍정은 오히려 의문을 불러오곤 한다. 그 이면(裏面)에 대한 궁금증이 고조되기 때문이다. 실제로, 여러 이견(異見)으로 인해 강한 긍정의 몸짓이 만들어지는가 하면, 정치적 효과를 기대하며 신념에 찬 긍정의 목소리가 더해지기도 한다. 문제는 일관되면서도 강한 긍정은 실제로 그것이 진실일지라도 해석의 여지를 남긴다는데 있다. 강한 긍정은 뒷편에 대한 다양한 물음표와 어깨를 견줄 수밖에 없다.

필자는 전후 시기인 1950년대 북한의 공식 담론이 긍정하는 『개마고원』의 이면을 읽어냄으로써 북한의 공식적 서사 속에 갈무리되어 있는 숨겨진 욕망을 도출해내려 한다. 해방 이후 시기와 이 작품이 발표되었던 1956년 경의 역사적 상황이 중첩되어 있는 이 텍스트를 통해 어떤 갈등과 유토피아적 욕망 속에서 초기 북한 정권의 활력이 유지되었는가를 확인할 수 있다. 뿐만 아니라, 이 텍스트는 1950년대 사회주의

---

8 이선미, 「북한소설 '불타는 섬'과 영화 〈월미도〉 비교연구—서사와 장르인식의 차이를 중심으로」, 『한국현대소설 연구』 21, 한국현대소설학회, 2004.
9 홍혜미, 「항일혁명 문학과 전통성 문제—황건의 "아들 딸"을 중심으로」, 『한국현대소설 연구』 24, 한국현대소설학회, 2004.

리얼리즘 텍스트로서 북한문학의 정전으로 꼽히고 있으므로 문학사적으로도 세밀한 텍스트 분석이 필요한 작품이기도 하다.

2. 북한문학의 새세대 작가 황건

황건(1918~1991)의 본명은 황재건이다. 그는 1918년 4월 28일 함경남도(지금의 량강도)의 갑산군 산남면 유하리에서 태어났다. 서울로 상경해 보성고등보통학교를 졸업했고, 전북사범강습과를 수료한 후 전북 무주에서 2년간 교원생활을 했다. 그후, 만주로 건너가 1년여 동안 신문기자 생활을 했는데, 이때 그곳 문인들과 교우하며 문단에 발을 들여놓았다. 길림성에 거주하고 있던 재만조선인(在滿朝鮮人)들 펴낸 작품집인 『싹트는 대지』(1941)에 그의 작품 「제화(祭火)」가 수록되어 있다. 『싹트는 대지』는 염상섭이 서문을 썼으며, 작품을 발표한 작가는 김창걸·박영준·신서야·안수길·한찬숙·현경준·황건이다. 「제화」를 발표하면서 그의 약력에는 「기적(汽笛)」, 「지연(紙鳶)」 등의 작품을 이미 발표한 것으로 기재되어 있다.[10]

북한문학계는 황건이 공식적으로 문단활동을 시작한 것은 해방 이후로 보고 있다. 중국 동북 장춘에서 작품을 발표한 것에 대해 북한의 간행물은 "습작품들을 쓰면서 문학수업을 하였다"라고 기록한다.[11] 이는 북한 정권 출범 이후 북한문학의 새로운 전통을 형성한 작가로 황건의 위치를 자리매김 하기 위한 의도로 읽힌다. 북한문학계는 북한문학의

---

10 『싹트는 대지』에 기재된 황건의 약력은 다음과 같다. "황건, 대정7년 4월 28일생, 출생지 함남 갑산군 산남면 유하리, 주소 신경시 서오마로 22의 1, 보성고보 졸업, 전북사범 강습과 수료, 전북 무주에서 교원생활 2년간, 도만후(渡滿後) 신문기자생활 1년여, 작품으로 汽笛, 紙鳶 등, 본 작품은 소화 15년 11월중 집필." (신형철 편, 『싹트는 대지』, 만선일보 출판부, 1941, 250면)
11 사회과학원, 『문학대사전 4』, 사회과학출판사, 2000, 479면.

적자(嫡子) 자리를 황건에게 내주고 있는 것이다.

이러한 연유로 황건 자신은 공식적 첫 작품으로 「깃발」(『신천지』 1946.3)을 꼽지만,[12] 북한문학사에서는 북한 정권의 성립 과정을 다룬 작품인 「산곡」(『문학예술』 제1호, 1947.10)과 「목축기」(『문학예술』 제2호, 1947.12)를 중요 작품으로 기록한다.[13] 황건의 초기 작품으로 북한문학사에서 비중 있게 다뤄지는 작품은 「탄맥」(『문학예술』 1949.4)이다. 『조선문학사 10』(1994)은 「탄맥」을 "1948년도 인민경제계획을 넘쳐 완수하기 위한 탄광로동자들의 영웅적 투쟁을 진실하게 그렸다"[14]고 기술했다. 이러한 기록상의 차이는 황건의 기록과 북한문학사의 의지 사이의 충돌로 볼 수 있다. 황건은 만주 신경(장춘)에서 거주하던 시절의 작품을 모두 지우고, 해방 이후 발표한 작품만을 자신의 작품으로 인정하는 태도를 취했다. 그런데 북한의 공식적 입장은 해방 이후 북한의 정권 성립과정을 형상화한 작품을 중요 작품으로 기록하려는 태도를 보인다. 「깃발」을 발표한 『신천지』가 비록 진보적 성향의 매체이기는 했지만, 서울에서 간행된 것이었기에 북한은 공식적으로 「깃발」의 문학적 의미를 지우려 했다고 할 수 있다. 즉, 북한문학사는 황건을 해방 이후 등단한 작가로서, 북한문학의 명실상부한 새세대 작가로 기록하려 하고 있다.

황건은 실제 체험과 현장 취재에 기반해 소설을 쓴 작가다. 그는 젊은 시절 만주에서 신문기자로 활동했고, 탄광과 농촌 등에서 생활하면서 실제 삶의 모습을 몸으로 직접 겪기도 했다. 초기 대표단편인 「탄맥」의 경우 그가 가족과 함께 북부 탄전에서 6개월 생활하면서 겪은 사실을 그려낸 작품이다. 북한 문학사에서 전쟁기 문학의 대표작으로

---

12 황건, 「저자의 작품 창작 년대표」, 『개마고원』, 작가 동맹 출판사, 1956, 418면.
13 사회과학원 주체문학연구소, 『문학예술사전(하)』, 과학백과사전종합출판사, 1993, 377면.
14 오정애·리용서, 『조선문학사 10』, 사회과학출판사, 1994, 164면.

꼽는 「불타는 섬」도 종군작가로 활동하면서 취재한 내용을 서사화한 것이었다. 『개마고원』은 그의 직접적인 현장경험이 총체적으로 결집되어 발표된 첫 장편소설이다. 이 작품은 그가 해방되기 전에 고향에서 양 목축을 했던 것과, 해방 후에 면 인민위원회 조직 사업, 종군작가로서의 경험 등을 버무려 소설화한 현장의 기록이다. 따라서, 『개마고원』의 사실주의적 성취는 역사의 현장에 작가가 참여하고 서사화한 실제 체험의 산물이다.

현장의 경험과 취재를 바탕으로 사실적 작품을 발표하던 황건의 작품세계는 『개마고원』 출간 이후인 1950년대 후반부터 전환기를 맞이했다. 그는 1959년에 근 5개월여 동안 항일혁명전적지를 답사한 후, '혁명전통주제'의 장편소설을 연달아 발표했다. 1953년에 이뤄진 첫 번째 항일유격투쟁 전적지 조사단에 참여했던 송영이 「백두산은 어데서나 보인다」(1956)를 발표해 「피바다」, 「꽃파는 처녀」, 「한 자위단원의 운명」 등 주체사실주의의 기원이 된 작품 복원의 계기를 마련했다.[15] 황건은 1959년의 두 번째 답사에 참여했는데, 이 답사의 영향으로 『항일빨치산 참가자들의 회상기』(전12권, 1959년부터 간행)가 발간되었다. 황건은 이후 항일무장혁명전통을 주제로 한 장편소설 『아들 딸』(1965)과 『자라는 대오』(1971)를 창작했다. 황건의 문학사적 여정에서도 『개마고원』은 사실주의적 경향이 강하게 유지되던 시기, 즉 항일무장혁명전통을 따르기 이전에 창작된 작품이기에 더욱 의미가 있다.

---

15 작가 송영이 참가한 항일 무장 투쟁 전적지 조사단 파견에 대해 김재용은 다음과 같이 언급하고 있다. "임화·김남천·이태준에 대한 반종파 투쟁이 북한 문학계 내부에서 진행되고 있을 때 항일 무장 투쟁 전적지 조사단이 파견되어 역사 자료를 수집하고 있었다. 1953년 8월 26일부터 같은 해 12월 21일까지 113일에 걸쳐 진행된 이 조사단이 북한 문학계와 맺게 되는 관련은 이 조사단의 일원으로 작가 송영이 참가하였고, 그뿐 아니라 그가 조사의 과정에서 수집한 항일 혁명 문학의 자그마한 흔적이 그 후의 북한문학 내부에서 항일 혁명 문학에 대한 언급을 촉발시키고 있다는 점에서 발견할 수 있다. 그 점에서 이 시기 송영의 조사단 답사와 그 보고서는 이후 북한문학의 중요한 한 부분을 담당하게 되는 결과를 빚게 된다"(김재용, 『북한 문학의 역사적 이해』, 문학과지성사, 1994, 146면).

1988년 4월 28일(그의 70세 생일)에는 '김일성 상'을 수상했으며, 1991년 1월 19일 73세의 나이로 작고했다. 황건은 『산맥』『이향』『목축기』『폭풍시절』 등의 단편소설집과 『개마고원』『새벽길』『려명』『아들딸』『자라는 대오』『새로운 항해』 등의 장편소설을 남겼다. 2003년 9월호 『조선문학』에 그의 단편 「불타는 섬」이 다시 게재될 정도로 황건은 여전히 북한문학사에서 기념비적 작가로 존경받고 있다.

3. 『개마고원』의 상징성과 사실성

『개마고원』의 공간적 배경은 북한의 국경 인접지역인 함경남도 갑산군이다. 총 50장으로 구성된 이 소설은 주인공 김경석이 일제에 의해 징병으로 끌려가다 탈출해 인민위원회에서 활동하다 면당위원장이 된 시기까지를 1부로(1장~28장), 6·25전쟁이 발발한 후 전선이 삼수갑산 지역까지 밀렸던 시기 후방의 전투상황을 그려낸 것을 2부로 구분할 수 있다(29장~50장).

1945년 6월 하순, 스물 두살의 김경석이 징병으로 끌려가던 중 기차에서 뛰어내려 고향집으로 몰래 들어오는데서 이야기는 시작된다. 그는 면내의 제일가는 유력자 집안인 정태기의 오촌 조카인 순희와 약혼한 상태였는데, 이를 달갑지 않게 생각해 정태기 집안에서 면장과 짜고 징병에 넣은 것이다. 해방이 되자 옛 기득권을 정씨일가와 새롭게 부상하는 혁명 세력간의 치열한 싸움이 전개된다.

경석은 처음에는 면 자치위원회를 위해 보안서의 보초를 서는 일에서부터 시작해, 점차 면 인민위원회 위원, 면당위원장, 6·25전쟁기에는 빨치산 유격대장의 역할까지 수행하게 된다. 이러한 경석의 성장 과정은 "내 나라의 운명을 근심하는 모든 사람의 가슴에 끓고 있"[16]는 헌신성에 기반해 있다. '헌신성'은 경석의 성격을 압축하는 핵심어이기도 하고, 『개마고원』에 등장하는 긍정적 인물들의 성격을 집약하는 단어이기도 하다.

소설은 경석을 중심으로 성팔·어덩쇠·금녀·계숙 등 인민위원회측과 일제강점기에 면내 권력을 장악하고 있던 정태기·정태악·정영익 등 정씨 일가의 대결을 갈등의 축으로 한다. 정씨 일가는 족벌로 규합된 세력이며, 일제 잔재이고, 반혁명세력이다. 이들은 혈연공동체라는 견고한 끈을 이용해 리인민위원회와 면인민위원회를 뒤흔들어 놓는다. 무력으로 봉기해 한때 면 보안대를 장악하는가 하면, 인민위원회 사업을 방해할 목적으로 방화를 하기도 하고, 미국을 위한 간첩활동으로 후방을 교란하기도 한다. 뿐만 아니라, 정씨 일가의 이러한 행위는 6·25전쟁시기까지 이어져 이른바 '일시적 후퇴시기'에 정태기는 갑산군수, 정태악은 면장에 오르는 등 역사를 일제 시대로 되돌리려는 것과 같은 태도를 보인다. 결말은 갈등하는 인간이었던 순희가 비극적 죽음을 맞이하고, 전선이 아래로 내려감으로써 경석과 계숙이 행복한 결혼식을 올리는 것으로 마무리된다. 더불어, '개마고원'의 '십릿벌 목장'에 함경북도와 몽골인민들이 보내준 양 500두가 들어오게 됨으로써, 신흥리의 오랜 숙원이 현실화되는 것으로 마무리된다.

이 작품에서 주목할 부분은 '개마고원'의 상징성이다. '개마고원'은 예로부터 삼수갑산(三水甲山)으로 알려진 고지대이다. 이곳은 한반도의 오지(奧地)로 꼽혀오던 소외지역인데, 그 척박함에 대해 황건은 다음과 같이 기술하고 있다.

골짜기와 산등판에 흩어진 많은 마을들은 서로 불러 하늘 아래 첫동네라

---

16 위의 책, 339면.

고 하였고 사람들은 이 곳을 가리켜

『삼수 갑산을 갈지언정 겨루어 보자!』

고들 하였다.

족보에도 그렇게 적혀 있고 로인들이 말하듯이 많은 선조들은 이곳에 정
배살이를 왔었다. 말이나 보행으로 밖에 다닐 수 없을 제, 너무 멀고 떨어진
이곳에서 사람들은 류배 기간이 끝나도 대개는 돌아갈 생각을 못 하고 그냥
머물러, 새 안해를 얻고 자식을 낳아야 하였을 것이다. 또 정배온 놈이 돌아
간들 누가 귀하게 여기랴? 승냥이와 눈보라가 서로 싸우듯 울부짖는 밤이
면, 뚫어진 창밑에 베개를 옮겨 베며 그대로 그들은 그 원한 많은 옛고장을
내내 잊지 못하였을 것이다. 그 사이에 커버린 자식은 벌써 이곳 사투리로
상스럽게 아버지를 부르게 되었으리라.

그런 뒤에 일제가 틀고 들어 앉았다. 놈들이 정배를 보내여서가 아니라
땅을 빼앗기고 사람까지 빼앗다, 그러다 못하여 등에 진 누덕짐에 바가지
가 달랑달랑하여 이곳으로, 후치령을 넘고 불갬장령을 넘어왔다.[17]

개마고원은 해발고도가 1,200~1,300미터에 이르며 강수량도 연평
균 600~70㎜로 적어 농지로서는 여러모로 부적합한 곳이다. 바로 이
곳을 배경으로 『개마고원』은 해방기 북한의 거대서사를 엮어냈다. 그
러면서도 처음부터 끝까지 함남 갑산군 지역을 벗어나지 않아 공간적
집중도를 유지했다. 이러한 한정된 공간설정으로 인해 서사의 일관성
과 밀도가 지속적으로 유지되면서, 소설적 완성도도 일정한 수준에 도
달했다.

그렇다면, 이 공간이 갖는 상징적 의미는 무엇일까? 황무지와 다름
없던 개마고원이 해방과 북한정권의 수립으로 어떻게 변화해 가는가

---

17 황건, 앞의 책, 154~155면.

가 이 소설의 핵심적 문제의식이다. 갑산군 신흥리라는 작은 마을의 변화를 통해 해방 이후 북한의 각 지역에서 '면 자치위원회'가 '면 인민위원회'로 바뀌는 과정을 구체적으로 그려냈다. 이 소설은 민주적 지방 임시인민위원회에 기반해 토지개혁을 비롯한 전반적인 개혁이 이뤄짐으로써 북한정권은 민주적 정당성을 획득해 나갔음을 강조했다.

더불어 척박했던 곳이 인민의 자발적 실천으로 통해 살만한 곳으로 변화하는 과정을 보여준다. 개마고원은 조선조 초에 여진족을 축출하기 위해 사군육진이 개척된 이후 적극적인 이주정책이 이뤄진 지역이었다. 초기에는 죄인들의 유배지였고, 천민들에게 면천(免賤)의 특전을 주어 이주를 장려한 지역이었다. 하지만, 토양과 기후 조건 자체가 농업경작에 적합하지 않아 함경북도의 이 지역은 '버림받은 땅'으로 치부되어 왔다. 북한정권으로서는 북쪽에서도 가장 척박한 지역이 살만한 곳으로 변모하는 과정을 보여줄 필요가 있었다. 『개마고원』의 전체 서사를 관통하는 것도 '함경북도 갑산군의 신흥리'가 어떻게 살기 좋은 곳으로 변모해 가는가이다. 그 희망은 고원지대에 만들어질 '십릿벌 목장 건축'으로 구체화된다. 소설의 마지막 부분에서 경옥은 경석에게 보내는 편지에서 "전체 개마고원의 삼림에 휩싸인 덕이며 산등에 가축 무리가 구름처럼 무리지어 다니고, 농작물들이 몰라보게 될 그 날"[18]을 이상적 세계로 상상한다. 이는 '저주받은 땅'이 '영광스러운 땅'으로 변모하는 것에 대한 상상이며, 북한정권의 이상적 욕망의 구체화이기도 하다. 이는 개마고원의 변화과정을 북한사회의 변화와 겹쳐낸 공간적 상징성이라고 할 수 있다.

다음으로, '개마고원'의 역사적 상징성에 주목해야 한다. 그 상징성은 '김일성 항일유격대의 혁명전통'과 연결된다. 소설의 주요 배경인

---

18 위의 책, 414면.

갑산군 지역은 김일성 항일빨치산의 주요 활동무대였다. 중국 공산당 소속으로 동북항일련군 2군6사를 거느리고 있던 김일성은 1936년경부터 백두산으로 활동 근거지를 옮겼다. 김일성부대는 장백현을 주무대로 하면서 함경북도 지역에서도 작전을 펼쳤다. 그중 '보천보 전투'는 북한이 자랑하는 '위대한 전투'로 꼽힌다. 중일전쟁이 발발하기 직전인 1937년 6월 4일, 함경북도 갑산군 보천군 보전리에 이뤄진 전투이다. 보천은 소설 『개마고원』의 배경인 갑산군 신흥리의 인접지역인 것이다. 이 전투의 대해 한홍구는 "사실 전과의 면에서 본다면 김일성 부대가 추격해온 일본 경찰대를 궤멸시킨 구시산전투나 일본군 74연대에 대승을 거둔 6월 30일의 간삼봉전투가 훨씬 더 큰 전과를 거둔 전투"였지만, 정치적 의미에서 볼 때 "보천보 전투는 유격대의 총알이 미치지 못하는 곳까지 유격대의 존재를 알린 대사건"이라고 평가했다.[19] 일본제국주의의 힘이 중일전쟁을 일으킬 정도로 막강하던 시절에, 그 누구도 예상치 못했던 항일유격대의 국내 진격 전투가 보천보에서 발생했던 것이다. 이러한 사실이 《동아일보》와 『삼천리』에 보도됨으로써 '식민지 억압하에 있던 조선민중에게 희망의 씨앗을 되살리는 계기'를 마련했다.

소설 『개마고원』은 보천보 전투의 주역인 김일성 부대와 조국광복회의 활동상에 대해 지속적으로 강조한다. 조국광복회의 일원이었던 남재한은 "내 자신이 직접 그이가 지도하던 조직에서 일했구 이 삼갑이 그 중요한 활동 구역"이기에 "진정한 인민의 정부를 수립"하기 위해 최선을 다해야 한다고 강조한다.[20] 6·25전쟁 시기에 빨치산 활동에 들어가기에 앞서 경석이도 "동무들! 우리 령북땅의 영광을 살립시다.… 보천보의 영광을 살립시다! 여기는 산등과 골짜기와 삼림과 강변의 어

---

19 한홍구, 『대한민국史 2』, 한겨레신문사, 2003, 152면.
20 황건, 앞의 책, 48면.

디에나 어디에나 김 일성 항일 빨찌산의 의로운 발길이 수없이 드나들던 곳입니다"라고 힘주어 웅변한다.[21] 갑산군은 김일성 항일 빨치산의 주요 활동무대였고, 조국광복회의 주요 근거지였기에 그 역사적 상징성이 남다를 수밖에 없다.

필자가 보기에 『개마고원』은 공간적 상징성과 역사적 상징성을 안고 있으면서도, 민중적 활력이 넘친다. 이 소설은 김경석이라는 한 젊은 이로부터 시작해, 어덩쇠·안계숙·금녀 등 젊은 세대의 성장과정을 확산적으로 보여준다. 이들은 처음에는 소극적이면서 갈등하는 주체였다가, 나중에는 자신의 선택을 국가의 형성과 밀착시키는 적극적인 면모를 보인다. 이러한 과정을 거쳐 '인민의 정부'는 '우리 정부'로 바뀌고, 개인의 운명과 국가의 운명이 일체화되는 데까지 나아가게 된다. 더불어, 내면세계에 대한 적극적인 표현이 이 소설의 강점이다. 경석의 내면성뿐만 아니라, 부정적 인물인 태기의 내면세계도 적극적으로 보여줌으로써 인물의 '개성화'에 성공하고 있다. 이러한 내면의 형상화는 '세계의 복잡성'을 드러내면서도, 북한정권이 구상한 '정치적 올바름'이 무엇이었나에 대해 질문하게 만든다. 북한에서 소설문학이 '정치적이면서도 윤리적인 학습의 도구'가 된다고 했을 때, 『개마고원』의 문학적 성공 요인은 갈등하는 주체의 내면을 보여줌으로써 독자들이 자연스럽게 '윤리적 선택'을 하도록 유도한 데서 찾을 수 있다. 그렇다면, 북한문학사의 '정전(正典)'인 『개마고원』의 이면에서 어떤 진실들을 해석해낼 수 있을까?

---

21 위의 책, 328면.

4. 서사적 진실과 역사적 이면들

『개마고원』은 혁명세력과 반혁명세력 간의 투쟁이 얼마나 치열했는가를 사실적으로 보여준다. 그렇다 보니, 곳곳에서 의외의 진술들을 발견할 수 있다. 이러한 진술은 소설의 극적 완성도를 높이기 위해 동원된 것이지만, 해방 후와 전쟁기 북한사회의 실상을 해석할 수 있는 계기를 마련해 준다. 더불어 문학작품의 서사가 현실세계와 긴장하는 양상을 『개마고원』을 통해 풍부하게 해석해낼 수 있다.

김재용은 북한 작가들의 '공식적 언어'와 더불어 '비공식적 언어'에도 관심을 가질 필요가 있다고 지적한 바 있다.[22] 리얼리즘을 전제로 했을 때, 비공식적 언어 속에서 오히려 풍부한 해석이 가능해진다. 이러한 담화의 이면 읽기는 정치학에서도 시도된 바 있다. 이종석은 공식적 진술의 이면을 해석하는 것에 대해 '담화의 이중성'이라는 표현을 썼다. 이종석은 "문헌에서 나타나는 주장이나 표현이 현실을 반영하는 경우가 대부분이나, 때때로 현실과 반대되는 양상을 표상하는 경우가 있"[23]다고 했다. 그는 '담화의 이중성'을 잘 포착해내면 현실을 보여주기 위한 진술 속에서도 그 반대의 현상을 도출해낼 수 있다고 보았다.

해방 이후 북한이 성공적으로 정권의 정당성을 획득했다고 주장하는 이면에는 그에 맞서는 도전이 곳곳에 있었음이 은폐되어 있다. '비공식 언어' 혹은 '담화의 이중성'을 원용해 필자는 문학영역에서 해석 가능한 '서사의 이면들'을 포착하고자 한다. 이 서사의 이면들은 '텍스트의 방향을 바꾸거나 혹은 비스듬히 돌려놓음'으로써 파악할 수 있다. 작가들은 공식적인 역사 기록자들이 아니다. 그래서 리얼리즘에 입각

---

22 김재용, 『분단구조와 북한문학』, 소명출판, 2000, 262~263면.
23 이종석, 『새로 쓴 현대북한의 이해』, 역사비평사, 2000, 44면.

한 작가들은 자신이 표현하고자 하는 의도가 분명할 지라도, 사회적 상황과 긴장하는 언어 속에서 문제의식을 구현하기 마련이다. 때로는 주변적인 것으로 형상화된 것 속에서 진실의 단면을 포착할 수 있는 이유가 여기에 있다. 전체 서사 구조 속에서 충분히 진술되지 못한 이면을 재해석 함으로써, 오히려 문학적 진실의 한 측면을 복원해 낼 수 있다. 이와 관련해 피에르 마슈레는 '이면과 표면'을 이야기하면서, "작품은 진정한 의미의 이면에서 기만적으로 자기 모습을 나타낸다"[24] 고 말한 바 있다. 이면읽기는 작품의 해석자가 작품의 줄거리에 국한되지 않고, 작품에 대한 적극적이면서도 해석적인 개입을 할 때 가능해진다. 그 구체적 실상을 『개마고원』을 통해서 도출해 내려는 것이 필자의 의도이다.

1) 해방 후의 혼란상에 대한 진술들

남재한은 김일성이 조직한 조국광복회에서 활동한 경력이 있다. 전치덕·권성팔 등도 항일혁명투쟁에 직간접적으로 개입했던 인물들이다. 이들은 해방과 동시에 면사무소를 장악하고 면 자치위원회를 조직한다. 이러한 인물 배치는 지방정부조직인 인민위원회가 민중의 자발성에 근거하면서도, 김일성의 조국광복회의 지도로 이뤄졌음을 강조하기 위한 포석이다. 하지만, 면내의 상황이 용이하지도 않았고, 희망적이지도 않았음을 『개마고원』의 부분적 진술을 통해 확인할 수 있다. 한반도에서 가장 넓고 높은 고원지대인 이 지역은 해방 후에도 빈곤의 악순환에서 허덕인다. 게다가, 해방이 곧 구한말 시대로의 복귀로 착각한 이들의 퇴행적 행위까지 발생한다. 『개마고원』은 이러한 해방 후

---

24 피에르 마슈레, 배영달 옮김, 『문학생산이론을 위하여』, 백의, 1994, 31면.

의 혼란상을 비교적 거침없이 제시하고 있어 인상적이다.

해마다 계절마다 새로워지는 이러한 자연의 변화 속에 있으면서도 사람들이 사는 마을은 그와는 달리 빛을 갈을 줄을 몰랐으며 이깔을 쪼개서 이은 동기와(나무로 만든 기와)와 짚을 이은 지붕들에는 쑥대만 늘어가고, 사람들의 얼굴은 까맣게 쪼그라만 들었다. 마을에서 제일 굵은 집들인 스레트로 이은 주재소나, 학교나, 조선 기와로 이은 면사무소나 태기네 집만이 그러한 마을의 심정과는 달리, 우리는 살아 가노라는 듯 구별되어 보였었다.
〔…중략…〕

이러한 속에서 재한이며 계국이며 성팔이며 경석이며 젊은 사람들은 농민 동맹이로다, 청년 동맹이로다, 녀성 동맹이로다, 당이로다 하여 조직 선전사업에 밤잠도 제대로 자지 못하였다. 읍에 들어갔다 오고 면내 부락들을 돌아 다녔다. 경석이며 어덩쇠들은 생소한 일들 뿐이였다. 그밖에 이들에게는 해방이 되면서 생긴 혼란, 방탕, 위법 행위들과의 투쟁이 또한 큰일이였다. 허가 없이 소를 잡아 먹고 술을 고아 먹고 도박을 놀았다. 자유가 왔다는 것이였다. 깊은 산골짝에 들어 가면 이제는 독립이 되였으니 구한국 시대의 제도로 돌아가는 것이라고 학교 아이들을 집에 붙잡아 서당을 펴놓고 천자를 가르치려 들었다. 순희 할아버지는 해방 훨씬 전에도 그런 일이 있지만, 다시 싸리 회오리를 베여다 놓고 아이들을 못살게 군다고들 하였다.[25]

인용문에는 해방 이후에 나타난 혼란, 방탕, 위법 행위가 적절히 그려져 있다. 모든 기존 질서가 붕괴되고 새로운 질서가 성립되기 이전에 나타나는 이러한 혼돈은 자연스러운 현상이다. 아노미 상태를 거친후, 새로운 질서의 정당성은 성립되며 구시대의 청산도 이뤄진다. 새

---

[25] 황건, 앞의 책, 42~43면.

로운 질서의 성립에 적극적으로 나선 이들은 항일투쟁에 직간접적으로 개입했던 이들과 이들로부터 학습받은 젊은이들이다. 면내에는 '정치강습회'가 조직되고, 젊은이들은 20일간의 강습 이후에 면 인민위원회 결성을 위한 대표 선출과 선전 사업에 뛰어든다. 소설 속에서 긍정적이고 역동적인 인물들은 대부분 이러한 학습의 과정을 거친 젊은 세대들이다. 김경석, 경옥이, 계숙이, 그리고 나중에 합류한 어덩쇠 등은 모두 새로운 국가 만들기를 위해 나선 계몽된 젊은이들이다. 이들을 남재한과 같이 조국광복회에서 일한 반일혁명의 경험이 있는 세대가 지도했다. 이러한 설정은 해방 이후 북한정권 성립 과정에서 '계몽'이 차지했던 위치를 확인하게 해 준다. 위로부터의 계몽을 통해 혁명정신을 학습하고, 이를 실행할 실천적 힘을 젊은 세대로부터 이끌어낸 것이다.

하지만, 새로 부상하는 세대들의 진짜 적은 단순한 혼돈이 아니었다. 구질서로의 복귀를 꿈꾸는 이들의 음모가 시작된다. 경석의 약혼자인 순희의 아버지(태악)는 일제 강점기에 경방단장이었고, 육촌 오빠(영수)는 면장이었고, 오촌 큰아버지(태기)는 면내 제일 갑부였다. 자신들의 신분적 지위가 해방과 함께 흔들리자, 정씨 일가는 예전의 권력을 되찾기 위한 음모를 꾸미게 된다. 이들은 친일세력의 결집이 아니라 씨족 공동체로 뭉쳐져 있는 전근대적 혈연공동체라는 점에 주목할 필요가 있다. 즉, 『개마고원』에서 옛것은 '친일 잔재'로서의 옛것이 아니라, 친일이면서 전근대적인 것이 혼합된 것이었다. 그런데 김윤식은 태기 등 정촌 세력을 '근대적 세력'으로 규정했다. 김윤식은 "순희의 집안은 삼촌 태기를 정점으로 하는 근대적 세력 곧 친일파이며, 지주이며, 가진 자의 처지에서 세상을 바라보고 그 질서 유지를 위해 삶의 방향성을 설정하고 있다"고 봤다.[26] 그는 근대로 향한 야합이 항일 세력과 충돌한다고 보았다. 김윤식이 보기에 의병은 "구질서를 옹호하고 그 세력을 업고 계층적 이익을 도모하고자 하는 집권당의 의지"였다. 그런데 아이러니하게도 김윤식이 '근대적 세력'이라고 규정한 태기 일당은 혈연공동체로 묶여있고, 새로운 질서를 구축하려는 인민위원회 세력은 씨족 공동체를 넘어선 정치공동체의 형식을 띠고 있다. 이는 김윤식 『개마고원』에 나타난 새로운 세대를 근대적 주체로 바라보지 않았기 때문이다. 즉, 의도하지 않은 상태에서 지주계급이며 씨족 사회인 태기 일족을 '식민지적 근대 주체'로 간주한 것이다. 이러한 독법 (讀法)으로 인해 경석이 "부르주아적 신분 상승에의 집요성"을 보인다고 분석한 것이다.

태기 등 정씨 일가는 근대성의 구현물이기 보다는 오히려 식민지적 근대의 담지자이기에 혼종적이다. 그들은 변화하는 현실에 적응하지 못하는 보수적인 면모를 보이면서, "도대체 해방인지 무엔지 너무 빨리 왔어"[27]라는 부정적 언술을 구사한다. 정씨 일가와 대립하는 경석 일행은 '항일혁명'의 전통을 잇고 있지만, 그 성공여부와는 관계없이 '새로운 근대'(사회주의)를 구축하려는 '탈식민적 근대주체'로 볼 수 있다. 『개마고원』은 일제시대에도 전근대적 상황이 지속되고 있음을 비판했으며, 새로운 질서 구축을 위해서는 일제 잔재 뿐만 아니라 '왜곡된 근대'와도 투쟁해야 했음을 보여준다. 그렇다고 북한의 '새로운 근대기획'이 완벽한 정치적 힘을 획득했다는 것은 아니다. 이 부분을 해명하기 위해, 경석 등과 같은 신흥세력의 내부에서는 어떤 균열이 일고 있는가를 살필 필요가 있다. 이러한 분석을 통해 인민 민주주의에 기반해 출발했던 신흥세력이 어떻게 권위주의적 성격을 강화하게 되었는가를 해명해 낼 수 있을 것이다.

---

26 김윤식, 앞의 책, 200면.
27 황건, 앞의 책, 69면.

2) 지방인민위원회 구성을 둘러싼 갈등들

태기 등 정씨 일가는 인민위원회의 활동에 지속적으로 저항하고 있는데, 이 과정에서 발생한 사건들을 통해 '서사의 이면들'을 해석해 낼수 있다. 비록 정씨 일가의 저항은 씨족공동체의 저항처럼 보이지만, 북한 정권 성립 초기에 어떤 도전이 지방에서 이뤄졌는가를 보여주는것이기도 하다. 한때 북청 군청에서 근무하다, 겨우 매를 모면하고 고향에 돌아온 영익은 태기와 함께 모반을 꿈꾼다. 그가 전하는 해방 전후의 상황은 의외로 녹록치 않았음을 드러낸다.

"글쎄, 신흥리에 있는 놈들이야 꼼작이나 하게 맨들겠는가만, 숫한 딴 부락에서는 가만히 있을가? 더구나 우리 정촌하구는 죄 엇서구 있는 판에…"

"문제 없습니다. 그것들이야 재한이네 패만 요동을 쓰지 못하게 하면 허수아비들입니다. 그리구 이런 사건은 지금 사방에서 일어나구 있습니다. 삼수군에서두 이런 사건이 있었는데 훌륭하게 성공을 했답니다. 여기하구는 성질이 좀 다르지만, 한 면내에 있는 강촌하구 리촌하구 싸우게 됐는데 해방 전에는 강촌에서 세력을 잡구 있었던 걸, 해방이 되자 그 틈에 리촌에서 세력을 바꿔 잡은 걸, 강촌에서 폭력으루 도루 빼앗아 지금두 그대루 강촌에서 세력을 잡구 있다구 합니다. 지금은 그저 잡는게 임잡니다. 그리구 이쪽에서두 농민 동맹이구, 청년 동맹이구, 필요하면 공산당까지두… 여기두 공산당이 생겼다지요?"

"생겼다구 그러데…"

"공산당까지라두 만들어 놓구 남 하는대루 한 다음에야 군에서두 그렇구 누가 보든지 떳떳한 일이지요. 인민 위원회만 새루 되면 저두 남아서 일을 보겠습니다. 그까짓 농민 동맹이나 청년 동맹쯤 잘 끌구 나가지 못하겠습니까? 그래 그놈들 뽄사대루 하는 것처럼 하다가, 시세 바꾸는 날에는 간판만 돌려 달면 되지 않습니까."[28]

소설 속에서는 해방과 동시에 지방인민위원회 구성이 신속히 이뤄진
것으로 그려진다. 하지만, 경석을 중심으로 지방인민위원회의 좌충우
돌은 심각한 상황이었다. 이 와중에서 정영익은 "농민 동맹이구, 청년
동맹이구, 필요하다면 공산당까지두" 만들어서 지방인민위원회만 장
악하면 된다는 입장을 보인다. 더욱 놀라운 것은 갑산군과 인접해 있
는 삼수군의 한 면에서 신흥세력인 리촌과 기득권 세력인 정촌이 첨예
하게 갈등했지만, 기득권 세력이 이겼다는 사례가 제시되어 있다는 점
이다. 실제로, 조선공산당은 지배력을 확보하는데는 많은 시간이 걸렸
다.[29] 김일성이 원산항을 통해 북한에 진입한 것이 1945년 9월 19일이
었고, 조선공산당 북조선분국이 결성된 것이 10월 13일이었다. 이 2개
월여간의 간극으로 인해 해방 후의 각 지방에서는 건국준비위원회 지
부들이 생겨났고, 소련군은 이들을 부정하고 건국준비위원회를 지방
인민위원회로 재편하거나 새롭게 결성하는 방식으로 개입해 나갔다.
특징적인 것은 이들이 지방분산적 형태를 띠고 있었기 때문에 중앙행
정기관과의 직접적 연계가 없었다는 점이다.[30] 1952년 12월에 이르러
서야 북한 당국은 지방에 대한 중앙의 통제를 강화했을 정도로, 해방
후의 상황은 지방의 자치적 성격이 강했다.[31]

---

28 위의 책, 77면.
29 "김일성을 위원장으로 하는 임시인민위원회를 구성하여 1946년 11월 3일 도·시·군 인민위원
회 위원선거와 1947년 2월 24일·25일 리(동)인민위원회 선거, 그리고 1947년 3월 5일 면 인
민위원회 위원선거를 통해 지방정권기관을 형성한다. 그 후 김일성은 6월 14일 북조선 민전 산
하 정당·사회단체 열성자 대회에서 '민주주의 조선임시정부' 수립을 제안한다. 이 대회에서 지
방정권기관의 구성원칙을 제시하고 그 외 인민의 정치적 자유, 공민의 권리와 의무, 일제잔재
청산, 사법기관의 민주화, 교육과 문화예술 발전을 통한 민족문화건설, 경제정책 등을 발표한
다"(박영자, 「북한의 지방정권기관: 지방주권과 행정의 특성 및 운영」, 세종연구소 북한연구센
터 엮음, 『북한의 당·국가기구·군대』, 한울아카데미, 2007, 426~427면).
30 정성장, 「정치체제의 형성과 확립: 김일성정권 성립부터 1994년까지」, 『북한사회의 이해』, 인
간사랑, 2002, 58면 참고.

이러한 정황은 북한의 지방 곳곳에서 다양한 갈등이 있었음을 추측케 한다. 1946년 2월 8일 최초의 중앙정권기관이라고 할 수 있는 북조선림시인민위원회 발족 이후 다양한 반대시위가 곳곳에서 발생했다. 평양사범학교 평양 제2중학교, 숭인중학교 등에서는 2월 28일에 '북조선림시인민위원회 출범'에 반대하는 동맹휴업이 있었고, 장대현교회와 신의주의 의주동교회 등에서 반체제적 성격의 예배가 이뤄지기도 했다. 또한 김일성에 대한 폭탄테러 · '압록강펄프공장화재사건' 등도 발생했다. 특징적인 것은 폭탄테러와 펄프공장화재 사건이 남한의 사주에 의해 발생한 것으로 밝혀졌다는 점이다. 이는 당시 북한 체제가 남한에 대한 적개심을 강화함으로써 자신의 정체성을 공고히 했음을 보여주는 것이고, 실제로 남한의 개입에 의한 테러가 있었음을 보여주는 증거가 남아있기도 하다.[32]

소설 속에서 영익이 면 인민위원회 장악에 실패하자, 종적을 감춘 이후 미군의 간첩으로 다시 활동의 재개한 것으로 설정되어 있는 것도 이러한 맥락에서 이해할 수 있다. 6 · 25전쟁 이후, 북한의 주적은 미국으로 설정되었으며, 이러한 적대감이 해방 이후로까지 소급되어 역사적 사건의 기록과 문학 텍스트에도 그 흔적을 남기고 있음을 확인할 수 있다.

---

31 "1952년 12월 북한 당국은 지방행정체계와 행정구역을 개편하였다. 중앙이 지방을 더 직접적으로 통제할 수 있도록 한 것이다. 면을 없애고 도·군·리로 지방행정을 체계화하며, 행정구역은 군을 세분하고 리를 좀 더 확장하고, 필요한 곳에서는 읍과 노동자구를 구성하게 하였다. 당시 지방행정구역 개편의 주요 목적은 리 인민위원회 강화였다."(박영자, 앞의 책, 430면)
32 김학준, 『미소냉전과 소련군정 아래서의 조선민주주의 인민공화국 건국(1946년 1월~1948년 9월)』, 서울대학교출판부, 2008, 187~193면 참고.

3) 토지개혁을 둘러싼 진실들

더불어 주목할 부분은 '토지개혁'과 관련한 북한주민들의 동향이다. 북조선림시인민위원회는 1946년 3월 5일 '토지개혁법령'을 공포함으로써 즉각적인 토지개혁에 들어갔다. 역사적으로 보았을 때, 북한의 토지개혁은 공산당의 지배력을 강화함은 물론 농민들을 주요 당원으로 확보하는 결정적인 계기를 마련했다.[33] 그 대표적인 예가 어덩쇠이다.

어덩쇠는 홀어머니가 돌아가시자 친척 아저씨뻘인 태기의 양자로 들어간 정가네 집안의 일원이 된 인물이다. 그는 경석과 해방의 감격을 함께 누리지만, 인민위원회와 태기네 일가 사이에서 '갈등하는 인간'으로 그려진다. 그런 그가 3월 토지개혁 법령이 내려지자 마을 회의에서 신흥리 농촌위원회의 위원장으로 피선된다. 어덩쇠는 이 즈음부터 적극적으로 태기네와 맞서 토지개혁을 관철시키는 주체가 된다. 토지개혁 당시 농촌 풍경은 활기로 넘쳐났다. "행길이고 뜰악이고 다리목이고 어디서든 모여 앉아 이야기 장"이 펼쳐졌고, "토지를 나눠가"진 기쁨으로 인해 모두들 "얼굴들도 밝아지고" 말들도 수다스러워졌다.[34]

반면, 면내에서 제일가는 지주인 태기는 토지개혁을 지도하러 나온 군 인민위원회 지도원을 초대해 접대하려다 실패하자, 자신이 선덕(善德)을 베풀었다는 진정서를 꾸며 상부에 제출하려고 한다. 태기의 발버둥은 토지를 유지하기 위한 지주계층의 노력과 반발을 서사화한 것이다. 하지만, 이 모든 시도가 무산되고 태기네는 옥수수와 고추를 심

---

33 "당원의 수가 가장 많이 늘어난 도는 평안북도로, 무려 3,272명이 새로 입당했다. 함경남도·함경북도·평안남도·황해도·강원도를 통틀어 9,058명이 새로 입당했다. 결국 토지개혁의 짧은 기일 안에 1만 2,330명이 새로 입당한 셈이었다. 그 수는 1945년 12월 말 현재의 당원수를 2배나 넘어선 것이었다. 북조선농민동맹의 세(勢)도 급증했다. 토지개혁 직전에 맹원의 수는 108만 3,985명이었는데, 토지개혁 직후에 144만 2,149명으로 늘어난 것이다. 입당하지 않은, 또는 입당하지 못한, 농민들의 경우에도 대체로 친정권적 태도를 보였다." (위의 책, 245~246면)
34 황건, 앞의 책, 138면.

어오던 1,500평만 남기고는 모두 몰수당하고 만다. 북한에서 토지개혁은 농민들의 지지를 끌어내는 결정적 계기였지만, 지주계급과 부농계층이 적대계급으로 규정되면서 실제적으로 사회적 갈등이 강화되었다고 할 수 있다.[35] 즉, 유산계급에 대한 배제와 적대 속에서 북한사회체제가 형성되었음을 위의 예에서 징후적으로 확인할 수 있다. 다른 측면에서 보자면, 유산계급을 사회적으로 포용할 수 있는 통일전선의 단계를 거치지 않고, 바로 인민민주주의 혁명 단계로 진입함으로써 일반민주주의의 구현 가능성이 오히려 약해졌다고도 할 수 있다.

주목해야 할 부분은 토지개혁을 반대하는 지주와 토지개혁을 찬성했던 농민계층의 갈등이 아니라, 농민계층과 인민위원회의 갈등이 『개마고원』에서 그려지고 있다는 사실이다. 이러한 갈등은 현물세 납부와 긴밀히 연관되어 있다. 면 민청위원장이 된 경석은 각 마을을 돌며 현지 지도를 행하게 된다. 토지개혁 이후, 그의 주요업무 또한 현물세 납부와 연계되어 있다.

현물세 납부 정형을 들은 다음, 전체 현물세 납부를 빨리 마치도록 부락 간부들을 추동하였다. 그리고 경석은 긴 시간에 걸쳐 연설을 하였다. 현물세제의 의의를 강조해 말한 경석은 쏘미 공동 위원회가 미국측의 무성의로 휴회로 들어 가고 남북의 통일이 시일을 끌게 된 지금 전체 조선 인민은 민주기지 강화를 위한 투쟁에 한 사람 같이 나서야겠다는 것을 호소했다. 경석은 평지대 농민들이 서로 다투어 애국미를 내고 있는 정형을 말하고, 삼갑 농민들이 그들과 같을 수는 없지만, 제각기 정도에 따라 갖은 열성이 있

---

35 토지개혁은 농촌사회의 자치질서를 급격히 변화시켰다. 좌우합작에 기초한 자치질서는 지주와 부농에 대한 날카로운 계급투쟁에 기초한 자치질서로 변화했다. 토지개혁의 실시로 실천단계에 진입한 민주기지 노선은 비친일적 지주, 부농, 자본가와의 연합의 가능성을 현저히 제한하여 좌우합작에 기초한 통일민족국가 수립의 전망을 어둡게 할 가능성이 있었다.(전현수, 「해방직후의 북한의 토지개혁」, 『대구사학』 제68집, 대구사학회, 2002, 133~134면)

어야겠다는 것을 말했다.[36]

토지개혁이 지주와 농민의 격차를 해소시켰지만, 그렇다고 농민의 수확량이 급격히 증가한 것이라고는 볼 수 없다. 이러한 사정이 소설 속에서는 "삼갑 농민들이 그들과 같을 수는 없지만"이라는 언급 속에서 드러난다. 삼갑의 농민들의 수확량이나 경제적 사정은 그다지 변하지 않았음을 위의 진술에서 확인할 수 있다. 뿐만 아니라, 현물세 납부와 애국미 헌납에 대한 반발이 있었다는 사실을 위의 조심스러운 서술에서 유추할 수 있다. 실제로, 해방 이후에도 북한의 식량난은 해소되지 않고 있었다. 북한의 공식적인 기록인 『조선전사 23』은 "1945년도의 식량사정은 표현하기 어려울 정도로 매우 긴장"되었다면서 『개마고원』의 배경인 함경북도의 경우 "여느해보다 수확고가 50%나 줄어들었으며 함경남도에서는 40%, 평안남도에서는 30%, 강원도에서는 10%이상씩 각각 감소"했다고 밝혔다.[37] 사정이 이렇다보니 현물세납부에 대한 반발도 있었을 것으로 보인다. 그래서 경석을 포함한 민청위원들이 나서서 '양곡성출사업'을 벌이게 된 것이다.
  이 시기에 현물세 납부를 둘러싸고 북한 내부의 갈등이 얼마나 심했는가는 작품의 후반부에 전쟁발발 이후 후방에서 이뤄지는 전쟁물자 보급사업과 관련해 잠깐 등장하는 일화에서 확인할 수 있다.

  성팔이도 잘 아는 그저께 있은 일로 건너마을에 사는 한 할머니는, 기다리고 있었던듯 길앞을 지나는 경석을 보자 위원장을 만나고 싶다고 불러들이더니, 자기는 자식이나 손자 하나 전선에 내려보내지 못하고, 이것이나

---

36 황건, 앞의 책, 150면.
37 사회과학원 력사연구소, 『조선전사 23』, 과학 백과사전출판사, 1991, 400면.

군기 헌납에 써 주오 하며, 치마끈에서 시집올 제부터 간직해 오던 은가락지 한쌍을 풀어 주는 것이었다. 양을 사들인 농민들은 금년 양모 대금을 전부 군기 헌납에 써달라고 했었다. 건너마을 할머니만 하더라도 四七년도 가을까지는 회합에서 남들이 애국미 이야기를 꺼냈을제, 현물세는 비싸지 않아서 또 애국미요? 하고 반기를 들고 일어서던 녀자였다.[38]

토지개혁의 흥분에도 불구하고 농민들이 감당해야 할 고통은 여전했다. 소설에서 경석이 고모네가 있는 버들골을 방문해 농민들의 고통을 전해 듣는데서도 이는 확연해진다.[39] 모두들 '현물세를 다 바쳤더냐'고 걱정하고, 토지를 분여받은 이후에도 살림살이가 펴지 못해 버들골을 버리고 보천보로 이주한 이웃이야기를 시름에 겨워 토로한다. 심지어는 보천보에서도 견디지 못하면 "아주 북간도로 가리라데"[40]라는 이야기까지 한다.

『조선전사』의 기록에 의하면, 이시기에 "부락민대회를 열고 하루 식량 3홉3작(500그람)으로 남기고 나머지를 모두 성출하기 위한 투쟁을 벌리였으며 모자라는 식량을 산나물과 자연식료를 채취하여 보충해나갔다"[41]고 한다. 산나물과 자연식료로 생계를 이어갈 정도였다면, '현물세와 애국미'에 대한 농민들의 반발은 당연한 것이었다.[42] 전쟁시기에 인민들의 단합을 강조하기 위한 언술이었지만, 실제로는 해방 이후

---

38 황건, 앞의 책, 256~257면.
39 "1945년부터 46년에 걸쳐 북한의 식량사정은 최악의 상태에 빠졌다. 1945년 가을 수확이 좋지 않았던데다 정권(소련군)이 곡물을 대량으로 징수하였기 때문이다. 만주국이 붕괴하고 국공내전이 격화하면서 만주 조[粟]의 수입이 곤란해진 것도 큰 타격이었다. 38선 주변 지역에서는 그때까지 의지하고 있었던 남으로부터의 식량 이입이 끊어지는 사태도 일어났다. 이 같은 사정을 1946년 2월의 인민위원회결정서는 "특히 함[경]남·북 및 평[안]남[도] 일대의 식량 궁핍이 극도에 달하여 위기에 임박해 있고……"라고 기록하고 있다." (기무라 미쓰히코, 김현숙 옮김, 『북한의 경제』, 혜안, 2001, 90면)
40 황건, 앞의 책, 153면.
41 사회과학원 력사연구소, 앞의 책, 403면.

북한 주민들 사이에서 '현물세와 애국미'에 대한 반발이 있었음을 의도하지 않게 드러내고 만 것이다. 이는 적극적으로 해석하면, 전쟁으로 인해 북한정권에 대한 불만이 '생존을 위한 단합'으로 변화했다고도 볼 수 있다. 건너마을 할머니의 예에서처럼 '현물세와 애국미'에 반기를 들었던 이가 전쟁이라는 위기 상황을 거치면서 '은가락지 한쌍'을 헌납하는 상황으로 변화한 것이다.

경석이 보기에 개마고원은 '저주 받은 땅'이지만, 더불어 "병신 자식이 더 애모쁘듯이 저주받던 그 까닭에도 더 저바릴 수 없는 고장"이기도 하다. 더군다나 이곳은 "의병들과 빨찌산들의 슬기로운 기개" 살아 숨쉬는 곳이기에 더욱 저버릴 수 없다고 본다. 그 해결 방안으로 제시된 것이 '목축사업'이다. 경석은 "저 훤한 덕 우에 가득히 소나 양이나 돼지 무리를 펼쳐 놓으면 얼마나 장쾌하랴" 하는 생각을 하게 된다.[43] 이러한 낭만적 상상은 소설의 결말에서 '십릿벌에 축사며 기타 건축물이 완성되고, 양 500두가 들어오는 것'으로 현실화되면서 대미를 장식하게 된다.

---

[42] 애국미 헌납운동은 1946년 12월부터 벌어진 일종의 농촌동원운동이었다. 그 유래는 다음과 같다. "농민들의 애국운동은 애국미 헌납운동으로 전개되었다. 가장 대표적이고 가장 유명한 사례는 황해도 재령군 농민 김제원의 경우였다. 일제 시기에 동양척식주식회사의 소작농이었던 그는 토지개혁으로 3,390평의 토지를 분배받았다. 수확 첫해에 66가마니나 수확한 그는 농업현물세를 이미 나라에 바치고도 1946년 12월 10일에 '재령군 농업현물세 완납경축대회'에서 30가마니의 쌀을 애국미로 헌납했다. 그의 행동을 따라 동료 농민들도 그날에만 830가마니의 애국미를 바쳤다. 이 일이 있자, 북조선농민동맹은 '김제원의 애국미 헌납운동을 전 군중적 운동으로 벌릴 것에 대한 결정'을 채택하여 운동을 전국화하였다. 그 결과 12월 말 현재 평안남도에서만 7,523명의 농민들이 1,060가마니의 쌀을 바쳤다. 전국적으로 이 운동에 참여한 농민은 1만 8,777명이나 되었다."(김성보·기광서·이신철, 『사진과 그림으로 보는 북한 현대사』, 웅진닷컴, 2004, 63면)
[43] 위의 책, 155~156면.

5. 공식적 서사와 문학적 서사

북한문학사는 황건의 『개마고원』이 '해방후 민주건설시기와 조국해
방전쟁시기'를 배경으로 농촌에서 발생한 계급투쟁을 인민대중의 입장
에서 그려낸 작품으로 보고 있다. 북한문학의 성취작이기도 한 이 작
품은 토지개혁을 둘러싼 북한 내부의 상황과 전쟁시기 북한의 후방지
역 상황을 사실적으로 포착해내고 있다. 황건은 사실주의적 작법에 충
실한 작가로, 양 목축과 면인민위원회 조직 활동을 했던 경험을 『개마
고원』에 충실히 재현해 냈다. 작품에 등장하는 전쟁기의 상황도 종군
작가로 활동한 경험을 서사화시킨 것이다. 따라서, 『개마고원』의 사실
주의적 성취는 역사의 현장에 작가가 참여하고 기록한 실제 체험의 산
물이다. 더불어 『개마고원』의 배경인 '개마고원'의 상징성에도 주목해
야 한다. 작가는 '저주의 땅'이 북한정권 성립과 함께 '영광스러운 땅'
으로 변모하는 과정을 그려냄으로써, '공간적 상징성'을 적극적으로
형상화해냈다. 또한, '개마고원'은 김일성 유격대의 작전지역이었으
며, '갑산군'은 '보천보 전투'의 현장이었다. 이러한 '역사적 상징성'도
작품 속에서 적절히 구현해냈다. 1950년대 북한문학사에서 『개마고
원』이 차지하는 각별한 지위도 '개마고원의 삼수갑산 지역이 갖고 있
는 공간적·역사적 상징성'과 연관해 이해할 수 있다. 이러한 상징성과
사실주의적 요소로 인해 필자는 텍스트의 이면에 대한 풍부한 해석의
가능성을 포착할 수 있었다.

필자는 『개마고원』의 문학적 성취를 긍정하면서도, 서사의 이면 읽
기를 통해 소설이 구현해낸 진실을 심층적으로 추적해 보았다. 『개마
고원』은 시간적 배경이 1945년에서 1951년까지이지만, 단행본으로 발
간된 시기는 1956년이었다. 따라서, 해방 후와 6·25전쟁기에 대한 사
실적 접근에도 불구하고 1950년대 중반 북한사회의 공식 담론이 『개

마고원』에 틈입할 수밖에 없었다. 황건은 이러한 시간적 간극 속에서 문학적으로 가능한 것을 선택했을 뿐만 아니라, 북한사회의 공식적 담론 안에서 주어진 규범을 고려할 수밖에 없었을 것이다. 이 텍스트는 초기 북한 정권의 활력이 인민 민주주의에 기반해 있으면서도, 지주층 등 유산계층을 배제함으로써 일반민주주의의 가능성을 포기했음을 징후적으로 드러낸다. 지방 인민위원회 성립 과정에서 나타났던 다양한 갈등이 갈무리되어 있기도 하다. 그와 더불어 '현물세와 애국미' 등에 대한 농민들의 반발을 권위적으로 은폐시킴으로써 '인민의 정부에서 우리 정부'로 일체화되는 유토피아적 욕망을 구현해냈다. 이렇듯, 『개마고원』은 사회주의 리얼리즘 텍스트로서 북한문학의 정전으로 꼽히고 있지만, 그 리얼리즘적 성격으로 인해 북한 내부의 실상과 이면을 작가의 의도와는 무관하게 사실적으로 드러내고 있다.

『개마고원』에 드러난 서사의 이면들은 북한정권 성립과정에서 발생한 지방인민위원회를 둘러싼 갈등, 토지개혁을 둘러싼 갈등, 권위주의적 체제의 성격 등을 보여주었다. 더불어 이 소설은 1950년대 북한사회가 갖고 있던 자신감과 활력을 여실히 드러낸다. 이는 전후복구시기 북한사회에 내재해 있던 당당함이었고, 문학적 낭만성을 넘어서는 자부심이었다. 해방 이후와 6·25전쟁을 반추하면서, 항일혁명전통에 대한 자부심과 김일성의 지도력에 대한 존경심이 비교적 과장되지 않게 표현되어 있다는 사실에도 주목할 필요가 있다. 『개마고원』은 북한문학사가 일관되게 긍정하고 있다는 측면에서 기록적 가치가 있음이 분명하다. 하지만, 그 기록의 이면에 존재하는 욕망을 읽어냄으로써 오히려 북한문학 작품에 대한 풍부한 해석적 지평을 확보할 수 있다. 이러한 연구방법은 북한문학 텍스트의 이면적 서사를 살핌으로써 은폐되어 있는 욕망을 읽어낸다는 측면에서 북한문학 연구의 새로운 방법론이 될 수 있을 것으로 기대된다.

참고문헌

기무라 미쓰히코, 김현숙 옮김, 『북한의 경제』, 혜안, 2001.

김성보·기광서·이신철, 『사진과 그림으로 보는 북한 현대사』, 웅진닷컴, 2004.

김승종, 「황건의 『개마고원』론」, 『현대문학의 연구』 제3호, 한국문학연구학회, 1991.

김윤식, 『한국 현대 현실주의 소설 연구』, 문학과지성사, 1990.

김재남, 「황건문학연구」, 『논문집』 제18호, 세종대학교, 1991.

김재용, 『북한 문학의 역사적 이해』, 문학과지성사, 1994.

김재용, 『분단구조와 북한문학』, 소명출판, 2000.

김학준, 『미소냉전과 소련군정 아래서의 조선민주주의 인민공화국 건국(1946년 1월~1948년 9월)』, 서울대학교출판부, 2008.

리기주, 『조선문학사 12』, 사회과학출판사, 1999.

박영자, 「북한의 지방정권기관 : 지방주권과 행정의 특성 및 운영」, 세종연구소 북한연구센터 엮음, 『북한의 당·국가기구·군대』, 한울아카데미, 2007.

사회과학원 력사연구소, 『조선전사 23』, 과학 백과사전출판사, 1991.

사회과학원 문학연구소, 『조선문학사(1945~1958)』, 과학 백과사전출판사, 1978.

사회과학원 주체문학연구소, 『문학예술사전(하)』, 과학백과사전종합출판사, 1993.

사회과학원, 『문학대사전 1』, 사회과학출판사, 2000.

사회과학원, 『문학대사전 4』, 사회과학출판사, 2000.

신형철 편, 『싹트는 대지』, 만선일보 출판부, 1941.

언어 문학 연구소 문학 연구실, 『조선 문학 통사(하)』, 과학원 출판사, 1959.

오정애·리용서, 『조선문학사 10』, 사회과학출판사, 1994.

이선미, 「북한소설 '불타는 섬'과 영화 〈월미도〉 비교연구—서사와 장르인식의 차이를 중심으로」, 『한국현대소설 연구』 21, 한국현대소설학회, 2004.

이종석, 『새로 쓴 현대북한의 이해』, 역사비평사, 2000.

전현수, 「해방직후의 북한의 토지개혁」, 『대구사학』 제68집, 대구사학회, 2002.

정성장, 「정체체제의 형성과 확립 : 김일성정권 성립부터 1994년까지」, 『북한 사회의 이해』, 인간사랑, 2002.

피에르 마슈레, 배영달 옮김, 『문학생산이론을 위하여』, 백의, 1994.

한홍구, 『대한민국史 2』, 한겨레신문사, 2003.

홍혜미, 「항일혁명 문학과 전통성 문제—황건의 "아들 딸"을 중심으로」, 『한국현대소설 연구』 24, 한국현대소설학회, 2004.

황건, 『개마고원』, 작가동맹출판사, 1956.

천리마 기수의 전형과 동요하는 내면
　　—윤시철의 『거센 흐름』론

오태호

1. 서사의 진정성

　　윤시철(1919~1981)은 1940년대 해방공간에서부터 1970년대에 이르기까지 40년 가까운 시간 동안 소설 창작 활동을 하면서 북한 문단에서 지대한 영향력을 행사해온 작가이다. 전후에 당의 지침을 받아 문예정책을 담당하는 조선작가동맹의 소설분과위원장으로 재직했었다는 점은 그것을 입증한다. 그의 『거센 흐름』(1965)은 북한문학이 1967년 5월 당 중앙위원회 제4기 15차 전원회의 이후 김일성 중심의 유일주체사상 시기로 넘어서기 이전과 이후의 문학적 변화를 가늠하는 잣대가 될 수 있다는 점에서 주목을 요한다. 수령형상문학과 항일혁명문학이 북한문학의 앞자리에 놓여지기 직전의 내면 풍경이 입체적 성격을 내장한 주인공을 통해 미미하게나마 드러나기 때문이다.

　　중국 길림성 연길현에서 태어난 윤시철은 중학교를 졸업하고 일본에서 대학을 졸업한 뒤, 귀국 후에 노동을 하면서 문학수업을 한다. 그는 해방 이후 북한에서 새조국 건설과 민주건설을 위한 투쟁에 적극 참가하면서 창작 활동에 정력을 기울인다. 그리하여 첫 단편소설인 「이앙」(1947)에서 그는 농민들이 고수확을 위해 선진농법을 도입해나가는 과정을 통해 '무상몰수 무상분배'의 실시 하에 형성된 농민들의 주인다운 태도와 고상한 도덕적 풍모를 보여준다. 또한 「나팔수의 공훈」(1952)에서는 6·25전쟁 시기에 종군작가로 활동하면서 인민군대의 영웅주의와 숭고한 자기희생 정신을 형상화하여 발표한다. 전후에도 작가는 김일성의 혁명전통과 사회주의 건설에 관한 주제를 주로 그려낸다. 특히 그는 현지 노동과 생활체험에 기초하여 건설장에서 큰 공로를 세운 청춘 남녀들의 끝없는 열정과 헌신적 노력, 모범적인 건설현장에서의 혁신을 형상한 장편소설 『거센 흐름』(1965)으로 천리마 시대를 대표하는 작가로 평가받는다. 이어서 장편소설 『태양의 아들』(1974)에서는 일제강점기에 김일성을 중심으로 항일 투쟁에 나섰던 청년공산주의자들의 형상을 미완의 연작으로 구성하지만, 건강상의 이유로 1부만 출판되고 2부는 초고만 남게 된다.[1] 이외에도 노동계급의 투쟁을 그린 장편소설 『뜨거운 열정』(1965)과 혁명전통 주제의 장편소설 『안해』(1965) 등의 작품도 있으며, 1955~1960년까지 황해제철소에서 노동자들과 동고동락하며 겪은 실제 생활 체험을 살려서 생동감 있는 인물의 성격묘사를 해낸 것으로 평가받는다.[2]

그의 창작 기풍은 현장성과 체험성을 밑면에 깔고 있지만 당의 지침과 정책을 전면적으로 수용함으로써 결과론적으로는 북한식 체제문학의 전형을 보여준다. 숱한 역경과 고난 속에서도 수령의 교시에 대한 확고한 신념과 당의 지도에 대한 관철, 동료들에 대한 헌신적 배려와 모범, 종파주의나 보수주의의 배격과 축출 속에 실제 목표를 초과 달

---

[1] 사회과학원, 『문학대사전』 5, 사회과학출판사, 주체89(2000), 331~332면.
[2] 이명재 편, 『북한문학사전』, 국학자료원, 1995, 867면.

성하는 것이 대체적인 북한식 체제문학의 골격이다. 하지만 『거센 흐름』을 비롯한 여러 작품에서 드러나는 윤시철의 장점은 사실성과 현장성을 바탕으로 인물과 사건, 구성의 형상화에서 발견되는 서사의 진정성이다. 특히 사실주의적 묘사를 통해 드러나는 인물의 내면이 입체적이라는 점에서 유일주체사상 중심의 도식주의 문학으로 견고해지기 이전, 인물의 생동감이 살아 있는 북한문학의 표정을 보여준다. 그리하여 도식적 결말에도 불구하고 그 결말에 이르는 과정에서 드러나는 인물들의 다면적 입체성은 이 작품을 면밀히 검토할 필요성을 제기한다.

2. 천리마 시대의 대표 소설

북한에서 『거센 흐름』은 '천리마 대고조시기' 발전소건설장에서 혁신적 공로를 세운 청년들의 자랑찬 투쟁모습을 보여준 작품으로 평가된다. 천리마운동, 천리마시대, 천리마 대고조시기 등의 표현은 1956년 12월 당 중앙위원회 전원회의에서 '천리마운동'이 처음 제기되면서부터 1950년대 후반과 1960년대를 가로지르는 사회주의 건설의 총노선을 지칭한다. 천리마를 탄 기세로 사회주의 건설에서 생산성을 획기적으로 높이자는 이 운동은 1960년대 남한의 경제개발 5개년 계획이나 1970년대 새마을 운동에 비견되는 북한식의 혁명적 군중노선에 해당한다. 김일성은 이 운동에 대해 "사람들을 공산주의 사상으로 교양하며, 집단적 영웅주의와 집단적 혁신을 불러일으키는 대중적 대진군운동"이라고 정의한 바 있다.[3] 이러한 시대적 풍모를 반영하면서, 청년들이 사회주의 건설과 혁신을 위한 고행에 앞장서면서 당의 호출을 가

---

3 임영태, 『북한 50년사1』, 들녘, 1999, 346~406면.

습깊이 새긴 역작으로 주목받는다. 그 대표 전형으로는 건설장에 달려온 작품의 주인공 서창주가 자리한다.

　작품의 서사를 간략히 요약해보면 서창주는 지방의 자재를 이용하여 현지에서 시멘트를 생산할 목표를 세우고 연구를 진행하지만, 평양 연구소에서 자기가 실험한 시멘트 시편이 성공할 가능성이 없다는 냉정한 평가를 받고 실의에 젖어든다. 하지만 발전소 건설장에 돌아온 창주는 새로 부임한 강은희 기사에게 실험실 사업을 인계하고 검사조책임자로 임명된 뒤에도 진행 중이던 연구사업을 중단하지 않는다. 그 과정에서 콘크리트 붕괴사고가 일어나 책임소재를 두고 비판을 받고 기술부장 리윤서를 비롯한 보수주의자들의 압력으로 지하수로작업장의 착암수로 이동된다. 하지만 작업장이 바뀌었음에도 헌신적 노력으로 지하수로를 관통시키는 신공법을 수용하여 새로운 혁신을 일으킨다. 이후 보수주의자들의 방해로 일시 중단되었던 시멘트 현지생산문제는 당 중앙위원회 전원회의에서 토의되고, 수로공사를 기한 전에 끝내고 돌아온 창주는 당위원장 김택진과 민청위원장을 비롯한 청년들의 지지와 격려를 받으며 실험을 계속하여 마침내 시멘트 현지생산에 성공한다. 당의 의도를 관철하기 위한 투쟁에 온몸으로 자신들의 지혜와 정열을 바치는 서창주와 강은희를 비롯한 청년들은 전국에 새로운 발전소를 더 많이 건설할 희망을 품는 것으로 작품은 마무리된다.

　『거센 흐름』은 1960년대 초반 '천리마 기수론'을 거쳐 1960년대 '혁명적 대작론'의 과정에서 성과작의 하나로 평가된다. '혁명적 대작'이란 문학의 교양적 측면과 공산주의적 사상성을 중시하면서 영웅의 형상을 묘사하는 것이 중요하다.[4] 뿐만 아니라 《문학신문》(1964.2.25) 사설「혁명적 대작 창작에 화력을 집중하자」라는 글에서는 혁명적 대작

---

[4] 손화숙, 「공산주의적 교양과 긍정적 인물의 변모양상」, 최동호 편, 『남북한 현대문학사』, 나남, 1995, 329~352면.

이 갖추어야 할 원칙으로 '주제의 현대성, 전형화의 원칙, 작가의 혁명적 낙관주의 정신, 독창적 구성, 평론의 지도성' 등이 제시된 이후 천리마 기수의 전형화 등을 통해 창작에 활용된다.[5] 특히 혁명적 대작에서는 '1. 혁명적 투쟁을 폭넓게 반영한 서사시적 화폭 강조, 2. 영웅적 성격을 심오하고 다면적으로 형상화한 긍정적 주인공(혁명 투사)의 창조, 3. 혁명적 낙관주의 교양'이 중요한 과제로 대두된다. 이러한 혁명적 대작으로는 『거센흐름』과 함께 천세봉의 『고난의 력사』, 『대하는 흐른다』, 『안개 흐르는 새 언덕』, 석윤기의 『시대의 탄생』, 김병훈의 『숲은 설레인다』, 황건의 『아들딸』, 박태원의 『계명산천은 밝아 오느냐』 등이 포함된다.

하지만 성과작임에도 불구하고 『거센 흐름』은 몇 가지의 당대적 비판을 받게 된다. 우선 첫째로는 "작가가 만약 이 장편의 구성에서 개개의 사건들을 련결하는 계기들과 구체적인 정황에서 움직이는 성격들의 심리 세계를 그들의 행동, 사색을 통하여 보다 진실하게 묘사하고 깊이 있게 보여 주었더라면 구성은 보다 치밀해졌을 것"[6]이라는 지적을 받는다. 이것은 개별 사건 연결의 계기와 성격 형성의 진실성이 미흡하여 구성의 치밀성을 저해하고 있다는 비판에 해당한다. 또한 "갈등의 진실성과 예리성을 기하는데로부터 시작하지 않으면 내면 세계의 진실성과 풍부성을 보장하는 길이 열려지지 않는다는 것을 심각히 리해할 필요가 있다"[7]는 지적 속에 갈등의 진실성과 풍부한 내면세계가 부족하다는 비판을 받는다.

하지만 이러한 비판적 입장은 1990년대에 이르러 문학사적 평가에

---

5 김성수, 「1960년대 북한문학과 대작 장편 창작방법 논쟁」, 『통일의 문학 비평의 논리』, 책세상, 2001, 189~219면.
6 《문학신문》, 1966.6.24(남원진, 「혁명적 대작의 이상과 괴리」, 『제8회 국제한인문학회 전국학술대회 자료집』 토론문, 39~41면).
7 『조선문학』, 1966.10(남원진, 앞의 글, 40면).

이르면 사뭇 달라진다. 즉 비판적 평가는 사라지고 천리마 기수의 전형이라는 긍정적 평가만이 남는다. 이것은 1960년대의 평가가 당대적 시의성에 충실한 것이고 1990년대의 평가가 문학사적 평가라는 차이에서 드러나는 것이 아니다. 즉 북한문학의 공식적 잣대가 변함에 따라 긍정성과 부정성의 어느 한 측면이 과도하게 편집되고 있다는 것을 확인할 수 있다.

소설은 소극성과 보수주의를 불사르며 자력갱생, 간고분투의 혁명정신으로 일해가는 청년발전소건설자들의 생활을 통하여 위대한 수령님의 교시를 관철하기 위한 투쟁에서 기적과 혁신의 나래를 펼쳐가는 천리마시대 청년들의 높은 사상정신세계를 진실하게 일반화하였다. 소설에서는 주인공 서창주를 난관앞에서 두려워하지 않으며 자기 힘으로 모든 문제를 해결해나가는 천리마기수의 전형으로 그리고있으며 청년들의 힘과 지혜를 적극 발동하고 그들의 창조적환상을 키워주어 사회주의건설의 전투장에서 천리마기수의 영예를 떨치도록 이끌어주고 도와주는 당위원장 김택진의 전형적형상을 생동하게 창조하였다. 소설은 청년발전소건설을 기본사건으로 하여 등장인물들의 호상관계를 생활적으로 맺어주고 그것이 세멘트현지생산을 위한 연구사업과정에 적극적으로 작용하도록 함으로써 시대를 주름잡아 달리는 천리마기수들의 성격적특질을 비교적 진실하게 형상하였다.[8]

인용문에서 드러나듯 이 작품은 "천리마시대 청년들의 높은 사상정신세계를 진실하게 일반화"한 점과 '천리마기수의 전형'인 서창주의 형상화, 당위원장 김택진의 생동하는 전형 창조, "천리마기수들의 성격적 특질을 비교적 진실하게 형상"한 점 등이 장점으로 평가받고 있

---

[8] 사회과학원, 『문학대사전』 1, 사회과학출판사, 2000, 61~62면.

는 것이다. 북한문학에서 1960년대의 비공식적인 당대적 비판과 1990
년대의 공식적 문학사의 긍정적 평가 중에서 주목을 요하는 것은 1960
년대의 비판적 입장이다. 그것은 유일 주체사상 시기로의 변화 이전의
평가라는 점에서 그러하며, 인물 성격의 진실성과 구성의 치밀성에 대
한 비판이나 내면세계의 진실성과 풍부성을 보장해야 한다는 비판은
1990년대에 이미 견고해진 친체제문학이 지닌 문학사적 상찬에 균열
과 생동감을 불어넣는 비판의 화살로 자리할 수 있기 때문이다.

'비판 → 상찬'으로 변화한 북한에서의 평가와는 달리『거센 흐름』에
대한 남한에서의 평가는 상당히 비판적이다. 신형기는 이 작품을 천리
마기수를 그린 장편소설로서 열의와 현장의 노동경험을 바탕으로 한
기술적 창안의 이야기로 요약한다. 그리고 작품 속에서 서창주의 시멘
트 연구에 대해 한 시골노인이 등장해서 "물 속에서도 굳고 더 단단해
지는 붉은 돌가루"가 있음을 알려주는 장면은 창주 등의 지극한 정성
에 답하는 마술적 형상에 해당한다고 평가한다. 그리하여 이 소설이
청춘의 애정문제와 구체적 생활모습도 담고 있지만, 결과적으로 천리
마 기수들의 이야기가 진정성의 승리라는 윤리적 인과응보의 도식을
벗어나지 못하고 있음을 보여준다고 비판한다.[9]

이러한 남북한의 평가는 일면 타당하면서도, 일면 부당한 지적이다.
북한의 문학 작품을 독해할 때 결과론적 인식을 앞세우면 모든 서사는
동일한 골격을 지녀, 입체적 평가를 진행하지 못한 채 근대소설 형식
에 미달된 도식적 텍스트라는 비판을 면하기 어렵기 때문이다. 따라서
작품의 결말이나 결과 중심적 독해에서 벗어나 결말에 이르는 과정에
서 인물들의 내면이 어떻게 집적되거나 파편화되는지를 분석해야만이
비로소 북한문학의 살아 있는 내면을 구체적으로 점검하고 평가하는

---

9 신형기·오성호,『북한문학사』, 평민사, 2000, 234~235면.

작업이 될 것이다.

3. 「거센 흐름」의 서사적 특징

1) 평양 중심주의의 강조

　전체 14장으로 이루어진 『거센 흐름』은 '시대적·개인적 난관 → 수령의 교시+당의 지도+헌신적 노력 → 난관 극복을 통한 문제 해결'이라는 주체문학 특유의 서사적 공식 속에 '전형적인 천리마 기수의 형상화'라는 갈래를 따라가고 있다. 이 소설에서 주목되는 부분 중 하나는 도입부에서부터 작가가 청년건설노동자인 서창주로 하여금 평양의 혁명적 변화의 풍경에 압도된 느낌으로 시작한다는 것이다. 즉 이것은 평양이 수도로서의 중심성과 함께 전후 사회주의 복구 건설의 선도적 공간임을 강조함으로써 수도의 위용을 표면화하기 위한 서사적 장치임을 보여준다. 뿐만 아니라 한국전쟁의 폐허를 딛고 일어선 평양의 화려한 변신을 통해 사회주의 혁명과 건설의 성공적 신화를 과시하여 독자 대중을 교양·계도하려는 목적의식성을 띤다고 볼 수 있다.

　　맑게 개인 가을 하늘이 가없이 푸르렀다. 하늘 높이 둥둥 떠 있는 흰 구름 송이가 흐르는 양 없이 가볍게 흘러 간다./미장을 새로 한 고층 건물이 련달아 지나 가고 키 높은 기중기가 연방 눈앞을 막아 선다. 경쾌한 버스가 단청이 진한 보통문을 멀리 바라 보며 신암동 네거리를 지나 새로 수축한 보통교 우를 달렸다./서창주는 차창에 얼굴을 파묻듯이 하고서 햇볕을 받아 반짝이는 보통벌을 넋 잃은 사람처럼 황홀해서 바라 보았다. 불과 2년 사이였건만 너무나도 놀랍고 엄청나게 큰 변화였다. 전에 없은 주택거리들과 수

림이 꽉 들어 선 강안 유원지가 웅장함과 아름다움을 자랑하듯이 확 안겨 드는 것이었다.[10]

이 작품 속 시대 배경은 1950년대 후반이다. 하지만 인용문에서 보이듯 한국전쟁 시기 참혹한 폐허적 도시의 형상은 사라진 채 새로운 주택으로 치장된 평양의 풍경은 창주에게 황홀경의 세계로 인식된다. 웅장한 아름다움을 자랑하는 '조선'의 수도 평양에서 식물원, 유원지, 동물원 등이 있는 평양의 대성산 공원에 가서도 창주는 평양의 모든 것이 자신이 2년 동안 일해온 낭림건설장과는 다른 세계임을 감지한다. "그야말로 휴식의 환락장인 큰 공원 안의 정경은 랑림의 건설과는 너무도 다른 딴 세계"(35면)로 인식된다. 낭림의 건설장에서는 생활의 기쁨과 휴식의 즐거움이 모두 다 일터에서 벌어지지만, 공원 안의 화려한 옷차림을 한 유람객들은 일에 대한 고심 없이 즐겁기만 한 얼굴들을 하고 있기 때문이다.

작품 속에서는 부러움의 표정이 아니라 인공 낙원의 세계로 평양을 묘사하고 있지만, 이러한 장면의 이면을 들여다본다면 전혀 다른 독해가 나올 수도 있다. 즉 누구는 건설장에서 뼈 빠지게 노동하고 누구는 이렇게 희희낙락하면서 지내도 되는 것인가 하는 이율배반적 거부감을 느낄 수도 있는 것이다. 하지만 천리마 기수로 형상화되고 있는 작품의 주인공인 서창주는 자신의 노동현장과는 전혀 다른 이율배반적 화려함의 세계임에도 불구하고 평양의 표정을 청년들이 지향해야 할 세계로 인식할 수밖에 없다. 그것은 바로 건설 영웅, 혁명적 투사, 천리마 기수 등의 명명이 가능한 시대적 히어로의 형상이기 때문이다.

이렇듯 '제1장 랑림 청년'에서 주인공 서창주는 1958년 봄 낭림산맥

---

[10] 윤시철, 『거센 흐름』, 조선문학예술총동맹출판사, 1965, 5면.

의 건설장에 갔다가 2년 만에 평양으로 들어서면서 보통벌과 보통강의 변화에 놀라움을 감추지 못한다. 커다란 자랑과 긍지를 느끼며 포부와 희망을 안고서 평양에 온 창주는 어머니 앞에서 조선 방방곡곡에 전기를 보내는 큰 발전소를 세운다며 자랑한다. 스물여섯 살의 청년인 창주는 건설장에서 경리원으로 일하는 지정희를 알게 되지만 2년 전 낭림의 건설장으로 떠나면서 약혼 직전 헤어진다. 정희에게 "모든 것을 다 뿌리치고 나설 만한 사랑이 없으며 새 사회에 대한 연정이 없다고 실망"(15면)했기 때문이다. 창주로 대표되는 청년노동자들의 사랑은 사회적 지향을 함께 하는 동지적 관계를 유지해야 함에도 불구하고 정희는 그럴 용기를 소유하지 못한다. 새 시대의 사랑과 실천을 담보하려는 노력을 꾀하지 않는 정희는 자연스레 창주로부터 멀어지게 된다.

작품 속에서 평양 중심주의의 강조는 창주와의 동지적 연인 관계가 성립하는 강은희에게 편지를 보내는 은희 아버지의 편지 내용에서도 확인된다. 평양에서 대학을 나온 강은희는 간호병 시절 창주와의 옛 기억을 떠올리며 기쁨을 느끼지만, 은희의 아버지는 북변의 산중 건설장에는 공화국의 최고 학부를 나온 자기 딸의 배필로 될 그런 사람이 없을 것이니 그것이 걱정이라는 뜻을 감추지 않고 써넣는다. 이러한 강은희 아버지의 사고는 전형적인 평양중심주의적 발상을 보여주면서 평등을 강조하는 북한식 사회주의에서도 차별을 강화하는 지연, 혈연, 학연과 함께 도농 갈등의 요소가 내포되어 있음을 보여준다.

2) 공상적 몽상과 애국적 신념 사이

작품의 주인공인 서창주는 공상적 몽상가이자 애국적 신념의 화신이라는 두 얼굴의 표정을 지닌 존재로 그려진다. 이 두 얼굴 사이에서 유동하는 창주의 인물형이 이 작품의 입체성을 강조하면서 생동감을 불어넣는 장치가 된다. 평양에 일시적으로 들른 창주는 화학실험실 여기사에게 지난 14개월 동안 특수세멘트를 얻기 위해 시도한 방도들을 설명하지만, 여기사는 과학 사업이 착상이나 의욕만으로 해결되는 것이 아니라 실험에 의한 논증을 요구하며, 결론적으로 창주의 세멘트 시편이 수력구조물용 특수세멘트로서 쓰기 곤란하다는 이야기를 전한다. 착상이나 의욕만 앞세운다는 호된 평가를 받은 창주는 여동생으로부터도 '공상적 사고'에 대한 비판을 듣는다. 하지만 이러한 공상이 새로운 시멘트를 개발하는 발상을 이끌어낸다는 점에서 '창조적 환상'이라는 긍정적 평가를 받는 것이다.

'제2장 상봉'에서 1954년 이후 평양의 대학에서 공부하다가 낭림건설장에 실험실장으로 오게 된 강은희는 전쟁 당시 간호병이었을 때 전선에서 중환자로 들어왔던 창주를 다시 만난다. 건설연구소에서는 창주의 실험을 현실의 물적 토대에 기반하지 않는 '몽상에 가까운 일'이라고 지적하지만, 창주는 그러한 인식에 불쾌해하며 자신의 의지를 굽히지 않는다. 이러한 창주와 연정을 품게 되는 강은희는 건설장을 자연 정복의 공간이자 생사가 갈리는 전장의 상황에 비유한다. 그리하여 "자연을 정복하기 위한 기계와 인간의 대 집단이 큰 힘을 내며 움직이고 있는"(64면) 공간이 건설장이며, 그 공간은 또 하나의 격전장이자 "하나의 락오자도 허용하지 않는 자연정복의 큰 전선"(64면)이라면서 감격해한다. 이 부분은 건설현장에서 집단적 인간의 위대한 힘을 강조하는 표현이기도 하지만, 뒤집어 보면 자연환경을 정복과 지배의 대상으로 전락시키려는 근대의 도구적 이성에 대한 맹신을 보여주는 대목이다.

'제3장 붕락 사고'에서 언제 현장 단층면에서 붕락사고가 발생하자 기술부장 리윤서는 창주를 비롯한 검사원의 잘못을 지적하고 창주는 자신이 원쑤와 싸우는 각오로 건설장에 왔기에 게으른 태공이란 말 자체를 모른다면서 과거에 전선에서 싸우던 전우들을 그리워한다. 그리고 그러한 그리움은 핑계를 대며 건설장을 떠나던 청년들에게 혐오감을 느꼈던 자신도 그들처럼 지금은 떠나야 하는 것은 아닌지를 고민하게 한다. 이러한 고민의 흔적이 이 작품을 도식성에서 벗어나게 하는 지표가 된다. 결론은 떠날 수 없다는 다짐으로 종결되지만, 건설장에서 이상을 포기한 채 다른 곳으로 떠나간 동료들을 그리워할 정도의 내면의 동요를 가진 존재라는 점에서 창주의 입체성이 드러나는 것이다.

'제4장 시련기'에서 창주는 건설장의 한기인 겨울을 무척 기다리는데, 최하룡 로인으로부터 낭림골 연봉산 마루의 연꽃과 정자, 붉은 수리개에 얽힌 전설을 듣는다. 그리하여 정성이 지극한 사람이면 못해내는 일이 없으며, 옛날에도 시멘트 가루를 얻으려고 노력했던 사람이 있었을 것이라는 말을 전해 듣는다. 이렇듯 과거의 전설을 매개로 과거와 현재의 서사를 이어붙이려는 태도는 신형기의 지적에서도 드러나듯 작품의 우연적 요소를 강조함으로써 근대 미달의 서사의식을 표출하는 것으로 드러난다. 특히나 수령의 항일무장투쟁사를 지속적으로 현재화하려는 북한문학의 지도 지침 아래에서는 그러한 작위성을 면하기 어려워 보인다.

'제5장 자연의 모든 것은 인간을 위한 것이다'에서 창주는 1953년 3월 평양의 건설장에서 열린 전국청년사회주의건설자 대회를 회상하면서 '원수님'의 생생한 구절들을 떠올린다. 김일성의 연설내용은 낡은 것에 대한 새것의 승리, 광명의 새 시대 전망, 행복한 사회주의의 미래를 담보하는 혁명적 낙관주의로 일관한다.

청년들은 항상 어떠한 일에서나 두려움을 모르며 고난을 극복하기 위한 투쟁에서 선두에 서야 하며 미래의 주인답게 새 것을 창조하며 낡은 것을 버리는 데서 용감하여야 하겠습니다… 우리는 자기 손으로 광명한 새 시대를 개척하여야 합니다. 우리는 벌써 새로운 시대를 개척하는 길에 들어섰습니다./행복한 사회주의 사회는 오직 수백만 근로 대중의 창조적 노력에 의하여서만 건설될 수 있습니다.[11]

김일성의 수사는 새것에 대한 지향으로 가득하다. 청년이 미래의 주인이며, 새것의 승리를 강조하고 새 시대의 개척과 행복한 사회주의 사회의 건설을 낙관하고 있는 것이다. 이것은 그대로 이 작품의 핵심적 종자로 작동된다. 그리하여 수령의 연설을 신뢰하고 내면화한 창주는 이러한 기억을 추체험하는 것과 더불어 혁명투사의 회상기 독회 모임에 참석하면서 흥분에 젖어든다. 수령은 인민의 뇌수로서 인민의 현재적 고민을 해결해주는 만능해결사의 역할을 담당하고 있는 것이다.

3) 보수주의와의 투쟁

작품의 시간적 배경은 1950년대 후반인데, 이 시기는 전쟁 이후 권력 투쟁 속에 김일성의 유일체제를 강화하기 위해 종파분자들을 배격해가는 반종파투쟁 시기에 해당한다.[12] 그리하여 이 작품에서도 1950년대 반종파투쟁부터 1967년 유일주체사상 시기를 앞두고 있던 시점에서 보수주의자들과의 투쟁, 종파주의의 척결, 보수반동세력과의 대결 구도를 앞세워 체제 내적 안전망을 공고히 하기 위한 소설적 장치들이 강조된다.

'제7장 아득령'에서 창주는 친구 오정환으로부터 보수주의자들과의 투쟁이 중요함을 전해듣는다. 오정환은 창주에게 성격이 좀 고분고분

---

11 윤시철, 앞의 책, 139면.
12 김재용, 「북한 문학계의 '반종파 투쟁'과 카프 및 항일 혁명 문학」, 『북한문학의 역사적 이해』, 문학과지성사, 1994, 125~169면.

해졌으면 좋겠다면서 대중이 따르도록 인민대중을 타이르고 설복할 줄 알아야 한다고 말한다. 여자처럼 되라거나 미운 놈 앞에서 비굴해 지라는 말이 아니라 옳은 것을 관철하기 위해서는 대중을 설복하고 교양할 수 있어야 한다고 강조한다. 이러한 오정환의 비판은 자칫 도식화로 흐를 수 있는 창주의 내면을 입체화하는 데에 기여한다.

'제8장 숲속에서'는 닥쳐올 홍수를 앞두고 건설장에서 토사 둑쌓기에 작업이 집중된다. 지배인인 현영호와 당 위원장 김택진은 자연의 큰힘과 굳센 생명력에 대해 논의하면서 산림 속으로 들어가는데, 그곳에서 리윤서의 스스럽지 못한 거동을 보며 김택진은 밀고자들의 무서움을 이야기한다. 이러한 인식은 '제10장 장진강의 새 노래'에서 지배인 현영호가 김일성이 당 중앙위원회 전원회의에서 내린 결론을 곱씹으며 자신이 보수주의자인지에 대해 고민하는 것으로 이어진다.

보수주의와의 투쟁을 하지 않고서는 혁신이 불가능하다. 이것은 생활의 법칙이다. 사회주의 건설의 속도를 높이고 새 기준을 창조하기 위해서는 보수주의와의 투쟁이 가장 중요하다. 〔…중략…〕 보수주의 보따리를 지고서는 사회주의를 건설할 수 없으며 공산주의 사회로 갈 수 없다.[13]

김일성은 보수주의와의 투쟁이 사회주의 건설 속도를 고양시켜 새로운 공산주의 사회로의 변화 발전을 견인할 수 있다고 주장한다. 이러한 교시를 받들어 수로관통 작업이 성공리에 끝나면서 당 위원장 김택진이 보수주의와 기술신비주의를 제거하자고 연설하며 예술공연이 성황리에 마무리된다. 성에서 파견한 기술조사단의 여기사가 창주에게 실험기구가 완비된 평양에서 연구를 진행하자고 청하지만 창주는 거

---

13 윤시철, 앞의 책, 332면.

절한다. 그리고 실험기구가 갖춰지면서 면목이 달라진 실험실에서 실험을 계속하던 중 신문에 리윤서의 이름으로 시멘트 연구에 대한 기사가 게재된다. 창주는 리윤서에게 사기꾼이라며 언성을 높이고 언쟁할 필요도 없는 사람임을 강조한다. 하지만 리윤서의 조작으로 연구가 혼란에 빠지게 되고, 리윤서는 조관호 등의 평양 전문가들에 의해 실험이 성공되길 바랐다고 당 위원장에게 전한다.

'제13장 사랑, 리상, 행복'에서는 광산 노력 영웅 최선옥 작업반장의 경험발표회와 함께 사랑, 행복, 리상에 대한 토론회가 열린다. 이 부분은 당대의 북한식 연애관을 보여준다는 점에서 흥미롭다.

남자들 중 많은 청년들이 자기가 생각하는 사랑의 대상은 아름다운 용모, 아름다운 마음, 아름다운 행동을 하는, 모든 점이 다 아름다운 녀성이어야 한다고 주장했고 대부분의 여자들은 리상이 맞고 일생을 변함이 없이 사랑할 수 있는 남자이면 용모 같은 것은 문제가 아니라고 주장했다. 여자들 중에서도 〈키가 크고 얼굴도 남자다와야 해.〉 하고 그럴듯한 귀속말을 하는 주장이 없지 않았다.[14]

젊은 남성들은 용모와 마음과 행동이 아름다운 여성을 연정의 대상으로 꼽지만, 젊은 여성들은 용모가 아니라 이상의 일치와 사랑의 불변성이 애정의 척도임을 주장한다. 이것은 1960년대의 북한사회가 낭만적 연애가 가능하던 공간임을 보여준다. 이렇듯 외모와 인간성 사이에서의 갈등은 사랑에 대한 기본 속성을 다르게 판단하게 만든다. 이러한 인식을 바탕으로 작품 속 연애의 한 축을 담당하는 수형은 재미있게 놀고 재미있게 일하는 데에서 행복을 찾아야 한다고 주장하고,

---

14 윤시철, 앞의 책, 463면.

정옥은 "진정한 행복은 리상의 실험을 위한 투쟁"이라는 민청위원장의 연설을 들으며 동의한다. 결국 노동과 사랑, 이상과 행복의 전면적 조화가 새 시대의 요구임을 강조하는 대목이다.

밤을 새운 창주의 실험에서 수압 시험의 결과가 좋게 나오고, 당위원장 김택진은 보수주의를 깨뜨리고 새 것의 승리를 보여주어야 한다고 주장한다. 한여름의 홍수가 밀어닥쳐 가물막이둑을 넘을 위험이 있다는 경고가 반복되는 사이에 리윤서가 1950년 10월 미군과 국방군에 강점당한 평양시에서 토목기사로 일했던 반동분자 엄태복으로부터 칼에 찔리는 상처를 입는다. 홍수 속에서 창주는 부상당한 리윤서를 구조하고 호수와 수로 사이에서 맞닥뜨린 엄태복과의 싸움 끝에 칼에 찔리지만 강물 속으로 엄태복을 밀어넣는다. 반동분자 엄태복과 보수적 기회주의자 리윤서의 형상은 역설적이게도 1950년대 후반부터 1960년대 중반에 이르는 시기에 김일성 유일체제를 강화하기 위해 반종파 투쟁이 필요했음을 입증하는 존재들로 그려진다.

4) 도식적 결말의 한계

작품 마무리 장인 '제14장 축복'에서 리윤서의 참혹한 죽음과 연달아 발생한 창주의 부상은 홍수의 피해를 한층 심각하게 한다. 2주일 뒤 혼수상태에 빠져 있던 창주는 의식을 회복하지만, 리윤서가 사망하고 엄태복이 살아 있다는 이야기를 듣는다. 창주는 상처가 회복되자 윤서가 엄태복에게 습격받았던 장소를 다시 한 번 가보고 태복이 교각을 붕괴시키려고 했음을 깨닫는다. 병원에서 퇴원한 창주는 은희를 만나 전쟁 시절을 비롯한 과거 일에 대해 대화하고, 윤서의 후임으로 기술부장으로 일하기 시작한다.

키를 바로잡은 사람, 힘 있는 사람, 물 흐름을 역류하지 않은 사람들만이 〈축복〉이 넘실거리는 넓은 대해에 닿을 수 있는 것이다./창주, 강은희 기사, 규선 이들이야말로 거센 물 흐름 속에서도 굽절지 않고 꿋꿋이 서서 나가는 이 시대의 진정한 주인들이다. 당의 뜻과 의지로써 사람들의 갈 길과 의지를 바로잡아 주는 키잡이와 같은 일을 하는 대해의 경우는 더 말할 것도 없으리라."[15]

시멘트 공장이 건설되고, 발전소가 시운전에 들어가면서 창주의 새로운 다짐 속에 작품이 종결된다. 작가는 창주 등의 젊은이가 '키를 바로잡고 힘이 있으며 시대적 흐름을 거스르지 않는 사람'임을 강조한다. 천리마 시대에 사회주의 전면적 건설 시기를 맞아 그 흐름을 앞서나간 선도적 모범들이기에 '시대의 진정한 주인'이라는 말로 '천리마 노력영웅'을 예찬하고 있는 것이다.

그러나 그들이 실상 '진정한 주인'으로 호명받기는 어려워 보인다. 그 주인들 뒤로는 "당의 뜻과 의지"가 작동해야 하며, '수령의 현명한 영도성'이 보장되어야 하기 때문이다. 수령과 당과 근로인민대중이 일심단결의 모습으로 전일적인 흐름을 형상하는 것이 북한문학에서는 진정한 주인의 자세일 수 있는 것이다. 하지만 위에서도 살펴보았듯이 천리마를 탄 기세로 나아가기보다는 공상가나 몽상가로 비판받으며, 무언가 빈틈이 있는 듯 드러나는 창주의 성격 묘사와 형상화에서 이 작품의 긍정성이 드러난다.

---

15 윤시철, 앞의 책, 549면.

4. 북한문학의 한 표정

1950년대 후반에서 1960년대 후반에 이르는 시기에 천리마 기수의 전형으로서의 서창주의 형상은 북한문학에서 요구하는 대로 성실하고 진지한 모습으로 그려진다. 하지만 확고한 신념으로 수령과 당의 의지를 관철하는 인물이라기보다는 내면의 동요 속에서 자신의 좌표를 고민하는 인물로 외화되고 있다는 점에서 입체적 내면을 가진 인물로 평가할 수 있다. 반면에 서창주를 둘러싼 여성들이나 리윤서, 조관호, 엄태복 등의 보수주의자나 분파주의자들의 모습은 내면이 거세된 평면적 인물로 그려지고 있다는 점에서 한계를 내포한다.

『거센 흐름』은 1967년 유일주체사상시기 이후의 주체문학이 도식화되는 한 표정을 드러내준다는 점에서 북한문학의 전형적 표상을 보여준다. 하지만 1970년대 이후 전일적으로 단면화되는 인물의 도식성에서 벗어나 내면의 유동하는 국면을 보여준다는 점에서는 남한 문학과의 접점을 살펴볼 수 있도록 도와준다. 『거센 흐름』이 사회주의의 전면적 건설 시기에 해당하지만, 그 속내를 검토해볼 때 수령과 당에 치우치지 않는 내면을 가진 인물이 드러난다는 점에서 1980년대 이후 사회주의 현실을 주제로 한 유연한 북한문학의 표정과 닮아 있다. 이러한 측면이 이 작품을 체제 수호적 이데올로기에서 벗어나는 성과작으로 평가하도록 만드는 것이다.

참고문헌

김성수, 『통일의 문학 비평의 논리』, 책세상, 2001.

김재용, 『북한문학의 역사적 이해』, 문학과지성사, 1994.

남원진, 「혁명적 대작의 이상과 괴리」, 『제8회 국제한인문학회 전국학술대회 자료집』 토론문, 2008.11.15.

사회과학원, 『문학대사전』 1~5, 사회과학출판사, 2000.

손화숙, 「공산주의적 교양과 긍정적 인물의 변모양상」, 최동호 편 『남북한 현대문학사』, 나남, 1995.

신형기 · 오성호, 『북한문학사』, 평민사, 2000.

윤시철, 『거센 흐름』, 조선문학예술총동맹출판사, 1965.

이명재 편, 『북한문학사전』, 국학자료원, 1995.

임영태, 『북한 50년사1』, 들녘, 1999.

전영선, 『북한의 문학과 예술』, 역락, 2004.

최형식 집필, 『조선문학사』13(사회주의 전면적 건설시기), 사회과학출판사, 1999.

최명익 역사소설과 북한의 국가건설 구상

―『서산대사』,『임오년의 서울』,「섬월이」를 중심으로

임옥규

1. 최명익의 문학사적 위치

최명익의 문학은 남북에서 제대로 평가 받지 못한 측면이 많다. 최명익은 해방 이전에는 식민지적 근대를 경험하면서 그에 대한 미적 대응 양상으로 모더니즘 계열의 작품을 발표하였다. 그는 식민지 시대에서 근대를 맞이하는 지식인의 자의식을 암울하게 표현하고 남녀 간의 갈등을 심리주의 기법으로 형상하여 1930년대 후반기 심리소설의 대표 작가로 불린다. 해방 이후에는 좌익으로 전향하고 북한 문예정책에 부합하는 사회주의 리얼리즘 계열의 작품을 선보였으며 역사소설을 발표하였다.

해방 이전 그의 문학은 당대 비평가들에 의해 높이 평가되었고, 그의 소설은 당시의 문단 상황과 새로운 문학 경향을 대표하는 중요한 작품으로 인식되었다. 남한에서의 최명익에 대한 연구는 해방 이전 모더니즘 계열의 작품 연구에 치우쳐 있고 해방 이후의 연구는 많지 않다. 이

는 그가 과작(寡作)의 작가이며, 그가 해방 이전 한국 문단의 중심이었
던 서울이 아닌 평양에서 창작활동을 했고, 해방 이후에도 계속 북한
에서 활동하여 북한에서 발표된 작품들이 남한에 알려져 있지 않기 때
문인 것으로 추측된다. 월북 이후 최명익은 1960년대 중반에 숙청을
당하면서 북한 문단의 중심에서 밀려나게 되고 그의 최후에 대한 공식
적인 기록도 찾아보기 힘들다.

　2000년대 들어 최명익에 대한 연구는 그의 창작활동 시기를 크게 세
단계인 '일제하, 해방 직후부터 한국전쟁까지, 전쟁이후 역사소설을
창작하던 시기'로 나누어 고찰하고 있다. 이중 두 번째 시기에 주목하
여 최명익의 문학사적 위치를 점검하는 연구들이 개진되고 있다.[1] 최
근 들어 최명익에 대한 집중적인 연구가 진행되고 있다.[2] 그러나 해방
이후에 발표된 최명익 작품들의 원전은 여전히 찾기 힘들고 그의 생애
에 대한 몇 가지 의문도 쉽게 풀리지 않고 있다.

　우선, 월북 또는 재북 작가들의 최후가 남한에서 확인하기 어려운 실
정으로, 최명익의 최후도 정확하게 알려져 있지 않다. 최명익의 죽음
은 최근의 기록에 의하면 1972년으로 되어 있고,[3] 당시 상황에 대한 회
고의 글도 있다.[4] 그의 가족사는 불행하여 해방 전에 두 딸을 잃고 6·
25전쟁 때 아들이 전사하고 부인마저 급사하여 정신적으로 어려운 생

1　김재용, 「해방 직후 자전적 소설의 네 가지 양상」, 『민족문학운동의 역사와 이론』 2, 한길사,
　1996 ; 김재용, 「해방직후 최명익 소설과 "제1호"의 문제성 : 비서구 주변부의 근대와 탈식민화
　의 어려움」, 『민족문학사연구』 17, 민족문학사학회, 2000, 396~442면.
2　신형기, 「최명익과 쇄신의 꿈」, 『현대문학의 연구』 제24집, 국학자료원, 2004, 339~383면 ; 장
　수익, 『최명익』〈그들의 문학과 생애〉(전 14권), 한길사, 2008.
3　허경진·허휘훈·채미화 주편, 『김창걸·최명익·박계주 외』, 보고사, 2006, 419면.
4　최진이, 「북한이 일제 청산 제대로 했다고? 천만에!」, 『데일리서프라이즈』, 2005년 3월 7일;
　〈http://www.dailyseop.com/〉.
　조상대대로 내려온 넓은 땅이 있은 죄로 문단에서 쫓겨나 산골 농장원으로 하락한, 나중엔 윗방
　대들보에 자신이 밤새 꼰 새끼로 목을 매고 자결한, 장편대하소설 『서산대사』의 저자이고, 8·15
　해방 전후 북한 최고의 소설작가였던 유방 최명익 등 일제잔재 청산의 명목으로 스러져 간 애달
　픈 영혼들의 얼굴이 주마등처럼 떠오르는 것이었다.

활을 하다가 곡절 많은 운명을 하였다고 한다.

또한 최명익의 문학적 변모인 모더니스트에서 리얼리스트로의 변환은 한국 문단사의 특수성과 맞물려 논자들에게 많은 생각을 하게 만들고 있다. 그가 근대 비판에서 이데올로기 주체로 나아갔다는 의견과[5] 쇄신의 꿈을 위해 새 역사 건설 이야기로 나아갔다는 관점은[6] 모더니즘을 추구하던 그의 문학에 대한 좌절로 해석하고 있다.

여기에서 생각해 볼 것은 최명익 문학을 논할 때 내재적 비평 외에 외재적 접근이 아울러 고찰되어야 한다는 것이다. 최명익의 문학사적인 행적과 삶을 반추해 보는 것은 식민지적 근대의 경험과 남북 분단이라는 어둡고 굴곡진 역사 속에서 작가의 문학관과 이념 변모의 내외적 동인을 살펴볼 수 있다는 의의를 가진다. 이러한 최명익의 문학사적 위치를 규명하는 일은 남북문학사의 연결고리를 해명할 수 있는 하나의 방편이 될 것이다.

이 글은 최명익의 역사소설에 나타난 북한의 국가주의 기획의 일환인 민족특성론과 사회주의 근대화의 문제에 초점을 맞추고자 한다. 근대화란 용어의 사전적 의미를 찾아보면, 어의적(語義的)으로는 전근대적인 상태에서 근대적인 상태로 이행하는 과정을 일컫는다. 전근대적 상태와 근대적인 상태의 대비가 문제시될 수 있는 영역 어디서나 근대

---

5 김민정, 「근대주의자의 운명적 삶과 문학—최명익 소설 다시 읽기」, 『탄생 100주년 문학인 기념 문학제 '논쟁, 이야기 그리고 노래—김영랑, 김진섭, 송영, 양주동, 윤극영, 윤기정, 이은상, 최명익』, 대산문화재단 심포지엄, 2003년 4월 25일, 24~25면.

6 신형기, 「최명익과 쇄신의 꿈」, 『현대문학의 연구』 제24집, 한국문학 연구학회, 2004.
그는 분열된 '현대인'들과 그들의 문제들이 해결되는 '쇄신'을 꿈꾸게 했다. 쇄신의 꿈은 인민을 재성화(再聖化)하는 방식으로 이루어졌는데, 최명익 역시 〈맥령〉에서 인민을 애당초 분열되지 않은 쇄신의 주체로 그렸다. 인민은 새 역사를 만들어낼 것이었다. 새 역사 쓰기는 북한문학의 발단적 형식이 된다. 그것은 미래뿐 아니라 과거를 향해서도 이루어졌으니, 인민의 승리를 경축한 〈서산대사〉는 역사를 민족적으로 전유하는 설화적 형식을 취한다. 여기서 항전의 무대이자 승리의 장소가 되는 평양은 장구한 민족의 시간을 구획하는 심미화된 향토로 그려졌다. 그로 하여금 해방을 새 역사의 출발점으로 보게 한 것은 결국 종합의 의지였다고 말할 수 있다. 그것은 분열을 불가피하게 하는 모더니티의 또 다른 이면으로서, 쇄신의 꿈을 추동했다.

화가 논의의 대상이 될 수 있다고 한다. 최명익이 해방 이전에 모더니스트로서 근대화에 대한 미의식을 문학으로 표현하였다면 해방 이후에는 북한의 사회주의 체제 하에 근대화의 변모 동력을 문학적으로 형성하였다고 볼 수 있다. 북한의 사회주의 경제체제가 완성되어 인민민주주의 체제에서 사회주의 체제로 이행하는 시기에 사회주의적 요소들이 북한문학에 어떻게 반영되었는가를 '근대화'라는 요소를 통해 살펴볼 수 있다. 이 시기 최명익의 역사소설은 당시 민족특성론을 구현하고 간접적으로 천리마 시대의 현실을 역사적으로 형상화하였다고 볼 수 있다.

현재 남북한이 사회구조의 기본 틀을 형성하게 된 과정을 보면, 남북한은 각각 자본주의적 산업화와 사회주의적 산업화의 길을 선택하여, 자신들에게 주어진 조건들 속에서 그 길을 현실화해 나갔음을 알 수 있다.[7] 한쪽은 개별 기업의 자유경쟁 체제, 다른 한쪽은 관리경제 체제라는 점에서 약간의 차이는 있을지 모르지만, 그것을 떠받치는 이념은 생산력 중심주의라는 점에서 자본주의와 사회주의는 결국 같은 뿌리라고 할 수 있다. 따라서 근본적으로 '근대'의 경제가 있을 뿐이며 자본주의와 사회주의는 그것의 서로 다른 얼굴일 뿐이다.[8] 이 글은 이러한 관점에서 최명익의 역사소설을 분석하여 그의 문학사적 위치를 점검하고자 한다.

2. 해방 이후 최명익 문학과 역사소설

해방 이후 최명익은 평양 문단의 중심에 서게 되면서 지식인의 민중

---

7 역사문제연구소, 『1950년대 남북한의 선택과 굴절』, 역사비평사, 1988, 5면.
8 이마무라 히토시, 이수정 옮김, 『근대성의 구조』, 민음사, 1999, 39~40면.

에 대한 자각을 작품 속에서 선보인다. 그는 1945년 9월 김조규·유항림 등과 함께 북한에서 가장 먼저 조직된 순수문학단체인 평양예술문화협회를 결성해 '평양예술문화협회'의 회장으로 추대되었다. 1946년 3월에 북한의 문인들은 '문학가 동맹'을 '서울중심주의'라 규정하고, 당 중심의 예술가들을 주축으로 '북조선예술총동맹'을 결성하여 '평양중심주의'를 내세우고 있었다. 최명익은 그 중심 산하단체인 '북조선문학동맹'의 중앙상임위원으로 선출되었다. 자유주의 예술인들의 순수문학단체였던 '평양예술문화협회'는 곧 김사량을 위원장으로 한 '평남지구 프로레타리아 예술동맹'에 흡수되고 1946년 3월의 조직정비를 거쳐 1946년 10월 '북조선예술총동맹'으로 창립된다. '북조선예술총동맹'은 1951년에 '조선문학가총동맹'으로 명칭이 바뀔 때까지 북한문학의 유일한 중심세력으로 군림한다. 이 단체는 이기영, 한설야. 최명익, 김사량, 한효, 한재덕 등의 문학동맹이 중심이었으며 대부분 구카프계 인물들이었다.[9]

해방 이후 최명익의 행적은 최근의 기록에 의존할 수 있다.[10] 최명익은 문인들과 '평양문화인협회'를 결성한 뒤 희곡『무대 뒤』(1945)를 창작하면서 북한의 민주주의 문화건설 창조에 앞장섰다. 어린이들을 위하여『평양아동문화사』,『어린 동무』등의 잡지를 창립하고 편집하였다. 이후 문예총 중앙위원으로 활동하다가 북한 국어교과서인 우리말 편찬에 참여하였으며, 북한의 민주주의 개혁정책을 찬양하고 인민

---

9 김해연,「해방 직후 최명익 소설 연구─〈맥령〉을 중심으로」,『현대소설연구』17, 2002, 232면. 평양예문맹이 평남프로예맹에 통합, 흡수되는 과정을 두고 오영진이「절대로 그리고 영원히 볼쉐비키가 될 수 없는 양심적인 자유주의자들」의 모임인 평양예문협에 대한 압력과 김파를 앞세운 정치적 공세를 못 견딘 끝에 최명익과 오영진 자신이 자진 해산하는 것으로 전원 전체를 이끌고 그들 공산당의 산하로 뛰어들어가 그들의 괴뢰가 되는 것만큼은 막았다고 증언하고 있다. 반면『혁명전통의 부산물』에서는 최명익이 중심이 된 좌경 문인들이 쉽게 한설야와 손잡고 평남지구 예술동맹을 만든 것으로 되어 있다.
10 윤광혁,「최명익의 생애와 창작을 더듬어」,『조선문학』, 2003.7, 71~73면 참고.

들의 투쟁과 생활을 다룬 작품을 주로 창작했다. 성진 적색농조원들의 투쟁을 다룬 단편소설 「마천령」(1947)을 비롯해 「담배 한 대」(1946), 「맥령」(1946), 「제1호」(1947), 「남향집」(1948), 「공동풀」(1949), 「기계」(1949) 등을 창작하였다. 6·25 전쟁 동안 그는 북한군의 투쟁 등을 소재로 한 「조국의 목소리」(1951), 「기관사」(1951), 「소년 권동수」(1952), 「영웅 한남수」, 「운전수 길보의 전투」 등을 발표하였다. 이후 그는 1957년에 항일무장투쟁 참가자들의 회상기 집필에 참여하였고 평양문학대학에서 학생들을 가르쳤다고 한다.[11]

그는 1956년 대표작으로 평가받는 장편 역사소설 『서산대사』를 창작했고 이후 중편 역사소설 『임오년의 서울』(1962), 단편 역사소설 「섬월이」(1962)와 「음악가 김성기」(1962), 「학자의 념원」(1962), 「떳떳한 사람 이야기」, 「지리학자 김정호」, 「론개이야기」 등을 발표했다. 또 만화사화집 『행주산성싸움』, 『의병장 정문부』 등도 창작했다. 사후에는 유고작품인 장편 역사소설 『리조망국사』가 발행되었다고 전해진다.

해방 이후 최명익의 변화는 그의 문단적 위상뿐만 아니라 작품 경향에서도 뚜렷하다. 지식인의 과잉된 자의식을 주로 그렸던 그는 해방공간에서 지식인의 민중에 대한 자각을 그린 「맥령」(1946), 「기계」(1949) 등을 발표하였다. 이러한 작품들은 최명익이 새로운 시대를 맞이하여 그 시대의 주체가 지식인에서 민중으로 바뀌어 가는 과정임을 인식하는 것으로 보인다. 그는 「공동풀」(1949)[12] 등을 발표하여 주로 북한의 문예정책 강령에 충실한 작품을 창작하는 데 주력하였다. 「공동풀」의 제목은 청천강 하류에 있는 작은 섬의 이름으로 40여 년 전 한 줌의 흙더미로 공중(난데없이), "니 궁둥" 생겼다는 뜻으로 불린 데서 유래한다. 이 작품은 작가가 전해들은 이야기라는 설정 아래 해방 후 북한의

---

11 이항구, 『북한 작가들의 생활상』, 국토통일원조사연구실, 1979, 103~137면.
12 최명익, 「공동풀」, 『개선』, 조선작가동맹출판사, 1955, 252~268면.

토지개혁의 개간사업을 찬양하고 있다.

1953년 7월 27일, 정전 협정이 체결된 후 북한에서는 전후복구건설을 거쳐 본격적인 사회주의 건설에로 들어가고 1950년대 후반에는 생산관계에 대한 사회주의적 개조를 실시하였다. 이러한 사회 역사적 특징으로부터 문인들에게는 '복구건설의 벅찬 현실과 인민들의 영웅적 투쟁 모습을 형상함으로써 전후복구건설 사업에 적극 이바지해야'[13] 할 새로운 과업이 제기되었다.

또한 1958년부터 본격화되는 천리마 운동은 사상과 기술혁명을 통해 증산을 도모하였다. 천리마 운동은 공산주의 건설을 새 목표로 내세웠고 인민들의 공산주의 사상 무장화를 강조하였다.[14] 1961년 9월 조선노동당 제4차 대회가 소집되어 전면적 건설을 위한 계속혁명으로 3대 혁명인 '사상 혁명, 문화 혁명, 기술 혁명'이 제시되었다. 문학에 있어서도 1960년대 전후로 혁명 전통 형상화와 관련한 일련의 창작 실천상, 이론상 문제들이 제기되었다. 그 중에서도 역사적 사실과 예술적 허구, 원형과 전형에 대한 문제가 중요한 문제의 하나로 제기되었다.[15]

북한 문단에서 핵심적 역할을 하던 최명익은 자연주의와 부르주와 비판이 이루어지던 시기에[16] 비판을 받게 되었다. 북한 문학계에서는 1952년 이후 소련의 영향으로 무갈등론에 입각한 문학의 도식주의를

---

13 박종원·류만, 『조선문학개관』 Ⅰ·Ⅱ, 사회과학출판사, 1986, 177면.
14 김일성, 「공산주의 교양에 대하여」(전국 시, 군 당위원회 선동원들을 위한 강습회에서 한 연설, 1958. 11. 20), 『김일성 저작집』, 조선평양외국문출판사, 1983.
15 장형준, 「혁명 전통 형상화에서의 사실과 허구, 원형과 전형」, 『조선문학』, 조선작가동맹출판사, 1960, 1호, 119면.
16 김성수, 『통일의 문학 비평의 논리』, 책세상, 2001, 155면 ; 160~161면 ; 165~185면 참고. 「제5장 1950년대 북한 문학과 사회주의 리얼리즘」
　1953년 9월 제1차 전국 작가 예술가 대회 '부르주아 미학의 잔재'에 물들어 있는 기존의 조선 문학예술 총동맹을 해체하고 조선작가동맹 등을 발족, 1956년 '8월 종파사건', '도식주의와 비속사회학적 경향과의 투쟁', 1958년 수정주의 비판, 1958~1960년대 천리마 기수 형상론.

비판하였다.[17] 또한 1953년부터 1956년에 걸쳐 진행되었던 반종파 투쟁은 북한문학의 전통 확립의 일환으로 부르조아 청산과 새로운 국가 건립의 주체에 대한 문제 해결의 결과라고 볼 수 있다. 반종파 투쟁의 결과 서울 출신인 임화, 김남천, 이태준 등이 사형 또는 숙청을 당하고 함경도가 고향인 한설야가 문학계를 장악하게 되었다. 이러한 사태에 대하여 김윤식은 평양중심주의가 관념의 수준에서 작품으로 군림한 사실이 50년대 북한문학의 성격임을 주장하였다.[18]

한효는 「제1호」에 대해 비판하였는데, 이는 최명익을 당시 고상한 리얼리즘 경향에서 벗어나 전형성을 거부한 자연주의자로 평가하였기 때문이다.[19] 최명익은 전쟁 직후 '부르조아 잔재의 작가'로 비판받았다.[20] 이러한 비판으로 말미암아 최명익이 역사소설을 창작하게 되었고 1960년대 중반에 숙청을 당하면서 문단의 중심에서 밀려나게 된다. 최명익의 역사소설 또한 찬반 논란의 중심에 서기도 하였다.

최 명익의 《서산 대사》는 사회주의적 사실주의 창작방법에 의하여 창작된 몇 편 안되는 력사 소설 중의 하나이다. 〔…중략…〕 장편 《서산 대사》는 조국통일의 념원에 불타는 전체 조선 인민들을 미제 침략자들을 증오하는 적개심으로 교양하며, 평화적 조국 통일의 담보로 되는 공화국 북반부에서의

17 김재용,『북한 문학의 역사적 이해』, 문학과지성사, 1994, 13~14면.
1952년 2월 스탈린의 「소비에트에서의 사회주의의 경제적 제문제들」에 기초하여 나온 1952년 4월 7일자 『프라우다』 사설 「극문학 창작에서의 낙후한 현상을 시정하자」가 당시 북한문학에 결정적인 영향을 미치니 1947년 고상한 사실주의 제창 후에 나왔던 북한 문학계의 무갈등론에 대해 일대 비판이 가해졌다. 사회주의 사회에도 비적대적 모순이 존재하기 때문에 그것에 기초하여 갈등을 설정해야 할 뿐 아니라 사회주의 리얼리즘도 비판성을 강화하여 풍자 문학과 부정적 인물을 창조해야 한다는 소련의 논의는 고상한 사실주의 이후 거의 무갈등론에 젖게 된 북한문학에(북한문학이 공식적으로 무갈등론을 주장한 바는 없었다) 큰 영향을 주었다.
18 김윤식, 『북한문학사론』, 새미, 1996, 55면.
19 한효, 「자연주의를 반대하는 투쟁에 있어서의 조선문학」, 이선영·김병민·김재용 엮음, 『현대문학비평자료집』 2권, 태학사, 1993, 488면.
20 김명수, 『문학의 지향』, 조선작가동맹출판사, 1954, 53면.

사회주의 건설의 눈부신 투쟁에로 고무하고 있다.[21]

즉《서산 대사》는 임진 조국전쟁 시기 일본 침략군으로부터 평양성을 해방하는 투쟁을 형상화한 력사 소설로서 그리 많지 않은 사료를 가지고 고심하여 장편 소설로 엮는 데 성공한 작품이나 작품의 구성적 측면에서 볼 때에는 많은 등장 인물들이 에피소트적으로 주어진 결과에 지내 산만하게 늘어놓은 느낌을 주고 있다. 물론 력사 소설이란 제약성을 인정해야 할 것이나 전 주복과 법근, 고 충경과 보패, 서산 대사 등을 제외하고는 일관된 인물이 없이 모두가 에페소트적으로 취급되어 명확한 줄거리와 슈제트 전개를 찾아보기 힘들다. 장편 소설의 구성적 측면을 경시하고 에피소트적 인물과 사건에만 매달리게 될 때 력사 소설의 경우에는 흔히 말하는 강담식으로 된다는 것을 알아야 한다.[22]

최 명익은《서산 대사》에서 임진 조국 전쟁 시기의 평양성 방어 전투를 중심으로 하여 로승 서산 대사를 중심으로 한 우리 인민들의 애국심과 대중적 영웅주의를 표현하였다. 〔…중략…〕 즉 단순히 에피소드들의 제시를 위하여 인물을 림시 빌어 오는 것이 아니다. 어디까지나 에피소드들은 극명한 디테일의 모사와 배합되면서 성격의 끈기 있는 추구에 복무하여 상응한 생활적 내용으로 안받침된 사건 체계의 뚜렷한 조성에 이비지한다. 그리하여 이 작품에 그려진 인물들은 개성적으로 생동하게 부각되어 있는 것이 특징이다. 〔…중략…〕 이리하여 복잡하며 다양한 에피소드 및 디테일들의 활용 속에서의 성격 및 사건 체계의 뚜렷한 조성, 묘사의 화화성과 극명한 치밀성, 그리고 사색적 세계와 결합된 서정적 윤색 등은《서산 대사》의 예술적 스찔의 중

---

21 조중곤, 「생활의 진실을 더 깊이 반영하기 위하여」, 『조선문학』, 1958.1, 101면.
22 윤세평, 「우리 나라에서 장편 소설의 구성상 특성과 제기되는 문제」, 『조선문학』, 1962.1, 111면.

요한 측면을 규정한다.[23]

1960년대 중반 들어 최명익에 대한 비판은 계속 이어진다. 최명익의 현대적 문체는 동시대 역사소설 작가인 박태원의 문체와 비교되면서 작품의 사상적 내용과 정서가 현대 사람들의 생활과 사상 감정에 잘 적용되지 못한다고 비판받는다.

례컨대 최 명익은 현대적인 문체를 표면에 걸고 작품을 쓴다.《서산 대사》에서 작가는 력사적 진실을 묘사하면서 동시에 현대성을 구현하기보다도 문학적 묘사 자체 속에서, 현대적 관점을 표현하며 력사를 돌이켜 보고 있다. 그는 력사적 자료를 작품 속에서 소화하기보다도 사료를 오늘의 위치에서 인용한다. 따라서 그의 소설은 왕왕 고증조로 넘어 가며 력사 론문의 서술 방법에 접근하기까지 한다. 과거의 문물 제도에 관한 것도 현대적 안목으로 설명하는 경우가 적지 않다. 그리하여 때로는《하꾸라이 서양 상품》,《히스테리》등의 말들을 사용하는 것조차 피하지 않는다.[24]

결국 최명익은 문단에서 밀려나 노년에 작가 대열에서 제외되어 소설 창작을 접고 농촌에 내려가 신인작가 양성을 위해 수필집『글에 대한 생각』(1964) 등을 쓰면서 여생을 보냈다. 그는 사후인 1990년대에 비로소 김정일 장군에 의해 북한 문학사에 복원된다. 『조선문학』〈작가란〉(2003.7.)에서는 최명익을 역사에 이름을 남긴 성공한 지식인 중 한 명으로 조국과 민족 앞에 충실하고 신념과 의지가 강했던 사람으로 소개한다. 최명익은 작가대열에서 제외되었지만 김정일 장군이 1984년 2월 14일에 유고작품인 『리조망국사』를 완성하도록 조치를 취하였

23 안함광, 「장편 소설의 구성상 문제」, 『조선문학』, 1963.8, 99~100면.
24 고정욱, 「작가의 개성과 언어의 문체를 두고」, 『조선문학』, 1966.6, 69면.

고 1993년에 그의 역사소설인 『서산대사』와 『임오년의 서울』을 재판하도록 하였다고 한다.

3. 새 국가 건설 이념의 역사적 반영

최명익의 역사소설 창작에 임하는 자세는 여러 가지 측면에서 살펴볼 수 있다. 최명익의 필명은 유방(柳坊)이며 호는 송방(松坊), 명하인데, 그는 스스로를 명하라고 일컬었다고 한다. 유항림의 글을 보면 최명익의 철저한 역사물에 대한 실증주의적 자세와 역사인물에 대한 해석에 대해 알 수 있다.

최명익 선생이 《명하》라는 호를 가지고 있는 줄 아는 사람은 많지 않은 듯싶다. 남보다 재주가 무디기 때문에 갑절 노력했다는 어느 옛날 사람의 고사에 유래한 이름이라고 한다. 그러한 호를 택했다는 데서 나는 소설가 최명익의 한 측면은 볼수있다고 생각한다. 〔…중략…〕 그야말로 살을 예우고 뼈를 깎는 노력으로 글을 쓴다.[25]

최명익은 「인민례찬의 정열로써—장편소설 "서산대사"를 쓰기까지」에서 『서산대사』를 집필하는 과정에 대해 회고하고 있다. 그는 서산대사에 대한 역사적 사료가 적지만 민중과의 연대과정을 '인민예찬'과 '평양수호의 역사적 전모'를 중심으로 주제를 구상하게 되었다고 밝히고 있다.[26] 최명익은 『서산대사』 창작을 위해 『리조실록』, 『병서』, 『징비록』, 『평양지』, 『중국기사고』, 『임진록』 등을 탐독하였으며 묘향

---

25 유항림, 「노력하는 작가 최명익」, 《문학신문》, 1962.7.13, 3면.
26 최명익, 『글에 대한 생각』, 조선문학예술총동맹출판사, 1964, 130~137면.

산 현지답사와 그 지역 노인들의 담화를 참고하였다고 한다. 추운 겨울에도 옛 성터를 몇 번 씩 오르내리며 평양성 싸움의 장면들을 구상하였다고 한다. 최명익은 역사적 인물을 소설로 표현하기 위해 집요하게 역사 자료를 파고들었던 것으로 알려져 있다.[27]

최명익은 역사소설의 리얼리티를 높이기 위해 고증을 위해 노력하였고 당시 북한이 지향하고 있는 이념을 담기 위해 많은 고심을 하였다.

허구를 창조하는 우리의 상상력은 하늘에서 떨어진 것도 아니요, 오직 우리가 지금 생을 누리고 사는 영광스러운 우리 조국의 오늘의 현실의 반영인 것이라고 〔…중략…〕 허구는 예술만이 창조할 수 있는 진정한 레아리티, 즉 예술가의 상상력으로 진행되는 비밀한 작업의 결과로서 얻어지는 현실에서의 추출물이며 현실의 응고물이다.(1956)[28]

우리가 쓰는 력사소설은 그것이 어느 시대의 어떤 사건을 자료로 하든 간에 거기에는 진보적인 사상과 리상, 그리고 오늘의 시대 정신과 감정의 분위기가 담겨 있어야 할 것이다. 〔…중략…〕 력사소설은 오늘과 래일을 위한 소설이야 한다. 그러기 위해서는 그것이 비록 몇 천년 전의 이야기일지라도 오늘의 인민들에 관해서 말해야 하고 또 그들의 념원이 반영되며 그들의 목소리가 울려 나오는 작품이라야 할 것이다. 이러한 의미에서 력사소설은 한 옛적의 이야기면서도 새로운 것이다.(1962)[29]

최명익은 스스로 "변함없이 영예로운 조선민주주의 인민 공화국의 작가"[30]로서 "사회주의를 건설하고 공산주의를 지향해 나가는 우리 조

---

27 유항림, 「노력하는 작가 최명익」, 앞의 글, 3면.
28 최명익, 『글에 대한 생각』, 앞의 책, 106면.
29 위의 책, 128~129면.

국의 력사발전에서 한 몫의 책임을 지고 일하는 공화국의 근로자답게 더 고결한 사상과 풍부한 감정과 전에 못 가졌던 새 지식인의 소유자"[31] 임을 자처하였다. 그는 대성산 기슭 안학궁 옛터근처 밭토굴에서『서산대사』를 추진하였고[32] 이후 중편역사소설인『임오년의 서울』을 창작하였다.

『서산대사』는 해방 이후 남북에서 그 성과를 인정받고 있다.『조선문학통사』에서는 이 작품을 이기영의『두만강』, 한설야의『설봉산』과 함께 평가하면서 최명익의 역량과 작품성을 인정하였다.[33] 이 소설이 인정받은 이유는 당시 북한 정세의 혁명적 투쟁성을 강조하는 문예정책과 부합되었기 때문이다.

최명익의 작품 속에서의 민중예찬과 집단적 영웅주의와 평양중심의 애국주의 발현은 당시 북한문학계의 흐름을 반영하는 것이다. 최명익은 6·25 이후 전쟁으로 초토화된 평양을 보면서 참담한 심정을 글로 쓰기도 하였다.[34] 권영민은 이에 대해 6.25를 평양인민이 겪은 평양 방어전이라는 측면에서 바라본다면 이것은 민중을 앞세운『서산대사』의 평양성 탈환에 대응되어질 수 있는 것이라고 평가하고 있다.[35] 북한에서도 1950년대에는 "최명익의『서산대사』는 력사의 도시 평양의 우수한 전통을 예술적 화폭 속에 훌륭히 보여준 것으로 특출하다"[36]고 평가받고 있다.

이 작품이 발표되던 당시 북한은 '전후 복구건설 및 사회주의 기초건설 시기'(1953~1960)로 국가건립에 대한 정당화가 필요하던 시기였

30 최명익,「나의 념원」,『조선문학』, 조선문학예술총동맹출판사, 1957.2. 63면.
31 최명익,「창작에 관한 단상」,『글에 대한 생각』, 앞의 책, 122면.
32 김철,「작가의 참모습」,『조선문학』, 2000.8, 22면.
33 사회과학원문학연구소 편,『조선문학통사 : 현대문학』, 과학원출판사, 1959, 334면.
34 최명익,「우리의 자랑」,『글에 대한 생각』, 앞의 책, 14면.
35 권영민,『북한의 문학』, 공보처, 1997, 42면.
36 윤세평,「해방 후 조선문학개관」,『해방 후 우리문학』, 조선작가동맹출판사, 1958, 77면.

다. 당시 북한문학에서는 조국해방전쟁주제의 작품을 독려하면서 영웅적 민중의 모습을 집체적으로 형상할 것을 요구하였다. 『서산대사』는 평양 민중의 애국투쟁을 바탕으로 하여 서산대사와 각계각층의 평양 민중의 집체적 영웅주의를 표현하고 있다.

『서산대사』는 임진왜란을 시대배경으로 하여 왜군의 침략에 맞서 평양성을 탈환하는 조선 민중의 모습을 그리고 있다. 선조가 평양으로 파천한 때부터 다음 해 소서행장 군이 평양에서 퇴각하기까지를 다루면서 서산대사와 민중의 힘이 어떻게 결집되어 평양을 사수하고 있는가에 집중하고 있다. 작품의 첫 부분은 일본의 야욕과 조선 지배계층의 무방비 상태를 비교하면서 시작한다. 오래전부터 조선침략을 준비해온 일본은 20만 대군으로 쳐들어오면서 북으로 진공한다. 일본의 치밀한 침략과정에 비해 무능한 조선 봉건 통치지배계급들은 왜군을 물리칠 대책을 세우기보다 도망가기에 급급한 모습을 보인다. 왜군은 1592년 4월 13일 조선에 상륙하여 부산진을 점령하고 동래, 량산, 울산에 이어 서울을 차지하고 양쪽으로 갈라져 함경도와 평안도에 쳐들어오게 되는데 보름밖에 걸리지 않았다. 선조는 백여 명의 신하들과 왕자와 후궁들을 데리고 서울을 떠나 평양으로 피난하였다. 이 작품의 주요 내용은 선조가 평양으로 피난해온 이후 궁중 안에서와 성안에서 벌어지는 사건들이다. 선조는 평양을 지키겠다는 의지를 보이나 임진강의 방비를 강화하기 위해 파견된 강변군 3천 명이 왜군의 기만전술에 넘어가 전멸하였다는 소식에 동요하기 시작하였다. 이에 왕과 대부분의 조정대관들은 평양을 떠날 것을 결심하였다. 이러한 지배계층에 비해 민중은 일본군에 맞서 용맹스럽게 싸운다.

『서산대사』에는 조선 민족에 대한 사랑과 민중의 애국주의 정신이 구현되어 있다. 민족에 대한 가장 적극적인 사랑은 민족의 운명을 지키기 위해 목숨 걸고 싸우는 희생적인 투쟁정신이며 반침략 애국정신이다. 민족의 운명이 위기에 처했을 때 애국정신과 민족애의 정신이 더욱 부각된다.

자기는 五○년 동안을 벼락이 떨어지더라도, 혹은 뜻하지 않은 부귀가 굴러 들어오더라도 끄떡도 없는 사람된 사람이 되리라고 노력해 왔다. 그러나 어제 밤의 그 많은 사람들! 그중의 이름을 알 수 있는 사람만으로도 임 욱경, 갑손이, 『머사니』 같이 그토록 순순히 대의를 위해서 목숨을 버리는 길로 서슴없이 나갈 수 있을 것인가! 대의를 위해서 소아(小兒)를 그렇게 대담히 버릴 수 있는 수련을 그들은 언제 쌓았던 것일까? 스스로 모든 집착에서 해탈한 선승으로 자처해 온 서산은 그 사람들 앞에서는 자기는 한낱 공염불(空念佛) 구두선승(口頭禪僧)에 지나지 않는 것 같이도 느껴졌던 것이다.[37]

『서산대사』의 주인공은 서산대사 뿐 아니라 민중이다. 이 작품은 임진왜란 초기의 정세를 보여주면서 '서산대사' 외에 '전주복', '법근', '고충경', '편석대사', '임욱경', '차돌이', '김첨지', '갑손이', '김응서', '계월향' 등의 활약을 소개하고 있다. 왕과 지배계급의 무능과 부정성에 대비되는 민중의 애국심과 용기는 보통벌 추수, 보통벌 전투와 평양성 전투에서 잘 나타난다. 이 소설에서는 임진왜란 중 평양성 사수를 위해 주동적인 역할을 하는 민중의 투쟁을 동대원 전투, 보통벌 전투, 평양성 해방을 위한 총공격 전투 등을 통해 생동하게 보여주고 있다. 여기에는 민중의 불굴의 투쟁과 조국에 대한 사랑, 왜군에 대한 민족적 우월감이 잘 형상화되고 있다.

이 평양성 사수 전투에서는 주동적 역할을 하는 민중의 투쟁이 생동

---

[37] 최명익, 『서산대사』, 조선작가동맹출판사, 1956, 136면.

하게 전개된다. 여기에서 순박한 농민들이 스스로의 의지에 의해 싸움 터에 나가게 되는 것은 우리 것, 평양의 모든 것을 지키기 위한 애국주의의 발로이다. 평양성을 지키기 위해 농민들이 전사로 변하게 되면서 마음에 품는 것은 백절불굴의 정신으로 주체화된 민중의 모습이 나타난다.

4. 사회주의 근대화의 역사적 반영

사회주의 사실주의는 작가들이 현실을 긍정적이고 혁명적으로 그리고 전망을 제시하는 것에서 예술의 진리성을 획득하는 것이라고 본다. 1953년 7월 27일, 정전 협정이 체결된 후 북한에서는 전후복구건설을 거쳐 본격적인 사회주의 건설에로 들어가고 1950년대 후반에는 생산관계에 대한 사회주의적 개조를 실시하였다. 이러한 사회 역사적 특징으로부터 문인들에게는 '복구건설의 벅찬 현실과 인민들의 영웅적 투쟁 모습을 형상함으로써 전후복구건설 사업에 적극 이바지해야'[38] 할 새로운 과업이 제기되었고 이 시기에 문학예술 분야에서 당성, 노동계급성, 인민성이 강조되었다.

북한문단에서는 1956년 3월 제3차 노동당 대회와 8월, 9월에 열린 전원회의 이후에 혁명적 낭만주의에 대한 문제를 제기하였다. 1958년 8월에 북한 전역에 사회주의 경제체제(농업의 집단화)가 완성됨으로써 북한사회는 인민민주주의 체제에서 사회주의 체제로 이행하였는데 이 시기는 문학계에서 사회주의 사실주의 논쟁의 토대가 되었다. 1950년대 말부터는 북한의 사회주의 경제체제가 수립된 시기로 사회주의적

---

38 박종원·류만, 『조선문학개관』 I·Ⅱ, 사회과학출판사, 1986, 177면.

요소들이 북한에 어떻게 적용되어야 하는가가 중요한 문제로 되었다.[39] 그 방법으로 민족적 형식과 민족적 특성이 강조되었다. 민족적 특성에 대한 논의는 주로 공산주의자의 전형창조와 연결되었다. 이 시기의 민족적 특성론의 목적은 민족적 특성을 탐색하고 적용하여 과거를 현재에 환기하고 활용하는 것이었다. 북한의 1960년대 역사소설에서는 역사 주제 속에서도 당시 천리마 시대의 현실의 진실을 반영하여 긍정적 주인공, 혁명적 약진의 정열, 풍부한 생활 내용 등이 요구되었다.[40]

최명익의 역사소설은 당시 북한의 천리마 운동에 대한 고찰과 함께 살펴볼 수 있다. 북한은 사회주의적 개조를 위해 물질적 토대 뿐 아니라 정신적 사상 개조에도 기반을 마련하려고 하였다. 1950년대 말부터 북한은 천리마운동 속에서 공업화의 기초를 닦고, 사회주의 기초건설을 완성하여 1961년부터 사회주의를 전면적으로 건설하는 단계로 넘어갔다. 1960년 11월 27일 김일성은 작가, 작곡가, 영화부문일군들과 한 담화 「천리마시대에 맞는 문학예술을 창조하자」에서 당의 총노선인 천리마운동을 진실하게 반영할 수 있는 천리마 기수들의 전형 창조를 강조하고 있다.[41] 이 시기 북한 문단에서 「임오년의 서울」에 대한 평가를 찾기 힘든데, 이는 당시 사회주의 근대화에 발맞출 현재적 의미의 '천리마 기수' 형상에 최명익의 역사소설이 무관하다고 여겼기 때문인 것으로 보인다.

최명익의 『임오년의 서울』과 『섬월이』는 근대화 과정 속에서 겪게 된 조국의 식민지화 과정을 시대적 배경으로 하고 있다. 『임오년의 서

---

39 권순긍, 『역사와 문학적 진실』, 살림터, 1997, 108면.
40 안함광, 「장편소설의 구성상 문제」, 『조선문학』, 1963.8, 95～104면.
41 김일성, 「천리마시대에 맞는 문학예술을 창조하자―작가, 작곡가, 영화부문일군들과 한 담화
―1960년 11월 27일」, 『김일성 저작집』 14, 조선로동당출판사, 1981, 453면.

울』의 역사적 사건은 민 씨 집권기에 발생한 일들이 중심이 된다. 이 소설은 민 씨 집권기에서부터 임오군란으로 민비가 도망가고 민중이 승리하는 시기까지만 다루고 있다. 1873년 최익현의 탄핵으로 대원군이 물러나자 민 씨 일가가 통치권을 장악하고 왕비의 척족 세력이 정권을 장악한 후 임오군란을 맞게 되는 과정을 서사의 얼개로 삼고 있다. 이 소설은 역사적 사건에 대한 고증과 설명이 세밀하게 묘사되어 있다. 역사적 인물에 서사를 입혀 당 시대상을 생동하게 표현하고 있다. 이 소설 속에서는 역사적 인물들이 주인공으로 등장하여 인물들의 과거회상과 일련의 사건들이 진행된다. 이야기는 소제목 없이 ×표시로 구분된다. 편의상 장으로 나눈다면, 1장에서 5장까지는 등장인물들에 대한 에피소드와 인물들의 성격이 드러나고 6장부터는 앞으로 전개될 임오군란의 전후 상황이 나타난다. 2장의 군중 역락의 묘사와 3장의 군정 내부 묘사는 작가의 고증에 의한 것으로 보인다.

당시 조선은 1875년 강화도에서 일본 군함 운양호 포격사건으로 말미암아 이듬해인 1876년 최초의 근대적 조약이자 불평등조약인 조일수호조규(강화도 조약)를 체결했다. 이를 계기로 대원군의 쇄국정책은 점차 붕괴되고 대신 국내 정세는 개국·개화로 향하게 되었다. 정권은 대원군을 중심으로 하는 수구파와 국왕과 명성황후 측의 척족을 중심으로 하는 개화파로 양분, 대립하게 되었으며 외교노선은 민 씨 정권이 추진한 문호개방정책에 따라 일본을 비롯한 구미제국과의 통상관계가 이루어지게 되었다. 1880년에 통리기무아문(統理機務衙門)을 설치하여 대외 개방정책을 취하여 제국주의 세계체제에 편입되는 한편, 안으로는 개화정책을 실시하였다. 이에 따라 개화파와 수구파의 반목은 더욱 심해졌으며 보수적인 입장에 있는 백성들을 도외시함으로써 사회적 혼란과 불안은 거듭되었다.[42]

소설에서는 개방정책과 개화정책에 따른 불합리에 대한 민중의 울분이 6장에서의 청계천 거리 묘사와 함께 나온다. 불평등 조약에 따른 서양 상품 범람과 일본과 미국의 침략적 속성에 대해 비판하고 있다. 소설에서는 류춘만, 김장손, 강명준, 정의길, 김춘영 등 역사적 인물들이 겪는 백낙관의 원정과 투옥에 대한 의분과 정의길의 누이인 궁녀였던 빙아를 통해 알게 된 조정의 무기 사들이기에 대한 격분이 그려진다. 7장에서는 폭도와 난민 습격에 대비하는 남산에서의 별기군 훈련의 내용이 나온다. 그리고 청계천에서 군인인 김춘영이 자신의 아버지를 죽였다고 오해한 젊은이와의 소란이 나온다. 결국 둘은 오해를 풀고 1877년에 있었던 일련의 사건을 되짚어 보면서 지배계층의 부패상을 비판한다. 8장에서는 성 밖에 모인 군정들인 류춘만, 류복만, 홍천석, 리영식 등이 옥에 갇혀 있던 김춘영의 이야기를 듣고 자신들은 한양성 안에 있는 벼슬아치들의 집안을 지키는 사랑방의 떨거지와 같은 존재라는 사실에 공감한다. 이들은 조정의 행태에 별기군과 별도로 자신들의 구식군대가 난군이 될 처지를 비판하면서 민중을 기만하는 정권에 대해 분노한다.

당시 조선에서는 신사유람단(紳士遊覽團)을 일본에 파견하는 한편, 신식군대 별기군(別技軍)을 창설했다. 개화정책에 따른 제도의 개혁으로 정부기구에는 개화파 관료가 대거 기용되었으며 1881년 일본의 후원으로 신식군대 별기군을 창설하고 이듬해에는 종래의 훈련도감·용호·금위·어영·총융의 5영을 무위영·장어영의 2영으로 개편하자 여기에 소속하게 된 구영문의 군병들은 자기들보다 월등히 좋은 대우를 받는 신설 별기군을 왜별기라 하여 증오하게 되었다.[43]

9장과 10장에서는 김춘영의 집에서는 외자상투, 씨둥이, 강명준, 장태진 등이 앞의 일을 의논한다. 또한 선혜청의 미고에서 모래 섞인 쌀

---

42 「민씨집권기」, 〈http://enc.daum.net/dic100/contents.do?query1=b01g4160b〉
43 위의 글 참고.

이 구식군대에게 지급되다가 이를 목격한 군인들에 의해 봉기하게 되는 사연이 전개된다. 김춘영, 류복만, 리영식이 민겸호의 청지기를 잡아 조정의 매국 행위와 인천에 있는 일본 영사관의 존재를 알게 된다. 11장은 이 소설의 결말 부분으로 임오군란이라는 무장봉기에 대해 서술하고 있다. 이 소설은 구식 군인과 백성들이 매국노 일당들을 살해와 방화의 방법으로 보복하고 심판하는 것으로 끝을 맺는다.

이 날로써 수도 한양과, 한양의 관문인 인천항에서는 일본 침략 세력이 일소되었다. 또한 이 날로써―, 자기네 일문 일당의 부귀만을 위해서 침략 세력에 의존하여 인민들에 대한 억압과 착취를 감행해온 매국 도당들의 조정은 무너졌다.[44]

소설의 결말부분에서는 당시 군료관리의 책임자인 선혜청당상·병조판서 민겸호와 경기도관찰사 김보현에 대한 보복과 매국역적들에 대한 처단을 강조하고 있다. 이는 민중 중심의 무장봉기의 승리를 강조하는 것이다. 역사상 이러한 무장봉기에는 대원군의 개입도 있었으나 소설에서는 이러한 사실에 대해 언급하지 않는다.[45]

이 소설은 반봉건, 반외세의 승리를 그리기 위해 당시 민 씨 정권의 궁중비용의 남용과 척신들의 탐욕, 매국적 행위에 대한 응징을 그리고

---

44 최명익, 『임오년의 서울』, 조선문화예술총동맹출판사, 1963, 241면.
45 「임오군란」〈http://ko.wikipedia.org/wiki/〉
　실제 역사상, 사태의 중요성을 생각하여 민씨정권의 보복이 있을 것이라 예상한 김장손과 유춘만 등은 운현궁으로 올라가 대원군에게 진정한 후 진퇴를 결정해주기를 요청하였다. 대원군은 이러한 군민의 소요사태에 대해 무위영 군졸 장순길 등에게 명하여 표면상으로는 효유선무하는 태도를 취하여 밀린 군료의 지급을 약속하며 해산하도록 하고 한편으로는, 김장손과 유춘만 등을 불러 밀계를 지령하고 심복인 허욱을 군복으로 변장시켜 군민들을 지휘하게 하였다. 대원군과 연결된 군민들은 좀더 대담하고 조직적인 행동을 개시하여 일대는 동별영의 무기고를 부수고 무기를 약탈하여 포도청에 난입한 후 김춘영·유복만 등을 구출하고 이어서 의금부를 습격하여 척사론자인 백낙관 등 죄수들을 석방시켰다.

있다. 작가는 고종을 그의 이름인 이 희로 칭하고 민비에 대해서는 살인적 시샘을 가진 인물로 미신과 권모술수에 능한 인물로 그리고 있다.[46] 대원군에 대한 비판은 없고 왕비였던 민비에 대한 비판이 강하게 제기되는데, 이는 민비로 인해 외척세력이 부활되고 미신을 신봉하여 각종 제사와 잔치로 국고를 비게 만들고 국력을 낭비하게 되었기 때문으로 보인다. 『임오년의 서울』의 역사적 배경인 임오군란은 개항 이후 대규모로 전개된 최초의 반봉건·반외세 투쟁으로 역사상 평가되는데, 이 소설에서는 민중의 자발적인 봉기임을 강조하고 매국적 행위에 대한 보복과 응징이 칭송되고 있다.

『섬월이』(1963)는 을사보호 조약으로 나라를 팔아먹은 5적 중 한 명인 이근택[47]의 부엌데기인 섬월이의 애국심과 저항을 보여주고 있다. 섬월이란 인물은 민중의 주체성과 혁명성을 보이고 있다.

이 단편은 당시 왜색으로 물들어 가는 명동거리를 묘사하고 '일국의 대신'도 무시하는 일본헌병의 안하무인적인 태도를 비판하고 있다. 섬월이는 왜색이 짙은 물건과 의상, 음식을 좋아하는 주인의 취향을 경멸하게 되면서 또한 나라를 일본에 흥정하여 팔아버렸다는 사실을 알게 된다. 비록 섬월이는 비천한 신분이지만 주인인 이근택의 얼굴을

---

46 최명익, 『임오년의 서울』, 앞의 책, 39면.

47 「이근택」, 〈http://enc.daum.net/dic100/contents.〉

이근택은 실제 역사 상 임오군란 당시 민비를 도운 공로로 본관은 민비가 환궁한 뒤 남행선전관으로 임명되었다. 1884년 무과에 급제하여 승승장구하다가 1896년 아관파천이 일어난 뒤 제주도에 유배되기도 하였다. 1897년 민영기(閔泳綺)의 노력으로 석방되었고, 이듬해 독립협회 해산에 공을 세워 한성부판윤에 임명되었다. 그는 친러반일적 태도를 취하다가 일제의 거듭된 회유와 협박, 그리고 러일전쟁에서 일본의 승리가 결정적으로 되어가자 일본의 침략정책에 협조했다. 1904년 2월 일본공사 하야시[林權助]의 조종을 받아 한일의정서(韓日議定書)를 추진·조인하게 했다. 1905년 9월 군부대신이 되면서 일제로부터 30만 원의 기밀비를 받고 궁중과 정부의 기밀사항을 정탐, 제보하여 일본의 훈1등욱일대수장(勳一等旭日大綬章)을 받았다. 그해 11월 일제가 을사조약의 체결을 강요하자 앞장서 찬성했다. 이근택은 을사오적 중에서도 가장 교활하고 악독하기로 소문이 나 있었기 때문에 민중의 원한의 표적이 되어 기산도(奇山度)·나인영(羅寅永)·오기호(吳基鎬) 등이 수차에 걸쳐 암살을 시도했으나 모두 실패했다.

향해 "이놈 … 네 놈이 이등이한테 돈을 받아 먹구 나라의 〈부왕〉 자리를 팔았지? 이 놈 근택아! 개만두 못한 네놈이 그래두 일국의 대신이란 말이냐?"[48]라고 호기 있게 외치고 그 집을 나와버린다. 이 단편의 에필로그는 섬월이의 행동을 '도둑년의 발광'으로 치부하는 이근택의 모습과 의병부대 속에서 활동하는 섬월이의 모습을 상상하는 작가의 시각이 비교되어 마무리된다.

「임오년의 서울」은 형식적인 측면에서 '천리마의 기수 형상론'의 영향권 안에 있다.[49] 단지, 현실이 아닌 역사 속에서 유비의 관계에 있는 근대화의 과정을 그리고 있기에 이 작품은 당시 북한문단에서 외면을 받은 듯이 보인다. 「섬월이」는 「임오년의 서울」과 이어지는 이야기로 당시 북한의 국가주의 기획에 있어 필요한 민중의 주체화와 혁명성을 주인공을 통해 형상화 하고 있다.

5. 최명익 역사소설의 의의

이 글은 최명익의 해방 이후 문학행로를 고찰하고 그의 역사소설을 북한의 새 국가 기획의 이념 형상 측면에서 고찰하였다. 최명익의 역사소설은 북한의 새 국가 기획의 이념적 측면을 구체화하고 있으며 생동한 인물들의 행동을 통해 당시 북한이 요구하는 인간상을 보여주고 있다. 그의 역사소설은 민중이 외세와 매판세력에 항거하며 주체적으로 변화는 과정을 그리면서 사회주의 근대화의 전형과 전망을 역사적으로 반영하려고 하였다. 또한 그는 북한문학의 혁명적 낙관주의를 받

---

48 최명익, 「섬월이」, 『임오년의 서울』, 앞의 책, 289면.
49 김은정, 「최명익의 '임오년의 서울'에 나타난 양심 문제─천리마기수형상론을 중심으로」, 국제어문 월례독회 발표문, 2006.1.18, 10면.

아들여 현실을 변혁하고 현실에 참여하려는 의지를 작품 속에 구현하였다.

북한의 1950년대 문단은 민족적 특성에 대한 논의가 있었고 이는 주로 공산주의자의 전형창조와 연결되었다. 이 시기의 민족적 특성론의 목적은 민족적 특성을 탐색하고 적용하여 과거를 현재에 환기하고 활용하는 것이었다. 1960년대 역사소설에서는 역사 주제 속에서도 당시 천리마 시대의 현실의 진실을 반영하여 긍정적 주인공, 혁명적 약진의 정열, 풍부한 생활 내용 등이 요구되었다. 최명익의 역사소설은 북한의 사회주의 경제체제가 완성되어 인민민주주의 체제에서 사회주의 체제로 이행하는 시기에 창작되어 민족적 특성을 탐색하고 적용하여 현재의 이념을 역사 속에서 구현하고자 하였다. 『서산대사』에서는 민중의 애국주의와 평양 수호 정신이 나타나고 『임오년의 서울』과 『섬월이』에서는 조선의 근대화 속에서 민중의 주체성과 혁명성이 나타난다.

결과적으로 최명익은 북한의 국가주의 기획에 부합하려고 하였으나 그가 해방 이전 모더니즘 문학에서 지식인의 적극적인 현실 참여가 아닌 일정한 거리두기를 형상화한 것처럼 해방 이후 역사소설에서도 북한사회의 사회주의 근대화 형상 요구나 천리마 기수 형상에도 어느 정도 부합되지 못한 측면이 있다. 그러나 그의 작품은 역사적 리얼리티를 살리고 개성 있는 인물을 형상화하고 혁명적 낙관주의의 전망을 제시하고 있다는 의의를 지닌다.

참고문헌

강능수, 「우리시대 주인공들에 대한 생각」, 『조선문학』, 1961.6.

강현구, 「역사소설, "서산대사" 연구」, 『한국어문교육』 제8집, 1996.

곽은희, 「북한 시와 근대성―천리마 시기를 중심으로」, 『민족문화논총』 제29
　　　집, 2004.

권순긍, 『역사와 문학적 진실』, 살림터, 1997.

권영민, 『북한의 문학』, 공보처, 1997.

기자 리금중, 「혁명적 주인공들의 성격 창조와 형상성 제고문제―혁명적 창
　　　작을 위한 연구토론회 계속 (제 4일 오후 및 제 5일)」, 《문학신문》, 조
　　　선작가동맹중앙위원회, 1964.12.1.

김남천, 「신진 소설가의 작품세계」, 『인문평론』, 1940.2.

김동리, 「신세대의 정신」, 『문장』, 1940.5.

김명수, 「부르주아 이데올로기적 잔재와의 투쟁을 위하여」, 『문학의 지향』, 조
　　　선작가동맹출판사, 1954. 53.

김명수, 『문학의 지향』, 조선작가동맹출판사. 1954.

김민정, 「근대주의자의 운명적 삶과 문학―최명익 소설 다시 읽기」, 〈탄생
　　　100주년 문학인 기념문학제 '논쟁, 이야기 그리고 노래―김영랑, 김
　　　진섭, 송영, 양주동, 윤극영, 윤기정, 이은상, 최명익'〉, 대산문화재단
　　　심포지엄, 2003.4.25.

김성수 편, 『북한《문학신문》 기사목록(1956~1993)』, 한림대학교아시아문화
　　　연구소, 1994.

김성수, 『통일의 문학 비평의 논리』, 책세상, 2001.

김윤식, 『북한문학사론』, 새미, 1996.

김윤식, 『한국현대현실주의소설 연구』, 문학과지성사, 1990.

김은정, 「최명익의 '임오년의 서울'에 나타난 양심 문제―천리마기수형상론

을 중심으로」, 국제어문월례독회 발표문, 2006.1.18.

김일성, 『김일성 저작집』 14, 조선로동당출판사, 1981.

김재용, 『민족문학운동의 역사와 이론』 2, 한길사, 1996.

김재용, 『북한문학의 역사적 이해』, 문학과지성사, 1994.

김재용, 「해방직후 최명익 소설과 "제1호"의 문제성 : 비서구 주변부의 근대와
　　　탈식민화의 어려움」, 『민족문학사연구』 17, 민족문학사학회, 2000.

김해연, 「해방 직후 최명익 소설 연구 : "맥령"을 중심으로」, 『현대소설연구』 제
　　　17호, 현대소설학회, 2002.

김환태, 「순수시비」, 『문장』, 1939.11.

리상현, 「시대정신과 리상(장편소설 논의―두만강, 설봉산, 조국, 석개울의
　　　새봄, 시련 속에서, 서산대사)」, 《문학신문》, 1959.3.22.

박남수(현수) · 우대식 편저, 『적치 6년의 북한문단』, 보고사, 1999.

박종원 · 류만, 『조선문학개관』 Ⅰ · Ⅱ, 사회과학출판사, 1986.

박태민, 「단편소설에 대한 시대적 요구와 작가적 노력」, 『조선문학』, 1961.11.

백　철, 「금년간의 창작계 개관」, 『조광』, 1938.12.

사회과학원문학연구소 편, 『조선문학통사 : 현대문학』, 과학원출판사, 1959.

신형기, 「최명익과 쇄신의 꿈」, 『현대문학의 연구』 제24집, 국학자료원, 2004.

안함광, 「1951년도 문학창조의 성과와 전망」, 『인민』, 1952.1(이선영 · 김병
　　　민 · 김재용 엮음, 『현대문학비평자료집』 2권, 태학사, 1993).

안함광, 「8 · 15 해방 이후 소설문학의 발전과정」, 『문학의 전진』, 1950. 7(이
　　　선영 · 김병민 · 김재용 엮음, 『현대문학비평자료집』 2권, 태학사,
　　　1993).

안함광, 「천리마 현실의 반영과 전형화의 특성」, 『조선문학』, 1961.9.

엄호석, 「노동계급의 형상화 미학상의 몇가지 문제」, 『조선문학』, 1953.11(이
　　　선영 · 김병민 · 김재용 엮음, 『현대문학비평자료집』 3권, 태학사,
　　　1993).

엄흥섭, 「신인에 대한 앞날의 기대」, 《조선일보》, 1936.5.

역사문제연구소, 『1950년대 남북한의 선택과 굴절』, 역사비평사, 1988.

유항림, 「노력하는 작가 최명익」, 《문학신문》, 1962.7.13.

윤광혁, 「최명익의 생애와 창작을 더듬어」, 『조선문학』, 2003.7.

윤세평, 『해방 후 우리문학』, 조선작가동맹출판사, 1958.

이마무라 히토시, 이수정 옮김, 『근대성의 구조』, 민음사, 1999.

이항구, 『북한 작가들의 생활상』, 국토통일원 조사연구실, 1979.

임옥규, 『북한 역사소설의 재인식』, 역락, 2008.

임 화, 「창작계의 일년」, 『조광』, 1939.12.

장수익, 『최명익』《그들의 문학과 생애》(전 14권), 한길사, 2008.

조중곤, 「생활의 진실을 더 깊이 반영하기 위아여」, 『조선문학』, 1958.1.(이선
　　　　영·김병민·김재용 엮음, 『현대문학비평자료집』 4권, 태학사)

채호석, 「리얼리즘에의 도정—최명익론」, 김윤식·정호웅 엮음, 『한국문학의
　　　　리얼리즘과 모더니즘』, 민음사, 1989.

최명익, 「《임오년의 서울》을 쓸 때에」, 《문학신문》, 1962.7.24.

최명익, 「당과 수령의 주위에 굳게 뭉쳐 혁명의 기치를 높이 들고 힘차게 나아
　　　　가자!」(박팔양, 리정숙 글). 1966.10.14.

최명익, 「말(수필—언어문제)」, 1964.1.31.

최명익, 「새로운 력사 소설을 쓰겠다」, 『조선문학』, 1965.1.

최명익, 「새해 작가들의 창작결의(민병균)」, 《문학신문》, 1958.1.16.

최명익, 「소설창작에서의 나의 소심」, 한설야·이기영 외, 『나의 인간수업·문
　　　　학수업』, 인동출판사, 1990.

최명익, 「숨은 인과율—소설가의 아버지」, 『조광』 6권 7호, 1940.7.

최명익, 「오늘과 래일을 위한 력사소설(단상)」, 《문학신문》, 1962.6.8.

최명익, 「이광수 씨의 자각적 태도를 논함」, 『비판』, 1931.9.

최명익, 「재생의 날 8.15」, 《문학신문》, 1958.8.14.

최명익, 「주인공과 작가」, 《문학신문》, 1963.8.23.

최명익, 「창작에 관한 수필—장편소설 《서산대사》를 쓰기까지(-3면)」, 《문학신문》, 1960.5.10.

최명익, 「창작에 대한 단상」, 《문학신문》, 1962.7.13.

최명익, 「크나큰 긍지로써(당대회 감상)」, 《문학신문》, 1961.9.15.

최명익, 「기계」, 『조선문학』, 1947.12.

최명익, 「기관사」, 『조선문학』, 문학예술사, 1951.5.

최명익, 「야스나야 뽈라냐로 가는 길」, 『조선문학』, 1957.11.

최명익, 「임오년의 서울」 1, 『조선문학』, 1961.4.

최명익, 「임오년의 서울」 2, 『조선문학』, 1961.5.

최명익, 「임오년의 서울」 3, 『조선문학』, 1961.6.

최명익, 「임오년의 서울」 4, 『조선문학』, 1961.7.

최명익, 「조국의 주인」(수필), 『조선문학』, 1958.12.

최명익, 「창작일기 : 일기 초」, 『조선문학』, 1962.8.

최명익, 『글에 대한 생각』, 조선문학예술총동맹출판사, 1964.

최명익, 『서산대사』, 조선작가동맹출판사, 1956.

최명익, 『임오년의 서울』, 조선문화예술총동맹출판사, 1963.

최진이, 「북한이 일제 청산 제대로 했다고? 천만에!」, 《데일리서프라이즈》, 2005년 3월 8일; 〈http://www.dailyseop.com/〉.

한 효, 「자연주의를 반대하는 투쟁에 있어서의 조선문학」, 『문학예술』, 1953(이선영 · 김병민 · 김재용 엮음, 『현대문학비평자료집』 2권, 태학사, 1993).

홍혜미, 「역사소설의 의미 규명—최명익의 "서산대사"를 중심으로」, 『인문학논총』(3), 국립7개대학공동논문집간행위원회, 2003.

주체소설 뒤집어 읽기
—고병삼의 『철쇄를 마스라』

고인환

1. 작가와 작품

고병삼(1931~1987)은 함경남도 북청군에서 출생하였다. 해방 전에
는 북청광산주식회사에서 소년공으로 일했으며, 해방 후 북청군 인민
위원회 사무원으로 근무했다. 1948년 첫 단편 「고랑돌」을 《농민신문》
에 발표하였다. 6·25전쟁 후 북청사범전문학교에서 교편을 잡기도
했다.

1966년부터 조선작가동맹 지방현역작가가 되었다. 수령형상작품으
로 「맑은 아침」(1967), 「조선의 힘」(1967), 「해빛」(1969), 「평양은 노래
한다」(1976) 등의 단편이 있다. 이 밖의 단편으로 「간고한 길」(1964),
「대지는 설레인다」(1965), 「사랑」(1973) 등이 있으며, 중편소설로 「생
명」(1986)이 있다.

1975년 첫 장편소설 『철쇄를 마스라』를 발표하였다. 1983년 농민영
웅 안달수를 원형으로 한 농촌혁명가의 전형적 성격을 형상화한 장편

소설『대지의 아침』제1부를 발표하였다. 이후 제2부를 창작하는 도중 위병이 재발되어 두 차례의 위 수술과 담낭절개수술을 받았다. 1987년 세상을 떠났다.

고병삼과 그의 대표작『철쇄를 마스라』에 대한 북한의 평가를 소개하면 다음과 같다.

① 그가 생존에 창작한 여러가지 크기의 소설들과 기행문 등은 모두 15여편이나 된다.

그중 장편소설들인『철쇄를 마스라』와『대지의 아침』제1부는 특색있는 성과작으로서 친애하는 지도자동지의 높은 평가를 받았다.

그는 소설창작에서 인물들의 심리적움직임을 구체적으로 그릴줄 알았고 생활을 세부적으로 묘사하여 형상적화폭을 감각적으로 제시할줄 알았다.

이로 하여 그의 작품은 대부분이 생동하고 특색이 있었다.

그의 문학세계는 한마디로 성실성, 진실한 삶에 대한 사랑이라고 할수 있을것이다.

그가 소설에 반영한 생활분야는 현실생활로부터 전쟁시기의 생활, 혁명전통에 관한 생활 등 실로 다양하다.

그는 명상과 철학적사색을 즐기였고 까다롭다고 할만치 생활을 세부적으로 관찰하는 습성을 가지고있었다.

그의 작품은 생활세부에 대한 감각적인 묘사와 인물들의 심리적움직임에 대한 생동한 묘사로 하여 높은 형상성을 보장함으로써 주체적문학사에서 뚜렷한 자리를 차지하고 있다.

－ 윤종성 외, 『문예상식』, 문학예술종합출판사, 1994

② 소설은 작품전반에 철학적깊이가 느껴지는 강한 주정토로를 안받침하여 당시의 사회현실과 력사적 사실들을 폭넓게 드러내고 각이한 계급과 계

층의 전형적성격을 체현한 등장인물들의 사상감정과 내면세계를 깊이있게 추구한 형상적특성을 보여주고있다.

　장편소설은 위대한 수령님께서 추켜드신 조국광복의 기치밑에 각계각층의 광범한 인민대중이 조직적으로 결속되여가는 과정을 생동한 서사시적화폭으로 깊이있게 일반화함으로써 우리 당의 빛나는 혁명전통의 력사적내용을 잘 알수 있게 하는데 이바지하고있다.

－ 윤종성 외, 『문예상식』, 문학예술종합출판사, 1994

　③ 소설은 주인공 박태림의 시련에 찬 다난한 인생행로와 주체의 빛발을 받아안고 벌리는 지하혁명투쟁과정에 대한 폭넓은 형상과 각계각층을 대표하는 인물들의 시련에 찬 생활을 통하여 강도일제의 식민지통치—《철쇄》를 마스고 민족적해방과 독립을 이룩하는 유일한 길은 위대한 수령님의 현명한 령도를 받는데 있다는것을 진실하게 형상하였다. 작품은 인물들의 대조적인 운명에서 성격을 천명하고 극적정황의 설정과 예리화, 사회력사적환경과 자연에 대한 폭넓은 랑만적인 묘사, 높은 정론성과 전투적기백이 있는 박력있는 언어구사로 하여 주제사상적내용을 생동하게 서정적으로 부각시키고있다.

－『문학대사전 4』, 사회과학원, 2000

　①은 고병삼에 대한 전반적인 평가를 담고 있는데, '인물들의 심리적움직임을 구체적으로 그릴줄 알았고 생활을 세부적으로 묘사하여 형상적화폭을 감각적으로 제시할줄 알았다'는 대목이 반복 기술되고 있다는 점은 주목을 요한다. '인물'과 '생활'에 대한 구체적 묘사, 즉 작품성이 '주체적문학사'에서 '뚜렷한 자리'를 차지하고 있다는 것이다. 이와 같은 논조는 『철쇄를 마스라』를 평가하는 대목에서도 그대로 이어진다. ②에서는 '철학적깊이가 느껴지는 강한 주정토로를 안받침

하여 당시의 사회현실과 력사적사실들을 폭넓게 드러내고 각이한 계급과 계층의 전형적성격을 체현한 등장인물들의 사상감정과 내면세계를 깊이있게 추구한 형상적특성을 보여주고' 있음이, ③에서는 '인물의 대조적인 운명에서 성격을 천명하고 극적정황의 설정과 예리화, 사회력사적환경과 자연에 대한 폭넓은 랑만적인 묘사, 높은 정론성과 전투적기백이 있는 박력있는 언어구사로 하여 주체사상적내용을 생동하게 서정적으로 부각시키고' 있음이 강조되고 있다. 물론 '수령님께서 추켜드신 조국광복의 기치'(②)나 '위대한 수령님의 현명한 령도'(③) 등이 전경화되어 있기는 하다. 하지만 이러한 이념을 선험적으로 강조하기보다는 거기까지 이르는 과정이 섬세하게 그려져 있다는 점이 주목받고 있는 것이다.

이러한 사실은 이 작품이 '주체형 혁명가의 전형'을 창조했다는 북의 평가와 무관하지 않다. 이 작품은 '위대한 수령 김일성 동지의 영광찬란한 혁명력사와 불멸의 혁명 업적, 고매한 혁명가적풍모와 높은 덕성을 전면적으로 깊이있게 형상'[1]한『불멸의 력사』총서와 일정한 거리를 지닌다. 김일성의 형상이 배경으로 깔리고, 그의 령도를 받는 박태림의 인생 역정이 전경화되어 있기 때문이다.

이 글에서『철쇄를 마스라』를 뒤집어 읽고자 하는 이유도 이와 연관된다. 선험적으로 제시된 '수령의 령도'보다는, 이를 따르는 '각계각층을 대표하는 인물들의 시련에 찬 생활'의 진실한 묘사는 역설적으로 주체문학의 미세한 균열을 표상하는 징후로 읽히기도 하기 때문이다. 인물의 내면과 구체적 일상의 묘사는 늘 '이념의 광휘'를 앞지르기 마련이다. 이 이념의 광휘와 일상의 무늬 사이의 간극(긴장)이야말로 주체소설의 지형도를 그리는 한 밑그림이 될 수 있을 것이다.

---

1 박종원·류만,『조선문학개관 Ⅱ』, 인동, 1988, 281면.

2. 작품 속으로

1) 줄거리

『철쇄를 마스라』는 1930년대 초·중반을 배경으로 서울, 백두산 일대, 만주 등을 가로지르며, 식민지 조선의 민중들이 조국광복을 위해 벌이는 지하혁명운동 과정을 담고 있다.

작품은 총 3부로 구성되어 있다. 제1부는 주인공 박태림이 김일성의 영도를 받기까지의 과정을 그리고 있다. 태림은 스승 설상훈의 병치료를 위해 간도에서 서울로 나온다. 태림의 극진한 간호에도 불구하고 상훈은 끝내 세상을 떠난다. 상훈은 눈을 감기 직전 김형직의 맏아들 김일성을 찾아갈 것을 유언으로 남긴다. 김일성을 만나기 위해 다시 간도로 들어간 태림은 시련을 거쳐 공산주의자 박명진을 만나 참다운 혁명의 길을 걷기 시작한다.

제2부는 김일성의 임무를 받고 남만의 한 독립군부대에 들어가 그들을 혁명의 길로 이끄는 태림의 지하공작 과정을 상세히 그리고 있다. 시대의 흐름에 역행하면서 고루한 민족주의 사상을 고집하다가 괴멸상태에 빠져 있는 최명호 부대를 혁명의 길로 돌려세우기 위해 태림은 하층 병사들부터 계급적으로 각성시키기 시작한다. 태림의 숭고한 혁명정신은 최명호의 마음을 움직여 마침내 그를 김일성의 품으로 끌어안는다.

제3부는 백두산을 중심으로 한 유격근거지를 창설하려는 김일성의 지도를 실현하기 위한 태림의 지하공작 과정을 펼쳐 보이고 있다. 김일성의 지령을 받고 장백지구 정치 공작 책임자로 파견된 태림은 국경연안의 강안 마을을 중심으로 지하혁명 단체를 꾸려나가기 시작한다. 그는 또한 조국광복회의 조직망을 국내까지 확대하기 위해 국내의 산

업지대인 '룡마루'까지 나가 조국광복회 국내조직을 꾸리기도 한다. 이 과정에서 상훈의 딸 행절을 만나 그녀를 혁명의 길로 이끈다.

『철쇄를 마스라』는 김일성의 영도 하에 조선혁명군 부대가 북만 원정을 거쳐 백두산 일대로 진군해 오던 시기를 배경으로, 김일성의 지도를 받는 혁명 전사 박태림의 삶을 중심에 놓고, 그의 꾸준한 교양에 의해 혁명의 길로 들어서는 백포리, 두견, 황태평, 고분, 석철, 행절을 비롯한 각계각층의 인물들이 조국광복회 강안마을 지회를 조직하는 것으로 마무리된다.

2) 만주와 조선, 혹은 국외와 국내의 전도

먼저, 박태림이 설상훈을 데리고 돌아온 1930년대 초 서울의 우울한 풍경을 살펴보자. 민족주의자, 공산주의자 그리고 허무주의자가 혼재된 당시의 상황은 퍽이나 인상적이다.

① 우리가 이 지경이 된것은 과학이나 륜리적인 지성의 등불이 너무나도 밝지 못하기때문이요. 민족을 위해 우리는 남을 따라잡아야 하오. 우리 민족의 후진성을 없애자면 우리는 서구문명에 대한 환상에서 헤맬것이 아니라 배워야 하는것입니다. 그래서 이 땅우에 누구는 민족산업을, 누구는 자연학과를, 누구는 인문으로써, 예술로써, 저 섬사람들의것이 아니라 민족을 위해 문화를 세워야 하는것이오. 아무것도 제것을 못가진 노예는 되지 말아야 하오. 우리에게는 우리의것이 있어야 하오. 우리가 지성인으로서 사명을 다한다면 조선사람은 오늘날 이렇게까지 압제를 받지 않을것이오. 조선을 위해 배우자는것이 서경림씨에겐 마음에 안든단말이요?

—고병삼, 『철쇄를 마스라』, 문예출판사, 1975, 43면, 이하 면수만 표기

② 난 누구를 모욕하기 위해 말하는것이 아닙니다. 세계문명을 받아들이기보다 먼저 이 땅에서 자본의 철쇄를 끊어버려야 한다는것입니다. 세계에 무산혁명의 시기가 온 오늘날 오직 그 혁명으로써만 이 땅우에 현존하는 모든 질서를 뒤집어엎고 프로레타리아트의 조선, 최고의 문명을 가진 조선을 세울수 있는것입니다. 지금 우리에게 부족한 것은 철학과 리론, 전략전술과 로선의 빈곤입니다. 우리는 갈길을 잃었습니다. 우리에게 전략전술과 로선이 있기만 하면 공산주의는 이땅을 얻을것입니다.(44면)

③ 저는 지금 리념이다, 사상이다, 진리다, 철학이다, 뭐다 하는 일체를 부정합니다. 그것은 민중을 위해 아무짝에도 쓸모없는 무용지물이였다는것을 이제야 안것 같습니다. 그렇다고 총독부 뒤문출입을 하기는 싫습니다. 시골이 그립습니다. 가서 밭갈이를 하겠습니다.(45면)

①은 민족주의자 허국도, ②는 공산주의자 서경림, 그리고 ③은 허무주의자 황보은의 말이다. 이러한 서울의 풍경은 김일성이 활약하고 있던 만주의 상황에 지배를 받고 있다. 작가의 관심은 서울이 아니라 만주에 있기 때문이다. 이 작품에서 '서울'이나 '룡나루'는 주인공 박태림이, 스승의 병을 고치려고 혹은 조국광복회 국내 조직을 만들기 위해 잠시 머무르는 장소이다. 따라서 작가가 소설을 열어젖히며 서술한 다음과 같은 만주의 상황은 작품을 지배하는 정세이다.

동쪽에서 강을 넘어온 류랑민들의 발자국소리에 잠을 깬 이 땅이였다. 1910년이래 오늘에 이르는 길지 않은 세월에 임자가 없고 개척할 사람이 없던 공허한 이 황무지에 몰려온 사람의 수는 수백만으로 헤아릴것이였다. 그들은 왜놈이 없는 땅에서 살아보려고 처녀지에 제 집간을 꾸리고 피땀으로 땅을 걸군 근면한 농민들이였으며 민족의 운명을 걸고 싸울 힘을 키우려고 뜻을 품고 강을 건너온 사람들이었다. 이들 설상훈과 박태림이네도 그래서 두만강을 건너온 사람들이다.

그러나 일본군벌들은 여기까지 따라들어왔다. 그래서 이 땅에서도 피가 흘렀다. 싸움 끝에 힘이 진한 의병들은 녹쓸은 화승대를 땅에 파묻고 눈물을 뿌리며 쓰러지기도 하고 힘을 뭉치지 못한채 뿔뿔이 흩어져 싸우기도 하다가 하나둘 이슬처럼 사라져갔다. 그뒤로 《공산주의자》라는 사람들이 찾아들어와 피에 젖은 이 땅을 배회하면서 그 무슨 《재건운동》이요, 《폭동》이요 하며 당장 일을 칠것처럼 말끝마다 폭동에 대하여 떠들어댔다.(2면)

서울의 풍경은 '싸움 끝에 힘이 진한 의병들'(민족주의자)과 '말끝마다 폭동에 대하여 떠들어'대는 공산주의자들이 활개 치는 1930년대 초의 만주 상황을 드러내기 위한 장치인 셈이다. 나아가 이러한 정세를 주체적 혁명사상으로 돌파해가는 김일성의 모습을 부각시키는 것이 목적이었을 것이다.

하지만 이러한 작가의 의도와는 다르게 서울의 지식인들의 방황을 내면화하고 있는 박태림의 고뇌가 생생하게 다가오는 이유는 무엇일까? 박태림의 목소리를 들어보자.

오늘날 조선은 새것을 수태하고 태동시키기 위해 무서운 진통을 겪고있기 때문에 조선청년인 자기도 고민한다고 생각하는 태림은 여기 모인 이사람들도 나쁜 사람들이 아니라는것은 알만하였다. 그러나 이들속에서는 마치 물에 떨어진 기름방울처럼 잠시도 융합될수 없는 자신을 발견하게 되는 것이다.

그러면서도 한편으로서는 이들과 별반 다른 점이 없는 자신을 돌이켜보게도 되었다. 확고한 신념이나 뚜렷한 지향이 없기는 자기도 마찬가지였다. 다만 다른 점이 있다면 자기는 일제에 항거해 싸우는 민중속에 있은탓으로 현실을 두고 모색은 많이 하였으나 절망과 회의적인 감정에 젖지는 않고 살아왔다는 그것뿐이였다. 그런데 이들은 량심을 지켜 무엇인가 하려고 몸부림치며 고민하면서도 로동대중과 뜨거운 호흡을 같이 하지 못하고 최하층에서 피와 땀을 흘리는 인민의 지향과 언어를 모르는탓으로 자기의 생활을 갖기 못하고있는것이였다.(46면)

태림은 허국도, 서경림, 황보은 등의 생각에 공감하면서도 이들과 쉽게 융합되지 못한다. '확고한 신념이나 뚜렷한 지향이 없기는 자기도 마찬가지'기 때문이다. 하지만 자신은 '일제에 항거해 싸우는 민중속에 있은탓'으로 '절망과 회의적인 감정에 젖지는 않고 살아왔다는' 점에서 다른 점을 찾는다. 이들이 '량심을 지켜 무엇인가 하려고 몸부림치며 고민하면서도 로동대중과 뜨거운 호흡을 같이 하지 못하고 최하층에서 피와 땀을 흘리는 인민의 지향과 언어를 모르는탓으로 자기의 생활을 갖지 못하고' 있다는 그의 지적은 이를 보여준다.

이러한 태림의 모습은 '종래의 민족주의와 공산주의 운동에서 교훈을 찾'고 '반일민족해방운동을 새로운 단계에 올려세'운 김일성의 노선을 강조하기 위한 의도로 설정되었을 것이다. 이러한 설정에도 불구하고 식민지 조선의 현실을 가슴 아파하는 박태림의 내면이 오히려 설득력 있게 다가온다는 점은 남·북 문학의 거리를 시사하는 한 예라 할 수 있다.

3) 김일성을 통한 내면적 갈등의 해소

김형직을 매개로 한 설상훈의 유언을 통해 김일성의 존재를 깨닫게 되면서 박태림의 내면적 갈등은 말끔하게 해소된다. 하지만 스승의 유언을 통해 김일성을 받아들이는 설정은 개연성이 떨어진다. 김일성의 존재를 깨닫기 전 조선의 앞날을 밝히기 위해 모색했던 고통의 나날이 전면적으로 무시되기 때문이다. 필자에게는 오히려 김일성의 품으로 떠나기 위해 주변을 정리하는 태림의 내면이 생동감 있게 다가온다. 김일성의 존재가 등장인물들에게 선험적으로 제시되어 있다는 한계에도 불구하고, 그들이 김일성의 품으로 다가가는 과정이 구체적 형상을 띠고 제시되어 있기 때문이다. 오히려 김일성의 혁명 전사가 되고 난 인물들은 개성을 상실한다.

태림이 스승(스승의 서적)을 묻고 김일성의 전사로 새롭게 태어나는 과정을 살펴보자. 인용문에는 설상훈의 집을 찾아 한때 '인생의 동반자'이기도 했던 설상훈의 장서를 묻는 박태림의 내면이 잘 드러나 있다.

그는 자기 육체의 한부분처럼 느껴지는 그것들을 이책 저책 펼치고 글줄을 더듬었다. 맑스, 엥겔스, 레닌의 이름이 그의 눈앞을 스쳐지났다. 책갈피마다에 이렇듯 많은 빨간 줄을 치면서 새로운 세계를 발견하는듯한 흥분으로 세우던 그 많은 밤들과 진리와 사색의 바다를 넘는것 같고 온 세계가 새로운 빛갈로 보이는것같던 나날이 철없는 소년시절처럼 돌이켜지는것이었다. 그때는 실로 책속에 파묻혀 세상을 모르고 살았었다. 설상훈의 방대한 장서속에는 사회과학으로부터 자연과학, 문예서적 없는것이 없었다. 태림은 그 책들을 들여다보면서 미지의 인간생활을 체험하였고 고상한 아름다움을 감득할줄 알게 되었으며 때로는 온 우주를 인식할듯한 흥분으로 밤을 세우기도 했었다.

그런데 그는 지금 그 인생의 동반자였던 책을 파묻으려는것이다. 태림은 마치 그 책들과 함께 자기의 머리속에 들어있는 모든것도 파묻는듯한 허전하고 공허한 느낌이 들었다. 그는 서두르지 않고 그것들에서 무엇을 찾듯이 책 저 책 뒤지다가는 숨을 몰아쉬며 신경질적으로 머리를 젓군했다. 한편으로는 새로운 싹도 틔우지 못하고 언감자와 함께 이 다락우에서 썩고말

았을것을 요행 간수하게 되었다는 안도감도 들었다. 그는 설상훈의 원고들
도 묶어서 책과 함께 독에 넣었다(91~92면)

김일성을 통해 새로운 길을 얻게 되었다고 해서 '육체의 한부분처럼
느껴지는' 과거가 단숨에 사라지는 것이 아니다. '책갈피마다' '빨간
줄을 치면서 새로운 세계를 발견하는듯한 흥분으로 세우던 그 많은 밤
들과 진리와 사색의 바다를 넘은것 같고 온 세계가 새로운 빛깔로 보
이는것같던' '철없는 소년시절'이 차곡차곡 쌓여 '새로운 싹'이 발아되
는 것이 아닐까? 태림이 '그 책들과 함께 자기의 머릿속에 들어있는
모든 것도 파묻는듯한 허전하고 공허한 느낌'이 든 이유도 여기에 있
다. 따라서 설상훈의 장서와 원고를 태우지 않고 '간수'하면서 드는
'안도감'은 김일성을 통해 깨닫게 된 새로운 길과 연결되어 있다는 점
을 보여준다. 특히, '그것들에서 무엇을 찾듯 이 책 저 책 뒤지다가는
숨을 몰아쉬며 **신경질적으로** 머리를 젓'(강조는 인용자)는 대목은, 김일
성의 길을 부각시키려는 작가의 의도를 비집고 분출되는 태림의 무의
식적 욕망을 상징하는 장면이라 할 수 있다.
　다음으로 가족의 울타리를 넘어 '시대적인 의무감'으로 나아가는 대
목을 살펴보자. 태림이 어머니를 찾는 장면이다.

　어머니의 고통을 다 모르고 살아온 자기가 자기 인민의 고통을 안다고 자
처해온것이 가소로운 일같았다. 나라와 민중을 건지기는 고사하고 굶주린
어머니에게 쌀 한되박 구해드릴 힘조차 없는 자신임을 생각할 때 태림은 온
몸이 땅속에 잦아드는것만 같았다. 지금까지 가시덤불을 헤쳐오면서도 가
슴에 굳건히 품고있은 자기의 지향과 신념도 비현실적인것 같고 오직 진실
은 굶주림에 허덕이는 어머니의 얼굴에 있는것만 같았다.
　생각하면 그가 오랜 방랑끝에 옛집으로 발길을 돌린것은 어머니가 그리

워서였다. 사람이란 타향에서 시련과 슬픔을 안 뒤에는 살틀한 손길이 그리운것이어서 그것이 없이는 뿌리를 깊이 박지 못한 나무처럼 세찬 바람에 꿋꿋이 자기를 지켜내지 못하는것인지도 모른다. 하긴 참다운 조선청년으로서 이 땅에서 살려면 투쟁의 길을 피할수 없다는 것을 그는 예전부터 알고 있었다. 또한 그가 투쟁의 길에 나선것도 그 누구의 권유에 의해서가 아니라 진리를 추구하려는 열망으로부터 스스로 나선 길이였다. 그런데 찾아온 어머니가 저렇게 호미를 쥐고 혼신의 힘을 다해 감자싹을 줏고있는것을 보니 그는 어머니를 버리고 흔연히 발길을 돌려세울 용기가 나지 않았다. 이제 집에 들어가면 영원히 발목을 묶이울지도 몰랐다. 황무지를 뚜져 감사농사나 지으면서 어머니와 아들에게 평범하나 좋은 아들, 좋은 아버지로 되어버릴지도 모른다. 그러나 시대적인 의무감에서 벗어나 자기를 가정에 얽어매여둔다는것은 이 혁명적현실에 대한 도피이며 그자신으로 보면 온 우주를 잃어버리는것도 같은 정신적죽음이였다. 왜놈들은 수족을 묶어놓고《너는 노예다》하고 자기를 끌고 다니려고 할것이며 그사이 혁명은 멀리 앞으로 전진하고 시대는 자기를 망각하고 뒤를 돌아다보지도 않을것이다. 그러니 곧 떠나가야 한다. 그는 자식으로서 고생하는 어머니를 버리고 다시 떠나야 하는 고통을 또다시 아픈 가슴이 받아야만 하였다.(107면)

태림은 '나라는커녕 어머니 한분 모시지 못하는' 자신을 불효자로 자처한다. '세상에 어머니는 수억만이라해도 자기에게는 한분밖에 없는 어머니가 지금 굶주림에 지쳐 비칠거리며 묵은 밭고랑을 허비고있다.' 그는 '혁명적현실'과 '가정' 사이에서 번민한다. 이러한 번민은 '다른 집 애들'처럼 자신의 '눈앞에서' 아들이 '왜놈들에게 묶여가는 걸' 보고 싶지 않다는 어머니의 숭고한 태도로 해소된다. 내면적 갈등이 외부적 요인(어머니)을 통해 해결되는 셈이다. 태림은 순간 어머니의 거룩함을 깨닫는다. 그는 '한순간에 지난 몇십년동안 안것보다 어머니를 더 많이 알게 된것 같은 느낌을 받는다. 심지어 어머니는 김일성에게로 난 길까지 안내한다. 명진이 이미 어머니를 만나고 '배선개골'로 오라고 알려준 것이다. 태림은 명진을 만나 김일성의 혁명 세포로 거듭난다.

이후 태림의 모습에서 이상과 같은 내면적 갈등이 거의 드러나지 않는다. 그는 자신의 친아들 '기둥이'보다 조선의 아들 '일남이'를 더 그리워한다. 남편(명진)을 잃은 김순섭을 보고, '개체생활에서 잃은것이 아무리 많아 상처와 슬픔이 아무리 크다 하여도 사령관동지의 위대한 사랑속에서는 그것이 한갓 아침이슬처럼 가셔지고 새로운 열정으로 가슴을 불태우게 된다는것'을 환기한다. 앞서 살펴보았던 이념과 가족에 대한 고민이 들어설 여지가 없다.

4) 인물 구조화의 성과와 한계

이 작품의 등장인물들은 치밀하게 구조화되어 있다. 이는 북한 소설의 장점이자 단점을 시사하는 예가 될 수 있다.

인물군을 세 유형으로 나누어 살펴보자.

첫째, '김형직 → 설상훈 → 박태림'으로 이어지는 인물군인데, 태림이 김일성을 알게 되기 전의 관계를 보여준다. 스승과 제자라는 수직축에 영향을 받지만, 조국을 위해 헌신하는 과정에서 맺어진 관계라는 점에서 수평적으로도 뻗어 있다. 이 유형은 교육에 온몸을 바친 설상훈의 삶을 중심으로 엮여 있다. 태림은 설상훈이 주도하는 독서회를 통해 고전을 접하게 되고 세상에 눈을 뜨게 된다. 한편, 설상훈은 김형직의 가르침에 따라 3·1운동에 참여하고, 교육에 힘쓰게 된다. 이들은 태림이 '근래에 와서 설상훈에게서 배웠고 책에서 익힌 리념과 지향이 현실에 발을 붙이고있지 못한것만 같'다고 생각하는 대목에서 드러나듯, 의심과 회의가 가능한 인간적인 관계다.

둘째, 태림이 김일성을 알게 된 후에 형성된 수직적인 교양의 관계이다. '김일성 → 박명진 → 박태림 → 여타의 인물(설행절, 최명호, 천공수, 돌쇠/석철, 백포리, 두견, 황태평, 곽일남, 김순섭, 곰서방, 고분 등)'로 연결된 인물군이다. 이들의 관계는 태림이 명진의 말을 듣고 '자신의 지난날은 마치 때묻은 허름한 옷을 남에게서 빌려입고 다닌것도 같았으며 그 무엇인가 석연하지 못한 머리로 세상을 생각하며 살아온것도 같이 여겨졌다'는 대목처럼 일방적인 교양의 모습으로 드러난다. 태림은 명진과의 대화에서 '다시 살아난것 같'은 느낌을 받는다. 명진을 통해 새로운 삶을 얻은 태림의 모습은 이후 태림과 관계 맺는 거의 모든 인물들에게 그대로 적용된다.

셋째, 태림의 자장에서 상대적으로 자유로운 인물들, 즉 허국도, 서경림, 서형운, 황보은, 리무성 등이다. 민족주의자 허국도와 공산주의자 서경림은 유럽으로 유학을 떠난다. 그리고 서형운은 '동서의 풍운을 겪고 서울에 돌아와 틀고 앉아 있는 인물'로 설정되어 있다. 이들은 작품의 주공간인 만주(김일성과 태림의 활동무대)에서 멀리 떨어져 있다는 점에서 작가의 관심을 받지 못한다. 아니 작가의 형상화 능력 밖에 있는지도 모른다. 하지만 리무성과 황보은은 태림과 김일성의 영향력이 미치는 주공간으로 끌어올 수 있는 인물이라는 점에서 작가의 주목을 받고 있다.

허무주의자 황보은은 시골(고향), 서울, 하얼빈, 만주 등을 헤매다가 농업학교 교원으로 근무한다. 대학에서 산림학을 전공한 무성은 '발버둥질을 치면서 깊이 빠져들어간 그 심연속에서 헤어나오지 못하는' 인물로 설정되어 있다. 태림은 그에게서 '죄를 지은 사람에게서 볼수 있는 일종의 부끄러움과 어색한 표정'을 읽고 '구원할 여지가 있는 인간'이라 생각한다.

박태림은 황보은과 신유갑 그리고 서울에 있을 서형운의 얼굴도 눈앞에 그려보았다. 아직도 손을 쥐고 이 길로 이끌어주지 못한 사람들의 운명을 두고 그는 깊은 생각에 잠겼다. 누구든지 조선사람이기를 그만두지 않는 한에 있어서는 언제건 조선이 걷는 혁명의 이 길을 따라가게 될것이다.(595면)

황보은과 무성, 그리고 서형운 등을 바라보는 태림의 시선에는 이들의 진지한 내면적 갈등을 이해하기보다는 혁명에 쓸모 있는 인간인가 그렇지 않은가를 타진하는 혁명가의 냉혹함과 비인간성이 비껴있다.

그러면 이들이 어떻게 얽히고 섞이는지 살펴보자. 먼저 설상훈과 김형직의 만남은 태림과 김일성의 만남을 예비한다. 김형직과 설상훈이 만났을 때 그의 아들 김일성이 설상훈을 기억하고 있었기 때문이다. 태림이 김일성을 만났을 때 그가 설상훈을 언급하는 대목은 이를 보여준다. 민족주의 의병장 최명호는 설상훈을 통해 태림과 연결된다. 설상훈이 병원에 있을 때 두령의 시체를 찾아가려 서울에 들른 최명호가 설상훈을 만나러 왔기 때문이다. 이 때 대면한 최명호와의 인연 때문에 태림은 그가 이끄는 독립군 부대를 혁명의 길로 돌려세우기 위한 지하공작의 임무를 부여받는다. 설상훈의 딸 행절은 자연스럽게 태림과 관계를 맺고 있으며, 행절을 구해준 백포리는 태림의 가족과 이미 인연이 있었던 인물이다. 백포리는 태림의 아버지와 '버들골'에서 묵밭을 일구면서 이웃해서 의좋게 살았으며, 태림이가 설상훈을 데리고 조선에 나갈 때 '말파리'를 얻어 역전까지 태워다준다. 김순섭은 박명진의 아내이며, 천공수와 돌쇠는 태림의 고향 룡마루에서 인연을 맺은 인물들이다.

다시 말해 조국광복회를 조직하기 위해 모인 핵심 인물들은 이미 박태림과 인연이 있는 인물들이 대부분이다. 곰서방과 고분만이 그 지역의 인물들이다.

이들과 적대적 관계에 놓여 있는 인물들 또한 이와 유사하다. 일제의 앞잡이로 설정되어 있는 리부일은 박태림과 동향 인물이며, 그의 조카 무성은 태림과 어린 시절부터 친분이 있다. 리부일의 아들 리호림은 압록강국경선경찰서로 파견되어 태림이 활동하고 있는 지역으로 오게 된다. 그리고 이 지역의 지주 리세호는 무성의 작은 외삼촌이다. 한 집 안의 인물들이 일제의 앞잡이로 적대 세력의 중심을 형성하고 있는 셈 이다.

갈등하는 지식인 무성과 황보은 또한 박태림의 활동지역을 맴돌며 정체성의 혼란을 겪는다.

이 작품의 모든 에피소드와 인물들은 놀라운 집중력을 보이며 김일 성과 박태림이 있는 지역으로 모인다. 조선과 만주를 가로지르는 광활 한 공간적 배경과 다양한 인물들의 개성이 실상은 김일성과 박태림의 활동반경, 혹은 박태림의 수하로 수렴되는 셈이다. 외면적으로는 스케 일이 크지만, 실제로는 그 영역이 협소하기 짝이 없는 북한 소설의 한 특징을 잘 보여주는 대목이다.

5) 초인적인 의지 혹은 혁명가의 냉혹함

등장인물의 초인적인 의지는 혁명가의 냉혹함과 얼굴을 맞대고 있 다. 최명호 부대를 이끌고 돌아오는 박태림을 마중나온 명진은 일본군 의 습격을 받고 부상을 당한 몸으로도 적의 포위를 벗어나 부대를 무 사히 근거지에 안착시킨다. 명진의 부상은 의사의 처방보다는 그의 초 인적인 의지에 좌우되곤 한다.

봄빛이 깃든 땅에서 땅을 갈고 씨를 뿌리기 시작하는 농민들을 만나본 뒤

며칠동안 명진은 신기하리만큼 눈에 정기가 돌기 시작하고 얼굴에 생신한 기운이 넘치는것만 같았다. 잠시도 인민들과 떨어져서는 살수 없는 명진은 이곳 두룽봉사람들에게서 생활의 새로운 숨결을 받아안은듯 가슴이 뜨거워 나는것이였다.(265면)

인민들의 활기가 약인 셈이다. 나아가 김일성을 만나야 한다는 신념이, 치명적인 부상에도 불구하고 명진을 걷게 만든다. 심지어 그의 주치의는 '내가 고쳤다고는 생각질 마시오. 귀중한 동지의 생명이 위급한걸 보고도 난 아무것도 할 수 없는 군의란 말이요'라고 고백하기까지 한다. 의사는 명진의 목숨이 위험한 것을 알고도 그의 조국에 대한 뜨거운 열정을 멈추게 하지 못한다. 사람의 목숨보다 신념을 중요시하는 이러한 태도는 냉혹한 비인간성을 느끼게 할 정도이다. 결국 박명진은 김일성 동지를 만나러 가는 길에 죽는다.

한편, 명진과 최명호 부대를 구하기 위해 홀로 일본군과 맞선 태림은 절벽 아래로 몸을 날린다. 그는 자기가 어떻게 살아서 포수막을 찾아왔는지 모른다. 박태림은 현대의학이 인간에게 줄 수 있는 온갖 치료방법과 신약보다는 더 위력한 조선사람들의 지성어린 손길을 몸 가까이 느끼며 의지와 신념으로 죽음을 이겨나간다. 그를 간호하던 포수들도 '임자는 우리가 없더라도 자기 힘으로 살아갈 수 있는 사람이네'라고 말할 정도이다.

이 작품에서 거의 유일하게 등장하는 위의 전투 장면에서 디테일은 그리 중요하지 않다. 명진과 태림이 어떠한 과정을 통해 적의 포위망을 뚫었는지는 작가의 관심 밖이다. 다만 강인한 의지로 벗어났다는 사실이 중요하다. 그리고 이 의지와 신념으로 부상을 극복했다는 점이 부각될 따름이다. 혁명에 대한 열정이 이 모든 것을 해결해주는 장치이다. 그 어떤 인간애도 혁명에 대한 열정 앞에 나설 수 없다.

심지어, 어린 소년 일남마저 혁명의 일꾼으로 자라난다.

일남인 마음씨도 곱지 뭐, 그애가 오자 우리 마을애들이 모두 착해졌어.
일남이는 오늘밤에두 이야기를 해준댔어. 우리 집에선 천도교를 믿는 할아
버지 때문에 비린것을 입에 대지 않지만 일남이가 하자는일이문 비린것두
주물구 무엇이나 하구싶어.(424면)

일남이는 박태림이 준 임무를 훌륭하게 수행한다. 그는 자라나고 있
는 새로운 세대의 공산주의자이다. 일남에게 교양을 받았으니 옥분이
가 커서도 천도교를 믿지 않을 것이라는 사실만이 혁명가에겐 중요하
다. 일남의 삶을 조금 더 엿보기로 하자.

공부가 끝난 일남은 조용히 앉아 오늘 한 일을 돌이켜보면서 아버지에게
보고를 할 준비를 하였다. 태림은 일남에게 그렇게 좋은 아버지일뿐만아니
라 매우 엄격한 지도자이기도 하였다. 임무수행정형과 함께 어데 가서 말
한마디 한것에 이르기까지 보고를 드리고 잘 된 점과 부족점을 시정받아야
한다. 과업을 줄 때에도 아버지는 어떻게 하겠다는 일남의 생각을 들어보고
정확하다고 믿을 때만이 실천에 옮기게하는것이었다. 어려서부터 박태림에
게서 엄격성과 절제, 대담성과 조직성, 군중성을 생활적으로 배우게 되는
행운을 타고난 일남은 말투와 행동에까지도 아버지를 닮아가는것이었다.
그러면서는 그는 어린이세계에 살수 있었으며 자유로울수도 있었다. 일남
은 자기가 어른들을 닮으려고 하거나 조숙해지는것을 아버지가 싫어한다는
것을 알고있었다. 그는 아버지가 자기들 소년들의 심정을 알아주는것이 좋
았다. 연을 날리거나 산에 오르거나 공을 차거나 하는 운동도 잘하며 어느
한가지라도 빈구석이 있거나 구김살이 있어서는 안된다면서 언제나 일남을
소년들의 세계에서 살게 만드는 아버지였다. 일남은 때로는 아버지의 좋은

동무이기도 하였다.(437면)

'좋은 아버지' 태림이 알아주는 '소년들의 세계'는 실상 '엄격한 지도자'의 관점에서 전유된 '어린이세계'다. '연을 날리거나 산에 오르거나 공을 차거나 하는 운동도 잘하며 어느 한가지라도 빈구석이 있거나 구김살이 있어서는 안되는 세계이기 때문이다. 겉으로는 어린이의 동심이 존중되는 듯하지만, 실상은 '업무수행정형'과 '과업'에 얽매인 '보고'의 세계인 셈이다. 일남이 '어른들을 닮으려고 하거나 조숙해지는 것'을 태림이 싫어하는 이유는 혁명 수행과정의 미숙함 때문이다. 일남은 동심을 지닌 소년이 아니라, '부족점을 시정받아야' 하며, 과업을 수행할 때도 상황 판단이 '정확하다고' 여겨질 때만 '실천'을 할 수 있는 어린 혁명가일 따름이다.

3. 혁명과 인간적 유대의 길

이상으로 고병삼의 『철쇄를 마스라』를 뒤집어 읽어보았다. 작가의 의도와 어긋나기만 하는 글의 방향이 내심 씁쓸하기도 했지만, 이 거리야말로 남·북 문학의 현실적 간극이 아닐까 싶다.

마지막으로 온갖 고초를 겪고 혁명의 길에 안착(?)한 행절의 마음을 받아들이지 못하는 태림의 태도에 딴지를 걸어 보자.

사람이란 지나온 시절을 다시 걸을수는 없는가. 준엄한 시절에 너무나도 일찍이 잃은것이 많아 피눈물나는 고통을 이겨낸 그의 가슴의 상처는 혁명의 한길에서 아물고 거기에 새로운 젊음이 숲과 바다처럼 푸르러 들끓고있건만 이것은 혁명의 열정이지 예전의 그것은 아니였고 행절의 가슴속에 품고있는 순결무구한 그런 마음을 거리낌없이 받아들이고 거기서 행복을 느낄수 있는 그런것도 아니였다.

　박태림은 오히려 행절의 순결한 마음속의 비밀을 알고 그것을 받아들인다는것이 고통스러운것이였다. 혁명의 앞길은 아직도 멀고 간고하며 민중들은 아직도 피흘리고 신음하며 구원을 찾고있다. 항상 자기를 준엄한 길에 세워야 할 박태림으로서는 자기의 젊음과 인생을 먼저 론할 수가 없었고 자기의 앞날과 자기의 운명부터 기약할수 없는 것이다.(585면)

　'혁명'의 '준엄한 길'은 과연 한 개인이 '가슴속에 품고 있는 순결무구한 그런 마음'을 거부해도 되는가? 개인의 '젊음과 인생'을 소외시키는, 그 어떤 '혁명의 앞길'도 많은 사람들의 공감을 불러일으키기 어려울 것이다.

　공허한 메아리로 돌아올 가능성이 높지만, 그래도, '동지'로 불러달라는 다음과 같은 박태림의 진술이 그 어떤 말보다 비인간적으로 다가온다는 사실을 밝히며 글을 맺을까 한다.

　이제부터 나를 선생님이라 부르지 말고 동지라 불러주십시오. 동지가 좋지 않습니까. 동지란 말은 우리 혁명가들에게 있어서 가장 귀중한 말입니다.(285면)

참고문헌

고병삼, 『철쇄를 마스라』, 문예출판사, 1975.

『문학대사전 4』, 사회과학원, 2000.

박종원, 류만, 『조선문학개관 Ⅱ』, 인동, 1988.

윤종성 외, 『문예상식』, 문학예술종합출판사, 1994.

전후 북한의 열정과 '제대군인'

―리상현, 「열풍」을 중심으로

김민선

1. 북한의 '전후'

이 글은 북한의 '전후'를 1953~1958년으로 상정한다. 북한사회가 1959년부터 '천리마 운동'에 편입되며, 1953~1958년은 정치·사회적으로 전후 복구에 모든 것이 집중되었고, 문학에서는 특히 도식주의 비판 논의[1]가 이루어진 시기인 까닭이다. 1953~1958년은 아직 완전한 체제가 성립되기 이전의 시기이므로 '전후'의 북한문학은 '조선민주주의인민공화국'이라는 국가 성립 과정에서의 다양한 결을 내포한다. 이 시기 소설 작품의 경향은 크게 두 가지로 나뉘는데, 전쟁기의 미담과 전투 체험을 다룬 경향[2]과 전후 복구의 성공을 그려내는 경향

---

[1] 1950년대 북한의 도식주의 비판에 대한 논의는 김성수, 「1950년대 북한문학과 사회주의 리얼리즘」, 『현대북한연구』 2권 2호, 1999 ; 신형기·오성호, 『북한문학사』, 평민사, 2000 ; 김재용, 『북한문학의 역사적 이해』, 문학과지성사, 1994 ; 김재용, 『분단구조와 북한문학』, 소명출판, 2000 을 참고할 것.

이 그것이다. 이 두 가지의 경향은 전후 시기에 북한이 집중하였던 전쟁의 맥락화 및 전후 복구의 문제와 일치한다. 이 중 전후 복구의 사업 과정을 주제로 한 소설 작품은 전후 복구 사업 과정에서의 충돌과 화해를 그려내는데, 이 과정에서 새로운 국가에 대한 기대와 현실과의 균열이 노출되기도 한다. 그러므로 이 글은 전후 북한의 소설작품에서 드러난 현실과 기대에 주목하고자 한다.

주지하다시피 북한의 전후 복구 사업은 김일성의 1953년 8월 보고인 「모든 것은 전후인민경제복구 발전을 위하여」로 부터 시작하였다. 김일성은 이 보고에서 중공업 우선의 경제 복구 방향을 제시했으며, 농촌에는 농업 협동 조합의 조직이 이루어지게 되었다. 북한의 전후 복구 사업은 '새것과 낡은 것의 투쟁'으로 일컬어졌는데 이는 '사회주의' 사상에 입각한 새로운 국가의 성립에 걸맞는 슬로건이었다. 따라서 '새것'은 마땅히 '낡은 것'에 대하여 승리해야 하였으며, '새로운 사상'의 이해가 인민 대중에게 요구되었다. 작가들은 이러한 정치·사회적 요구에 부응하여 복구 사업의 현장을 소설 작품의 배경으로, 복구 사업의 '승리자'들의 형상화에 관심을 기울여야 했다.[3]

전후 북한의 소설 작품에서 '조국해방전쟁'에서 이어진 '전후 복구의 전투'를 승리로 이끈 '승리자'는 주로 청년들이었다. 청년들은 끊임없이 지식을 습득하고 연구함으로써 구세대의 낡은 사상과 투쟁하여 '새것'의 승리를 이끌어낸다. 작품에서 청년들, 즉 민청원의 형상은 열

---

2 1950년대 북한 소설의 전쟁서사는 군인들의 영웅적인 투쟁과 후방 인민의 점령군 격퇴 일화로 이루어져 있으며, 이는 북한의 전쟁체험과 관련된다. ─유임하, 「1950년대 북한문학과 전쟁서사」, 『돈암어문학』 제20집, 2007 참조.

3 전후 인민경제 복구 발전의 거대한 창조적 무대에 나선 우리 작가들에게 무엇보다 중요하게 제기되는 임무는 전적으로 이 전인민적 위업을 어떻게하면 생동 발랄한 완전한 예술적 형식 속에 묘사하는가 하는 거기에 있다. 그러기 위하여 어떠한 미학적 과제들이 자기 앞에 제기되는가에 주목을 돌리고 그것을 연구하고 해결하는데로부터 모든 것을 시작하여야 할 것이다. ─엄호석, 「로동 계급의 형상과 미학상의 몇가지 문제」, 『조선문학』, 1953.11, 110~111면.

정과 패기로 가득한 인물이며 새로운 시대의 주역이다. 특히 민청원의 중심에서 청년들을 이끄는 '제대군인'⁴은 '조국해방전쟁'에 참전하였던 경험을 통하여 이념적 각성을 이룬 인물로 전후 북한에서 각성자·혁명가의 상징으로 인식되었다. 소설 작품 속의 '제대군인'은 아직 각성하지 않은 인민을 사회주의 사상으로 계몽하여 전후 복구 사업을 성공으로 이끄는 인물로 형상화된다. 예를 들어 『석개울의 새봄』의 주인공인 '제대군인' 창혁의 인물 형상은 북한의 여러 논자로부터 긍정적 평가를 얻었는데, 전쟁으로 가족을 잃은 창혁이 농업협동화를 성공으로 이끄는 과정을 인물의 성격 발전과 함께 효과적으로 형상화하였기 때문이다.⁵

그러나 '제대군인'의 인물 형상이 일정한 것은 아니었다. 약혼녀와 결혼하기 어렵게 되자 배치된 직장의 교체를 주장하기도 하며(「당원의 눈」), 시력을 잃거나 팔을 잃은 '영예군인'도 등장하였다. 이같은 '제대군인'의 복합적인 형상은 전후 북한의 소설 작품에서 국가의 요구가 인민 대중이 인식하는 '제대군인', '제대군인' 개인의 욕망과 충돌하는 경우를 발견하게 한다. 뒤이어 논의할 중편소설 「열풍」의 원규와 명섭이 특징적인데, 특히 명섭은 '제대군인'임에도 불구하고 작업에 대한 열정이 부족한 인물로 묘사되었다. 명섭의 인물형은 '제대군인'의 전형적인 형상과 차이를 보인다. 그렇다면 '제대군인'의 전형적인 형상은 무엇이며 이 전형적인 형상의 차이점은 무엇을 의미하는 것인가?

---

4 전후의 작품에서 '제대군인'은 '조국해방전쟁'의 참전 경험을 가진 군인이다. 이 글은 이러한 맥락에서 '제대군인'이라는 단어를 사용한다.

5 『석개울의 새봄』에 대한 북한 논자들의 공통적 평가는 '낙후한 현실'이 승리할 수 없으나 집요하게 '자기 생존의 연장을 획책'함으로써 이와 투쟁하는 현실을 잘 그려냈다는 것이다. 특히 인물 형상화 측면에서 협동화를 통하여 성장하는 창혁이 대중적 영웅의 전형으로 평가 받는다. 그러나 연재 중 지나친 에피소드 나열로 기록주의 비판을 받게 되는데, 이는 생생한 현장 묘사와 미완성인 협동화 정책에 대한 문제의식이 잘못 이해된 탓으로 보인다. ─ 김헌순, 「공산주의 교양과 장편소설 석개울의 새봄」, 『조선문학』, 1959.7 ; 조중곤, 「빛나는 창조적 로력 속에서」, 《문학신문》, 1956.12.27 ; 김영석, 「우리 산문 문학에 반영된 농촌 생활의 진실」, 『조선문학』, 1957.5.

이 질문에 대답하기 위하여, 이 글은 이상현의 중편소설 「열풍」에 등장하는 두 인물에 집중하여 '제대군인' 형상을 논의할 것이다.

2. 이념의 담지자 '제대군인'[6]

「열풍」[7]은 전후 복구 사업 현장에서 벌어지는 현실적인 문제에 초점을 맞춘 한편, 중심 인물들의 사랑을 통하여 작품의 도식성을 탈피하려는 노력이 돋보이는 작품이다. 이 작품은 『조선문학』 1957년 1월에서 2월에 걸쳐 연재되었으며, 전후 3개년 인민 경제 계획 수행기의 전형적 문제가 취급된 작품으로 평가되었다.[8] 이 작품은 '민청로'를 중심으로 한 청년들의 전후 복구 사업에 대한 열정이 그 주제인 만큼 민청에 대한 중요성을 인지하고 있음을 알 수 있다.

유일체제가 성립되지 않은 당대 상황을 감안할 때, 김일성의 민청단체 장악은 체제 성립과 긴밀히 연관되었을 것이다.[9] 특히 8월 전원 회의의 김일성 독단주의 비판 사건을 비롯하여, 스탈린 실각 등은 김일

---

6 이 장은 김민선, 「전후(1953~1958) 북한소설의 제대군인 표상 연구」, 동국대학교 석사학위논문, 2008의 일부를 수정·보완하였음.

7 이 작품은 다음의 줄거리를 가진다. 상녀는 직공학교 졸업 후, 카바이드 직장 배전실에 배치된다. 여자라고 무시하는 사람들의 시선에도 상녀는 끊임없이 연구하고 노력하여 직장에서 인정받는다. 한편, 제대군인인 원규와 명섭을 만나게 된다. 원규는 작업에 열정적이나 명섭은 문학을 하고 싶어하며 작업에 관심이 덜하다. 상녀는 두 사람을 바라보며 명섭에게 안타까운 마음을 가진다. 원규는 새로운 방식을 반대하는 작업반장과 갈등이 생기고, 명섭은 자신을 좋아하는 경희가 아니라 상녀에게 마음이 기운다. 명섭은 상녀를 통해 자신의 결함을 깨닫고 작업반장은 원규의 사과에 마음을 연다. 써클의 발표일이 다가오며 명섭은 낙후한 전로공이 모범적인 처녀 배전수를 만나 교양되고, 예전의 것을 고집하던 브리가다장이 혁신적 전로공을 만나 잘못을 깨닫게 되는 내용의 극을 쓴다. 극을 성공적으로 공연하며 모두 조화로운 작업반을 만든다.—리상현, 「열풍」, 『조선문학』, 1957.1~2.

8 장형준은 「작가의 의도와 작품의 빠포쓰—"조선문학"에 최근 발표된 소설들에 대하여」에서 「열풍」을 전후 3개년 인민 경제 계획 수행기의 전형적 문제가 취급된 작품으로 평한다. 이 때 전형적 문제는 '전쟁으로 말미암아 기능공들이 적어진 조건'이며, 생산 투쟁이나 기술적 문제는 주인공들의 성격과 발전을 묘사하는데 복무해야한다고 말한다. —장형준, 「작가의 의도와 작품의 빠포쓰—"조선문학"에 최근 발표된 소설들에 대하여」, 『조선문학』, 1957.7, 124~5면.

성의 위치가 1960년대 이후에 비하여 공고하지 않았음을 드러낸다. 따라서 새 국가 건설의 주체로서 선택된 '민청'에 대한 사상지도는 중요한 것이 되었으며, 참전을 통하여 당에 대한 충성이 증명된 '제대군인'이 민청원의 중심에 서는 것은 새로운 체제의 성립 과정에서 중요한 부분이었다. 『석개울의 새봄』의 개작 양상에서 '사회주의 국가'라는 단어가 '김일성'으로 바뀌었던 점을 감안한다면, 사회주의 사상을 통한 민청원 계몽이 지닌 중요성을 절감할 수 있을 것이다.

한편, 청년층이 '새것'으로 호명되는 동시에 기성세대는 '낡은 것'으로 전락한다. '제대군인'으로 대표되는 신세대가 전후 복구 사업과 국가 건설의 중심이 될 때, 기성세대는 젊은 세대의 지도를 따라야 하는 위치에 놓였다. 전쟁으로 인하여 노동력이 부족한 전후의 현실에서 '제대군인'의 배치는 어느 곳에서나 환영받았을 것이며 실제로 각 분야, 특히 공업 부문에서 '제대군인'의 근무 비율이 두드러졌다. 따라서 '새것'의 주체로 선택된 젊은 세대와 '낡은 사상'을 가진 기성세대의 충돌은 피하기 어려웠으며 문학 작품에 이러한 현실은 그대로 반영되었다.

①〈아니다, 결코 내가 한 일이 적지 않다.〉
엄 기복은 '혼자 말을 입속으로 중얼거리며 걸었다.
〈나두 직장을 사랑한다. 생산을 더 내기 위하여 그 누구보다도 더 로력한다.〉

---

9 김일성은 「민청단체들앞에 나서는 당면한 몇가지 과업에 대하여」(1956.11.9)에서 다음과 같이 말한다.
〈오늘 우리 당에 들어오는 당원은 누구를 막론하고 일정한 기간 민청생활을 거쳐 당에 들어옵니다. 그렇기때문에 민청단체들이 청년들에 대한 교양사업을 옳게 하지 못한다면 우리 당의 질적 장성에 많은 장애를 줄수 있습니다. 동무들은 민청단체들이 당원후비양성사업을 잘하는것이 우리 당을 더욱 강철같은 당으로 만드는데서 매우 중요한 의의를 가진다는것을 똑똑히 깨닫고 그 사업에 깊은 주의를 돌려야 하겠습니다.〉

그런데?

그동안 미기능공들인 많은 청년들을 데리고 여러가지 애로들을 겪으며 그만치 장성시킨 데 대하여 내 공적이 없다고 하겠는가? 애당초에는 청년들이 자기의 주위에 결속되어 자기를 받들던 것이 차차 그들이 기능 수준이 장성됨에 따라 자기와 거리감이 생기는 것은 무슨 때문인가? 처음 청년들을 그렇게 사랑하던 자기가 지금은 도리여 그들과 소원해지는 원인이 어데 있는가? 1년 반이 가까운 동안 청년들의 장성은 어떻게 되였으며 자기의 발전은 어떤 곳에서 찾아 볼 수 있는가?[10]

② 원규의 얼굴을 흐린 눈으로 들여다보다 엄 기복은 시선을 돌렸다. 그의 눈시울은 뜨거워졌다.

〈옳다, 내 나이가 많아서 늙은게 아니로구나 자기의 뼈를 아끼고 사업에서 새것을 탐구하기 위한 노력이 덜할 뿐더라 그 새것을 지지하지 않길래 늙은이 축에 드는게다, 나는 일을 통해 더 젊어져야 한다.〉[11]

인용문은 「열풍」의 등장인물인 작업반장 엄기복의 심정을 서술한 장면이다. 인용문 ①에서 엄기복은 쓸쓸함을 느낀다. 이전의 엄기복은 청년들에게 기술을 지도하였으나 지금의 엄기복은 경험에 입각하여 발전을 추구하지 않는 '낡은 형'의 사람으로 지칭된다. 이전에 그에게 기술에 대하여 물었던 청년들이었으나, 지금은 원규를 중심으로 하여 엄기복에게 새로운 기술의 연구를 주장한다. 엄기복은 오랜 시간 동안 전로 앞에서 일한 전로공으로서의 자부심과 경험이 모두 쓸모없는 것으로 치부되는 허무감을 느낀다.

---

10 리상현, 「열풍」, 『조선문학』, 1957.2, 16면.
11 리상현, 「열풍」, 『조선문학』, 1957.2, 21면.

엄기복이 경험을 중시하는 기성세대라는 점을 감안한다면, 엄기복의 허무감은 전후 북한사회에서 기성세대가 느꼈을 소외감과 같을 것이다. 기성세대의 입장에서 청년들이 주장하는 새로운 기술은 단지 서적에 의존한 것일 뿐이다. 기성세대의 오랜 경험에 비추어 볼 때, 청년들이 주장하는 방법은 이론상으로는 가능하지만 실제 작업의 적용은 어려운 방법이다.[12] 그러나 문학 작품에서의 위와 같은 충돌은 '새것'의 승리로 귀착된다. 기성세대가 주장하는 경험에 의거한 방법은 '패배주의'에 물든 것으로 규정되며, 전후 복구 사업은 청년들의 연구에 힘입어 성공으로 나아간다. 국가 체제의 선택에 의해, 청년들에 의한 전후 복구 사업 성공이라는 작품의 결말이 지어진 것이다. 체제가 선택한 것은 신세대의 열정이었다. 따라서 기성세대의 경험은 새로운 조국 건설에 뒤쳐진 낡은 것이 되었다. 이전에 엄기복이 가졌던 지도자의 위치가 '제대군인'인 원규에게 옮겨진 것처럼 기성세대의 경험은 '제대군인'의 열정에 의하여 소외된다. 이들의 소외는 '어엿한 내 이름을 불러 주는 사람이라곤 없는'[13] 지경에 이르러 있기도 하다. 그렇다면 기성세대에게 요구되는 것은 무엇인가?

인용문 ②에서 엄기복의 개변은 전후 북한사회가 요구하였던 것을 드러낸다. 엄기복은 '사업에서 새것을 탐구하기 위한 노력'을 다짐한다. 그리고 이를 통하여 젊어지기를 결심한다. 인용문의 '새것을 지지

---

12 「열풍」에서 엄기복이 주장하는 바 역시 이와 같다. 원규는 직립식 토탄법을 제시하지만, 엄기복의 입장에서 이는 오랜 경험이 쌓여야만 비로소 가능한 방법이다. 또한, 무연탄에 물을 섞어 연기로 방출되는 원료의 손실을 줄이고자 하는 원규의 주장에도 엄기복은 습기로 인하여 폭발할 우려가 있음을 강조한다. 이러한 충돌의 과정에서 열정(혹은 도전)과 경험 사이의 문제가 드러난다.

13 김영근의 「아저씨」는 농업협동조합 내의 나이 많은 조합원의 이야기를 쓰고 있다. 주인공 '나'는 조합에서 '아저씨'로만 불릴 뿐 이름도 불려지지 않는다. '제대군인'인 회수와 갈등을 일으키지만 조합에 열성적인 인물이 되자 그의 이름으로 불리게 된다. 새로운 방식에 불만을 가졌을 때에는 '아저씨'로 불리다가 '새로운 정신'으로 무장하였을 때 그의 이름으로 호명된다는 것은 당시 북한사회의 기성세대 소외 측면 뿐 아니라 이들이 주체로 편입되기 위해 취하여야 했던 태도를 제시한다. —김영근, 「아저씨」, 『조선문학』, 1958.3.

한다'는 것은 청년들과 함께 끊임없이 탐구해 나가는 방법이다. 즉, 전후 복구 사업의 주체로 편입되기 위해 기성세대에게 요구되었던 것은 청년과도 같은 열정이었던 것이다. '사상이 낙후하였다' 혹은 '패배주의'라는 말은 엄기복이 가진 경험이 아니라, 경험에 입각하여 작업에 탐구와 열정을 더하지 않는 태도를 비판하고 있으므로 '새것'인 새로운 체제의 조국 건설에서 요구되는 덕목은 태도로서의 열정이다.

앞서 언급한 장형준의 평론은 「열풍」을 "전후 3개년 인민 경제 계획 수행기의 전형적 문제가 취급된 작품"으로 평한다. 이 때 전형적 문제란 "전쟁으로 말미암아 기능공들이 적어진 조건하"이며, 작품 내의 생산 투쟁이나 기술적 문제는 주인공의 성격 발전을 묘사하는데 복무해야한다고 말한다.[14] 「열풍」에서 제시된 문제와 갈등이 '제대군인'으로 대표되는 청년층의 열정으로 해결된다는 점을 고려한다면, '새것'에 대한 열정이 전후 북한의 노동력 부족 문제의 극복 방안으로 제시되었음을 알 수 있다.

이상의 고찰에 따라 '새것'의 주체이자, '제대군인'으로 대표되는 청년층에 두 가지의 의미가 부여되었음을 알 수 있다. 첫번째는 사회주의 국가 기초로서의 청년이다. 민청은 예비 노동당원이며 대부분 공화국에 의해 교육된 젊은 세대이다. 청년은 전후 복구 사업 및 새로운 조국 건설에서 중요한 위치를 차지하였다. 특히 이들은 해방 후의 교육 수혜자이다. 김일성은 "오늘의 인테리"와 "지난날의 인테리"를 구별하였다.[15] 이 기준은 해방 전의 교육과 다른 교육을 받았음을 전제로 하여 새로운 조국 건설의 주체로서 청년을 위치시킨다. 사회주의 국가

---

14 장형준, 「작가의 의도와 작품의 빠포쓰—"조선 문학"에 최근 발표된 소설들에 대하여」, 『조선 문학』, 1957.7, 124~5면.
15 김일성, 「민청단체들앞에 나서는 당면한 몇가지 과업에 대하여」, 『김일성저작집(10)』, 평양출판사, 1956.

건설이라는 새로운 과제 수행에 있어 기존 경험을 가진 기성세대보다 공화국에 의해 교육된 젊은 세대가 더욱 유리하였으므로 선택된 결과일 것이다.

두번째는 전후의 노동력 부족에 대한 극복 방안으로서의 열정이다. 전후 경제 복구 사업에서 가장 큰 문제는 극심한 노동력 부적이었으므로 주어진 노동력으로 최대의 효과를 거두어야 했다. 이에 따라 '새것'에 합당한 인물형은 새로운 국가의 질서를 받아들이는 유연함과 주어진 작업 환경에서 최대의 효과를 거두려는 '열정'을 가진 인물형이 된다. '새것'을 추구하는 태도로서 제시된 열정은 문학 작품에서 주로 청년에게 주어진다. 청년들, 특히 '제대군인'의 열정은 이들 신세대를 '새것'의 주체에 위치시킨다.

그리고 청년들의 중심에는 '제대군인'이 있다. '제대군인'은 청년을 계몽하는 역할을 수행한다. '제대군인'의 발화를 통하여 작품 속의 청년들은 깨달음을 얻고 작업에 열정을 가진다. 청년을 '새것'의 주체로 각성시키는 '제대군인'은 작품 속에서 그 스스로 '새것'의 주체이자 청년들을 계몽하는 인물로서 기능한다. 이는 '제대군인'이라는 인물이 국가 이념의 담지자임을 의미한다. 문학 작품에서 인민들은 '제대군인'의 발화와 행동을 통하여 새로운 조국 건설의 주체로 각성한다. 작품에서 기능하는 '제대군인'의 역할을 감안한다면, 일차적으로 전후 북한 소설의 '제대군인'은 이념의 스피커로서 존재하는 것이다. 그러나 작품에서 '제대군인'이 항상 대중 인민을 교양하는 인물로 묘사되는 것은 아니다. '전후'는 북한문학에서 주요한 논의 중 하나인 도식주의 비판이 있었던 시기이며, 체제가 확립되기 이전의 혼란스러운 양상이 표출되는 시기이다. 그러므로 문학 작품에서 '제대군인'의 형상은 이념의 담지자이자 각성자인 동시에 전후 북한사회의 균열 지점을 드러낸다.

3. 전후 북한의 사회주의와 '제대군인'의 성장

이 글에서 맥락화한 '제대군인'의 의미를 떠올려보자. '제대군인'이란 '조국해방전쟁'에 참전하였다가 제대한 인민군인이다. 전후 (1953~1958)의 '제대군인'은 주로 '조국해방전쟁'에 참전하였던 인민군인이라는 의미를 내포한다는 점에서 다른 시기의 '제대군인'과 구별된다.

주지하다시피 북한에서 '조국해방전쟁'은 항일혁명전투와 맥락화되면서 혁명전쟁의 위치를 획득하였으며 이를 통해 '제대군인'의 전쟁체험은 영웅의 표지와 같은 것이 되었다. '제대군인'은 전쟁 참전을 통하여 혁명가로 성숙한 인물이며, 전후의 공간에서 새로이 각성하는 인민들의 전령이자 전위에 해당한다. 그러므로 북한의 전후 문학 작품에서 '제대군인'은 인민을 위하여 싸운 '영웅'이자 조국 건설의 현장에서 인민을 이끄는 선도적 인물로 형상화된다. 국가 이념과 '승리한 전쟁'을 상징하는 '제대군인'은 인민 대중이 본받아야 할 모범이며, 인민을 계몽하는 인물형이다. '제대군인'의 계몽을 통하여 이루어진 인민의 개변은 대중을 일상의 영웅으로 재배치한다. 이때 계몽의 주체로서 '제대군인'의 권위를 가능케 하는 것은 전쟁 참전을 통하여 완성된 영웅이라는 표지이다.

즉, 항일 혁명 투쟁이 조국 해방 전쟁으로, 조국 해방 전쟁이 전후 복구의 전투로 맥락화 되는 동시에 '제대군인'의 참전은 혁명 수행이라는 합의된 기억이 되는 것이다. '제대군인'의 참전담은 청자인 대중 인민들을 국가 건설의 주체로 호명한다. 작품 내에서 '제대군인'은 전투의 경험을 인민들에게 들려주며 각 인민들이 전쟁 중의 열정을 전후복구사업에서 발휘할 것을 요구한다. 가장 전형적인 장면을 떠올려보자. 작업이 난관에 부딪쳤을 때, '제대군인'은 인민들에게 폭탄 속에서도 돌진하였던 전투의 체험담을 이야기 한다. 참전담을 통해 전후의 복구는 새로운 전투가 되며, 용감하게 싸웠던 인민군대인 '제대군인'은 인민 대중이 새로이 닮아야 할 인물로 제시된다. 인민들은 '제대군인'을 선봉으로 하여서 조국을 위한 새로운 전투인 전후 복구 사업에 헌신하게 된다. 이로서 '제대군인'이 사회성원들을 국가의 기획 안으로 호명하는 전위적 인물임을 알 수 있다. 이들은 '새것'의 주체이자 열정의 소유자이다. 「열풍」의 원규가 엄기복에게 열정을 요구하였던 것에서도 발견할 수 있듯 원규는 국가사업에 대한 열의를 요구하는 인물이며 동시에 열정 그 자체이기도 하다. 원규를 중심으로 한 청년들의 열정은 '낡은 것'으로 명명되는 기성세대를 감동시키며, 작업에서도 초과 달성을 일궈낸다.

그렇다면 작품 안에서 '제대군인'은 하나의 고정된 형상으로 그려지는가? 원규의 열정은 "화선에서 적과 싸우던 그 때의 고도로 앙양된 전투 의욕과 적에 대한 증오심으로 불타던 그 정도까지 아직은 자기의 작업 의욕이 도달 못 되었다고 생각"(19)할 만큼 강렬하며 적극적이다. 그러나 이러한 그의 열정이 갈등을 야기하였음은 엄기복을 중심으로 하는 기성세대와 강렬한 마찰을 일으켰다는 것을 통해 확인할 수 있다. 또한, 그의 열정은 순수하게 국가를 향한 충성심에서만 기인한 것은 아니다. 그는 전쟁에서 부상을 당하였던 아쉬움을 전후 복구의 현장에서 보상하고자 하였으며, 전쟁 중에 잃은 연인에 대한 슬픔을 작업에 몰두함으로써 잊으려 하기도 했다.

전후 복구 작업에 대한 원규의 열정은 마침내 "교대를 빙자하여 청년들의 취미에 적절한 체육과 오락 사업을 조직 추동하지 않는"[16]다는 비판에 이른다. 지나친 열의로 인하여 주변을 돌아보지 않았음을 비판

---

16 리상현, 「열풍」, 『조선문학』, 1957.1, 47면.

하는 목소리에 원규는 "변명 비슷"한 자기비판을 하며 고개를 떨군다. 비판을 듣고 난 후, 청년들이 체육활동을 할 수 있는 배구대를 세우지만 아직 자신의 열의가 지나침을 인식한 것은 아니다. 원규는 여전히 직립식 토탄법을 강력하게 주장하며 엄기복과 충돌하고, 전투의 의욕 수준으로 열의를 끌어올리려 노력한다. 끊임없이 자신을 비롯하여 타인까지 과도하게 채찍질 하던 원규가 스스로의 과오를 진정으로 반성하는 것은 작품 말미에서이다.

> 잘 알았습니다, 반장동무. 어저께 작업은 우리의 첫시험이였습니다. 앞으로 우리의 힘을 종전보다 덜 들일 수 있는 방법을 탐구하겠습니다. 이러구 보니 반장 동무 앞에 내 자신이 크게 반성해야 할 점들이 많습니다. 물론 나의 결함은 앞으로 사업을 계속하는 과정에서 퇴치되리라고 생각합니다. 나는 마치 연자방아를 찧는 말이 곁을 못 보고 돌아가듯 그렇게 자기 목표만 내다보고 달렸습니다. 53년 동부 전선에서 나의 전투 의욕은 고조에 달하였습니다. 나는 생산에서도 그때 그 불타던 전투 의욕의 수준에까지 도달하기에만 급급하였습니다. 그런 결과 반장 동무 앞에서 지나친 언사와 겸손치 못한 태도를 가졌습니다. 제가 아래'도리를 벗고 질'가에 뛰여 다닐 때부터 반장 동무는 저 불'길 앞에 선 전로공이였다는 것을 내 자신 자주 망각한 데로부터 그런 결과를 가져왔습니다. 반장 동무, 용서하여 주십시오, 금후는 다시 그런 경솔한 태도가 반복되지 않을 것입니다.[17]

그 동안 작업반장이 낡은 방법을 고집한다고 비판하였던 원규는 자신의 "지나친 언사와 겸손치 못한 태도"를 엄기복에게 사과한다. 위의 인용문에서 드러나듯 원규가 가졌던 열의는 전투의 수준에 이르러야

---

17 리상현, 「열풍」, 『조선문학』, 1957. 2, 21면.

만 하는 것이었다. 지나친 열의는 주변을 돌아보지 않고 무리하게 일을 진행시키는 과오를 불러왔다. 이로써 기성세대와의 충돌은 필요 이상으로 격렬하였으며, 열정으로 이겨내기에는 위험한 지점도 발생할 수 있었다. 때문에 원규는 목적에 대한 열의가 앞서서 무리하게 일을 진행시켰던 자신의 태도를 반성한다. 원규의 고백은 전후의 일상에서 전쟁의 열정을 지속시킴으로써 전후의 부족한 노동력 문제를 해결하려 하였던 전후 북한사회의 노력과 유사하다. 국가 이념의 담지자인 '제대군인'이 '새것'을 향한 열정을 주장하는 것은 당연한 일이다. 새로운 것과 열정만이 노동력이 부족했던 당시 상황을 타계할 수 있는 유일한 방법이었던 것이다. 그러나 이 과정에서 이념의 담지자인 '제대군인'이 조합원들에 대한 이해의 한계를 노출하는 것은 무엇을 의미하는가?

이러한 측면에서 원규의 사과와 고백은 많은 것을 시사한다. 원규의 사과는 엄기복의 깨달음을 전제로 하고 있으므로 두 사람의 충돌은 화해와 교양으로 마칠 수 있었다. 기성세대와 신세대의 화해로 사업의 성공을 일궈내는 아름다운 모습이 연출되는 것이다. 표면적으로 원규의 사과는 이러한 결말을 위해 꼭 필요했으며 '제대군인'의 바른 심성을 보여주는 장치이다. 그러나 국가사업에 대한 열정의 담지자인 인물이 열의가 지나쳤음을 고백하는 것은 이율배반적이다. 원규의 사과는 마치 당시의 어려운 현실과 이를 열정으로 극복하려 했던 전후 북한사회주의의 정책에 대한 안타까운 고백으로 들린다. '제대군인'인 원규가 자신의 열정이 지나쳤음을 고백함으로써 전후 '제대군인' 표상의 균열점을 드러낸다면, 또다른 '제대군인'으로서 원규의 짝을 이루는 명섭은 작품 초반부터 미성숙한 인물로 그려진다.

신문사 주필의 말에 의하면 원규와 대조적인 인물은 명섭이다. 소설 작품 속에서 명섭은 지나친 열정으로 주변을 돌아보지 않는 원규와 달리 문학을 하기 위해 편한 직장으로 옮겨가기를 원하는 '제대군인'이다. 명섭은 전로 앞에서 바이올린을 켜고 시를 짓는다. 그는 자작시에 곡을 붙이며 바이올린으로 가창 지도를 할 만큼 선전 지도 사업에 각별한 열의를 보인다. 그러나 전로공 역할에는 커다란 열의를 느끼지 못하여 원규와 말다툼을 벌이기도 한다. 때문에 신문사 주필은 선전 사업에 관심이 덜한 원규와 작업에 열의가 적은 명섭을 서로 대조적인 인물로 평가한다.

원규와 명섭은 '제대군인'이지만 서로 다른 단점을 가진 인물이다. 앞서 언급한 바 있듯이 '제대군인'은 참전의 경험을 통하여 사회주의적 교양을 체득한 인물이다. 이들은 혁명가이며 각성자로서 대중 인민이 닮아야 할 이상으로서 제시된다. 이에 충실하다면, '새것'의 주체이자 새로 건설되는 사회주의 조국의 기초인 원규와 명섭이 이미 완성된 인물로서 '민청로'의 작업반을 이끌어 나가는 것이 옳을 것이다. 그러나 원규와 명섭은 참전 군인임에도 불구하고 성장하여 완성되는 인물들이다. '제대군인'의 전형과 차이를 보이는 이들이 '새것'의 주체임을 감안 한다면 이들의 성장은 사회주의 영웅의 성장일 것이다.

새로운 사회주의 질서에 무지한 인민들이 사회주의에 대한 지식을 습득하는 것처럼 원규와 명섭은 '제대군인'으로서의 자신의 역할과 위치를 깨닫는다. 그렇다면 이들의 성장은 사회주의의 성장인 동시에 아직 미숙한 전후의 북한 사회주의 체제를 은유하는 것은 아닌가.

4. '제대군인'의 사랑과 문학

「열풍」은 청년들의 열정과 이를 통한 성공을 그려내는 작품이다. 이 작품은 크게 원규와 명섭이라는 '제대군인'을 중심으로 전개된다.[18] 이들은 전후 북한의 성숙과 함께 개인적인 성장도 이루는데, 원규의 성장이 자신의 지나침을 인식하는 것으로 이루어졌다면 명섭의 성장은 여러 측면에서 동시에 이루어진다. 명섭은 문학가가 되고자 하는 꿈을 가졌으며, 예술에 대한 감각이 다른 이들 보다 두드러지는 인물로 묘사된다. 또한 전쟁으로 잃은 연인을 회상하던 원규와 달리 여러 명의 여자에게 마음이 흔들리기도 한다. '제대군인'의 표상을 감안한다면 명섭은 전형적인 인물 형상에서 벗어난다. 그렇다면 「열풍」에서 명섭은 어떤 점에서 성장하고 있는가. 이 장에서는 명섭의 성장을 사랑과 문학의 측면에서 살펴볼 것이다.

우선 명섭의 사랑을 간단하게 정리하여 보자. 명섭이 처음 만난 여자는 고향 가는 기차 안에서 만난 여자이다. 그녀는 명섭이 전로공이어서 마음이 끌리지 않았으나, 명섭이 들고 있는 바이올린을 보고 반하여서 명섭을 따라 기차에서 내리기까지 했었다. 그러나 이후 여자가 각자의 위치에서 소임을 다할 것을 다짐하는 내용의 편지를 보냄으로써 두 사람의 관계는 끝을 맺는다. 두번째는 같은 공장의 분석공이지만 결혼하면 그만이라고 생각할 만큼 사업에 열의가 적은 인물인 경희이다. 두 사람은 친밀한 관계가 되며 서로에게 호감을 갖게 된다. 그러나 시간이 지날수록 명섭은 작업에 열성적으로 임하는 배전공 상녀에게 끌리게 되고 경희가 이를 질투하자 점차 멀어지게 된다. 명섭의 고백을 받은 상녀는 그동안 명섭의 발전을 바라보며 기뻐하던 자신을 깨닫고 명섭의 마음을 받아들인다.

상녀는 처음 명섭을 보았을 때 "속 편한 동무"라고 생각했다. 전로 앞에서 바이올린을 켜는 명섭을 보았기 때문이다. 신문 주필을 찾아가

---

18 「열풍」은 상녀라는 여주인공에 집중함으로써 전후 북한의 여성 인물 형상에 관한 흥미로운 논의가 가능하지만, 이 글에서 논의하고자 하는 바는 '제대군인'의 표상이므로 남성 주인공(원규와 명섭)에 초점을 맞추어 논지를 전개한다.

이야기를 나눌 때에도 명섭의 시를 보고 "명섭 동무의 시는 듣기는 좋은데 머리에 남는 것은 별로 없거던"[19]이라고 생각한다. 이 시는 후에 노래로 만들어지는데, 어려워서 여러 사람에게 감흥을 남기지는 못한다.[20] 그러나 상녀는 선전 지도에 열정을 기울이는 명섭을 보며 점차 마음을 열고, 마침내 민청로를 둘러싼 청년들의 실제 이야기를 토대로 한 연극에 참여하며 명섭과 사랑을 확인한다.

흥미로운 것은 명섭의 사랑과 문학의 행로가 일치한다는 점이다. 편지를 주고받았던 여자는 명섭의 바이올린에 마음이 끌렸다. 그것은 작업 도중 전로 앞에서 바이올린을 켜던 명섭의 모습을 떠오르게 한다. 여자의 이별 통보에 명섭은 극도로 분노하여 상녀에게 거친 말을 내뱉기도 한다. 이때 명섭의 문학은 단지 전로 앞에서 바이올린을 켜는 일종의 감상주의이다. 경희는 어떠한가. 명섭은 경희와 친밀해 지면서, 시를 지어 공장 신문에 기고하였으며 경희는 명섭이 지은 시를 암송하고 다니기도 한다. 그러나 명섭의 시는 선전 지도 장면에서도 드러나듯이 여러 사람의 지지를 받지는 못한다. 마지막으로 상녀와 명섭이 쓰고 참여한 연극 역시 서로 대응한다. 연극은 여성이라고 무시 받던 열정적인 배전공이 낙후한 전로공을 사랑으로 교양시키는 내용이며, 상녀와 명섭을 그 주인공으로 한다. 이 연극은 상연 직후에 열렬한 지지를 받았으며 재공연이 확정되었다. 전로 앞에서 바이올린을 켜던 명

---

19 리상현, 「열풍」, 『조선문학』, 1957.1, 41면.
20 선전 지도 장면에서 시를 받아 적게 하는 명섭의 태도는 매우 고압적이다. 적으려면 적고 말려면 말라는 식으로 명섭은 시를 불러주고, 선창한다. 명섭이 바이올린으로 신민요를 바이올린으로 켜자, 시를 가사로 하는 창작곡을 배울 때와 달리 사람들은(특히 중년층) 어깨춤을 춘다. 이 장면은 작가 리상현이 선전 지도에 대한 풍부한 경험이 있었을 뿐만 아니라, 그 어려움도 통감하고 있었음을 드러낸다. 힘들게 아름다운 가사를 창작해서 곡을 붙인 창작곡보다 이전에 즐기던 신민요에 더 즐거워하는 대중 인민의 모습은 선전 사업에 적극적이어야 했을 작가의 고충을 대변하는 것은 아닐까. 지식인이 창작한 작품이 일반 대중의 선호와 일치하지 않는다는 것은 대중의 양식을 더욱 존중해야 한다는 것, 더욱 쉬운 작품이 되어야 한다는 것을 의미하며 이는 또다시 작가 의식과 연관(혹은 충돌)된다. 또한 이 장면은 국가의 이념과 대중의 욕망이 일치하기는 어렵다는 것을 반증한다는 점에서 매우 흥미롭다.

섭의 예술에 대한 의식은 현실에서 소재를 찾은 연극으로 완성된 것이다.

편지를 주고받던 여자는 명섭의 인품이나 성격에 반한 것이 아니라, 단지 바이올린을 보고 반했을 뿐이다. 그것은 문학에 전념하기 위해서 편한 직장으로 옮기길 원했던 명섭의 태도와 유사하다. 전로 앞에서 바이올린을 켜며 상념에 잠기는, 예술이 지닌 감상적이고 '낭만적인' 이미지의 소비를 연상하게 하는 것이다. 경희와 친밀한 관계가 되었을 때, 시의 소재는 노동자의 모습이지만 여전히 어려워서 사람들이 어려워한다. 이는 주필의 지적에서도 드러나듯이 시가 추상적으로 노동자의 모습과 감정을 그려내고 있기 때문이다. 명섭의 시는 노동에 대한 벅찬 감정을 토로하고 있을 뿐 구체적이지 않다.

이에 비해 연극은 상녀와 명섭의 이야기라는 구체적이고도 현실과 밀접한 소재를 중심으로 창작되었으므로 여러 사람에게 찬사를 받는다. 사랑의 대상이 먼 곳에서 가까운 곳으로 옮겨오는 것은 명섭의 문학이 감상주의와 추상적인 표현을 거쳐서 공장의 현실을 반영하는 과정과 닮아 있다. 작업과 생활에 열정을 가졌을 때에 명섭은 현실을 가장 많이 반영한, 주필의 말에 의하면 "형상화가 잘 된" 작품을 집필한다. 그렇다면 명섭의 사랑과 예술의 경로가 유사한 것은 무엇을 위한 것일까.

리상현은 제 2차 조선 작가 대회에서 다음과 같이 말한다.

우리 문학에서 왜 도식주의가 계속되고 있는가? 도식주의를 배격한다고 해서 최근 시들에 있어서 사랑을 노래함으로써 도식주의를 범하지 않는 것처럼 생각하는 동무들이 있습니다. 이것은 소설에서도 그런 경향이 있습니다. 로동자들을 형상하는 데 공장을 떠나 어떤 꽃밭속에서나, 풍경 좋은 강가에서, 사랑을 속삭이게 하는 경향들이 있습니다. 우리는 이러한 경향들에

타격을 주어야 하겠습니다.[21]

리상현은 사랑을 중심 소재로 삼아 도식주의를 극복하려는 최근 작품들의 경향에 대하여 비판하고 있다. 이때 주목할 것은 사랑을 소재로 삼은 것에 문제를 제기한 것이 아니라, 사랑이 이루어지는 배경의 중요성을 제시한다는 점이다. 현실과 먼 곳에서 이루어지는 사랑은 의미를 줄 수 없다는 것이다. 문학 작품 속의 사랑은 현실의 삶을 반영하는 동시에 현실의 삶을 살아가는 독자들에게 감흥을 줄 수 있어야 한다. 이는 마치 "우리의 사랑은 어데까지나 순결해야 하고 우리의 사업 의욕을 더욱 북돋아 줄 수 있는 원동력이 되여야 할게 아니애요."[22]라는 상녀의 말을 떠오르게 한다. 즉, 리상현은 사랑을 통해서 현실의 삶을 더욱 풍요롭게 만들고자 하는 것이며, 문학의 의미 또한 풍요로운 삶에 있는 것으로 인식하는 것이다.

그러나 한 가지 의문이 남는다. 그렇다면 왜 '제대군인'인 명섭을 택한 것인가? 명섭은 "조국해방전쟁"에 참전하여 자신의 "소부르주아적"인 면모를 고치기 위해 노력을 기울였던 인물로 기술되어 있다. 참전의 경험도 그의 "소부르주아적" 면모를 완전히 고치지 못하였기 때문에 명섭은 자신의 작업에 대한 열정이 미비했다. '제대군인'이 참전을 통하여 인격적으로 완성된 혁명가가 된다는 점, 참전 경험이 '제대군인'에게 인민에 대한 교양의 권위를 부여한다는 점을 떠올린다면 명섭은 '제대군인'의 가장 기초가 되는 '전쟁을 통한 각성자'로서의 인물 형상에서 벗어난 지점을 표출한다. 전쟁에서 실력을 제대로 발휘하지 못하였다고 생각한 원규가 지나친 열의를 발휘하였던 것도 마찬가지

21 리상현, 「현실 연구와 작가」, 『제2차 조선 작가 대회 문헌집』, 조선작가동맹출판사, 1956, 130면.
22 리상현, 앞의 글, 1957.2, 6면.

이다. 이들은 '제대군인'이지만, '제대군인'의 전형과 차이를 보이는 것이다. 그렇다면 작가 리상현은 이들 두 주인공을 통하여 무엇을 말하고자 하는가.

앞서 기술한 바대로 원규와 명섭의 성장은 전후 북한의 사회주의 성립과 유사하다. 전투의 열의를 일상으로 지속시키려는 의도와, 서정에서 서사(혹은 현실에 충실함)로 문학에 대한 인식이 발전하는 과정은 북한이 사회주의 국가로 성립하는 과정과 닮아있다. 작품 속 '제대군인'의 성장으로 미루어 짐작컨대 작가는 '제대군인'을 통해 '새로이' 성립될 사회주의 조국에서의 문학을 제시하고자 하였을 것이다. 동시에 미숙했던 당시의 사회주의 국가 현실에 대한 우려를 표명하고, 새로운 조국에 대한 기대를 드러내는 것이다.

5. '제대군인'의 형상과 균열

이 글은 리상현의 중편소설에 등장한 두 명의 '제대군인'을 살핌으로써 '제대군인'의 전형적인 형상과 차이에 관해 소략하게나마 질문을 던졌다. 한 작품 내에서 두 명의 서로 다른 '제대군인'의 인물형을 발견하는 것은 드문 경우이며 이들이 서로 대조적인 인물이라는 것은 더욱 주목할 만하다. 「열풍」의 주인공인 원규와 명섭은 참전 군인이지만, 완성된 인물로 형상화되지 않는다. 원규는 작업에 대한 열정을 가졌지만 지나치게 열의를 보여 주변을 돌아보지 않았으며, 명섭은 선전 사업에 치우쳐서 작업에 등한하였다. 이들 '영웅'의 미숙함은 전후 북한의 사회주의 성립 시기와 유사하므로 이들의 완성을 통하여 새로운 조국에 대한 기대를 짐작 가능하다.

「열풍」에서도 확인할 수 있듯 '전후'의 북한문학에서 '제대군인'은

'전후' 북한의 재건을 위하여 선택되었다. 이들은 '조국해방전쟁'의 참전을 통하여 선각자이자 혁명가로서 인민들을 교양하는 역할을 수행하게 되었다. 각 지역에 배치된 '제대군인'들은 청년들의 중심에 서서 '새로운' 국가 건설을 위한 주체가 되어 전후의 전투를 승리로 이끌었다. '전후'의 '제대군인' 표상은 북한문학에서 '제대군인'이라는 표상의 시원이다. '제대군인'은 선군문학을 주창하는 현재에까지 유효한 표상으로 대중을 계몽하는 선각자로 형상화된다. 즉, 문학 속 '제대군인'의 표상은 전후 경제 복구 과정에서 성립되는 공동체적 윤리를 성립시키는 데 기여하였다.

이러한 과정을 통하여 '제대군인'의 표상은 새로운 사회주의 국가 건설 과정에서 '조국해방전쟁'이 차지하는 무게를 드러낸다. '제대군인'은 참전을 통하여 의식이 각성한 인물의 대표이자, 모두가 닮아야 할 이상적 인물의 표상이 되었다. 그러나 전후의 북한문학에서 '제대군인'은 이념의 담지자로서만이 아닌 다양한 측면을 드러낸다. 이들은 충돌하고 성장함으로써 그들 표상에 존재하는 균열을 노출한다. 결국 전후 북한문학의 '제대군인'의 다양한 형상은 새로운 조국을 건설하는 전후 북한사회의 활력과 인민의 기대, 그리고 불안과 충돌이 공존하는 지점인 것이다.

참고문헌

김성수, 「1950년대 북한문학과 사회주의 리얼리즘」, 『현대북한연구』 2권 2호, 1999.

김일성, 「민청단체들앞에 나서는 당면한 몇가지 과업에 대하여」(1956.11.9), 『김일성저작집(10)』, 평양출판사, 1956.

김일성, 「민청단체들앞에 나서는 당면한 몇가지 과업에 대하여」, 『김일성저작집(10)』, 평양출판사, 1956.

김영근, 「아저씨」, 『조선문학』, 1958.3.

김영석, 「우리 산문 문학에 반영된 농촌 생활의 진실」, 『조선문학』, 1957.5.

김재용, 『북한문학의 역사적 이해』, 문학과지성사, 1994.

김재용, 『분단구조와 북한문학』, 소명출판, 2000.

김헌순, 「공산주의 교양과 장편소설 석개울의 새봄」, 『조선문학』, 1959.7.

동국대학교한국문학연구소 편, 『북한의 문학과 문예이론』, 동국대학교출판부, 2003.

리상현, 「열풍」, 『조선문학』, 1957.1~2.

리상현, 「현실 연구와 작가」, 『제2차 조선 작가 대회 문헌집』, 조선작가동맹출판사, 1956.

서동만, 『북조선사회주의체제 성립사』, 선인, 2005.

신형기 · 오성호, 『북한문학사』, 평민사, 2000.

엄호석, 「로동 계급의 형상과 미학상의 몇가지 문제」, 『조선문학』, 1953.11.

유임하, 「1950년대 북한문학과 전쟁서사」, 『돈암어문학』 제20집, 2007.

장형준, 「작가의 의도와 작품의 빠포쓰―"조선문학"에 최근 발표된 소설들에 대하여」, 『조선문학』, 1957.7. ; 조중곤, 「빛나는 창조적 로력 속에서」, 《문학신문》, 1956.12.27 ; 천세봉, 『석개울의 새봄』 1·2부, 문학예술종합출판사, 1963.

한국문학연구회 편, 『1950년대 남북한 문학』, 평민사, 1991.

한국정치연구회 편, 『북한정치론』, 백산서당, 1989.

■ 원문 출처

고인환(경희대 교수)
「6.15 공동선언 이후의 북한문학에 말 걸기」, 『실천문학』, 2008년 봄호.
「주체소설 뒤집어 읽기」, 『한국 근대문학의 주름』, 집문당, 2009.

김민선(동국대 국문과 박사과정)
*신고(新稿)

김성수(성균관대 교수)
「2000년 전후 북한문학에 나타난 작가의식과 글쓰기의 변모양상」, 『민족문학사연구』 37호, 민족문학사학회, 2008.8.

남원진(건국대 국문과 강사)
「윤세평과 사회주의적 민족문학론의 향방」, 『통일정책연구』 제18권 1호, 2009.6.

오창은(단국대 연구교수)
「고난의 행군시기 북한문학평론」, 『한국근대문학연구』 제15집, 근대문학회, 2007.4.
「1950년대 북한 소설의 서사적 이면들—황건의 『개마고원』론」, 『한국근대문학연구』 제19집, 근대문학회, 2009.4.

오태호(경희대 객원교수)
「『거센 흐름』에 나타난 천리마 기수의 전형과 동요하는 내면 형상 연구」, 『국제한인문학연구』 제5호, 국제한인문학회, 2008.10.
「2003년 『조선문학』 연구」, 『국제어문』 제40집, 국제어문학회, 2007.8.

유임하(한국체대 교양과정부 교수)
「실리사회주의와 경제적 합리성」, 『겨레어문학』 41집, 겨레어문학회, 2008.

이명자(동국대 대중문화연구소 연구원)
*신고(新稿)

이상숙(경원대 교수)
「6.15남북 공동선언이후 북한의 시」, 『현대문학이론연구』 36권, 현대문학이론학회, 2009.3.

임옥규(아주대 국문과 강사)
「고난의 행군 이후 북한문학에 나타난 여성, 모성, 조국애 양상」, 『여성문학연구』 제18호, 한국여성문학학회, 2007.
「최명익 역사소설과 북한의 국가건설 구상」, 『북한연구학회보』 제12권 2호, 북한연구학회, 2008년 겨울.

전영선(단국대 연구교수)
*신고(新稿)